DERNIÈRE NUIT
À TWISTED RIVER

JOHN IRVING

DERNIÈRE NUIT À TWISTED RIVER

roman

TRADUIT DE L'ANGLAIS (ÉTATS-UNIS)
PAR JOSÉE KAMOUN

ÉDITIONS DU SEUIL
25, bd Romain-Rolland, Paris XIVe

CE LIVRE EST ÉDITÉ PAR ANNE FREYER-MAUTHNER

Titre original : *Last Night in Twisted River*
Éditeur original : Bloomsbury Publishing, Londres, Berlin et New York
© original : 2009, Garp Enterprises, Ltd
ISBN original : 978-1-4088-0184-0

Nous remercions
Ram's Horn Music de nous autoriser
à reproduire un extrait de
« Tangled Up in Blue » de Bob Dylan © 1974, Ram Horn's Music

et

Hal Leonard Corporation de nous autoriser à reproduire un extrait de
« After the Gold Rush » de Neil Young © 1970, Broken Arrow Music Corporation.
Tous droits réservés.

ISBN 978-2-02-101283-5

www.seuil.com

Pour Everett, mon pionnier, mon héros

J’avais un boulot dans les Bois du Grand Nord
Pendant un temps j’ai bossé comme cuistot
Mais ça me plaisait pas trop
Et un jour, la hache est tombée

BOB DYLAN, *Tangled Up in Blue*

I

Comté de Coos, New Hampshire, 1954

1
Sous les troncs d'arbres

Le jeune Canadien – quinze ans, tout au plus – avait eu un instant d'hésitation fatal. Il avait cessé de danser sur le bois flotté du bassin, au-dessus du méandre, et en un clin d'œil il avait glissé sous l'eau corps et biens sans qu'on ait pu saisir sa main tendue. L'un des bûcherons, adulte celui-là, avait tenté de l'attraper par les cheveux, qu'il portait longs. À peine le sauveteur en puissance avait-il plongé la main à l'aveuglette dans l'eau trouble et dense, un vrai bouillon de culture avec ses plaques d'écorce à la dérive, que deux troncs s'étaient heurtés violemment sur son bras, lui brisant le poignet. Le tapis mouvant des grumes s'était déjà refermé sur le jeune Canadien ; on n'avait même pas vu resurgir de l'eau brune une de ses mains, une de ses bottes cloutées.

Quand les troncs se télescopaient, sitôt qu'on avait débâclé la bûche centrale, il fallait se déplacer prestement sans relâche ; si les conducteurs du train s'immobilisaient, ne serait-ce qu'une seconde ou deux, ils basculaient dans le torrent. L'écrasement guette parfois les draveurs avant même la noyade, quoique celle-ci soit chez eux plus fréquente.

Depuis la berge, où le cuisinier et son fils de douze ans entendaient les imprécations du blessé, on avait compris tout de suite que ce n'était pas lui qui avait besoin d'assistance, car il avait libéré son bras et repris l'équilibre sur les troncs flottants. Sans s'occuper de lui, ses camarades avançaient à petits pas rapides sur le train, criant le nom du disparu, poussant inlassablement les troncs devant eux du bout de leur perche, surtout préoccupés de rallier la berge au plus vite, mais le fils du cuisinier ne perdait pas espoir qu'ils dégagent un espace assez grand pour permettre au jeune Canadien de refaire surface. Pourtant, les intervalles entre les troncs se raréfiaient. En moins de temps qu'il n'en faut pour le dire, le garçon qui s'était présenté sous le nom d'Angel Pope, de Toronto, avait disparu.

– C'est Angel, tu crois ? demanda le fils à son père.

Avec ses yeux sombres et son expression sérieuse, on aurait pu le prendre pour le frère du disparu ; mais on ne risquait pas d'ignorer l'air de famille entre lui et son père, toujours sur le qui-vive. Il émanait en effet du cuisinier une aura d'appréhension maîtrisée, comme s'il avait coutume de prévoir les désastres les plus improbables, et ce trait se retrouvait dans le sérieux de son fils. En somme, l'enfant ressemblait tellement à son père que plusieurs des bûcherons s'étaient ouvertement étonnés de ne pas le voir claudiquer très bas comme lui.

C'était bien le jeune Canadien qui était tombé sous les troncs, et le cuisinier ne le savait que trop, lui qui avait mis en garde les bûcherons : Angel était trop novice pour conduire un train de bois ; on n'aurait jamais dû le laisser débâcler les troncs coincés. Mais sans doute avait-il voulu faire du zèle, et il se pouvait que les bûcherons ne l'aient même pas vu, au départ.

Selon le cuisinier, Angel Pope était de même trop novice – et trop maladroit – pour travailler à proximité de la grande scie, à la scierie. C'était le fief exclusif du scieur, poste hautement qualifié. L'ouvrier chargé du rabot occupait un poste assez qualifié lui aussi, mais sans les risques.

Parmi les fonctions les plus dangereuses et les moins qualifiées, il y avait celle d'ouvrier des quais, où les troncs étaient roulés jusque dans l'usine et mis sur le chariot de la scie, ou encore celle qui consistait à décharger les bûches des camions. Avant qu'on ait inventé les monte-bois, quand on détachait les montants de la benne, un tronc entier pouvait tomber. Il arrivait aussi que les montants refusent de livrer leurs troncs, et que des hommes se retrouvent coincés sous une cascade de grumes, en voulant les débloquer.

Le cuisinier estimait qu'on n'aurait jamais dû placer Angel sur le chemin des bûches mouvantes. Mais les bûcherons, tout comme le cuisinier et son fils, avaient un faible pour le jeune Canadien, et celui-ci avait déclaré en avoir marre de trimer à la cuisine : il avait besoin de se dépenser physiquement, et il aimait travailler au grand air.

Le crépitement des gaffes qui poussaient les troncs fut brièvement interrompu par les cris des draveurs : ils venaient de repérer celle d'Angel, à cinquante mètres au moins de l'endroit où il avait disparu. La perche de cinq mètres s'était détachée du train, et dérivait au gré des courants.

Le cuisinier voyait bien que le convoyeur de troncs avait regagné la berge, en tenant sa perche dans sa main valide. À sa bordée de jurons d'abord, et aussi un peu à sa chevelure d'étoupe et sa barbe en broussaille, il avait compris que le blessé n'était autre que Ketchum, pour qui les trains de bois et leurs pièges n'avaient pas de secret.

On était en avril, peu après la fonte des neiges, au début de la saison boueuse, mais la glace n'avait cédé que depuis peu dans les bassins, les premiers troncs étaient passés au travers en amont, du côté des étangs de Dummer. La rivière était grosse, glaciale ; les bûcherons gardaient souvent barbe et tignasse, qui les protégeraient tant bien que mal des taons, à la mi-mai.

Ketchum s'était couché sur le dos le long de la berge, tel un ours échoué. La masse mouvante des troncs déferlait devant lui. Le train de bois prenait des allures de radeau de sauvetage, et les bûcherons encore sur l'eau faisaient figure de naufragés en mer, sauf que cette mer passait en un clin d'œil du vert-de-gris au bleu-noir : à Twisted River, les eaux étaient généreusement teintées de tannins.

– Eh merde, Angel, gueulait Ketchum, dos tourné, je te l'avais pourtant dit de bouger les pieds, faut pas avoir les deux pieds dans le même sabot, quoi ! Eh merde !

Le vaste flux de troncs n'avait pas servi de radeau à Angel ; il s'était sûrement noyé, à moins qu'il n'ait été écrasé dans le bassin, au-dessus de la boucle, mais les bûcherons, dont Ketchum, suivraient tout de même le train jusqu'à l'endroit où la Twisted se déversait dans le réservoir de Pontook, au barrage de la Morte. C'était le barrage de Pontook qui avait permis le réservoir ; quand les troncs d'arbres étaient lâchés dans l'Androscoggin, ils arrivaient au tricage, à Milan. À Berlin, l'Androscoggin suivait un dénivelé de soixante-dix mètres sur cinq kilomètres ; deux usines à papier semblaient diviser la rivière au niveau du tricage. Il n'était pas absurde d'imaginer que le corps du jeune Angel Pope, originaire de Toronto, s'y dirigeait à présent.

À la nuit tombante, le cuisinier et son fils étaient encore en train de récupérer les restes en prévision des repas du lendemain ; des dizaines d'hommes n'avaient pas touché à leur dîner dans la petite cantine du hameau de Twisted River pompeusement baptisé village, tout juste plus grand et moins provisoire qu'un bivouac de bûcherons. Il n'y avait pas si longtemps, la seule cantine ravitaillant les convois n'était pas en dur. On avait connu une roulante, arrimée à un corps de camion, tandis qu'un autre, à côté, transportait un réfectoire démontable ; c'était l'époque où les camions se déplaçaient sans cesse d'un site à l'autre, avec l'ouvrage.

En ce temps-là, les draveurs rentraient rarement à Twisted River à midi ou le soir, sauf le week-end. Le cuisinier du camp tambouillait souvent sous la tente. Tout devait être parfaitement portatif, les abris de nuit eux-mêmes étaient adossés aux camions.

À présent, nul ne savait ce qu'il adviendrait du village fort peu florissant de Twisted River, situé entre le bassin et les étangs de Dummer. Les ouvriers de la scierie y vivaient avec leurs familles, et les propriétaires entretenaient des foyers à l'usage des travailleurs itinérants, canadiens français, où vivaient aussi la plupart des flotteurs de bois et des bûcherons. La compagnie octroyait en outre une cuisine mieux équipée et une vraie salle à manger au cuisinier et à son fils. Mais pour combien de temps encore ? Le propriétaire lui-même n'en savait rien.

L'industrie du bois était en pleine mutation ; il deviendrait un jour possible pour tous les bûcherons de travailler sur leur lieu de résidence. Les bivouacs, et les établissements à peine moins marginaux comme Twisted River, c'était fini. Les wanigans eux-mêmes étaient en voie de disparition ; ces curieux abris pour manger et dormir, et pour entreposer du matériel, n'étaient pas seulement montés sur les camions, sur des roues ou des chenilles, bien souvent ils étaient aussi arrimés à des radeaux ou des bateaux.

L'Indienne qui faisait la plonge pour le cuisinier avait jadis expliqué à son fils que le mot « wanigan » venait de la langue abénaki, si bien que l'enfant s'était demandé si elle venait elle-même de cette tribu. Peut-être connaissait-elle l'origine du mot par hasard, ou prétendait-elle seulement la connaître. À l'école, un de ses camarades, indien lui-même, lui avait dit que le mot était d'origine algonquine.

Les draveurs travaillaient de l'aube au crépuscule pendant toute la durée des opérations, et l'usage voulait qu'on leur fournisse quatre repas par jour. Autrefois, quand les wanigans ne parvenaient pas à atteindre le site, les deux repas de la journée étaient acheminés à dos d'homme. Le petit-déjeuner et le souper étaient servis à la cantine du camp, aujourd'hui, à la salle à manger. Mais par affection pour Angel, beaucoup de bûcherons avaient sauté le repas du soir. Ils avaient passé la soirée à suivre le train de bûches, jusqu'à ce que la nuit les chasse, la nuit et cette évidence qui s'imposait à eux : nul ne savait si le barrage de la Morte était fermé. Car si le barrage de Pontook et celui de la Morte étaient ouverts, le corps du jeune Canadien serait bourlingué à toute vitesse le long de l'Androscoggin. Ketchum savait mieux que personne qu'en la circonstance, on ne retrouverait pas Angel.

Le cuisinier aurait pu dire à quel moment précis les hommes avaient abandonné leurs recherches ; il les avait entendus poser leurs perches contre le mur de la cantine. Quelques-uns, fatigués, revinrent se faire nourrir à la nuit close. Il n'eut pas le cœur de les mettre à la porte. Les auxiliaires étaient toutes rentrées chez elles, à l'exception de la plongeuse, qui restait tard presque tous les soirs. Le cuisinier, qui s'appelait Dominic Baciagalupo, un nom difficile à prononcer – les hommes l'appelaient « Cuistot » –, leur prépara un dîner tardif, que son fils leur servit.

– Où est Ketchum ? demanda l'enfant à son père.

– En train de se faire rebouter le poignet, sans doute.

– Il doit avoir faim, tu parles, mais il est salement coriace.

– Il est robuste pour un homme qui boit, il faut bien le dire, convint le cuisinier, tout en pensant que ce coriace-là risquait de ne pas tenir le choc.

C'était peut-être lui qui vivrait le plus mal la perte d'Angel Pope : vétéran du métier, il avait pris le jeune Canadien sous son aile. Il s'était occupé de lui ; du moins, il avait essayé.

Ketchum avait les cheveux et la barbe du plus beau noir – noir charbon, plus noir que la fourrure de l'ours noir. Il s'était marié jeune, et plus d'une fois. Brouillé avec ses enfants, qui étaient partis faire leur vie, il vivait sur place à l'année, tantôt dans l'un des foyers, tantôt dans les hôtels désaffectés, quand ce n'était pas dans un wanigan de sa fabrication, c'est-à-dire à l'arrière de son pick-up, où il avait bien failli mourir de froid les nuits où il rentrait ivre mort. Pourtant, il avait empêché Angel de boire, tout comme il avait empêché plus d'une femme faite de s'approcher du jeune Canadien au « bal », comme on disait.

– T'es trop jeune, Angel, avait-il dit au garçon, en plus, ces belles dames pourraient te refiler ce qu'il faut pas.

Il était bien placé pour le savoir, s'était dit le cuisinier : cette fracture du poignet n'était qu'un bobo parmi les plaies et bosses de son existence.

Le sifflement régulier du gaz et la flamme intermittente des lampes de sûreté de la cuisinière, une vieille Garland à deux fours, huit brûleurs et un tournebroche noirci, semblaient s'accorder parfaitement aux lamentations des bûcherons pendant ce souper tardif. Le garçon perdu avait su les charmer ; ils l'avaient adopté comme on adopte un chien errant. Il avait gagné le cœur du cuisinier, qui avait peut-être vu en cet adolescent d'une gaîté inhabituelle une préfiguration de ce que deviendrait son propre fils ; Angel était avenant, sincèrement curieux, ni taiseux ni fermé, contrairement aux rares jeunes gens de son âge dans un lieu aussi primitif que Twisted River.

C'était d'autant plus remarquable qu'il leur avait confié être fugueur.

– T'es italien, toi ? lui avait demandé Dominic Baciagalupo.

– Je ne suis pas né en Italie, je ne parle pas italien, je viens de Toronto, ce n'est pas très italien, tout ça…, lui avait répondu Angel.

Le cuisinier avait tenu sa langue. Il connaissait un peu les Italiens de Boston, certains d'entre eux semblaient avoir des rapports difficiles avec leurs origines. Et puis, sur le Vieux Continent, se disait-il, cet Angel-là s'appelait peut-être Angelo. Quand il était petit, sa mère à lui l'appelait « mon ange », soit *Angelù* avec son accent sicilien.

Toujours est-il qu'après l'accident, on ne découvrit aucun papier mentionnant le nom d'Angel Pope ; parmi les deux ou trois choses qui lui appartenaient, pas le moindre livret, pas la moindre lettre qui permette de l'identifier. À supposer qu'il ait eu des papiers, ils avaient sombré dans la rivière avec lui, sans doute au fond de ses poches de salopette, de sorte que, si on ne retrouvait jamais le corps, on ne pourrait pas prévenir la famille ou la personne de chez qui il s'était enfui.

Légalement ou pas, avec ou sans papiers, Angel Pope avait passé la frontière canadienne pour pénétrer dans le New Hampshire, et pas par le Québec, voie la plus répandue ; lui, il avait choisi d'entrer par l'Ontario : ce n'était pas un Canadien français. Le cuisinier ne l'avait jamais entendu dire un mot de français ni d'italien, et les Canadiens français du camp ne l'avaient jamais accepté ; apparemment, ils n'aimaient pas les Canadiens anglais. D'ailleurs, lui aussi restait à l'écart, par une antipathie tout à fait réciproque, semblait-il.

Dominic avait respecté la discrétion du jeune homme, mais à présent il regrettait de ne pas en savoir davantage sur lui et ses origines. C'était un camarade plein de bonne humeur et de droiture pour Daniel, que les bûcherons et les ouvriers de la scierie appelaient tous Danny.

À Twisted River, presque tous les hommes en âge de travailler, ainsi que quelques femmes, connaissaient le cuisinier et son fils. Des femmes, il avait eu besoin d'en connaître surtout pour l'aider à s'occuper de l'enfant, car dix ans plus tôt, une éternité, il avait perdu la sienne, la jeune mère de Danny.

Dominic Baciagalupo était convaincu qu'Angel Pope avait déjà travaillé aux cuisines ; il s'acquittait de ses tâches maladroitement mais sans se plaindre, et avec une économie de mouvements qui trahissait la familiarité malgré l'ennui qu'il professait, et la fâcheuse habitude qu'il avait de s'entailler les doigts en se servant de la planche à découper.

D'autre part, le jeune Canadien lisait beaucoup ; il lui avait emprunté des tas de livres appartenant à feu sa femme, et il faisait souvent la lecture à Daniel. Ketchum jugeait qu'il lui avait d'ailleurs lu Stevenson « à trop haute dose », non seulement *Enlevé !* et *L'Île au trésor*, mais *Saint-Ives*, le roman entrepris sur son lit de mort et demeuré inachevé, dont il considérait qu'on aurait dû l'enterrer avec l'auteur. Avant l'accident, Angel lisait *Le Trafiquant d'épaves* à Danny, roman sur lequel Ketchum ne les avait pas encore gratifiés de son opinion.

En tout cas, si l'on ne savait pas d'où venait Angel Pope, une chose était sûre, il était allé à l'école, plus longtemps que la plupart des Canadiens français que le cuisinier avait pu connaître, plus longtemps que la plupart des ouvriers des scieries et des bûcherons du coin, d'ailleurs.

– Pourquoi il a fallu qu'Angel meure ? demanda Danny à son père.

L'enfant était en train de l'aider à essuyer les tables, après que les bûcherons étaient rentrés chez eux, ou sortis boire. La plongeuse elle-même avait fini son travail, elle était rentrée au volant de son pick-up.

– Angel n'aurait pas dû mourir, Daniel ; cet accident aurait pu être évité.

La formule faisait partie du vocabulaire du cuisinier, et son fils n'ignorait pas le fatalisme noir de son père quant à la fragilité humaine, et la témérité de la jeunesse en particulier.

– Il était trop novice pour conduire un train de bois, déclara-t-il, comme pour clore le chapitre.

Danny connaissait les idées de son père sur toute la liste des choses qu'Angel, comme tous les garçons de son âge, était trop jeune pour faire. Il aurait bien voulu empêcher le jeune homme de toucher au pivé, dont le dispositif le plus caractéristique est le crochet pivotant qui permet de rouler à la main un tronc trop lourd.

À en croire Ketchum, « dans le temps », c'était plus dangereux. Travailler avec des chevaux, tirer les luges dans les bois en hiver, c'était risqué. Car l'hiver, les bûcherons crapahutaient dans les montagnes. Ils coupaient les arbres, et, il n'y avait pas si longtemps encore, attelaient les troncs aux chevaux, un par un. On tirait ces sortes de luges, de carrioles sans roues, sur le sol gelé, où les sabots des chevaux eux-mêmes ne s'enfonçaient pas car les ornières laissées par les traîneaux gelaient toutes les nuits. Puis venait la fonte des neiges, la saison de la boue, et « dans le temps », comme disait Ketchum, le travail forestier s'interrompait.

Mais même ça, c'était en train de changer. Les nouvelles machines fonctionnaient dans la boue, et elles débardaient sur des distances bien plus longues, et des routes bien meilleures, carrossables à l'année, de sorte que la débâcle ne posait plus guère de problèmes ; d'ailleurs, les chevaux cédaient la place à des chenilles.

Avec les bulldozers, on pouvait faire passer les routes jusque sur le site même de bûcheronnage, et charger le bois sur des camions pour l'acheminer vers un embarcadère stratégiquement situé sur la rivière, l'étang, le lac ; du reste, les transports terrestres allaient bientôt supplanter les trains de bois. Il était révolu le temps où on descendait les chevaux par des poulies quand les berges étaient trop abruptes – « les attelages se retrouvaient à glisser sur leur croupe », avait dit Ketchum au petit Danny. (Ketchum pensait le plus grand bien des bœufs, dont le pied était sûr même dans une neige profonde, mais on ne leur avait que rarement confié cette besogne.)

Révolu aussi l'acheminement par rail ; il avait pris fin dans la vallée du Pemigewasset, en 1948, l'année même où un des cousins de Ketchum s'était fait écraser par une locomotive Shay, à la fabrique de papier de Livermore Falls. La Shay pesait cinquante tonnes ; on s'en était servi pour arracher les derniers rails traversant les forêts. Le lit des voies ferrées faisait des chemins de charriage bien solides pour les camions, dans les années cinquante. Ketchum se rappelait encore un meurtre qui avait eu lieu sur la voie ferrée de Beebe River, du temps où il copilotait un attelage de quatre chevaux qui tractait du spruce de première qualité. Il avait aussi copiloté des Lombard à vapeur, tirés par un cheval. On montait alors les luges à l'avant du tracteur, sur lequel le conducteur s'installait. Plus tard, de nouveaux modèles avaient remplacé cheval et conducteur par un pilote à son volant. Ketchum avait tenu le volant, aussi, Danny Baciagalupo le savait : que n'avait-il pas fait ?

À Twisted River, les anciens chemins de charriage des Lombard s'étaient changés en routes où passaient les camions, mais on apercevait encore un engin par-ci par-là ; il y en avait un dressé à la verticale dans Twisted River, et un autre, sur le flanc celui-là, dans le camp forestier de West Dummer, dit aussi « camp de Paris » parce qu'il appartenait à la Paris Manufacturing Company, dans le Maine.

Le Phillips Brook coulait jusqu'à Paris pour se jeter dans l'Ammonoosuc, puis dans le Connecticut. Les flotteurs poussaient ainsi jusqu'à Paris leurs convois de bois de menuiserie, avec un peu de bois de papeterie, aussi. La scierie du village ne travaillait que le bois dur, la société du Maine fabriquant des toboggans ; et le camp, avec sa scierie à vapeur, avait transformé les écuries à chevaux en atelier d'entretien des machines. Le directeur de l'usine habitait sur place, à côté du foyer de soixante-quinze lits et du mess, avec quelques logis sommaires pour les familles, à quoi il faut ajouter un verger de pommes planté par une main optimiste, et une école. Comme il n'y avait pas d'école à Twisted River, et qu'aucun optimiste opiniâtre n'avait jugé raisonnable de planter des pommiers autour de ce village précaire, on avait tendance à penser – les « Parisiens » surtout – qu'ils constituaient une communauté plus civilisée et moins éphémère que celle de Twisted River.

Depuis le talus qui dominait ces deux avant-postes, aucune cartomancienne ne se serait risquée à prédire longue vie ou prospérité à l'un ou à l'autre. Danny Baciagalupo avait entendu Ketchum les promettre à une mort certaine, mais Ketchum, Dominic l'avait fait observer à son fils, « n'était pas un inconditionnel du progrès ». Le cuisinier ne savait pas raconter les histoires ; il émettait chroniquement des doutes sur celles de Ketchum : « Tu n'es pas obligé de croire tout ce qu'il dit comme parole d'Évangile. »

Était-il vrai que la tante de Ketchum, comptable de son état, avait été tuée par l'écroulement d'une pile de billes près des tours à bois, à Milan ? « Je ne suis même pas sûr qu'il y ait eu ou qu'il y ait un tour à bois à Milan, Daniel », lui avait fait observer son père. S'il fallait en croire Ketchum, toujours, un orage avait tué quatre personnes à la scierie du déversoir des étangs de Dummer, le plus haut et le plus vaste. La foudre aurait frappé la chaîne du bois.

Des témoins avaient vu la scierie brûler de fond en comble.

– Ça m'étonne bien qu'il n'y ait pas eu un cousin de Ketchum parmi eux…, s'était contenté de dire Dominic.

En effet, un autre de ses cousins était tombé dans la déchiqueteuse d'une usine de pâte à papier ; un de ses oncles avait été décérébré par une bûche de plus d'un mètre dans une scierie qui fournissait ladite usine. Jadis, il y avait eu une machine à vapeur flottante sur les étangs de Dummer ; on s'en servait pour lier les troncs ensemble avant de les scier ; mais cette machine avait explosé. Au printemps, on avait retrouvé une oreille humaine gelée sur l'îlot de l'étang, dont les arbres avaient été roussis par l'explosion. Par la suite, racontait Ketchum, un type s'en servait comme appât pour pêcher dans la glace, au réservoir de Pontook.

– Encore un parent à toi, je présume, avait ironisé le cuisinier.

– Pas que je sache, avait répondu Ketchum.

Ketchum racontait aussi celle du « connard mémorable » qui avait construit les écuries à chevaux en amont du dortoir et du mess au Camp Cinq. Une fois que tous les hommes du camp étaient tombés malades, ils avaient saucissonné le susdit mémorable avec les brides des chevaux au-dessus de la fosse à purin, tant et si bien que le connard s'était évanoui sous les effluves.

– Tu comprends pourquoi Ketchum regrette le bon vieux temps, Daniel, avait dit le cuisinier à son fils.

Il en savait lui aussi des histoires, pas racontables pour la plupart. Et quand par hasard il pouvait lui en dire une, elle ne frappait pas l'imagination de son fils comme celles de Ketchum. Il y avait celle du semis de haricots devant sa tente, à Chickwolnepy, près de Success Pond. Dans le temps, sur un convoi, Dominic avait creusé un trou de plus d'un mètre pour cuire des haricots ; il les y avait mis au moment de se coucher, en recouvrant le trou de cendres chaudes et de terre. Il se proposait d'exhumer la marmite toute fumante à cinq heures du matin, pour le petit-déjeuner. Sauf qu'un Canadien français était sorti de son wanigan, sans doute pour pisser, avant le lever du jour ; il était tombé dans le trou, pieds nus, et s'était brûlé.

– C'est tout ? C'est ça, ton histoire ? avait demandé Danny.

– Ah, ça doit être de l'humour de cuistot, avait dit Ketchum, par gentillesse.

Il aimait bien taquiner Dominic en lui disant qu'il serait bientôt plus facile de trouver des spaghettis que de la soupe aux pois et des haricots blancs le long de l'Androscoggin.

– On n'en a jamais tant vu, des cuistots italiens, disait-il avec un clin d'œil à Danny.

– Tu vas pas me dire que tu préfères les fayots et la soupe aux pois aux pâtes ? avait lancé le cuisinier à son vieil ami.

– Mais c'est qu'il est susceptible, ce petit gars ! avait dit Ketchum avec un nouveau clin d'œil à Danny. (« Immaculée Constipation, qu'est-ce que t'es susceptible », avait-il plus d'une fois lancé à Dominic.)

À présent, on était entré dans la saison de la boue, et des rivières en crue. On avait vu les eaux passer à travers une écluse – phénomène que Ketchum appelait « la tête chercheuse » –, sans doute celle située à l'extrémité est du petit étang de Dummer, et c'est ainsi qu'un jeune gars de Toronto, un gars qu'on connaissait à peine, avait été emporté.

Sous peu, les bûcherons cesseraient de faire monter les eaux de la Twisted en construisant des barrages sur les affluents qui venaient la grossir au point d'arrivée des trains de bois ; au printemps, on ouvrait les vannes, ajoutant ainsi des torrents au convoi. Le bois destiné à la pâte à papier était entreposé sur ces rivières, ainsi que sur leurs berges pendant l'hiver, et puis lâché dans la Twisted quand on ouvrait les vannes. Si cela se passait peu après la fonte des neiges, le bouscueil était fort, et les troncs cisaillaient les berges au passage. Le cuisinier ne trouvait pas que la rivière méritait son nom de Twisted, « la sinueuse » : deux méandres ! Mais les bûcherons, les anciens surtout qui le lui avaient donné, savaient ces deux boucles assez perfides pour provoquer des embâcles tous les printemps, surtout en amont du bassin, au niveau des étangs de Dummer. Aux deux boucles de la rivière, les troncs coincés se débloquaient le plus souvent à la main ; à la boucle d'amont, où le courant atteignait sa puissance maximale, on n'aurait jamais laissé un bleu comme Angel s'aventurer sur un embâcle.

Mais Angel avait péri à l'écart des courants violents dans les eaux relativement calmes du bassin, seulement agitées par les troncs. Aux deux boucles, on faisait sauter les barrages à la dynamite, ce qui n'était pas du goût de Dominic Baciagalupo. Les déflagrations ébranlaient les marmites et les casseroles, ainsi que les ustensiles suspendus à la cuisine ; à la salle à manger, les bols de sucre et les bouteilles de ketchup dégringolaient des tables.

– Les histoires, c'est pas son fort, à ton père, disait Ketchum, et la dynamite encore moins.

Depuis le bassin en aval du village, l'eau descendait vers l'Androscoggin. Outre le Connecticut, les grandes rivières charriant des convois de bois dans le nord du New Hampshire étaient l'Ammonoosuc et l'Androscoggin, notoirement assassines.

Pour autant, certains draveurs s'étaient noyés, ou fait écraser sur le segment relativement court entre le petit étang de Dummer et le village de Twisted River, ainsi que dans le bassin. Angel Pope, le jeune Canadien, n'était ni le premier ni le dernier.

Et dans les camps voués à la destruction de Twisted River et de Paris, plus d'un ouvrier des scieries avait perdu un membre, voire la vie – plus d'un, hélas, à la suite d'une rixe de bar. On manquait de femmes, et c'est ainsi que commençaient les bagarres, en général, même si Ketchum se plaisait à dire qu'on manquait plutôt de bars. Il n'y avait pas de bar à Paris, de toute façon, et dans les camps ne vivaient que des femmes mariées.

Selon Ketchum, c'était cette conjonction de facteurs qui poussait les hommes de Paris sur le chemin de charriage de Twisted River presque tous les soirs.

– On n'aurait jamais dû faire passer un pont sur le Phillips Brook, ajoutait-il.

– Tu vois, Daniel, disait le cuisinier à son fils, Ketchum vient de nous démontrer une fois de plus que le progrès nous tuera tous.

– La mentalité catholique l'aura fait avant, Danny, ripostait Ketchum. Les Italiens sont catholiques, or ton père est italien, et toi aussi du même coup, même si vous n'êtes pas très catholiques, ni l'un ni l'autre, niveau mentalité. Moi je pense surtout aux Canadiens français en disant ça. Par exemple, ils font tellement de gosses qu'ils les baptisent parfois d'un numéro, au lieu de leur donner un prénom.

– Seigneur ! s'exclama Dominic Baciagalupo en secouant la tête.

– C'est vrai ? demanda Dan à Ketchum.

– D'après toi, Vingt Dumas, c'est quoi, comme nom ?

– Roland et Joanne Dumas n'ont pas vingt enfants ! s'écria le cuisinier.

– Ensemble, peut-être pas, répliqua Ketchum. Pour le petit Vingt, alors, leur langue a fourché, tu crois ?

Dominic secoua la tête, une fois de plus.

– Ben quoi ? demanda Ketchum.

– J'ai promis à la mère du petit de l'élever proprement.

– Justement, je m'applique à lui donner une éducation relevée.

– Relevée ? Tu as de ces mots, parfois…, commenta le cuisinier sans aller jusqu'au bout de sa pensée.

Ni bonimenteur ni dynamiteur, pensa Danny Baciagalupo ; il aimait tendrement son père, et il avait observé qu'il avait tendance à ne pas finir ses phrases – à haute voix du moins.

Exception faite de la plongeuse indienne, et des quelques femmes d'ouvriers de la scierie qui aidaient le cuisinier, on voyait rarement une femme manger à la cantine, sauf les week-ends, où certains des hommes y venaient en famille. On ne buvait pas d'alcool, règle imposée par le cuisinier. Le dîner, ou souper, comme disaient les anciens qui le prenaient jadis dans les wanigans, était servi sitôt la nuit tombée, ainsi la majorité des scieurs et des bûcherons arrivaient à table encore à jeun. Ils bâfraient à la va-vite, et sans conversation intelligible, y compris le week-end et les jours où ils ne conduisaient pas les convois.

Comme ils arrivaient tous directement de leur travail, leurs vêtements étaient crasseux, et ils sentaient la poix et la résine de pin, l'écorce humide et la sciure, mais ils avaient le visage et les mains bien propres, fleurant le savon au pin que la salle d'eau de la cantine tenait à leur disposition en abondance dans ses profondeurs caverneuses, à la demande du cuisinier. (Se laver les mains avant de passer à table faisait partie de ses principes.) En plus, il y avait toujours des serviettes propres, ce qui expliquait – en partie – que la plongeuse indienne finisse souvent tard. Pendant que son auxiliaire lavait les dernières assiettes, elle fourrait les serviettes dans la machine de la buanderie et ne rentrait jamais chez elle avant que le cycle de lavage soit achevé et toutes les serviettes dans le séchoir.

On l'appelait Jane l'Indienne – derrière son dos, bien sûr. Danny Baciagalupo l'aimait bien, et, de son côté, elle semblait l'adorer. Elle avait au moins dix ans de plus que son père, elle était encore plus vieille que Ketchum, et elle avait perdu un fils, qui se serait noyé dans le Pemigewasset, si Danny avait bien entendu ce qu'on racontait. À moins que Jane et son fils perdu ne soient venus des terres incultes de Conway, au nord-ouest des scieries, auquel cas le malheureux s'était noyé ailleurs. Au nord de Milan s'étendaient en effet des territoires sauvages bien plus vastes, où se trouvait la scierie de bois de pin. Il y avait d'autres camps, et maint endroit où un jeune bûcheron pouvait se noyer. Jane avait appris à Danny que Pemigewasset signifiait « l'allée des pins tordus », paysage où l'enfant impressionnable voyait le parfait théâtre d'une noyade.

Tout ce qu'il se rappelait, c'est que l'accident s'était produit en pleine nature, en convoyant du bois, et à en juger par les regards affectueux dont la plongeuse le couvait lui-même, son fils avait peut-être une douzaine d'années quand il s'était noyé. Il n'en savait rien, et ne posait pas de questions ; tout ce qu'il savait de Jane l'Indienne, il l'avait observé en silence, ou entendu par bribes. « On n'écoute pas les conversations qui s'adressent à quelqu'un d'autre, Daniel », lui avait dit son père, voulant éviter qu'il tende indûment l'oreille aux propos décousus que les hommes échangeaient à table.

Le plus souvent, après dîner, mais de façon plus discrète que du temps des wanigans, et sauf s'ils devaient convoyer un train de bonne heure le lendemain, les bûcherons et les scieurs buvaient. Ceux qui avaient un foyer buvaient chez eux ; les gars de passage, c'est-à-dire la plupart des forestiers et tous les Canadiens itinérants, allaient boire dans leurs foyers spartiates, et situés dans la partie humide du village, au-dessus du bassin. Leurs logis étaient à quelques pas des bars sinistres et du « bal » louche, qui n'avait de bal que le nom puisqu'on n'y dansait pas, mais où l'on trouvait de la musique et des femmes, denrée rare par ailleurs.

Les travailleurs chargés de famille préféraient le camp de Paris, plus petit, mais (ça se discutait) plus civilisé. Ketchum refusait pour sa part d'appeler ce camp « Paris », et il le nommait West Dummer.

– Aucune communauté, pas même un camp de bûcherons ne devrait porter le nom d'une entreprise, déclarait-il. (Absurdité aggravante à ses yeux, cette entreprise du New Hampshire devait son nom à une société du Maine qui fabriquait des toboggans.)

– Seigneur Dieu, s'exclamait le cuisinier, bientôt, tout le bois de Twisted River ira faire de la pâte à papier, alors en quoi c'est pire, de faire des toboggans ?

– Avec le papier, on fabrique des livres, déclara Ketchum, ils vont t'avancer à quoi, les toboggans, pour l'éducation de ton fils ?

Des enfants, il n'y en avait guère à Twisted River, et ils allaient à l'école à Paris. C'est d'ailleurs là qu'allait Danny Baciagalupo, quand il y allait, car il n'était pas rare que son père le garde à la maison, histoire qu'il puisse lire un livre ou deux, pratique pas nécessairement encouragée par l'école de Paris (ou de West Dummer, selon la toponymie de Ketchum).

– En voilà une idée, que les enfants d'un camp de bûcherons apprennent à lire ! persiflait Ketchum.

Il n'avait pas appris dans son enfance, et en gardait une grande rancœur.

Le bois de menuiserie et celui pour la pâte à papier se vendaient et se vendent toujours bien de part et d'autre de la frontière canadienne. La partie nord du New Hampshire continue d'alimenter en quantités proprement industrielles les usines à papier du New Hampshire et du Maine, ainsi qu'une fabrique de meubles dans le Vermont. Mais des camps de bûcherons à l'ancienne, il ne reste que des vestiges branlants.

Dans un village comme Twisted River, seul le temps était immuable. Du barrage du petit étang de Dummer au bassin de Twisted River, une brume, voire un brouillard tenace, planait sur les eaux turbulentes jusqu'en milieu de matinée, et ce en toutes saisons, sauf lorsque la rivière gelait. Le miaulement des lames des scieries était aussi familier, aussi attendu que le chant des oiseaux, mais le phénomène le plus inéluctable, c'était l'absence de printemps dans ce coin du New Hampshire, sauf à nommer printemps la navrante débâcle du début avril à la mi-mai, où la boue prise en glace dégelait lentement.

Pourtant, le cuisinier était resté. Rares étaient ceux qui savaient pourquoi, plus rares encore ceux qui savaient d'où il venait, ce qui l'avait amené là et quand. Mais sa claudication avait une histoire, ça ne faisait de doute pour personne. Dans ces villages de scieurs et de bûcherons, le handicap n'avait rien d'insolite. Quand on risque à tout moment de croiser un tronc d'arbre en goguette, on a vite fait de se retrouver avec une cheville écrabouillée. Même au repos, on voyait que la galoche de son pied mutilé faisait deux pointures de plus que celle de son pied valide ; qu'il fût assis ou debout, elle pointait de travers. Les habitants de Twisted River savaient à quoi s'en tenir : toutes sortes d'accidents du travail pouvaient avoir provoqué cette infirmité.

Dominic s'était fait passer pour un jeune homme ; rétrospectivement, il n'était peut-être pas aussi novice qu'Angel Pope, mais c'était bien un « bleu ». Il exerçait un petit boulot après l'école, sur le quai de chargement d'une des grandes scieries de Berlin, où un des amis de son lâcheur de père était contremaître. Jusqu'à la Seconde Guerre mondiale, ce prétendu ami y avait fait partie des meubles, mais il se le rappelait comme un poivrot, cet « oncle Umberto » qui passait son temps à traîner sa mère dans la boue. Même après son accident, son père démissionnaire ne lui fit jamais signe ; quant à l'oncle Umberto, il ne se conduisit jamais en « ami de la famille ».

Il y avait un chargement de troncs de bois dur sur la jetée, essentiellement de l'érable et du bouleau. Le jeune Dominic était en train de se servir d'un pivé pour rouler les troncs jusqu'à la scierie lorsqu'un lot lui avait subitement déboulé dessus sans qu'il ait le temps de l'éviter. On était en 1936 et, du haut de ses douze ans, l'âge de son fils aujourd'hui, il maniait ce grappin avec une assurance faraude, lui qui n'aurait jamais permis à son fils chéri de s'approcher d'un pont de chargement, le gamin eût-il été ambidextre. Les troncs l'avaient envoyé au tapis, et le crochet du pivé lui était rentré dans la cuisse gauche comme un hameçon sans barbillon, tandis que le poids du bois écrabouillait sa cheville gauche coincée. Si le croc du grappin ne risquait guère de le saigner à blanc, il aurait fort bien pu, à l'époque, mourir de septicémie ; sa cheville fracassée aurait par ailleurs pu se gangrener, on aurait pu l'amputer du pied gauche, voire de toute la jambe.

Dans le comté de Coos, en 1936, la radiographie était inconnue. Les autorités médicales de Berlin ne tenaient guère à entreprendre une reconstitution sophistiquée de cette cheville en miettes ; en pareil cas, la chirurgie n'était pas spécialement recommandée, sinon *a minima*. On attendait la suite des événements : soit les vaisseaux étaient écrasés, la circulation ne se ferait plus, et alors il faudrait amputer ; soit les éclats d'os déplacés se recollaient et cicatrisaient en vrac, auquel cas Dominic Baciagalupo boiterait et souffrirait toute sa vie – tel fut son lot.

Il garda en outre la cicatrice que le crochet lui avait laissée ; on aurait dit la morsure d'un petit animal bizarre, pourvu d'une dent unique, dans une gueule trop petite pour engloutir la jambe du gamin. Sitôt qu'il amorçait un pas, son pied gauche tournait en dehors, orteils de guingois, de sorte qu'on remarquait souvent cette difformité avant même de voir qu'il boitait.

Une chose était sûre, il ne deviendrait pas bûcheron : il faut de l'équilibre. Quant aux scieries, il leur devait son infirmité, et puis l'« ami » poivrot de son père y était contremaître, décidément non, son avenir ne passerait pas par les scieries.

– Hé, Bachagaloupo, lui criait souvent son oncle Umberto, t'as oun nom napolitain, mais tou traînes la savate comme oun Sicilien.

– Mais je suis sicilien, lui répondait Dominic le plus sérieusement du monde (sa mère lui semblait incroyablement fière de l'être, en tout cas).

– N'empêche que tou as oun nom napolitain.

– Ben, comme mon père, sûrement.

– Ton père, y s'appelait pas Bachagaloupo. Démande-loui, à Nunzi, elle té lé dira pourquoi tou t'appelles comme ça.

L'enfant détestait qu'Umberto appelle sa mère Nunzi, diminutif affectueux dont il usait sans affection aucune. (Cet oncle Umberto était le genre de personnage que le public du film ou de la pièce perçoit d'emblée comme secondaire, mais qui croit jouer le rôle-titre.)

– Et tu n'es pas vraiment mon oncle, je suppose ? demandait Dominic.

– Demande à ta mamma, si elle tenait tant que ça à ce que tou restes sicilien, elle aurait dou té donner son nom.

Le nom de jeune fille de sa mère était Saetta, elle le prononçait à la sicilienne, « saEtta », fière de le porter, comme de tous les ancêtres dont il l'avait entendue parler quand elle voulait bien évoquer ses origines.

Sur celles de Dominic, elle n'était pas bavarde. Le peu que Danny en savait, il l'avait glané, de travers peut-être, à la longue et insuffisamment, comme dans ce Cluedo de son enfance, fait de preuves partielles et d'indices incomplets, auquel il avait joué avec son père, Ketchum, et Jane, lorsqu'elle se joignait à eux. (L'assassin était-il le Colonel Moutarde, posté dans la cuisine chandelier à la main, ou Mademoiselle Rose, à l'affût dans la salle de bal avec son revolver ?)

Tout ce que le jeune Dominic savait, c'était que son père, napolitain, avait séduit – et abandonné enceinte – Annunziata Saetta à Boston. On disait qu'il avait repris le bateau pour Naples. À la question « Où il est, maintenant ? », question que l'enfant posait souvent à sa mère, elle répondait mystérieusement, avec un soupir et un haussement d'épaules, les yeux au ciel, ou dans la direction des vapeurs émanant de la cuisinière : « Vicino a Napoli », ce qui, il l'avait deviné, devait signifier « Aux environs de Naples ». Pour avoir consulté un atlas après l'avoir entendue prononcer dans son sommeil le nom de deux villages et cantons perchés aux environs de Naples, Benevento et Avellino, il en avait conclu que son père s'y était enfui.

Cet Umberto qui, de toute évidence, n'avait d'oncle que le nom, était en revanche un « connard mémorable », comme aurait dit Ketchum.

– C'est quoi, comme nom, Umberto ? lui avait demandé Dominic.

– C'est lé nom dou roi ! lui avait-il répondu, outré.

– Mais c'est bien un nom napolitain, non ?

– Per ché tou mé poses ces questions, ché tou as douze ans tou té fais passer pour seize…

– Mais c'est toi qui m'as dit de faire ça…

– Écoute, tou as dou boulot, Bachagaloupo…

Et puis les troncs étaient passés, et Dominic s'était fait cuisinier. Sa mère, Américaine née en Sicile, résidant à Boston puis exilée pour cause de grossesse fâcheuse à Berlin, New Hampshire, savait faire la cuisine. Elle quitta la ville pour s'installer dans le Nord lorsque Gennaro Capodilupo eut mis les voiles, au propre ou au figuré, sur les quais, du côté d'Atlantic Avenue et de Commercial Street, la laissant grosse pour retourner à Naples.

Umberto, pseudo-oncle et connard authentique, avait raison ; son père ne s'appelait pas Baciagalupo. Ce père en cavale se nommait Capodilupo, ce qui signifiait « tête de loup », lui avait expliqué Annunziata. Que faire, quand on est fille mère ? Menteur comme il était, c'est Boccadilupo, Gueule de Loup, qu'on aurait dû l'appeler. (Tiens, ça irait bien à Umberto le Connard, s'était-il dit plus d'une fois.)

– Mais toi, Angelù, tu es mon baiser du loup, concluait sa mère.

Soucieuse de le légitimer, et puis aussi par goût du verbe, elle n'avait pas voulu le nommer Tête de Loup, il n'y avait que Baiser du Loup qui puisse lui convenir. Ça aurait dû s'écrire Baciacalupo, mais Annunziata Saetta prononçait « g » le second *c*. Avec le temps, et une faute de frappe au jardin d'enfants, il était resté Baciagalupo, et c'était le nom qu'il portait avant de devenir cuisinier.

Sa mère l'appelait parfois par son diminutif, Dom, Dominic venant de *domenica*, qui veut dire dimanche. Non pas qu'elle eût la « mentalité catholique » à tous crins, pour reprendre le terme de Ketchum, puisque c'était précisément la part catholique et italienne de sa famille qui l'avait exilée dans le nord du New Hampshire. À Berlin, d'autres Italiens, catholiques sans doute, allaient s'occuper d'elle.

Pensaient-ils qu'elle abandonnerait son enfant à une famille adoptive pour revenir ensuite à North End ? Cela se faisait et elle le savait, mais elle n'envisagea pas une seconde de renoncer à lui, quelle qu'ait pu être sa nostalgie de North End et de sa communauté italienne. Elle n'éprouva jamais la tentation de revenir à Boston, non plus. À cause de son « accident », on l'avait expédiée au large ; sa rancune s'expliquait.

Si elle demeurait fidèle à ses origines quand elle se mettait aux fourneaux, les fameux liens s'étaient élimés. Sa famille de Boston, et par extension la communauté italienne de North End, ainsi que tout ce qui représentait la « mentalité catholique » l'avaient reniée ; elle les reniait à son tour. Elle n'allait jamais à la messe, et n'obligea nullement Dominic à y assister.

– Il suffit de se confesser chaque fois qu'on en a besoin, disait-elle à son fils du dimanche, son petit baiser du loup.

Elle ne voulut pas non plus lui apprendre l'italien, à l'exception de certains termes culinaires de base, et l'enfant n'eut pas envie d'apprendre la langue du « vieux pays », désignant par ce terme non pas l'Italie, mais North End. Ce quartier, cette langue avaient rejeté sa mère, il ne parlerait donc jamais italien ; quant à Boston, il était catégorique : c'était bien le dernier endroit au monde où il avait envie d'aller.

Dans cette vie qu'entamait Annunziata Saetta, tout était placé sous le signe d'un nouveau départ. Benjamine de trois sœurs, elle parlait et écrivait l'anglais aussi bien que le sicilien. Elle apprit à lire aux enfants de l'école primaire de Berlin, et après l'accident, elle en retira son fils, pour lui enseigner les rudiments de la cuisine. Elle tenait aussi à ce qu'il lise, et pas seulement des livres de cuisine, mais tout ce qu'elle lisait elle-même, c'est-à-dire essentiellement des romans. Son fils s'était fait mutiler en contravention totale aux lois sur le travail des enfants, lois généralement méprisées d'ailleurs. Elle l'avait retiré de la circulation, elle assurait son éducation littéraire et culinaire elle-même.

Ketchum n'avait pas eu cette chance, lui qui avait quitté l'école avant douze ans. En 1936, à dix-neuf ans, il ne savait ni lire ni écrire ; mais quand il ne travaillait pas comme bûcheron, il chargeait du bois de coupe sur les bennes des trains depuis les quais à ciel ouvert de la plus grosse scierie de Berlin. Les ouvriers retaillaient les fagots pour que les bennes puissent passer sans mal sous les ponts et les tunnels.

– Voilà toute mon éducation, avant que ta mère m'apprenne à lire, disait-il volontiers à Danny Baciagalupo.

Alors, le cuisinier se mettait à secouer la tête ; le fait que feu sa femme ait appris à lire à Ketchum semblait pourtant incontestable.

En tout cas, il ne relevait pas des affabulations hénaurmes de ses autres récits, celle des baraquements trop bas de plafond au Camp Un, par exemple. Selon lui, un certain Indien chargé de balayer la neige du toit avait négligé de le faire. Sous le poids, le toit s'était effondré, et tous les bûcherons s'en étaient tirés indemnes, tous sauf un, l'Indien, qui avait péri asphyxié par l'odeur des chaussettes mouillées. (Le cuisinier et son fils avaient bien conscience qu'il enfourchait là un de ses dadas quasi permanents, à savoir que la puanteur des chaussettes était le fléau de la vie dans les baraquements.)

– Je me rappelle pas avoir vu un Indien au Camp Un, avait sobrement fait remarquer Dominic à son vieil ami.

– T'es trop jeune pour te souvenir du Camp Un, Cuistot, avait répondu Ketchum.

Danny avait souvent remarqué que son père réagissait au quart de tour à la simple mention de leur différence d'âge. Sept ans : écart insurmontable si les deux hommes s'étaient rencontrés à Berlin, dans leur prime jeunesse, quand Ketchum avait dix-neuf ans, et que, charpenté et svelte à la fois, il arborait déjà une barbe volumineuse quoique encore inégale, contrairement au petit Dom préadolescent.

À douze ans, ce dernier était fort et nerveux, pas grand ni costaud, mais compact et noueux ; du reste, à trente ans, il avait gardé cette allure de jeune bûcheron maigre et musclé, même s'il faisait plus que son âge, surtout aux yeux de son petit garçon, qui pensait que l'air sérieux de son père y était pour quelque chose. On ne pouvait pas prononcer les mots « passé » ni « avenir » en sa présence sans lui faire froncer les sourcils. Quant au présent, même à douze ans, Danny Baciagalupo savait qu'il était à la croisée des chemins.

Il savait que son père avait vu sa vie bouleversée à cause d'une fracture de la cheville, et qu'un autre accident, arrivé à sa mère à lui, avait changé le cours de son enfance, et celui de la vie de son père à tout jamais pour la deuxième fois. Dans le monde d'un gosse de douze ans, tout changement est perçu comme néfaste : tout changement inquiétait Danny, comme l'inquiétait le fait de manquer l'école.

Quand il y avait des convois de bois, au temps pas si lointain où Danny et son père couchaient dans les wanigans, il n'allait pas en classe. Il n'aimait pas l'école, et cela l'inquiétait, de même que la facilité avec laquelle il rattrapait les devoirs. Les garçons de sa classe étaient tous plus âgés que lui, parce que tout leur était prétexte à manquer l'école, et qu'ils ne rattrapaient jamais le travail ; ils avaient tous redoublé une ou deux fois.

Quand le cuisinier voyait son fils inquiet, il lui disait invariablement : « Tiens bon, Daniel. Évite de te faire tuer, et je te promets qu'un jour on partira d'ici. » Mais cette promesse elle-même inquiétait Danny. Il s'était senti chez lui jusque dans les wanigans. Et à Twisted River, il avait sa chambre au-dessus de la cantine, à côté de celle de son père, dont il partageait la salle de bains. Ils étaient les seuls à habiter l'étage, dans ces chambres spacieuses et confortables, avec chacune sa lucarne, ses grandes fenêtres ouvrant sur les montagnes, ainsi que sur un bout du bassin de la rivière, en contrebas.

L'itinéraire du bois parcourait collines et montagnes ; il y avait de grands carrés de prés et de repousses de forêt là où les bûcherons avaient récolté les feuillus et les conifères. De sa chambre, le jeune

Daniel Baciagalupo avait l'impression que le roc nu et la repousse ne pourraient jamais remplacer les érables et les frênes, ou les bois tendres, le pin et le sapin, les pins rouges et le pin blanc, la ciguë et le tamarack. L'enfant se disait que les prairies s'ensauvageaient, envahies d'herbes folles et de hautes herbes qui lui arrivaient à la taille. Pourtant, en fait, les forêts de la région étaient entretenues pour donner des récoltes de bois substantielles ; ces bois sont encore productifs en ce « vingt et unième siècle de merde », aurait dit Ketchum. Comme il se plaisait à le suggérer, il y avait des choses qui ne changeraient jamais :

– Le tamarack aimera toujours les marais, le hêtre jaune sera toujours très prisé en menuiserie, et le frêne gris ne sera jamais bon à autre chose qu'à flamber dans la cheminée.

Quant au fait que les convois de Coos seraient bientôt limités à des pitounes d'à peine plus d'un mètre, il préférait, dans sa morosité, s'abstenir de toute vaticination, se contentant de faire remarquer que les lots de bois plus petits avaient tendance à s'échapper des convois à la faveur du courant, et qu'il fallait passer derrière pour assurer la glaine.

Ce qui allait bel et bien changer, en revanche, dans le commerce du bois, et ce qui pourrait mettre un terme à l'emploi du cuisinier, n'était autre que l'esprit du temps ; les circonstances pouvaient tuer un « camp » comme celui de Twisted River, mais Danny Baciagalupo se demandait avec anxiété quels emplois il resterait à Twisted River une fois les bûcherons partis. Le cuisinier bougerait-il, alors ? Et Ketchum, bougerait-il un jour ?

La rivière, elle, continuait de couler comme coulent les rivières. Sous les troncs, le corps d'un jeune Canadien allait au fil du courant, qui le bourlinguait d'une berge à l'autre, rive droite, rive gauche. Et si, en ce point précis du temps, Twisted River paraissait aussi nerveuse, voire aussi impatiente, peut-être voulait-elle que le corps du jeune homme avance, plus loin, toujours plus loin.

2
Do-si-do

Dans un placard à côté du garde-manger de la cuisine, Dominic rangeait deux vieux lits de camp qui dataient du temps des wanigans, où il avait couché dans mainte cuisine nomade. Il avait aussi récupéré deux sacs de couchage un peu moisis, non pas par nostalgie mais parce qu'il arrivait à Ketchum de coucher à la cuisine ; parfois, si Danny était réveillé, il tannait son père pour pouvoir y coucher aussi : pourvu que Ketchum n'ait pas bu outre mesure, il espérait ainsi se faire raconter une nouvelle histoire, voire une ancienne, revue et corrigée avec extravagance.

La nuit qui suivit la disparition d'Angel sous les troncs, il neigea un peu. On était en avril, mais les nuits demeuraient froides, et Dominic allumait les fours de la cuisinière à gaz, l'un sur 180 et l'autre sur 220 ; il mélangeait la farine et la levure de ses scones, de ses muffins au maïs et du pain de banane avant de se coucher. Le pain perdu qu'il réalisait avec les restes du pain de banane avait un franc succès, et il faisait aussi des crêpes le matin. À cause des œufs crus, il n'aimait pas conserver la pâte à crêpes plus de deux jours au frigo. À la dernière minute aussi, presque tous les matins, il faisait des biscuits au petit-lait, qu'il passait brièvement au four à 220 degrés.

Quant à Danny, il lui revenait en général d'éplucher les patates et de les couper en dés pour les laisser tremper dans l'eau salée la nuit. Son père les mettait à dorer dans la lèchefrite le lendemain matin, pendant que le bacon était en train de frire. Dans cette vieille Garland, la lèchefrite se trouvait au-dessus du gril, qui arrivait au niveau des yeux du cuisinier. Même sur la pointe des pieds, armé d'une spatule à long manche, ou encore juché sur un petit banc (solutions hasardeuses quand on a une patte folle) ; il se brûlait souvent l'avant-bras en essayant d'atteindre le fond de la lèchefrite. Parfois, Jane l'Indienne prenait la relève, car, plus grande que lui, elle avait le bras plus long.

Il faisait encore nuit quand il se levait pour frire le bacon et mettre ses pains au four, nuit toujours quand Danny se réveillait à l'étage, les narines chatouillées par l'odeur du bacon et du café, nuit enfin quand l'aide-cuisinière et la plongeuse arrivaient du village, annoncées par le faisceau de leurs phares et, presque aussitôt, le bruit de leur moteur. La plupart du temps, le gril était déjà incandescent pour gratiner le fromage sur les omelettes. Avant de partir à l'école, Danny était chargé de couper en dés poivrons et tomates pour ces mêmes omelettes, et de faire chauffer le sirop d'érable dans la grande casserole sur l'un des brûleurs du fond de la cuisinière, qui en comptait huit.

La porte extérieure de la cuisine fermait mal, et branlait bruyamment au gré au vent. La porte-moustiquaire s'ouvrait vers l'intérieur, autre sujet d'inquiétude pour Danny Baciagalupo. D'un point de vue pratique, il aurait fallu qu'elle s'ouvre dans l'autre sens ; il y avait assez de circulation dans cette cuisine-ruche pour ne pas vouloir rencontrer une porte sur son chemin. En plus, une fois, bien longtemps auparavant, un ours était entré dans la pièce. La nuit était suave, on avait ouvert la porte récalcitrante, et l'ours n'avait eu qu'à pousser la moustiquaire du front pour entrer.

Danny était trop petit pour se rappeler la bête, mais son père lui avait mainte fois raconté l'histoire. Sa mère l'avait couché depuis longtemps ; à cette heure tardive, elle grignotait avec son père – omelette aux champignons, vin blanc – quand l'ours était venu se joindre à eux. Lorsqu'il buvait le soir, à l'époque, Dominic se sentait souvent obligé de se faire une bricole à manger, qu'il partageait avec sa femme (fini tout ça).

À la vue de l'ours, la mère de Danny avait poussé un hurlement. Du coup, la bête s'était dressée sur ses pattes de derrière en la regardant de travers. Dominic avait bu pas mal ; sur le coup, il ne vit pas qu'il s'agissait d'un ours, mais crut qu'un bûcheron hirsute autant qu'éméché était venu violer sa ravissante épouse.

Sur la cuisinière se trouvait la sauteuse de vingt centimètres de diamètre dans laquelle il venait de faire revenir les champignons. Il la saisit encore chaude, et en asséna un coup sur le large mufle de l'ours, entre ses yeux rapprochés. L'animal retomba à quatre pattes et s'enfuit sans demander son reste, déchirant au passage la moustiquaire et arrachant des lattes de bois au cadre.

Chaque fois que le cuisinier racontait cette histoire, il concluait :

– On a bien été obligé de réparer la porte, mais elle s'ouvre toujours dans le mauvais sens.

À l'usage de son fils, il ajoutait généralement :

– C'est parce que je l'ai pris pour un homme, je n'aurais jamais eu l'idée de frapper un ours avec une poêle en fonte.

– Et qu'est-ce que tu aurais fait si tu avais vu que c'était un ours ? demandait Danny.

– J'aurais essayé de le raisonner, mais dans ces situations, tu ne raisonnes pas un homme.

Sur la nature précise de la situation en question, Dan en était réduit à des conjectures. Est-ce que le cuisinier avait cru protéger sa femme d'un homme dangereux ?

Quant à la sauteuse en fonte, elle s'était acquis une place de choix dans la maison. Elle cessa de résider à la cuisine, avec le commun des marmites et des casseroles, pour monter au premier étage, dans la chambre de Dominic, pendue à un crochet derrière la porte, à hauteur d'épaule. Elle avait fait ses preuves, elle était devenue son arme favorite s'il venait à entendre des pas, un intrus, animal ou humain, qui rôderait dans les parages de la cuisine.

Il ne possédait pas de fusil et n'en voulait pas. Enfant du New Hampshire, il avait fait l'impasse sur la chasse au chevreuil, non pas à la suite de sa blessure, mais parce qu'il avait grandi sans père. Les bûcherons et les ouvriers de la scierie qui chassaient lui apportaient leurs chevreuils à dépouiller et découper ; en retour, ils lui laissaient assez de viande pour qu'il puisse parfois servir du gibier. Il n'était pas contre la chasse ; simplement, il n'aimait pas le gibier, ni les fusils. Par ailleurs, il souffrait d'un cauchemar récurrent, dont il s'était ouvert à Daniel : il rêvait qu'on l'assassinait dans son sommeil ; on l'abattait d'un coup de fusil dans son lit. Il se réveillait chaque fois avec la détonation dans les oreilles.

C'est ainsi qu'il dormait avec une poêle à frire dans sa chambre. Des poêles en fonte, il y en avait de toutes tailles dans la cuisine, mais c'était celle de vingt centimètres de diamètre qui faisait l'arme la plus convaincante ; même Dan arrivait à la manier avec une certaine force ; celles de vingt-deux et de vingt-quatre étaient peut-être plus commodes pour la cuisine, mais elles étaient trop lourdes pour servir à des fins contondantes ; Ketchum lui-même n'aurait pas pu les manier assez prestement pour estourbir un bûcheron ou un ours en rut.

La nuit suivant la disparition d'Angel Pope sous les troncs, Danny Baciagalupo était couché au premier étage. Sa chambre se trouvait immédiatement au-dessus de la porte-moustiquaire, et de la porte extérieure disjointe, qu'il entendait branler au vent. Il entendait la rivière, aussi, on l'entendait en permanence, la Twisted, sauf quand elle prenait en glace. Mais il avait dû s'endormir aussi vite que son père et n'entendit pas le pick-up. Le rayon de ses phares n'avait pas éclairé la cuisine. Il fallait croire que celui qui était au volant connaissait assez bien la route pour se diriger dans la quasi-obscurité, car il y avait peu de lune ; à moins que, trop ivre, il n'ait purement et simplement oublié d'allumer ses phares.

Danny crut entendre claquer la portière du pick-up. La boue, molle le jour, avait tendance à craquer sous les pieds la nuit, et avec ce froid des gelées nocturnes étaient possibles ; d'ailleurs il était tombé une poussière de neige. Peut-être n'était-ce pas la portière du pick-up ; peut-être ce claquement provenait-il du rêve dont il avait été tiré. Devant la maison, celui qui marchait sur la boue gelée traînait les pieds avec circonspection. Peut-être que c'est un ours, se dit Danny.

Le cuisinier avait placé une glacière devant la porte ; elle était hermétiquement fermée, mais elle contenait l'agneau haché qu'il comptait servir en parmentier, et le bacon, ainsi que toutes les autres denrées périssables qui n'entraient pas dans le réfrigérateur. L'ours aurait-il senti l'odeur de la viande ?

« Papa ? » appela-t-il, mais son père dormait sans doute à poings fermés au bout du couloir. Comme tout le monde, l'ours semblait empêtré dans la porte extérieure de la cuisine ; il cognait du bout de sa patte ; Dan l'entendait grogner. « Papa ! » hurla-t-il ; il entendit son père empoigner au passage la sauteuse pendue au mur de sa chambre. Comme son père, le petit s'était couché en caleçon long et chaussettes. Ils descendirent à la cuisine, faiblement éclairée par la veilleuse de la vieille Garland, le cuisinier tenant la poêle noire à deux mains. Quand la porte s'ouvrit, l'ours, si c'en était un, poussa la moustiquaire du torse et apparut debout sur ses pattes de derrière – un peu flageolantes, il est vrai. Ses dents faisaient une longue traînée blanche.

– C'est pas un ours, Cuistot, dit Ketchum.

Cet éclair blanc que Danny avait pris pour les crocs de l'ours était le plâtre qu'on venait de poser sur le bras droit de Ketchum, depuis le milieu de la paume jusqu'à la saignée du coude.

– Pardon de vous avoir fait peur, les gars, ajouta-t-il.

– Ferme la porte extérieure, tu veux bien ? Je fais ce que je peux pour conserver la chaleur, dit le cuisinier. (Dan le vit poser sa poêle sur la première marche de l'escalier.)

Ketchum eut du mal à refermer la porte de la main gauche.

– Tu as bu, constata Dominic.

– Me voilà manchot, Cuistot, et je suis droitier.

– N'empêche que tu as bu.

– Tu as peut-être pas oublié quel effet ça fait...

Dan aida Ketchum à refermer la porte.

– Tu dois avoir faim, lui lança-t-il.

Le costaud, mal assuré sur ses jambes, lui ébouriffa les cheveux.

– J'ai pas besoin de manger, dit-il.

– Ça t'aiderait à dessoûler, dit le cuisinier en ouvrant le réfrigérateur. Il me reste du pâté à la viande ; c'est bon, froid, avec de la compote de pommes.

– J'ai pas besoin de manger, répéta le costaud. J'ai besoin que tu m'accompagnes, Cuistot.

– Pour aller où ? demanda Dominic (mais son fils lui-même se rendait compte qu'il faisait l'idiot).

– Tu sais bien où, ce qu'il y a c'est que j'ai du mal à me rappeler l'endroit précis.

– Tu bois trop, Ketchum, alors tu oublies.

Quand Ketchum baissait la tête, il titubait encore plus. Pendant un instant, Danny crut qu'il allait s'affaler. Et à la façon dont les deux adultes avaient baissé la voix, il comprit bien qu'ils discutaient ferme. D'ailleurs, ils faisaient attention à ne pas trop en dire, Ketchum n'étant pas sûr de ce que Danny savait de la mort de sa mère, et Dominic ne tenant pas à ce que son fils entende un détail bizarre ou malséant qui resurgisse dans sa mémoire.

– Goûte-moi ce pâté, répéta-t-il à voix basse.

– Il est rudement bon, avec de la compote de pommes, dit Danny.

Le convoyeur de troncs s'assit sur un tabouret, en posant son plâtre tout neuf sur un plan de travail. Chez Ketchum, tout était rigide et anguleux comme un bâton qu'on vient de tailler, et, ainsi que Danny l'avait remarqué, « salement coriace », si bien que le plâtre stérile et d'apparence friable lui faisait une piètre prothèse. S'il avait fallu l'amputer, il se serait passé de prothèse et le moignon lui aurait servi de matraque.

À présent qu'il était assis, Danny se serait bien risqué à le toucher : il n'avait jamais senti un plâtre sous sa main. Même ivre, Ketchum lisait plus ou moins dans ses pensées.

– Vas-y, touche, lui dit-il en lui tendant son plâtre.

Il y avait du sang séché, ou de la poix, sur les doigts qui dépassaient du plâtre, immobiles. Après une fracture du poignet, les premiers jours on a mal dès qu'on bouge les doigts. L'enfant toucha le plâtre sans appuyer.

Le cuisinier servit à Ketchum une généreuse portion de pâté à la viande avec de la compote de pommes.

– Il y a du lait et du jus d'orange, dit-il, je peux aussi te faire du café.

– Tu parles d'une proposition déprimante, répondit Ketchum avec un clin d'œil à Danny.

– Déprimante ? dit le cuisinier en secouant la tête. Je vais te faire du café, va.

Danny aurait voulu qu'ils parlent sans se gêner ; leur histoire lui était largement connue, mais il ne savait pas grand-chose sur sa mère. Sur sa mort, aucun détail n'aurait pu être bizarre ou malséant ; il voulait tout savoir. Mais le cuisinier était un homme prudent ; en tout cas, il l'était devenu. Même Ketchum, qui avait dégoûté ses enfants de lui, était particulièrement avisé et protecteur avec Danny, comme il l'avait été avec Angel, dont il s'occupait en tant que vétéran du métier.

– De toute façon, je ne vais pas t'y accompagner tant que tu n'as pas dessoûlé, disait le cuisinier.

– J'ai pas attendu que tu dessoûles, moi, pour t'y accompagner, rétorqua Ketchum, qui, pour éviter d'en dire davantage, enfourna une bouchée de pâté à la compote de pommes.

– Sauf s'il est accroché sous des troncs, un corps n'avance pas aussi vite qu'un tronc, déclara Dominic Baciagalupo comme s'il s'adressait à la cafetière plutôt qu'à Ketchum, qui lui tournait le dos. Il faut qu'il soit pris sous un tronc pour aller aussi vite.

Danny avait déjà entendu cette explication dans d'autres circonstances. Le corps de sa mère avait mis plusieurs jours – trois, pour être précis – à dériver du bassin de la rivière jusqu'au Goulet, où il était allé percuter le barrage. Le cuisinier l'avait expliqué à son fils, un noyé commence par couler, puis son corps remonte à la surface.

– Les barrages sont fermés tout le week-end, annonça Ketchum (Il faisait allusion non seulement au barrage de la Morte, mais aussi à celui de Pontook sur l'Androscoggin.)

Il mangeait sans s'interrompre, mais pas vite du fait qu'il lui fallait, contre ses habitudes, tenir sa fourchette dans la main gauche.

– C'est bon, hein, avec de la compote de pommes ? lui dit l'enfant.

Ketchum hocha la tête, en continuant de mastiquer vigoureusement.

On sentait l'odeur du café qui passait et le cuisinier déclara, là encore surtout pour lui-même :

– Pendant que j'y suis, je ferais peut-être aussi bien de frire le bacon. (Ketchum mangeait toujours.) Les troncs sont sans doute au premier barrage, ajouta-t-il comme pour lui-même. Nos troncs, je veux dire.

– J'ai bien compris de quels troncs tu parles, et de quel barrage, lui dit Ketchum. Oui, ils y étaient déjà pendant que tu préparais le dîner.

– Ah, tu es allé voir cet abruti de toubib, là-bas ? Je sais bien que c'est pas sorcier de plâtrer un poignet, mais quand même, tu vis dangereusement.

– Toi aussi, Cuistot, tu vivais dangereusement, dans le temps ! cria Ketchum à son vieil ami. Puis, avec un regard circonspect à Danny, il ajouta : Ton père, il était plus heureux, à l'époque, à l'époque où il buvait.

– J'étais plus heureux tout court, dit le cuisinier.

Sa façon de balancer la tranche de bacon sur la planche à découper fit lever les yeux à Danny, tandis que Ketchum gardait les siens rivés à son pâté-compote.

– Étant donné que les corps avancent moins vite que les troncs, dit Ketchum avec une lenteur délibérée, la voix encore un peu pâteuse, à quelle heure penses-tu que le corps d'Angel arrivera au point que je ne peux pas me rappeler au juste ?

Danny calculait dans sa tête, mais il était clair pour lui et pour Ketchum que le cuisinier s'était déjà livré à cette estimation sur le trajet du jeune Canadien.

– Samedi soir ou dimanche matin, dit-il. (Il lui fallait hausser la voix à cause du bacon qui grésillait.) Pas question que je t'y accompagne de nuit, Ketchum.

Danny jeta un coup d'œil à Ketchum, prévoyant sa réaction ; après tout, c'était l'histoire qui l'intéressait le plus, celle qui le touchait au cœur.

– Je t'y ai bien accompagné de nuit, moi, Cuistot…

– Il y a de fortes chances que tu aies dessoûlé dimanche matin, reprit le cuisinier. À neuf heures du matin, dimanche. Danny et moi, on t'y attend. (Ils voulaient dire au barrage de la Morte, mais Danny savait bien que ni l'un ni l'autre ne prononcerait le nom.)

– On n'a qu'à tous prendre mon pick-up, proposa Ketchum.

– J'emmène Danny dans ma voiture, au cas où tu serais pas tout à fait à jeun.

Ketchum repoussa l'assiette qu'il venait de finir ; il posa sa tête hirsute sur le plan de travail et fixa son plâtre.

– Tu me retrouves à l'étang de la scierie, tu veux dire ?

– Moi je l'appelle pas comme ça ; le barrage était là avant la scierie, et puis comment appeler étang le point où la rivière se resserre ?

– Les gars de la scierie, tu les connais, dit Ketchum avec dédain.

– Le barrage était là avant la scierie, répéta Dominic sans lui donner son nom.

– Un jour, le barrage va prendre l'eau, et ils se donneront pas le mal d'en construire un nouveau, dit Ketchum, dont les yeux se fermaient.

– Un jour, on ne convoiera plus les troncs sur la Twisted, dit le cuisinier, on n'aura plus besoin de barrage là où la rivière se jette dans le réservoir, mais je crois qu'ils garderont quand même celui de Pontook, sur l'Androscoggin.

– Et ce jour n'est pas loin, Cuistot, précisa Ketchum.

Il avait les yeux clos, affalé bras en croix la tête et la poitrine sur le comptoir. Le cuisinier lui retira posément son assiette vide, mais Ketchum ne dormait pas. Il parlait encore plus lentement qu'avant :

– Il y a une espèce de déversoir d'un côté du barrage, l'eau fait un bassin, on dirait un puits ouvert, mais il y a une espèce d'estacade, un filin avec des flotteurs, pour brider les troncs.

– M'est avis que tu te rappelles l'endroit aussi bien que moi, observa Dominic.

C'était là qu'ils avaient trouvé la mère de Danny, l'enfant le savait. Son corps flottait entre deux eaux, sous les troncs ; elle avait dû passer sous l'estacade et dériver dans le bassin, ou le puits ; il n'y avait pas un seul tronc autour d'elle.

– C'est plutôt que je sais pas y aller, dit Ketchum, avec un certain sentiment d'impuissance.

Les yeux toujours clos, il fermait les doigts de la main droite lentement, sans arriver tout à fait à atteindre le milieu de sa paume, prise dans le plâtre. Le cuisinier comme son fils savaient qu'il testait son endurance à la douleur.

– Ça je peux te faire voir, Ketchum, dit Dominic avec douceur. Il faut passer sur le barrage, ou sur les troncs, tu t'en souviens ?

Tout en parlant, il avait traîné un des lits de camp dans la cuisine ; il fit signe à son fils de l'aider à le déplier de façon qu'il ne bloque pas le passage vers la cuisinière, ni l'accès à la porte.

– Moi aussi, je veux dormir à la cuisine, déclara Danny à son père.

– Tâche d'oublier cette conversation et tu vas arriver à te rendormir, lui répondit celui-ci.

– Je veux l'entendre, la conversation.

– Elle est presque finie, lui chuchota son père à l'oreille, en lui donnant un baiser.

– Que tu crois, Cuistot, dit Ketchum, sans rouvrir les yeux.

– Il faut que je mette mon pain à cuire, et je ne ferais pas plus mal de commencer les patates…

– Ce serait pas la première fois que tu causes en faisant la cuisine.

Le cuisinier fit les gros yeux à son fils, en lui désignant l'escalier.

– Il fait froid, là-haut, protesta Danny. (Il s'arrêta sur la première marche, où la poêle était posée.)

– Allez, monte et range la poêle à sa place, s'il te plaît, Daniel.

L'enfant grimpa à contrecœur, s'arrêtant sur chaque marche. Il écoutait son père s'affairer à ses jattes. Il n'avait pas besoin de le voir pour savoir ce qu'il faisait : il commençait toujours par le pain de banane. Au moment où il suspendait la poêle à son clou, dans la chambre, il avait compté seize œufs cassés dans la jatte en inox, puis il y avait eu la purée de bananes et les noix hachées. Parfois, le cuisiner finissait par une couche de pommes chaudes. Ensuite, il était passé aux scones, en ajoutant le beurre et le lait à la farine. Les raisins secs, s'il en avait, venaient en dernier. De là-haut, l'enfant l'entendit beurrer les moules à muffins, qu'il farina ensuite, pour les remplir de l'appareil à base de farine de maïs. Il y avait des flocons d'avoine dans le pain de banane, et de la farine de son, dont l'enfant sentait l'odeur jusque dans sa chambre.

Il faisait meilleur, sous les couvertures. Danny entendit les portes des deux fours s'ouvrir et son père enfourner les plats et les moules, puis fermer les portes. Le seul bruit insolite, qui lui fit rouvrir les yeux et s'asseoir dans son lit, ce fut celui de son père en train de soulever la masse de Ketchum à grand-peine ; il l'avait pris sous les bras pour le traîner sur le lit de camp. Il n'aurait jamais cru qu'il aurait la force de lever le draveur. Danny se glissa sans bruit jusqu'au pied de l'escalier et regarda son père installer leur ami sur le lit de camp, où il le couvrit d'un des deux sacs de couchage dézippé.

Dominic Baciagalupo versait les pommes de terre dans la lèchefrite lorsque Ketchum lui dit :

– Je pouvais pas te laisser la voir, Cuistot, ça n'aurait pas été convenable.

– Je comprends, dit le cuisinier.

Dans l'escalier, Danny ferma les yeux pour revoir la scène, qu'il connaissait par cœur : Ketchum, ivre, avançant à petits pas sur les troncs d'arbres et arrivant ainsi jusqu'au bassin créé par le déversoir :

– Viens pas, Cuistot, avait-il crié vers la rive, t'avise surtout pas de marcher sur les troncs, ni sur le barrage !

Dominic l'avait regardé porter sa femme morte sur le bord de l'estacade.

– Éloigne-toi, Cuistot, lui avait crié Ketchum en arrivant, il faut plus que tu la voies, elle est méconnaissable !

Le cuisinier, ivre lui aussi, était allé prendre la couverture à l'arrière du pick-up de Ketchum. Mais ce dernier refusait de gagner la rive avec le corps ; il continuait de se déplacer à petits pas rapides.

– Étale la couverture à l'arrière, et puis éloigne-toi !

Quand Ketchum mit le pied sur la berge, Dominic se trouvait à égale distance de la rive et du pick-up.

– Bouge pas, tiens bon, Cuistot, je vais la couvrir.

Danny se demandait si c'était l'origine de cette recommandation que son père lui faisait souvent : « Tiens bon, Daniel, et évite de te faire tuer. »

Peut-être la tenait-il de Ketchum, qui avait délicatement posé la morte à l'arrière de son pick-up, après l'avoir enveloppée dans la couverture. Dominic était resté à l'écart.

– Tu n'as pas voulu la voir ? lui avait souvent, trop souvent, demandé Danny.

– Je m'en suis remis à Ketchum, et s'il devait m'arriver quelque chose, fais-lui confiance, toi aussi.

Danny fut réveillé par l'odeur du parmentier d'agneau qui dominait celle du pain et des pâtisseries : il avait dû remonter se coucher et s'endormir. Il ne se rappelait pas avoir entendu son père sortir par la porte récalcitrante pour prendre la viande hachée dans la glacière. Yeux clos, il savourait toutes les odeurs émanant de la cuisine. Il aurait bien voulu demander à Ketchum s'il avait trouvé sa mère flottant sur le dos, son visage visible, ou sur le ventre.

Il s'habilla et descendit à la cuisine ; c'est alors seulement qu'il s'aperçut que son père avait trouvé le temps de monter s'habiller, sans doute après que Ketchum avait sombré dans l'inconscience sur le lit de camp. Dan le regardait s'affairer aux fourneaux ; lorsqu'il se concentrait sur trois ou quatre tâches voisines, sa claudication passait presque inaperçue. Dans ces moments-là, il l'imaginait à l'âge de douze ans, avant l'accident. Danny Baciagalupo était un gamin solitaire, il n'avait pas d'amis. Il aurait bien voulu rencontrer son père et qu'ils aient douze ans tous deux.

Quatre ans, à cet âge-là, c'est une éternité. Annunziata Saetta savait qu'il faudrait bien moins longtemps pour que la cheville de son fils guérisse. Au bout de quatre mois, le petit baiser du loup marchait sur ses béquilles ; et à treize ans à peine, il lisait comme un jeune homme de quinze. L'éducation à domicile portait ses fruits. Annunziata était maîtresse d'école ; elle savait combien d'heures on gâche à faire la police, sortir en récréation, goûter. L'enfant faisait ses devoirs et se relisait pendant que sa mère travaillait ; il lui restait même du temps pour d'autres lectures, et il tenait un journal des recettes qu'il apprenait.

Il n'apprenait pas à cuisiner aussi vite qu'à lire, et, après l'accident, Nunzi édicta ses propres lois sur le travail des enfants. Elle ne lui permit pas de se placer dans une cafétéria qui servait les petits-déjeuners à Berlin avant qu'il sache se repérer dans une cuisine, ce qui attendit ses seize ans. Ces quatre ans lui permirent de compléter ses lectures et de devenir un cuisinier accompli, qui maniait moins bien le rasoir qu'il ne s'accommodait de sa claudication.

C'est en 1940, à l'âge de seize ans, qu'il rencontra la mère de Danny. Elle en avait vingt-trois et enseignait dans la même école que sa mère. Ce fut d'ailleurs elle qui la lui présenta.

On ne lui avait guère laissé le choix. Sa cousine Maria, née Saetta elle aussi, avait épousé un certain Calogero, nom assez répandu en Sicile, d'un saint mort là-bas, et qui avait dû faire quelque chose pour les enfants, voire les orphelins en particulier, avait-elle expliqué à son fils. Elle le prononçait avec l'accent sur la deuxième syllabe : CaLOgero. On le donnait aussi comme prénom, surtout aux enfants bâtards.

À seize ans, Dominic était assez sensible sur ce chapitre, sa mère aussi, du reste. Or voilà que sa cousine expédiait sa fille enceinte au fin fond du New Hampshire, en regrettant amèrement qu'elle soit la première de la famille Calogero à avoir fait des études supérieures. « Et encore, c'était jamais que l'école d'institutrices, pour le bien que ça lui a fait, ça l'a pas empêchée de tomber enceinte », avait confié la mère de l'infortunée à Nunzi, laquelle avait rapporté à son fils ces propos malencontreux. Ce dernier avait bien compris que, si on leur expédiait cette jeune femme, c'est qu'on les considérait, lui – l'enfant illégitime – et sa mère, comme dans le même bateau. La proscrite s'appelait Rosina, mais avec le goût de Nunzi pour les diminutifs elle était déjà Rosie avant même d'arriver de Boston.

Comme souvent « dans le temps », et pas seulement à North End chez les catholiques, pas seulement chez les Italiens, les Saetta expédiaient un scandale familial vivre avec le précédent. C'est ainsi qu'Annunziata eut l'occasion d'en vouloir deux fois à sa famille de Boston :

– Que ça te serve de leçon, Dom, nous n'allons pas juger la pauvre Rosie sur son malheur, nous l'aimerons comme si de rien n'était.

On ne peut que louer la mansuétude de Nunzi, surtout en 1940, où les mères célibataires souffraient plus que quiconque de l'opprobre social en Amérique. Cependant, il était superflu et même téméraire d'intimer à son fils de seize ans d'aimer sa cousine au second degré « comme si de rien n'était ».

– Comment ça, cousine au second degré ? s'enquit-il.

– C'est peut-être pas comme ça qu'il faut dire, petite-cousine, je ne sais pas… Devant son air perplexe, elle ajouta : En tout cas, vous n'êtes pas cousins germains, voilà.

Cette information, ou désinformation, posait un problème inédit à l'adolescent. Son accident, sa rééducation, son éducation à domicile, sans parler de sa renaissance dans la peau d'un cuisinier, tout l'avait privé d'amis de son âge. En outre, le « petit » Dom travaillait à plein temps. Il se voyait comme un homme fait. Et voilà que Nunzi lui disait que Rosie Calogero, vingt-trois ans, n'était pas sa « vraie » cousine.

Lorsque Rosie arriva, sa grossesse ne se voyait pas encore mais n'allait pas tarder à poser un autre problème.

Avec son diplôme d'institutrice, elle était surqualifiée pour enseigner à l'école primaire de Berlin. N'empêche que, quand sa grossesse se verrait, il lui faudrait temporairement quitter son emploi. « Ou alors, il faudra bien te déclarer un mari, réel ou imaginaire », lui avait dit Nunzi. Rosie était certes assez jolie pour trouver un mari, un vrai ; Dominic pensait qu'elle était absolument ravissante, sauf que dans son état la malheureuse n'avait guère le cœur de se lancer dans la vie sociale d'une jeune fille qui cherche un mari.

Depuis quatre ans, Dom cuisinait avec sa mère. En somme, parce qu'il consignait toutes les recettes, y compris les variations qu'il leur apportait parfois en solo, il avait fini par la surpasser. Le hasard avait voulu que, ce soir historique, il ait préparé le dîner pour eux trois. Il commençait à se faire connaître à la cafétéria de Berlin, et il rentrait bien avant Rosie et sa mère. Sauf les week-ends, où Nunzi aimait se mettre aux fourneaux, c'était lui le « chef » de leur petite maisonnée. Tout en remuant sa sauce marinara, il déclara :

– Mais je pourrais l'épouser, moi, Rosie, ou me faire passer pour son mari, jusqu'à ce qu'elle trouve un parti plus approprié. Après tout, ça ne regarde personne…

Annunziata jugea cette offre charmante autant qu'innocente, et serra son fils dans ses bras. Celui-ci ne pouvait imaginer de meilleur parti que lui-même pour Rosie, « me faire passer pour » était dit pour la forme. Il l'aurait de tout cœur épousée pour de bon ; leur différence d'âge, leur vague cousinage ne constituaient pas le moindre obstacle pour lui.

Rosie se fichait que cette proposition charmante, quoique pas tout à fait innocente, fût irréaliste, voire illégale, même dans le nord du New Hampshire. Ce qui chagrinait la pauvrette, c'était que le goujat qui l'avait mise enceinte s'était bien gardé de la demander en mariage malgré les diverses pressions exercées sur lui.

Étant donné le tempérament des mâles du clan Saetta-Calogero, ces « pressions » avaient pris la forme de multiples menaces de castration suivie de noyade. Que le goujat en question soit rentré à Naples ou Palerme, une chose était sûre, de demande en mariage il n'y avait jamais eu. L'offre de Dominic, aussi sincère que spontanée, était la première de cette nature qu'on faisait à Rosie. Submergée par l'émotion, elle éclata en sanglots à la table de la cuisine avant même que Dominic n'ait eu le temps de pocher les crevettes dans la sauce marinara. Elle partit se coucher en larmes, égarée par la détresse, et sans dîner.

Pendant la nuit, Annunziata fut réveillée par les bruits équivoques qui accompagnaient la fausse couche de Rosie, équivoques en ce sens qu'elle ne savait pas s'il fallait y voir un malheur ou une bénédiction. Depuis son lit, Dominic Baciagalupo écoutait pleurer sa petite-cousine ou cousine au deuxième degré. On tirait la chasse d'eau à répétition, on faisait couler un bain – il devait y avoir du sang – et la voix pleine de sollicitude de Nunzi roucoulait, consolante :

– Ça vaut mieux comme ça, Rosie, tu n'auras plus besoin de quitter ton poste, pas même temporairement. On n'aura pas besoin de te trouver un mari – réel ou imaginaire ! Rosie, écoute-moi, c'était pas un bébé, pas encore…

Mais Dominic se demandait : Qu'est-ce que j'ai fait ? L'idée d'un mariage, même imaginaire, avec Rosie le fit bander aussitôt (bon, à seize ans, bien sûr…). Quand il n'entendit plus pleurer, il retint son souffle.

– Tu crois que Dominic m'a entendue ? J'ai dû le réveiller ? demandait la jeune femme à sa mère.

– Il dort comme un sonneur, mais c'est vrai que tu as fait du raffut, enfin, il y avait de quoi, bien sûr.

– Je suis sûre qu'il m'a entendue, s'écria Rosie. Il faut que je lui parle !

Il l'entendit sortir de la baignoire, se frictionner avec une serviette, puis traverser pieds nus la salle de bains.

– Je lui expliquerai demain, à Dominic, disait sa mère.

Mais déjà les pieds nus de sa cousine-pas-germaine se dirigeaient vers la chambre d'amis.

– Non, j'ai quelque chose à lui dire !

Il entendit un tiroir s'ouvrir, un cintre dégringola dans la penderie. Puis la fille se retrouva dans sa chambre – elle entra sans frapper et s'assit à son chevet, sur son lit. Ses cheveux humides lui touchaient le visage.

– Je t'ai entendue, dit-il.

– Je vais m'en remettre, commença-t-elle, et un jour, j'aurai un bébé.

– Tu as mal ? lui demanda-t-il en détournant le visage parce qu'il s'était lavé les dents plusieurs heures auparavant et craignait d'avoir mauvaise haleine.

– Je n'aurais pas cru vouloir ce bébé avant de l'avoir perdu, disait Rosie.

Ne sachant que dire, il la laissa poursuivre :

– Ce que tu m'as dit, Dominic, personne ne m'avait jamais rien dit d'aussi gentil, je ne l'oublierai jamais.

– Mais je t'épouserais de tout mon cœur, tu sais, je ne disais pas ça en l'air.

Elle le serra dans ses bras et lui mit un baiser sur l'oreille. Elle était sur les couvertures et lui dessous, mais il sentait son corps, contre son dos.

– Jamais je n'aurai de demande plus agréable, j'en suis sûre, dit sa cousine-sans-l'être.

– Peut-être qu'on se mariera quand je serai un peu plus vieux, suggéra Dominic.

– Mais bien sûr ! s'écria la fille, en le serrant de nouveau contre elle.

Parlait-elle sérieusement, se demandait-il, ou bien disait-elle cela par égard pour lui ?

Depuis la salle de bains, où Annunziata récurait la baignoire qui se vidait, leurs voix étaient encore audibles, mais indistinctes. Nunzi fut bien étonnée d'entendre Dominic parler ; ça lui arrivait rarement. Sa voix n'avait pas fini de muer, mais elle était déjà beaucoup plus grave. Pourtant dès l'instant que sa cousine eut dit « Mais bien sûr », il se changea en moulin à paroles ; quant aux interjections de la jeune femme, elles se firent plus rares, mais plus longues. Ce qu'ils se disaient demeurait inaudible, mais ils chuchotaient comme des amants éperdus.

Tout en continuant de nettoyer la baignoire avec un zèle compulsif, Annunziata ne se demandait plus si cette fausse couche était une bénédiction ou une calamité. Là n'était plus la question. C'était de Rosie Calogero qu'il fallait se demander si elle était un don du ciel ou une plaie d'Égypte. Où Nunzi avait-elle la tête ? Elle avait accueilli sous son toit une fille de vingt-trois ans, jolie, intelligente (et émotive à n'en pas douter, par-dessus le marché), qui venait de se faire rejeter par son amant, et proscrire par sa famille, sans même se rendre compte de l'irrésistible tentation qu'elle représenterait pour un gamin solitaire arrivant à l'âge d'homme.

Annunziata sortit de cette baignoire qu'elle récurait à quatre pattes, et longea le couloir jusqu'à la cuisine, non sans avoir remarqué au passage que la chambre de son fils était entrouverte, et qu'on y chuchotait avec ardeur. Une fois devant ses fourneaux, elle prit une pincée de sel et la jeta par-dessus son épaule. Elle résista à la tentation de faire irruption dans la chambre, mais ressortit tout de même dans le couloir, pour lancer d'une voix forte :

– Mon Dieu, Rosie, pardonne-moi, je ne t'ai même pas demandé si tu voulais retourner à Boston.

Nunzi n'aurait pas voulu qu'il soit dit que l'idée venait d'elle ; elle l'avait émise sur un ton neutre, indifférent, comme si elle n'avait en tête que ce que la jeune femme souhaitait elle-même. Mais les murmures provenant de la chambre de Dominic s'interrompirent net : les cousins en avaient le souffle coupé.

Rosie sentit le garçon pousser un cri étouffé contre sa poitrine à la seconde même où elle en étouffait un. Comme s'ils avaient répété leur réponse, ils s'écrièrent « Non ! » avec un ensemble touchant.

Rien d'un don du ciel, conclut Nunzi lorsque Rosie déclara :

– Je veux rester ici avec toi et Dominic. Jamais je ne retournerai à Boston ! (Comment lui en vouloir ? se dit Annunziata, qui en était passée par là.)

– Moi je veux que Rosie reste ! s'écria son fils.

Tiens donc ! pensa la mère. Mais quelles seraient les répercussions de leur différence d'âge ? Qu'arriverait-il si le pays entrait en guerre, et que tous les jeunes hommes partaient au front (sauf son petit Baiser du Loup, qui boitait bien trop bas…) ?

Rosie Calogero resta donc à son poste, auquel elle fit honneur. Et le jeune cuisinier resta de même au sien, auquel il fit honneur aussi, tant et si bien que la cafétéria se mit à servir le repas de midi. Avant longtemps, Dominic Baciagalupo surpassa sa mère aux fourneaux. Il rapportait pour le dîner ce qu'il y avait de mieux au déjeuner de midi : sa mère et sa cousine-sans-l'être étaient bien nourries. À l'occasion, mère et fils cuisinaient de concert, mais pour l'essentiel, elle lui laissait les commandes.

Il faisait un pâté à la viande avec de la Worcester sauce et du provolone, et le servait chaud avec sa sauce marinara qui allait avec tout, ou froid, avec une compote de pommes. Il faisait des escalopes de poulet panées alla parmigiana. À Boston, lui avait dit sa mère, elle accommodait le veau de cette façon ; comme il n'y avait pas moyen de trouver du veau de bonne qualité à Berlin, il prenait des côtes de porc, c'était presque aussi bon. Il servait aussi les aubergines à la parmesane – le contingent substantiel de Canadiens français connaissait ce légume. Il faisait du gigot d'agneau au citron, à l'ail et à l'huile d'olive, une huile qui venait de Boston, d'une boutique que connaissait Nunzi, et qui lui servait à badigeonner les blancs de poulet ou la dinde, qu'il farcissait également de chair à saucisse au pain de maïs, avec de la sauge. Il passait les steaks sous le gril du four, ou sur un gril à part, et les servait avec des haricots blancs ou des pommes de terre rissolées. Il n'était pas fou des pommes de terre et détestait le riz. Il accompagnait ses plats de pâtes, qu'il accommodait le plus simplement du monde : ail et huile d'olive, avec parfois des petits pois ou des pointes d'asperges. Il faisait les carottes à l'huile d'olive, avec des olives noires de Sicile, et de l'ail, encore. Lui qui détestait les haricots en servait tout de même : parmi les bûcherons et les ouvriers de la scierie, il y avait des hommes, les anciens en particulier, qui n'avaient presque plus de dents, et ne mangeaient pas grand-chose d'autre. (« Le clan des mangeurs de fayots et de soupe aux pois », disait Nunzi avec mépris.)

De temps en temps, elle trouvait du fenouil, qu'elle et Dom mitonnaient en sauce tomate à la sardine. Les sardines venaient d'une autre épicerie de sa connaissance à Boston ; mère et fils les réduisaient en purée avec de l'ail et de l'huile d'olive, et ils les servaient sur un gratin de pâtes au four, avec un semis de chapelure. Dominic faisait lui-même sa pâte à pizza. Le vendredi soir, il servait des pizzas sans viande plutôt que du poisson, doutant de sa fraîcheur dans ces coins reculés du nord de l'État. Les crevettes arrivaient de la côte par train, encore surgelées dans des pains de glace gros comme des parpaings ; on pouvait donc en consommer sans risque. Les pizzas lui permettaient de servir sa chère sauce marinara. La ricotta, le romano, le parmesan, ils les faisaient venir de Boston, comme les olives noires de Sicile. Le jeune chef, qui apprenait toujours son métier, mettait du hachis de persil partout, y compris sur l'éternelle soupe aux pois. « Le persil, c'est de la pure chlorophylle », disait-il à sa mère ; il vous rafraîchissait l'haleine, contrebalançant les effets de l'ail.

Pour les desserts, il faisait simple, et, au grand dépit de sa mère, nullement sicilien. C'étaient des tartes aux pommes, des galettes de maïs et du crumble aux « bluets ». Dans le comté de Coos, on n'avait pas de mal à trouver des pommes ou des myrtilles, et il avait le tour de main pour la pâte.

Ses petits-déjeuners étaient encore plus classiques : des œufs au bacon, des pancakes et du pain perdu, des muffins à la farine de maïs, des scones. De ce temps-là, il ne faisait le pain de banane qu'avec des fruits blets. Sa mère aurait considéré comme du gaspillage de mettre des bananes bonnes à manger crues.

Dans la vallée de l'Androscoggin, entre Berlin et Milan, il y avait un élevage de dindes ; le cuisinier servait des parmentiers de dinde, à base de poivrons et d'oignons, avec le minimum de pommes de terre. « Il faut jamais prendre de corned-beef pour le hachis parmentier, ça doit être une invention irlandaise », l'avait chapitré Annunziata.

Umberto l'enflure, l'avunculaire ivrogne que l'alcool tuerait avant la fin de la guerre, ne goûta jamais un plat cuisiné par son pseudo-neveu. Le vieux bûcheron, contremaître à la scierie, avait du mal à supporter le nombre croissant d'ouvrières, lesquelles refusaient purement et simplement de travailler sous ses ordres, ce qui acheva de semer la confusion dans son esprit, et le poussa à boire davantage encore. Personnage secondaire ou non, il ne cessa jamais de hanter la mémoire de Dominic, où il jouait un rôle de tout premier plan. Comment s'était-il lié d'amitié avec son père ? Était-ce parce qu'elle aurait refusé de coucher avec lui qu'il détestait Nunzi à ce point ? Du fait qu'elle avait été exilée par sa famille et se retrouvait seule à Berlin, s'était-il figuré que c'était une fille facile ? se demandait Dom – pensée torturante. Or un mois d'hiver, bien des années avant le décès d'Umberto le salaud, Annunziata attrapa la grippe qui se répandait parmi ses écoliers, et elle mourut avant même que les États-Unis entrent en guerre.

Que restait-il à faire au jeune Dominic et à Rosie Calogero ? Respectivement âgés de dix-sept et vingt-quatre ans, ils ne pouvaient décemment plus vivre sous le même toit. Ne supportant pas davantage l'idée de se séparer, ils se retrouvaient face à un dilemme. Et Nunzi n'était plus là pour leur dire que faire. Si bien que la jeune femme et son cousin plus jeune encore firent ce qu'ils croyaient qu'elle aurait voulu, et peut-être l'aurait-elle voulu en effet.

Le jeune Dom mentit sur son âge, voilà tout. Lui et sa presque-cousine se marièrent au dégel, en 1941, juste avant l'arrivée des grands convois de troncs sur l'Androscoggin, au nord de Berlin. Jeune chef réputé sinon prospère, jeune institutrice appréciée sinon florissante, du moins avaient-ils des emplois fixes, alors, l'opulence, ils s'en passaient très bien. Ils étaient tous deux jeunes et amoureux, chacun à sa manière, et ils voulaient un enfant, un seul, qu'ils eurent, en mars 1942.

Le petit Dan naquit à Berlin, « juste avant le dégel », comme disait son père, pour qui cette référence était plus évocatrice que le calendrier. Presque aussitôt après sa naissance, ses gros travailleurs de parents quittèrent le village. La puanteur permanente des usines de papier insultait les narines délicates du cuisinier. La guerre finirait par finir, et alors, Berlin entrerait dans une expansion qui la rendrait méconnaissable, sinon à son odeur. En 1942, le village était déjà trop gros, trop fétide, et trop plein de souvenirs ambivalents pour Dominic Baciagalupo. Rosie, douchée par son expérience personnelle, répugnait à retourner à North End malgré les sollicitations des familles Saetta-Calogero.

Les enfants qui ne sont pas aimés inconditionnellement en sont conscients. Dominic n'ignorait pas que sa mère s'était sentie rejetée. Et même si Rosie ne semblait jamais en vouloir aux circonstances qui l'avaient mariée à un gamin, elle ne pardonnait pas à sa famille de l'avoir proscrite.

Le jeune couple fit donc la sourde oreille aux invites des parents. Pour qui se prenaient-ils, ces gens, de leur dire que « tout était pardonné » ? Apparemment, ils voyaient d'un bon œil que les cousins soient mariés, aient un enfant, mais les cousins en question n'avaient pas oublié le temps où ils avaient vu d'un fort mauvais œil qu'une Saetta ou une Calogero soit fille mère.

« On n'a que faire de leur pardon », avait résumé Rosie. Dominic, qui savait par quoi était passée Nunzi, en était bien d'accord. Boston, c'était un pont brûlé derrière eux. Qui plus est, le jeune couple était bien convaincu d'y avoir mis le feu lui-même.

La réprobation morale n'avait certes rien d'un phénomène récent en Nouvelle-Angleterre, l'année 1942. La plupart des gens auraient préféré Boston à Twisted River, mais les décisions que prennent les jeunes couples sont souvent affaire de circonstances. Pour le jeune foyer Baciagalupo, Twisted River était peut-être plus reculé, plus rustique, mais il n'y avait pas de fabrique à papier. La scierie et le camp de bûcherons n'avaient jamais fait vivre un cuisinier jusqu'au bout de la saison de la boue, et il n'y avait pas d'école, les itinérants constituant le gros de la population. Il y avait toutefois de quoi en construire une au camp plus petit encore mais plus permanent à Paris, anciennement West Dummer, qui ne se trouvait qu'à quelques kilomètres sur le chemin de charriage de Twisted River, où la compagnie avait jusque-là refusé d'investir dans une cantine en dur, considérant qu'il faudrait se contenter des wanigans et de la cuisine de campagne. Du coup, Twisted River avait davantage des allures de bivouac que de village, mais il en aurait fallu plus pour dissuader Dominic et Rosie Baciagalupo qui virent là une ouverture, spartiate, mais une ouverture tout de même.

L'été 1942, après avoir pris le temps de commander les manuels et autres fournitures nécessaires à la fondation de l'école, le cuisinier et l'institutrice ainsi que leur bambin suivirent l'Androscoggin vers le nord jusqu'à Milan, et puis obliquèrent vers le nord-ouest sur le chemin de charriage du réservoir de Pontook. L'endroit où la Twisted se jetait dans le Pontook se nommait simplement le Goulet ; il n'y avait pas de scierie, et le barrage rudimentaire ne s'appelait pas encore le barrage de la Morte. (« C'était pas chic comme à présent », aurait dit Ketchum.)

Le couple et son fils arrivèrent au bassin d'aval avant la tombée de la nuit et l'attaque des moustiques. Les rares personnes qui se rappelaient leur arrivée avaient dû les trouver pleins d'espoir, cette jolie institutrice et ce cuisinier boiteux, sensiblement plus jeune que sa femme, avec leurs maigres hardes pour tout bagage. Leurs livres et le reste de leurs affaires les avaient en effet précédés, avec les ustensiles de cuisine, sur un camion de transport de troncs, bâché pour la circonstance.

La cuisine et les wanigans servant de réfectoire ne pouvaient se contenter d'un grand nettoyage, il leur fallait une restauration en règle, et le cuisinier ne resterait qu'à ce prix. D'ailleurs, si la compagnie voulait qu'il reste au-delà de la saison de la boue, il faudrait lui construire une cantine en dur, avec des chambres au-dessus, pour lui et sa famille.

Les exigences de Rosie étaient plus modestes : une école à classe unique suffirait pour Paris, née West Dummer, puisque ce serait la première école du lieu. En 1942, il n'y avait pas beaucoup de familles avec enfants en âge scolaire à Phillips Brook, et encore moins à Twisted River. Il y en aurait bientôt davantage, après guerre, quand les hommes rentreraient dans leurs foyers, mais Rosie Baciagalupo née Calogero ne les verrait pas rentrer, et elle n'enseignerait pas à leurs enfants.

La jeune institutrice mourut l'hiver 1944, son fils Dan venait d'avoir deux ans. Il n'avait aucun souvenir de sa mère, qu'il connaissait seulement par les photos que son père avait conservées, et les passages qu'elle avait soulignés dans ses nombreux livres, conservés eux aussi. Comme la mère de Dominic, c'était une grande lectrice de romans.

À juger Dominic sur son pessimisme apparent – cet air distant qu'il avait, ce détachement, cette mélancolie, même –, on aurait pu conclure qu'il ne s'était jamais remis de la mort tragique de sa femme âgée de vingt-sept ans. Pourtant, outre son fils bien-aimé, il avait obtenu une des choses qu'il voulait : une cantine construite sur mesure pour lui.

Il faut croire qu'il existait un réseau, dans cette société : la femme d'un gros bonnet qui était de passage à Berlin s'était extasiée sur la cuisine de Dominic. Il s'était répété que l'ordinaire de ce camp-là était bien meilleur que celui des autres du même acabit. Il aurait été bien dommage que ce cuisinier s'en aille : il était resté dix ans.

Certes, il y avait bien un ou deux vieux bûcherons, et Ketchum le tout premier, qui en connaissaient la triste raison. Le cuisinier, devenu veuf à vingt ans, s'accusait de la mort de sa femme, et il n'était pas le seul à faire de sa vie à Twisted River une longue pénitence (voir Ketchum).

En 1954, Dominic Baciagalupo n'avait que trente ans ; c'était jeune pour avoir un fils de douze ans, mais son expression était celle d'un homme résigné à son destin. D'un calme inébranlable, il émanait de lui une forme d'acceptation qu'on aurait pu confondre avec du pessimisme. Il n'y avait pourtant rien de pessimiste dans les bons soins qu'il prodiguait à son fils Daniel, et s'il se plaignait de la rudesse de cette existence bornée, c'était bien en pensant à lui : toujours pas d'école à Twisted River, par exemple.

Depuis l'époque de Rosie, celle que la Paris Manufacturing Company avait construite à Phillips Brook n'avait connu aucune amélioration notoire quant à la qualité de l'enseignement. Certes, les locaux avaient été reconstruits depuis les années quarante, mais la racaille locale, constituée par des redoublants hors d'âge, y tenait le haut du pavé. Ils faisaient la loi : la patiente institutrice n'avait pas le tempérament d'une Rosie Baciagalupo. Le fils du cuisinier était pour eux un souffre-douleur tout trouvé, non seulement parce qu'il habitait Twisted River et que son père boitait, mais aussi parce qu'il s'exprimait toujours avec soin. Le petit Danny articulait bien, il avait une diction soignée contrairement aux autres gosses qui mangeaient leurs mots et se moquaient de lui. (« Les chiards de West Dummer », commentait Ketchum.)

– Bouge pas, tiens bon, Daniel, évite de te faire tuer, c'est tout, lui disait son père, comme de juste.

Mais en dépit de ses inconvénients et de la tragique histoire familiale, c'était la seule école qu'il ait jamais fréquentée, et l'idée même de la quitter l'inquiétait.

– Angel était trop novice pour abattre des arbres en forêt, ou pour travailler sur les échafaudages, disait Ketchum sur son lit, dans la cuisine.

Danny savait comme son père qu'il avait tendance à parler dans son sommeil, surtout quand il avait bu.

Un échafaudage se fabrique à partir de bois tressé et s'installe sur la berge d'un chemin de charriage ; il arrive un peu plus haut que la benne du camion, lequel vient stationner à son niveau. Les troncs « approchés » sont rangés derrière en attendant le moment de les charger. Dans d'autres cas, les traîneaux à troncs forment une rampe jusqu'à la benne, et on utilise alors un cheval ou un *jammer*. Ketchum aurait préféré qu'Angel Pope ne s'occupe pas du chargement des troncs.

Danny vaquait à ses tâches matinales lorsque Ketchum reprit, d'une voix d'outre-cuite :

– Il aurait fallu qu'il se contente d'empiler les planches, Cuistot.

Depuis ses fourneaux, le cuisinier opina, sachant parfaitement sans même avoir besoin de se retourner que Ketchum parlait dans son sommeil.

Empiler les planches, « coller le bois », comme on disait, était une tâche généralement dévolue aux débutants, dans une scierie. Le cuisinier lui-même n'aurait pas jugé Angel trop jeune pour se la voir confier. On alternait les piles de planches avec des rangées de « collants », tasseaux qu'on plaçait perpendiculairement pour aérer le bois et lui permettre de sécher. Dominic Baciagalupo aurait même autorisé son fils à le faire.

– Les ravages de la mécanisation…, marmonna Ketchum.

Si le colosse avait fait mine de se retourner, il serait dégringolé du lit de camp, ou l'aurait fait s'écrouler sous lui. En l'occurrence, il restait immobile sur le dos, son plâtre barrant sa poitrine, tel le marin qu'on se prépare à ensevelir en mer. Le sac de couchage déplié le couvrait comme un drapeau, sa main gauche touchait le sol.

– Allons, bon, c'est reparti, dit le cuisinier en souriant à son fils.

Les ravages de la mécanisation constituaient l'un des chevaux de bataille de Ketchum. En 1954, les traîneaux à pneus en caoutchouc faisaient leur apparition dans les bois. Les arbres les plus grands étaient généralement charriés par des tracteurs ; les petites équipes de travailleurs avec chevaux étaient payées « à la pièce », c'est-à-dire au stère, pour couper le bois et l'acheminer en un point précis du port de jetage. Ces machines à pneus qui se multipliaient permettaient de ramasser le bois plus vite, un vieux de la vieille comme Ketchum ne l'ignorait pas. Or il n'était pas particulièrement partisan des cadences infernales…

Danny ouvrit la porte extérieure et sortit faire pipi. Malgré la réprobation paternelle, Ketchum l'avait initié aux plaisirs de cette habitude. Il faisait encore nuit ; une brume froide, montée de la rivière bondissante, baigna le visage de l'enfant.

– J'emmerde les treuillistes ! brama Ketchum dans son sommeil. Et puis j'emmerde les camionneurs, tiens !

– Tu as bien raison, mon ami, ponctua le cuisinier.

L'enfant était rentré, fermant la porte derrière lui. Ketchum s'était dressé sur son séant, peut-être réveillé par ses propres clameurs. Il faisait peur à voir. Avec ses cheveux et sa barbe d'un noir insolite, comme carbonisés, on aurait cru qu'il avait réchappé d'un terrible incendie, et en cet instant, sous les néons de la cuisine, la cicatrice qui lui barrait le front paraissait livide. Il prenait ses marques, l'œil encore trouble, mais circonspect.

– Oublie pas d'ajouter le constable Carl à ta liste, lui rappela le cuisinier.

– T'as raison, l'approuva aussitôt l'autre, ce Cow-boy à la con.

C'était en effet au constable Carl qu'il devait sa cicatrice. Ce dernier avait sa méthode pour stopper net les bagarres du « bal » ou des bars de chantier. Il avait un jour stoppé Ketchum en lui assénant un coup de son canon de 45. « Tu parles d'une arme de cirque, y a vraiment qu'un connard pour porter ça dans le New Hampshire ! » disait Ketchum, qui l'avait derechef baptisé « le Cow-boy ».

Aux yeux de Danny, cependant, mieux valait prendre un coup de canon de Colt sur le front qu'une balle dans le pied ou le genou, traitement que le flic réservait aux Canadiens français dans les bagarres. Après quoi, les saisonniers ne pouvant plus travailler en forêt, il leur fallait rentrer au Québec, ce qui ne dérangeait pas le constable Carl outre mesure.

– J'ai dit quelque chose ? demanda Ketchum au cuisinier et son fils.

– Tu as été plus qu'éloquent sur le chapitre des treuillistes et des camionneurs, dit Dominic à son ami.

– Je les emmerde, répondit Ketchum automatiquement. Je vais partir dans le Nord, n'importe où, ce sera toujours mieux qu'ici.

Assis sur le lit de camp, il considérait son plâtre comme un membre acquis de fraîche date mais totalement dénué d'utilité, la haine se lisant dans son regard.

– Tu as bien raison, dit le cuisinier.

Danny s'affairait à ses tâches matinales, coupant poivrons et tomates en dés pour l'omelette ; il savait bien que Ketchum parlait tout le temps de partir dans le Nord. Les territoires qui le tentaient se trouvaient dans la partie du New Hampshire située vers Millsfield et Second College Grant, celle qu'on nomme les Bois du Grand Nord, et la montagne Aziscohos, au sud-est de Winston Mills, dans le Maine. Mais le vétéran n'ignorait pas que les « ravages de la mécanisation » s'étendraient vers le nord, eux aussi ; à vrai dire, ils l'y avaient précédé.

– Tu devrais partir, toi aussi, Cuistot, tu le sais bien, dit Ketchum, comme des phares éclairaient la cantine, signalant l'arrivée des premières filles de cuisine.

– Tu as raison, bien sûr.

L'un comme l'autre parlaient toujours de partir, mais ils restaient.

Le pick-up de la plongeuse indienne faisait un bruit qui n'appartenait qu'à lui.

– Immaculée Constipation ! s'écria Ketchum en se levant enfin, ça lui arrive, à Jane, de passer la seconde ?

Le cuisinier, qui ne s'était pas retourné vers lui une seule fois depuis qu'il s'affairait, le regarda bien en face :

– Je l'ai pas engagée pour ses talents de conductrice ! lança-t-il.

– Ça, je m'en doute, conclut Ketchum au moment où Jane l'Indienne ouvrait la porte. (Elle n'a jamais de mal avec cette porte, pourquoi ? se demanda au passage Danny.)

Ketchum avait replié le lit de camp et le sac de couchage. À sa vue, Jane s'écria :

– Ouuh, bûcheron à la cuisine, c'est toujours mauvais signe !

– Toi et tes signes ! répondit Ketchum sans la regarder. Au fait, ton mari, il est mort, ou faudra attendre encore pour arroser ça ?

– Je suis pas mariée, et c'est pas demain la veille, répondit Jane, comme toujours.

Elle vivait en effet avec le constable Carl, ce à quoi Ketchum et le cuisinier trouvaient à redire, car Dominic n'aimait pas le Cow-boy non plus ; d'ailleurs, s'il faut parler de signes, Jane n'était pas en ménage avec le constable depuis longtemps, et il lui arrivait de laisser entendre qu'elle pourrait bien le quitter. Il la battait. Le cuisinier et Ketchum avaient fait plus d'une remarque sur ses yeux au beurre noir et ses lèvres fendues ; Danny lui-même avait observé les hématomes sur le haut de ses bras, preuve que le flic la serrait pour la secouer.

– C'est pas une raclée qui va me tuer, leur disait-elle, pas fâchée malgré tout qu'ils s'inquiètent de sa sécurité. Mais qu'il fasse gaffe quand même, un de ces jours, je vais répliquer.

Jane était grande et grosse. Comme tous les matins, elle dit bonjour à Danny en le serrant contre l'une de ses vastes hanches. Il lui arrivait à la poitrine, une poitrine monumentale que le sweat-shirt informe, rempart contre le froid du petit matin, n'arrivait pas à noyer. Jane l'Indienne avait elle aussi une tignasse noir charbon ; mais pas une mèche ne dépassait de l'épaisse natte qui lui tombait jusqu'au bas des reins. Même en pantalon de jogging ou en salopette vague, ses vêtements de travail, une croupe pareille ne passait pas inaperçue.

Sur le haut de la tête, avec un trou pour la tresse, elle portait une casquette de base-ball des Cleveland Indians, année 1951, cadeau de Ketchum. Un été qu'il en avait eu marre des taons et des moustiques, celui-ci s'était essayé au métier de camionneur (ce devait être avant de décider que les camionneurs étaient tous des connards, se disait Danny) ; il pilotait un semi-remorque chargé de bois, et c'était dans la lointaine Cleveland qu'il avait fait l'acquisition de la casquette.

– Vu que t'es indienne, Jane, cette casquette te revient, avait dit Ketchum.

Le logo représentait Chef Wahoo, un Peau-Rouge doté de dents chevalines et d'un sourire dingo ; sa tête et une partie de sa plume s'inscrivaient dans un os en forme de lettre C, rouge lui aussi. La casquette elle-même était bleue. Il n'aurait pas fallu demander à Ketchum ou à Jane l'Indienne qui pouvait bien être ce Chef Wahoo.

Danny avait entendu raconter l'histoire bien des fois, c'était une des préférées de Jane. L'une des rares fois mémorables où il l'ait vue retirer cette casquette était celle où elle lui avait raconté comment Ketchum la lui avait offerte. « Tu sais que dans son jeune temps il était plutôt beau gosse, Ketchum ; enfin, ajoutait-elle immanquablement, pas tant que ton papa, ou que toi quand tu seras grand. » Sa casquette à l'Indien souriant était décolorée par l'eau, et tachée d'huile de friture. Elle aimait bien la lui mettre sur la tête ; elle lui dégringolait sur le front, au ras des paupières, et il sentait ses cheveux dépasser par le trou pour la tresse.

Il n'avait jamais vu les cheveux de Jane l'Indienne dénoués, bien qu'elle l'ait gardé maintes fois, surtout quand il était plus petit, trop petit pour accompagner son père dans les expéditions où il lui aurait fallu dormir dans les wanigans. Elle l'avait donc bien souvent couché dans sa chambre de l'étage, sans doute couchait-elle alors dans celle de son papa absent.

Le lendemain matin, quand elle lui préparait son petit-déjeuner, rien ne laissait supposer que la longue tresse noire ait été défaite ; pourtant, ce ne devait pas être bien confortable de dormir avec une tresse aussi longue et aussi épaisse. Qui sait si elle ne gardait pas aussi sa casquette des Cleveland Indians pour dormir. Ce Chef Wahoo au sourire de fou était son ange gardien démoniaque.

– Je vais vous laisser travailler, mesdames, dit Ketchum. À Dieu ne plaise que je sois dans vos jambes.

– À Dieu ne plaise ! reprit une des auxiliaires, qui, comme la plupart de ses pareilles, était femme d'ouvrier de la scierie.

Toutes étaient mariées, toutes étaient grosses ; il n'y avait que Jane l'Indienne pour les battre en volume ; encore n'était-elle pas mariée au constable Carl.

Le constable, alias le Cow-boy, était gros lui aussi. Il était aussi grand que Ketchum (qui était mince) et mauvais comme une teigne. Danny avait l'impression que tout le monde le détestait, et pourtant, il n'avait jamais d'adversaire politique quand il se présentait. Il n'était pas exclu que personne n'ait eu la moindre envie de devenir constable, à Twisted River. Le poste consistait essentiellement à s'interposer dans les bagarres et à renvoyer par n'importe quel expédient les itinérants dans leur Québec natal. Son expédient préféré, une balle dans le pied ou le genou, était vicieux, mais efficace. Tout de même, quel genre de type fallait-il être pour fendre le front des gens d'un coup de canon de revolver, ou pour vouloir leur tirer dans les jambes ? se demandait Danny. Et qu'est-ce qu'elle pouvait bien lui trouver à ce Cow-boy-là, Jane l'Indienne, sa nounou adorée ?

– Pour vivre ici, il faut faire des compromis, Daniel, lui disait souvent son père.

– Faut vraiment qu'une femme soit fanée pour se mettre en ménage avec le constable Carl, essaya de lui expliquer Ketchum, mais quand elle est trop fanée, il s'en trouve une nouvelle.

Toutes les auxiliaires qui travaillaient à la cuisine, toutes les femmes d'ouvriers de la scierie étaient fanées, pas de doute, selon Danny. Jane l'Indienne était peut-être la plus grosse de toutes, n'empêche qu'elle avait gardé un joli visage, et une chevelure fabuleuse ; et puis elle avait des seins tellement sensationnels que le fils du cuisinier ne supportait même pas d'y penser, ce qui veut dire que, bien entendu, il y avait des moments où il ne pouvait pas s'empêcher d'en rêvasser – toujours inopinément.

– Est-ce que c'est leurs seins que les hommes aiment, chez les femmes ? avait-il demandé à son père.

– Demande à Ketchum, avait répondu le cuisinier.

Mais Danny trouvait Ketchum trop vieux pour s'intéresser aux seins, à son âge, il ne devait même plus les voir. Certes, il n'avait pas été gâté par l'existence, il avait eu une garce de vie, et paraissait plus que son âge. Il n'avait jamais que trente-sept ans, mais il paraissait beaucoup plus (malgré sa tignasse et sa barbe noires).

Et Jane au fait, quel âge avait-elle ? Jane l'Indienne avait douze ans de plus que son père, ça lui faisait quarante-deux ans, mais elle paraissait plus, elle aussi. Elle aussi, la vie l'avait bousculée avant que le constable s'en charge. Aux yeux de l'enfant, tout le monde faisait vieux, plus vieux que son âge en tout cas. Même les garçons de sa classe étaient plus vieux que lui.

– T'as dû passer une bonne nuit, toi, je suis sûre, dit Jane au cuisinier.

Elle sourit à Danny. Quand elle tendait les bras derrière son dos pour nouer son tablier autour de sa taille volumineuse, ses seins étaient gigantesques, se disait l'enfant.

– T'as pu dormir, Danny ? lui demanda-t-elle.

– Oui, oui, j'ai eu mon compte de sommeil, répondit-il.

Il regrettait que son père et les auxiliaires soient là, il avait des questions à poser à Jane sur sa mère.

Son père parvenait à lui parler du moment où Ketchum était allé retirer son corps meurtri du déversoir ; peut-être parce qu'il l'avait empêché de la voir défigurée par son périple au milieu des troncs. Mais quant à l'accident lui-même, il était incapable d'en souffler mot, à son fils du moins, incapable de donner là-dessus la moindre précision. Ketchum n'était guère plus loquace :

– On était tous ivres, Danny. Ton père était ivre, j'étais ivre, et ta mère était éméchée.

– C'était surtout moi, affirmait immanquablement Dominic. (Il se le reprochait si amèrement qu'il avait cessé de boire tout à fait, quoique pas tout de suite.)

– J'étais peut-être plus bourré que toi, Cuistot, disait parfois Ketchum, après tout, c'est moi qui l'ai laissée partir sur la glace.

– C'était ma faute, soutenait le cuisinier. J'étais tellement bourré qu'il a fallu que tu me portes, Ketchum.

– Crois pas que j'aie oublié, répondait Ketchum.

Mais aucun des deux ne pouvait, ou ne voulait lui dire ce qui s'était passé exactement. Il doutait fort que les détails leur aient échappé ; sans doute fallait-il croire qu'ils n'étaient pas avouables ; ni l'un ni l'autre ne concevait de les confier à un enfant.

Jane l'Indienne, qui n'avait pas bu car elle ne touchait pas à l'alcool, lui raconta l'histoire. Chaque fois qu'il le lui demanda, elle la lui rapporta dans les mêmes termes ; il en conclut qu'elle lui disait sans doute la vérité.

Ce soir-là, c'était elle qui le gardait ; il pouvait avoir deux ans. Le samedi soir, à l'époque, on dansait effectivement au bal, en couple et en quadrille. Dominic Baciagalupo ne dansait pas ; il boitait trop bas. Mais sa femme, que Ketchum appelait « cousine Rosie », adorait danser, et le cuisinier adorait la voir danser. Elle était petite et jolie, menue, délicate – tout le contraire des femmes de son âge à Twisted River et Paris, New Hampshire.

– Ta maman, elle avait pas le corps d'une femme de presque trente ans, en tout cas, par ici, commentait Jane l'Indienne chaque fois qu'elle lui racontait l'histoire.

Il faut croire que Ketchum était trop vieux ou déjà trop amoché pour partir à la guerre. L'entaille que le constable lui avait faite au front tout récemment n'était que la énième de ses plaies et bosses. Il en avait assez pour que l'armée ne veuille pas de lui, mais elles n'étaient pas assez graves pour l'empêcher de danser.

– Ketchum, c'est ta mère qui lui a appris à lire, et à danser, avait dit le cuisinier à son fils, sur un ton étrangement neutre, comme s'il ne pouvait se prononcer sur l'importance respective de ces deux savoir-faire pour l'intéressé.

À vrai dire, Ketchum était le seul cavalier de Rosie Baciagalupo ; il veillait sur elle comme sur sa propre fille, et d'ailleurs, sur la piste, elle était si petite face à lui qu'on l'aurait presque prise pour sa fille.

À ceci près que, par une coïncidence qui mérite d'être notée (comme disait Jane l'Indienne), ils avaient tous deux vingt-sept ans.

– Ketchum et ton père, ils aimaient bien boire ensemble. Je vois pas quel plaisir ils y trouvent, les hommes, mais Ketchum et ton père, ils aimaient ça un peu trop, expliquait Jane à Danny.

Peut-être qu'ils avaient besoin de boire pour se dire certaines choses, pensait Danny. Puisque Dominic était devenu strict buveur d'eau (contrairement à Ketchum qui buvait encore comme un draveur de vingt ans), peut-être que les hommes restaient sur la réserve, dans leurs conversations ; même à son âge, il avait conscience qu'ils ne se disaient pas tout, loin de là.

À en croire Ketchum, les Indiens ne tenaient pas l'alcool, il ne fallait pas qu'ils boivent, et il relevait du simple bon sens que Jane s'abstienne. Seulement elle vivait avec le constable Carl, lequel avait l'alcool mauvais. Après la fermeture du bal et des bars de chantier, il avait tellement bu qu'il était d'humeur querelleuse. Souvent, Jane rentrait tard, puisqu'elle mettait les serviettes à la machine puis au séchoir avant de reprendre son pick-up. Mais pour autant, le temps qu'elle soit prête à se coucher, le constable était encore bien réveillé, et prêt à engager les hostilités ; après tout, c'était elle qui se levait tôt le matin, pas lui.

– Je te décris le tableau, disait-elle à Danny, parfois hors de propos. Ton père ne tenait pas l'alcool comme Ketchum, mais il voulait faire comme lui. Ta mère était plus raisonnable, mais elle buvait trop quand même.

– Papa supporte pas de boire comme Ketchum parce qu'il est pas aussi costaud que lui ?

– Le poids y est pour quelque chose, oui. C'était pas la première fois que Ketchum devait le ramener chez lui sur son dos, après les bals. Ta mère continuait à tourner autour d'eux en faisant ses jolis do-si-do. (Détectait-il une pointe d'envie ou de moquerie dans la façon dont Jane disait « ses jolis do-si-do » ?)

Il savait qu'il s'agissait là d'une figure de quadrille. Il avait demandé à Ketchum de la lui montrer, mais celui-ci avait éclaté en sanglots, et c'était Jane qui lui avait fait la démonstration. Bras croisés sur son énorme poitrine, elle était passée devant son épaule droite pour qu'ils se retrouvent dos à dos.

Danny essayait de se représenter sa mère en train de faire des do-si-do autour de Ketchum, ce dernier portant son père dans ses bras.

– Et il dansait aussi, Ketchum ?

– Sans doute, moi j'étais pas avec eux, j'étais avec toi, tu sais bien. Je suis arrivée plus tard.

Une fois au bassin de la rivière gelée, Rosie Baciagalupo cessa de décrire des cercles autour de Ketchum, et elle cria vers la montagne. Quand la Twisted était gelée, l'écho résonnait davantage ; la glace renvoyait les voix plus vite et plus clairement que l'eau.

– Je me demande bien comment ça se fait, disait-il souvent à Jane.

– Je les ai entendus depuis la cantine, poursuivait Jane sans s'interroger davantage sur le phénomène. Ta mère criait « Je t'aime », et par-dessus l'épaule de Ketchum, ton père criait « Je t'aime aussi ». Ketchum, lui, il criait « Merde », et d'autres gros mots. Et puis bientôt, on les a entendus crier tous trois « Connards ! ». J'avais peur qu'ils te réveillent, avec leurs braillements, mais il y avait pas de danger, déjà à l'époque.

– C'est ma maman qui est allée marcher la première sur la glace ?

– C'était difficile de faire des do-si-do sur la glace. Ketchum s'est avancé avec elle, sans poser ton père par terre. La glace était noire. Il y avait de la neige dans les bois, mais pas sur le bassin. Le vent soufflait sur l'eau sans rencontrer d'obstacle, et il n'y avait pas eu d'averse de neige depuis une semaine. C'est bien rare que la glace se fende comme ça sur le bassin, ajoutait Jane en général.

Le cuisinier était ivre, il ne tenait plus debout ; pourtant, il avait exigé que Ketchum le pose ; il voulait faire des glissades, lui aussi. Alors il était tombé, il s'était retrouvé le cul sur la glace et Ketchum s'était mis à le pousser comme une luge. La mère de Danny tournait autour d'eux en dansant. S'ils n'avaient pas braillé aussi fort « Connards ! », l'un d'entre eux aurait peut-être entendu débouler les troncs d'arbres.

Dans ce temps-là, les hurlots et leurs attelages balançaient tous les troncs qu'ils pouvaient sur la rivière gelée entre le petit étang de Dummer et le bassin de Twisted River, ainsi que sur les affluents. Parfois, le poids des troncs commençait par briser la glace à l'étang de Dummer le plus vaste, celui qui avait été créé par la retenue du barrage qui cédait parfois. D'une manière ou d'une autre, c'était toujours la glace en amont de Twisted River qui cédait la première, et, en cette fin d'hiver 1944, les troncs avaient déboulé sur les rapides du petit étang de Dummer, en brisant la glace sur leur passage ; des glaçons énormes se mêlaient aux troncs en un torrent sans frein.

À la fin de l'hiver comme à l'orée du printemps, c'était toujours le même phénomène ; sauf qu'en général il se produisait de jour, parce que la journée, la température montait. En 1944, l'avalanche avait déboulé la nuit. Ketchum poussait Dominic sur la glace, pendant que sa jolie femme « un peu plus vieille que lui » dansait autour d'eux.

La formule « un peu plus vieille que lui » faisait-elle partie du récit de Jane l'Indienne ? Danny ne pourrait pas s'en souvenir, en revanche, il était sûr qu'elle ne manquait jamais de ponctuer sa description de l'irruption des troncs par la mention de la « coïncidence » – le fait que Rosie et Ketchum étaient du même âge.

Elle était sortie sur le seuil de la cuisine ; elle voulait leur dire d'arrêter de brailler « Connards ! », ils allaient réveiller le petit. En contre-haut du bassin, elle entendait le fracas des eaux bondissantes et des troncs. Tout l'hiver, la glace étouffait le bruit de la rivière. Pas ce samedi soir-là. Elle avait refermé la porte de la cuisine pour se précipiter jusqu'à la berge.

Plus personne ne criait « Connards ! ». Les premiers troncs dévalaient déjà sur la glace du bassin ; ils étaient mouillés, et semblaient prendre de la vitesse en heurtant la glace. Certains plongeaient dessous et la perforaient en refaisant surface, pour les plus gros.

– On aurait dit des torpilles, ponctuait Jane.

Le temps qu'elle arrive sur la berge, le poids des troncs dégageait des banquises grosses comme des voitures. Ketchum avait laissé Dominic cul sur la glace quand il avait vu disparaître Rosie. Elle qui tournait autour d'eux à l'instant avait été escamotée en un clin d'œil derrière une muraille de glace. Aussitôt, les troncs s'étaient refermés sur sa chute. Ketchum avait dû retourner avec circonspection sur ses pas pour récupérer le cuisinier, tombé sur le flanc. Le courant l'emportait sur un bloc de glace gros comme une chaire d'église. « Elle est plus là, Cuistot, elle a disparu ! » criait Ketchum. Le cuisinier s'était relevé, surpris de voir un tronc surgir dans le bassin pour venir s'écraser tout près de lui. « Rosie ? » interrogea-t-il. S'il avait crié « Je t'aime aussi », on n'aurait pas entendu l'écho, à présent ; les troncs et les bancs de glace faisaient une sacrée musique. Le cuisinier sur son épaule, Ketchum était passé de tronc en tronc sur la pointe des pieds pour gagner la rive. Parfois, il mettait le pied sur un glaçon par erreur, et se mouillait la jambe jusqu'au genou. « Connards ! » leur criait Jane l'Indienne depuis la rive, à tous les trois. Le cuisinier était trempé, transi, il grelottait et claquait des dents mais Ketchum l'entendit tout de même distinctement : « C'est pas possible, Ketchum, elle a pas pu disparaître comme ça ! »

– Et pourtant si, Danny, reprenait la plongeuse. Plus vite que la lune derrière un nuage, ta mère avait disparu. Quand on est rentrés à la cantine, tu étais bien réveillé, et tu pleurais, tu pleurais – pire qu'en te réveillant d'un cauchemar, je t'avais jamais vu pleurer comme ça. On aurait dit que tu comprenais, à ta façon, que ta mère était partie. J'arrivais pas à vous calmer, ni toi ni ton père. Ketchum avait empoigné un couteau à découper. Il était là, dans la cuisine, il avait posé la main gauche sur la planche, et il tenait le couteau dans la droite. « Fais pas ça ! » je lui ai dit, mais il regardait fixement sa main gauche, sur la planche, il devait la voir déjà coupée. Je l'ai laissé là pour m'occuper de toi et ton père et, quand je suis rentrée dans la cuisine, il était parti. J'ai cherché partout, j'étais convaincue de trouver sa main gauche quelque part. Je voulais pas que ce soit toi ou ton père qui la trouviez.

– Mais il ne l'a pas coupée, pour finir ?

– Eh non, il l'a pas coupée, répondait Jane l'Indienne avec une pointe d'agacement, tu as pas remarqué qu'elle lui manquait, si ?

Parfois, surtout après que le bûcheron avait bu, Danny l'avait vu fixer sa main gauche ; c'était ce regard-là qu'il avait posé sur son plâtre, la veille. Si Jane avait vu ça, elle y aurait lu le signe qu'il pensait encore à se la couper. Mais alors, pourquoi la gauche ? se demandait Danny. Un type qui se déteste parce qu'il se sent responsable, un type qui s'en veut, c'est plutôt de la droite qu'il s'ampute… ?

La cuisine avait pris des allures de ruche, avec toutes ces grosses femmes, ce cuisinier fluet, et son fils plus frêle encore. On ne passait jamais derrière quelqu'un sans signaler « Derrière ! » ou mettre la main sur le dos de la personne. Quand les femmes des ouvriers de la scierie passaient derrière Danny, elles lui mettaient souvent une tape sur les fesses. Une ou deux aimaient bien faire de même au cuisinier, mais uniquement si Jane l'Indienne ne les voyait pas. Danny avait remarqué qu'elle trouvait souvent moyen de se glisser entre lui et les femmes, surtout dans le bref espace entre la cuisinière et le plan de travail, qui s'étrécissait davantage encore lorsqu'il fallait ouvrir les portes du four. Il y avait d'autres coins où l'on était à l'étroit, dans la cuisine, un vrai défi pour les auxiliaires et les filles de salle, mais c'était là qu'on avait le moins de place.

Ketchum était sorti pisser, habitude prise du temps des wanigans et qui avait la vie dure, lorsque Jane passa à la salle à manger mettre le couvert. Au « temps béni » des camps itinérants, Ketchum aimait bien réveiller les bûcherons et les convoyeurs en pissant sur les parois métalliques des wanigans.

– Un wanigan à l'eau ! bramait-il avec jubilation, oh doux Jésus, le vlà qui dérive…

S'ensuivait à l'intérieur une cacophonie de jurons.

Il aimait aussi cogner sur les parois métalliques avec une perche de navigation en lançant l'alarme :

– Laissez pas rentrer ct'ours, ouah bon dieu, il a chopé une femme ! Oh seigneur, nooon !

Danny était en train de prendre des louches du sirop d'érable qui chauffait dans les grandes casseroles pour en remplir les pichets. Il sentit l'haleine d'une des femmes d'ouvriers sur sa nuque.

– Derrière toi, mon joli, lui dit-elle de sa voix rauque.

Son père plongeait le pain de banane dans l'œuf battu ; l'une des auxiliaires plaçait sur la lèchefrite le pain perdu ainsi confectionné, tandis qu'une autre remuait à la spatule le parmentier d'agneau.

Avant de sortir pisser un coup interminable, Ketchum avait lancé au gamin :

– Dimanche matin, neuf heures, tu le rappelleras à ton père, Danny ?

– On y sera, avait dit l'enfant.

– Qu'est-ce que vous mijotez, avec Ketchum ? s'était enquise Jane l'Indienne, à l'oreille de Danny.

Il ne l'avait pas sentie arriver derrière lui, malgré son volume. Il crut d'abord que c'était la femme d'ouvrier qui lui avait soufflé dans la nuque, mais c'était Jane, revenue de la salle à manger.

– Papa et moi, on a rendez-vous avec Ketchum au barrage de la Morte, dimanche matin.

Jane secoua la tête, envoyant sa natte aussi longue qu'une queue de poney se balancer sur sa vaste croupe.

– Ah, Ketchum a fini par le convaincre, dit-elle avec réprobation.

L'enfant ne voyait pas ses yeux sous la visière de la casquette. Comme à l'accoutumée, le Chef Wahoo lui souriait de son rictus dément.

Le ballet soigneusement orchestré qui s'exécutait à la cuisine serait passé inaperçu aux yeux d'un étranger, mais Danny et la plongeuse le connaissaient par cœur. Ils virent que tout était en ordre ; le cuisinier apportait son plateau de scones brûlants avec ses maniques, les femmes lui dégageant prestement la voie ; l'une d'entre elles démoulait les muffins dans une grande jatte de porcelaine. Jamais la moindre collision, malgré leurs silhouettes impressionnantes – à l'exception du cuisinier et de son fils, petits gabarits toutes proportions gardées.

Dans le goulet d'étranglement entre la cuisinière et le plan de travail, où six brûleurs étaient occupés par des casseroles et des marmites, le cuisinier et la plongeuse se croisaient dos à dos. Ce n'était pas nouveau, c'était même l'usage, mais l'enfant saisit une nuance dans leurs évolutions, et il attrapa au vol, mais distinctement pour la première fois, les trois mots qu'ils échangèrent. Lors de ce pas de deux, Jane se cogna exprès au cuisinier ; elle lui frôla le milieu du dos de sa vaste croupe (le cuisinier lui arrivait à l'épaule).

– Do-si-do, monsieur, lui dit-elle.

Malgré sa claudication, le cuisinier garda l'équilibre et pas un scone ne tomba du plateau. « Do-si-do », lui répondit-il à voix basse ; elle était déjà passée derrière lui. Danny avait été le seul témoin de cet effleurement, mais si Ketchum avait été là, ivre ou à jeun, il ne lui aurait pas échappé. Quoi qu'il en soit, il se trouvait dehors, pissant son coup interminable, sans doute.

3
Un monde d'accidents

Angel Pope avait coulé sous les troncs le jeudi. Le vendredi, après le petit-déjeuner, Jane l'Indienne conduisit Danny à l'école de Phillips Brook et rentra à la cantine de Twisted River.

Ce matin-là, les draveurs devaient pousser leurs troncs sur un site immédiatement en amont du barrage de la Morte. Le cuisinier et ses cantinières prépareraient quatre repas pour midi, ils en apporteraient deux à dos d'homme pour les flotteurs, et en achemineraient deux autres, en voiture ceux-là, pour les bûcherons chargeant les camions sur le chemin de charriage entre Twisted River et le réservoir de Pontook.

Les vendredis ordinaires étaient déjà assez difficiles sans le chagrin d'avoir perdu Angel. Tout le monde attendait le week-end avec impatience, week-end qui se réduisait pourtant, selon Dominic, à son lot de beuveries et de frasques sexuelles – avec la honte du lendemain à la clé –, son fils le lui avait maintes fois entendu dire. À la cuisine, le dîner du vendredi était le plus éprouvant de la semaine. Pour les catholiques pratiquants, il y en avait parmi les Canadiens français, il faisait sa fameuse pizza sans viande, mais pour les pratiquants du vendredi gras, comme se définissait Ketchum, et qui étaient largement majoritaires, cette pizza ne pouvait pas suffire.

Lorsque Jane l'Indienne déposait Danny à l'école, elle lui donnait une bourrade sur le haut du bras, comme « les grands » le feraient (auquel cas il s'en tirerait à bon compte). Et encore, là ou ailleurs, ils n'iraient pas mollo comme Jane.

– Baisse le menton, épaules détendues, coudes rentrés, mains près du visage. Il faut que tu aies l'air de te préparer à mettre un coup de poing, lui disait-elle, et là, tu lui colles un coup de pied dans les couilles.

– Je sais, lui répondait le gamin, qui n'avait jamais donné un coup de poing ni mis un coup de pied dans les couilles.

Les recommandations de Jane le laissaient perplexe ; elles devaient avoir été inspirées par les avis du constable, sauf que c'était précisément de ce dernier qu'elle devait se méfier… Le jeune Dan était bien convaincu que personne d'autre n'oserait se mesurer à elle, peut-être pas même Ketchum.

À la cantine ou n'importe où ailleurs au village, elle l'embrassait toujours en le quittant, mais elle s'en abstenait devant l'école, sachant bien que si les gosses de West Dummer qui traînaient à l'entrée les voyaient, leurs persécutions seraient plus féroces encore que d'habitude. Ce vendredi-là, le jeune Danny restait assis aux côtés de Jane, sans bouger. Sur le moment, il avait sans doute oublié où ils se trouvaient, et attendait qu'elle l'embrasse. À moins qu'il n'ait eu une question à lui poser sur sa mère.

– Qu'est-ce qu'il y a, Danny ? lui demanda la plongeuse.

– Tu fais des do-si-do à Papa ?

Jane sourit, mais d'un sourire bien moins large que celui qui éclairait d'ordinaire son joli visage ; elle ne lui répondit pas, ce qui l'inquiéta.

– Ne me dis pas de demander à Ketchum ! bredouilla-t-il.

Le mot la fit rire, et son sourire se fit plus naturel, plus avenant. (Comme toujours, le Chef Wahoo affichait son rictus diabolique.)

– J'allais dire « Demande à ton père », répondit-elle. T'en fais pas, ajouta-t-elle, avec une nouvelle bourrade, tout juste un peu plus forte. Puis comme il s'extirpait du pick-up, elle lui lança : Danny ? Ne va surtout pas demander à Ketchum.

Ce sont les accidents qui gouvernent le monde, songeait le cuisinier en se démultipliant à ses fourneaux. Le parmentier d'agneau servi au petit-déjeuner pourrait reparaître au dîner. Il avait également préparé une soupe aux pois chiches, pour les catholiques, ainsi qu'une daube de gibier, accompagnée de carottes et d'oignons grelots. Certes, il y avait bien une hénaurme marmite de fayots, ainsi que la sempiternelle soupe aux pois persillée. Mais les autres plats n'évoquaient guère le bivouac de bûcherons.

L'une des femmes d'ouvriers était en train de faire cuire des saucisses italiennes sucrées sur la lèchefrite. Le cuisinier lui répétait d'en émietter la chair pendant la cuisson, sur quoi l'une de ses consœurs entonna *Ta saucisse et ma figue* sur l'air de *Vaya con Dios*, association improbable, que toute l'équipe des filles de cuisine reprit à l'unisson.

La chef de chœur improvisée était celle que le cuisinier avait chargée de tester le levain pour la pâte à pizza, et il la tenait à l'œil. Il voulait incorporer son levain dans la pâte et commencer de la faire lever avant de partir servir les repas de midi à l'extérieur. (Si jamais la pizza végétarienne venait à manquer un vendredi soir, il y aurait de la grogne chez les Canadiens français « bouffeurs de poiscaille ».)

Le cuisinier faisait aussi du pain de maïs. Il voulait entreprendre la farce des poulets rôtis qu'il servirait le soir, et mélangea chair à saucisse et pain de maïs qu'il parfuma de céleri et de sauge ; les œufs et le beurre, il les mettrait à son retour. Dans la grande casserole où Danny avait réchauffé le sirop d'érable, il fit bouillir le potimarron, qu'il avait l'intention de réduire en purée, avec le sirop, auquel il ajouterait le beurre à son retour. Ce vendredi soir, avec le poulet rôti, il servirait des pommes de terre soufflées et de la mousse de potimarron. C'était sans doute le menu préféré de Ketchum, qui ne dédaignait pas la pizza pour autant, en la circonstance.

Dominic se désolait pour lui. Il se demandait si son ami croyait vraiment trouver le corps d'Angel dans le déversoir dimanche matin ou si, au contraire, il espérait ne jamais l'y voir apparaître. Quant à lui, il tenait surtout à épargner ce spectacle au jeune Dan, sans savoir s'il souhaitait pour sa part voir ce corps, ou le retrouver.

La marmite d'eau où il venait de verser deux cuillères de vinaigre pour pocher les œufs s'était remise à bouillir. Au petit-déjeuner, il avait servi le hachis avec des œufs pochés, mais, à midi, il l'accompagnerait seulement de ketchup à volonté : les œufs pochés, ça n'est guère transportable. Il versa l'eau bouillante sur les planches à découper, pour les stériliser.

L'une des femmes d'ouvriers de la scierie, qui avait fait cinquante sandwiches bacon-laitue-tomate avec les restes du petit-déjeuner, était en train d'en manger un tout en reluquant le cuisinier. Elle ne mijotait rien de bon, ça se voyait à l'œil nu. Cette baleine répondait au petit nom de Minnie, et elle avait fait tant d'enfants qu'elle semblait avoir renoncé à tout autre titre distinctif, sinon un appétit féroce, qui rebutait le cuisinier – ses appétits, il préférait ne pas les imaginer.

La femme à la spatule, celle à qui il fallait rappeler d'émietter la chair à saucisse, devait être dans la confidence : elle reluquait le cuisinier, elle aussi, et comme Minnie au sandwich avait la bouche pleine, ce fut May à la spatule qui prit la parole. Elle était encore plus monumentale que sa consœur, et s'était mariée deux fois, de sorte qu'elle avait avec son second mari des enfants du même âge que ses petits-enfants du premier lit. Du coup, elle et son second mari en avaient perdu leurs repères naturels ; déboussolés, inconsolables, ils n'arrivaient pas à se remettre de l'incongruité de leur existence.

Ce que le cuisinier trouvait contre nature, c'était plutôt sa déploration permanente. Elle avait des enfants du même âge que ses petits-enfants, et après ?

– Mais il suffit de la regarder pour voir que tout lui pèse, putain ! avait dit Ketchum.

Admettons, se disait le cuisinier, tandis que May pointait vers lui sa spatule. En se tortillant de manière suggestive, elle lui roucoula :

– Ouh, Cuistot, je plaquerais ma vie de misère du jour au lendemain si tu voulais bien m'épouser, et me faire la cuisine, bien sûr !

Armé d'un grattoir à long manche, il nettoyait les planches à découper ruisselantes. Le fond de vinaigre lui piquait les yeux.

– Tu es déjà mariée, May, lui rappela-t-il ; et en plus, si tu m'épousais et qu'on ait des enfants, ils seraient plus jeunes que tes petits-enfants. Je ne veux même pas imaginer le désastre, pour toi.

May parut sincèrement affligée à cette idée ; il n'aurait peut-être pas dû aborder ce sujet si sensible. Mais Minnie, qui finissait son bacon-laitue-tomate, éclata d'un rire spasmodique et commença à s'étrangler. Les filles de cuisine, May la première, attendaient que Dominic intervienne.

De fait, le phénomène ne le prenait pas au dépourvu. Il avait vu des tas de bûcherons et d'ouvriers avaler de travers ; il savait ce qu'il fallait faire. Des années plus tôt, au bal, il avait sauvé une femme ivre qui s'étouffait dans son vomi. C'était une histoire célèbre, Ketchum l'avait même intitulée *Comment le Cuistot sauva Pam Pack de Six.* La femme était aussi grande et charpentée que Ketchum lui-même, et Dominic avait dû appeler ce dernier à la rescousse pour la mettre à genoux, puis à quatre pattes, afin de lui appliquer la méthode de Heimlich. (Pack de Six devait son surnom à Ketchum, qui évaluait ainsi sa dose nocturne, en prélude à la phase bourbon.)

Le docteur Heimlich est né en 1920, mais son système aujourd'hui célèbre n'était pas encore arrivé jusque dans le comté de Coos en 1954. Dominic Baciagalupo faisait la cuisine pour de gros mangeurs depuis quatorze ans. Il avait vu nombre d'entre eux avaler de travers. Trois en étaient morts. Il avait observé que les claques dans le dos n'étaient pas toujours efficaces. Quant au système de Ketchum, soulever par les pieds ceux qui s'étranglaient et les secouer comme des pruniers, il n'était pas infaillible non plus.

Mais un jour Ketchum avait dû improviser, et Dominic avait constaté le succès éblouissant de son intervention. Celui qui s'étranglait était un bûcheron à l'alcool vindicatif. Ketchum l'avait pris par les pieds, mais l'homme étant trop lourd, il lui échappait sur le sol, si bien qu'à la fin, non content de s'étouffer, le gaillard était déterminé à tuer Ketchum.

Celui-ci lui mit une grêle d'uppercuts au plexus ; au quatrième ou cinquième direct, l'homme cracha le gros morceau d'agneau entier qui avait fait fausse route.

Avec le temps, le cuisinier avait adapté la trouvaille de Ketchum à son propre usage d'homme plus menu et moins brutal. Il passait derrière la personne qui s'étouffait, glissait ses bras sous les siens et, joignant les mains à la naissance de la cage thoracique, au-dessous de l'estomac, il appuyait. Ça marchait à tous les coups.

Quand Minnie se mit à battre l'air de ses bras, il se glissa promptement derrière elle.

– Oh mon Dieu, Cuistot, faut la sauver ! s'écria May (la mise en boîte sur les enfants-petits-enfants lui était sortie de la tête, elle l'avait peut-être purement et simplement oubliée).

Le nez plongé dans la nuque moite de Minnie, Dominic avait peine à joindre les mains tant les seins de la femme étaient gros et lourds ; il dut les soulever pour trouver le plexus. Profitant de la situation, elle posa ses mains sur celles du cuisinier en cambrant les fesses contre son estomac. Elle n'avait pas avalé de travers, elle étouffait de rire. May et les autres filles de cuisine riaient avec elle.

– Oh, Cuistot, comment tu as deviné que c'est ma position favorite ? gémit-elle.

– Je l'avais toujours pensé, que c'était un gars qui aimait te le faire à l'envers, dit May avec le plus grand sérieux.

– Mais t'es un vrai chien, toi, dis donc, s'écria Minnie, en se frottant contre lui, j'adore quand tu dis « Derrière ! ».

Il réussit à dégager ses mains et la repoussa sans brutalité.

– On n'est pas assez grosses pour lui, faut croire, dit May tristement. (Il entendit comme une aigreur dans sa voix. Elle va me la faire payer, ma pique sur les enfants-petits-enfants, pensa-t-il.) À moins qu'on soit pas assez indiennes, peut-être.

Le cuisinier ne lui accorda pas un regard ; les autres filles de cuisine, Minnie comprise, avaient tourné le dos. D'un air de défi, May se mit à aplatir le parmentier d'agneau à la spatule. Il passa derrière elle et éteignit la lèchefrite, effleurant le bas de ses reins dans ce geste.

– On emballe et on y va, mesdames, dit-il presque sur son ton habituel. Minnie et May, vous porterez le repas aux draveurs, et nous autres, on roulera jusqu'à ce qu'on ait trouvé les bûcherons sur le chemin de charriage.

Il évitait de s'adresser à May, et même de la regarder.

– Alors c'est Minnie et moi qui allons nous taper la route à pied ? demanda-t-elle.

– Tu devrais marcher un peu plus, ça te ferait pas de mal, lui dit-il, sans la regarder pour autant.

– Ben vu que c'est moi qui les ai faits, ces foutus sandwiches au bacon, je peux bien les livrer, reconnut Minnie.

– Emporte aussi le parmentier d'agneau, lui dit le cuisinier.

Une des filles demanda s'il y avait des « catholiques intégristes » chez les draveurs canadiens, auquel cas May et Minnie feraient bien de prendre aussi de la soupe aux pois.

– Pas question que je porte de la soupe dans mon sac à dos, dit May.

– Les bouffeurs de poiscaille auront qu'à retirer le bacon, suggéra Minnie.

– Je ne pense pas qu'il y en ait parmi ces flotteurs-là ; on va porter de la soupe et du gibier aux bûcherons du chemin de charriage, et si les catholiques râlent, vous n'aurez qu'à leur dire que c'est ma faute.

– Pour ça, tu peux compter sur moi, lui dit May, qui cherchait en vain son regard.

Au moment où ils se séparaient, elle lui lança :

– Je suis trop grosse pour que tu fasses semblant de pas me voir, Cuistot.

– Estime-toi heureuse que je fasse semblant de pas te voir, May, répliqua-t-il.

Il n'aurait pas cru trouver Ketchum dans l'équipe des bûcherons : même blessé, c'était le meilleur draveur du site.

– Cet abruti de toubib m'a dit de pas mouiller le plâtre, expliqua-t-il.

– Et pourquoi tu le mouillerais, je ne t'ai jamais vu tomber à l'eau ?

– Mettons que je l'aie assez vue, la rivière, hier…

– Il y a du civet, annonça une des filles de cuisine.

Un des chevaux avait eu un accident, le débâcleur un autre, et Ketchum raconta qu'un des Canadiens français avait perdu un doigt en déchargeant les troncs.

– On est vendredi, quoi ! résuma Dominic, comme si le vendredi était un jour-piège pour les étourdis. Il y a aussi de la soupe aux pois pour ceux qui font maigre, annonça-t-il.

Ketchum remarqua l'humeur de son vieil ami.

– Qu'est-ce qui se passe, Cuistot, qu'est-ce que t'as ?

– C'est Minnie et May, elles ont fait les idiotes.

Il lui raconta l'incident et les allusions de May à Jane l'Indienne.

– C'est pas à moi qu'il faut dire ça, c'est à Jane. Elle va te lui étriller le cul, si tu lui répètes.

– Justement, Ketchum, je me garderai bien de lui répéter.

– Si elle l'avait vue te bloquer les mains sur ses seins, elle te lui aurait fait un étrillage de cul en règle.

Dominic Baciagalupo n'en doutait pas. Personne n'était à l'abri dans ce monde. Il ne voulait pas connaître les statistiques sur le nombre d'étrillages de cul à la minute. Ketchum en avait exécuté sa part, et ne se gênerait pas pour en pratiquer encorc quelques-uns.

– Il y a du poulet farci et des pommes de terre soufflées, ce soir, dit le cuisinier.

– C'est bien ma veine, répondit Ketchum, l'air peiné, j'ai un petit rendez-vous, ce soir.

– Un petit rendez-vous ? s'écria le cuisinier avec écœurement.

Il ne voyait rien de romantique dans les relations féminines de Ketchum (qui fréquentait les femmes du « bal »). Depuis quelque temps, il sortait avec Pam Pack de Six. Dieu sait combien ils pouvaient écluser à eux deux ! Lui ayant sauvé la vie, le cuisinier avait un faible pour elle, mais il sentait bien qu'elle ne l'aimait pas beaucoup ; peut-être lui en voulait-elle de l'avoir sauvée.

– Tu sors toujours avec Pam ? demanda-t-il à son ami au gosier en pente.

Mais Ketchum n'avait pas envie d'en parler.

– Ça devrait te tracasser que May soit au courant, pour Jane et toi, Cuistot, tu crois pas que tu devrais t'en inquiéter un petit peu ?

Dominic se remit à surveiller les faits et gestes de ses cantinières ; le long du chemin de charriage, elles avaient déplié une table pour y poser de grands bols avec des cuillères. À l'intérieur du wanigan, il y avait un réchaud à gaz pour réchauffer la soupe et le civet. Les bûcherons entrèrent, chacun avec son bol et sa cuillère, et les femmes les servirent.

– Tu m'as pas l'air trop inquiet, Cuistot, reprit Ketchum, seulement si May est au courant, Minnie est au courant. Et si Minnie est au courant, toutes tes filles de cuisine le sont. Même moi je suis au courant, sauf que moi, je m'en contrefous.

– Je sais, je t'en remercie, dit Dominic.

– Ce que je te dis, c'est qu'un de ces quatre, le constable va l'apprendre aussi, tiens, en parlant de connards.

Il laissa peser son plâtre sur l'épaule du cuisinier, puis, désignant de sa main valide son front barré d'une cicatrice blafarde :

– J'ai la tête plus dure que toi, Cuistot. T'as pas intérêt à ce que le Cow-boy l'apprenne, crois-moi.

Et toi, tu sors avec qui ? fut tenté de demander Dominic, pour détourner la conversation. Mais au fond, il ne voulait pas savoir avec qui baisait Ketchum, surtout *si ce n'était pas* Pam Pack de Six.

Soir après soir, Jane rentrait de plus en plus tard, et le constable Carl s'était déjà abîmé dans le sommeil ; quand elle partait travailler le matin, il dormait encore. Il devenait rare qu'il lui cherche des noises, sauf quand elle rentrait trop tôt, justement. Mais il avait beau être abruti par l'alcool, il finirait par se douter de quelque chose. Sans compter qu'une des filles de cuisine risquait de parler à son mari ; les ouvriers de la scierie n'appréciaient pas forcément tous le Cuistot et Jane autant que les draveurs et les hurlots.

– Message reçu, dit le cuisinier.

– C'est vrai, merde ! Et Danny, il est au courant pour Jane et toi ?

– J'allais lui dire.

– Ah, t'allais lui dire. T'en as comme ça qui te disent qu'ils allaient mettre une capote…

– Message reçu, répéta le cuisinier.

– À dimanche matin, neuf heures, dit Ketchum.

Dominic en déduisit que son petit rendez-vous allait se prolonger deux nuits, une vraie bordée, un marathon.

S'il y avait des soirées que le cuisinier aurait voulu cacher à son fils, c'était bien celles du samedi, avec leur lot de beuveries et de débauches endémiques ; cette communauté ayant élu domicile précaire sur les berges d'une rivière turbulente était en effet peuplée d'individus qui vivaient dangereusement et considéraient comme un dû le grand défoulement du samedi soir.

Dominic Baciagalupo, buveur d'eau et veuf ennemi de la débauche, avait cependant de la compassion pour les diverses stratégies d'autodestruction qu'il voyait mettre en œuvre un samedi soir ordinaire. Peut-être était-il moins indulgent envers Ketchum qu'envers n'importe lequel des rustres et des vauriens du village. Peut-être parce que Ketchum n'ayant pas l'excuse de *la* bêtise, *ses* bêtises l'agaçaient. Mais aux yeux d'un gosse de douze ans observateur et futé, ce qui était le cas de Danny, l'agacement du cuisinier ne suffisait pas à expliquer son éternelle déception à l'égard de Ketchum. Contrairement à Jane l'Indienne, il prenait le parti du draveur contre la censure paternelle.

Ce samedi soir-là, Angel était peut-être déjà au barrage de la Morte – les corps flottant plus en profondeur que les troncs, son corps meurtri serait passé sous l'estacade, auquel cas il était en train de tournoyer dans le sens des aiguilles d'une montre ou dans le sens inverse, quelque part, à droite ou à gauche du barrage principal et du déversoir –, Danny aidait son père à essuyer les tables après le dîner. La fille de cuisine était rentrée chez elle ; Jane l'Indienne récurait les dernières marmites en attendant que les machines aient fini de tourner pour mettre leur chargement au séchoir.

Le samedi soir, on venait dîner à la cantine en famille. Parfois, les hommes, déjà ivres, se disputaient avec leurs femmes, lesquelles, en retour, s'en prenaient à leurs enfants. L'un des ouvriers de la scierie avait vomi dans les lavabos, deux bûcherons étaient arrivés en retard ; ils avaient insisté pour se faire servir, comme de juste. Les spaghettis-boulettes de Dominic Baciagalupo, quasi froids, avaient perdu leur moelleux, et pour ne pas démériter à ses propres yeux, il leur improvisa des penne fraîches à la ricotta avec son sempiternel persil.

– Merde, qu'est-ce que c'est bon ! s'exclama l'un des ivrognes.

– Comment t'appelles ça, Cuistot ? demanda l'autre.

– C'est du prezzemolo, repartit Dominic d'un air important.

Le pur exotisme du terme régala les bûcherons comme une tournée de bière. Il leur fit répéter le mot jusqu'à ce qu'ils le disent correctement, avec l'accent sur la deuxième syllabe : preZÉmolo.

Jane était dégoûtée ; elle savait très bien que ce mot exotique voulait seulement dire « persil » en italien.

– Tout ça pour deux poivrots à la ramasse.

– Si ça avait été Ketchum, tu l'aurais laissé repartir le ventre vide, dit Danny, t'es salement rosse, avec lui.

Au lieu de quoi, les deux ivrognes avaient reçu un traitement de faveur, et étaient repartis ravis. Danny, son père et Jane étaient en train de voir le bout de leurs tâches du samedi soir lorsque le vent qui s'engouffrait soudain dans l'embrasure de la porte annonça une visite tardive.

De la cuisine, Jane ne voyait pas le nouveau venu ; elle cria vers la bourrasque :

– Trop tard ! On sert plus !

– J'ai pas faim, dit Pack de Six.

De fait, à en juger par sa physionomie, ce n'était pas la faim qui l'amenait : le peu de chair qui lui restait plissait sur sa charpente et son visage maigre et farouche – lèvres minces et joues creuses – la disait plus portée sur le bourbon que sur le gueuleton. Grande et carrée d'épaules, elle arborait la chemise de flanelle de Ketchum sans flotter dedans et sans même que les manches lui tombent sur les poignets. Ses longs cheveux blonds et plats, striés de fils gris, paraissaient propres mais sans apprêt, comme le reste de sa personne. Elle brandissait une lampe de poche grosse comme une matraque, Twisted River n'ayant rien d'une ville-lumière.

– Je vois que tu l'as tué pour récupérer ses fringues, lança le cuisinier en la regardant avec circonspection.

– Non, et je suis pas en train de m'étouffer non plus, Cuistot, dit Pam.

– C'est pas tous les jours fête, Pack de Six ! cria Jane depuis la cuisine.

Les deux femmes devaient se connaître depuis assez longtemps pour que Jane ait identifié Pam à sa voix, se dit Danny.

– Dis donc, toi, tu fais marner le petit personnel jusqu'à point d'heure, lança Pam à Dominic.

Celui-ci reconnut la cuite bien particulière de Pack de Six avec une envie et une nostalgie qui le surprirent lui-même. Il est vrai que la grande costaude tenait la bière et le bourbon mieux encore que Ketchum. Jane était sortie de la cuisine, avec une marmite de pâtes sous le bras ; elle la braqua béante vers Pam comme la gueule d'un canon.

Dans son état prépubescent (un tiers d'érection, deux tiers de prémonition), le jeune Danny se rappelait la remarque de Ketchum sur les femmes qui perdaient leur beauté, et quel effet les diverses étapes du processus faisaient sur le constable. L'enfant ne trouvait pas que Jane soit fanée. Elle avait encore un joli visage, sa longue tresse ne passait pas inaperçue, et on imaginait sans peine la splendeur de sa chevelure quand elle la dénouait. Et puis il y avait ses seins fabuleux.

Pourtant, la vue de Pack de Six le chavirait d'une tout autre façon. On aurait presque pu la dire bel homme, et ce qu'elle possédait de féminité avait un caractère brut : ainsi, cette désinvolture avec laquelle elle arborait la chemise de Ketchum sans soutien-gorge sur le renflement de ses seins. Son regard passa rapidement de Jane à Danny pour se fixer sur le cuisinier, avec une effronterie fugace de jeune fille.

– J'ai besoin que tu m'aides, c'est Ketchum, dit-elle au cuisinier.

Aussitôt celui-ci redouta qu'il ait été victime d'une crise cardiaque ou pire encore, et il espéra qu'elle épargnerait les détails macabres devant le petit Danny.

– Je peux t'aider, moi, si tu veux, dit Jane, je parie qu'il est tombé dans les pommes ; si c'est ça, je le porterai plus facilement que le Cuistot.

– Il est tombé dans les pommes sur mes chiottes, et moi, j'en ai pas deux, des chiottes, dit Pam à Dominic, sans regarder Jane.

– J'espère au moins qu'il faisait que lire, répondit Dominic.

À force d'opiniâtreté, Ketchum lisait les uns après les autres les livres de Dominic Baciagalupo, qui n'étaient autres que ceux de sa mère, augmentés des chers romans de Rosie. Pour un type qui avait quitté l'école plus jeune que Danny, Ketchum lisait les livres qu'il empruntait avec une obstination frôlant la manie. Il les rendait au cuisinier après en avoir entouré des mots pratiquement à chaque page ; il ne soulignait pas de passages ou de phrases complètes, il entourait des mots isolés. Dan se demandait si c'était Rosie qui lui avait appris à lire de cette façon-là.

Un jour, il avait dressé la liste des mots entourés par Ketchum dans *La Lettre écarlate*, de Hawthorne. Mis bout à bout, ces mots n'avaient aucun sens :

Symboliser, fouet, sexe, malfaitrices, tourment, poitrine, brodé, se tordre de douleur, ignominieux, matrones, châtiment, salut, tremblant, plaintive, plaintes, possédé, erreur de jugement, sans péché, au tréfonds, rétribution, dulcinée, souiller, hideux.

C'étaient les seuls mots entourés par Ketchum dans les quatre premiers chapitres.

– À quoi il pense, d'après toi ? avait demandé Danny à son père.

Le cuisinier avait tenu sa langue, malgré l'envie qu'il avait de répondre. Que le *sexe* et la *poitrine* aient fait partie des préoccupations de Ketchum, soit ; des *malfaitrices*, il en avait connu (dont Pack de Six). Quant à ses *dulcinées*, Dominic Baciagalupo en savait peut-être davantage qu'il n'aurait voulu sur le chapitre – dieu sait comment Ketchum employait le mot. La séquence *fouet*, *se tordre de douleur*, sans parler des *plaintes* et des *erreurs de jugement*, de *souiller*, ou *hideux*, ne lui inspirait nulle envie de s'interroger plus avant sur les zones érogènes de l'imaginaire du bûcheron.

Les *matrones*, les *sans péché*, les *tréfonds* et surtout le *symboliser* le surprenaient vaguement. Il ne comprenait pas davantage ce qui pouvait intéresser Ketchum dans *brodé*, *ignominieux* et encore *tremblant* ou *plaintive*. *Rétribution*, surtout du côté du *châtiment*, de même que *possédé* correspondaient bien aux marottes de Ketchum qui était sans aucun doute possédé au point que le *salut* lui paraisse improbable. Éprouvait-il un *tourment* ? Pour qui, pour quoi ?

– C'est peut-être juste des mots comme ça, avait spéculé Dan.

– Comment ça, qu'est-ce que tu veux dire ?

Ketchum se serait efforcé d'enrichir son vocabulaire ? Pour un homme sans instruction, il parlait bien. Et il empruntait des livres en permanence.

– C'est des mots du dictionnaire, sauf exceptions.

Oui, approuva le cuisinier, sauf exceptions comme *sexe*, *poitrine* et peut-être *tourment*.

– J'ai rien compris : je lui faisais la lecture et, tout d'un coup, le voilà qui se précipite aux chiottes avec ce bouquin de merde et qui se trouve mal, expliquait Pack de Six. Il est recroquevillé dans un coin, mais il est toujours sur le trône.

Dominic ne voulait rien savoir de cette pratique de la lecture. Les fréquentations de « bal » de Ketchum ne lui semblaient pas précisément placées sous le signe des affinités littéraires ou de la curiosité artistique ; a priori, il aurait cru qu'il parlait peu à ses conquêtes et ne les écoutait pas davantage. Or il lui avait un jour demandé, non sans arrière-pensées, ce qu'il faisait en guise de préliminaires. À sa grande surprise, Ketchum lui avait répondu : « Je leur demande de me faire la lecture, ça me met d'humeur… »

D'humeur à se précipiter aux chiottes avec le bouquin pour tourner de l'œil aussitôt ? se demanda froidement le cuisinier. Le niveau d'alphabétisation des femmes de bar n'était pas forcément très élevé. À quoi Ketchum repérait-il celles qui sauraient lui faire la lecture ? Et quel pouvait être le livre qui l'ait mis d'« humeur » négative avec Pam Pack de Six ? À moins qu'il n'ait tout bêtement éprouvé un besoin pressant ?

Jane l'Indienne partit dans la cuisine et en revint avec une torche électrique.

– Comme ça, tu y verras clair pour rentrer, dit-elle à Dominic en la lui tendant. Je vais rester avec Danny, je le mettrai au lit.

– Je peux venir avec toi ? demanda l'enfant à son père. Je t'aiderai à soulever Ketchum.

– Là où j'habite, c'est pas un coin pour les enfants, Danny, lui dit Pam.

Le postulat appelait une réaction, mais le cuisinier se borna à dire :

– Reste avec Jane, Daniel, je reviens tout de suite.

Ces derniers mots s'adressaient davantage à Jane qu'à lui, mais la plongeuse indienne était déjà retournée à la cuisine.

Depuis les chambres, à l'étage, on voyait une partie du bassin de la rivière, et mieux encore le village, en surplomb. Mais il était si mal éclairé, la nuit, qu'à cette distance on ne devinait guère ce qui se passait dans les divers bars et saloons ; Danny et Jane l'Indienne n'entendaient pas non plus la musique de ce « bal » où personne ne dansait.

Pendant un moment, ils avaient suivi le trajet des deux lampes de poche en route vers le village. On reconnaissait facilement celle du cuisinier, qui brimbalait au rythme de sa patte folle et de son pas plus court, car il faisait deux enjambées pour une de Pack de Six. Jane aurait payé cher pour savoir ce qu'ils se disaient et Danny pour voir Ketchum tout nu sur le siège des toilettes. Bientôt la lueur des torches se perdit dans le brouillard qui montait du bassin de la rivière et se fondait dans le halo des loupiotes urbaines.

– Il revient tout de suite, dit l'enfant, pressentant sans doute que Jane n'en espérait pas moins.

Pour toute réponse, elle ouvrit le lit de son père et alluma sa veilleuse. Danny la suivit dans le couloir et la regarda toucher la poêle en fonte en quittant la chambre. L'ustensile était pendu au niveau de l'épaule de son père, c'est-à-dire au niveau des seins de Jane l'Indienne, et de ses yeux à lui. Il le toucha au passage, lui aussi.

– T'envisages de mettre une rouste à un ours ? lui demanda Jane.

– C'est plutôt toi !

– Allez, va te laver les dents et tout le bazar, lui intima-t-elle.

Il passa dans la salle de bains qu'il partageait avec son père ; quand il fut en pyjama, prêt à se coucher, elle entra dans sa chambre et s'assit à son chevet.

– Je t'ai jamais vue défaire ta tresse, je me demande à quoi tu ressembles quand tu la lâches.

– Tu es trop jeune pour me voir quand je la lâche, je me pardonnerais jamais de t'avoir fait la frayeur de ta vie.

Il vit un éclair folâtre passer dans ses yeux, sous la visière.

Un cri retentit du côté du village, puis un autre, ou son écho, lui répondit du côté du bassin tout proche, mais les mots n'étaient pas audibles, et une rafale de vent dispersa la suite du dialogue, ou de la dispute.

– C'est risqué d'aller en ville un samedi soir, non ? demanda Danny.

– Je connais un petit gars qui boite, peut-être bien que tu le connais, toi aussi, qui dit toujours qu'on vit dans un monde d'accidents, tu l'as déjà entendue cette formule, non ? répondit Jane.

Sa grande main se faufila sous les couvertures pour trouver l'aisselle de Dan où elle savait qu'il était très chatouilleux.

– Je sais de qui tu parles, s'écria l'enfant. Pas de chatouilles !

– Disons que les accidents sont plus fréquents le samedi soir, c'est tout, poursuivit Jane, sans chatouiller Danny mais en gardant la main glissée sous son aisselle. Mais personne ne va chercher la bagarre à ton père, il est avec Pam Pack de Six.

– Oui, mais il faudra bien qu'il rentre tout seul, après.

– T'en fais pas pour ton père, va.

Elle lui lâcha le bras et se redressa sur le lit.

– Tu pourrais la prendre, Pack de Six ?

C'était l'une des questions favorites de Danny. Il demandait tout le temps à Jane si elle pourrait « prendre untel » ; c'était pour lui l'équivalent des allusions de Ketchum à étriller le cul d'un adversaire, réel ou imaginaire. Est-ce que Jane pourrait « prendre » Henri Thibeault, ou La Fleur dit Sans Doigts, ou les frères Beaudette, ou les jumeaux Beebe, ou encore Scotty Fernald, Earl Dinsmore, Charlie Clough, et Frank Bemis ? En général, Jane l'Indienne répondait : « Je crois bien. »

Quand il lui avait demandé si elle pourrait prendre Ketchum, elle avait répondu : « Faudrait qu'il soit soûl, mais peut-être. » Pourtant, devant l'adversaire imaginaire qu'il lui représentait, elle hésita, ce qui était très rare.

– Pack de Six, c'est une âme en perdition, finit-elle par dire.

– Mais tu pourrais la prendre ? insista-t-il.

Elle se pencha vers lui en se levant du lit ; elle lui serra les épaules de ses mains vigoureuses et lui posa un baiser sur le front.

– Je crois bien, oui, dit-elle.

– Pourquoi elle avait pas de soutien-gorge ?

– Elle s'était habillée en vitesse, apparemment, répondit Jane qui lui envoya un autre baiser depuis l'encadrement de la porte, qu'elle laissa entrouverte.

La lumière du couloir avait toujours servi de veilleuse à l'enfant, d'aussi loin que sa mémoire remonte. Il entendit le vent ébranler la porte extérieure de la cuisine, qui ferraillait sous sa pression. Il savait que ce n'était pas son père qui rentrait, ni une visite nocturne.

– C'est le vent, lui lança Jane l'Indienne, du bout du couloir. (Depuis l'épisode de l'ours, il redoutait les intrusions.)

Elle laissait toujours ses chaussures ou ses bottes en bas pour monter en chaussettes. Si elle était descendue à ce moment-là, il aurait entendu les marches craquer sous son poids. Mais il faut croire qu'elle était restée en haut, où elle se déplaçait sans faire plus de bruit qu'un animal nocturne. Plus tard, il entendit de l'eau couler dans la salle de bains ; il se demanda si son père était rentré, mais il avait trop sommeil pour aller vérifier. Il resta dans son lit, à écouter le vent, et le fracas omniprésent de la rivière. Quand il sentit de nouveau un baiser sur son front, il dormait trop profondément pour savoir si c'était son père, ou Jane l'Indienne, ou même si on l'embrassait en rêve, si c'était Pack de Six qui l'embrassait.

Pam se dirigeait vers le village à grandes enjambées, le cuisinier boitant sur ses talons comme un chien fidèle quoique éclopé. Sa dégaine et sa détermination n'invitaient personne à lui donner ni lui demander un baiser. Le cuisinier était loin d'en rêver – consciemment en tout cas.

– Pas si vite, Pack de Six, dit Dominic.

Mais le vent entraîna ses paroles, ou alors Pack de Six accéléra volontairement.

Le vent se forait des tunnels dans le tas de sciure haut de trois étages devant la scierie ; ils avaient de la sciure plein les yeux. Elle était très inflammable, Ketchum disait qu'il y avait des risques de

« fournaise infernale », particulièrement à cette époque de l'année. Le tas accumulé au fil de l'hiver ainsi que toute celle qui tapissait l'intérieur devraient attendre que les chemins de charriage aient séché ; et, à la fin de la saison de la boue, on viendrait déblayer la sciure par camions pour la vendre aux fermiers de la vallée de l'Androscoggin. Si le feu prenait à cette sciure, c'était toute la ville qui flamberait ; la cantine, pourtant à l'écart sur sa butte au-dessus du bassin, ne serait pas épargnée non plus, parce qu'elle subissait les assauts du vent venu de la rivière. Il rabattrait les grosses braises incandescentes vers la bâtisse.

Encore cette cantine, telle que le cuisinier l'avait voulue, était-elle l'édifice le plus solide du camp de Twisted River. Les casemates et les saloons, la scierie elle-même, ainsi que le fameux « bal » s'enflammeraient comme des allumettes le jour où le feu prendrait à la sciure, prophétisait Ketchum, grand rêveur d'Apocalypse.

Peut-être était-il en train de rêver sur ses chiottes, en cet instant. Ainsi spéculait Dominic Baciagalupo, tout en tâchant de ne pas se laisser distancer par Pack de Six. Ils dépassèrent le bar fréquenté par les Canadiens français, à côté des baraquements. Dans la ruelle boueuse qui longeait le bal se trouvait un Lombard à vapeur datant de 1912 ; il était naufragé là depuis si longtemps qu'il avait vu abattre et reconstruire ledit bal. (Depuis les années trente, on tirait les chariots à travers bois avec des véhicules à essence.)

Si la ville venait à brûler, se disait Dominic, peut-être que le seul survivant serait ce vieux tracteur à chenilles. À sa grande surprise, il aperçut les frères Beaudette endormis ou morts sur le siège avant, devant les chariots. Peut-être s'étaient-ils fait vider du bal, après quoi ils seraient venus s'affaler sur le siège, à moins qu'on ne les y ait déposés.

Dominic ralentit devant leurs silhouettes affalées ; Pam les avait vus aussi, mais n'envisagea pas une seconde de s'arrêter.

– Pas de danger qu'ils meurent de froid, il neige même pas, fit-elle observer.

Devant le bar suivant, quatre ou cinq types s'étaient agglutinés pour observer une bagarre qui s'essoufflait. Earl Dinsmore et l'un des jumeaux Beebe se battaient depuis si longtemps qu'ils avaient épuisé leur meilleure frappe, à moins qu'ils n'aient été trop ivres pour se battre. En tout cas, au point où ils en étaient, ils ne risquaient plus de se faire mal sinon par accident. Le jumeau du combattant, par pur désœuvrement ou parce qu'il avait honte de son frère, se mit tout à coup à chercher noise à Charlie Clough. Pack de Six assomma Charlie dans la foulée, et en profita pour envoyer au tapis Earl Dinsmore d'un coup d'avant-bras à l'oreille, laissant ainsi les jumeaux Beebe s'entre-regarder hébétés, pour comprendre à retardement que le combat cessait faute de combattants, sauf à vouloir s'en prendre à elle.

– C'est le Cuistot, avec Pack de Six, observa La Fleur Sans Doigts.

– Tu nous distingues encore l'un de l'autre ? Ça m'étonne, lui dit Pam en le poussant de son chemin.

Ils arrivèrent aux rangées de maisons à toit plat, les baraquements les plus neufs de la ville, où résidaient les camionneurs et les treuillistes. Comme disait Ketchum, « un entrepreneur qui te fait des toits plats sur des maisons à étage dans le nord du New Hampshire, il doit même pas être au courant que le corps humain a qu'un seul trou du cul, tellement il est con ». À ce moment-là, la porte du bal s'ouvrit spontanément ou sous la poussée d'un poing, et l'infecte musique leur parvint ; c'était Perry Como qui chantait *Don't Let the Stars Get in Your Eyes*.

Le baraquement le plus proche avait un escalier extérieur, et Pam s'y engagea, entraînant Dominic par la manche.

– Fais gaffe à l'avant-dernière marche, Cuistot, lui dit-elle.

Avec sa claudication, les escaliers ne lui réussissaient guère en temps normal, alors à la cadence de Pam… L'avant-dernière marche de l'escalier manquait. Il piqua du nez, et reprit l'équilibre contre le vaste dos de Pam. Elle se contenta de se retourner, et de le soulever sous les bras pour le reposer sur la dernière marche, où le nez du cuisinier s'écrasa cette fois sur sa clavicule. Sa gorge dégageait une odeur féminine, peut-être pas un parfum, mais les odeurs mâles qui imprégnaient la chemise de Ketchum brouillaient le message.

En haut de l'escalier, la musique arrivait plus fort. Patti Page chantait *Combien ce ptit chien dans la vitrine ?* Pas étonnant que les gens ne dansent plus, se dit Dominic à l'instant où Pack de Six ouvrait la porte d'un coup d'épaule.

– Putain, j'ai horreur de cette chanson, commenta-t-elle en traînant le cuisinier à l'intérieur. Ketchum ! brailla-t-elle.

Pas de réponse. Fort heureusement, la musique cessa lorsqu'elle referma la porte.

Le cuisinier avait du mal à comprendre où finissait la cuisine, par laquelle ils étaient entrés, et où commençait la chambre ; des casseroles, des marmites et des bouteilles pêle-mêle faisaient place à un étalage de vêtements, et l'immense lit en désordre recevait pour tout éclairage la lueur verdâtre d'un aquarium. Qui aurait cru que Pam s'intéressait aux poissons, ou aux petites bêtes en général ? À supposer qu'il y ait des poissons, dans cet aquarium ; Dominic ne voyait pas la moindre bestiole nager parmi les algues. Peut-être que Pam avait un faible pour les algues. Ils naviguèrent à vue dans la chambre ; même sans boiter, il n'était pas commode de contourner le lit monumental. Dominic n'avait aucun mal à imaginer les circonstances et le théâtre problématique de l'évanouissement de Ketchum, circonstances expliquant que Pam se soit habillée à la hâte, mais il remarqua tout de même trois soutiens-gorge sur le chemin de la salle de bains. Elle aurait toujours pu en attraper un au vol.

Pam se grattait la poitrine sous la chemise de flanelle de Ketchum. Sur le moment, le geste n'inquiéta pas Dominic, qui n'y vit rien de suggestif ou de provocant ; elle se grattait sous l'inspiration du moment, comme elle avait envoyé Charlie Clough au tapis, ou plutôt dans la boue, ou expédié un direct de l'avant-bras à l'oreille d'Earl Dinsmore. Si elle avait voulu lui faire des avances, il se doutait qu'elle aurait été beaucoup plus directe. D'ailleurs, elle devait gratter, cette chemise de flanelle, à même la peau.

Ils trouvèrent Ketchum sur le siège des toilettes, à peu près dans la position où Pam avait dû le découvrir elle-même. Les genoux écartés, le livre de poche qu'il était en train de lire coincé par son plâtre, tel un presse-papiers sur sa cuisse nue. On distinguait des filaments rouges dans l'eau des toilettes, comme s'il se vidait lentement de son sang.

– Faut croire qu'il saigne des boyaux, j'avais tiré la chasse avant de partir ! s'exclama Pack de Six.

Mais le cuisinier s'aperçut que Ketchum avait fait tomber dans les toilettes le stylo rouge dont il se servait pour entourer les mots de son livre. Il retroussa sa manche, et, plongeant la main entre les jambes de Ketchum, récupéra le stylo. Après avoir tiré la chasse, il le rinça dans le lavabo en se lavant les mains.

C'est alors seulement qu'il remarqua l'érection de Ketchum. S'il en avait ignoré l'évidence, c'était peut-être parce qu'il avait toujours espéré que ce spectacle lui serait épargné ; en revanche, le phénomène n'avait pas échappé à Pack de Six.

– Ben dis donc, chais pas ce qu'y compte faire, avec cte braquemart, commenta-t-elle en le prenant sous ses bras puissants. (Elle réussit à le rasseoir bien droit.) Si tu le prends par les chevilles, Cuistot, le reste j'en fais mon affaire.

Le livre, qui avait bien failli suivre le stylo dans sa chute aquatique, roula sur le sol. *L'Idiot,* de Dostoïevski ! Le cuisinier n'en revenait pas. Il avait moins de mal à imaginer Ketchum se trouvant mal sur les chiottes que Pack de Six lui faisant la lecture dans le grand lit verdâtre. Il marmonna le titre du bouquin, ce qui inspira à Pam le commentaire suivant :

– Chte le fais pas dire, qu'il est idiot !

– Et il te plaisait, le bouquin ? lui demanda le cuisinier tout en l'aidant à traîner Ketchum sur le plancher.

La porte de la salle de bains était ouverte, mais ils réussirent à lui cogner la tête sur la poignée au passage. Son plâtre balayait le sol.

– Ça se passe chez les Russes, cte connerie, dit-elle d'un air de mépris, l'histoire, je faisais pas tellement gaffe, je lisais surtout pour lui faire plaisir.

Le gnon qu'il venait de prendre à la tête ne réveilla pas Ketchum, mais eut pour conséquence de lui délier la langue.

– Dans le genre rade où il te suffit de regarder un connard chatouilleux pour te mettre dans la merde jusqu'au cou, on n'a jamais rien eu à Berlin qui arrive à la cheville du Hell's Half Acre à Bangor, du moins à ma connaissance, annonça Ketchum, tandis que son érection se dressait triomphale et spectaculaire, telle la girouette en haut du toit.

– Qu'esse t'en connais, du Maine ? demanda Pam, comme si Ketchum était conscient et en mesure de lui répondre.

– C'est pas moi qui l'ai buté, Delaveine, ils ont jamais pu me faire porter le chapeau. Il était pas à moi, le marteau-marqueur.

On avait retrouvé Pinaud Delaveine assassiné dans son lit, à l'intérieur de la vieille auberge de l'Estacade, sur l'Androscoggin, à quelque cinq bornes au nord de Milan. Il avait eu le crâne défoncé par un marteau à marquer les bûches, et certains draveurs avaient rapporté qu'il s'était disputé avec Ketchum l'après-midi même, au niveau des filtres. Comme de juste, Ketchum passait la nuit à l'Umbagog House, à Errol, avec la demeurée qui travaillait aux cuisines. Quant au marteau de Ketchum et à celui qui avait défoncé le crâne de Pinaud (en lui imprimant la lettre H sur le front), on ne les avait retrouvés ni l'un ni l'autre.

– Ben alors qui c'est qui l'a tué, Pinaud ? demanda Pam à Ketchum comme ils le laissaient tomber sur le lit, où son érection invaincue se mit à palpiter tel un drapeau sous un vent de force 7.

– Je te parie que c'est Bergeron, il avait le même marteau que moi.

– Mais c'est pas lui qui serait allé baiser une retardée mentale à Errol, répondit-elle.

Les yeux toujours clos, Ketchum se contenta de sourire. Le cuisinier résista à la tentation de courir à la salle de bains voir quels mots son ami avait entourés dans *L'Idiot* – tout plutôt que de garder sous les yeux cette érection colossale.

– Tu es réveillé, ou quoi ? lui demanda-t-il.

Mais Ketchum semblait reparti dans les vapes. Ou alors il se voyait dans un compartiment de troisième classe, à bord du Varsovie-Saint-Pétersbourg. *L'Idiot,* il venait de le lui emprunter, donc Pack de Six ne pouvait pas en être bien loin dans le premier chapitre quand Ketchum, ayant sombré dans l'inconscience, avait interrompu ce qu'il appelait ses « préliminaires » favoris.

– Bon, moi je rentre, dit Dominic.

L'érection enfin déclinante de Ketchum lui semblait signifier la fin des réjouissances pour ce soir-là. Pam ne voyait pas les choses du même œil, et, en le regardant bien en face, elle se mit à déboutonner la chemise empruntée.

Alors ça, pour être suggestif, se dit Dominic Baciagalupo. Il n'y avait pas la place de passer entre le pied du lit et le mur ; elle lui barrait la voie ; s'il voulait la contourner, il lui faudrait grimper sur le lit et enjamber Ketchum.

– Allez, Cuistot, montre un peu ce que t'as dans le pantalon, lui dit-elle en envoyant promener la chemise sur le lit, où elle recouvrit le visage de Ketchum au lieu de dissimuler les vestiges de son érection.

– Elle était pas demeurée, juste simplette, marmonna Ketchum sous la chemise. Et en plus, elle était pas d'Errol, elle venait de Dixville Notch.

Sans doute parlait-il de la fille de cuisine de l'Umbagog House, celle qu'il était en train de baiser le soir où Pinaud Delaveine s'était fait défoncer le crâne dans la vieille auberge de l'Estacade, sur l'Androscoggin. Et si l'on n'avait jamais retrouvé le marteau du meurtrier ni celui de Ketchum, ce n'était peut-être qu'une coïncidence.

Pack de Six agrippa férocement le cuisinier aux épaules et lui plaqua le visage entre ses seins – on n'était plus dans l'équivoque. Il tenta une manœuvre un peu à la Heimlich, et se dégagea en baissant la tête pour passer derrière elle et croiser les mains sur sa cage thoracique, au-dessous de ses jolis seins. Le nez douloureusement coincé entre ses omoplates, il déclara :

– Je peux pas, Pack de Six, Ketchum est mon ami.

Elle se dégagea de lui sans mal, le gratifiant d'un coup de son long coude pointu qui lui fendit la lèvre inférieure. Ensuite, elle lui fit un blocage de tête, en l'étouffant à moitié sous son aisselle, au contact de son sein soyeux.

– T'es pas son ami si tu le laisses retrouver Angel ! Il est en train de se déchirer sur cte putain de gosse, Cuistot ! Si tu le laisses voir le corps du gamin, ou ce qu'il en reste, t'es pas son pote, à Ketchum !

Ils roulèrent sur le lit, à côté de Ketchum, visage couvert, corps nu, inerte. Le cuisinier suffoquait. Il passa derrière l'épaule de Pam et lui donna un coup de poing sur l'oreille, mais elle pesait sur lui de tout son poids, sans mollir. Elle lui bloqua la tête et le cou, ainsi que le bras droit et ne desserra pas sa prise. Il ne put que la frapper de nouveau, un maladroit crochet du gauche à la pommette, la tempe, et de nouveau l'oreille.

– Bon dieu, tu te bats vraiment comme une grosse merde, Cuistot, lui dit-elle d'un air écœuré.

Se laissant rouler sur le lit, elle le lâcha. Il n'allait pas oublier cet instant où il s'était affalé hors d'haleine auprès de son ami, qui ronflait. La lumière glauque de l'aquarium se répandait sur ses halètements. Dans l'eau trouble du bocal, le poisson invisible se moquait peut-être de lui. Pam avait pris un soutien-gorge et elle lui tournait le dos pour l'enfiler.

– Tâche au moins d'arriver à l'avance, avec Danny ; comme ça, vous aurez retrouvé le corps avant lui. Faut surtout pas qu'il le voie ! cria-t-elle.

Ketchum repoussa la chemise et fixa le plafond sans le voir. Le cuisinier alla s'asseoir à son chevet. Pam avait mis le soutien-gorge et bataillait pour passer un t-shirt, sans décolérer. Dominic se souviendrait aussi de sa salopette sans ceinture, tombant sur ses hanches larges mais osseuses, et de sa toison blonde, entrevue par la braguette baissée. Elle s'était habillée en toute hâte, en effet, et s'impatientait de nouveau.

– Barre-toi, Cuistot, lui dit-elle.

Il jeta un coup d'œil à Ketchum, qui avait refermé les yeux, et se protégeait le visage de son plâtre.

– Il t'a laissé voir ta femme, quand il l'a trouvée ? lui demanda-t-elle.

Il aurait préféré oublier l'instant où il se leva du lit et où elle lui barra la route.

– Réponds-moi.

– Non, il ne m'a pas laissé la voir.

– Eh ben c'était par amitié, conclut-elle en le laissant passer pour gagner la cuisine. Fais gaffe à l'avant-dernière marche, lui rappela-t-elle.

– Tu devrais dire à Ketchum qu'il te la répare.

– C'est lui qui l'a retirée, pour entendre si jamais quelqu'un montait ou descendait en douce, lui apprit-elle.

Oui, bien sûr, se dit-il en passant la porte, il faut qu'il prenne certaines précautions. La marche manquante l'attendait. Il l'enjamba avec précaution, et prit en pleine poitrine la musique affligeante du bal, Teresa Brewer qui chantait *Till I Waltz Again with You* lorsque le vent rouvrit la porte qu'il croyait avoir bien fermée.

– Eh merde ! entendit-il Pam crier.

Que Ketchum ait été tiré de sa léthargie par le vent ou la musique du bal, il eut un instant de lucidité avant que Pack de Six n'ait refermé la porte.

– Elle t'a largué, ta chance, Delaveine, hein ? lança-t-il au vent de la nuit.

Pauvre Delaveine, se disait Dominic Baciagalupo, il n'était peut-être déjà plus en mesure d'entendre cette question la première fois que Ketchum la lui avait posée, s'il la lui avait posée (aujourd'hui, il n'était plus en mesure d'entendre quoi que ce soit).

Le cuisinier longea les bars minables des baraquements, avec leurs néons édentés qui clignotaient :

DIT AUX MINEURS
DEUX BI RES TÉES UNE FERTE

Sitôt qu'il eut dépassé ces enseignes, il se rendit compte qu'il avait oublié sa torche chez Pack de Six. Il doutait fort d'être le bienvenu s'il remontait la chercher. Sentant le goût du sang sur ses lèvres, il porta le doigt à sa bouche : il saignait en effet. Mais la lumière ambiante était faible, de plus en plus faible. La porte du bal claqua sous l'effet du vent ou d'un agent humain, coupant le sifflet à la frêle Teresa Brewer aussi brutalement que si Pam lui avait serré le kiki de ses propres mains. Quand elle se rouvrit (coup de vent ou coup de pied), Tony Bennett chantait *Rags to Riches*. La violence endémique à Twisted River, il était bien convaincu qu'elle naissait en partie dans ces déplorables rengaines.

Devant le saloon où se battaient naguère les jumeaux Beebe, aucune trace de castagne. Charlie Clough et Earl Dinsmore s'étaient remis sur pattes tant bien que mal dans la boue. Les frères Beaudette, évanouis ou occis, s'étaient levés eux aussi, ou avaient été évacués du Lombard qui occupait la ruelle du bal depuis des temps immémoriaux, et lui survivrait sans doute.

Dominic se faufilait dans le noir, son pas incertain évoquant celui d'un ivrogne. Devant le bar de prédilection des Canadiens français, une silhouette familière surgit de l'ombre en titubant, mais avant qu'il n'ait pu identifier le constable Carl il fut aveuglé par une torche électrique.

– Halte ! Stop, *arrête**[1], si t'es français, connard ! lança le Cow-boy.

– Bonsoir, constable, dit Dominic en plissant des yeux éblouis par la torche et criblés de sciure rabattue par le vent.

– Encore dehors, à cette heure-ci, Cuistot, et en plus tu saignes ?

– J'étais allé voir une amie.

– C'est toujours pas une amie qui t'a fait ça, dit le Cow-boy en se rapprochant.

– J'ai oublié ma lampe de poche, alors je me suis cogné, c'est tout, Carl.

– Cogné ? Cogné à un genou, ou un coude, alors, spécula le constable (sa torche touchait presque la lèvre inférieure de Dominic).

À cette distance, ce dernier sentait les whiskies-bières du flic dans son haleine fétide, et le flic voyait la sciure qui picotait le visage du cuisinier. Par chance, quelqu'un monta le son au bal, où la porte « battante » s'ouvrit de nouveau. Cette fois, Doris Day chantait *Secret Love*. Les deux amants de Jane l'Indienne se retrouvaient face à face, le Cow-boy ivre examinant patiemment la lèvre éclatée du cuisinier à jeun. À ce moment-là, le bar favori des itinérants canadiens français vomit sans ménagement une des âmes damnées de la nuit. C'était le jeune Lucien Charest, qu'on jetait à la rue, nu comme un ver et piaulant comme un bébé coyote ; il atterrit à quatre pattes dans la boue, affolé par la torche que le constable avait aussitôt braquée sur lui.

Il régnait un silence de mort. La porte du bal avait coupé la parole à Doris Day et ses amours secrètes, avec la même brutalité indifférente qu'elle les avait ébruitées dans la nuit. Dominic Baciagalupo et Lucien Charest entendirent, telles des jointures qui craquent, le déclic du ridicule Colt 45 que le constable armait.

– Carl, bon dieu, commença Dominic en le voyant mettre le jeune Français en joue.

– Rentre chez toi, rentre cacher ton cul de Français dans ta baraque, lui cria-t-il, avant que je t'explose les couilles et la bite avec !

Lucien Charest en pissa séance tenante sur le sol, la flaque s'étendant bientôt jusqu'à ses genoux enfoncés dans la boue ; puis il se retourna, et, sans se redresser, détala en direction du baraquement où

1. Les mots en italique suivis d'un astérisque sont en français dans le texte. *(Toutes les notes sont de la traductrice.)*

les mauvais plaisants qui l'avaient jeté dans la rue l'accueillirent comme si sa vie en dépendait, ce qui était sans doute le cas. On entendit ovationner « Lucien », puis un dialogue survolté et haletant dans un français incompréhensible pour le policier et le cuisinier. Charest une fois réfugié dans les baraquements, le constable éteignit sa torche. Le cuisinier constata avec surprise que le Colt lentement désarmé par le constable était pointé sur son propre genou – celui de sa jambe valide.

– Je te raccompagne, ptit gars ?

– Non, ça va, répondit Dominic.

Ils voyaient tous deux les lumières de la cantine, au-dessus du bassin.

– Je vois que tu fais encore faire des heures sup à ma chérie, ce soir, dit le constable. Sans laisser le temps à Dominic de lui formuler une réponse prudente, il ajouta : Il devient pas un peu grand, ton gamin, pour avoir besoin qu'on le couche ?

– Il n'en a plus besoin, mais ça ne me plaît pas de le laisser tout seul, la nuit, et en plus, il est salement attaché à Jane.

– Ça en fait deux, dit le constable en crachant par terre.

Et même trois, pensa Dominic, sans piper mot. Il se revoyait aussi visage enfoui entre les seins de Pam, au bord de l'asphyxie. Il avait honte, il se sentait infidèle à Jane, parce que Pack de Six l'avait troublé, elle aussi, à sa curieuse manière assassine.

– Bonne nuit, constable, répéta-t-il.

Il grimpait déjà la rue en pente quand le Cow-boy braqua devant lui sa torche rallumée, qui illumina son trajet.

– Bonne nuit, Cuistot, répondit Carl.

Quand la torche s'éteignit, le cuisinier sentit que l'autre avait encore les yeux fixés sur lui.

– T'es rudement agile, pour un infirme ! lui cria-t-il dans le noir. (Il n'était pas près de l'oublier.)

Depuis le bal, les bribes d'une chanson lui parvinrent, mais il était déjà trop loin pour en saisir les paroles. Comme il l'avait entendue bien des fois, il reconnut que c'était *Oh ! My Papa*, par Eddie Fisher ; il n'en entendait plus rien depuis longtemps qu'il se surprit à la chanter, pour sa plus grande irritation.

4
La poêle en fonte

Le cuisinier ne put se départir tout à fait de l'impression que le constable l'avait suivi. Il resta un moment à la fenêtre, dans l'obscurité de la salle à manger, guettant la lueur d'une torche qui gravirait la colline. Mais le Cow-boy avait beau être idiot, s'il avait voulu mener sa petite enquête, il n'aurait pas allumé sa lampe.

Dominic laissa l'éclairage extérieur pour que Jane retrouve son pick-up sans difficulté ; il retira ses godillots boueux et les plaça au pied des marches, à côté de ceux de l'Indienne. S'il traînait ainsi, il y pressentait une autre raison. Comment allait-il lui expliquer sa lèvre fendue ? Par ailleurs, devrait-il lui dire qu'il avait croisé le constable ? Ne valait-il pas mieux qu'elle le sache, étant donné le comportement imprévisible et indéchiffrable qui caractérisait le personnage ?

Le constable savait-il que Jane était sa « dulcinée », comme aurait pu dire Ketchum si l'on en jugeait par la liste de mots entourés dans une autre histoire d'amours coupables ? Rien n'était moins sûr.

Il monta l'escalier en chaussettes, sans bruit. Mais les marches craquaient de manière particulière sous ses pas dissymétriques. La porte de sa chambre était ouverte, et Jane assise sur le lit ; il ne parvint pas à se glisser dans la salle de bains en douce, et un coup d'œil furtif lui apprit qu'elle avait lâché ses cheveux. Il aurait bien voulu nettoyer sa lèvre blessée avant qu'elle le voie. Mais elle dut sentir qu'il lui cachait quelque chose, et lança sa casquette comme un frisbee dans le couloir, au risque de le toucher. Le Chef Wahoo atterrit sourire sens dessus dessous, son regard de fou braqué vers la salle de bains et la chambre du petit Danny.

Dans la glace du lavabo, le cuisinier vit que sa lèvre inférieure mériterait bien un ou deux points de suture ; certes, la coupure finirait par cicatriser toute seule, mais ce serait plus long, et la cicatrice plus visible. Pour l'instant, après s'être brossé les dents, opération douloureuse, il se contenta de verser un peu d'eau oxygénée sur l'écorchure, et de la tamponner avec une serviette propre, qui se macula de sang sous ses yeux. Pas de chance, le lendemain était un dimanche ; il vaudrait mieux demander à Jane ou Ketchum de le recoudre plutôt que de tenter de mettre la main sur cet abruti de toubib, dans ce bled dont il refusait de retenir le nom maudit.

Sortant de la salle de bains, il se dirigea vers la chambre de Danny. Il lui mit un baiser sur le front, avec une traînée de sang en prime. Quand il ressortit dans le couloir, le Chef Wahoo lui souriait sens dessus dessous, comme pour lui rappeler de faire attention à ce qu'il allait dire à Jane l'Indienne.

– Qui t'a frappé ? lui demanda-t-elle comme il se déshabillait.

– Ketchum s'est débattu, il était déchaîné, tu sais comment il est quand il se met à parler dans son coaltar.

– Si Ketchum t'avait cogné, Cuistot, tu serais pas là à causer.

– C'est un *accident*, répondit le cuisinier en s'en remettant à son grand mot. Il ne l'a pas fait exprès, il m'a cueilli avec son plâtre.

– S'il t'avait cueilli avec son plâtre, tu serais mort !

Elle était assise dans le lit, chevelure dénouée, qui lui arrivait plus bas que la ceinture, et elle avait les bras croisés sur la poitrine, que les cheveux dissimulaient aussi. Chaque fois qu'elle les dénouait, et rentrait sans les tresser, elle s'exposait à de graves scènes de la part du constable Carl, sauf s'il dormait déjà comme un plomb. Ce soir, s'il fallait absolument qu'elle rentre, mieux vaudrait qu'elle rentre tard, et reparte de bonne heure, se dit Dominic.

– J'ai rencontré Carl, tout à l'heure, lui annonça-t-il.

– C'est toujours pas lui qui t'a frappé, lui dit-elle comme il se glissait auprès d'elle. Et on dirait pas qu'il t'a tiré dessus.

– Je ne saurais pas dire s'il est au courant pour nous, Jane.

– Je saurais pas le dire, moi non plus.

– Est-ce que c'est Ketchum qui a tué Pinaud Delaveine ?

– Personne le sait, Cuistot, ça fait un sacré bail qu'on sait plus rien de cette histoire. Pourquoi elle t'a cogné, Pack de Six ?

– Parce que je ne voulais pas batifoler avec elle, voilà.

– Si tu l'avais baisée, je t'aurais cogné tellement fort que tu l'aurais plus retrouvée, ta lèvre !

Il sourit, au grand dam de sa lèvre. Le voyant grimacer de douleur, Jane lui dit :

– Mon pauvre bébé, pas de bisous pour toi, ce soir.

– Il n'y a pas que les bisous…, dit-il en se blotissant contre elle.

Elle le fit rouler sur le dos pour monter sur lui ; son poids l'enfonçait dans le matelas, il ne pouvait plus respirer. S'il avait fermé les yeux, il se serait revu asphyxié par le blocage de tête de Pack de Six, alors il les garda bien ouverts. Quand Jane se cala solidement sur ses hanches, il sentit aussitôt ses poumons se remplir d'air à nouveau. Avec une urgence qui venait peut-être de la tentative de viol de Pack de Six, elle le chevaucha et l'introduisit en elle sans délai.

– Je vais te faire voir ce qu'il y a d'autre que les bisous, moi, dit la plongeuse indienne, dans un mouvement de roulis.

Ses seins tombaient sur le torse de l'homme, elle lui effleurait le visage de sa bouche, en évitant soigneusement sa lèvre inférieure, et ses longs cheveux en cascade leur faisaient un wigwam.

Il pouvait respirer, mais pas bouger. Jane était trop lourde pour qu'il la fasse changer de position, mais de toute façon, aurait-elle été plus légère que feu sa femme et lui aussi costaud que Ketchum, il n'aurait jamais voulu changer cette façon qu'elle avait de se balancer sur lui, de plus en plus vite, de plus en plus fort. Il avait l'impression de rouler dans un train lancé à toute allure, il suffisait de s'accrocher, sauf qu'en l'occurrence c'était plutôt le train qui roulait sur lui.

Peu importait à présent que Danny ait eu la certitude d'entendre de l'eau couler dans la salle de bains, ou que le baiser sur son front, baiser de son père, second baiser de Jane, ait eu lieu en réalité. Quelle importance que l'enfant ait fait entrer ce baiser dans son rêve où Pack de Six l'embrassait fougueusement, peut-être pas sur le front, d'ailleurs. Quelle importance enfin, qu'il ait su reconnaître le pas de son père au craquement irrégulier de l'escalier : le bon pied d'abord, le mutilé ensuite, qui pesait moins sur la marche. Ce craquement caractéristique, son esprit l'avait enregistré peu de temps auparavant, et celui qu'il entendait à présent était d'une tout autre nature, insolite.

Ce qui comptait pour l'heure, c'était le grincement inédit et ininterrompu, et l'origine que l'enfant désormais bien réveillé lui attribuait dans son anxiété. Car ce n'était plus le vent seul qui ébranlait le premier étage, ce vent qu'il entendait et sentait en toute saison. La peur le tira promptement de son lit, et, retenant son souffle, il sortit sur la pointe des pieds par la porte entrouverte et s'engagea dans le couloir.

Le Chef Wahoo s'y trouvait déjà, son sourire de fou à l'envers. Mais alors, qu'était-il arrivé à Jane ? Si sa casquette avait atterri dans le couloir, où était donc sa tête ? Le doute n'était plus permis, un prédateur rôdait ; avait-il décapité l'Indienne d'un revers de ses griffes, ou, s'il s'agissait d'un prédateur humain, d'un coup de serpette ?

Il s'avança précautionneusement dans le couloir, s'attendant presque à trouver la tête de Jane dans la baignoire ; ne l'y ayant pas vue au passage, il en déduisit que l'intrus était bien un ours et non pas un homme ; cet ours avait dû dévorer Jane, et il s'attaquait à présent à son père. Car les grincements comme les gémissements (pire, les piaulements) provenaient à n'en pas douter de la chambre paternelle. Devant la casquette, l'idée que le Chef Wahoo ait atterri cul par-dessus tête ne pouvait qu'achever de l'angoisser.

Ce qu'il allait voir, ce qu'il crut voir, plutôt, en entrant dans la chambre de son père dépassait ses pires angoisses : un ours ! Il n'aurait jamais cru qu'il en existe d'aussi énormes, et d'aussi velus. On ne voyait plus que les genoux et les pieds de son père sous la bête, et, comble d'horreur, ses jambes ne bougeaient plus. Peut-être arrivait-il trop tard pour le sauver ! Seul l'ours remuait encore. Le fauve ramassé en boule, tête rentrée dans les épaules, secouait tout le lit. Danny n'aurait jamais imaginé que le poil d'un ours puisse être aussi long et aussi luxuriant.

La bête était en train de dévorer son père à belles dents. On aurait pu croire que l'enfant désarmé allait se jeter sur le monstre qui s'acharnait sur son père, au risque de se faire projeter contre le mur, ou égorger d'un coup de griffe. Mais les histoires familiales, et singulièrement celles qui nous sont contées dans l'enfance, contaminent nos instincts les plus primaires et sous-tendent nos souvenirs les plus enfouis, surtout en cas d'urgence. Le petit Dan alla chercher la poêle de fonte, annexant ainsi l'arme fétiche de son père. C'était une légende, cette poêle, il savait exactement où elle se trouvait.

Il empoigna la queue de la poêle à deux mains, et se dirigea vers le lit pour viser la tête de l'ours au jugé. Il avait pris son élan, bien campé sur ses jambes, comme Ketchum le lui avait montré avec une hache, le bassin en retrait de la trajectoire. C'est alors qu'il remarqua deux pieds nus, qui appartenaient sans équivoque à l'espèce humaine. Les pieds étaient en position de prosternation, tout à côté des genoux nus de son père. Ils ressemblaient fort à ceux de Jane. La plongeuse indienne passait ses journées debout, et avec son poids, elle avait souvent très mal aux pieds. Elle adorait par-dessus tout qu'on les lui masse, avait-elle confié au petit Dan, qui lui avait maintes fois rendu ce service.

– Jane ? appela Danny d'une petite voix hésitante, mais plus rien ne pouvait amortir le swing de la poêle en fonte.

Jane dut entendre l'enfant prononcer son nom, car elle leva la tête et se tourna vers lui. C'est ainsi qu'elle reçut la poêle dans la tempe gauche. Le son résonna, mat et grave comme celui d'un gong, suivi par un picotement que le petit Dan ressentit d'abord dans les poignets puis dans les bras. Maigre consolation, il se dirait pour le restant de ses jours, ou du moins de sa mémoire, qu'il n'avait pas vu l'expression du joli visage de Jane au moment où la poêle l'atteignait. (Ses cheveux étaient si longs qu'ils la couvraient tout entière.)

Le corps fut parcouru d'un tremblement. Jane était bien trop massive, elle avait une crinière noire bien trop lustrée pour être un ours, dans cette vie ou dans l'autre, vers laquelle elle s'acheminait sans nul doute. Elle roula sur le cuisinier et s'effondra par terre.

On ne risquait plus de la prendre pour un ours. Sa chevelure s'était déployée, telles deux grandes ailes de part et d'autre de son torse colossal et inerte. Ses gros seins magnifiques s'affaissaient vers le creux de ses aisselles ; ses bras immobiles restaient tendus au-dessus de sa tête comme pour tenter, par-delà la mort, de freiner la chute de cet univers entraîné par sa pesanteur. Mais si stupéfiant qu'ait pu être le spectacle de sa nudité pour l'innocence de ses douze ans, Danny conserverait surtout le souvenir de l'expression lointaine, dans ses yeux grands ouverts. Car il passait autre chose dans ces yeux morts que la prise de conscience éclair de son destin. Qu'avait-elle donc lu dans ces lointains infinis ? L'énigme de l'avenir un instant entrevue semblait réserver des horreurs, et non seulement pour elle, mais pour eux tous.

– Jane ! répéta Danny, cette fois sur le mode affirmatif, le cœur battant à tout rompre, en proie à une foule de questions.

Il avait à peine regardé son père. Était-ce sa nudité qui lui avait fait détourner les yeux aussitôt ? Peut-être était-ce ce que Ketchum appelait son allure de mauviette, surtout à côté de feu la plongeuse. « Jane ! » s'écria Danny, comme s'il avait fallu répéter ce nom rituellement, une troisième fois, pour enfin prendre toute la mesure de son acte.

Le cuisinier s'empressa de couvrir l'intimité de l'Indienne avec un oreiller. Il s'agenouilla dans la jungle de sa chevelure éparse et colla l'oreille contre son cœur muet. L'enfant tenait encore la poêle à deux mains, comme s'il la sentait vibrer dans ses paumes – peut-être éprouverait-il à tout jamais ce picotement dans les bras. Malgré son jeune âge, il comprenait qu'il était en train de vivre le premier jour du reste de sa vie.

– Je l'ai prise pour un ours, expliqua-t-il à son père.

Celui-ci n'aurait pas été plus sidéré si la morte s'était soudain métamorphosée en ours. Pour autant, il voyait bien que c'était son enfant chéri qui avait besoin de réconfort en cet instant : tout tremblant, il serrait encore l'arme du crime comme s'il redoutait qu'un vrai ours vienne l'attaquer.

– Ça peut se comprendre, que tu aies pris Jane pour un ours, lui dit son père en le serrant dans ses bras.

Il lui retira la poêle des mains, et serra de nouveau contre lui son petit corps tremblant.

– Ce n'est pas ta faute, Daniel, c'est un accident. C'est la faute de personne.

– Comment veux-tu que ce soit la faute de personne ?

– Eh bien c'est ma faute, alors. Ce ne sera jamais la tienne. C'est ma faute à moi et à personne d'autre. En plus, c'est un accident.

Bien entendu, le cuisinier pensait au constable Carl. Dans l'univers du flic, la « faute à pas de chance », ça n'existait pas. Dans son esprit, ou ce qui lui en tenait lieu, l'enfer était pavé de bonnes intentions. Tu ne t'en tireras pas, songea Dominic Baciagalupo, mais tu peux sauver ton fils. Combien d'années parviendrait-il à assurer leur salut commun ?

Danny, qui avait depuis si longtemps envie de voir Jane les cheveux épars – et qui rêvait de découvrir ses seins fabuleux –, n'arrivait pas à la regarder.

– Je l'aimais, Jane, balbutia-t-il.

– Bien sûr que tu l'aimais, Daniel, je le sais bien.

– Tu faisais do-si-do avec elle ?

– Oui. Je l'aimais, moi aussi. Pas comme j'aimais ta maman.

Pourquoi est-ce que je me crois obligé de le préciser ? se demanda le cuisinier, honteux. Il l'avait sincèrement aimée, Jane. Sans doute était-il conscient qu'ils n'avaient pas le temps de la pleurer.

– Qu'est-ce que tu t'es fait, à la lèvre ?

– C'est Pack de Six qui m'a mis un coup de coude.

– Tu faisais do-si-do avec elle, aussi ?

– Non, Daniel. Ma petite amie c'était Jane, et personne d'autre.

– Et le constable Carl ?

– On a du boulot, Daniel, se borna à lui répondre son père.

Et pas beaucoup de temps, songeait-il. Bientôt, il ferait jour ; il ne fallait pas traîner.

Entre la pagaille et les faux mouvements qui suivirent la précipitation, le cuisinier et son fils auraient bien des raisons de revivre la nuit de leur départ. Mais, dans le détail, cette fuite en catastrophe leur laisserait des souvenirs différents. Dan reverrait surtout le moment où ils avaient habillé la morte, et plus encore leurs efforts pour la redescendre à la cuisine et la traîner jusqu'au pick-up – homérique ! D'ailleurs, il ne comprit pas d'emblée pourquoi son père tenait tellement à l'habiller convenablement, c'est-à-dire en tout point comme elle se serait habillée elle-même. Rien ne devait manquer, rien ne devait être mal mis. Il ne fallait pas tortiller les bretelles de son phénoménal soutien-gorge, ni rouler l'élastique de son caleçon pachydermique ; pas question de lui remettre ses socquettes à l'envers.

Qu'est-ce que ça peut faire, puisqu'elle est morte ? se demandait Danny. Il n'imaginait pas l'examen pointilleux du médecin légiste pour déterminer la cause de la mort, par exemple. Coup porté à la tête, de toute évidence, mais avec quel objet, qui se trouvait où ? L'heure de la mort aurait aussi son importance. Il était clair que, pour le cuisinier, il fallait absolument que Jane soit morte habillée.

Il allait vouer une reconnaissance éternelle à Ketchum pour avoir, un soir de beuverie dans le Maine, fait l'emplette d'un diable à l'usage de la cantine. Ils s'en servaient pour décharger les caisses de denrées non périssables, les cartons d'huile d'olive et de sirop d'érable, les boîtes d'œufs – et tout ce qui pesait lourd.

Le cuisinier et son fils attachèrent Jane au diable, et lui firent ainsi descendre les escaliers en position semi-assise, après quoi ils la roulèrent jusqu'à son pick-up, debout, presque droite. Mais pour la hisser dans le véhicule le diable ne servait à rien, si bien que le cuisinier n'était pas près d'oublier le caractère herculéen de cette opération (entre autres).

L'arme du crime, il la rangea avec ses ustensiles favoris, à savoir ses livres de cuisine préférés, car il savait bien qu'il n'avait guère le temps et la place de prendre le reste ; les casseroles, les marmites, il fallait les abandonner ; les autres livres de cuisine et les romans, il les laissait à Ketchum.

Danny eut à peine le temps de rassembler les photos de sa mère, sans emporter les livres où il les glissait pour ne pas les abîmer. En matière de vêtements aussi, le cuisinier s'en était tenu au minimum ; encore en prenait-il davantage pour lui que pour son fils en pleine croissance.

La voiture du cuisinier était une Pontiac familiale de 1952, dite semiwoodie Chieftain Deluxe. On avait fabriqué la dernière « façon bois » en 1949 ; la semiwoodie avait des panneaux extérieurs en faux bois, qui ressortaient sur sa carrosserie châtaigne et le vrai bois du tableau de bord. Les sièges étaient en cuir châtaigne, aussi. À cause de son pied gauche mutilé, Dominic avait demandé l'option transmission automatique – c'était fort probablement le seul véhicule ainsi équipé dans tout le camp de Twisted River –, de sorte que Danny pouvait la conduire. Il n'avait pas les jambes assez longues pour enfoncer la pédale de l'embrayage, mais il roulait sur les chemins de charriage, où il ne risquait pas de rencontrer le constable Carl. Ils n'étaient pas rares les garçons de son âge, voire plus jeunes, qui conduisaient voitures et camionnettes sur les petites routes dans les environs de Phillips Brook et de Twisted River, préadolescents sans permis mais non sans aptitudes au volant. Ceux qui étaient un peu plus grands que Danny parvenaient à débrayer à fond.

Compte tenu des circonstances, le cuisinier n'était pas fâché que Danny puisse prendre le volant de la Chieftain : ce n'était guère le moment qu'on le voie en ville, une fois qu'il aurait ramené Jane et son véhicule au constable Carl. Dans la lueur de l'aube, n'importe quelle âme matinale l'aurait reconnu à sa démarche et aurait trouvé insolite, voire louche, qu'il déambule avec son fils à cette heure pas très chrétienne.

Comme de juste, la semiwoodie de Dominic était la seule de son espèce en ville ; elle ne risquait pas de passer inaperçue, même si elle se déplaçait plus vite qu'un cuisinier boiteux, qui ne pouvait guère la garer à proximité de l'endroit où il laisserait le pick-up de Jane, à savoir chez le constable.

– T'es dingue ? demanda Danny à son père comme ils se préparaient à quitter la cantine sans retour. Pourquoi tu veux qu'on ramène son corps au constable ?

– Comme ça, quand il émergera de sa cuite, ce matin, il croira que c'est lui qui l'a tuée.

– Et s'il est déjà réveillé quand on arrivera ?

– C'est bien pour ça qu'on a un plan B, Daniel, répondit son père.

Sous la bruine impalpable, le long capot châtaigne de la Chieftain Deluxe luisait. Le cuisinier se mouilla le doigt dessus, et, glissant le bras à l'intérieur, il nettoya le sang séché sur le front de son fils. Il n'avait pas oublié son baiser de bonne nuit, il savait que c'était son sang à lui ; il espérait bien que ce n'était pas la dernière fois qu'il l'embrassait, et aussi que l'enfant se coucherait le soir même sans être éclaboussé de sang.

– Il faut juste que je te suive, c'est ça ?

– Tout à fait, répondit le cuisinier, qui repassait dans sa tête le plan de rechange en montant dans la cabine du pick-up de Jane, affaissée sur le siège passager.

Elle ne saignait pas, mais il était content de ne pas voir l'hématome de sa tempe droite : ses cheveux répandus en avant lui couvraient le visage, et la bosse, de la taille d'une balle de base-ball à présent, reposait contre la vitre.

Ils roulèrent, bref cortège, jusqu'au baraquement à étage et toit plat où Pack de Six louait ce qu'on appelait pompeusement un appartement. Dans le rétroviseur, le cuisinier apercevait un bout du petit visage de son fils, au volant de la Pontiac. Le pare-soleil de la voiture évoquait la visière d'une casquette qui serait retombée sur le pare-brise de la huit cylindres, avec sa calandre agressive en dents de requin.

– Eh merde ! s'écria Dominic.

Il avait oublié la casquette de Jane, avec son chef indien. Où était-elle passée ? Le Chef Wahoo était-il resté là-haut, dans le couloir ? Mais ils étaient déjà chez Pack de Six. Pas âme qui vive dans la rue, et il ne vit pas s'ouvrir une seule fois la porte du bal. Pas question de retourner chercher la casquette à la cantine.

Danny gara la Pontiac au pied de l'escalier de chez Pam. Il se glissa dans la cabine du pick-up, entre son père et la malheureuse Jane : il avait la casquette sur la tête.

– Il faut pas qu'on la sépare de Chef Wahoo, hein ?

– Bravo, fils, dit son père, le cœur gonflé de fierté et d'inquiétude. (Le fameux plan B lui donnerait lieu d'exercer sa mémoire des détails.)

Le cuisinier avait besoin de son fils pour sortir Jane l'Indienne et la déposer devant la porte de la cuisine – elle lui avait dit qu'ils la laissaient ouverte. Ils pourraient la tirer dans la boue sans craindre de lui salir les pieds : le constable trouverait normal que ses chaussures soient crottées ; mais aucune autre partie de son corps ne devait toucher le sol. Quant au diable, il aurait laissé la trace de ses roues, et puis, qu'en faire ensuite ? L'abandonner dans le pick-up de Jane, ou à la porte ?

Ils traversèrent la partie misérable de la ville, aux environs de la scierie, où demeuraient les itinérants canadiens français : le constable avait élu domicile non loin de ses victimes attitrées.

– D'après toi, il pèse combien, Ketchum ? demanda Danny à son père quand celui-ci eut garé le pick-up de Jane à sa place habituelle.

Ils étaient sur le marchepied, Danny maintenant le torse de Jane en équilibre sur le siège tandis que son père s'employait à sortir ses jambes en voie de rigidification par la portière. Une fois ses pieds sur le marchepied, que faire ?

– Ketchum ? Dans les cent, cent dix kilos, je dirais.

– Et Pack de Six ?

Le cuisinier ressentirait près d'une semaine le torticolis infligé par le blocage de tête de Pam.

– Peut-être soixante-dix, quatre-vingts, au max.

– Et toi, tu pèses combien ?

Le cuisinier voyait bien où ces questions voulaient en venir. Il laissa les pieds de Jane l'Indienne glisser sur le sol boueux, et se campa à ses côtés, la maintenant par les hanches tandis que Daniel, toujours sur le marchepied, la soutenait sous les bras. On va rouler dans la boue tous deux, et Jane va nous tomber dessus, songeait Dominic, qui réussit à dire sur un ton aussi dégagé que possible :

– Moi, je sais pas, dans les soixante-dix, peut-être ? (Il pesait bien soixante kilos tout habillé ; soixante-dix, c'était dans ses rêves.)

– Et Jane ? grommela le petit Dan, en mettant le pied par terre.

Le corps de la plongeuse indienne bascula dans leurs bras tendus pour la réceptionner. Ses genoux ployèrent, mais sans toucher le sol ; le cuisinier et son fils vacillèrent sous le choc, mais ils ne tombèrent pas.

Car Jane l'Indienne pesait dans les cent vingt kilos, voire cinq ou dix de mieux, même si Dominic Baciagalupo affectait de n'en rien savoir. Le souffle court, il traîna sa dulcinée défunte chez sa canaille d'amant, et parvint à chuchoter d'un ton détaché :

– Jane ? Elle doit peser comme Ketchum, un petit peu plus, peut-être.

À la porte de la cuisine, une surprise les attendait : non seulement elle n'était pas fermée à clé, mais elle n'était pas fermée du tout, soit que le vent l'ait ouverte, soit que le Cow-boy, dans son hébétude éthylique, ait oublié de la fermer en rentrant. La portion de sol visible était trempée de bruine, et si la cuisine était mal éclairée par une lampe unique, au-delà, c'était l'inconnu.

Au moment où les pieds déformés de Jane touchaient le sol, le cuisinier s'était dit qu'il pourrait la faire glisser tout seul jusqu'à l'endroit où il comptait la déposer ; par chance, elle avait les pieds boueux, et le sol était mouillé.

– Au revoir, Daniel, chuchota-t-il à son fils.

En guise de baiser, l'enfant retira la casquette des Cleveland Indians et la mit sur la tête de son père.

Lorsqu'il n'entendit plus les pas du petit s'éloigner dans la rue boueuse, il poussa le poids énorme de Jane dans la cuisine, espérant seulement que Danny aurait retenu ses instructions :

– Si tu entends un coup de feu, tu vas trouver Ketchum. Si je ne suis pas revenu au bout de vingt minutes, tu vas trouver Ketchum, même s'il n'y a pas eu de coup de feu.

Il lui avait d'ailleurs toujours dit que s'il lui arrivait quelque chose, il faudrait aller trouver Ketchum et tout lui raconter.

– Fais attention à l'avant-dernière marche, en montant chez Pam.

– Elle risque pas d'être là, elle ?

– Tu lui dis que tu dois absolument parler à Ketchum, elle te laissera entrer (du moins l'espérait-il).

Il fit glisser le corps de Jane l'Indienne sur la zone mouillée du sol de la cuisine avant de l'appuyer contre un placard. En la saisissant sous les bras, il la laissa s'affaisser contre le plan de travail de tout son poids ; puis, avec une lenteur exaspérante, il l'étendit sur le sol. Au moment où il se penchait sur elle, la casquette dégringola de sa tête et atterrit à l'envers à côté de Jane ; tandis que le Chef Wahoo lui souriait de son rictus de fou, il guettait le déclic du Colt qu'on armait, sûr de l'entendre, tout comme Danny entendrait la détonation tant le revolver était bruyant. À cette heure, toute la ville l'entendrait, y compris Ketchum peut-être, en train de cuver sa cuite marathon. Même depuis la cantine, il était arrivé à Dominic d'entendre le Colt 45 faire feu.

Il n'en fut rien pourtant. Il se donna le temps de reprendre son souffle, souhaitant ne pas regarder autour de lui. Si le constable était là, il préférait qu'il lui tire dans le dos en le voyant partir. Tout en vidant les lieux, il prit la précaution de brouiller ses traces de boue avec son orteil tourné vers l'extérieur.

Devant la maison, une planche de bois enjambait le caniveau. Il s'en servit pour aplanir les rainures laissées par les chaussures de Jane, à la pointe et au talon, sur leur chemin de croix entre le pick-up et la cuisine. Ensuite il remit la planche à sa place, et essuya ses mains pleines de boue sur le capot humide, que la pluie de plus en plus drue allait rincer comme elle effacerait leurs traces de pas, à son fils et à lui.

Personne ne vit le boiteux longer la salle de bal ; les frères Beaudette, ou leurs fantômes, n'avaient pas réintégré le vieux Lombard, qui montait la garde, solitaire, le long de la ruelle. Il se demandait comment le constable Carl interpréterait la présence du corps de Jane l'Indienne quand il se heurterait à lui dans les brumes de sa gueule de bois. Avec quoi j'ai pu la frapper ? se demanderait-il peut-être, lui qui l'avait frappée plus d'une fois. Il est où, l'instrument contondant ? À moins que ce ne soit pas moi qui l'ai cognée, conclurait-il peut-être plus tard, sa lucidité revenue, et à coup sûr quand il apprendrait que le cuisinier et son fils avaient quitté la ville…

Ô mon Dieu, je vous en prie, donnez-moi le temps, pensa le cuisinier en voyant le petit visage de son fils derrière le pare-brise ruisselant de la Chieftain Deluxe ; l'enfant était assis côté passager, comme s'il n'avait jamais douté que son père rentrerait sain et sauf de chez le constable Carl, pour reprendre le volant.

Le temps auquel Dominic pensait, et qui le talonnait, ce n'était pas seulement celui qu'il lui faudrait pour prendre la fuite ; c'était celui qu'il lui faudrait pour être un bon père, le temps de voir son précieux enfant arriver à l'âge d'homme. Il priait le bon Dieu de lui accorder ce temps-là, sans avoir la moindre idée de ce qu'il ferait d'un luxe aussi improbable.

Il se glissa au volant de sa familiale sans avoir reçu la balle de Colt 45 attendue. Le petit Daniel se mit à pleurer.

– J'arrêtais pas de guetter le coup de feu.

– Tu pourrais bien l'entendre un jour, dit Dominic en le serrant dans ses bras avant de démarrer.

– On va pas raconter ça à Ketchum ?

La seule réponse que trouva Dominic risquait fort de tourner au refrain ; ce n'est guère un refrain, franchement, mais il la dit quand même :

– Pas le temps !

Comme un long et lent corbillard, la semiwoodie châtaigne quitta la zone des baraquements par le chemin de charriage. Ils roulaient sud-sud-est, apercevant la Twisted par instants, et l'aube descendait. Restait encore le barrage, lorsqu'ils arriveraient au réservoir de Pontook ; ensuite, quelle que soit leur destination, ils prendraient la Route 16, qui longeait l'Androscoggin sur un axe nord-sud.

Le délai dont ils allaient disposer pour fuir était fonction de ce qu'ils trouveraient au barrage de la Morte, et du temps qu'il leur faudrait y passer (le moins possible, espérait Dominic).

– Mais on va jamais lui dire, alors, à Ketchum ? demanda Dan.

– Bien sûr que si, répondit Dominic, qui ne voyait pas du tout comment faire parvenir le message nécessaire à Ketchum, un message qui ne les trahisse pas, mais qui soit clair pour autant.

À présent, le vent était tombé et la pluie faiblissait. Devant eux, le chemin de charriage luisait, strié par les sillons des pneus, et le soleil qui se levait étincelait dans la vitre du conducteur, donnant à Dominic Baciagalupo l'impression (illusoire) que l'avenir s'annonçait radieux.

Quelques heures auparavant à peine, il redoutait de découvrir le corps d'Angel, et surtout, il redoutait l'effet que produirait la vue du jeune Canadien mort sur son cher fils. Depuis, l'enfant avait tué sa nounou chérie, et père et fils avaient dû batailler pour acheminer son corps depuis l'étage de la cantine jusque chez le constable Carl, son (avant-)dernière demeure – sur une distance non négligeable.

Après ça, quoi qu'ils trouvent au barrage de la Morte…, se disait Dominic avec un fond d'optimisme (sous l'effet du stress, il venait pour une fois de donner à l'endroit son nom tragique).

Comme la Chieftain approchait du réservoir, père et fils virent les mouettes. L'océan était à plus de cent cinquante kilomètres, mais il y avait toujours des mouettes le long de l'Androscoggin : une telle masse d'eau.

– Dans ma classe, il y a un petit qui s'appelle Halsted, disait Danny d'un air inquiet.

– Je crois que je connais son père.

– Son papa lui a mis un coup de pied dans la figure avec ses chaussures à crampons, et depuis, le petit, il a des trous dans le front.

– C'est bien le Halsted que je connais, alors.

– Ketchum dit qu'il faudrait lui enfiler un souffle-sciure dans le cul pour voir si on peut le gonfler, ce gros salopard, le père, il veut dire.

– C'est un traitement que Ketchum préconise en effet pour un certain nombre de trouducs.

– Je te parie qu'il va salement nous manquer, Ketchum, dit l'enfant, que l'idée semblait tarauder.

– Je te parie que oui, convint le père. Salement ou pas.

– Ketchum, il dit que le tsuga, c'est un bois qui sèche jamais parfaitement.

Daniel s'était changé en moulin à paroles. C'était leur destination qui l'inquiétait, de toute évidence, non pas le barrage de la Morte, mais la suivante.

– On fait de bons madriers pour les ponts avec le tsuga, fit observer Dominic.

– Accroche ton timon aussi près de la charge que tu peux, récita l'enfant de mémoire, hors de propos. Success Pond, c'est là qu'il y a le plus grand bassin de castors, c'est un putain de bassin, poursuivit-il.

– Dis-moi, tu vas nous faire un best of de Ketchum jusqu'à l'arrivée ?

– L'arrivée où ? demanda l'enfant avec anxiété.

– Je ne sais pas encore, Daniel.

– Le bois dur, ça flotte pas bien, observa l'enfant de but en blanc.

Oui, pensait le père, et les bois tendres flottent très haut, au contraire. C'étaient des bois tendres qu'on convoyait quand Angel avait coulé sous les troncs. Et avec le vent de la nuit dernière, les troncs du haut pouvaient très bien avoir dégringolé de la pile, et se trouver à cette heure même en train de tourbillonner dans le déversoir, de part et d'autre de l'écluse. Ces troncs de pins et de pins maritimes risquaient fort de compliquer leur tâche s'ils voulaient retirer le corps d'Angel des tourbillons. Le barrage avait fait monter les eaux de la rive et l'eau plus lente du bassin de la scierie ; avec un peu de chance, ils trouveraient le corps d'Angel là-bas, sur les hauts-fonds.

– Donner un coup de pied dans la figure de son gosse avec des chaussures à crampons, faut être un drôle de type, reprit le fils, manifestement égaré.

– Pas le genre de type qu'on fréquentera, dit le père.

La scierie du barrage de la Morte semblait abandonnée, mais seulement parce qu'on était dimanche.

– Raconte-moi encore pourquoi ça s'appelle le barrage de la Morte, demanda Danny.

– Tu le sais pertinemment, Daniel.

– Je sais pourquoi tu aimes pas l'appeler comme ça, c'est parce que la morte, c'est Maman, hein ?

Le cuisinier gara la Pontiac le long du quai de chargement, devant la scierie. Il refusait de répondre à son fils, qui savait « pertinemment » à quoi s'en tenir sur toute cette histoire. Jane et Ketchum la lui avaient racontée tous deux. La Morte, c'était sa mère, mais l'enfant voulait toujours que son père lui en parle, or ce dernier n'y tenait pas.

– Pourquoi il a un doigt blanc, Ketchum ? Quel rapport avec la tronçonneuse ? demanda soudain Daniel, incapable de se taire.

– Ketchum a plusieurs doigts blancs. Ce sont les vibrations de la tronçonneuse qui lui ont fait ça, tu as oublié ?

– Ah oui, c'est vrai.

– S'il te plaît, Daniel, détends-toi. On va faire ce qu'on a à faire ici, et puis on repartira.

– Pour où ? s'écria l'enfant.

– Daniel, je t'en prie, moi aussi je suis tourneboulé. On va chercher Angel, on va voir ce qu'on trouve, d'accord ?

– On peut plus rien faire pour Jane, hein ?

– Non, plus rien.

– Qu'est-ce qu'il va penser de nous, Ketchum ?

Son vieil ami aurait bien aimé le savoir.

– Ça suffit, avec Ketchum, se borna-t-il à dire.

Ketchum saurait que faire – il l'espérait. Mais comment lui apprendre ce qui s'était passé ? Ils ne pouvaient pas attendre au barrage de la Morte jusqu'à neuf heures du matin, même s'il fallait moitié moins de temps pour découvrir le corps d'Angel, ils ne pourraient jamais attendre jusque-là.

Tout dépendait de l'heure à laquelle le constable Carl se réveillerait pour découvrir le corps de Jane. Au début, il penserait sûrement avoir fait le coup. Par ailleurs, la cantine ne servait pas le petit-déjeuner, le dimanche ; on y dînait seulement, et plus tôt qu'en semaine. Les filles de cuisine arriveraient en milieu d'après-midi ; quand elles apprendraient que le cuisinier et son fils avaient quitté la ville, elles n'en aviseraient pas forcément le constable, pas tout de suite, en tout cas. Pour sa part, le Cow-boy n'aurait pas de raison immédiate de partir à la recherche de Ketchum.

Dominic commençait à se dire qu'ils ne feraient pas plus mal d'attendre leur ami jusqu'à neuf heures au barrage de la Morte. À en juger d'après ce qu'il savait du constable, il était bien capable d'enterrer Jane et de l'oublier aussitôt – c'est-à-dire jusqu'au moment où il apprendrait que le cuisinier et son fils étaient partis. La plupart des habitants de Twisted River en déduiraient qu'elle était partie avec eux ! Seul le constable saurait où elle était, et, en la circonstance (inhumation prématurée, conscience pas tranquille), il était peu probable qu'il aille l'exhumer comme pièce à conviction.

À moins que Dominic Baciagalupo n'ait pris ses désirs pour des réalités. Pour que Carl enterre Jane l'Indienne sans états d'âme, encore faudrait-il qu'il se figure l'avoir tuée. Il serait cependant illusoire de le croire capable de remords au point de se brûler la cervelle. (Un constable Carl bourrelé de remords, il ne fallait pas rêver ; le moindre regret lui était étranger.)

À droite des pancartes et du déversoir, devant le filin, l'eau partait tourbillonner contre le barrage dans le sens des aiguilles d'une montre ; quelques troncs poussés par le vent – pin rouge et tamarack égarés au milieu des spruces – tournaient à la surface. Pas de corps en vue. À l'endroit où le courant principal partait dans le déversoir, l'estacade regorgeait de troncs enchevêtrés, mais rien ne ressortait sur le fond sombre des eaux et de l'écorce humide.

Le cuisinier et son fils traversèrent avec précaution le barrage qui ouvrait sur le lac, à gauche du cordon ; là, le courant entraînait les troncs en sens inverse des aiguilles d'une montre ; un gant de peau tournoyait au milieu, mais ils savaient l'un comme l'autre qu'Angel n'en portait pas. L'eau profonde était noire, des plaques d'écorce flottaient à la surface. Là non plus, pas de corps en vue, constata Dominic à la fois soulagé et déçu.

– Peut-être qu'Angel est ressorti, dit Danny.

Mais son père n'en croyait rien. On n'avait jamais vu un débutant si jeune refaire surface au milieu d'un train de grumes.

Il était déjà sept heures passées, mais il fallait continuer à chercher. Même cette famille qu'Angel avait fuie voudrait savoir ce qui lui était arrivé. Fouiller la zone plus vaste de l'étang de la scierie, assez loin du barrage, serait plus long mais moins périlleux. Plus ils approchaient du barrage et de l'estacade, plus le père et le fils s'inquiétaient l'un pour l'autre : ils ne portaient pas de crampons, ils n'étaient pas Ketchum, ils n'étaient pas draveurs, même novices, bref, ils n'étaient pas bûcherons.

Il était plus de huit heures et demie quand ils découvrirent le corps d'Angel. Le garçon aux longs cheveux flottait sur le ventre avec sa chemise écossaise, non loin de la berge, sans le moindre tronc d'arbre autour de lui. Danny le ramena jusqu'au bord sans même se mouiller les pieds, l'ayant attrapé avec une branche morte par le col de sa chemise Royal Stewart. Il appela son père, et, à eux deux, ils hissèrent le jeune Canadien sur le talus de la rive. Comparé au convoi extraordinaire de Jane l'Indienne, c'était un jeu d'enfant.

Ils délacèrent ses chaussures et en prirent une pour faire office de broc à eau afin de nettoyer le visage et les mains du jeune homme maculés par la vase et les lambeaux d'écorce. Sa peau avait pris une couleur nacrée, bleuâtre. Danny entreprit de peigner le jeune mort avec ses doigts.

Ce fut lui qui découvrit la première sangsue ; elle était grosse comme l'index curieusement crochu de Ketchum ; les gens du pays les appelaient les vampires du Nord. Elle s'était collée à la gorge d'Angel. Le cuisinier se doutait qu'il devait y en avoir d'autres ; il savait aussi que Ketchum en avait horreur. Au train où allaient les choses, s'il ne pouvait pas épargner le spectacle du corps à son vieil ami, du moins lui épargnerait-il, avec l'aide de Daniel, la vue des sangsues.

À neuf heures, ils avaient installé Angel sur le quai de chargement de la scierie où les planches étaient sèches et partiellement au soleil, pour qu'on le voie depuis le parking. En déshabillant le corps, ils avaient retiré près d'une vingtaine de sangsues. Ils avaient lavé Angel avec sa chemise mouillée, puis ils l'avaient rhabillé avec des vêtements qui leur appartenaient comme ils auraient pu appartenir à n'importe qui : un t-shirt trop grand pour Danny mais parfait pour le jeune homme, une vieille salopette de Dominic. Par égard pour Ketchum, s'il venait sur les lieux, c'étaient du moins des habits propres et secs. Quant au teint bleuâtre du jeune homme, rien à faire ; il ne fallait pas espérer que le pâle soleil d'avril lui rende les couleurs de la vie – du moins n'avait-il pas l'air transi.

– On attend Ketchum ? demanda Danny.

– Encore un petit moment, répondit son père.

C'était lui qui était anxieux, à présent, l'enfant s'en rendait compte. (L'ennui, avec le temps, c'est qu'il est inexorable, pensait Dominic.)

En tordant les vêtements sales d'Angel, il sentit le portefeuille dans la poche gauche de sa salopette, un portefeuille en similicuir, avec la photo d'une femme un peu lourde au joli visage, sous une pochette plastique que son séjour aquatique avait un peu embuée. Il frotta le plastique avec sa manche de chemise : la ressemblance était nette ; c'était sans aucun doute la mère d'Angel, un peu plus âgée que le cuisinier mais plus jeune que Jane l'Indienne.

Le portefeuille ne contenait pas une fortune ; des petites coupures, uniquement des dollars américains (contre toute attente, pas le moindre dollar canadien), ainsi que la carte professionnelle d'un restaurant au nom italien. Il ne s'était donc pas trompé, Angel avait déjà travaillé aux cuisines, même s'il ne comptait pas en faire son métier.

Une autre surprise attendait le cuisinier. Le restaurant en question ne se trouvait pas à Toronto ou dans l'Ontario, mais à Boston, Massachusetts, et, surprise majeure, son nom était plus que familier au bâtard d'Annunziata Saetta qui avait entendu sa mère le prononcer avec l'amertume d'une femme abandonnée : « Vicino a Napoli. » C'était là qu'était parti son lâcheur de père, disait-elle, et l'enfant pensait alors à ces villes et ces cantons perchés, berceau de son père où il était prétendument retourné. Les noms qu'Annunziata disait dans son sommeil, Benevento, Avellino, lui revinrent en mémoire.

Était-il possible que son filou de père ne soit pas allé plus loin qu'un restaurant italien de Hanover Street (que Nunzi appelait « la grand-rue » de North End, à Boston) ? Car, s'il fallait en croire la carte glissée dans le portefeuille d'Angel, ce restaurant s'appelait Vicino a Napoli ; c'était de toute évidence une maison napolitaine, située sur Hanover Street, près de Cross Street, autant de noms familiers à Dominic car répétés aussi souvent dans son enfance que le conseil de mettre du persil (prezzemolo) dans les plats ou les allusions au Mamma Anna et à l'Europeo, autres établissements situés dans la même rue.

Aucune coïncidence n'était trop invraisemblable pour le cuisinier – surtout le jour où son fils venait d'occire la chérie de son père avec la poêle héroïque de ce dernier. Qui croirait aujourd'hui qu'il avait sauvé sa femme d'un ours ? Et pourtant, le dernier article qu'il trouva dans le portefeuille réussit à le surprendre. Selon toute apparence, il s'agissait d'une carte de transports urbains, un « transit », comme disait sa mère. La carte mentionnait que l'impétrant avait moins de seize ans l'été 1953, et la date de naissance d'Angel y était précisée. Il était né le 16 février 1939 et venait d'avoir quinze ans. Il fallait donc qu'il ait fugué à l'âge de quatorze ans, à supposer qu'il ait vraiment fugué. Bien entendu, impossible de savoir s'il avait encore des attaches à Boston, comme la carte de transport et celle du restaurant portaient à le croire.

Ce qui allait attirer l'attention de Dominic Baciagalupo plus que tout le reste, c'était le nom du garçon ; car il ne s'appelait pas Angel Pope mais

ANGELÙ DEL POPOLO.

– Comment tu dis ? demanda Danny en l'entendant lire à haute voix le nom écrit sur la carte de transport.

Le cuisinier savait que Del Popolo signifiait « du peuple », et que Pope était une américanisation courante de ce nom vraisemblablement mais pas nécessairement sicilien. Quant à *An-ge-lù*, le prénom était à coup sûr sicilien, il en savait quelque chose. Le garçon avait-il travaillé dans un restaurant napolitain ? À quatorze ans, c'était légal, pourvu que ce fût à temps partiel. Mais alors, qu'est-ce qui l'avait poussé à fuguer ? À en juger par la présence de la photographie, il aimait toujours sa maman.

Le cuisinier se borna à répondre :

– Angel n'était pas celui qu'on croyait, Daniel.

Il lui fit voir le passe urbain ; avec la carte du restaurant, c'était leur seul indice pour retrouver la famille d'Angelù Del Popolo.

Auparavant, il y avait un problème plus pressant : où était donc passé Ketchum ? Combien de temps pourraient-ils se permettre de l'attendre ? Et si le constable n'était pas rentré tellement ivre, après tout ? Si, en découvrant le corps de Jane, il s'était immédiatement rappelé qu'il n'avait pas porté la main sur elle, du moins pas la veille ?

Dominic avait du mal à concevoir le message qu'il pourrait laisser à Ketchum sur le corps d'Angel. Dans la mesure où il ne serait pas forcément le premier à le découvrir, fallait-il coder le texte ? Il se voyait assez mal laisser un billet du genre :

QUELLE SURPRISE ! ANGEL N'EST PAS CANADIEN
AU FAIT, JANE A EU UN ACCIDENT
C'EST LA FAUTE DE PERSONNE – PAS MÊME DE CARL

– On attend encore Ketchum ? demanda Danny.

Ce fut avec nettement moins de conviction que le père répondit :

– Encore un petit moment, Daniel.

La chanson qu'écoutait Ketchum dans son pick-up-à-vivre (mal) leur parvint sur le quai de chargement de la scierie avant même que le véhicule fasse son apparition sur le chemin de charriage. C'était peut-être Jo Stafford qui chantait *Make Love to Me*, mais Ketchum avait éteint sa radio avant que le cuisinier ait pu en être sûr. À force de manier la tronçonneuse, il ne tarderait plus à être sourd. La radio était toujours à fond, et, à cette saison censément printanière, il roulait vitres baissées. Dominic constata avec soulagement que Pack de Six n'était pas de la virée, ce qui lui aurait sérieusement compliqué la tâche.

Ketchum gara son tas de ferraille à une distance respectueuse de la Pontiac ; il resta dans sa cabine, plâtre posé sur le volant, son regard passant sans les voir sur le père et le fils pour se poser là où Angel était allongé dans un soleil timide.

– Vous l'avez retrouvé, on dirait, lança-t-il.

Il regardait au-delà, vers le barrage, comme pour compter les troncs.

Selon son habitude, l'arrière du pick-up de Ketchum contenait un bric-à-brac mi-prévisible mi-saugrenu. Un abri de sa fabrication couvrait la partie arrière, transformant ainsi tout le véhicule en wanigan. Par ailleurs, Ketchum transportait ses tronçonneuses, ainsi qu'un assortiment de haches et d'outils divers, plus, sous une bâche de toile, un demi-stère de bois de chauffage pour le cas où il serait pris du besoin pressant de faire un feu de camp.

- Daniel et moi, on peut installer Angel à l'arrière de ton pick-up, comme ça tu ne seras pas obligé de le voir.

– Et pourquoi il peut pas rentrer avec vous dans la Chieftain ?

– Parce qu'on ne rentre pas à Twisted River.

Ketchum soupira ; lentement, ses yeux se posèrent sur Angel. Il sortit de sa camionnette, et s'avança vers le quai de chargement en boitant inexplicablement. (Dominic se demanda même si c'était pour se moquer de lui.) Il prit le corps du jeune mort comme il aurait soulevé un bébé endormi, et l'emporta jusqu'au pick-up, où Danny s'était précipité pour lui ouvrir la porte.

– Je me dis qu'il vaut mieux que je le voie tout de suite au lieu d'attendre le moment où je le déchargerai en ville. Je suppose que c'est tes affaires, qu'il a sur le dos ?

– Les miennes et celles de Papa.

Le cuisinier les rejoignit, les vêtements sales et trempés d'Angel sous le bras ; il les posa dans la voiture, au pied du corps.

– Ce ne serait pas du luxe de les laver, dit-il à Ketchum.

– Je vais dire à Jane de s'en occuper. Et puis, elle et moi, on lui fera une toilette, et on lui remettra ses habits à lui.

– Jane est morte, Ketchum, dit le cuisinier. (Il allait ajouter que c'était un accident, mais son cher Daniel fut plus rapide.)

– Je l'ai tuée d'un coup de poêle, celle avec laquelle Papa avait frappé l'ours, bredouilla-t-il. Je l'avais prise pour un ours.

Le cuisinier détourna les yeux aussitôt – c'était un aveu. Ketchum passa son bras valide autour des épaules de Dan et l'attira à lui. L'enfant enfouit son visage au niveau de son ventre dans la chemise en flanelle, cette chemise Black Watch gris et bleu que Pack de Six lui avait empruntée la veille. Pour lui, leurs odeurs mêlées habitaient le vêtement avec la même assurance que leurs deux corps puissants.

– Bon dieu, Cuistot, tu vas pas me dire que tu trimballes cette pauvre Jane dans ta voiture ? s'enquit Ketchum en désignant la Pontiac de son plâtre.

– On l'a déposée chez le constable Carl, dit Danny.

– Je ne sais pas s'il était ivre mort dans une autre pièce ou s'il n'était pas chez lui, mais avec un peu de chance, il va trouver son corps et croire que c'est lui qui l'a tuée, ajouta Dominic.

– Bien sûr, qu'il va le croire ! tonna Ketchum. Je te parie que ça fait déjà une heure qu'il l'a enterrée, à moins qu'il soit en train de creuser sa fosse en ce moment même. Seulement quand il apprendra que vous avez quitté la ville, il va commencer à avoir des doutes ! Il va se dire que c'est toi, Cuistot, si vous vous ramenez pas à Twisted River.

– Il faudrait bluffer, d'après toi ?

– Et alors ? De deux choses l'une, ou le Cow-boy passe le reste de sa putain de vie à essayer de se rappeler pourquoi et comment il a buté Jane, ou bien il va la passer à te rechercher, Cuistot.

– Mais là tu prends le pari qu'il aura tout oublié de la nuit dernière, c'est risqué, non ?

– Pack de Six m'a dit que t'étais passé nous voir, hier soir, tu crois que je m'en souviens ?

– Sans doute pas, mais tu as l'air de dire qu'il faut que je joue le tout pour le tout. (Bien involontairement et à son propre insu, en disant « le tout pour le tout », le cuisinier regardait le petit Daniel.)

– Tu retournes à la cantine ; je t'aide à décharger la Chieftain, et quand les filles de cuisine arrivent, cet après-midi, toi et Daniel vous êtes en place. Comme ça, vers l'heure du dîner, tu envoies Minnie ou May ou n'importe quelle autre putasse de la bande chez le constable pour lui dire : « Où est passée Jane ? Le Cuistot est comme un fou, il a plus personne à la plonge. » Tu parles d'un bluff ! C'est gagné d'avance. Le Cow-boy va chier dans son froc, il va chier dans son froc pendant des années, à l'idée qu'un clébard s'avise de déterrer le corps de l'Indienne !

– Je ne sais pas, Ketchum. C'est un sacré pari. Je ne peux pas prendre un risque pareil… je ne suis pas tout seul.

– Tu prends un plus grand risque en partant, merde ! Enfin, si le Cow-boy te fait sauter le caisson, je m'occuperai de Danny.

Le regard de l'enfant passait sans cesse de son père à Ketchum.

– Moi je crois qu'il faut qu'on retourne à la cantine, dit-il.

Mais le cuisinier savait que le changement, tout changement, était source d'anxiété pour son fils. Évidemment il était partisan de risquer le coup en restant ! Partir, c'était la menace de l'inconnu.

– Suis bien mon raisonnement, Cuistot, lui disait Ketchum, en le mettant en joue avec son plâtre blanc qui était aussi lourd que le Colt 45 du Cow-boy. Admettons que je me trompe, et que Carl te tire dessus, jamais il n'osera toucher un cheveu de la tête de Daniel. Mais si j'ai raison, et qu'il part à ta poursuite, il peut très bien vous tuer tous deux, en tant que fuyards.

– C'est bien ce qu'on est, des fuyards. Je ne joue plus, Ketchum, finis les paris.

– Mais c'est là que tu joues le plus gros, Cuistot. D'une façon ou d'une autre, il y a des risques.

– Serre Daniel dans tes bras, il faut qu'on parte.

Danny Baciagalupo se rappellerait cet au revoir, et qu'il avait trouvé bizarre que Ketchum et son père ne s'étreignent pas aussi, eux qui étaient si bons amis, de si longue date.

– Des grands changements se préparent, Cuistot, tenta encore Ketchum. Les transports de troncs par voie d'eau n'en ont plus pour très longtemps. Les barrages des étangs de Dummer disparaîtront, celui-ci aussi, dit-il en le désignant de son plâtre, sans lui donner son nom tragique. Les eaux des étangs de Dummer et de Twisted River iront se jeter directement dans le Pontook. Je serais pas étonné que les vieux piliers des estacades de l'Androscoggin restent en place, mais on s'en servira plus. Et quand un incendie aura ravagé West Dummer ou Twisted River, tu te figures quand même pas qu'on va se fatiguer à reconstruire ces verrues ? Qui ne préférerait pas s'installer à Milan ou Errol, et même à Berlin, s'il est assez vieux et faible pour ça ? Il vous suffit de rester assez longtemps pour survivre à cette ville minable, Danny et toi.

Mais le cuisinier et son fils regagnaient déjà la Chieftain.

– Si vous fuyez aujourd'hui, vous fuirez toute votre vie ! leur cria Ketchum, qui fit le tour de son pick-up en boitillant pour se hisser au volant.

– Pourquoi tu boites ? demanda le cuisinier.

– Putain, y a une marche qui manque dans l'escalier, chez Pack de Six, j'avais oublié.

– Prends soin de toi, Ketchum.

– Toi aussi, Cuistot. Je te demande pas ce que tu t'es fait à la lèvre, ces bobos-là, je sais comment ils viennent…

– Au fait, Angel n'était pas canadien, dit Dominic.

– Il s'appelait Angelù Del Popolo, de son vrai nom, compléta Danny, et il venait de Boston, pas de Toronto.

– Alors c'est là que vous allez, je suppose, à Boston ?

– Il doit bien avoir une famille, Angel, des gens à qui il faut annoncer ce qui lui est arrivé, dit le cuisinier.

Ketchum approuva de la tête. À travers le pare-brise du pick-up, dans cette lumière pâle, on aurait bien cru Angelù Del Popolo vivant ; assis presque droit sur le siège passager, visage tourné vers la route qui s'ouvrait, il semblait même entamer le voyage de sa jeune vie, lui qui l'achevait.

– Et si je racontais à Carl que toi et Danny vous êtes partis annoncer la mauvaise nouvelle à la famille d'Angel ? Il y a rien qui laisse penser que tu abandonnes la cantine pour toujours, si ?

– On n'emporte rien qui se remarque. Ça donne l'impression qu'on revient tout de suite.

– Je pourrais lui dire, eh ben, moi, à la place de Jane, je serais partie au Canada avec eux.

Danny vit que son père examinait cette proposition, et Ketchum ajouta :

– Je vais même pas dire que vous êtes à Boston, il vaut mieux que je dise : « À la place de Jane, je serais partie à Toronto. » Si je disais ça ?

– Dis ce que tu voudras, mais dis-en le moins possible.

– Je crois que pour moi, il restera Angel, si ça gêne personne, dit Ketchum en remontant dans son pick-up (il ne jeta qu'un bref regard au jeune mort avant de détourner les yeux).

– Pour moi, il sera toujours Angel ! s'écria le petit Dan.

Quel degré de conscience un enfant de douze ans a-t-il qu'une aventure commence, jusqu'à quel point sait-il que cette mésaventure remonte beaucoup plus loin que sa méprise tragique ? Ni le cuisinier ni Ketchum n'auraient su le dire, toujours est-il que l'enfant paraissait très conscient. Ketchum se doutait bien que c'était peut-être la dernière fois qu'il les voyait, et il eut envie de considérer le pari du cuisinier sous un jour optimiste.

– Danny, cria-t-il au petit, il faut que tu saches qu'à moi aussi, ça m'est arrivé plus d'une fois de prendre Jane l'Indienne pour un ours !

Mais il n'était pas homme à pratiquer longtemps la pensée positive.

– Je suppose qu'elle portait pas sa casquette du Chef Wahoo quand ça s'est passé ? dit-il à Danny.

– Non, elle la portait pas, répondit l'enfant.

– Eh merde alors, Jane, il me l'avait bien dit, le gars de Cleveland que c'était une casquette porte-bonheur. Ce Chef Wahoo, c'était un genre d'esprit ; il veillait sur les Indiens, paraît-il.

– Peut-être qu'il veille sur Jane, à présent, dit Danny.

– Ne me fais pas le coup de la religion, Danny. Rappelle-toi seulement l'Indienne telle qu'elle était. Elle t'aimait vraiment, Jane. Honore sa mémoire, c'est tout ce que tu peux faire.

– Tu me manques déjà, Ketchum ! s'écria soudain l'enfant.

– Eh merde, Danny, allez ! Si vous partez, vaut mieux y aller, à présent.

Là-dessus, Ketchum démarra et prit le chemin de charriage en direction de Twisted River, abandonnant père et fils au trajet plus long et plus incertain qui les attendait : destination vie nouvelle, pas moins.

II

Boston, 1967

5
Nom de plume

Il s'était écoulé treize ans d'infortune presque jour pour jour depuis que le constable Carl s'était heurté au cadavre de la plongeuse indienne dans sa cuisine, et Ketchum lui-même n'aurait su affirmer qu'il soupçonnait le cuisinier et son fils, disparus la nuit même.

À l'en croire, Carl était plus agacé par les rumeurs disant que Jane l'avait plaqué pour le cuisinier qu'ému par la probabilité qu'il l'ait tuée avec dieu sait quel instrument contondant (qui, de fait, ne fut jamais retrouvé). Il se croyait sans doute le meurtrier de Jane ; une chose est sûre, il avait fait disparaître son corps. Personne, absolument personne, ne l'avait jamais revue, et son cadavre n'avait pas reparu.

Pourtant Ketchum faisait l'objet de questions insinuantes de la part du Cow-boy chaque fois que leurs chemins se croisaient.

– T'as toujours pas de nouvelles du Cuistot ? Je vous croyais pourtant amis…

– Il a jamais été bien causant, alors je m'étonne pas de pas avoir de nouvelles.

– Et le gamin ? ajoutait parfois le Cow-boy.

– Quoi, le gamin ? Il est jeune, à cet âge ça écrit pas beaucoup, hein ?

Mais Daniel Baciagalupo écrivait beaucoup, au contraire, et pas seulement à Ketchum. Dès le début de leur correspondance, il lui avait confié qu'il voulait devenir écrivain. « Alors il vaudrait mieux que tu évites tout contact avec la mentalité catholique », avait répondu Ketchum. Dan trouvait son écriture curieusement féminine ; il avait demandé à son père si sa mère lui avait appris à écrire en imitant sa main, tout comme elle lui avait appris à danser, et d'ailleurs, à lire. « Je ne crois pas », s'était borné à répondre Dominic.

L'énigme de cette jolie écriture était donc demeurée entière ; au reste elle ne semblait pas passionner le père, en tout cas pas comme elle passionnait le fils. Pendant ces treize ans, l'apprenti écrivain avait correspondu avec Ketchum bien plus souvent que son père. Les lettres qu'échangeaient Ketchum et Dominic étaient concises ; elles allaient droit au but. Est-ce que le constable les recherchait toujours ? s'enquérait invariablement Dominic. « Compte là-dessus », répondait Ketchum en substance ; mais récemment il s'était montré plus explicite. Il avait écrit exactement la même lettre au père et au fils, sauf que cette fois, elle était tapée à la machine. « Il y a du nouveau, annonçait-il, il faut qu'on parle. »

C'était plus facile à dire qu'à faire : il n'avait pas le téléphone. En général, il les appelait en PCV depuis une cabine ; ces communications avaient tendance à finir abruptement, sur le constat qu'il se gelait les couilles. Certes, il fait froid dans le nord du New Hampshire, et dans le Maine, où il se trouvait apparemment de plus en plus souvent ; mais, au fil des années, les appels de Ketchum leur parvenaient toujours pendant les mois d'hiver. Peut-être était-ce un choix ; il n'aimait pas que les conversations s'éternisent.

Cette première lettre dactylographiée disait au jeune Dan et à son père que le Cow-boy venait de glisser une « insinuation menaçante ». Jusque-là rien de neuf ; l'insinuation menaçante était une seconde nature chez le constable, ils le savaient l'un comme l'autre. Mais cette fois, il avait été expressément question du Canada. Pour Carl, en effet, la guerre du Vietnam était la cause de la tension entre les États-Unis et le Canada. « Et que les autorités canadiennes viennent pas me raconter leurs conneries comme quoi il faut coopérer », avait-il seulement dit à Ketchum ; mais ce dernier comprenait qu'il ne considérait pas la frontière comme un obstacle à ses enquêtes. Depuis treize ans, il se figurait que père et fils étaient passés à Toronto. S'il les recherchait, ce n'était toujours pas à Boston. Sauf que Ketchum venait d'écrire qu'il y avait du nouveau.

Le conseil que Ketchum avait donné à Danny, à savoir d'éviter tout contact avec la mentalité catholique s'il voulait devenir romancier, reposait peut-être sur un malentendu. L'école Michel-Ange, que Danny fréquentait à North End, était un établissement public. Les élèves l'appelaient « la Mickey » parce que les enseignants y étaient irlandais, mais il n'y avait pas de nonnes parmi eux pour autant. Ketchum devait se figurer qu'il s'agissait d'une école catholique. (« Ne les laisse pas te laver la cervelle », avait-il écrit à Danny, sans que l'identité de « les » apparaisse clairement au jeune homme – un « les » qui avait partie liée avec la fameuse mentalité, sans doute…)

Mais le jeune Dan ne fut nullement frappé, ni même vaguement influencé par ce qu'il y avait de catholique à la Mickey. Ce qu'il avait remarqué, dans North End, c'était plutôt l'italianité. L'école Michel-Ange était le théâtre de nombreux rassemblements d'immigrants italiens en voie d'américanisation. Les immeubles surpeuplés et sans eau chaude où tant de ses camarades de classe s'entassaient avaient été construits à l'origine pour des immigrants irlandais, qui avaient précédé les Italiens dans le quartier. Depuis, les Irlandais avaient déménagé ; ils habitaient Dorchester ou Roxbury, à présent, quand ils ne s'étaient pas installés dans les quartiers sud. Hier encore demeurait une petite colonie de pêcheurs portugais. Il en restait peut-être une ou deux familles, aux alentours de Fleet Street. Toujours est-il qu'à l'arrivée de Danny Baciagalupo et de son père, North End était presque exclusivement italien.

Le cuisinier et son fils ne furent pas traités en étrangers, du moins pas longtemps, ne manquant pas de parents qui ne demandaient pas mieux que de les recevoir. Il y avait des multitudes de Calogero, des foultitudes de Saetta. Des cousins, des comme-des-cousins, les traitaient en parents. Or Dominic et son fils n'avaient pas l'habitude des familles nombreuses, et encore moins des familles étendues. Leur réserve naturelle ne les avait-elle pas aidés à survivre dans le comté de Coos ? Cette réserve, les Italiens ne la comprenaient pas. Quand ils ne vous enveloppaient pas dans un chaleureux *abbraccio*, c'est qu'il y avait de l'orage dans l'air.

Les anciens se retrouvaient encore au coin de la rue, dans les parcs ; on entendait parler tous les patois de Naples et de la Sicile, mais aussi ceux des Abruzzes et de la Calabre. Aux beaux jours, jeunes et vieux vivaient dehors, dans les rues étroites. Nombre de ces immigrants étaient arrivés au tournant du siècle, de Naples et de Palerme, mais aussi d'innombrables villages du sud de l'Italie. Cette vie de rue qu'ils laissaient derrière eux, ils l'avaient recréée à North End : étals de fruits et légumes en plein air, petites boulangeries-pâtisseries, marché à la viande, poissonniers poussant leur voiture à bras chargée de poissons frais le vendredi sur Cross et Salem Street, échoppes de barbiers, de cireurs, festivités et fêtes carillonnées l'été, ainsi que ces institutions religieuses, dont les fenêtres du rez-de-chaussée s'ornaient de figurines de saints patrons – une curiosité. Une curiosité aux yeux de Dominic et Daniel Baciagalupo, qui, en treize ans, n'avaient toujours pas réussi à trouver en eux la fibre catholique, voire simplement italienne.

Enfin, pour être juste, Danny y parvenait peut-être un peu mieux que son père. Il ne désespérait pas de se débarrasser de sa froideur « nordique ». Pour Dominic, apparemment, c'était impossible ; son italianité ne dépassait pas le périmètre de ses fourneaux.

Si Ketchum s'était peut-être trompé sur l'école Michel-Ange, qu'il prenait pour une institution catholique, ce n'était pas une raison pour que Dominic l'accuse d'avoir inspiré à son fils l'idée de « partir » en pension. Tout ce qu'il avait dit, dans une de ses lettres à l'écriture de fille, c'est que le « gars » le plus doué qu'il ait connu avait étudié dans une école privée, non loin de la côte du New Hampshire. Il parlait d'Exeter, qui n'est pas bien loin de Boston. À l'époque, on pouvait y aller en train, par cette « bonne vieille Boston and Maine ». Il fallait partir de North Station : « Même un gars qui boite peut y aller à pied, je crois », avait conclu Ketchum. (Le mot « gars » revenait de plus en plus souvent dans son vocabulaire, influence de Pack de Six, peut-être, mais Jane l'employait aussi ; Danny et son père l'avaient également adopté.)

Le cuisinier avait très mal pris cette « ingérence » dans la scolarité de son fils, mais ce dernier n'était pas d'accord. Pourquoi ne pas plutôt accuser M. Leary, son professeur d'anglais de quatrième et de troisième, qui était bien davantage que Ketchum à l'origine de cette décision ?

En l'occurrence, le cuisinier ne pouvait s'en prendre qu'à lui-même. En effet, lorsqu'il avait appris qu'Exeter (autre temps, autres mœurs…) n'était pas mixte, on n'avait plus eu aucun mal à le persuader de laisser partir son fils chéri malgré son jeune âge, quinze ans, puisqu'on était en 1957. Certes, l'adolescent allait cruellement lui manquer, mais du moins dormirait-il sur ses deux oreilles avec la certitude – l'illusion, dirait Ketchum – qu'il était à l'abri des filles. Il le laissait partir car il voulait le tenir à l'écart de la gent féminine, « le plus longtemps possible », avait-il écrit à Ketchum.

« Ça, Cuistot, c'est ton problème », lui avait répondu son vieil ami.

Ça l'était en effet. Un problème moins évident lors de leur arrivée à North End ; Dan n'avait que douze ans, il n'avait pas l'air de s'intéresser aux filles, mais Dominic voyait que les filles s'intéressaient déjà à lui. Parmi les cousines et les comme-des-cousines du clan Saetta et du clan Calogero, il y aurait très bientôt de *tendres cousines*, c'était facile à imaginer ; en outre, il y avait toutes les autres filles qu'il risquait de rencontrer, car North End était un quartier où l'on passait son temps à rencontrer du monde. Or le cuisinier et son fils ignoraient tout de la vie de quartier.

En ce dimanche d'avril 1954, ils eurent du mal à trouver North End, où, même à l'époque, on circulait mieux à pied qu'en voiture. Piloter la Chieftain et la garer n'avaient pas été une mince entreprise, rien à voir avec l'odyssée du transport de Jane, mais tout de même. Une fois descendus de voiture, ils se faufilèrent en direction de Hanover Street, et aperçurent au passage le dôme doré de Sumner Tunnel Authority, qui leur sembla briller sur eux comme le soleil tout neuf d'une planète inconnue. Ils dépassèrent deux restaurants italiens près de Cross Street, l'Europeo et le Mamma Anna, avant de repérer le Vicino a Napoli.

On était en fin d'après-midi, la route avait été longue depuis le nord du New Hampshire, mais il faisait chaud et lumineux après la pâleur matinale du barrage de la Morte, où ils avaient remis à Ketchum le corps bleui d'Angel.

Ici les trottoirs grouillaient de familles ; les gens se parlaient, le verbe haut parfois. Là-bas, au barrage de la Morte comme à Twisted River, le matin de leur départ, ils n'avaient vu que la plongeuse indienne abattue, le jeune noyé, et Ketchum. Ici, depuis l'instant où ils avaient garé la Pontiac pour déambuler, Danny était dans une telle effervescence qu'il ne pouvait plus parler ; il n'avait jamais vu un pareil endroit, sauf au cinéma. Et comme il n'y en avait pas à Twisted River, Jane l'Indienne l'avait emmené à Berlin. Dominic avait conclu qu'il n'était pas près d'y retourner, « sauf menottes aux poignets ».

Ce dimanche d'avril, dans Hanover Street, lorsqu'ils s'arrêtèrent devant le Vicino a Napoli, Danny jeta un coup d'œil à son père. On aurait dit qu'on venait en effet de le traîner là menottes aux poignets ; sans doute appréhendait-il d'assombrir à son corps défendant le seuil du restaurant. Sont-ils maudits, les porteurs de mauvaises nouvelles ? se demandait-il. Qu'est-ce qui les guette ? Un sort pire encore que celui qu'ils annoncent ?

Le petit Dan sentait son père hésiter, mais avant qu'ils aient poussé la porte, un vieux monsieur l'ouvrit de l'intérieur.

– Enntrez, enntrez, dit-il.

Il prit Danny par le poignet pour l'entraîner dans la salle aux fumets engageants. Dominic le suivit sans mot dire. Il vit au premier coup d'œil que ce vieillard n'était pas son père abhorré ; il ne lui ressemblait en rien, et puis il était trop vieux pour être Gennaro Capodilupo.

Tout en lui indiquait le maître des lieux, qui faisait aussi office de chef de rang au Vicino a Napoli ; il n'avait pas souvenir d'avoir connu Annunziata Saetta (il l'avait rencontrée, pourtant, sans le savoir) ; des Saetta, il en connaissait des tas ; il ne réalisait pas non plus que ce Gennaro Capodilupo, qu'il avait fichu à la porte, n'était autre que le père de Dominic. Ce cochon de Gennaro, qu'il employait à débarrasser les tables, contait fleurette à toutes les filles. Et c'était bien ici que Nunzi et lui s'étaient rencontrés. Le vieillard avait tout de même entendu parler d'Annunziata Saetta, ainsi que de Rosina, dite Rosie Calogero. Les scandales défraient les chroniques de quartier, Dominic et son fils le découvriraient bientôt.

Au Vicino a Napoli, la salle à manger était de dimensions modestes et les tables petites, couvertes de nappes à carreaux rouges et blancs. Deux jeunes femmes et un adolescent à peu près de l'âge d'Angel étaient en train de disposer les sets dessus. Il y avait un comptoir en inox, derrière lequel Dominic voyait un four à pizza en brique, et une cuisine ouverte, où deux cuisiniers s'affairaient. Ni l'un ni l'autre n'avaient l'âge d'être son père, il le constata avec soulagement.

– Oun n'est pas tout à fait prêts à servir, mais asseyez-vous quand même. Vous voulez boire quelqué chose ? dit le vieillard en souriant à Danny.

Dominic plongea la main dans la poche intérieure de sa veste, où il sentait le portefeuille d'Angelù Del Popolo, encore humide. Dès qu'il le sortit, le maître d'hôtel eut un mouvement de recul.

– Vous êtes flic ? demanda-t-il.

Le mot fit dresser l'oreille aux deux cuisiniers en poste aux fourneaux. L'adolescent et les deux jeunes femmes qui mettaient le couvert s'immobilisèrent pour le regarder fixement.

– C'est rare que les flics trimballent leurs gosses en service, dit l'un des deux cuisiniers au vieillard.

L'homme était couvert de farine, et pas seulement sur son tablier ; ses mains et ses avant-bras nus étaient d'un blanc poussiéreux. (Le pizzaïolo, sans doute, se dit Dominic.)

– Je ne suis pas flic, je suis cuisinier, leur dit-il.

Cuisiniers et maître d'hôtel éclatèrent de rire, soulagés. Les deux jeunes filles et l'adolescent se remirent au travail.

– Mais j'ai quelque chose à vous montrer, reprit Dominic en fouillant dans le portefeuille d'Angel.

Il ne savait pas par quoi commencer, la carte de transport indiquant sa date de naissance, ou la photo de cette jolie femme toute en rondeurs. Il choisit le passe, parce qu'il portait le nom du mort, mais avant qu'il ait déterminé auquel des trois hommes le remettre, le vieux aperçut la photo, et lui arracha le portefeuille des mains en s'écriant « Carmella ! ».

– Il y avait un jeune garçon, commença Dominic. (Les deux cuisiniers étaient penchés sur la pochette en plastique qui contenait la photo.) C'est peut-être sa mère.

Il ne put en dire plus. Le pizzaïolo s'était caché le visage dans ses mains, les joues blêmes.

– Angelù, gémit-il.

– Non, non, non, chantonna le vieux en prenant Dominic par les épaules pour le secouer.

L'autre cuisinier, chef en titre de toute évidence, porta la main à son cœur comme s'il venait de recevoir un coup de poignard. Le pizzaïolo enfariné comme un clown effleura de ses doigts blancs la main du petit Dan.

– Qu'est-ce qui lui est arrivé, à Angelù ? lui demanda-t-il avec une telle douceur que Dominic comprit qu'il devait avoir, ou avoir eu, un enfant de son âge. (Les cuisiniers semblaient avoir une dizaine d'années de plus que lui.)

– Angelù s'est noyé, dit Danny, en s'adressant à tout le monde.

– C'est un accident, déclara son père.

– Il était pas pêcheur, pourtant, déplora le maître d'hôtel.

– C'est un accident de convoi, expliqua Dominic, ils convoyaient des troncs sur une rivière, et Angelù a glissé sous le train.

Les deux jeunes femmes et l'adolescent s'étaient enfuis. Danny les avaient vus partir (ils s'étaient seulement retranchés à la cuisine, on le découvrirait bientôt).

– Angelù, il venait travailler ici après l'école, disait le vieil homme. Carmella, sa maman, elle est serveuse ici.

L'autre cuisinier s'était approché, il tendait la main à Dominic.

– Antonio Molinari, lui dit-il en lui serrant la main, l'air sombre.

– Dominic Baciagalupo. J'étais cuisinier au camp des bûcherons. Voici mon fils, Daniel.

– Giusé Polcari, dit le vieillard au jeune Dan, les yeux baissés. Personne il né m'appelle Giuseppe. Joe tout court, j'aime bien aussi. Et voici mon fils Paul, ajouta-t-il en désignant le pizzaïolo.

– Appelez-moi Dan ou Danny, leur dit l'enfant à son tour. Il n'y a que Papa qui m'appelle Daniel.

Tony Molinari s'était posté sur le seuil du restaurant pour guetter les passants.

– La voilà, dit-il, voilà Carmella, je la vois.

Les cuistots s'enfuirent derrière leurs fourneaux, plantant là les deux Baciagalupo avec le vieux Polcari.

– Il faut qué vous lui disiez, moi jé ne peux pas, disait Giusé, alias Joe tout court. Jé vous présente, ajouta-t-il en poussant Dominic vers la porte (Danny tenait son père par la main). Son mari, il s'est noyé, aussi, et c'était oune couple très amoureux. Mais il était pêcheur, et eux ça se noie tout lé temps.

– Elle a d'autres enfants, Carmella ? s'enquit Dominic.

Ils la voyaient à présent tous les trois, cette femme aux formes pleines et au beau visage, avec une chevelure noire de jais. Elle n'avait pas quarante ans ; l'âge de Ketchum, un peu plus, peut-être. Seins, hanches et sourire généreux ; c'était la seule chose qu'elle avait de plus grande que Jane, ce sourire, remarqua Dan.

– Angelù, il était son fils ounique, répondit Giusé.

Dan lâcha la main de son père parce que le vieux Polcari essayait de lui remettre quelque chose. C'était le portefeuille d'Angel, froid et humide, d'où la carte de transport dépassait de travers. Danny ouvrit le portefeuille et remit le passe en place au moment où Carmella Del Popolo franchissait la porte.

– Hé, Joe, je suis en retard ? lança-t-elle joyeusement au vieillard.

– Pas toi, Carmella, tou es toujours à l'heure.

Peut-être était-ce là un de ces moments qui incitèrent Daniel Baciagalupo à devenir écrivain ; sa première tentative, forcément maladroite, pour annoncer la suite des événements. L'enfant eut une prémonition de l'avenir de son père, sinon du sien propre. Oui, Carmella était un peu plus âgée, et un peu plus ronde que sur la photo du portefeuille, mais personne n'aurait pu dire qu'elle avait perdu sa beauté. À douze ans, il avait beau être trop jeune pour s'intéresser aux filles, celles de son âge en tout cas, les femmes ne le laissaient pas indifférent (c'était le cas de Jane l'Indienne, bien sûr, et de Pack de Six, sans le moindre doute).

Carmella Del Popolo lui rappelait beaucoup Jane. Sa peau olivâtre n'était pas sans évoquer le teint ocre rouge de l'Indienne, son nez légèrement camus, ses pommettes larges étaient semblables, ainsi que ses yeux sombres – presque aussi noirs que la chevelure, chez elle aussi. N'aurait-elle pas bientôt comme Jane une tristesse profonde en elle ? Jane avait perdu un fils, et Carmella, comme Dominic, avait déjà perdu sa moitié, une moitié adorée.

Sans que Danny ait pu percevoir sur-le-champ le moindre indice que son père était attiré par elle, ou elle par lui, il éprouva une certitude : la mère d'Angel serait la prochaine femme à qui s'attacherait son père, tant qu'il serait à l'abri du constable Carl dans le quartier de North End.

– Il faut t'asseoir, Carmella, dit le vieux Polcari, en se retirant à la cuisine, où les autres s'étaient cachés. Jé té présente lé couisinier et son fils, tou sais, ces gens dou Nord, les copains d'Angelù.

Le visage déjà radieux de la femme s'éclaira davantage.

– C'est vous, Dominic ! s'exclama-t-elle en lui prenant le visage dans ses mains.

Le temps qu'elle se tourne vers Danny, ce qu'elle fit aussitôt, le vieux Polcari s'était éclipsé avec les autres lâches.

– Alors toi, tu dois être Danny ! dit-elle, ravie.

Elle le serra fort dans ses bras, pas aussi fort que Jane, certaines fois, mais assez fort pour la lui rappeler. Ce fut alors seulement que Dominic comprit pourquoi le portefeuille d'Angel contenait si peu d'argent, et pourquoi ils n'avaient quasiment rien trouvé dans ses affaires : il envoyait tout ce qu'il gagnait. Il demandait souvent à Jane l'Indienne de l'emmener à la poste, sous prétexte que l'affranchissement pour le Canada était compliqué, mais la vérité, c'est qu'il envoyait des mandats à sa mère. Il lui écrivait fidèlement aussi, puisqu'elle savait que le cuisinier et son fils l'avaient accueilli à bras ouverts. Elle demanda immédiatement des nouvelles de Ketchum.

– Est-ce que M. Ketchum est avec vous ? demanda-t-elle à Danny, en lui tenant chaleureusement le visage entre ses mains. (C'est peut-être cet instant de silence qui aida Danny Baciagalupo à devenir écrivain. Tous ces instants où l'on sait qu'il faudrait dire quelque chose, mais où l'on ne trouve pas ses mots ; l'écrivain n'attache jamais trop d'importance à ces instants.)

Mais ce fut alors que Carmella sembla s'apercevoir qu'il n'y avait plus qu'eux dans la salle à manger, et qu'on ne voyait personne à la cuisine. La malheureuse se figura qu'on lui faisait une surprise. Peut-être qu'Angelù était venu la voir à l'improviste, et que les autres cachaient son fils chéri à la cuisine, en parvenant à faire régner un silence de mort.

– Angelouou, s'écria Carmella, tu es là ? Avec M. Ketchum ? Angelouou ?

Des années plus tard, écrivain confirmé, Daniel Baciagalupo trouverait naturel ce qui s'était passé, cette débandade de tous à la cuisine. Ces gens n'étaient pas des lâches, mais de braves gens qui aimaient Carmella, et ne supportaient pas de la voir souffrir. Mais à l'époque, il en avait été choqué. Paul Polcari, le pizzaïolo, avait donné le signal, en gémissant :

– Angelouou !

– Non, non, non, avait chantonné son père.

– Angelù, Angelù, avait lancé Tony Molinari, plus bas.

Les deux femmes et l'adolescent modulaient eux aussi le nom du défunt. Ce chœur venu de la cuisine n'était pas celui que Carmella aurait aimé entendre ; devant ce concert de lamentations, elle se tourna vers Dominic pour qu'il lui explique la situation, mais elle ne lut que du chagrin et de la panique dans ses yeux. Il était incapable de la regarder. Ça aurait été comme de regarder Jane l'Indienne dans la demi-seconde où elle avait reçu la poêle sur la tête.

À la table à côté, une chaise avait été tirée par le vieux Polcari au moment où il s'enfuyait, avant même d'avoir dit à Carmella de s'asseoir. Elle s'y assit enfin, ou plutôt, elle s'y effondra, le sang se retirant de ses veines : elle venait de voir le portefeuille de son fils dans les petites mains de Daniel, mais quand elle le prit, et le sentit froid et humide, elle se renversa en arrière. Le cuisinier fut prompt à la retenir, il s'agenouilla à côté d'elle, en lui passant son bras autour des épaules, et Danny s'installa instinctivement à ses pieds.

Elle portait une jupe de soie noire et un joli corsage blanc, qu'elle allait inonder de larmes, et quand elle regarda Daniel dans les yeux, ses yeux sombres, elle dut voir son fils la regarder, car elle prit la tête de l'enfant sur ses genoux et le serra comme s'il était son Angelù perdu.

– Pas Angelù ! s'écria-t-elle.

À la cuisine, l'un des deux chefs tapait de manière spasmodique sur une marmite de pâtes avec une cuillère ; comme en écho, il lançait « Pas Angelù ». Dan entendit son père murmurer :

– J'ai tant de peine pour vous…

– Il s'est noyé, dit l'enfant sur les genoux de Carmella.

Il la sentit serrer sa tête plus fort, et, une fois de plus, l'avenir lui apparut. Tant qu'il vivrait avec son père et Carmella Del Popolo, il serait son Angel de substitution. (« Tu peux pas reprocher au gamin de vouloir partir de chez toi, écrirait un jour son vieil ami, reproche-le-moi si tu veux, Cuistot, mais il ne faut pas lui en vouloir pour ça. »)

– Non, pas noyé ! hurlait Carmella par-dessus la clameur parvenant de la cuisine.

Danny n'entendait pas ce que son père chuchotait à l'oreille de cette mère déchirée, mais il sentait son corps parcouru de sanglots, et il parvint à tourner la tête légèrement, mais assez pour voir les pleureurs sortir de la cuisine. Sans casseroles ni marmites, ni cuillères de bois, ils venaient, le visage strié de larmes (et de farine dans le cas du pizzaïolo). Mais Daniel Baciagalupo avait déjà de l'imagination, il n'avait pas besoin d'entendre ce que son père disait à l'oreille de Carmella. Le mot « accident » devait y avoir sa place, car le monde est fait d'accidents, père et fils le savaient déjà.

– Cé sount dé braves gens, disait le vieux Polcari, comme une prière.

Ce n'est que plus tard que Danny réalisa qu'il parlait de lui et son père, « vénous dou Nord ». De fait, ce furent eux qui raccompagnèrent Carmella chez elle. Parfois, ils la sentaient défaillir entre leurs bras, à deux doigts de la syncope, mais ils n'avaient pas de mal à la soutenir : elle pesait bien cinquante kilos de moins que Jane, et en plus elle était vivante.

Mais avant même de quitter le restaurant, cet après-midi-là, la tête solidement maintenue sur les genoux de la mère égarée par la douleur, Danny découvrit une technique d'écrivain, même s'il ne s'en servit que des années plus tard. Tous les écrivains savent prendre du recul par rapport à tel ou tel moment d'émotion. Et Danny s'en découvrit capable, malgré ses douze ans. Le visage entre les mains chaudes de Carmella, il se retira purement et simplement du tableau. Il adopta la perspective du four à pizza, peut-être, ou en tout cas, se posta à l'écart des affligés, comme s'il était de l'autre côté du comptoir, invisible, et c'est ainsi qu'il vit tout le personnel du Vicino a Napoli regroupé autour de Carmella et de son père, agenouillé au pied de sa chaise.

Le vieux Polcari était debout derrière elle, une main sur le cœur, l'autre sur la nuque de la jeune femme. Tête baissée, dans son halo de farine, son fils Paul faisait le pendant à Dominic, aux côtés de Carmella. Les deux jeunes serveuses, qui apprenaient le métier avec elle, s'étaient agenouillées sur le sol, juste derrière Dan qui, depuis son poste d'observation à la cuisine, se voyait, la tête posée sur les genoux de Carmella. Le chef en titre se tenait légèrement en retrait, un bras passé autour des frêles épaules de l'adolescent à peu près du même âge qu'Angel (et qui desservait les tables, allait apprendre Danny, dont ce serait par ailleurs le premier emploi au Vicino a Napoli).

Mais, en cet instant de douleur, Daniel Baciagalupo embrassait le tableau de loin. Il commencerait par écrire à la première personne, comme bien des débutants, et la première phrase torturée de l'un de ses premiers romans renverrait en partie à cette pietà d'un dimanche d'avril, au Vicino a Napoli. Pour citer sa formule d'apprenti écrivain : « J'entrai dans une famille à laquelle je n'étais pas apparenté avant même d'apprendre ce qu'il m'aurait fallu savoir de la mienne, ou du dilemme qu'avait connu mon père dans ma petite enfance. »

« Larguez votre nom de Baciagalupo, leur avait écrit Ketchum. Si jamais Carl vous recherchait, il vaut mieux changer de nom ; par precaution. » Mais Danny avait refusé. Il était fier de son nom, d'une fierté frondeuse, car son père lui en avait raconté l'histoire. Après toutes ces années où les gosses de West Dummer l'avaient traité de macaroni et de rital, il estimait l'avoir gagné de haute lutte. À présent qu'il habitait North End, quartier italien, ce n'était plus le moment de renoncer à s'appeler Baciagalupo. D'ailleurs, à supposer que le Cow-boy vienne les traquer ici, il chercherait un Dominic, pas un Daniel.

Dominic n'avait pas le même rapport à son nom. Pour lui, c'était un nom fabriqué au départ. En somme, c'était sa mère qui l'avait nommé ainsi, il était son petit Baiser du Loup. Mais en réalité, il aurait été plus logique qu'il s'appelle Saetta, comme sa famille maternelle, ou encore Capodilupo, ne serait-ce que pour faire honte à son père démissionnaire – « cé poutain dé boun à rien dé Gennaro », comme dirait un jour Joe Polcari de l'employé dragueur qu'il avait « remercié », et qui avait disparu, dieu savait où.

Or s'il voulait changer de nom, Dominic avait l'embarras du choix. Dans la famille tentaculaire d'Annunziata, tout le monde voulait qu'il se fasse appeler Saetta ; du côté de Rosie, des kyrielles de neveux et de nièces, sans compter ses plus proches parents, voulaient qu'il devienne un Calogero. Il se garda bien de tomber dans ce piège, ayant compris d'emblée à quel point les Saetta seraient mortifiés s'il prenait le nom de Calogero, et vice versa. Au Vicino a Napoli, on l'avait surnommé Gambacorta, jambe courte, par allusion affectueuse à sa claudication ; le surnom fut bientôt abrégé en « gamba ». Mais il décida qu'à l'extérieur de son lieu de travail, ce n'était pas un nom convenable.

– Et Bonvino ? suggéra le vieux Polcari.

Mais Dominic ne buvait pas de vin.

– Buonopane, recommanda Tony Molinari, alors que Paul Polcari, le pizzaïolo, conseillait « Capobianco », car il était souvent blanc des pieds à la tête, à force de manipuler de la farine.

Mais tous ces noms étaient trop pittoresques pour un homme au caractère posé comme Dominic.

Dès la première soirée à North End, Danny aurait pu prédire le nom que son père allait se choisir. Lorsqu'ils raccompagnèrent la veuve Del Popolo jusqu'à l'immeuble de rapport en brique où elle occupait un trois pièces sans ascenseur ni eau chaude près des anciens bains publics et du cimetière de Copps Hill, Danny vit assez loin dans l'avenir de son père pour prédire qu'il avait en quelque sorte trouvé chaussure à son pied. Les chaussures du noyé n'étaient pas à sa pointure, en l'occurrence, mais Carmella découvrirait bientôt avec plaisir que les vêtements du malheureux pêcheur lui allaient. Les deux hommes étaient plutôt frêles, comme Danny, qui ne tarderait pas à porter les affaires d'Angel. Il va de soi que père et fils avaient besoin de vêtements citadins : on ne s'habillait pas à Boston comme dans le comté de Coos. Danny Baciagalupo, qui refusa tout d'abord de suivre le conseil de Ketchum, ne serait pas autrement surpris que son père devienne Dominic Del Popolo – n'était-il pas le cuisinier du « peuple » ?

Dans la cuisine de Carmella, il y avait une baignoire-tub plus volumineuse que la table, autour de laquelle se trouvaient déjà les trois chaises nécessaires. Deux grands faitouts pour les pâtes, pleins à ras bord, frémissaient en permanence. Carmella ne cuisinant quasiment pas chez elle, ils servaient à remplir la baignoire. Pour une femme qui habitait un garni sans eau chaude, elle était très propre et sentait merveilleusement bon. Avec l'aide d'Angel, elle réussissait à payer le gaz. À North End, il n'y avait pas alors suffisamment d'embauche à temps plein pour les jeunes de l'âge d'Angel. Ceux qui étaient assez robustes montaient vers le nord, Maine et New Hampshire, mais le travail y était parfois dangereux, Angel l'avait découvert à ses dépens.

Danny et son père étaient assis autour de la petite table de la cuisine avec Carmella, et elle pleurait. Ils lui racontèrent des anecdotes sur son fils noyé, ce qui les amena tout naturellement à parler de Ketchum. Quand Carmella eut temporairement pleuré toutes les larmes de son corps, ils retournèrent affamés au Vicino a Napoli, qui ne servait que des pizzas et des pâtes le dimanche soir, car à cette époque, le grand repas dominical se faisait à midi chez la plupart des Italiens. Comme le restaurant fermait tôt le dimanche, les chefs préparaient à dîner pour le personnel sitôt les derniers clients partis. Le reste du temps, en général, on fermait tard, de sorte que les cuisiniers faisaient à manger pour eux et pour le personnel en milieu d'après-midi, avant le dîner.

Le vieux propriétaire-maître d'hôtel s'attendait à les voir revenir ensemble. Quatre petites tables avaient été rapprochées, et elles étaient déjà dressées. Ils burent et mangèrent comme à une veillée funèbre, en ne s'arrêtant que pour pleurer – sauf le petit Danny, qui ne versa pas une larme –, et pour lever les verres à la mémoire du mort, enfant chéri de tous ; Danny et son père ne burent pas une goutte de vin. On répéta des *Je vous salue Marie*, souvent à l'unisson, mais il n'y avait pas de cercueil ouvert à contempler, ni de prières relayées à longueur de nuit. Dominic avait assuré aux affligés que Ketchum savait qu'Angel était italien. Il aurait donc élaboré une cérémonie « vaguement catholique » avec les Canadiens français. (Danny avait jeté un coup d'œil à son père ; ils savaient, l'un comme l'autre, que le bûcheron se garderait bien de le faire ; au contraire, il aurait volontiers tenu Angel à l'écart de tout ce qui était catholique, et des Canadiens français.)

Il était très tard quand Tony Molinari demanda à Dominic où il allait passer la nuit, avec son fils : il n'avait tout de même pas l'intention de rentrer dans le nord du New Hampshire à cette heure ? Dominic l'avait dit à Ketchum, les paris, c'était fini. Pour autant, il avait confiance dans les gens qui l'entouraient en cet instant ; et à sa surprise et à celle de Danny, il leur avoua la vérité.

– On ne peut plus rentrer, on est en cavale.

Cette fois, ce fut Danny qui se mit à pleurer. Les jeunes serveuses et Carmella s'empressèrent de le réconforter.

– N'en dis pas plouss, Dominic, oun né veut pas savoir pour quoi ou pour qui, s'écria le vieux Polcari, avec nous tou es en sécourité.

– Ça m'étonne pas, Dominic, poursuivit Paul le pizzaïolo, en tapotant avec sollicitude l'épaule du cuisinier de sa main couverte de farine. On voit bien que tu t'es battu ; tu as une vilaine blessure à la lèvre, ça saigne encore, tu sais.

– Il te faudrait peut-être quelques points, dit Carmella, sincèrement inquiète.

Mais Dominic déclina l'idée en secouant la tête ; il ne dit rien, mais tout le monde put voir la gratitude de son sourire timide. Danny lui avait jeté un second coup d'œil, mais il comprenait pourquoi son père s'était abstenu de toute explication sur ce chapitre ; leur cavale n'avait rien à voir avec les mœurs discutables de Pam Pack de Six, personnage peu recommandable.

– Tu peux venir chez moi, dit Tony Molinari.

– Ils vont rester chez moi, lui répondit Carmella. J'ai une chambre vacante.

Son offre était sans réplique puisqu'elle parlait de celle d'Angelù, mais, à la simple mention de cette chambre, elle se remit à pleurer. Quand ils la raccompagnèrent de nouveau à l'appartement de Charter Street, elle leur dit de prendre le grand lit, dans sa chambre ; elle irait dormir dans le petit lit d'Angel, son enfant chéri disparu.

Ils l'entendirent s'endormir, ou plutôt essayer, à force de pleurer. Au bout d'un long moment, le jeune Dan chuchota à son père :

– Tu devrais peut-être aller auprès d'elle.

– Ça ne serait pas convenable, Daniel, c'est son fils qui lui manque, je pense que c'est toi qui devrais y aller.

Danny Baciagalupo se rendit dans la chambre d'Angel, où Carmella lui tendit les bras. Il entra dans le lit étroit auprès d'elle. « AngeLÙ », lui murmura-t-elle à l'oreille, tant et si bien qu'elle finit par s'endormir. Il ne bougea pas, de peur de la réveiller. Il resta couché dans ses bras, humant sa bonne odeur de propre, et il s'endormit à son tour. La journée avait été longue et violente, pour un enfant de douze ans ; elle s'ajoutait aux événements dramatiques de la veille ; le petit devait être recru de fatigue.

La façon dont il s'endormit n'allait-elle pas contribuer à sa vocation d'écrivain ? La nuit même où il avait tué la plongeuse indienne de cent vingt kilos qui se trouvait être la maîtresse de son père, voilà qu'il couchait dans les bras tièdes de la veuve Del Popolo, voluptueuse créature qui remplacerait bientôt Jane l'Indienne aux côtés de celui-ci, histoire triste, mais encore en devenir. Un jour, l'écrivain en lui reconnaîtrait la quasi-simultanéité de ces deux événements cruciaux quoique distincts – de ceux qui font avancer un récit –, mais à l'instant où, épuisé, il sombrait dans l'inconscience entre les bras parfumés de Carmella, il ne put que se demander : Tout ceci n'est-il que coïncidence ? Il était trop jeune pour savoir que, dans tout roman bien conçu, les coïncidences n'existent pas.

Peut-être les photos de sa mère suffirent-elles à faire de lui un écrivain ; il n'avait pu en emporter que quelques-unes, et les livres entre les pages desquels il les rangeait lui manqueraient ; surtout ceux où elle avait souligné certains passages, car ces passages aussi lui permettaient d'imaginer sa mère. S'appliquer à revoir les photos dans son souvenir était encore une manière de l'imaginer.

Il y avait peu de photos en couleurs parmi celles qu'il avait rapportées, mais son père trouvait que le noir et blanc rendait mieux justice, en somme, à ses yeux d'un « bleu à mourir ». Pourquoi donc à mourir ? se demandait l'enfant. Et comment le noir et blanc pouvait-il être plus fidèle au bleu des yeux de sa mère que les classiques kodachromes ?

Rosie avait les cheveux bruns, presque noirs, mais le teint étonnamment clair, et ses traits fins au modelé délicat accentuaient sa fragilité physique. Quand Dan fit la connaissance du clan Calogero, et en particulier des sœurs cadettes de sa mère, il en découvrit deux qui étaient aussi petites et aussi jolies qu'elle, dont Filomena, la benjamine, qui avait également les yeux bleus. Mais s'il était pour sa part fasciné par cette tante – qui devait avoir vingt-cinq, vingt-huit ans, l'âge où sa mère était morte –, son père s'empressa de lui dire qu'elle n'avait pas du tout les yeux du même bleu. (Pas bleu

« à mourir » ? spéculait l'enfant. Il ne lui échappait pas que son père était tout juste poli avec sa tante, évitant de la regarder, ne la complimentant jamais sur ses vêtements.)

Est-ce l'écrivain en Daniel qui se mit à enregistrer ces détails déterminants ? Avait-il déjà discerné une manière de tropisme dans l'attrait exercé sur son père par Jane l'Indienne puis Carmella Del Popolo, grandes et fortes femmes aux yeux noirs, c'est-à-dire en tout point le contraire de Rosie Calogero ? Et si Rosie avait bien été l'amour de sa vie, Dominic ne s'interdisait-il pas tout contact avec une femme qui lui aurait ressemblé même vaguement ?

Du reste, Ketchum allait l'accuser de conserver une fidélité contre nature à Rosie, en choisissant pour compagnes des femmes qui étaient son contraire caricatural. Il faut croire que Danny lui avait décrit Carmella comme une belle plante, car dans ses lettres à son vieil ami le cuisinier s'était bien gardé pour sa part d'évoquer les formes plantureuses de sa nouvelle amie ou la couleur de ses yeux. Il ne lui parlait presque pas de la mère d'Angel, ni de l'évolution de leurs rapports. Il s'abstint de répondre à ses accusations mais il lui en voulut de s'être permis de désapprouver ses goûts supposés en matière de femmes. À l'époque, Ketchum était toujours avec Pack de Six, alors il était mal placé pour parler…

Pour se souvenir de Pam, Dominic n'avait qu'à se regarder dans la glace, où la cicatrice de sa lèvre inférieure allait rester visible longtemps après le soir de l'agression. Dominic Del Popolo, né Baciagalupo, constaterait avec étonnement la longévité du couple Ketchum-Pam Pack de Six ; ces deux-là resteraient ensemble plus longtemps que lui avec Jane l'Indienne, et même un peu plus longtemps que lui avec Carmella Del Popolo, mère d'Angel, belle femme aux formes généreuses.

Leur premier matin à Boston, père et fils furent tirés du sommeil par l'affriolant clapotis de Carmella au bain dans sa petite cuisine. Par discrétion, chacun resta au lit tandis qu'elle se livrait à ses ablutions aguichantes ; ils ignoraient qu'elle avait mis sur le feu un troisième et un quatrième faitout, qui n'allaient pas tarder à bouillir.

– L'eau chaude ne manque pas, leur lança-t-elle. Qui veut prendre un bain ?

Le cuisinier, qui avait déjà fantasmé de partager la baignoire de Carmella Del Popolo quitte à s'y trouver un peu à l'étroit, proposa étourdiment à son fils de prendre un bain avec lui, ou du moins de garder son eau ; l'idée dégoûta l'enfant.

– Ah non, papa ! lui cria-t-il depuis le petit lit d'Angel.

Et l'ample Carmella, sortant toute ruisselante de son bain, commenta :

– Je les connais, les garçons de son âge, ils ont besoin d'intimité !

Oui, pensait le jeune Dan, sans bien envisager qu'il aurait bientôt besoin de prendre un peu plus de champ par rapport à leur couple. Car enfin, il entrait dans l'adolescence. Même s'ils n'allaient pas habiter encore très longtemps l'appartement sans eau chaude de Charter Street, avec sa baignoire au milieu de la cuisine et son « cabinet de toilette » grand comme un mouchoir de poche, dont un simple rideau isolait le siège des toilettes à côté du lave-mains surmonté d'un miroir, le logis suivant ne serait guère plus grand, et l'adolescent n'allait pas pouvoir s'y isoler davantage. Ce serait encore un appartement sans ascenseur, situé dans une ruelle qui s'appellerait un jour Wesley Place, et qui longeait le Caffè Vittoria. Outre ses deux chambres, il serait pourvu d'une vraie salle de bains avec baignoire et douche, fermée par une vraie porte, ainsi que d'une cuisine assez grande pour tenir à six autour de la table.

N'empêche que les deux chambres étaient contiguës. À North End, ils ne seraient jamais au large comme à Twisted River, au-dessus de la cuisine. Et Danny était déjà trop grand pour supporter que son père et Carmella s'astreignent à la discrétion lors de leurs étreintes – d'autant que ce grand imaginatif avait déjà entendu et *vu* son père à l'œuvre avec Jane l'Indienne.

Carmella, le cuisinier et le jeune Dan (qui se rendait de mieux en mieux compte de sa position de substitut d'Angel) avaient un modus vivendi acceptable, mais pas fait pour durer. Il serait bientôt temps que le jeune homme prenne de la distance par rapport à son père ; au fil des mois, il éprouva en outre une gêne d'un autre ordre.

Si Jane l'Indienne puis Pack de Six lui avaient naguère inspiré un émoi préadolescent, le désir de plus en plus profond qu'il éprouvait pour Carmella Del Popolo le taraudait. Cette attirance envers la « remplaçante de Jane l'Indienne », comme disait Ketchum, le tracassait davantage que le manque d'intimité.

« Il faut que tu t'en ailles », lui conseilla Ketchum. Or le jeune homme aimait vraiment sa vie à North End, l'adorait même, après ce qu'il avait connu à Twisted River, et en particulier à l'école de la Paris Manufacturing Company.

L'école Michel-Ange n'avait pas fait grand cas de sa scolarité chez les clochards arboricoles, les « abrutis de West Dummer », pour citer Ketchum. L'équipe de direction avait exigé qu'il redouble, de sorte qu'il avait un an de plus que ses camarades. En cinquième, lorsque l'apprenti écrivain parla de l'idée de Ketchum à M. Leary, son professeur d'anglais d'origine irlandaise, ce dernier le considérait déjà comme un de ses meilleurs élèves. Il suivait d'ailleurs les cours de la classe supérieure en anglais et il était sans conteste devenu le chouchou du prof.

Plusieurs des anciens élèves de M. Leary étaient allés à Boston Latin, certains à Roxbury Latin (école « britiche » un peu snob, d'après le vieil Irlandais), deux d'entre eux avaient intégré Milton, un autre Andover, mais aucun n'était jamais entré à Exeter, située dans un rayon un peu plus éloigné que les précédentes, et qu'il savait être excellente. Si Danny Baciagalupo y était accepté, n'en retirerait-il pas quelque crédit personnel ? se disait le professeur.

La plupart des camarades de classe de Danny faisaient damner M. Leary. Chose remarquable, Danny ne se joignait jamais aux chahuteurs parce que le chahut, et autres brimades plus graves, lui rappelait l'école de Paris.

M. Leary avait le teint rougeaud de l'ivrogne et le nez en patate, image même du régime de base attribué à ses compatriotes. Des touffes de poils follets blancs lui sortaient des oreilles, véritable toison. Mais il était chauve, avec une bosse très nette sur le haut de la tête ; on aurait dit un hibou partiellement déplumé. « Quand j'étais enfant, racontait-il à ses élèves, un gros dictionnaire m'est tombé sur la tête, ce à quoi je dois sans nul doute mon amour des mots. » M. Leary avait supprimé le O de son nom, et les garnements écrivaient des séries de O au tableau dès qu'il quittait la classe. Ils lui criaient « O » pour l'appeler, mais seulement dans son dos.

Pourquoi ce O tourmentait-il ainsi l'ancien M. O'Leary, Danny ne le comprenait pas ; il avait abrégé son nom, et alors ? Angel avait pris bien d'autres libertés avec le sien. Qu'est-ce qu'ils se figuraient, les petits Italiens ? Qu'ils étaient les seuls à minimiser leur ethnicité, à l'occasion ?

Mais si M. Leary faisait un tel cas de l'élève Daniel Baciagalupo, c'est qu'il adorait écrire, et qu'il écrivait à tour de bras. Il n'avait jamais vu un pareil phénomène en cinquième et en quatrième. À croire qu'il était possédé, ou, pour le moins, obsédé.

S'il faut tout dire, la prose du jeune Danny ne laissait pas de troubler son professeur, mais ses histoires, souvent abracadabrantes, généralement violentes, et toujours saturées de sexe, détail malséant chez un adolescent de son âge, étaient bien écrites, très bien écrites. Un vrai talent de conteur. La tâche du professeur se bornerait à l'aider à maîtriser la grammaire, et les ficelles de l'écriture. Il croyait savoir qu'on était pointilleux sur la grammaire, à Exeter. L'écriture y était présentée comme un artisanat ; il fallait écrire tous les jours, quel que soit le sujet.

Lorsque M. Leary rédigea le dossier de candidature, il ne dit rien des thèmes traités par Danny dans ses histoires. À Exeter, on ne s'intéressait guère à la littérature romanesque, l'essai constituant sans doute le genre noble. D'autre part, l'école Michel-Ange, où il sortait si bien du rang, se trouvait dans un quartier italo-américain (le professeur avait pris soin de ne pas écrire le mot « immigration », mais on le lisait entre les lignes). Ces gens étaient d'un naturel paresseux et hâbleur. Or M. Leary voulait qu'on le sache bien, le petit Baciagalupo se distinguait des autres.

Car les autres, à les en croire, étaient tous arrivés aux États-Unis dans la cale de navires grouillant de rats, et pire encore ; ils étaient tous orphelins, ou avaient atterri sur les quais en solo, avec quelques misérables lires en poche. Et si les filles étaient le plus souvent belles dans leur prime jeunesse, elles ne tardaient pas à grossir irrémédiablement, à force de se bourrer de pâtes, leur appétit vorace ne se limitant sans doute pas aux plaisirs de la table. À dire le vrai, ces Italiens n'étaient pas aussi industrieux que leurs prédécesseurs, les Irlandais. Si M. Leary ne formula pas explicitement ces considérations pour le bénéfice de la commission de sélection des dossiers, il s'arrangea pour sous-entendre une bonne partie de ses préjugés tout en ayant l'air de faire l'éloge de Danny Baciagalupo, ses talents, sa moralité, malgré les « problèmes » qu'il avait dû affronter et surmonter à la maison.

D'abord son père, parent isolé, cuisinier de son état, et peu communicatif. Il vivait avec une femme que M. Leary décrivait comme une veuve victime de drames à répétition. Autant dire que s'il existait un candidat digne d'une bourse complète à Exeter, situation enviable, Baciagalupo était son nom. M. Leary, qui était malin, avait bien conscience de ses préjugés et, surtout, il souhaitait les communiquer à la commission de sélection des dossiers. Il voulait que l'on voie dans le quartier de North End un lieu de perdition pour l'enfant ; il voulait faire venir quelqu'un d'Exeter à l'école Michel-Ange, au risque que ce quelqu'un s'aperçoive qu'il était chahuté. Car, de toute évidence, si une personne du service des bourses rencontrait Danny en compagnie des garnements de sa classe, et, qui plus est, voyait l'apprenti écrivain dans le contexte de ce restaurant bruyant où travaillaient son père et la veuve tragique, on mesurerait sans peine à quel point il tranchait sur son milieu. Il tranchait, c'est un fait, mais il aurait tranché partout, et pas seulement à North End, ce que M. Leary ne dit pas. La suite le prouva, il en avait dit assez.

Sa lettre eut l'effet escompté. « Faut aller voir ce type de plus près » (ce type, c'était M. Leary avec ses préjugés), déclara sans doute le premier lecteur du dossier à la commission. La lettre de candidature passa de main en main ; beaucoup la lurent à Exeter, y compris l'administrateur des bourses auquel le professeur pensait depuis le début.

Cet administrateur dut dire « Il faut que je voie ça », *ça* renvoyant non seulement à l'école et à M. Leary, mais aux problèmes du jeune Baciagalupo, cas social italo-américain.

Encore M. Leary n'avait-il pas tout dit, se gardant bien de faire état de l'imagination débridée du gamin. Qu'est-ce qui arrivait au père, dans une de ces nouvelles ? Il était boiteux, mutilé à vie par un ours qui lui avait dévoré le pied – non sans qu'il lui ait en retour administré un bon coup de poêle à frire pour le mettre en déroute ! Le même estropié avait perdu sa femme lors d'un accident de quadrille. On dansait en plein air, sur un quai, le quai s'était effondré, tous les danseurs s'étaient noyés. L'homme qui avait perdu son pied dans la gueule d'un ours était le seul rescapé : il ne savait pas danser. (Il regardait la scène de loin, si M. Leary avait bonne mémoire.) Certes, tout ça était extravagant, mais bien écrit, très bien écrit.

Cette même famille romanesque avait un ami à qui un flic corrompu avait causé un traumatisme crânien avec séquelles. L'ami en question était un bûcheron improbable, improbable car lecteur vorace. Comble de l'invraisemblance, le flic l'avait tellement amoché qu'il ne savait plus lire. Quant aux femmes, dans les histoires de Daniel Baciagalupo… Seigneur Dieu !

Il y avait une indigène arrivée de sa tribu locale – l'histoire du mutilé se situait dans un bled au fin fond du New Hampshire, avec une salle de bal où l'on ne dansait pas. (En voilà un détail à dormir debout, s'était dit le professeur.) N'empêche que l'histoire était bien écrite, comme toujours. L'Indienne pesait dans les cent trente, cent cinquante kilos, ses cheveux lui descendaient jusqu'au bas des reins, ce qui expliquait qu'un petit demeuré (fils de l'homme victime de l'ours) l'ait prise pour un ours. Le pauvre demeuré l'avait prise pour le premier ours, revenant dévorer le reste de son père, alors qu'en fait l'Indienne était en train de copuler avec l'infirme. (En position dominante, gageait le professeur.)

Quand il lui avait posé la question en ces termes, l'enfant l'avait regardé sans comprendre.

– Non, elle était dessus, c'est tout, lui avait-il répondu.

Le professeur lui avait souri, plein d'adoration. Aux yeux de M. Leary, Daniel Baciagalupo était un génie en devenir ; une merveille au-dessus de tout soupçon.

Pourtant, l'Indienne obèse connaissait une fin affreuse : le demeuré l'estourbissait avec la poêle à frire, la même qui avait servi d'arme à son père contre l'ours. La puissance d'évocation du jeune auteur atteignait son sommet avec la description de la pose paisible de l'Indienne défunte, dans sa nudité. Le père avisé s'était empressé de lui poser un oreiller sur le pubis, peut-être pour éviter d'autres méprises à son pauvre crétin. Mais l'enfant en avait trop vu pour son intelligence limitée. Pendant des années, le spectacle des seins énormes de la femme qu'il venait d'expédier allait le hanter – ils s'affaissaient, inertes, au creux de ses aisselles… Mais où va-t-il chercher tout ça ? se demandait le professeur, contaminé par la fascination devant l'Indienne défunte, dans sa nudité.

Pourquoi parler au personnel d'Exeter de ces aspects troubles de l'imagination du garçon, troubles au point d'avoir perturbé le professeur lui-même ? Ces détails extrêmes n'étaient qu'une forme de complaisance qui passerait avec la maturité. Ainsi la femme qui portait une chemise d'homme en flanelle, sans soutien-gorge ; elle avait violé le pauvre demeuré après avoir descendu un pack de six bières. Quel besoin avait-on de connaître son histoire, à Exeter ? M. Leary aurait préféré l'oublier, du reste. Comme celle de la dame qui habitait un des immeubles de rapport de Charter Street, près des bains publics et du cimetière de Copps Hill ; elle avait une sacrée paire de seins, celle-là aussi. Dans cette histoire, la femme devenait la belle-mère du demeuré, sauf qu'il n'était plus évoqué comme tel mais comme « simplement amoché ».

Le père au pied mutilé faisait des rêves confus, il rêvait de l'ours, et de l'Indienne estourbie. Étant donné les formes voluptueuses de la belle-mère, M. Leary soupçonnait le père d'être bizarrement attiré par les femmes obèses. Naturellement, rien n'empêchait le jeune écrivain de lui avoir prêté un penchant personnel. M. Leary lui-même commençait à éprouver un faible regrettable pour ces créatures.

Avec ça, la belle-mère était italienne, de quoi solliciter les préjugés de M. Leary. Il cherchait en elle des signes de paresse et de vantardise, et trouvait un parfait exemple d'appétit vorace dont il taxait depuis longtemps les Italiennes. La femme se baignait tout le temps.

Sa passion du bain prenait de telles proportions qu'une immense baignoire occupait le centre de la petite cuisine de son garni sans eau chaude. Quatre marmites pour faire bouillir les pâtes chauffaient en permanence sur la cuisinière à gaz. La position de la baignoire posait un problème au beau-fils déjanté ; il avait percé un trou dans la cloison entre sa chambre et la cuisine.

Les ravages annexes qu'avait pu lui causer la vue de cette belle-mère nue, M. Leary les imaginait sans peine. Autre exemple de son sens du détail, lorsque la voluptueuse belle-mère se rasait les aisselles, elle laissait sous l'une d'elles une minuscule touffe de poils en forme d'as de pique, « comme le bouc soigneusement taillé d'un faune » avait écrit le jeune Dan.

– Sous quelle aisselle ? avait demandé le professeur à l'aspirant écrivain.

– La gauche, avait répondu l'élève, sans la moindre hésitation.

– Et pourquoi la gauche, et pas la droite ?

Le jeune Baciagalupo avait semblé y réfléchir, comme s'il tentait de se rappeler un enchaînement de gestes assez complexes.

– Elle est droitière ; elle n'est pas très adroite de la main gauche quand elle se rase, et elle se rase l'aisselle droite de la main gauche.

– Voilà d'excellents détails, lui dit M. Leary, ils méritent de figurer dans le texte, eux aussi.

– D'acc, je vais les ajouter, avait répondu Danny.

Il aimait bien M. Leary, et faisait son possible pour le protéger de ses tourmenteurs.

Ses tourmenteurs fichaient la paix à Danny. Il y avait des caïds à Michel-Ange, bien sûr, mais ils étaient moins coriaces qu'à la Paris Manufacturing Company, et d'ailleurs, si l'un d'entre eux l'embêtait, il suffisait qu'il aille se plaindre à ses cousins aînés pour que le caïd se fasse exploser la tronche. Les Saetta ou les Calogero auraient dérouillé les abrutis de West Dummer si nécessaire.

Danny ne montrait ses textes qu'à M. Leary ; il aurait fallu être fou pour tenter de faire avaler quelque fiction que ce soit à Ketchum. En outre, c'était pour épancher son cœur qu'il s'adressait à lui. Nombre de ses lettres commençaient en ces termes : « Tu sais combien j'aime Papa, c'est vrai, mais quand même, etc. »

Tel père, tel fils. Le cuisinier avait dissimulé des choses à son fils, et à présent ce dernier, entre la cinquième et la quatrième en particulier, atteignait l'âge de la dissimulation. Il avait treize ans à l'entrée en cinquième, année où il rencontra M. Leary, et quinze ans à sa sortie du collège. C'est au cours des deux dernières années à Michel-Ange qu'il montra à son professeur les histoires qu'il écrivait avec une compulsion croissante.

Malgré ses inquiétudes quant au thème essentiellement sexuel de cette prose, le vieux hibou sagace s'abstint de tout propos négatif envers son élève préféré. Aucun doute : le jeune homme allait devenir écrivain.

Il croisait les doigts quant à l'entrée à Exeter ; si le jeune homme était accepté, il espérait bien que l'école, avec sa rigueur, le sauverait des dérives douteuses de son imagination. Peut-être que les mécanismes de l'écriture y seraient enseignés de manière si exigeante, si chronophage, que Danny deviendrait un écrivain plus intellectuel. (Mais encore ? Moins créatif ?)

M. Leary lui-même n'était pas bien sûr de ce qu'il entendait par cette idée mystifiante, plus intellectuel, moins créatif, si ces mots exprimaient sa pensée, mais il était plein de bonnes intentions. Il voulait que son élève fétiche ait tout ce qu'il y avait de meilleur, et s'il ne se permit jamais la moindre critique sur ses textes, il se risqua timidement à faire une suggestion hardie (hardie à ses yeux, du moins…). La chose eut lieu pendant la saison de la boue ou presque. Danny venait d'avoir quinze ans ; avec son professeur, il attendait des nouvelles de la fac d'Exeter. La suggestion hardie dont il est question poussa Danny, bien des années plus tard, à faire sien le dicton ketchumien selon lequel : « Les emmerdements, on dirait que ça arrive toujours pendant la débâcle ! »

C'était nier que le cuisinier et sa cousine Rosie adorée s'étaient mariés à la saison boueuse, et que le petit Dan était né juste avant la suivante. (Pas de saison de la boue, à Boston, bien entendu.)

– Danny ? s'enquit M. Leary sur un ton hésitant, presque comme s'il n'était plus sûr du prénom de son élève. Un jour, quand vous serez écrivain, vous pourriez avoir envie de prendre un *nom de plume**.

– Un quoi ?

– Un pseudonyme. Il y a des écrivains qui se choisissent un pseudo au lieu de publier sous leur vrai nom. On dit *nom de plume* en français.

Tout en prononçant ces mots, le professeur sentit sa gorge se serrer : le petit Baciagalupo n'aurait pas fait une autre tête s'il l'avait giflé.

– Vous voulez dire larguer mon vrai nom ?

– Je voulais seulement dire qu'il n'est pas des plus faciles à prononcer, et puis, je pensais que comme votre père lui-même a changé de nom, et que la veuve Del Popolo n'a pas pris celui de Baciagalupo, n'est-ce pas… enfin, je me figurais que vous n'étiez pas terriblement attaché à ce nom-là vous-même.

– Si, j'y suis très attaché.

– Oui, c'est ce que je vois, eh bien alors, il faut le conserver sans hésitation, dit M. Leary avec un enthousiasme sincère. (Il avait affreusement mauvaise conscience, son intention n'était nullement d'insulter le gamin.)

– Daniel Baciagalupo, je trouve que c'est un bon nom pour un écrivain, dit l'adolescent résolu, si mes livres sont bons, vous ne pensez pas que les lecteurs prendront la peine de retenir mon nom ?

– Mais bien sûr que si, Daniel, s'écria M. Leary, je suis navré d'avoir soulevé cette question, quel manque de tact de ma part !

– Il n'y a pas de mal, je sais bien que vous cherchez à m'aider.

– Nous devrions avoir des nouvelles d'Exeter d'un jour à l'autre, dit M. Leary d'un air anxieux (après son faux pas, tout était bon pour changer de sujet).

– J'espère, dit Danny Baciagalupo, la mine sérieuse.

Son visage avait repris son expression pensive, son front s'était déplissé.

M. Leary, agité à l'idée d'avoir outrepassé ses prérogatives, savait que son élève travaillait au Vicino a Napoli tous les après-midi ou presque à la fin des cours. Il le laissa partir, et selon son habitude, il alla faire quelques courses dans le quartier.

Il habitait encore les alentours de l'université, où il avait fait ses études et connu sa femme. Tous les matins, il prenait le métro pour Haymarket, et tous les soirs il le reprenait pour rentrer chez lui ; mais ses commissions, réduites au minimum, il les faisait à North End. Il enseignait depuis si longtemps à l'école Michel-Ange que, dans le quartier, tout le monde ou presque le connaissait ; ils l'avaient eu pour professeur, eux ou leurs enfants. S'ils le charriaient sur son nom – car, après tout, il était bien irlandais –, ils ne l'en aimaient pas moins pour autant, et s'amusaient de ses excentricités.

L'après-midi de sa « suggestion hardie » (et malencontreuse), il s'arrêta au cimetière qui entourait l'église Saint-Léonard ; lui, c'était à Saint-Étienne qu'il allait se confesser ; il la préférait ; elle lui semblait plus universellement catholique, et en tout cas moins italienne que Saint-Léonard, où, dans le cimetière même de l'église, les oraisons familières étaient traduites en italien : *Ora sono qui. Preghiamo insieme. Dio ti aiuta.*

M. Leary pria Dieu que Danny Baciagalupo obtienne une bourse complète à Exeter. En quittant le jardin, il se souvint d'un autre détail qui lui déplaisait, dans cette église : la statue en plâtre de saint Pérégrin, avec sa jambe droite dans un bandage : vulgaire.

À l'inverse, songeait-il, il y avait quelque chose qui lui plaisait bien dans Saint-Étienne ; l'église était en face du Prado, où les vieux du quartier se retrouvaient pour jouer aux dames, les jours de beau temps. Il s'arrêtait parfois faire une partie avec eux ; il ne manquait pas d'excellents joueurs parmi ces vieillards, mais ceux qui n'avaient pas appris l'anglais l'agaçaient ; c'était une attitude pas assez américaine, ou trop italienne pour son goût.

Un ancien élève, aujourd'hui pompier, le héla sur le seuil de sa caserne, à l'angle de Hanover et de Charter Street, et il prit le temps de causer avec le gaillard. Ensuite, sans itinéraire préétabli, il passa renouveler une ordonnance à la pharmacie Barone, et, pendant qu'il y était, entra chez Tosti, le magasin de disques où il lui arrivait d'acheter un album. La seule « faiblesse » italienne qu'il s'autorisait, c'était l'opéra ; ajoutons pour être tout à fait honnête qu'il adorait l'espresso du Caffè Vittoria, et qu'il n'avait rien contre le pâté à la sicilienne du père de Danny Baciagalupo, au Vicino a Napoli.

Il fit encore une emplette à la Modern, petite pâtisserie sur Hanover Street, des cannolis pour son petit-déjeuner, cylindres de pâte feuilletée fourrés d'un mascarpone aux fruits secs et fruits confits. Pour ces faiblesses italiennes-là, force lui était de plaider coupable.

Il n'aimait pas beaucoup regarder vers Scollay Square quand il prenait Hanover Street, c'est-à-dire tous les jours, pour regagner le métro Haymarket. Au sud de Haymarket, en effet, se situait le Casino Theatre, et non loin de Scollay Square il y avait l'Old Howard, deux établissements où il tâchait de voir les nouveaux numéros de strip-tease le soir de l'ouverture, c'est-à-dire avant que les censeurs y fassent des coupes discrètes. Il avait honte de fréquenter ces boîtes à strip-tease, et pourtant sa femme était morte depuis des lustres, d'ailleurs elle ne lui en aurait pas forcément voulu pour autant, et lui en aurait sans doute moins tenu rigueur que de s'être remarié. À vrai dire, il avait vu certaines des stripteaseuses si souvent qu'il avait presque l'impression d'être marié avec elles. Il savait que Peaches, la reine du tangage de la hanche, avait un grain de beauté (si c'était bien un grain de beauté). Il y avait Lois Dufee, une blonde platinée d'un mètre quatre-vingt-cinq, il y avait Sally Rand, qui dansait avec des ballons, tandis qu'une autre fille agitait un « truc en plumes ». Les pratiques de ces stripteaseuses et de leurs consœurs lui fournissaient la trame de ses confessions à Saint-Étienne, avec le constat répété que sa femme ne lui manquait pas, ou plus. Elle lui avait manqué jadis, mais la part de lui à qui elle manquait s'était détachée de son être, comme sa femme elle-même.

Depuis peu, c'est-à-dire depuis qu'il avait écrit à Exeter, il avait pris une nouvelle habitude ; avant de quitter le quartier pour rentrer chez lui, il repassait par l'école Michel-Ange, pour voir s'il y avait du nouveau dans son casier. Tout en parcourant les enveloppes arrivées en fin d'après-midi, il se disait qu'il aurait quelque chose d'inédit à raconter en confession, car la proposition faite à Danny de prendre un *nom de plume** lui pesait sur la conscience comme un péché. Et pourtant, Daniel Leary, quel bon nom pour un écrivain… C'est alors qu'il vit l'enveloppe gris perle à en-tête rouge vif – la grande classe, cet en-tête :

Phillips Exeter Academy

Comment ne pas être croyant, après ça ! Une prière dite dans un cimetière n'est jamais perdue, pas même dans le jardin ultra-italien de Saint-Léonard. « *God will help you, Dio ti aiuta* », dit à haute voix le vieil Irlandais rusé, une fois en anglais, une fois en italien (on n'est jamais trop prudent), avant d'ouvrir l'enveloppe émanant du bureau des bourses.

On leur envoyait un certain M. Carlisle, qui voulait visiter l'école, rencontrer M. Leary, et surtout faire la connaissance de Daniel Baciagalupo, ainsi que de son père, le cuisinier, et de sa belle-mère. M. Leary se rendit compte qu'il en avait un peu trop fait, une fois encore, en présentant la veuve Del Popolo comme la belle-mère de Danny ; à sa connaissance, le cuisinier et la serveuse dodue n'étaient pas mariés.

Ses prérogatives, il les avait outrepassées dans plusieurs autres domaines aussi. Le jeune Dan lui ayant confié que son père ne le verrait pas d'un bon œil partir en pension (Carmella avait éclaté en sanglots à la simple mention de cette éventualité), il avait déjà transmis certains des écrits de son élève fétiche à la vénérable institution ; il avait même persuadé deux de ses collègues de lui rédiger une recommandation. En somme, il lui avait rempli son dossier de candidature, et sans en souffler mot à son père. Or, dans sa lettre, M. Carlisle évoquait la nécessité que la famille fournisse des justificatifs bancaires ; peut-être que ce cuisinier, homme distant, refuserait tout net de les fournir. Pourvu qu'il n'en ait pas trop fait (comme pour le *nom de plume**, échec cuisant, gaffe embarrassante) !

Allons bon, se dit-il, il va falloir prier de nouveau. Mais il prit bravement la réponse d'Exeter, avec le petit paquet de la Modern, et sortit d'un bon pas sur Hanover Street, non pour s'asseoir sur un banc du cimetière, cette fois, mais pour aller au Vicino a Napoli, où il savait trouver le papa de Daniel, avec la veuve Del Popolo.

Le professeur l'avait vue à une réunion de parents d'élèves ; Angelù, son fils disparu, était un garçon ouvert et sympathique, en classe de cinquième. Il ne faisait jamais partie des garnements qui le charriaient sur son nom. Il aimait lire, aussi, malgré sa tendance à la distraction, comme il l'avait signalé à sa mère. Là-dessus Angelù avait arrêté ses études, et il était parti travailler dans ce pays de malheur, au nord, où il avait trouvé moyen de se noyer comme son père avant lui : s'il y avait un argument en faveur de la poursuite d'études, c'était bien son exemple.

Mais depuis cette réunion de parents d'élèves, M. Leary avait parfois rêvé de Carmella Del Popolo ; sans doute était-ce le lot de tout homme qui croisait sa route. N'empêche, son nom était revenu plusieurs fois dans ses confessions. S'ils l'avaient engagée comme stripteaseuse au Casino ou au Old Howard, ils auraient fait salle comble tous les soirs.

Il remit la lettre d'Exeter dans son enveloppe et, pressé de partir pour le restaurant italien qui était devenu un des bistrots les plus en vogue du quartier, il ne vit pas le O géant tracé à la craie par l'un de ses garnements sur le dos de son trench-coat bleu marine qu'il avait laissé à l'école pour faire ses courses en veste. Ainsi se dirigea-t-il innocemment vers le restaurant, enthousiaste et un brin inquiet tout de même, avec, visible à cent mètres, ce O dans son dos, tel le mille d'une cible.

Cette année-là, en 1967, tandis que le comté de Coos était en pleine saison de la boue, Daniel Baciagalupo, écrivain, habitait Iowa City, Iowa, qui connaissait de vrais printemps, loin des bourbiers. Mais avec ses vingt-cinq ans, son fils de deux ans (sa femme venait de le quitter), Danny pataugeait dans une débâcle intérieure. Ça ne l'empêchait pas d'écrire, et il tâchait de se remémorer avec précision sur quoi roulait la conversation au Vicino a Napoli, lorsque M. Leary, la lettre d'Exeter en poche, était venu frapper avec ferveur à la porte du restaurant, fermée le temps que le personnel ait fini de dîner.

– C'est l'Irlanndais, ouvrez loui ! cria le vieux Polcari.

L'une des jeunes serveuses se leva, c'était la cousine de Danny, Elena Calogero ; elle pouvait avoir dix-huit vingt ans, comme sa camarade, Teresa Di Mattia ; Carmella était une Di Mattia elle-même. Elle se présentait volontiers comme une Napolitaine doublement « déplacée ». La première fois, en débarquant en famille de sa Sicile natale (ses grands-parents avaient quitté longtemps auparavant le voisinage de Naples), et la deuxième fois en épousant un Sicilien.

En vertu d'une logique qui n'appartenait qu'à elle, elle avait continué ses chassés-croisés, songeait Daniel Baciagalupo, l'écrivain. D'abord, elle avait baptisé son fils Angelù, version sicilienne d'Angelo, ensuite, elle s'était attachée à Dominic. Mais voilà qu'il s'était laissé distraire : il venait de perdre le fil du chapitre qu'il était en train d'écrire, et qui s'intitulait « Partir au lycée ».

Le moment crucial du chapitre (en refoulant ses larmes, le père donne à son fils la permission de partir en pension) était trop largement raconté du point de vue du professeur, bien intentionné mais un peu envahissant.

– Salut, Mike, avait dit Tony Molinari (à moins que Paul, le pizzaïolo, n'ait salué le professeur le premier ?).

Le vieux Polcari jouait aux dames avec M. Leary, au Prado, et il l'appelait toujours Michael, comme Papa, se souvenait Danny Baciagalupo.

Les circonstances étaient mal choisies pour écrire, ce chapitre en particulier. Sa femme, avec laquelle il était marié depuis trois ans, lui avait toujours dit qu'elle ne resterait pas avec lui, mais il ne l'avait pas crue. (Il avait refusé de la croire, lui avait fait remarquer Ketchum.) Il l'avait rencontrée à l'université du New Hampshire, avant la licence ; il était en deuxième année, et elle en troisième, tous deux posaient nus au cours de dessin.

En lui annonçant son départ, elle lui avait expliqué :

– Je continue à croire en toi en tant qu'écrivain, mais le peu qu'on a en commun ne tient pas la route.

– Le peu, qu'est-ce que c'est ?

– Ça nous gêne pas de nous mettre à poil devant des inconnus, et puis on est des tarés de première.

Il faut peut-être ça, pour être écrivain, se disait Danny, en cette nuit de printemps pluvieuse, sur Iowa City. Il écrivait surtout la nuit, pendant que le petit Joe dormait. Tout le monde, sauf Katie, appelait le bambin Joe. Comme le maître d'hôtel dont il portait le nom, on ne l'appelait jamais Joseph ; c'était Giusé, ou Joe tout court.

Quant à « se mettre à poil » devant des inconnus, ou être une « tarée de première », Katie parlait pour elle, et au premier degré : pendant son année de licence à Durham, alors qu'elle portait Joe, elle continuait à poser au cours de dessin, et elle avait couché avec un étudiant en arts plastiques. À présent, à Iowa City, alors que Danny quitterait l'Atelier d'écriture de l'université en obtenant son diplôme de fin d'études, elle posait toujours, mais cette fois, elle couchait avec un prof de la fac.

Ce n'était pas la raison de son départ, avait-elle dit à son mari. Elle lui avait proposé de l'épouser et d'avoir un enfant avec lui avant la fin de leurs études : « Tu veux pas partir au Vietnam, quand même ? »

En fait, à l'époque, il y avait songé. Certes, il était contre la guerre par conviction politique (tout en étant moins politisé que Katie, « pute anar » selon la formule de Ketchum). Mais en tant qu'écrivain, il lui semblait qu'il se devait de partir au Vietnam voir une guerre, pour comprendre ce que c'était. Son père et Ketchum ne se privèrent pas de lui dire que c'était une idée à la con.

– Je t'ai pas laissé partir là-bas au diable, dans cette fichue école, pour te voir mourir dans une guerre imbécile ! s'était écrié Dominic.

Quant à Ketchum, il avait menacé de venir lui trancher quelques doigts de la main droite.

– Et peut-être même toute la main, merde alors ! avait-il tonné, les couilles en voie de congélation dans une cabine téléphonique, dieu sait où.

Les deux hommes avaient promis à la mère de Dan qu'ils ne le laisseraient jamais partir à la guerre. Ketchum déclara qu'il allait lui opérer la main, ou peut-être juste les doigts, avec son Browning à lame de trente centimètres, affûté comme un rasoir. Ou alors il mettrait une cartouche à balles dans son calibre 12, et viendrait lui tirer dans le genou à bout portant.

Daniel Baciagalupo allait donc, à tout prendre, accepter la proposition de Katie.

– Vas-y, mets-moi en cloque ; je t'épouse, je te fais ton petit ; mais ne compte pas sur moi pour rester. Je suis la femme de personne, et je ne suis pas du bois dont on fait les mères, mais mettre un bébé au monde, je peux. C'est pour la bonne cause, pour ne pas allonger la liste des victimes de cette guerre de merde. En plus tu dis que tu veux être écrivain ! Ben faut rester vivant, si tu veux y arriver, espèce de taré !

Il ne pourrait pas dire qu'elle l'avait trompé. Elle avait annoncé la couleur d'emblée. Ils s'étaient rencontrés en se déshabillant au vestiaire, pour poser.

– Comment tu t'appelles ? lui avait-elle demandé, et qu'est-ce que tu veux faire plus tard ?

– Écrivain, lui répondit-il avant même d'avoir décliné son identité.

– Si tu te crois capable de vivre sans écrire, alors n'écris pas, avait dit Katie Callahan.

– Comment ça ?

– C'est de Rilke, taré ! Si tu veux devenir écrivain, t'as intérêt à le lire, putain.

À présent, elle le quittait parce qu'elle venait de rencontrer « un autre imbécile qui pense devoir partir au Vietnam, pour voir comment ça se passe, merde ! » (*sic*). Elle se proposait donc de se faire engrosser par lui, après quoi elle finirait par le quitter aussi, « jusqu'à la fin de cette guerre de merde ».

À terme, le temps lui manquerait : mathématiquement parlant, elle ne pouvait sauver de la conscription qu'un nombre limité de soldats. Les jeunes pères comme Danny Baciagalupo, on les appelait les « pères Kennedy ». En mars 1963, le président avait en effet passé un décret étendant les sursis pour paternité. La mesure n'aurait qu'un temps, mais l'écrivain en bénéficia. Il était passé du statut 2-S, sursitaire pour études, au statut 3-A, soutien de famille, accordé aux pères entretenant une relation réelle avec leurs enfants. En somme, avoir un enfant pouvait vous épargner la guerre ; par la suite, certains enfoirés allaient refermer ce portillon, mais Danny l'aurait déjà passé. La stratégie allait-elle fonctionner pour l'« imbécile » qu'elle venait de rencontrer ? À l'époque, Katie elle-même n'aurait su le dire. Qu'elle réussisse ou pas à faire un bébé pour le compte du nouveau soldat en puissance et quel que soit le nombre de bébés qu'elle pourrait faire au service de cette noble cause, elle partait, voilà tout.

– Je voudrais être sûr d'avoir tout bien compris (tels furent plus ou moins les derniers mots de Danny à sa femme, qui n'avait jamais été très épouse, et ne se disposait nullement à assumer son rôle de mère).

– Legosse a deux ans, si je reste, il va se souvenir de moi. (Elle ne l'appelait jamais autrement que « Legosse ».)

– Il a un nom, il s'appelle Joe, avait dit Danny, ajoutant alors : Je voudrais être sûr de bien comprendre. Tu n'es pas seulement pacifiste, tu es une nana d'extrême gauche spécialisée dans la ponte en série pour les gars qui veulent éviter la conscription. C'est ça ?

– Mets-le noir sur blanc, taré. Ça sonnera peut-être mieux, dans ta prose.

Ketchum et son père le lui avaient bien dit, Ketchum en ces termes : « Au fond, je devrais peut-être te couper un doigt ou deux, tu serais plus peinard, à long terme, tu souffrirais moins. Juste le doigt qui appuie sur la détente, tiens, tu seras plus bon pour le service, je présume, si tu peux plus manier la gâchette. »

Quant à Dominic, c'était bien simple, il avait pris Katie en grippe sur photo.

– Qu'est-ce qu'elle est maigre ! Ça lui arrive de manger ? (Il peut parler, songeait Danny. Lui et son père, gros mangeurs, étaient maigres l'un comme l'autre.) Ils sont vraiment de ce bleu-là, ses yeux ?

– Ils sont même encore plus bleus en vrai.

Qu'est-ce que c'est que cette fascination pour les femmes fluettes ? s'était demandé Dominic, au souvenir de sa presque-cousine Rosie. Son cher Daniel avait-il succombé au charme d'une de ces femmes-enfants à la fragilité trompeuse ? Cette simple photo qu'il venait de lui montrer évoquait l'éternelle petite fille que certains hommes se croient obligés de protéger. Or Katie n'avait nul besoin de protection, et nulle envie non plus.

Le jour où il l'avait rencontrée, Dominic avait été incapable de la regarder. Il avait eu la même attitude qu'avec Filomena, la tante de Danny. « Je n'aurais jamais dû te montrer les photos de ta mère », conclut-il quand son fils lui annonça qu'il épousait Katie.

Il aurait sans doute fallu que j'épouse une bonne grosse sympa, se surprit à penser Danny, au lieu d'avancer dans le chapitre en cours.

La guerre du Vietnam avait traîné en longueur, tant et plus. Nixon s'était fait élire président en 1968 sur la promesse d'y mettre un terme, et elle allait continuer jusqu'en 1975. Le 23 avril 1970, il faisait passer un nouveau décret, révoquant le statut 3-A des pères d'enfants nés à partir de cette date. C'est ainsi que, cinq ans plus tard, on comptait 23 763 morts de plus parmi les soldats américains. Daniel Baciagalupo finit par comprendre qu'il devait la vie à Katie Callahan.

« C'était peut-être une pondeuse en série pour les gars qui voulaient éviter la conscription, écrivit Ketchum à Danny, n'empêche qu'elle t'a sauvé la peau, y a pas à dire, et moi, je rigolais pas en te promettant de te couper la main droite, ou tout du moins un doigt ou deux, plutôt que de te voir te faire sauter les couilles, si elle t'avait pas sauvé. »

Mais en cette nuit d'avril 1967, où il s'évertuait à écrire dans une ville sous la pluie, il préférait penser que c'était Joe, « Legosse », qui l'avait sauvé.

Personne ne pouvait sauver Katie, sans doute. Bien des années plus tard, Daniel Baciagalupo lirait *Prime Green : Remembering the Sixties*, mémoires du romancier Robert Stone : « Vers le milieu des années soixante, la vie avait tant donné à l'Amérique que nous étions en quelque sorte ivres de tous les possibles. Les choses allaient si vite que nous en étions dépossédés avant même de les avoir définies. Ceux d'entre nous pour qui le changement était un tel enjeu, ceux qui lui dédièrent leur vie, furent sans doute ceux qui se leurrèrent le plus. »

Cette analyse s'appliquait sûrement très bien à Katie Callahan, pensait Danny en lisant ce passage. Mais le livre avait été écrit trop tard pour la sauver ; elle ne cherchait pas à se faire protéger, on ne pouvait rien pour elle mais, outre son physique de luronne en socquettes, ce qui faisait sa séduction, ce qui la rendait si désirable à ses yeux, c'était qu'elle était renégate. Et puis elle avait cette fébrilité de la femme infidèle : imprévisible, à l'autre comme à elle-même.

– Assieds-toi, Michael, assieds-toi, et mange oun po, l'avait pressé le vieux Polcari.

Mais l'Irlandais était trop agité, trop survolté pour avaler une bouchée. Il but une bière, et puis un verre de rouge ou deux. Le pauvre, se disait Danny, il ne peut plus regarder Carmella sans imaginer la touffe de poils en forme d'as de pique, de barbichette de faune, sous son aisselle gauche. Et quand Dominic se dirigea vers la cuisine en claudiquant pour aller lui chercher une tranche de son pâté favori, l'écrivain en devenir vit que son professeur le suivait d'un œil médusé. (C'était peut-être l'œuvre d'un ours, après tout ! Et peut-être qu'elle avait bel et bien existé, cette Indienne éléphantesque avec ses cheveux jusqu'au bas du dos.)

M. Leary s'était rendu coupable d'un mensonge de plus dans sa lettre à Exeter. N'avait-il pas prétendu que, contrairement à ses compatriotes, Danny n'était pas enclin à l'exagération ? Pour s'en tenir à la sphère littéraire, il était au contraire le romancier de toutes les outrances. Et en écrivant son chapitre, dans la nuit pluvieuse d'Iowa City, il n'avait pas cessé de l'être, ni par ailleurs, d'être un peu amoureux de Katie Callahan. (Il commençait à sonder la signification de l'expression « des yeux d'un bleu à mourir ».)

Qu'est-ce qu'elle disait, déjà, cette chanson de Johnny Cash qu'il avait entendue six ou sept ans auparavant ?

Ces yeux bleus-là, jamais pu m'en remettre
Je les vois partout.

Il ne faut pas que je me laisse distraire, songea Danny, comme s'il était résolu à se détacher physiquement de cette soirée au Vicino a Napoli avec son cher M. Leary pour prendre le recul nécessaire à l'écriture.

Le professeur avait dû descendre un troisième puis un quatrième verre de rouge et liquider les trois quarts du pâté avant de trouver le courage de sortir de sa poche l'enveloppe gris perle à en-tête rouge vif ; en face de lui à table, Danny avait reconnu l'origine du pli, il identifiait les couleurs de l'école d'Exeter. « Et puis c'est une école non mixte, Dominic », l'entendait encore faire valoir l'écrivain. Ce disant, il désignait d'un signe de tête la jolie cousine, Elena Calogero, et son amie déjà blette, Teresa Di Mattia. Elles s'empressaient autour de Danny dès qu'il enfilait son uniforme, à la cuisine. « Hé les filles, laissez-lui un peu d'intimité », leur disait Tony Molinari, mais elles le vampaient avec persévérance. Outre les instances du vieux professeur, peut-être leur attitude contribua-t-elle à ce que son père accepte de le laisser partir à Exeter.

Le plus difficile à rendre, justement, c'était l'image de son père, larmes aux yeux, en train de lui dire : « Eh bien, Daniel, si c'est comme le dit Michael une bonne école, et si tu veux vraiment y aller, euh, Carmella et moi, on viendra te voir de temps en temps, et puis tu rentreras à Boston le week-end, de temps en temps. » Sa voix s'était brisée sur le « de temps en temps », se souvenait Danny dans la nuit pluvieuse où il s'évertuait à écrire son chapitre.

Il se souvenait de s'être précipité au fond des cuisines, pour que son père ne le voie pas pleurer. Carmella était déjà en larmes, mais chez elle, c'était chronique. Il en avait profité pour mouiller une serviette, et, à l'insu de son professeur, profitant de son goût immodéré pour le vin rouge, il avait effacé le O tracé à la craie sur son trench-coat. Facile. Le reste de la soirée ne s'était pas effacé aussi vite de sa mémoire.

Plus tard, la nuit même, une fois couché dans l'appartement de Wesley Place, il avait entendu pleurer son père ; il pleurait à chaudes larmes, et Carmella pleurait à l'unisson tout en s'efforçant de le consoler.

À la fin, Dan avait cogné à la cloison.

– Je vous aime ! Je viendrai vous voir souvent, tous les week-ends, si je peux.

– Moi je t'aime, avait lancé son père entre ses sanglots.

– Moi aussi, je t'aime, avait dit Carmella, à travers la cloison.

Allez écrire une scène pareille ! Il ne s'en sortirait jamais, se dit-il.

Le chapitre « Partir au lycée » faisait partie du deuxième roman de Danny Baciagalupo, vingt-cinq ans. Il avait achevé son premier au bout de la première année à l'Atelier, puis il avait passé le plus clair de sa deuxième et de sa troisième année à le réviser. En licence, il avait eu la chance qu'un écrivain en résidence au département d'anglais lui présente un agent littéraire. Son premier roman avait été accepté par le premier éditeur auquel il avait été envoyé ; il lui faudrait plusieurs années pour mesurer la chance qu'il avait eue. Il était peut-être le seul de sa promotion dans ce cas. Certains l'enviaient, mais de toute façon, il avait peu d'amis parmi ses camarades, faisant partie des rares hommes mariés, qu'on ne voyait guère aux soirées étudiantes.

Il avait écrit à Ketchum pour lui parler du livre, espérant que le bûcheron serait parmi ses premiers lecteurs. La publication était prévue pour décembre 1967, voire pour le Nouvel An, et quoique l'intrigue se passât dans le New Hampshire, il lui avait assuré que ni lui ni son père ne s'y retrouveraient. « Ce n'est pas un roman sur vous, ni sur moi, je ne suis pas prêt à écrire ça », leur avait-il dit.

– Pas d'Angel, alors, pas de Jane ? avait demandé Ketchum surpris, déçu, peut-être.

– C'est pas autobiographique, avait résumé Danny, ce qui était vrai.

M. Leary aurait peut-être qualifié l'œuvre d'un peu « décalée », s'il l'avait lue, mais le cher homme n'était plus de ce monde. En repensant au soir de la lettre, Danny se souvint que le vieux Giusé Polcari était mort, lui aussi. Le restaurant lui-même avait déménagé deux fois, s'installant tout d'abord sur Fleet Street, puis sur North Square, où il était resté. Tony Molinari et Paul Polcari se relayaient au poste de maître d'hôtel, ce qui les changeait de la cuisine. À cause de sa jambe, Dominic ne pouvait guère occuper cette fonction, mais il remplaçait les deux chefs aux fourneaux, et il lui arrivait aussi de remplacer le pizzaïolo quand c'était Paul Polcari qui partait en salle. Aujourd'hui comme hier, Carmella était la serveuse la plus appréciée ; elle prenait toujours deux jeunes filles avec elle pour leur apprendre le métier.

Les étés, à son retour d'Exeter puis de l'université du New Hampshire, Danny travaillait comme serveur au Vicino a Napoli. Il faisait même le pizzaïolo quand Paul ou Dominic avaient besoin de leur soirée. En somme, s'il n'était pas devenu écrivain, il aurait pu être cuisinier. En cette nuit pluvieuse de printemps sur Iowa City, alors que son second roman peinait à démarrer, et que le premier restait à publier, il avait le moral assez bas pour songer qu'il pourrait fort bien *finir* cuisinier. En cas de fiasco littéraire, du moins savait-il faire la cuisine.

Pour l'année universitaire à venir, il avait déjà un poste ; il enseignerait la création littéraire et donnerait quelques cours d'anglais dans une petite fac des sciences humaines du Vermont. Il n'avait jamais entendu parler de cette fac avant d'y faire acte de candidature, mais avec un premier roman publié chez Random House, et un diplôme de fin d'études obtenu dans une université prestigieuse, il allait pouvoir enseigner en faculté. Il était heureux de retourner en Nouvelle-Angleterre. Son père lui avait manqué, ainsi que Carmella, et puis, qui sait, il verrait peut-être Ketchum un peu plus. Il ne l'avait vu qu'une seule fois depuis ce terrible dimanche d'avril où il s'était enfui de Twisted River en compagnie de son père.

Ketchum était venu le voir à Durham, au début de sa première année. Il avait dans les quarante-cinq ans, et il était entré dans sa chambre au foyer en lui annonçant sur un ton bourru :

– Ton père me dit que t'as jamais appris à conduire sur une vraie route ?

– On n'avait pas de voiture, à Boston, on a vendu la Chieftain dès la première semaine, et dans une école comme Exeter, on ne te laisse pas le temps de prendre des leçons de conduite, expliqua Danny.

– Immaculée Constipation ! Un étudiant qui est pas foutu de passer le permis, moi je veux même pas le fréquenter.

Ketchum lui apprit donc à conduire son vieux pick-up. Ces leçons étaient rudes pour un jeune homme qui n'avait jamais conduit qu'avec transmission automatique, et sur des chemins de charriage, dans les environs de Twisted River. Toute la semaine, les dix jours, plutôt, que Ketchum passa à Durham, il vécut dans son pick-up « comme au bon temps des wanigans », disait-il. Les contractuels de l'université lui infligèrent deux amendes alors même qu'il dormait à l'arrière de son véhicule.

– T'as qu'à les payer, dit-il en lui tendant les contraventions. Les leçons, je te les donne gratuitement.

Danny était malheureux de ne l'avoir vu qu'une fois en sept ans, et voilà qu'il venait de nouveau de s'écouler six ans.

Comment ne jamais voir quelqu'un qui compte autant pour soi ? se demandait Danny pendant cette pluie de printemps. Chose plus curieuse encore, son père ne l'avait pas revu une seule fois au cours de ces treize ans. Qu'est-ce qu'ils avaient, ces deux-là ? Mais Danny n'y pensait qu'à moitié ; il était embourbé dans ce chapitre qui partait de travers.

Le jeune écrivain était passé au jour où sa famille avait rencontré M. Carlisle, chargé de l'attribution des bourses à Exeter. Une fois de plus, la scène se déroulait au Vicino a Napoli. Il se peut que Danny ait dû une fière chandelle à Carmella, car M. Carlisle n'avait jamais vu un pareil spécimen de femme (à Exeter, New Hampshire, le phénomène était inconnu !). Touché au cœur, il se dit peut-être que si le petit Baciagalupo n'entrait pas à Exeter, il risquait fort de ne jamais la revoir.

À son grand désespoir, elle n'avait pas accompagné Danny lors de sa première visite à l'école. Dominic non plus. Ils auraient eu du mal. À Boston, le 17 mars, on ne fêtait pas que la Saint-Patrick (tous les ans, les jeunes Irlandais en train de vomir une bière verte dans les rues faisaient honte à M. Leary). C'était aussi Evacuation Day, un événement à North End parce que, en 1774 ou 1775, Danny ne se rappelait jamais au juste – en fait c'était en 1776 –, on avait posté l'artillerie sur les cimetières de Copps Hill pour escorter les navires britanniques quittant le port. Le 17 mars, donc, les jeunes Bostoniens n'avaient pas classe, de même que pour Bunker Hill Day.

Cette année-là, en 1957, Bunker Hill Day tombait un dimanche. L'école avait donné le lundi, de sorte que c'était M. Leary qui avait accompagné Danny en train à Exeter. (Ces jours-là, ni Dominic ni Carmella ne pouvaient quitter le restaurant.) Les pensées vagabondes de l'écrivain venaient de faire ce saut dans le temps ; il était donc avec M. Leary, pour découvrir la vénérable institution. M. Carlisle les avait accueillis avec chaleur, mais il avait dû être cruellement déçu de ne pas voir Carmella.

Danny avait promis de rentrer chez lui très souvent, tous les week-ends s'il pouvait, mais il n'avait pas tenu parole. Il rentrait rarement à Boston, deux fois par trimestre tout au plus, encore allait-il retrouver ses amis d'Exeter le samedi soir, à Scollay Square, en général pour voir les stripteaseuses du Old Howard. Il fallait mentir sur son âge, mais les boîtes n'étaient pas pointilleuses ; en général, on laissait entrer les jeunes gens, pourvu qu'ils ne manquent pas de respect aux dames. C'est ainsi qu'un soir, au Old Howard, il rencontra son ancien professeur d'anglais. Ce fut un triste soir. Pour M. Leary, qui adorait le latin, cette rencontre avec son élève fétiche s'inscrirait à la rubrique *errare humanum est*. Allons bon, voilà que Danny anticipait encore ! Il faudrait pourtant bien qu'il raconte cette malencontreuse nuit, d'une manière ou d'une autre.

Son premier roman était dédié à son professeur. Connaissant son amour du latin, il le lui avait dédicacé en ces termes :

MICHAEL LEARY
in memoriam

C'était lui qui lui avait appris la formule *in medias res*, parce que ses récits commençaient souvent au beau milieu de l'histoire, sans suivre l'ordre chronologique des événements, ce que M. Leary appréciait en tant que lecteur.

– Comment ça s'appelle, ça porte un nom ? lui avait demandé le jeune homme en toute innocence.

– Ça s'appelle « commencer *in medias res* », littéralement au milieu des choses, en pleine action.

En somme, songeait Daniel Baciagalupo, la formule décrit assez bien ma situation actuelle. Il avait un fils de deux ans, à qui, allez savoir pourquoi, il n'avait pas donné le nom de son père ; il avait perdu sa femme, sans avoir encore rencontré la suivante ; il était aux prises avec son second roman quand le premier restait à paraître, et il allait retourner en Nouvelle-Angleterre, prendre un emploi – pour la première fois sans lien aucun avec la cuisine et les fourneaux. Si ça n'était pas du *medias res*…

Et pour continuer dans la veine latine, lorsqu'il s'était rendu à Exeter pour la première fois, c'était avec M. Leary, *in loco parentis*, en lieu et place de son père.

Peut-être était-ce la raison de cette dédicace.

– Tu l'as pas dédié à ton père ? avait demandé Ketchum. (Carmella lui poserait la même question.)

– Le prochain, peut-être, avait-il répondu à l'un comme à l'autre.

Son père n'avait fait aucun commentaire sur la dédicace à M. Leary.

Danny quitta son bureau pour voir la pluie ruisseler sur les vitres, à Iowa City. Ensuite, il alla regarder dormir Joe. Au train où il avançait, il aurait bien pu se coucher tout de suite, se disait-il, mais c'était un couche-tard ; comme son père, il avait cessé de boire ; c'était Katie qui l'avait guéri de cette habitude, mais il n'avait aucune envie d'évoquer cet épisode une nuit où il n'arrivait pas à écrire. Il se surprit à désirer que Ketchum téléphone. N'avait-il pas annoncé qu'il leur faudrait parler, d'ailleurs ?

Chaque fois qu'il l'appelait depuis ces cabines du bout du monde, Danny avait l'impression que le temps s'arrêtait ; chaque fois que le bûcheron donnait de ses nouvelles, il n'avait plus vingt-cinq ans mais douze, et il revivait leur départ en catastrophe.

Un jour, force lui serait de reconnaître, en tant qu'écrivain, la vérité suivante : ce n'était pas par hasard que Ketchum avait bel et bien appelé en cette nuit pluvieuse d'avril. Selon son habitude, il téléphonait en PCV. Danny avait accepté la communication.

– Putain de saison de la boue, et toi, comment ça va, bon sang ?

– Tu t'es mis à taper à la machine, à présent ? Ta belle écriture va me manquer.

– Ça a jamais été mon écriture. C'était Pam Pack de Six qui écrivait toutes mes lettres.

– Pourquoi ?

– Je sais pas écrire. Je sais pas lire non plus. C'était Pack de Six qui me lisait toutes tes lettres, et celles de ton père.

Ce fut un effondrement pour Danny Baciagalupo ; il mettait le choc sur le même plan que la désertion de sa femme, mais il aurait des conséquences plus graves, il le comprendrait plus tard. Il se remémora toutes les fois où il s'était épanché auprès de Ketchum, tout ce qu'il lui avait écrit, sans compter ce que Ketchum lui-même avait dû confier à cette femme, puisque bien sûr, c'était elle qui avait répondu en son nom. Ça voulait dire qu'elle savait TOUT !

– Je croyais que Maman t'avait appris à lire…

– En fait, non. Désolé, Danny.

– Et alors, Pam s'est mise à taper à la machine ? (Il avait beaucoup de mal à l'imaginer ; en plus, pas une seule faute de frappe dans les lettres que son père et lui recevaient.)

– C'est-à-dire… j'ai rencontré une dame, à la bibliothèque, en fait, elle est institutrice, alors elle me tape mes lettres.

– Et Pack de Six, alors, elle est où ?

– Ben, voilà, justement, c'est le problème. Elle a repris sa route, Pack de Six, tu sais ce que c'est…

Ketchum savait tout des circonstances du départ de Katie, il n'y avait plus rien à ajouter.

– Pack de Six t'a quitté.

– C'est pas le plus grave. Je m'étonne pas qu'elle m'ait quitté, je m'étonnerais plutôt qu'elle soit restée si longtemps, mais ce qui m'étonne le plus, c'est qu'elle se soit mise avec le Cow-boy. Et ça, c'est plus grave.

Danny et son père savaient l'un comme l'autre que Carl n'était plus constable, ils savaient également que la ville de Twisted River n'existait plus, ayant brûlé de fond en comble à une époque où elle n'était déjà plus que l'ombre d'elle-même, et le Cow-boy était devenu shérif adjoint du comté de Coos.

– Tu es en train de me dire qu'elle va tout lui raconter ?

– Pas tout de suite. Elle a pas de raison de me faire une crasse, on s'est quittés plutôt bons amis, et elle voudrait pas vous attirer des ennuis, à ton père et à toi, que je sache. Mais elle va balancer le jour où il la battra, et il la battra, ou bien le jour où il la jettera à la rue. Parce qu'il va pas la garder longtemps. Ça fait une tirée que tu l'as pas vue, Pack de Six, mais elle s'est salement fanée.

Daniel Baciagalupo se livra à un bref calcul ; Ketchum et Pack de Six étaient du même âge ; ils avaient exactement l'âge de Carl, aussi. Ça leur faisait cinquante ans. Il se figurait facilement que Pack de Six avait dû « salement se faner », et que, par conséquent, il la jetterait à la rue tôt ou tard. Quant à la battre, il n'y manquerait pas, même s'il avait cessé de boire, lui aussi.

– Explique-toi, dit-il à Ketchum.

– Le jour où il va la maltraiter, elle lui racontera tout, tu comprends pas ? Ce sera sa seule manière de lui nuire. Depuis toutes ces années, il se pose des questions sur toi et ton père ; il croit que c'est lui qui a tué Jane, seulement il arrive pas à s'en rappeler. Honnêtement, je crois que ça le rend dingue. Il croit qu'il l'a tuée, mais il en a aucun souvenir.

S'il avait eu meilleur fond, Carl aurait pu apprendre avec soulagement qu'il n'y était pour rien. Et si Pack de Six avait eu la vie plus douce, peut-être qu'elle n'aurait pas été tentée d'utiliser comme une arme ce qu'elle savait de la situation ; à la rigueur, elle aurait pu cracher le morceau involontairement, ou pendant qu'il la battait. Mais Ketchum ne comptait guère que le Cow-boy trouve en lui des trésors de bonté, quant à la vie que Pack de Six avait menée, il était bien placé pour la connaître, ayant mené la même – une garce de vie. Le Cow-boy s'était rendu fou, en effet, mais pas fou de remords, son meurtre supposé ne lui inspirait pas la moindre culpabilité, il ne risquait pas d'en perdre la tête. Ketchum avait raison, ce qui le rendait dingue, c'était de ne pas se souvenir du meurtre : il en aurait tiré plaisir.

C'était à cause de ce trou de mémoire qu'il avait cessé de boire. Des années auparavant, quand Ketchum leur avait raconté que le comté de Coos avait un « nouveau buveur d'eau », père et fils en avaient hurlé de rire.

– Il faut que le Cuistot quitte Boston, pour commencer, reprit Ketchum ; et puis il faut qu'il largue ce nom, Del Popolo. Je vais lui dire, mais il faut que tu lui dises aussi, parce que moi, il m'écoute pas toujours.

– Alors d'après toi, Pam va tout lui raconter, au Cow-boy, c'est inévitable ?

– Aussi inévitable que le fait qu'il va la cogner un jour.

– Seigneur ! s'écria Danny subitement, qu'est-ce que vous faisiez, Maman et toi, pendant qu'elle était censée t'apprendre à lire ?

– Parle à ton père, Danny, c'est pas à moi de te le dire.

– Tu couchais avec elle.

– Parle à ton père, Danny, *je t'en prie*, répéta Ketchum. (Danny ne se souvenait pas de l'avoir jamais entendu employer cette formule.)

– Il le sait, mon père, que tu couchais avec elle ?

– Immaculée Constipation, beugla Ketchum au bout du fil, pourquoi tu crois qu'il m'aurait explosé la tête avec cette foutue poêle, sinon ?

– Quoi, qu'est-ce que tu viens de dire ?

– J'ai bu, fais pas attention.

– Mais je croyais que c'était le Cow-boy qui t'avait ouvert la tête d'un coup de Colt 45.

– Bon dieu, si le Cow-boy m'avait ouvert le crâne, je l'aurais buté, moi ! tonna Ketchum.

Aussitôt, Danny comprit que c'était vrai ; Ketchum n'aurait jamais accepté de se faire éclater la caboche, sauf par Dominic.

– J'avais vu de la lumière à la cantine, commença Ketchum avec une lassitude subite. Ton père et ta mère étaient encore là à causer, et à boire, même, de ce temps-là. Je suis entré dans la cuisine par la porte-moustiquaire, je pouvais pas deviner que c'était le soir qu'elle avait choisi pour tout lui raconter.

– Je comprends.

– Non, tu comprends pas tout. Parle à ton père.

– Et Jane, elle était au courant ?

– Elle savait tout, l'Indienne, tu parles !

– Ketchum, est-ce que mon père le sait que tu as jamais appris à lire ?

– J'essaye d'apprendre, en ce moment, dit Ketchum, sur la défensive. Je crois que cette dame qui est maîtresse d'école, elle va m'apprendre, elle m'a dit qu'elle voulait bien.

– Il le sait, papa, que tu sais pas lire ?

– Je me dis qu'il va falloir qu'on lui dise, toi ou moi. Il doit bien se figurer que Rosie m'a quand même appris quelque chose.

– Alors c'est pour ça que tu appelles, c'est pour ça que dans ta lettre tu disais qu'il y avait « du nouveau » ?

– J'en reviens pas que t'aies pu avaler une connerie pareille, l'histoire de ce putain d'ours.

L'histoire avait pourtant réussi à se glisser, *avec un certain décalage*, dans son premier roman. Mais bien sûr, dans la réalité, ça n'était pas un ours qui s'était introduit dans la cuisine, c'était Ketchum. Et si cette histoire d'ours n'avait pas été implantée dans son cerveau et dans son cœur, il n'aurait peut-être pas tendu la main vers la fameuse poêle en fonte ; il n'aurait peut-être jamais imaginé que les bruits émis par Jane et son père dans leur étreinte étaient ceux d'un humain mis en charpie par un ours. Et alors, qui sait s'il aurait tué Jane ?

– En somme, il n'y a jamais eu d'ours…

– Bon dieu, des ours, y en a bien eu trois mille, dans le nord du New Hampshire, à une époque, j'en ai vu des tas, moi, d'ours. J'en ai même tué, tiens, seulement s'il y en avait eu un qui soit passé par la porte, la meilleure tactique pour ton père et Rosie, ça aurait été de s'esquiver par la salle à manger, sans courir, note bien, et sans tourner le dos à la bête, mais en continuant de la regarder dans les yeux, au contraire, en reculant très très lentement. Faudrait vraiment être le dernier des crétins pour coller un coup de poêle à frire sur la truffe d'un ours !

– J'aurais jamais dû mettre ça dans mon livre, regretta Danny.

– Euh, à propos de livre, je voulais te parler d'un autre problème…

– Seigneur ! T'as beaucoup bu ?

– Plus ça va plus tu parles comme ton père. Non, je voulais dire, tu vas publier un livre, hein ? Tu as réfléchi aux conséquences si jamais ça devenait un best-seller ? Imagine que tu aies du succès, que tu aies ton nom et ta photo dans les journaux, les magazines, que tu passes à la télé, tiens…

– Penses-tu, c'est un premier roman, tirage modeste, pas beaucoup de publicité. C'est un roman littéraire, enfin j'espère. Il est hautement improbable que ça fasse un best-seller.

– Réfléchis quand même. Tout est possible, hein ? Les écrivains peuvent avoir un coup de chance, comme tout le monde, ou un coup de malchance d'ailleurs.

Cette fois, Danny vit la question venir, plus vite que le jour où M. Leary lui avait fait cette « suggestion hardie » dans sa classe. Le choix du pseudo revenait sur le tapis. Ketchum le leur avait déjà suggéré sous une autre forme, à son père et à lui, et voilà qu'il proposait que Dominic abandonne son nouveau nom de Del Popolo.

– Danny, t'es toujours là ? Comment on appelle ça, déjà ? Quand un écrivain se choisit un nom qui n'est pas son nom de famille ? C'est ce qu'a fait George Eliot, non ?

– Ça s'appelle un pseudonyme. Dis donc au fait, comment tu l'as rencontrée, cette instit à la bibliothèque, toi qui sais pas lire ?

– Quand même, je sais lire le nom des auteurs et les titres, répliqua Ketchum indigné. J'arrive à emprunter des bouquins pour qu'on me fasse la lecture !

– Ah ! constata Danny.

C'était sans doute ce qu'il avait fait avec Rosie, au lieu d'apprendre à lire. Qu'est-ce qu'il avait dit à Dominic, déjà : il se faisait faire la lecture en guise de préliminaires… ? En fait, c'était Dominic qui employait le mot, et qui avait rapporté ce détail piquant à Danny.

– Un pseudonyme, répéta Ketchum, pensif, il me semble qu'il y a une expression française.

– Un *nom de plume**.

– C'est ça ! Un *nom de plume**. Voilà, c'est ce qu'il te faut, histoire d'être tranquille, c'est tout.

– Tu n'en aurais pas à me proposer, par hasard ?

– C'est toi l'écrivain, c'est ton boulot. Cela dit, Daniel Ketchum, ça sonne bien pour un écrivain, ça fait terroir.

– Je vais y réfléchir.

– Je suis sûr que tu pourras trouver mieux.

– Dis-moi encore… Si ma mère ne s'était pas noyée dans la rivière, cette nuit-là, lequel de vous deux elle aurait lâché ? Toi ou Papa ? Je peux quand même pas aborder cette question avec lui.

– Eh merde, je t'ai entendu dire que ta femme était une âme libre. Ta Katie, c'était une sans-foi-ni-loi, une gauchiste, une pute anar sans cœur, Danny, tu aurais dû te méfier. Mais Rosie, oui, c'était une âme libre. Elle nous aurait pas lâchés, ni l'un ni l'autre, jamais ! Ta mère, c'était une âme libre, des comme elle, vous autres les jeunes, vous en avez jamais vu. Merde alors, des fois tu poses des questions tellement cons, j'ai l'impression d'entendre un étudiant qu'est pas foutu de conduire, ou de t'entendre quand t'avais douze ans, et que Jane et ton père t'auraient fait avaler n'importe quoi. Va parler à ton père, je te dis.

Déclic, tonalité ; Ketchum avait raccroché, abandonnant le jeune écrivain à ses pensées.

6
In medias res

Dans leur appartement de Wesley Place, au mépris de toute logique, le téléphone était du côté de Carmella, sur la table de nuit. Durant toutes les années où Danny était en pension, puis à la fac, le cuisinier, qui pensait sans cesse à lui, voulait pouvoir répondre si le téléphone sonnait – en espérant avoir son fils au bout du fil plutôt qu'apprendre une nouvelle effroyable le concernant. (Le plus souvent, en fait, c'était Ketchum.)

Carmella avait demandé à Danny d'appeler plus fréquemment (« Notre seule raison d'avoir le téléphone, c'est toi, selon ton père »), et il se l'était tenu pour dit.

– Il ne vaudrait pas mieux que l'appareil soit de mon côté ? avait demandé Dominic. C'est vrai, tu n'es pas obligée de vouloir parler à Ketchum et si c'est Daniel, ou au pire, de mauvaises nouvelles de Daniel…

Carmella ne l'avait pas laissé finir :

– Si c'est de mauvaises nouvelles de Daniel, je veux être la première à les entendre, comme ça je pourrai te les annoncer en passant mon bras autour de ton épaule, comme tu l'as fait pour moi.

– C'est de la folie, Carmella, avait répondu le cuisinier.

Mais, de fait, le téléphone était resté du côté de Carmella. Chaque fois que Ketchum appelait en PCV, elle acceptait la communication, en ajoutant souvent : « Bonjour, M. Ketchum. Alors, quand est-ce que je vous rencontre ? J'aimerais bien faire votre connaissance, un de ces jours. » (Ketchum n'étant pas très causant – avec elle, du moins –, elle ne tardait pas à passer l'appareil à Dominic, « Gamba », comme elle le surnommait affectueusement.)

Mais, en ce printemps 1967, ils avaient appris la déroute du mariage malencontreux de Danny (quelle femme odieuse, il méritait mieux, leur chéri) et les appels en PCV émanant du Nord s'étaient multipliés, le plus souvent à propos de la menace du flic. C'est alors que Ketchum avait affolé Carmella. Volontairement sans doute, se dirait plus tard Dominic. Elle venait de lui faire son accueil habituel avant de lui passer Dominic, lorsqu'il lui avait lancé :

– Je suis pas sûr qu'il faille que vous fassiez ma connaissance, ça serait pas bon signe, vu les circonstances.

Carmella en avait eu froid dans le dos. Elle avait connu sa part de tracas ce printemps-là, et voilà que M. Ketchum lui fichait la frousse. Elle était soulagée que Katie ait quitté Danny, et elle aurait bien voulu que l'intéressé partage son soulagement ; car c'est une chose de quitter son compagnon, ça, elle pouvait le comprendre, mais c'est péché pour une mère d'abandonner son enfant. Carmella était soulagée que Katie soit partie, elle aurait fait une piètre mère. De toute façon, ils l'avaient prise en grippe d'emblée, elle et Dominic ; des clients comme elle, ils en avaient vu passer au Vicino a Napoli.

– Elle le porte sur elle, qu'elle est pourrie de fric, avait dit Carmella au cuisinier.

– Ce qu'elle porte sur elle, ça n'est rien, par rapport à ce qui est dessous, avait commenté celui-ci.

Il voulait dire par là que l'argent de sa famille lui procurait un filet de sécurité ; elle pouvait faire tout ce qui lui passait par la tête, si elle se cassait la figure, la chute ne serait pas fatale. Dominic était convaincu, tout comme Ketchum, que sa prétendue liberté d'esprit n'était qu'une imposture. Danny n'avait pas compris son père, croyant qu'il avait pris Katie en grippe parce qu'elle ressemblait physiquement à Rosie, son infidèle épouse. Mais là n'était pas tellement la question, pour Dominic et Ketchum. C'était plutôt ce qui la séparait de Rosie qui les dérangeait.

Katie n'était qu'une bourgeoise ayant renié sa classe tout en restant calée sur un coussin de fric. « Une aventurière du sexe », disait Ketchum, alors que Rosie avait aimé un jeune homme et un homme fait. Elle s'était laissé piéger parce qu'elle les aimait l'un et l'autre d'un amour sincère ; ce qui faisait qu'ils s'étaient laissé piéger, eux aussi. Au contraire, cette pute de Callahan baisait à droite à gauche, et pis encore, avec ses grandes théories politiques, elle se croyait au-dessus de contingences futiles comme le mariage et la maternité.

Dominic était peiné que Danny mette sa mère et cette créature sans foi ni loi sur le même plan, Carmella le savait. Il s'était évertué à lui expliquer leur ménage à trois, mais elle avouait qu'elle ne comprenait guère mieux la chose que Danny. Elle comprenait qu'un accident ait pu se produire, mais pas que la situation ait pu se prolonger. Ça échappait à Danny, aussi. Carmella reprochait à son cher Gamba de ne pas avoir dit plus tôt la vérité à son fils, qui était assez grand pour la connaître, et depuis longtemps. Et il aurait mieux valu qu'il la tienne de son père, au lieu de l'entendre surgir inopinément lors de cette conversation avec M. Ketchum.

C'était elle qui avait décroché le matin où Danny avait appelé, de bonne heure, pour s'entretenir avec son père. « Secondo ! » s'était-elle écriée en reconnaissant sa voix. C'était le surnom de Danny depuis qu'il travaillait au Vicino a Napoli.

« Secondo Angelo », deuxième ange, l'avait tout d'abord nommé le vieux Polcari. Tout le monde faisait bien attention à dire Angelo, pas Angelù, et, en présence de Carmella, on disait Secondo tout court, même si elle l'adorait au point de parler de lui comme de son *secondo figlio*.

En termes de restauration, le *secondo*, c'est aussi la suite, le plat de résistance. Le surnom était resté.

Pour l'heure, cependant, le Secondo de Carmella n'était pas d'humeur à bavarder avec elle.

– Passe-moi mon père, Carmella, on a des choses à se dire. (Ketchum avait prévenu le cuisinier de cet appel. « Désolé, Cuistot, j'ai merdé. »)

En ce matin d'avril, Carmella savait bien que le jeune homme reprocherait amèrement ses silences à son père. Certes, elle n'entendit qu'une moitié de leur conversation, mais il n'en fallait pas plus pour juger de la tournure que prenaient les choses – ça bardait.

– Je suis désolé… j'allais te le dire.

Carmella entendit la réaction de Danny, qui se mit à hurler dans le combiné :

– Et qu'est-ce que tu attendais ?

– J'attendais peut-être qu'il t'arrive un truc dans le même genre, pour que tu comprennes combien c'est difficile, avec les femmes.

Carmella lui donna une bourrade ; il parlait du départ de Katie, comme si cette relation, déjantée au départ, avait quoi que ce soit de commun avec leur roman à trois, Ketchum, lui et Rosie. Et puis pourquoi avoir menti si longtemps sur cette histoire d'ours ? Elle n'y comprenait rien, il était normal que Danny s'y perde.

Allongée auprès de lui, elle entendit le cuisinier raconter à son fils le fameux soir à la cuisine, où Rosie lui avait avoué qu'elle couchait avec Ketchum ; là-dessus, Ketchum était entré par la porte-moustiquaire. Ils avaient tous trop bu, et Dominic avait frappé son vieil ami avec une poêle à frire. Heureusement, les bagarres, Ketchum connaissait. Le grand costaud doutait fort qu'il y ait une seule personne au monde qui n'ait pas envie d'en découdre avec lui. Sa réactivité était tissée dans sa chair. Il avait dû dévier la trajectoire de la poêle avec l'avant-bras, de sorte qu'elle avait légèrement tourné dans la main de Dominic. Ainsi elle l'avait frappé en plein milieu du front et pas sur la tempe, où un coup, même partiellement dévié avec un ustensile aussi lourd, l'aurait sûrement tué.

À l'époque, il n'y avait pas de médecin à Twisted River, il n'y avait même pas de scierie ni de bassin sur les lieux qui prendraient le nom de barrage de la Morte, et où viendrait un jour un parfait abruti de docteur. Rosie avait donc recousu le front de Ketchum sur une des tables de la salle à manger, avec le fil d'inox ultrafin dont le cuisinier se servait pour brider la volaille, et qu'il avait stérilisé dans l'eau bouillante pour la circonstance. Durant toute l'opération, Ketchum avait bramé comme un élan et Dominic avait clopiné nerveusement autour de la table, pendant qu'elle les chapitrait tous deux. Dans sa colère, elle n'avait pas la main légère. « Je regrette de ne pas pouvoir vous coudre ensemble, dit-elle à Dominic avant de leur édicter les règles. Si jamais je vous reprends à vous agresser, je vous quitte tous les deux, c'est bien clair ? Si vous promettez de ne jamais vous faire de mal, mais de toujours veiller l'un sur l'autre en bons frères, alors je ne vous quitterai jamais ni l'un ni l'autre, jusqu'au jour de ma mort. Chacun de vous deux peut avoir une moitié de moi, et vous pouvez me refuser tous les deux. Dans ce cas-là, j'emmène Danny. C'est bien compris ? »

Ils virent qu'elle ne plaisantait pas.

– Sans doute que ta mère était trop fière pour retourner à Boston après sa fausse couche, racontait Dominic à Danny, et ensuite, quand ma mère est morte, elle a pensé que j'étais trop jeune pour rester tout seul. Elle se disait sans doute que c'était son devoir, de s'occuper de moi. Et puis, bien sûr, elle savait que je l'aimais. Elle m'aimait aussi, je n'en doute pas, mais pour elle, j'étais un gentil garçon, c'est tout, tandis que, quand elle a rencontré Ketchum, Ketchum avait son âge, Ketchum, c'était un homme. Il a bien fallu qu'on s'y fasse, Daniel. On l'adorait tous les deux, et elle, à sa manière, je crois qu'elle nous aimait tous deux aussi.

– Et Jane, qu'est-ce qu'elle en pensait ? demanda Danny, puisque, selon Ketchum, « l'Indienne savait tout ».

– Tu le devines sans peine. Elle disait qu'on était trois connards, qu'on prenait des risques énormes, que c'était un sacré pari sur l'avenir. C'est ce que je me disais, moi aussi, mais ta mère ne nous laissait pas le choix, et puis Ketchum a toujours joué plus gros que moi.

– Tu auras dû me le dire avant.

– Je le sais bien, Daniel, pardonne-moi.

Plus tard, le cuisinier rapporterait à Carmella que Danny avait ajouté :

– Pour l'ours, ça fait rien, c'était bien trouvé, mais il y a un autre point sur lequel tu te trompes. Tu m'as dit que tu soupçonnais Ketchum d'avoir tué Pinaud Delaveine, toi, Jane et la moitié des crétins de West Dummer, vous avez toujours dit ça.

– Je pense que c'est *peut-être* lui, Daniel.

– Je crois que tu te trompes. Pinaud Delaveine a été assassiné dans son lit, dans la vieille auberge de l'Estacade, sur l'Androscoggin. On lui a fracassé le crâne avec un marteau à marquer, c'est bien ça ?

– Tout à fait, il avait la lettre H imprimée sur son front.

– C'est un meurtre de sang-froid, n'est-ce pas, papa ?

– Ça y ressemble, en tout cas.

– Eh bien alors, c'était pas Ketchum. S'il avait trouvé si facile de tuer Pinaud Delaveine dans son lit, pourquoi il tuerait pas Carl ? Il a l'embarras du choix sur la méthode – s'il a l'âme d'un meurtrier.

Dominic comprit que Daniel avait raison. « Il est peut-être bien écrivain, cet enfant », avait-il commenté en rapportant les propos à Carmella. Si Ketchum était un assassin, le Cow-boy serait déjà mort. Ketchum avait promis à Rosie de veiller sur Dominic ; ils lui avaient promis de veiller l'un sur l'autre. Y avait-il une meilleure manière de veiller sur lui ? Il suffisait de tuer le Cow-boy, dans son lit, où que ce soit, s'il avait le malheur de s'endormir.

– Tu piges pas, papa, si Pam raconte tout à Carl, et que le Cow-boy nous retrouve, toi ou moi, qu'est-ce qui l'empêche de partir à la recherche de Ketchum ? Il le saura, que Ketchum est au courant de tout, Pam le lui dira.

Mais père et fils connaissaient la réponse à cette question. Si le Cow-boy se lançait aux trousses de Ketchum, alors, Ketchum le tuerait. Ils le savaient l'un comme l'autre. À l'instar de la plupart des hommes qui battent les femmes, Carl était un lâche ; il n'oserait jamais s'en prendre à Ketchum, pas même avec un flingue à longue portée. Il savait fort bien que le bûcheron vendrait chèrement sa peau, contrairement au cuisinier.

– Papa ? demanda Danny, quand est-ce que tu te décides à quitter Boston ?

Dominic se tourna vers Carmella avec une expression de culpabilité inquiète qui trahissait assez la teneur de leurs propos. Ils parlaient du départ du cuisinier, mais ce dernier ne pouvait, ou ne voulait, lui dire qu'il quittait Boston.

Quand il lui dévoila la tournure que prenaient les événements, il fut très clair sur un point : si Carl se lançait à ses trousses et l'obligeait à s'enfuir de nouveau, il n'était pas question qu'elle vienne avec lui. Elle avait perdu son mari et son fils unique, une seule chose lui avait été épargnée, les voir mourir. Si elle le suivait dans sa cavale, il n'était pas sûr que le Cow-boy la tue, mais elle le verrait lui, Dominic, se faire descendre.

– Je refuse que ça se passe comme ça. Si ce connard me poursuit, je pars tout seul.

– Et qu'est-ce qui vous empêche d'aller tout raconter à la police, Danny et toi ? lui avait demandé Carmella. Ce qui est arrivé à Jane, c'est un accident. Tu ne peux pas faire comprendre à la police que Carl est un fou dangereux ?

L'affaire était difficile à expliquer à toute personne étrangère au comté de Coos. D'abord, le Cow-boy était lui-même la police, la police locale, en tout cas. D'autre part, ce n'est pas un crime d'être fou, et même fou dangereux, surtout dans le nord du New Hampshire. Peu importait après tout qu'il ait fait disparaître le corps de Jane sans s'en vanter. Toute la question, c'était qu'il ne l'avait pas tuée, et que le meurtrier, c'était Danny. Quant au cuisinier, il était assez grand pour ne pas s'enfuir, la première fois : s'il était resté, s'il avait dit la vérité, ne serait-ce qu'à une seule personne, les choses auraient pu s'arranger. Ou encore s'il était revenu à Twisted River avec Daniel, coup de bluff que conseillait Ketchum, et dont le petit Danny lui-même était partisan.

Bien entendu, on n'y pouvait plus rien, à présent. Assez tôt dans leur relation, le cuisinier avait avoué la vérité à Carmella, et elle avait accepté les termes du contrat. À présent qu'elle l'aimait plus qu'un peu, elle s'en repentait. Ne pas le suivre dans sa fuite serait dur pour elle. Il savait, lui aussi, qu'elle allait lui manquer, plus encore que Jane l'Indienne, quoique pas tout à fait autant que Rosie leur manquait toujours, à Ketchum et à lui. Il savait bien que Carmella était une femme à part. Pourtant, plus il l'aimait, moins il supportait l'idée qu'elle l'accompagne.

Allongée dans leur lit, elle songea à tous les endroits où elle ne pouvait plus aller, dans le quartier, d'abord parce qu'elle les avait fréquentés avec son mari le pêcheur, puis, chose plus douloureuse encore, parce qu'elle associait certains coins bien précis à des sorties faites avec Angelù. Quels autres lieux lui seraient interdits, une fois que Dominic, son cher Gamba, l'aurait quittée ?

Angelù noyé, elle avait cessé de se promener dans Parmenter Street, surtout au voisinage de l'école Cushman. Son école primaire avait été démolie, en 55 ou 56, elle ne se rappelait pas ; à sa place, on construirait un jour une bibliothèque, mais elle ne voudrait jamais passer devant.

Comme elle avait toujours été serveuse au Vicino a Napoli, que ce premier boulot était devenu son seul métier, elle avait ses matinées pour elle. Quand les enfants faisaient une sortie dans le quartier avec l'école, elle se portait toujours volontaire pour encadrer la classe, histoire de donner un coup de main aux instituteurs. Voilà pourquoi elle ne s'approchait plus jamais de la vieille North Church, où elle avait accompagné la classe d'Angelù lors d'une visite guidée du clocher, restauré en 1912 par les descendants de Paul Revere. C'était une église épiscopalienne, elle ne la fréquentait pas, étant catholique, mais l'édifice était célèbre, essentiellement à cause du rôle qu'il avait joué dans la chevauchée de Paul Revere. Reliques sous verre, on pouvait y voir les briques de la cellule où les pères pèlerins étaient incarcérés, en Angleterre.

Elle avait deux bonnes raisons de ne pas passer devant Mariners House, sur North Square, ce qui lui compliquait la vie, l'immeuble se trouvant à côté du Vicino a Napoli. Mais c'était le siège social de la Boston Port and Seamen's Society, « dédiée au service des gens de mer ». La classe d'Angelù l'avait visitée, mais Carmella n'était pas de cette sortie-là : la mer lui avait pris son pêcheur.

C'était idiot, cette hantise de lieux associés de façon encore plus anodine au pêcheur et à Angelù, mais rien n'y faisait. Ainsi, elle aimait le Caffè Vittoria, mais elle évitait la salle où trônaient les photos de Rocky Marciano, poids lourd qu'admiraient son mari et son fils. Et puis elle avait dîné avec eux à la Grotta Azzurra, sur Hanover Street, où Enrico Caruso venait s'attabler lui-même. Impossible d'y passer, à présent.

Le pêcheur lui avait dit qu'aucun matelot ne s'était jamais fait détrousser sur Hanover Street, et que ça ne se verrait jamais ; on pouvait y circuler sans crainte, même au dernier stade de l'ébriété, depuis les quais jusqu'au Old Howard, et retour. Outre les boîtes à strip-tease, il y avait des bistrots de troisième zone, fréquentés par les matelots, et des salles d'arcade, tout autour de Scollay Square. Tout ça changerait, bien sûr ; Scollay Square aussi disparaîtrait. Mais le monde où Carmella avait vécu avec son mari mort en mer et son fils noyé à son tour, ce monde était à la fois un sanctuaire et un repaire de fantômes pour elle, sur toute la longueur de Hanover Street.

Même les mouettes fouilleuses d'ordures qui planaient au-dessus de Haymarket lui rappelaient les samedis où elle allait regarder passer les gens, avec Angelù qui la tenait par la main. Et le restaurant qui avait pris la place du Stella sur Fleet Street ? Elle allait y dîner de temps en temps, avec Dominic, les soirs où le Vicino a Napoli fermait. En général, il prenait les calamars frits, mais pas à la new-yorkaise (« sans sauce rouge, un filet de citron, c'est tout »). Est-ce qu'elle ne pourrait plus retourner dîner dans ces endroits après le départ de Gamba ?

Il faudrait sûrement qu'elle prenne un appartement plus petit. Si la chaleur devenait féroce, l'été, est-ce qu'elle adopterait l'habitude des petites vieilles de Charter Street, qui sortaient leur chaise sur le trottoir, pour prendre le frais ? Les immeubles sans eau chaude étaient chamarrés de rubans pour les fêtes religieuses, en été. Elle revit soudain le petit Angelù sur les épaules de son père ; Hanover Street avait été fermée aux voitures, le temps de la procession. C'était la San Rocco. Aujourd'hui, elle n'avait plus plaisir à regarder passer les cortèges.

En 1919, Giusé Polcari était jeune homme. Il se rappelait l'explosion du réservoir de mélasse, qui avait fait vingt et une victimes dans North End, dont le père d'un jeune qu'il connaissait. « Il a bouilli vif dans oune coulée dé mélasse broulante. » La guerre était finie ; pourtant, ceux qui avaient entendu l'explosion croyaient que les Allemands débarquaient, qu'on bombardait le port de Boston, ou dieu sait quoi. « J'ai vou oun piano entier flotter sur la mélasse », racontait-il au jeune Dan.

Dans les cuisines du Vicino a Napoli, on avait affiché une photo en noir et blanc de Nicola Sacco et Bartolomeo Vanzetti menottés ensemble. Les deux militants anarchistes étaient passés à la chaise électrique pour le meurtre de deux convoyeurs de fonds dans une fabrique de chaussures de South Braintree. Sur la fin de sa vie, quand sa mémoire flanchait, le vieux Polcari ne se rappelait plus les détails, mais il revoyait les marches de protestation.

– Sacco et Vanzetti ont été victimes d'oune machination. Oun indic dé Charlestown Street les a montrés dou doigt, et comme ça l'État dou Massachousetts loui a offert son billet dé rétour pour l'Italie, avait-il expliqué à Danny.

La manifestation de soutien à Sacco et Vanzetti était partie de Hanover Street pour aller jusqu'à Tremont Street, où la police montée avait dispersé la foule, soit des milliers de manifestants, dont Joe Polcari.

– Si tou as oun problème, toi ou ton fils, avait-il dit à Dominic, tou mé lé dis, jé connais dou-trois types qu'ils vont té lé résoudre.

Il parlait de la Camorra, version napolitaine de la Mafia, encore que la nuance échappât à Dominic. Quand il faisait des siennes, étant petit, Nunzi le traitait de « camorrista ». Mais il avait l'impression que c'était plutôt la Mafia qui contrôlait North End ; Mafia et Camorra y étaient appelées la Main Noire.

Quand Dominic annonça à Paul Polcari que le Cow-boy pourrait bien se lancer à ses trousses, il lui répondit :

– Si mon père était encore vivant, il aurait appelé ses copains de la Camorra, mais moi, j'ai des doutes.

– J'ai des doutes sur la Mafia aussi, avait enchaîné Tony Molinari, on n'a rien sans rien, avec ces gens-là.

– Je ne veux pas vous mêler à mes problèmes. Je ne demande pas à la Mafia ou à la Camorra de m'aider.

– Ton flic fou, il va pas s'en prendre à Carmella, si ? demanda Paul Polcari

– Je ne sais pas. Autant garder un œil sur elle.

– On veillera sur elle, va, dit Molinari, et puis si le Cow-boy s'amène ici, nous on l'attend avec les couteaux à découper.

– Et les bouteilles de vin, suggéra Paul Polcari.

– Ne rêvez pas, leur dit Dominic, s'il vient me chercher ici, il sera armé, il ne sort jamais sans son Colt 45.

– Je sais ce que dirait mon père, commenta Paul Polcari, il dirait : « Qu'est-ce que c'est un Colt 45, rien du tout quand on a essayé de faire ami ami avec les chemisières, même toutes nues, elles gardent leurs aiguilles sur elles. » (Il parlait de la chemiserie Leopold Morse, sise dans le vieil immeuble Prince Macaroni. Paul était bien convaincu que son père avait dû baiser ou du moins entreprendre quelques-unes de ses ouvrières, assez coriaces comme poules.)

Les cuisiniers se mirent à rire tous les trois ; ils s'efforçaient d'oublier le shérif adjoint du comté de Coos : que faire d'autre ? Des blagues comme celle sur les piqueuses, le vieux Polcari en connaissait des centaines.

– Vous vous rappelez celle de la femme qui travaillait dans l'équipe de nuit à la Saucisserie de Boston ? demanda Dominic à Paul et à Tony.

– Elle avait un petit couteau sournois pour peler les francforts, se souvint Molinari.

– Elle t'aurait épluché la bite comme un grain de raisin ! hurlèrent les trois cuisiniers, presque à l'unisson.

À l'arrivée de Carmella, ils se turent subitement.

– Encore des histoires cochonnes ? leur lança-t-elle.

Ils étaient en train d'allumer le four à pizza, en attendant que la pâte lève. On n'était qu'en fin de matinée, mais la sauce marinara mijotait déjà. Leur air inquiet et leur regard fuyant n'échappèrent pas à Carmella.

– Vous parliez de Carl, non ? (On aurait dit des gamins surpris à se branler.) Tu devrais peut-être suivre le conseil de Ketchum, tu devrais peut-être écouter ton vieil ami, Gamba.

Deux mois s'étaient écoulés depuis qu'il les avait alertés, mais le cuisinier ne pouvait se résoudre à dire à Carmella qu'il partait. À présent, aucun d'entre eux n'était capable de regarder leur cher Gambacorta, leur petit cuisinier boiteux.

– Si tu dois partir, reprit Carmella, il vaut peut-être mieux que tu partes tout de suite. On est presque en été. Ils prennent des grandes vacances, les flics ?

On était en juin, la sortie des classes approchait, ils le savaient tous. C'était une période difficile pour Carmella : tout à coup, elle ne pouvait plus aller nulle part dans North End. Les enfants libérés par l'école se répandaient dans le quartier et ils lui rappelaient son *Angelù primù*, son premier ange.

Le shérif adjoint était avec Pam Pack de Six depuis deux mois qui avaient semblé une éternité au cuisinier. Certes, il s'agissait encore d'une liaison récente sauf que, comme l'avait observé Ketchum, deux mois sans mettre une raclée à une femme, c'était long pour Carl. À une époque, il ne se passait guère de semaines sans qu'il cogne Jane l'Indienne.

Il y avait des choses que Carmella n'avait jamais dites à son cher Gamba sur son Daniel chéri. Par exemple, qu'il avait réussi à coucher avec une fille avant même de partir à Exeter. Elle l'avait pris en flagrant délit avec une de ses nièces, une fille Di Mattia, Josie, la cadette de Teresa. Ce jour-là, elle s'était aperçue en allant travailler qu'elle avait oublié quelque chose, dieu sait quoi, de sorte qu'elle était retournée à l'appartement. Il se trouvait que c'était le jour de congé de Danny, qui venait d'apprendre qu'il avait obtenu sa bourse pour Exeter : peut-être était-ce sa façon de fêter l'événement. Par ailleurs Josie Di Mattia était plus âgée que lui, sans doute avait-elle pris l'initiative. Dire que Dominic avait toujours soupçonné que Teresa Di Mattia, ou son amie, Elena Calogero (une tendre cousine, celle-là, à n'en pas douter), serait l'initiatrice de son fils !

Pourquoi Gamba s'inquiétait-il tant que ça ? se demandait Carmella. Si Danny avait couché un peu plus pendant ses années à Exeter, il ne serait peut-être pas tombé amoureux transi de la Callahan sitôt arrivé à l'université. S'il en avait baisé quelques autres, de ses tendres cousines, qu'elles soient Calogero ou Saetta, ou du clan Di Mattia, il aurait peut-être pu en engrosser une beaucoup plus sympathique que Katie à tout prendre.

Mais comme Dominic était obsédé par Teresa Di Mattia et Elena Calogero, le jour où Carmella revint à l'appartement et trouva Danny en train de baiser une fille sur leur lit, elle présuma qu'il s'agissait de Teresa, qui initiait ce gosse de quinze ans au regard apeuré. Apeuré, il l'était, parce que pris en flagrant délit.

– Teresa, espèce de traînée ! s'exclama Carmella (en fait, elle la traita de *troia*, par allusion à la Troyenne tristement célèbre, mais le mot signifiait bien évidemment « pute »).

– Moi je suis Josie, la sœur de Teresa, dit la petite, indignée, vexée sûrement que sa tante ne la reconnaisse pas.

– C'est pourtant vrai. Et toi, Danny, qu'est-ce que tu fais dans notre lit, tu n'en as pas un, de lit, *disgraziato* ?

– Mince, le vôtre il est plus grand ! avait dit Josie à sa tante.

– J'espère au moins que vous avez mis un préservatif !

Dominic en mettait, ça ne le gênait pas et Carmella préférait. Peut-être que Danny avait trouvé les capotes de son père. Le monde des adultes réagissait bêtement. Chez Barone, les préservatifs étaient entreposés à l'abri des regards. Si les jeunes en demandaient, le pharmacien les enguirlandait, alors que tout parent responsable aurait conseillé à son fils ou à sa fille d'en utiliser un. Où voulait-on qu'ils les trouvent, les jeunes ?

– Il est à ton père, ce préservatif ? lança-t-elle à Danny.

Mortifié, le garçon avait tiré le drap sur lui, contrairement à la fille Di Mattia qui n'avait même pas pris la peine de se couvrir les seins, et qui, boudeuse dans sa nudité, considérait sa tante d'un air de défi.

– Tu vas raconter ça à confesse, Josie ? Comment tu vas faire, hein ? la morigéna celle-ci.

– C'est moi qui les ai apportés, les préservatifs. Teresa m'en a donné, répondit Josie, ignorant le débat plus vaste de la confession.

À présent, Carmella était furieuse. Cette *troia* de Teresa, donner des préservatifs à sa sœur, c'était du propre !

– Combien elle t'en a donné ? demanda Carmella qui, sans laisser à sa nièce le temps de répondre, se tourna vers Danny : T'as pas de devoirs à faire, toi ?

Aussitôt, elle sembla prendre conscience de l'hypocrisie avec laquelle elle avait jugé Teresa. N'aurait-on pas dû la remercier, au contraire, d'avoir fourni des préservatifs à sa petite sœur ? Oui, mais, d'un autre côté, c'était peut-être ce qui avait permis à Josie de séduire Secondo.

– Mince, tu voudrais quand même pas que je les compte, si ? demanda Josie.

Le pauvre Danny avait l'air de vouloir que la terre s'ouvre pour l'engloutir, Carmella n'était pas près de l'oublier.

– Bon, faites attention, les jeunes, moi je retourne travailler, leur avait-elle lancé, pour ajouter, au moment de claquer la porte derrière elle : Josie, tu me laves les draps et tu me refais le lit, sinon je répète tout à ta mère !

Est-ce qu'ils avaient passé l'après-midi et la soirée au lit ? Est-ce qu'ils avaient eu assez de capotes ? Sous l'effet de la contrariété, elle avait totalement oublié ce qu'elle était revenue chercher à l'appartement.

Son cher Gamba voulait que Danny soit à l'abri des filles – il avait pourtant pleuré, quand il l'avait vu partir pour Exeter. Comment lui dire qu'expédier le gamin en pension n'avait pas servi à grand-chose, ou en tout cas pas à ce qu'il espérait. Il avait de même été excessivement impressionné par la liste des facultés et des universités que de nombreux élèves d'Exeter parvenaient à intégrer ; il avait beaucoup de mal à comprendre qu'aucune des universités prestigieuses de l'Ivy League n'ait jugé son fils assez brillant pour l'inscrire, moyennant quoi il avait dû se contenter de l'université du New Hampshire. Mais ce que Dominic ne comprenait pas, c'est qu'il était difficile de suivre à Exeter quand on arrivait de Michel-Ange, et de surcroît Danny manifestait peu de dispositions pour les maths et les sciences.

Au fond, ses notes restaient moyennes parce qu'il passait son temps à écrire. M. Leary n'avait pas tort. La créativité littéraire n'était pas valorisée à Exeter ; on y privilégiait plutôt les mécanismes de l'écriture. Et il y eut plusieurs professeurs qui, chacun à sa façon, jouèrent le rôle de M. Leary auprès de lui en lisant les textes qu'il leur présentait (sans s'aviser pour autant de lui proposer un *nom de plume**).

Son autre activité à la fac était la course à pied, il courait comme un fou. À l'automne, il faisait de la course de fond, en hiver et au printemps, il courait sur piste, en équipe. Il avait horreur des activités sportives imposées par l'école, mais il aimait courir. C'était la course de fond qui lui correspondait le mieux, sa morphologie l'y prédisposait. Il n'avait pas le sens de la compétition. Il aimait se donner totalement, mais peu lui importait de battre les autres. Il n'avait jamais eu l'occasion de courir avant d'arriver à Exeter, et voilà qu'il pouvait le faire toute l'année.

À North End, impossible de courir, surtout le fond. Et dans les Bois du Grand Nord, il n'était pas prudent de courir où que ce fût. En forêt, on risquait de trébucher sur un obstacle imprévu, et sur les chemins de charriage, de se faire faucher ou culbuter par le premier camion de bois qui passait. Les scieries étaient propriétaires des routes, et ces « connards de camionneurs » (comme disait Ketchum) y roulaient en pays conquis. Sans compter la chasse au chevreuil, à l'arc ou au fusil : si l'on s'amusait à courir dans les bois en période d'ouverture, on risquait fort de se retrouver avec une flèche au travers du corps, ou une balle dans la peau.

Quand Danny raconta au bûcheron sa passion pour la course dans une de ses lettres, celui-ci répondit :

« Bon dieu, heureusement que tu ne courais pas du temps que tu étais à Twisted River, parce que dans les coins que je connais par chez nous, moi, en général quand je vois un gars courir, je me dis qu'il a dû faire un sale coup et qu'il est en cavale. Un gars qui court, chez nous, c'est rare que tu te trompes en lui collant une balle. »

Danny adorait la piste couverte d'Exeter, qui comportait une piste de bois en dénivelé au-dessus de celle en terre battue. C'était un endroit idéal pour réfléchir à ses intrigues ; il avait la tête très claire, quand il courait, surtout quand il commençait à fatiguer.

Quand il quitta Exeter avec mention bien en anglais et en histoire, et mention passable partout ailleurs ou presque. M. Carlisle prédit à Dominic et à Carmella que Danny serait peut-être « une révélation tardive ». Mais un écrivain qui publie son premier roman moins d'un an après avoir quitté l'Atelier d'écriture fait plutôt montre de précocité ; certes, M. Carlisle ne se plaçait que sur le plan scolaire. À l'université du New Hampshire, les notes de Danny furent excellentes ; c'était beaucoup plus facile qu'à Exeter, mis à part la rencontre avec Katie Callahan et tout ce qui s'était ensuivi, à la fois à Durham et à Iowa City. Carmella et son cher Gamba n'abordaient jamais le sujet sans avoir des haut-le-cœur, on aurait dit qu'on les avait empoisonnés.

– Toi qui t'inquiétais pour deux ou trois Italiennes du quartier au sang chaud ! avait un jour explosé Carmella. Tu aurais mieux fait de voir venir l'iceberg de l'université ! (Ketchum surnommait Katie « glaçon-chatte ».)

– C'est à force d'écrire, aussi, avait répondu Dominic à Carmella, passer son temps dans ses imaginations, ça ne pouvait pas lui faire de bien.

– T'es cinglé, Gamba, c'est quand même pas lui qui l'a inventée, Katie. Tu aurais voulu qu'il parte au Vietnam, peut-être ?

– Ketchum l'en aurait bien empêché. Il ne plaisantait pas, tu sais. On peut tout à fait être écrivain avec quelques doigts en moins, même à la main droite.

Réflexion faite, elle n'avait peut-être pas tellement envie de le rencontrer, ce M. Ketchum.

L'écrivain Daniel Baciagalupo sortit de l'université avec son master en juin 1967. En compagnie de Joe, son fils, il partit pour le

Vermont presque aussitôt après. Malgré ses problèmes conjugaux, il avait bien aimé Iowa City, et l'Atelier d'écriture, mais il faisait chaud, l'été, dans l'Iowa, et il souhaitait arriver assez tôt pour s'installer posément à Putney, dans le Vermont, où était Windham College. Il faudrait trouver une crèche convenable pour le bambin, ainsi qu'une nounou attitrée, même s'il n'était pas exclu qu'une ou deux de ses futures étudiantes veuillent bien le garder de temps en temps.

Dans l'Iowa, il n'y avait qu'une seule personne avec qui il ait abordé le sujet du *nom de plume**, c'était l'écrivain Kurt Vonnegut, bon professeur et homme d'une grande gentillesse, par ailleurs au courant des problèmes conjugaux de Danny. Sans lui dire ce qui le poussait à prendre un pseudonyme, il lui expliqua simplement qu'il le ferait à contrecœur.

– Quelle importance, votre nom ? lui avait dit Vonnegut. (Il lui avait également confié que *Vie de famille dans le comté de Coos,* son premier roman, était l'un des meilleurs livres qu'il ait jamais lus.) Et c'est ça qui compte, avait-il conclu, pas le nom que vous allez prendre.

La seule critique que lui ait faite l'auteur d'*Abattoir 5* portait sur son usage de la ponctuation. Il avait horreur de tous ses points-virgules.

– Les gens vont s'en douter, vous savez, que vous êtes passé par l'université, vous n'avez pas besoin de le leur prouver.

Mais ces points-virgules venaient justement des vieux romans du XIXe siècle qui lui avaient donné envie d'écrire. Il avait remarqué les titres et le nom des auteurs des livres que sa mère leur avait laissés, et qu'ils avaient eux-mêmes légués à Ketchum en quittant Twisted River. Il avait attendu d'arriver à Exeter pour les lire, mais alors avec le plus grand soin. Nathaniel Hawthorne et Herman Melville, par exemple. Ils écrivaient de longues phrases complexes, ces deux-là, et ils affectionnaient le point-virgule. En plus, c'étaient des auteurs de la Nouvelle-Angleterre, c'étaient ses auteurs favoris, avec l'Anglais Thomas Hardy, comme il était assez naturel puisque, à l'âge de vingt-cinq ans, Daniel Baciagalupo avait connu sa part de destinée, croyait-il.

À l'université de l'Iowa, il était presque le seul à préférer ces auteurs du passé aux écrivains contemporains. Mais il aimait bien Kurt Vonnegut, en tant qu'artiste, et en tant qu'homme aussi. Il avait toujours eu de la chance avec ses professeurs de littérature, à commencer par M. Leary.

– Vous allez trouver quelqu'un, lui avait assuré Vonnegut quand ils s'étaient dit au revoir, à Iowa City. (Sans doute voulait-il dire qu'il finirait bien par rencontrer la femme qu'il lui fallait.) Et puis le capitalisme va peut-être vous sourire.

C'est en songeant à cette formule que Danny roulait vers l'est , il la répéta plusieurs fois au petit Joe : « Le capitalisme va peut-être nous sourire. »

– Tu ferais bien de trouver un appartement avec une chambre en plus pour ton père, lui avait dit Ketchum lors de leur dernière communication téléphonique. Enfin, pour moi, le Vermont, c'est pas encore assez loin du New Hampshire. Tu pourrais pas trouver un poste de prof dans l'Ouest, plutôt ?

– Pour l'amour du ciel, le Vermont, c'est à peu près aussi loin du comté de Coos que Boston, non ? On était assez loin, pendant ces treize ans, quand même.

– C'est trop près, je te dis, je le sais, mais pour l'instant c'est toujours moins dangereux que s'il restait à Boston.

– J'arrête pas de le lui dire.

– Moi c'est pareil, j'arrête pas de le lui dire, seulement il a de la merde dans les oreilles.

– C'est à cause de Carmella, il est très attaché à elle. Il devrait l'emmener avec lui, elle viendrait s'il le lui demandait, je le sais, mais il veut pas. C'est la meilleure chose qui lui soit arrivée, Carmella, si tu veux mon avis.

– Dis pas ça, Danny, t'as pas eu la chance de connaître ta mère.

Danny évita de creuser ce sujet, il n'avait pas envie que le vieux bûcheron lui raccroche au nez.

– Ben, pour qu'il quitte Boston, je crois bien qu'il va falloir que je le traîne par la peau du cul.

– Et comment tu comptes t'y prendre ?

– Je le mettrai en cage, s'il le faut. Toi, trouve un appartement assez grand pour vous deux, et je me charge d'amener ton père.

– Ketchum, c'est pas toi qui as tué Pinaud Delaveine, hein ?

– Bien sûr que non ! tonna Ketchum. Il en valait même pas la peine.

– Parfois je me dis que Carl en vaut la peine…, risqua Daniel Baciagalupo, l'écrivain, histoire de tâter le terrain.

– Je reconnais que j'y pense, moi aussi, et souvent.

– Je ne voudrais pas que tu te fasses prendre.

– C'est pas ça qui me tracasse. Je pense pas que Carl aurait peur de se faire prendre, lui, s'il tuait ton père, je veux dire.

– Et quel est le problème, alors ?

– J'aimerais mieux qu'il essaie de m'avoir d'abord, comme ça, je serais tranquille.

C'était exactement ce que l'écrivain avait imaginé, le hic, c'est que le Cow-boy avait beau être idiot, il était assez malin pour ne pas risquer sa peau. En plus, il avait cessé de boire, ce qui voulait dire qu'il ne perdrait pas tout contrôle de lui-même. Ça expliquait peut-être qu'il n'ait pas encore cogné Pack de Six, ou en tout cas, pas assez fort pour qu'elle le quitte sur des révélations fracassantes.

Pack de Six buvait toujours, elle. Ketchum savait qu'elle risquait de perdre les pédales facilement – autre problème.

– Il y a quelque chose qui m'inquiète, dit Danny à Ketchum. Toi, tu n'as pas arrêté de boire. Tu n'as pas peur de tomber ivre mort un jour, et que Carl en profite pour t'avoir ?

– Tu connais pas mon chien ; c'est un bel animal…

– Tu as un chien ? Je ne savais pas.

– Bon dieu, quand Pack de Six m'a largué, fallait bien que je cause à quelqu'un.

– Et cette dame, que tu as rencontrée à la bibliothèque, l'institutrice qui t'apprend à lire ?

– Elle m'apprend à lire, mais pour la conversation, c'est pas ça…

– Alors, tu apprends pour de bon ?

– Oui, c'est juste que ça va moins vite que de compter les crottes de racoons. Mais je compte bien être prêt quand ton livre va paraître (bref silence au bout du fil). Et ton *nom de plume**, au fait, t'en as trouvé un ?

– Je vais prendre le pseudonyme de Danny Angel, répondit l'écrivain Daniel Baciagalupo avec une certaine raideur.

– Danny, pas Daniel, comme ton père aime tant ? Moi j'aime bien Angel, en tout cas.

– Papa pourra toujours m'appeler Daniel. Danny Angel, c'est le mieux que je puisse faire, Ketchum.

– Et ce petit Joe, comment il va ? s'enquit Ketchum, conscient que l'affaire du pseudo était un sujet sensible pour le jeune écrivain.

Danny prit la route de l'Est, et roula toute la nuit, pendant que son fils dormait. Il trouva un motel avec piscine, et passa le plus clair de la journée à jouer avec lui, après quoi il alla faire un somme en même temps que le petit, puis reprit le volant toute la nuit. Il n'avait aucun mal à nourrir des pensées toute une nuit. Malgré son imagination fertile, il n'arrivait pas bien à se figurer l'homme des bois arrivant à Boston, non, l'écrivain Danny Angel lui-même, né Daniel Baciagalupo, n'aurait jamais imaginé les faits et gestes du redoutable bûcheron dans la grande ville.

Windham College était un drôle d'endroit, Danny le découvrirait sans en être affecté : *Vie de famille dans le comté de Coos*, son premier roman, recevrait un accueil assez favorable dans la presse, suivi de ventes modestes pour l'exemplaire broché ; le jeune auteur vendit ses droits en poche, ainsi que les droits pour le film, qui ne fut jamais tourné. Ses deux romans suivants lui valurent des critiques plus mitigées, et se vendirent encore moins bien ; ils ne furent même pas publiés en poche, et personne n'eut l'idée d'en acheter les droits d'adaptation au cinéma. Mais tout cela n'affecterait guère Danny, qui consacrait son énergie à veiller sur son père, sans pour autant négliger son propre fils. Il passait son temps à écrire et dut continuer à enseigner pour vivre avec son petit garçon, à qui il répétait souvent : « Le capitalisme va peut-être nous sourire, un de ces jours. »

Il n'avait pas eu trop de mal à trouver une maison à louer assez grande pour y accueillir son père, et Carmella si jamais elle venait dans le Vermont. C'était une ancienne ferme, au bord d'un chemin de terre ; elle lui avait plu parce qu'une rivière courait aux alentours, que le chemin de terre croisait et recroisait. L'eau vive lui rappelait ses origines. La ferme était à quelques kilomètres du village de Putney, lequel se réduisait à une supérette qui s'appelait la Putney Food Co-op, ainsi qu'à un bazar doublé d'une station-service, presque en face d'une vieille usine à papier, sur la route de la fac. Quand Danny la vit pour la première fois, il comprit que son père n'aimerait pas vivre à Putney : natif de Berlin, il avait horreur des usines à papier.

Windham College était une verrue architecturale dans un bel environnement naturel. Les mérites universitaires des professeurs y allaient du médiocre au douteux ; Windham ne brillait pas par l'excellence de ses chercheurs, mais il y avait tout de même de bons enseignants, qui auraient pu trouver des postes plus intéressants s'ils n'avaient pas choisi de vivre dans le Vermont. Parmi les garçons, beaucoup s'étaient inscrits uniquement pour échapper au Vietnam. À cette époque, les quatre ans d'études représentaient le sursis le plus accessible aux jeunes gens en âge d'être conscrits. Tel était Windham College, établissement dont l'espérance de vie apparaissait assez directement liée à la durée du conflit. Pour faire bouillir la marmite autrement qu'en cuisine, Danny y trouvait son compte.

Rares furent ses étudiants véritablement intéressés par l'écriture, et parmi eux, le talent et la persévérance manquaient trop pour le satisfaire ; à Windham, il fallait s'estimer heureux quand la moitié de l'effectif d'un cours s'intéressait à la lecture. Mais le jeune romancier à qui la guerre avait été épargnée, et qui en était conscient, savait se montrer indulgent. Son but, c'était que tout le monde, et les garçons surtout, poursuive ses études.

À supposer, comme le prétendaient les cyniques, que la seule justification de Windham soit d'empêcher quelques jeunes gens de partir à la guerre, eh bien soit, Danny Angel avait enfin acquis assez de conscience politique pour détester cette guerre, et il était plus écrivain que professeur. Que la fac de Windham remplisse ou non son contrat universitaire, il s'en fichait. Il enseignait pour vivre, et se ménageait du même coup le temps d'écrire, et d'être un bon père.

Dès qu'il eut emménagé avec Joe sur Hickory Ridge Road, il l'annonça à Ketchum. Peu lui importait qui lisait ses lettres, à présent ; il supposait que c'était la dame de la bibliothèque, cette institutrice qui s'était donné pour tâche de lui apprendre à lire. « Il y a largement assez de place pour Papa », avait-il écrit au bûcheron, en joignant son nouveau numéro de téléphone, et un plan pour trouver la maison de Putney, depuis le comté de Coos, et depuis Boston. Le mois de juin tirait à sa fin, et il conclut sa lettre en ces termes : « Peut-être que tu viendras pour le 4 Juillet, et alors je compte sur toi pour les pétards. »

Ketchum adorait les pétards. Une fois, ne parvenant pas à attraper un certain poisson – « C'est bien la plus grosse truite que j'aie jamais vue dans le Phillips Brook, bon sang de bon sang, et la plus futée, aussi » –, il l'avait fait exploser à la dynamite, ainsi qu'un certain nombre de ses congénères.

« J'ai dit pétards, pas dynamite », ajouta Danny en post-scriptum.

Ce ne fut pas essentiellement des pétards que Ketchum apporta à Boston, première étape de sa virée. La gare du Nord était située dans la partie du West End qui jouxtait North End. Ketchum descendit du train, fusil en bandoulière, sac de matelot à la main, un gros sac qu'on aurait cru lourd, mais qu'il charriait allègrement. Malgré l'étui en cuir qui la protégeait, il n'y avait guère d'équivoque sur la nature de l'arme. Ce ne pouvait être qu'un fusil ou une carabine, et à voir l'étui se rétrécir au bout, on comprenait que Ketchum la portait canon en l'air.

L'adolescent qui débarrassait les tables au Vicino a Napoli était justement allé accompagner sa grand-mère à la gare ; il vit Ketchum, et courut jusqu'au restaurant le devancer. Il expliqua à ses collègues que l'homme était en train de « faire le grand tour », ce qui signifiait qu'il avait dû consulter un plan de la ville, et choisir l'itinéraire le plus évident, mais pas nécessairement le plus court. Il avait dû emprunter Causeway Street, puis Prince Street en tournant enfin sur Hanover Street ; pas le chemin le plus direct pour se rendre sur North Square, de sorte que le jeune commis avait eu le temps de donner l'alarme : il y avait un grand gaillard qui s'amenait avec son flingue.

– Quel grand gaillard ? demanda Dominic.

– Il a un fusil, c'est tout ce que je sais, il le porte en bandoulière. C'est sûr qu'il vient du Nord, et il fait peur à voir.

Tout le personnel du restaurant avait été averti de la descente possible du Cow-boy dans l'établissement. Dominic savait que Carl cacherait son Colt 45 ; c'était un revolver volumineux, mais personne ne porte un revolver en bandoulière.

– D'après ce que tu dis, ça doit être un fusil ou une carabine.

– Jésus Marie Joseph ! s'exclama Tony Molinari.

– Il a une cicatrice sur le front comme un gars qu'aurait pris un coup de couteau à découper, s'écria le jeune commis.

– C'est M. Ketchum ? demanda Carmella.

– Ça y ressemble, dit le cuisinier. Ça ne peut pas être le Cowboy. Carl est grand et costaud, mais il est gros, et puis il ne fait pas spécialement peur à voir. En plus, on ne devine pas qu'il vient du Nord. Il a l'air d'un flic, c'est tout, avec ou sans uniforme.

L'adolescent était toujours aussi volubile :

– Il porte une chemise de flanelle aux manches découpées, et il a un énorme couteau de chasse à la ceinture, il lui pend presque jusqu'au genou.

– Le Browning, dit Dominic. C'est donc bien Ketchum. En été, il découpe les manches de ses chemises de flanelle, enfin celles qui sont déchirées, en tout cas.

– Et le fusil, c'est pour quoi ? demanda Carmella à son cher Gamba.

– Peut-être qu'il a l'intention de m'abattre avant que Carl ait une chance de le faire.

Carmella et ses collègues furent insensibles à ce trait d'humour. Ils sortirent sur le seuil ou se mirent aux fenêtres pour voir arriver Ketchum. C'était la pause de l'après-midi, qu'ils auraient dû employer à se restaurer avant l'arrivée des premiers clients du soir.

– Je mets un couvert pour M. Ketchum, dit Carmella en joignant le geste à la parole.

Les deux jeunes serveuses se regardaient dans la glace, pour vérifier que rien ne clochait sur elles. Paul Polcari avait empoigné la pelle à pizza des deux mains ; elle était de la taille d'une raquette de tennis géante.

– Pose-moi cette pelle, Paul, t'as l'air idiot, lui dit Tony Molinari.

– Il y a des tas de trucs, dans le sac qu'il charrie, c'est peut-être des munitions, dit le jeune commis.

– Ou de la dynamite, dit Dominic.

– Avec sa mine patibulaire, il risque de se faire arrêter avant même d'arriver, dit l'adolescent.

– Qu'est-ce qu'il vient faire ? demanda Carmella. Pourquoi est-ce qu'il n'a pas téléphoné ?

Le cuisinier secoua la tête en signe d'ignorance. Il ne leur restait plus qu'à attendre de voir ce que Ketchum voulait.

– Il vient te chercher, Gamba, c'est ça ? demanda Carmella.

– Probablement, répondit le cuisinier.

Malgré tout, Carmella lissa son petit tablier blanc sur sa jupe noire ; elle ouvrit la porte et se posta sur le seuil : il fallait bien que quelqu'un accueille M. Ketchum.

Qu'est-ce que je vais pouvoir faire dans le Vermont ? Manger italien, qui ça intéresse, là-bas ? se demandait Dominic.

Ketchum n'avait pas de temps à perdre.

– Je sais qui vous êtes, dit-il aimablement à Carmella. Votre gars m'avait fait voir votre photo, et vous avez pas beaucoup changé.

La photo du portefeuille avait été prise treize ans et quelques auparavant ; elle avait changé, au contraire ; elle pesait une dizaine de kilos de plus, tout le monde le savait ; mais elle lui fut reconnaissante de ce compliment.

– Vous êtes tous là, ou bien il en reste dans la cuisine ? s'enquit Ketchum.

– On est au complet, Ketchum, lui répondit son vieil ami.

– Toi, Cuistot, tu es là, je m'en aperçois, et pas ravi de me voir, à la tête que tu fais.

Sans attendre de réponse, le bûcheron se dirigea vers l'arrière-cuisine.

– Vous me voyez ? leur cria-t-il.

– Non ! braillèrent-ils en chœur, le cuisinier excepté.

– Mais moi je vous vois, alors c'est ce qu'il faut.

Quand il reparut, il avait sorti le fusil de son étui ; à cette vue tous tiquèrent comme un seul homme, cuisinier compris. L'arme avait une odeur étrangère, l'huile, peut-être, ou le cuir graisseux, mais avec une autre composante encore, véritablement insolite, même pour des cuisiniers, même dans une salle à manger, ou des cuisines. L'odeur de la mort, peut-être, parce que les fusils n'ont qu'un seul usage : tuer.

– C'est un Ithaca calibre 20, à un coup, sans cran de sécurité. Y a pas plus simple et sympathique ; un jeu d'enfant.

Il ouvrit le fusil, le canon décrivant un angle de près de quarante-cinq degrés.

– Il n'y a pas de sécurité parce qu'il faut relever le chien avec le pouce avant de faire feu, il n'y a pas de position intermédiaire, non plus, expliqua l'homme des bois.

Tous le regardaient, fascinés, tous sauf le cuisinier. Ses explications ne leur disaient rien, mais il les répéta patiemment. Il leur apprit à charger le fusil, à retirer la cartouche vide. Il recommença tant et plus, de sorte que le jeune commis et les deux filles eux-mêmes auraient pu se servir de l'arme. Le cuisinier éprouvait un grand chagrin à voir Carmella considérer le vieux bûcheron avec une telle concentration médusée ; quand il eut fini ses explications, elle aurait été en mesure de charger cette vacherie de pétoire et de faire feu.

Ils n'avaient pas saisi la gravité de ces démonstrations jusqu'au moment où Ketchum aborda les deux types de munitions possibles.

– Ça, c'est de la chevrotine. Vous le gardez chargé à chevrotines en permanence. Depuis le fond de la cuisine, elles vont faire un trou à peu près de cette taille (il levait sa grande main devant la face enfarinée de Paul Polcari) sur une cible située ici.

Ils commençaient à voir où il voulait en venir.

– À vous de juger comment la situation évolue. Si Carl croit ce que vous lui raconterez, et il faudra tous lui raconter la même chose, il se peut qu'il parte sans anicroche. Pas la peine de tirer.

– Mais qu'est-ce qu'on lui raconte, au fait ? demanda le cuisinier à son vieil ami.

– Ben, que tu as laissé tomber cette dame, dit Ketchum en désignant Carmella, note bien que même le dernier des crétins ferait pas ça, mais voilà, toi tu l'as fait, et ici, tout le monde t'en veut à mort. Ils te tueraient de leurs propres mains s'ils te retrouvaient. Ça vous paraît difficile de vous rappeler ce qu'il faudra dire ?

Ils secouèrent tous la tête, et le cuisinier aussi, mais pas pour la même raison.

– Il faut absolument qu'il en reste toujours un au fond de la cuisine, poursuivit Ketchum, c'est pas grave si le Cow-boy s'en rend compte, tant qu'il vous voit pas. Vous pouvez faire tout le boucan que vous voulez avec les casseroles et les marmites, et s'il demande à vous voir, et il le fera, vous lui répondrez que vous êtes aux fourneaux.

– Et lequel d'entre nous devrait rester à la cuisine avec le fusil ? demanda Paul Polcari.

– Peu importe, du moment que vous savez tous vous en servir.

– Tu es sûr que Carl va venir faire une descente, apparemment.

– C'est inévitable, Cuistot. Il voudra surtout parler à Carmella, mais il parlera avec tout le monde. S'il croit pas ce que vous lui racontez, s'il y a du grabuge, alors l'un d'entre vous lui colle une balle, dit Ketchum en s'adressant à tout le monde.

– Mais comment on va savoir qu'il se prépare du grabuge ? s'enquit Tony Molinari. Comment on va savoir qu'il y croit, à notre histoire ?

– S'il y croit, vous verrez pas sortir le Colt 45. Il l'aura sur lui, faites-moi confiance, mais il y aura pas lieu de penser que ça va mal tourner tant que vous aurez pas vu le bout du Colt. Parce que, s'il vous le laisse voir, c'est qu'il a bien l'intention de s'en servir.

– Et là, on lui tire dessus ? demanda Paul Polcari.

– Il faut d'abord que celui qui est au fond de la cuisine l'appelle, lui dise « Hé, Cow-boy ! », pour qu'il le regarde.

– Moi j'aurais cru qu'il valait mieux lui en coller une avant qu'il nous regarde.

– Non, non, en fait, expliqua Ketchum patiemment. S'il regarde vers vous, admettons que vous visiez la gorge, vous allez le toucher au visage et à la poitrine, les deux, probablement, et vous allez sans doute l'aveugler.

Le cuisinier regarda Carmella, il avait peur qu'elle s'évanouisse. Le jeune commis eut comme un haut-le-cœur.

– Une fois que vous l'aurez aveuglé, ça vous laissera un peu de répit ; vous sortirez donc la cartouche, pour la remplacer par celle qui a une balle. Les chevrotines vont l'aveugler, mais la balle le tuera. Donc, vous l'aveuglez d'abord, et puis vous le butez.

Le jeune commis se précipita à la cuisine, on l'entendit gerber dans l'évier géant où le plongeur récurait les marmites et les casseroles.

– Il vaudrait peut-être mieux que ce soit pas lui qui reste à la cuisine, observa Ketchum à mi-voix. Bon sang, nous on chassait le cerf aux lampes, dans le temps, au pays. On allume les torches, le cerf vous regarde, et là, chevrotines et balles réelles. (Là-dessus, l'homme des bois marqua un temps.) Bon, avec les cerfs, en général, la chevrotine suffit, mais avec le Cow-boy, on peut pas prendre de risque inutile.

– Je crois pas qu'on arrivera à tuer qui que ce soit, monsieur Ketchum, dit Carmella, on sait pas faire ça, nous autres, voilà.

– Mais je viens de vous apprendre ! Ce petit Ithaca, c'est un joujou à côté de mes autres flingues, je l'ai gagné à un bras de fer, à Milan, tu te rappelles, hein, Cuistot ?

– Je me rappelle, dit le cuisinier à son vieil ami.

L'incident était allé un peu plus loin qu'un simple bras de fer, mais une chose était sûre, Ketchum était reparti avec l'Ithaca à un coup – sans conteste.

– Bon dieu, il vous reste plus qu'à mettre votre bobard au point. Si vous êtes assez convaincants, vous aurez peut-être même pas besoin de le flinguer, ce salaud.

– Tu es venu jusqu'ici pour nous apporter l'Ithaca ? demanda Dominic.

– L'Ithaca, c'est pour eux, Cuistot, pour tes potes, pas pour toi. Toi, je suis venu t'aider à faire ta valise. Faut qu'on parte en voyage, nous deux.

Dominic tendit la main dans son dos : il savait que Carmella était derrière lui. Mais elle l'avait devancé ; elle lui entoura la taille de ses bras, et enfouit son visage dans la nuque de l'homme.

– Je t'aime, mais je veux que tu partes avec M. Ketchum.

– Je sais, répondit Dominic (rien ne servait de leur résister, à elle ou à Ketchum, il ne l'ignorait pas).

– Qu'est-ce que vous avez d'autre, dans votre sac matelot ? demanda le jeune homme qui revenait de la cuisine, et semblait aller un peu mieux.

– Des pétards, pour le 4 Juillet, répondit Ketchum, qui ajouta à l'intention de Dominic : C'est Danny qui m'a demandé de lui en apporter.

Carmella les accompagna à l'appartement de Wesley Place. Le cuisinier n'emportait pas grand-chose, mais il décrocha la poêle en fonte de leur chambre. Sans doute un objet hautement symbolique, se disait Carmella. Elle les accompagna aussi chez le loueur de voitures. Ils iraient dans le Vermont avec une voiture de location, que Ketchum ramènerait à Boston ; de là, il rentrerait dans le New Hampshire comme il était venu, en train. Il ne tenait pas à ce qu'on remarque l'absence de son pick-up, qui signalerait au Cow-boy son propre départ. Et puis il lui fallait le remplacer, justement, ce pick-up ; s'il était venu avec, pas sûr qu'il aurait tenu tout ce trajet.

Treize ans durant, Carmella avait rêvé de faire la connaissance de M. Ketchum. Voilà qu'elle venait de le découvrir, avec sa violence. Elle vit d'emblée ce que son fils Angelù admirait chez cet homme ; dans son jeune temps, les femmes avaient dû, Rosie Calogero en tête, tomber facilement amoureuses de lui. Mais pour l'instant, elle le détestait d'être venu à North End, lui enlever son Gamba ; même sa patte folle allait lui manquer.

C'est alors que M. Ketchum lui dit quelque chose, quelque chose qui la mit définitivement dans sa poche :

– Si un jour vous vouliez voir l'endroit où votre petit gars a péri, ce serait un honneur pour moi de vous le montrer.

Elle refoula ses larmes. Elle avait tant voulu le voir, ce bassin où l'accident était arrivé, pas les troncs mais le bassin ; les troncs, elle n'aurait pas eu la force. Mais les berges de la rivière, d'où le cuisinier et le petit Dan avaient vu l'accident, et peut-être même le point exact où il s'était produit, oui, elle pourrait bien vouloir découvrir tout ça, un jour.

– Merci, monsieur Ketchum, dit-elle.

Elle les regarda monter en voiture ; c'était Ketchum qui prenait le volant, bien sûr.

– Si jamais tu veux me voir…, commença-t-elle.

– Je sais, répondit le cuisinier, mais sans parvenir à la regarder.

Par rapport au jour où son Gamba était parti, celui où Carl arriva au Vicino a Napoli lui parut presque facile. Une fois de plus, la chose s'était produite en milieu d'après-midi. L'été tirait à sa fin, on était en août 1967, et ils en arrivaient à croire ou du moins espérer que le Cow-boy ne viendrait jamais.

Ce fut elle qui le vit la première. Il était tout à fait tel que Gamba l'avait décrit : sans uniforme, il avait encore l'air de l'avoir sur le dos. Ketchum leur avait évidemment signalé ses bajoues, et le festival de doubles mentons dépassant de son col.

– Que quelqu'un file à la cuisine, dit Carmella en se levant de table.

La porte était fermée à clé, elle alla l'ouvrir. Ce fut Paul Polcari qui se retrancha aux fourneaux. Dès l'instant que le Cow-boy entra, elle regretta que ça n'ait pas été Tony Molinari.

– Vous êtes la femme Del Popolo, vous ? lui demanda le shérif adjoint.

Il leur montra son insigne en déclarant :

– Le Massachusetts fait pas partie de ma juridiction, en fait, tout ce qui est pas le comté de Coos fait pas partie de ma juridiction, seulement je cherche un type que vous connaissez tous, je crois bien. Il a comme des comptes à rendre, il s'appelle Dominic, un ptit qui boite.

Carmella éclata en sanglots ; elle avait la larme facile, mais pour une fois, elle dut se forcer.

– Ce petit con, dit Molinari, si je savais où il est je le tuerais.

– Moi aussi ! glapit Paul Polcari depuis la cuisine.

– Vous pouvez sortir ? lui lança le shérif adjoint, j'aimerais voir tout le monde.

– J'suis aux fourneaux ! piailla Paul en cognant ses marmites.

Le Cow-boy soupira. Ils se rappelaient tous la description qu'en avaient faite le cuisinier et Ketchum ; ils les avaient prévenus que l'homme souriait en permanence, mais du sourire le plus hypocrite qui soit.

– Écoutez, leur dit-il, je sais pas ce qu'il vous a fait, mais il me doit quelques explications.

– Il l'a laissée tomber, dit Molinari en désignant Carmella.

– Il lui a piqué ses bijoux ! dit le gamin qui essuyait les tables.

Quel crétin, ce môme, pensèrent les autres ; même ce flic risquait de se dire que Carmella n'était pas une femme à bijoux.

– Je l'aurais pas vu en voleur de bijoux, dit Carl, est-ce que vous êtes bien honnêtes avec moi ? Vous êtes sûrs de pas savoir où il est ?

– Non ! s'écria l'une des deux serveuses comme si sa compagne l'avait poignardée.

– Et vous ? clama le Cow-boy en direction de la cuisine.

Paul semblait soudain aphone. Quand on entendit de nouveau s'entrechoquer les marmites, les autres y virent le signal de s'écarter un peu du flic. Ketchum leur avait dit de ne pas s'éparpiller comme une bande de poules effarouchées, mais de mettre l'intervalle nécessaire entre eux et lui, histoire de ménager une fenêtre assez large au tireur.

– Si je savais où il est, il passerait à la casserole ! brailla Paul Polcari.

Il tenait l'Ithaca entre ses mains farinées, qui tremblaient. Il inclina le canon jusqu'à se trouver au niveau de la gorge du Cow-boy, ou de ce qu'il en entrevoyait sous les doubles mentons.

– Vous pourriez sortir de votre cuisine, que je vous voie ? cria Carl à Paul, qui plissait les yeux pour le mettre en joue depuis sa cuisine. Ah ces ritals, marmonna le Cow-boy.

C'est alors que Tony Molinari entrevit le Colt ; Carl venait de mettre la main dans la poche de son blouson : un gros holster était glissé de travers sous son aisselle, et ses doigts boudinés effleurèrent la crosse du flingue à canon long. Elle s'ornait d'incrustations en os, apparemment, du bois de cerf, sans doute. Pour l'amour du ciel, pensait Tony Molinari, ça y est, il te regarde, tire-lui dessus ! À sa propre surprise, Carmella pensait la même chose – tire-lui dessus ! Elle luttait désespérément pour ne pas se boucher les oreilles.

Paul Polcari n'était pas l'homme de la situation. C'était un doux, un gentil ; il avait l'impression d'avoir une boule de farine coincée dans le gosier. Il essayait bien de dire « Hé, Cow-boy », mais les mots lui restaient dans la gorge. Et le Cow-boy zyeutait en direction de la cuisine. Il n'avait plus besoin de rien dire, il lui suffisait d'appuyer sur la détente pour aveugler Carl. Mais il ne pouvait pas, et quoi qu'il en soit, il ne le fit pas.

– Eh merde ! dit le shérif adjoint.

Il se dirigeait vers la porte du restaurant, sur le côté. Molinari s'inquiéta : du coup, il sortait du champ visuel de Paul ; puis Carl remit la main dans son blouson, et tous se figèrent sur place. (C'est là qu'il sort son Colt, se dit Molinari.) Mais il s'agissait d'une carte de visite, qu'il tendit à Carmella.

– Appelez-moi si le ptit infirme vous fait signe, lui dit-il sans cesser de sourire.

On entendit une dégringolade de casseroles et de marmites dans la cuisine ; Molinari se dit que Paul devait s'être trouvé mal.

– Il aurait fallu que ce soit toi qui ailles à la cuisine, Tony, lui dit Carmella par la suite, mais on ne peut pas faire de reproches à ce pauvre Paul.

Paul Polcari se fit tous les reproches possibles, au contraire ; il en parlait sans cesse. Molinari mit une bonne heure à sortir l'Ithaca de sa gangue de farine, mais le Cow-boy ne revint pas. Peut-être que le simple fait d'avoir eu ce fusil au fond de la cuisine les avait aidés. Quant à l'histoire que Ketchum leur avait dit de raconter, Carl avait dû la croire.

Quand leur épreuve s'acheva, Carmella pleura à chaudes larmes ; tout le monde crut que c'était le contrecoup de la tension. Mais le départ de son Gamba lui avait fait bien plus de chagrin ; elle pleurait parce qu'elle savait que son épreuve à lui n'était pas finie pour autant. Contrairement à ce qu'elle avait dit à Ketchum, elle aurait fait feu, si elle s'était trouvée à la cuisine avec l'Ithaca en main. Sitôt qu'elle avait vu le Cow-boy et le regard qu'il portait sur elle (Ketchum l'avait prévenue), elle avait compris qu'elle pourrait tirer sur lui. Mais elle n'en aurait plus jamais l'occasion, pas plus qu'aucun d'entre eux.

À vrai dire, Dominic manquerait à Carmella plus que le pêcheur, et Secondo lui manquerait aussi. Elle n'ignorait nullement que ce dernier avait percé un trou dans la cloison de l'appartement sans eau chaude de Charter Street. Peut-être se baigna-t-elle un peu plus pudiquement lorsqu'elle le découvrit, mais elle le laissa faire. Le pêcheur mort, Angelù parti, plus personne ne la regardait depuis longtemps. Lorsque Dominic et Danny étaient entrés dans sa vie, elle ne s'était guère offusquée que ce gosse de douze ans la regarde dans la baignoire de la cuisine ; elle se serait davantage inquiétée de l'influence que ce spectacle pourrait avoir sur lui (et ce n'était pas à sa manière d'écrire qu'elle pensait).

Si certains furent surpris, stupéfaits, déçus ou indifférents en apprenant le *nom de plume** que se choisit Daniel Baciagalupo, Carmella Del Popolo en fut enchantée. Car lorsque Danny Angel signa *Vie de famille dans le comté de Coos*, elle eut la certitude que Secondo savait depuis toujours être son substitut de fils, tout comme, sans aucun doute, le personnel du Vicino a Napoli savait que personne, absolument personne, ne remplacerait son enfant chéri, son disparu, Angelù.

III

Comté de Windham, Vermont, 1983

7
Benevento et Avellino

C'était un vieil immeuble, très dégradé car proche du fleuve. Certains des appartements avaient subi d'autres outrages, l'un d'entre eux en particulier, mis à sac par deux étudiants de Windham College dans les années soixante. Jadis bon marché, ils étaient un peu plus chers aujourd'hui. Le Connecticut avait été dépollué, et la ville de Brattleboro, sur ses rives, y avait beaucoup gagné. Le cuisinier habitait au premier ; il donnait sur cour, côté fleuve et non pas sur Main Street. Le matin, en général, il descendait se faire son espresso dans la cuisine de son restaurant encore désert, côté cour, elle aussi, avec une belle vue sur le fleuve.

Au rez-de-chaussée, il y avait toujours eu une boutique ou un restaurant, côté rue ; en face de l'immeuble abîmé par les intempéries, se trouvaient un magasin d'uniformes de l'armée et de la marine, et le cinéma du coin qui s'appelait le Latchis.

En descendant Main Street, on arrivait à Canal Street et son marché, où le cuisinier s'approvisionnait pour l'essentiel. De là, en poussant vers la périphérie de la ville, on trouvait l'hôpital et un centre commercial, puis, sur l'Interstate 91, une série de stations-service et le classique défilé des fast-foods.

En remontant Main Street, on arrivait à la Cave à Livres, une assez bonne librairie, où l'auteur Danny Angel, désormais célèbre, avait fait une ou deux lectures de ses œuvres ainsi que les traditionnelles séances de dédicaces. Le cuisinier y avait rencontré une ou deux de ses amies du Vermont, et tout le monde l'y connaissait sous le nom de M. Angel, père du fameux romancier, et chef propriétaire du meilleur restaurant italien du coin.

Car Daniel ayant choisi son pseudonyme, Dominic avait dû changer de nom à son tour.

– Merde alors, il vaudrait sans doute mieux que vous vous appeliez tous deux Angel, avait dit Ketchum, tel père, tel fils, et tout et tout. (Il tenait aussi à ce que le cuisinier abandonne son prénom.)

– Qu'est-ce que tu dirais de Tony ? avait suggéré Danny.

On était le 4 juillet 1967, et Ketchum avait bien failli mettre le feu à la ferme de Putney ; cinq minutes après l'explosion du dernier pétard de gros calibre, le petit Joe hurlait toujours.

Tony, ça faisait encore italien, mais c'était agréablement passe-partout, se disait Danny. Quant au cuisinier, il aimait ce prénom à cause de l'affection qu'il portait à Tony Molinari. Quelques soirs après avoir quitté Boston, il savait déjà à quel point il allait lui manquer ; Paul Polcari aussi allait lui manquer, et ne baissa nullement dans son estime lorsqu'il apprit ce qui s'était passé au mois d'août, cet été-là.

Dominic Del Popolo, né Baciagalupo, alias Tony Angel désormais, tenait Ketchum pour responsable de la mésaventure qui avait permis au Cow-boy de sortir vivant du Vicino a Napoli. Ketchum et non pas Paul Polcari ; le pauvre garçon était bien incapable d'appuyer sur la détente. C'était la faute de Ketchum, qui leur avait dit que n'importe lequel d'entre eux pourrait se retrancher dans la cuisine avec la carabine. Allons donc ! Un homme qui s'y connaissait comme Ketchum dans le maniement des armes à feu aurait bien dû savoir que tout tenait au contraire à la personnalité de celui qui mettrait le Cow-boy en joue et appuierait, ou non, sur la détente. Paul était un type doux et gentil : comment lui en vouloir ? « Pour toi, tout est toujours de la faute de Ketchum », lui avait dit Danny plus d'une fois, mais c'était pourtant ainsi.

Si Molinari s'était posté dans la cuisine, Dominic Del Popolo aurait pu reprendre son vrai nom de Baciagalupo, et rentrer vivre à Boston, avec Carmella. Il n'aurait jamais été obligé de prendre le nom de Tony Angel. Quant à l'écrivain Danny Angel – son quatrième roman avait été son premier succès commercial, et son cinquième, en 1983, avait déjà été traduit en trente langues –, il aurait pu reprendre son vrai nom, auquel il était si attaché.

– Bon dieu de bois, Ketchum, avait dit le cuisinier à son vieil ami, si ça avait été Carmella qui s'était planquée dans la cuisine avec ton sacro-saint Ithaca, elle lui aurait tiré dessus plutôt deux fois qu'une, pendant qu'il s'usait les yeux à l'apercevoir, même si ce crétin de commis s'était trouvé dans la cuisine, il aurait appuyé sur la détente.

– Désolé, Cuistot, c'étaient tes potes, je les connaissais pas, fallait me dire qu'il y avait un objecteur de conscience parmi eux, un pacifiste à la con.

– Arrêtez de vous rejeter la faute, leur disait souvent Danny.

Après tout, ça faisait seize ans, ça ferait seize ans en août, que Paul Polcari avait failli à sa mission de sniper. Tout ne s'était pas si mal arrangé, en somme, se disait le cuisinier en savourant son espresso, les yeux fixés sur le Connecticut, qui coulait devant les fenêtres de la cuisine.

Autrefois, des trains de grumes descendaient ce fleuve-là, aussi. Dans la salle à manger du restaurant, qui donnait sur Main Street et la marquise du Latchis avec le nom du film à l'affiche, il avait encadré une photo d'embâcle à Brattleboro ; elle avait été prise bien des années auparavant ; il n'était plus question de flotter des trains de troncs dans le Vermont ou le New Hampshire.

Dans le Maine, ce mode de transport avait perduré jusque dans les années soixante, soixante-dix, mais le dernier convoi était parti du lac de Moose Head pour descendre le Kennebec en 1976. Comme il se doit, Ketchum faisait partie du voyage, il avait appelé le cuisinier en PCV depuis un bar de Bath, situé non loin de l'embouchure du fleuve.

– J'essaie de me changer les idées, y a un connard d'ouvrier des chantiers navals qui me cherche, il me donne envie d'abuser de ma force.

– N'oublie pas que tu viens d'un autre État, Ketchum, l'avait averti son vieil ami ; les autorités prendront le parti de l'ouvrier des chantiers navals.

– Nom de dieu, Cuistot, tu sais à combien ça revient d'acheminer des grumes par voie d'eau ? Je veux dire depuis l'endroit où on abat l'arbre jusqu'à la scierie ? Environ quinze *cents* le stère, merde ! C'est tout ce que ça coûte.

Le cuisinier avait déjà trop souvent entendu cet argument. Je pourrais raccrocher, se disait-il, mais il resta au bout du fil, peut-être par pitié pour l'ouvrier des chantiers navals.

– Ça va te coûter six ou sept dollars le stère de les acheminer par voie de terre ! Dans le nord de la Nouvelle-Angleterre, la plupart des routes valent pas un clou déjà au départ, alors si tu lâches ces connards de camionneurs dessus ! T'as beau penser qu'on vit dans un monde d'accidents, imagine un camion chargé de troncs qui écrase une charibotée de skieurs en se renversant !

Ketchum n'avait pas tort ; des accidents épouvantables s'étaient produits, où les camions avaient leur part de responsabilité. Dans le nord de la Nouvelle-Angleterre, l'automobiliste pouvait jadis rouler en toute quiétude, du moins selon Ketchum, il n'y avait guère qu'un élan ou un chauffard ivre pour mettre ses jours en danger. Aujourd'hui, on trouvait des camions sur les grandes routes, comme sur les petites. Les « connards de camionneurs » étaient partout.

– Pays à la con, beuglait Ketchum dans le récepteur, faut toujours qu'ils trouvent moyen de rendre cher un truc qui l'est pas, et en plus d'enlever leur boulot à des gars !

Leur conversation prit fin sans préavis ; dans ce bar de Bath, le bruit d'une querelle se fit entendre, confusément ; une violente échauffourée s'ensuivit. Sans aucun doute, un autre consommateur avait reproché à Ketchum de diffamer le pays entier – peut-être bien l'ouvrier des chantiers précédemment évoqué comme un connard à titre personnel. (« Un patriote à la con ! » résuma le bûcheron plus tard.)

Le cuisinier aimait bien écouter la radio en commençant sa pâte à pizza, le matin. Nunzi lui avait appris qu'il fallait toujours la faire lever deux fois ; peut-être était-ce une habitude idiote, toujours est-il qu'il l'avait gardée ; d'ailleurs, Paul Polcari, fameux pizzaïolo, lui avait dit que si deux levées n'étaient pas nécessaires, deux valaient toujours mieux qu'une. Là-bas, à Twisted River, il manquait un ingrédient essentiel dans la pâte à pizza qu'il faisait.

Il y avait bien longtemps, il avait dit à Minnie et à May, les rombières ravageuses, que sa croûte gagnerait à être un peu sucrée. Minnie, celle qui avait rusé pour qu'il lui touche les seins, avait répondu :

– T'es fou, Cuistot, tu fais la meilleure croûte que j'aie jamais mangée.

– Je me demande s'il ne faudrait pas mettre un peu de miel, lui avait dit celui qui était encore Dominic Baciagalupo.

Mais comme il n'en avait pas ce jour-là, il avait tenté de le remplacer par du sirop d'érable. Mauvaise inspiration : le goût se sentait. L'idée du miel lui était sortie de la tête, jusqu'au jour où May la lui avait rappelée ; elle s'était cognée à lui exprès, en tanguant de sa vaste hanche pour lui tendre le pot :

– Tiens, Cuistot, pour ta pâte à pizza.

– J'ai changé d'avis, lui avait-il dit, uniquement parce qu'il refusait de lui faire ce plaisir : il ne lui avait jamais pardonné d'avoir dit que Minnie et elle n'étaient pas assez « indiennes » pour lui.

Ce fut à la cuisine du Vicino a Napoli que Paul Polcari lui apprit la recette de sa pâte à pizza. Nunzi lui avait toujours dit d'ajouter de l'huile d'olive au mélange farine-eau-levure, une cuillerée à soupe ou deux par pizza, pas plus. Et Paul lui avait appris à y ajouter la même quantité de miel. L'huile fluidifiait la pâte ; même fine, elle cuisait alors sans se dessécher ni s'effriter. Le miel, comme le cuisinier avait failli le découvrir à Twisted River, lui donnait ce petit goût sucré dont on ne soupçonnait pas l'origine.

Tony Angel commençait rarement sa pâte sans se rappeler sa presque-découverte ; cela faisait des années qu'il n'avait pas pensé à la grosse Minnie, et à sa comparse, plus grosse encore. Ce matin-là, dans sa cuisine de Brattleboro, il avait cinquante-neuf ans. Quel âge pouvaient-elles avoir, ces vieilles garces ? Au moins la soixantaine. May avait toute une ribambelle de petits-enfants, certains du même âge que les enfants de son second mariage…

La radio vint le distraire de ces pensées ; il était nostalgique de la part de lui-même que son imaginaire nommait Dominic, et les chansons venaient la faire resurgir. C'était mieux, à Boston ; la station de radio qu'ils écoutaient au Vicino a Napoli, et la musique de l'époque. La musique des années cinquante était infecte, alors que celle des années soixante soixante-dix était carrément géniale. À présent, on était revenu aux frontières de l'infect. Il aimait bien George Strait, *Amarillo by Morning* et *You Look so Good in Love*, mais aujourd'hui même on avait passé deux chansons de Michael Jackson coup sur coup (*Billy Jean* et *Beat It*), or il avait horreur de Michael Jackson. Il trouvait que Paul McCartney n'aurait jamais dû s'abaisser à jouer *The Girl Is Mine* avec lui – la radio avait passé ce titre un peu plus tôt, ce matin-là. À présent c'était Duran Duran, *Hungry Like the Wolf.*

Oui, vraiment, la musique était meilleure à Boston, dans les années soixante. Même le vieux Polcari reprenait les chansons de Dylan, et Paul rythmait *Satisfaction* en cognant sur son faitout. En plus des chansons des Stones et de toutes celles de Dylan, il y avait Simon and Garfunkel, et les Beatles. Tony entendait encore Carmella chanter *The Sounds of Silence* ; devant leurs fourneaux même, ils avaient dansé sur *Eight Days a Week*, *Ticket to Ride* et *We Can Work It Out*. Et puis il y avait eu *Strawberry Fields Forever* et *Penny Lane*. La révolution des Beatles.

Là-dessus, le cuisinier éteignit la radio. Il essaya de se chanter *All You Need Is Love*, mais Dominic Baciagalupo, dit Del Popolo, alias Tony Angel, n'avait jamais chanté juste, et très vite, la chanson des Beatles se mua en celle des Doors, *Light My Fire*, qui lui rappela désagréablement son ex-belle-fille Katie, grande fan des Doors, de Grateful Dead et de Jefferson Airplane. Il ne détestait pas les Doors et Grateful Dead, d'ailleurs, mais Katie avait fait une imitation de Grace Slick qui l'avait dégoûté à tout jamais de Jefferson Airplane, et surtout de *Somebody to Love* et de *White Rabbit*.

Ce jour-là, avant que la famille s'installe dans l'Iowa, Daniel était passé leur laisser le petit Joe à garder. Katie et lui se rendaient à un concert des Beatles au Shea Stadium de New York, un membre de la famille huppée de Katie leur ayant procuré des billets. On était en août et le stade attendait dans les cinquante mille spectateurs. Carmella adorait s'occuper du petit Joe, fils de mars comme son père, et donc âgé de cinq mois en la circonstance. Le hic, c'est que Dan et Katie étaient rentrés le récupérer dans un état d'ébriété avancée.

Ils avaient dû quitter New York bourrés, et rouler ainsi sur tout le trajet jusqu'à Boston. Dominic n'avait pas voulu leur laisser reprendre le bébé :

– Pas question que vous rentriez dans le New Hampshire avec lui dans l'état où vous êtes.

C'est alors que Katie s'était mise à se contorsionner comme une entraîneuse en chantant *Somebody to Love* et *White Rabbit*. Impossible de regarder Grace Slick après cette exhibition crapuleuse.

– Allez, papa, on est parfaitement en état de conduire, laisse-nous le récupérer, on va pas tous dormir ici.

– Il va bien falloir, Daniel. Joe peut coucher dans notre chambre, et Katie et toi vous vous débrouillerez pour tenir dans ton petit lit ; vous n'êtes pas bien gros ni l'un ni l'autre.

Furieux, Danny s'était contenu, mais Katie avait fait des siennes. Elle était allée faire pipi dans la salle de bains sans fermer la porte pour que nul ne l'ignore. Daniel avait jeté à son père un regard qui disait « Et voilà le résultat ». Carmella était retournée dans leur chambre où le petit Joe dormait déjà, et elle avait fermé la porte derrière elle. Katie était sortie de la salle de bains toute nue.

Elle s'était adressée à Danny comme si son beau-père n'avait pas été là :

– Allez viens, s'il faut qu'on le fasse dans un petit lit, autant s'y mettre tout de suite.

Bien entendu, le cuisinier savait que son fils et sa belle-fille n'avaient pas vraiment copulé bruyamment aussitôt, mais c'est ce qu'elle avait voulu leur faire croire, à lui et à Carmella, en simulant des orgasmes en cascade. En réalité, les jeunes parents étaient tellement ivres que le cauchemar de leur fils, un peu plus tard dans la nuit, ne les avait même pas réveillés.

Le lendemain, quand ils avaient pris le chemin du retour avec lui, Danny et Dominic ne s'étaient pas adressé la parole, et Carmella n'avait pas jeté un regard à Katie. Mais peu avant que l'apprenti écrivain Daniel Baciagalupo emmène sa petite famille dans l'Iowa, le père lui avait téléphoné.

– Si tu continues à boire comme ça, tu ne vas jamais rien écrire de valable. Tu te rappelleras même plus le matin ce que tu as écrit la veille. Moi, j'ai arrêté de boire parce que je ne tenais pas l'alcool, Daniel. Alors c'est peut-être génétique, peut-être que tu ne le supportes pas non plus.

Tony Angel ne savait pas au juste ce qu'il était arrivé à son fils dans l'Iowa, mais après ce quelque chose, il avait cessé de boire. Il ne tenait pas à le savoir, ce qui était arrivé à son fils bien-aimé, convaincu que Katie n'y était pas pour rien.

Quand il eut fini de préparer sa pâte, qui en était à sa première levée dans les grandes jattes couvertes d'un torchon humide, Tony Angel remonta clopin-clopant Main Street, vers la Cave à Livres. Il aimait bien la jeune libraire. Elle était toujours aimable avec lui, et venait souvent manger chez lui ; il lui offrait volontiers une bouteille de vin. Chaque fois qu'il entrait dans la librairie, il lui servait la même plaisanterie : « Vous n'auriez pas quelques femmes à me présenter, aujourd'hui ? Des femmes de mon âge, voire un peu plus jeunes. »

Il était heureux de vivre à Brattleboro, heureux d'être propriétaire de son restaurant. Les premières années, il détestait le Vermont, ou, plus exactement, Putney. Putney était un village un peu « marginal ». (Putney n'est un village qu'à la marge, se plaisait-il à dire aujourd'hui.)

North End lui avait « salement » manqué, comme aurait dit Ketchum. Et Putney était infesté de hippies ostentatoires et autres étudiants en rupture de fac. Il y avait même une communauté à quelques kilomètres de là, qui portait un nom avec « trèfle », il ne se rappelait plus le reste. Il lui semblait que c'était une communauté de femmes, autant dire un repaire de lesbiennes.

Et le boucher (la bouchère ?) de la coopérative de Putney qui s'était entaillé le doigt ! Un boucher qui s'entaille le doigt ! Et qui est peut-être une bouchère, par-dessus le marché…

– Pour l'amour du ciel, papa, c'est une femme, ça se voit, lui avait dit Danny, exaspéré.

– C'est toi qui le dis, tu es allé y voir, sous ses jupes ?

Mais enfin le cuisinier avait ouvert sa pizzeria à Putney, et il avait beau vitupérer contre Windham College, qui n'était pas une vraie fac à ses yeux (des yeux de connaisseur, puisqu'il n'était jamais allé à l'université lui-même), et contre ses connards d'étudiants, la pizzeria avait fait recette, en grande partie grâce à leur clientèle.

– Immaculée Constipation, va surtout pas l'appeler « Chez Angel », ton rade, ni rien avec « Ange » dedans, lui avait dit Ketchum.

Le temps passant, il trouvait de plus en plus à redire aux pseudos de Danny et son père. On ne sait jamais : Carl aurait pu faire le rapprochement entre leur départ de la ville et la mort du premier Angel. Quant au petit Joe, c'était son père qui lui avait donné ce prénom, alors même qu'il aurait préféré lui donner celui de son père, en ajoutant Junior : Dominic Jr. Mais Katie n'aimait ni Dominic ni Junior, et Danny n'avait pas voulu lui transmettre son *nom de plume**, de sorte qu'il était resté Joe Baciagalupo, sans s'*angéliser*. Le cuisinier et son fils se souvenaient que Carl n'avait jamais été fichu de prononcer leur nom ; il était peu probable qu'il arrive à l'écrire, quand bien même sa vie de gros lard en dépendrait. Joe s'appelait Baciagalupo, et alors ? Ketchum avait dû s'y faire. Et voilà qu'il s'était mis à tiquer sur le nom d'Angel.

Le cuisinier rêvait souvent de Gennaro Capodilupo, son connard de père fugueur ; il entendait encore résonner dans ses oreilles le nom de ces deux villages jumeaux sur la colline, ces cantons aux environs de Naples, dont sa mère Nunzi murmurait les noms en dormant : Benevento et Avellino. Il était convaincu que son père était bel et bien retourné dans les environs de Naples, d'où il était originaire. Mais, à vrai dire, peu lui importait ; un père qui vous abandonne, autant le traiter par le mépris.

– Et puis va pas te croire malin en l'appelant « Aux environs de Naples », ton rade, lui avait dit Ketchum. Il a beau pas parler italien, le Cow-boy, n'importe qui peut se douter que ça veut dire Vicino a Napoli, là, ton truc imprononçable.

Alors le cuisinier avait appelé son restaurant le Benevento ; c'était toujours le village que Nunzi nommait en premier, dans son sommeil, et il était bien le seul à l'avoir entendu. Le nom ne risquait donc vraiment pas de dire quoi que ce soit au Cow-boy.

– Là, Cuistot, faut reconnaître, ça fait italien, merde ! avait admis Ketchum.

La pizzeria de Putney était située sur la Route 5, avant la bifurcation pour le centre-ville. La Route 5 continuait vers le nord, longeait une usine à papier et un village nommé Basketville, un piège à touristes. Windham College se trouvait sur la même route, un peu au nord. La bretelle gauche, avec l'Alimentation générale, la boucherie de la Co-op et son boucher-bouchère automutilateur(trice), menait vers Westminster West. C'est là qu'il y avait le lycée de Putney, un établissement dédaigné par Danny qui ne l'estimait pas du niveau d'Exeter ; sur Hickory Ridge Road, où habitait toujours l'écrivain Danny Angel, il y avait une école élémentaire indépendante, et qui avait trouvé grâce à ses yeux exigeants.

Il y avait envoyé Joe, et ses notes avaient permis à l'adolescent d'entrer à Northfield Mount Hermon, un bon lycée, selon Danny. NMH, comme on disait, se situait à environ une demi-heure de Brattleboro, vers le sud, dans le Massachusetts, soit à une heure de voiture. Ainsi Joe, élève de terminale en 1983, voyait très souvent son père et son grand-père.

Dans son appartement de Brattleboro, ce dernier avait une chambre d'amis à la disposition de son petit-fils. Il avait déposé la cuisine, mais gardé la plomberie pour faire installer une vaste salle de bains dominant le Connecticut. La grande baignoire lui rappelait celle de la cuisine où Carmella prenait ses bains dans l'appartement de Charter Street. Il n'était toujours pas certain que Danny l'avait espionnée, mais il avait tout de même lu les cinq romans de son fils, et l'un d'entre eux mettait en scène une Italienne pulpeuse se prélassant dans des bains interminables, tandis que son beau-fils, arrivé à l'âge des premières branlettes, se livrait à cette activité en la regardant par le trou que le petit malin avait percé dans la cloison entre sa chambre et la salle de bains, opportunément contiguë.

S'il y avait bien par-ci par-là quelques détails identifiables dans les romans de son fils, le cuisinier y décelait plus souvent des éléments inventés. Ainsi, on y reconnaissait Carmella à sa baignoire, mais le personnage de belle-mère ne lui ressemblait pas du tout. Quant à lui, il ne se retrouvait dans la prose de son fils qu'à des traits on ne peut plus superficiels, et il en allait de même pour Ketchum. Dans l'un des romans, un personnage secondaire se cassait le poignet, dans un autre, on entendait quelqu'un s'exclamer « Immaculée Constipation ! ». Ils en avaient parlé, Ketchum et lui, de cette absence de révélation essentielle sur la nature profonde de leur Daniel chéri. « Où il se cache, ce gosse ? » avait demandé Ketchum au cuisinier.

Car même dans le quatrième roman de Danny Angel, son plus célèbre, intitulé *Les Pères Kennedy*, le personnage principal, qui échappe à la guerre du Vietnam grâce au fameux sursis des soutiens de famille, ne ressemblait guère sur le fond au Danny qu'ils connaissaient et qui leur était cher.

Il y avait aussi un personnage de femme inspiré par Katie. Danny Angel l'avait nommée Caitlin ; il en faisait un lutin menu doté d'une propension excessive à l'infidélité sérielle. Elle parvenait à sauver de la guerre du Vietnam un nombre proprement incroyable de « pères Kennedy », et virevoltait de mari en mari avec la même décontraction bon enfant que Katie devait mettre à faire des pipes, se disaient Ketchum et le cuisinier. Sauf que Caitlin n'était pas Katie.

– Beaucoup trop sympathique, avait conclu le cuisinier.

– Je te crois, avait approuvé Ketchum. On l'aimerait presque, à la fin.

Tous ses maris aimaient bien Caitlin, à la fin, ou en tout cas, si cela revient au même, ils avaient beaucoup de mal à tourner la page. Quant aux bébés abandonnés à la naissance par leur mère, le lecteur ne saurait pas ce qu'ils pensaient d'elle. Le roman s'achevait sur l'abrogation du statut 3-A par le président Nixon ; la guerre traînait encore cinq ans, et le personnage de Caitlin disparaissait sans plus d'explications ; on la retrouvait en perdition dans le dernier chapitre. Elle appelait ses ex-maris pour parler à ses enfants, ce qui n'augurait rien de bon ; les enfants n'avaient aucun souvenir d'elle, et c'était sa dernière apparition dans le récit – un moment pathétique.

Ketchum et le cuisinier savaient fort bien que Katie n'avait jamais appelé Daniel pour parler à Joe ; apparemment, elle se souciait trop peu de leurs personnes pour leur demander de leurs nouvelles, même si Ketchum se plaisait à dire que, Danny une fois célèbre, elle tenterait peut-être de renouer le contact.

Pourtant, lorsque *Les Pères Kennedy* lui assura effectivement la célébrité, elle ne se manifesta pas davantage. En revanche, d'autres « pères Kennedy » lui écrivirent. La plupart de leurs lettres étaient des échos favorables au roman ; il était convaincu qu'il existait entre ces hommes et lui une forme de culpabilité partagée, parce que tôt ou tard ils avaient eu le sentiment qu'ils auraient sans doute dû partir au Vietnam (ou, comme Danny, parce qu'ils avaient voulu y aller), alors qu'à présent ils étaient bien conscients de leur chance.

L'un des mérites reconnus au roman fut qu'il projetait un nouvel éclairage sur les ravages permanents de la guerre dans la société américaine, qu'elle avait divisée pour longtemps. Que les jeunes pères du roman soient ou non de bons pères, il était trop tôt pour dire si ces enfants-alibis qui les dispensaient du Vietnam pâtiraient de la situation. La plupart des critiques jugèrent que Caitlin était le personnage le plus marquant de l'histoire, sa véritable héroïne. Elle se sacrifiait pour sauver la vie de ces jeunes gars, et même si elle les quittait, et avec eux ses enfants, elle demeurait hantée par l'expérience.

En revanche, le roman dépita Ketchum et le cuisinier. Ils s'étaient attendus à une exécution en règle, et voilà que Danny faisait de son odieuse ex-femme une héroïne, merde alors !

Une des lettres que Danny reçut des « pères Kennedy » méritait d'être gardée, et il la montra à son fils. Cela se passait plusieurs années après la publication du roman, au printemps où Joe était en terminale à Northfield Mount Hermon ; il conduisait depuis seulement un an, il venait d'avoir dix-sept ans. Comme Joe le lui avait suggéré, Danny transmit la lettre à Ketchum et à son père. Mais si Danny et Joe avaient parlé de cette lettre, de ce qu'elle disait et de ce qu'elle sous-entendait, les deux anciens furent circonspects dans leur réaction, sachant fort bien que les sentiments de Danny pour Katie différaient quelque peu des leurs.

L'auteur de la missive se disait « parent isolé » ; il s'appelait Jeff Reese et habitait Portland, Oregon. « Comme vous, commençait-il, je suis un "père Kennedy", un de ces tarés dont Katie Callahan a sauvé la vie. Je ne sais pas au juste combien nous sommes, j'ai entendu parler d'un autre au moins (outre vous et moi, c'est-à-dire) et je lui écris par le même courrier. J'ai donc le regret de vous annoncer à tous deux que Katie n'a pas pu faire pour elle-même ce qu'elle avait fait pour nous autres tarés. Je ne peux pas vous en dire davantage, tout ce que je sais c'est qu'elle est morte d'une overdose involontaire. » Il ne précisait pas de quoi. Peut-être considérait-il que Danny saurait de quelle substance elle abusait, mais ils n'avaient jamais pris de drogues dures ensemble, un peu de marijuana de temps en temps, c'était tout. L'alcool et quelques bouffées d'herbe leur suffisaient amplement. Jeff Reese ne disait pas un mot du roman, même si l'on devinait qu'il avait dû le lire plus tard ; peut-être en avait-il lu juste assez pour voir que le personnage de Caitlin n'était pas Katie. Il ne précisait pas non plus si la vraie Katie avait lu le roman, ou les précédents ; mais il fallait bien croire qu'elle savait que son ex-mari avait pris le nom de Danny Angel, sinon comment Jeff Reese aurait-il fait le rapprochement ?

L'écrivain avait pris sa voiture pour rendre visite à son fils dans son lycée, une visite impromptue. Le vieux gymnase James était vide, on n'était pas en saison de lutte et les deux hommes s'étaient assis sur la piste de bois inclinée pour lire et relire la missive. Le jeune homme s'était peut-être figuré qu'il aurait tôt ou tard des nouvelles de sa mère, ce n'était pas le cas de Daniel, mais son imagination d'écrivain lui disait qu'elle essaierait d'entrer en contact avec son fils.

À dix-sept ans, Joe Baciagalupo était souvent mal rasé et son visage était sorti du flou de l'enfance – on lui aurait facilement donné vingt ans. Pourtant son expression encore ouverte et pleine d'attente rappelait à son père le « petit Joe » qu'il avait été. C'est peut-être ce qui lui fit dire :

– Je regrette que tu n'aies pas eu de mère, ou de n'avoir pas trouvé une femme qui s'acquitte de ce rôle envers toi.

– Mais ça ne se ramène pas à un rôle, non ? demanda Joe qui tenait encore en main la missive annonçant la mort de sa mère par overdose.

Il la regardait, se dirait son père plus tard, comme on observe une monnaie étrangère, une curiosité, un objet exotique sans utilité immédiate.

– C'est vrai, poursuivit-il, je t'ai eu, toi, tu as toujours été là, et puis ton père, tu sais bien que c'est un second père pour moi. En plus, il y a Ketchum.

– Oui, se borna à dire l'écrivain.

Quand il s'adressait à Joe, il ne savait pas toujours s'il parlait à un enfant ou à un homme. Son fils lui cachait-il des choses, en proie à la même inquiétude que lui au même âge, ou bien étaient-ce les cachotteries de Ketchum et du cuisinier qui lui inspiraient des doutes sur sa dissimulation possible ?

– Je veux simplement être sûr que tu vas bien, lui dit-il.

Mais l'enfant, ou l'homme ou les deux, savait sans le moindre doute que « bien » n'était pas à prendre au pied de la lettre. Il voulait dire « que tu te portes comme un charme », il voulait aussi dire « que tu es en sécurité », comme si ces conversations père-fils, pour régulières qu'elles fussent, devaient lui assurer la sécurité (aujourd'hui comme hier ou demain). Tel était peut-être le fardeau propre à l'écrivain, que son inquiétude de père vienne télescoper l'analyse qu'il faisait de ses personnages.

Le jour où il montra la lettre à Joe, il fut frappé par le caractère irréel de la nouvelle qu'elle contenait ; c'était un événement rapporté et non pas montré sur scène ; le fait qu'elle leur parvienne par un inconnu lointain réduisait tout à coup Katie au statut de personnage secondaire. Et si lui, Danny, avait continué à boire avec elle, il aurait fini comme elle, suicide ou accident, épilogue tristement loin des feux de la rampe. Son père avait raison, pour l'alcool ; le fait de ne pas le supporter pouvait bien être « génétique ».

« Enfin, il a toujours rien écrit sur Rosie, c'est déjà ça », avait confié Ketchum dans une lettre à son vieil ami.

Ce dernier préférait les missives du vieux bûcheron (soixante-six ans) du temps qu'il ne savait pas écrire. La dame rencontrée à la bibliothèque, la « maîtresse d'école », il ne la nommait jamais autrement, avait fait son boulot. Mais Ketchum était encore plus caractériel depuis qu'il savait lire et écrire, et en plus il écoutait moins bien, le cuisinier en était persuadé. Quand on ne sait pas lire, il faut bien être attentif. Peut-être que les livres qu'il avait écoutés étaient ceux qu'il avait le mieux compris. À présent, tout ce qu'il lisait lui inspirait des critiques. Peut-être aussi que l'écriture de Pack de Six manquait à Tony Angel. (Au fait, selon Ketchum, le cuisinier était devenu braque, lui aussi.)

Une chose est sûre, Danny regrettait l'influence de Pack de Six sur Ketchum ; à l'époque, le fait de dépendre d'elle l'avait tout de même rendu moins solitaire qu'aujourd'hui ; et puis, quant à lui, il avait de longue date accepté son rôle d'intermédiaire dans leur correspondance à trois.

En 1983, Danny avait quarante et un ans. Aux abords de la quarantaine, la plupart des hommes se sentent vieillir ; mais Joe, qui avait dix-huit ans, savait qu'il avait un père resté jeune. Ses camarades de lycée de son âge, voire plus jeunes, lui avaient dit que ce père célèbre était aussi très bel homme. Peut-être l'était-il, mais pas tant que Joe, loin de là.

Il mesurait presque vingt centimètres de plus que son père et son grand-père. Katie, sa mère, était une toute petite femme, mais les hommes de sa famille étaient tous grands, non pas lourds, mais très grands. Leur taille allait bien avec leurs allures d'« aristos », avait déclaré le cuisinier.

Lui et Carmella avaient détesté ce mariage où ils s'étaient sentis snobés de *a* à *z*. C'était un mariage en grand tralala, club privé dispendieux à Manhattan – Katie était enceinte de deux mois –, et malgré la fortune engloutie dans cette fête, les plats étaient immangeables. Les Callahan n'étaient pas portés sur la nourriture ; c'était le genre à chipoter, descendre trop de cocktails et se bourrer d'amuse-gueules. À croire qu'avoir tant d'argent les dispensait de manger. Ce fut en tout cas ce que dit le cuisinier à Ketchum, qui convoyait toujours ses grumes sur le Kennebec. Il s'était excusé de ne pouvoir assister à la cérémonie : trop de travail. Mais, à vrai dire, le cuisinier lui avait demandé de ne pas venir :

– Je te connais, Ketchum, on va te voir arriver avec ton Browning et un calibre 12 ; tu vas bousiller tous les Callahan que tu repéreras comme tels, y compris Katie, après quoi tu t'en prendras aux doigts de Daniel.

– Je sais bien que tu penses comme moi, Cuistot.

– C'est un fait, et Carmella aussi, seulement il faut bien lui laisser faire ce qu'il veut. Cette pute de Callahan veut un bébé, et ce bébé peut sauver le mien d'une guerre désastreuse.

Ketchum était donc resté dans le Maine. Il le dirait plus tard, c'était une bonne affaire que le cuisinier ait pu assister au mariage. Quand on s'aperçut que Joe serait grand, il aurait pu croire que son cher Daniel n'en était pas le père. Vu que Katie baisait avec tous les mâles à son goût, elle aurait très bien pu se faire engrosser par quelqu'un d'autre et épouser Daniel. Mais le mariage lui avait donné la preuve qu'il y avait un gène de la haute taille dans cette famille. Joe fut bientôt le portrait craché de son père, à ceci près que le haut du crâne paternel lui arrivait à la poitrine.

Joe avait un corps d'avironneur, mais il ramait piètrement. Ayant essentiellement grandi dans le Vermont, c'était un skieur de descente chevronné. Son père n'aimait pas tellement le ski ; coureur de fond, il préférait le ski de fond, et encore. Il courait toujours ; ça l'aidait à réfléchir, à imaginer.

Joe luttait dans l'équipe de son lycée, sans avoir une morphologie de lutteur. S'il avait choisi la lutte, Ketchum n'y était peut-être pas pour rien, se disait le cuisinier. Ketchum n'était qu'un castagneur de bistrot, mais, à tout prendre, ce violon d'Ingres se rapprochait davantage de la lutte que de la boxe : en général il ne cognait l'adversaire qu'après l'avoir envoyé au tapis.

La première fois qu il était allé voir Joe lutter à NMH, il n'avait pas bien compris les règles du jeu. Joe avait marqué un tomber, et tandis que son adversaire gisait sur le sol, Ketchum avait braillé :

– Allez vas-y cogne-le, maintenant, c'est le moment !

– C'est pas permis, Ketchum, lui avait expliqué Danny. On ne cogne pas dans un match de lutte.

– Ben bon dieu, c'est pourtant le meilleur moment pour cogner ton gars, quand tu viens de l'étendre, comme ça.

Plus tard, au cours du même match, Joe avait réussi un contrôle de corps ; il avait fait à son adversaire une simple prise de tête à terre, et l'avait mis sur le dos.

– Il s'est trompé, Joe, avait protesté Ketchum dans l'oreille du cuisinier. Tu peux pas étouffer ton gars si tu lui poses le bras sur la nuque, c'est sur la gorge qu'il faut appuyer.

– Joe essaie de le mettre sur le dos, Ketchum, il n'essaie pas de le suffoquer, avait tenté le cuisinier.

– Les étouffements c'est interdit, avait expliqué Danny.

Joe remporta le match, et, à la fin de la journée, Ketchum alla lui serrer la main. C'est alors qu'il foula un tapis de lutte pour la première fois. Quand il le sentit sous sa semelle, il recula promptement sur le plancher de bois, comme s'il avait marché sur un être vivant.

– Merde, mais c'est ça qui va pas, pour commencer. Il est trop mou, ce matelas, tu peux pas faire de mal à un gars, là-dessus.

– Ketchum, le principe n'est pas de faire mal à ton adversaire, c'est de lui faire toucher les épaules par terre, de le battre aux points, s'interposa Danny.

Mais avant qu'ils comprennent ce qui se passait, Ketchum montrait à Joe une meilleure prise, pour mettre son adversaire sur le dos.

– Tu le fais dégringoler à plat ventre, et là, tu lui tires un bras dans le dos, lui précisa-t-il avec enthousiasme. Grâce au jeu de levage, tu lui montes le coude droit au niveau de l'oreille gauche. Il va se retourner, crois-moi, s'il veut pas que tu lui arraches l'épaule.

– On n'a pas le droit de tordre le bras à plus de quarante-cinq degrés, expliqua Joe au vieux bûcheron. Les étouffements et les prises de soumission étaient acceptés autrefois, mais plus maintenant. On n'a pas le droit de faire céder quelqu'un par la douleur.

– Immaculée Constipation, c'est bien comme tout le reste, quand il y a un truc qui marche, ils s'arrangent toujours pour te le bousiller à coups de règlements ! conclut Ketchum.

Mais au bout de quelques matches, il se prit au jeu, et apprécia la lutte collège.

– Je vais être honnête avec toi, Joe, bordel, la première fois que j'ai vu ça, j'ai trouvé que c'était un sport de fiottes, mais quand t'as bien compris, tu arrives à dire qui va gagner, même dans un parking, et même sans arbitre.

Joe fut étonné de le voir assister à tant de matches. Il venait le voir lutter dans son équipe depuis la Nouvelle-Angleterre ; l'année de terminale, l'équipe n'était pas mauvaise. Les quatre ans que Joe passa au lycée, il vint le voir plus souvent que son père ou son grand-père.

Les matches avaient lieu les mercredis et les samedis. Tony Angel fermait son restaurant de Brattleboro le mercredi, pour pouvoir assister à certains des matches de son petit-fils, mais il n'avait jamais le temps de voir ceux du samedi, or les plus importants, les tournois de fin de saison, par exemple, avaient toujours lieu le samedi. Danny Angel arrivait à en voir à peu près un sur deux, mais il était astreint à des tas de tournées de promotion. C'était donc Ketchum qui assistait à presque tous les « combats » de Joe, comme il disait.

– T'as raté un bon combat, disait-il quand il appelait Danny ou son père pour leur annoncer les résultats.

Avant de connaître le succès commercial avec *Les Pères Kennedy,* Danny Angel ne savait pas que les maisons d'édition avaient un service de presse. À présent que ses éditeurs assuraient la promotion de ses livres, il se jugeait tenu de se déplacer un peu lui-même pour en faire sa part. En outre, les traductions étaient publiées en décalage, et presque jamais à la sortie du livre en anglais. Il était donc rare qu'il ne se rende pas une fois par an ici ou là pour accompagner la sortie d'un roman.

En dehors de la saison de la lutte, quand son père était en voyage, Joe passait de fréquents week-ends chez son grand-père, à Brattleboro. Parfois, ses camarades de Northfield Mount Hermon amenaient leurs parents dîner dans son restaurant italien. Il lui arrivait aussi de donner un coup de main en cuisine. C'était comme au bon vieux temps, mais pas tout à fait, se disait le cuisinier en voyant son petit-fils et non plus son fils aux cuisines ou en train de débarrasser les tables. Il lui revenait à l'esprit qu'il n'avait pas vu son fils aussi souvent que son petit-fils, du temps qu'il était pensionnaire ; voilà pourquoi il y avait quelque chose de doux-amer dans sa relation avec Joe ; parfois, comme par magie, il parvenait à se détendre avec lui, sans jamais le juger ou le critiquer ainsi qu'il s'était cru obligé de le faire avec son propre fils.

Les coéquipiers de Joe s'étaient pris d'affection pour Ketchum.

– C'est ton oncle, le grand dur, avec la cicatrice ? lui demandèrent-ils.

– Non, c'est un ami de la famille ; il était draveur.

Un jour, son entraîneur lui demanda :

– Il a pas lutté autrefois, ce grand gaillard qui te broie la main pour te dire bonjour ? Avec son physique, ça se pourrait…

– Pas officiellement, répondit Joe.

– Et cette cicatrice ? Elle est vilaine, dis donc, ça doit pas être une séquelle du classique coup de boule.

– C'était pas un coup de boule, c'était un ours.

– Un ours !

– Faut surtout pas lui en parler, c'est une histoire abominable. Il a fallu qu'il tue l'ours, mais il voulait pas ; il les aime bien, les ours, en principe.

De toute évidence, Joe Baciagalupo tenait un peu de l'écrivain Danny Angel, au-delà même de leur ressemblance physique. Mais ce qui inquiétait le père, c'était le côté tête brûlée de son fils. Il ne se manifestait pas par une imagination débridée, ni dans la lutte d'ailleurs, qui n'avait jamais intéressé Danny à titre personnel, et moins encore le cuisinier, avec sa patte folle. Non, la lutte lui semblait plutôt un choix sans danger, une fois les bases assimilées. Il y avait chez le jeune Joe un trait de comportement qu'il ne pouvait tenir de lui, ni de son père.

Si Katie Callahan lui avait transmis un gène actif, c'était bien le goût du risque. Il skiait tête baissée, roulait à tombeau ouvert et draguait les filles à bride abattue. Son écrivain de père jugeait qu'il se mettait trop en péril.

– Peut-être qu'il tient ça de sa mère, avait dit Danny à son père.

– Peut-être, avait répondu le cuisinier, qui n'aimait pas penser que cette femme détestable ait transmis quoi que ce soit à son petit-fils. Mais enfin, il peut aussi le tenir de la tienne, Daniel. Rosie, c'était une femme qui avait le goût du risque, à sa façon, demande à Ketchum.

Pendant les heures qu'il avait passées à regarder les photos de sa mère, il aurait eu le temps d'écrire un roman, même s'il avait interrompu cette habitude lorsqu'il avait découvert la vérité sur le ménage à trois. Il avait même tenté de les donner à son père, mais celui-ci avait décliné :

– Non, elles sont à toi, je la vois parfaitement, moi, avait-il ajouté en se frappant la tempe du doigt, elle est gravée là.

– Peut-être que Ketchum serait content de les avoir ?

– Ketchum a les siennes, Daniel.

Au fil des années, quelques-unes des photos que Daniel conservait entre les pages de livres abandonnés à Twisted River lui avaient été envoyées par Ketchum, dans une lettre : « Je l'ai trouvée dans un livre, et j'ai pensé qu'elle te revenait, Danny. »

À contrecœur, Danny les avait conservées. Joe aimait les regarder. Le cuisinier avait peut-être raison ; il pouvait fort bien tenir son goût du risque, son côté tête brûlée de sa grand-mère plutôt que de sa mère. Sur ces photos de Rosie, Danny voyait une jolie femme aux yeux d'un bleu intense, mais il peinait à repérer Rosie Baciagalupo née Calogero, la rebelle éméchée qui avait entraîné deux hommes dans un do-si-do sur la glace noire de Twisted River.

– Tiens-le à l'œil du côté de l'alcool, lui avait dit le cuisinier. (Il parlait de Joe, et c'était sa manière à lui de demander si son petit-fils buvait toujours.)

– Il doit bien aller à une ou deux fêtes de temps en temps, mais il ne boit pas en ma présence.

– Ce n'est pas qu'il boive en ta présence qui nous inquiète…

Certes, il y avait matière à ouvrir l'œil, se disait Danny. Si l'on en revenait à des questions d'antécédents génétiques, il aurait préféré oublier ce qu'il savait de Katie : elle avait un problème d'alcool gros comme une maison ; quant à la marijuana, elle ne se contentait pas d'en fumer quelques joints de temps en temps.

On pourrait dire que Windham College était entré dans les affres de l'agonie dès avant la fin de la guerre du Vietnam. La désaffection des étudiants et les traites impayées devaient forcer l'établissement à fermer en 1978, mais Danny Angel avait vu venir les difficultés de loin. Il allait démissionner en 1972, pour accepter un poste d'enseignant à l'Atelier de création littéraire de l'Iowa. Il n'avait pas encore écrit *Les Pères Kennedy*, il lui fallait donc enseigner pour vivre, et en la matière, l'Iowa lui offrait ce qu'il y avait de mieux : des étudiants sérieux, motivés par leur propre travail d'écriture, autant dire tout loisir de travailler pour soi.

C'est ainsi qu'il publia son deuxième roman et écrivit son troisième. Iowa City était fabuleuse pour un enfant de l'âge de Joe : des écoles de bon niveau, comme il est logique dans une ville universitaire, et un semblant de vie de quartier. Certes, ce n'était pas North End, surtout en matière de restaurants, mais Danny était heureux de s'y retrouver.

Il donna le choix à son père : il pouvait venir vivre à Iowa City, ou bien rester à Putney. Avant d'accepter le poste dans l'Iowa et de démissionner de celui qu'il occupait à Windham, il avait acheté la ferme louée jusque-là sur Hickory Ridge Road : il voulait que son père ait la possibilité de rester sur place s'il le souhaitait.

Mais pour son père, la grande question, c'était Carmella. Pendant les cinq ans où il avait tenu le Benevento, il multipliait les allers-retours à Boston pour s'approvisionner ; deux heures de voiture à l'aller, autant au retour : ça faisait loin, pour des commissions. Il prétendait qu'il lui fallait absolument acheter ses saucisses à pizza au marché des Abruzzes, dans North End, et que, pendant qu'il y était, il pouvait aussi bien faire des réserves de fromages, d'olives et d'huile d'olive. Or, Danny le savait, ce qui lui importait de stocker, c'étaient les moments avec Carmella. Ils avaient été incapables de rompre net.

Le cuisinier n'avait pas investi considérablement dans le Benevento. Comparé au travail fourni dans le comté de Coos ou à Boston, une modeste pizzeria dans une ville universitaire non moins modeste, ce n'était pas surhumain. Il avait acheté le local à un hippie sur le retour qui s'intitulait « peintre d'enseignes ». Apparemment, sa petite entreprise battait de l'aile, et on le disait brouillé avec l'orthographe. Une chose était sûre, sa femme, qui faisait de la poterie craquelée, venait de le lâcher, ne laissant au malheureux que son four, qui donna au cuisinier l'idée d'en installer un à pain.

Au moment de la proposition de son fils, il en avait un peu assez de gérer son restaurant, ce n'était d'ailleurs pas le type de restauration dont il avait envie, et puis sa relation avec Carmella était au bout du rouleau. À le voir de cette façon, à la sauvette, lui disait-elle, elle se faisait l'effet d'entretenir une liaison coupable. Ce dernier adjectif évoquait à Tony ce qu'elle devait dire en confession, à Saint-Léonard ou à Saint-Étienne. La confession faisait partie de ces pratiques catholiques qui n'avaient jamais pris sur lui.

Pourquoi ne pas aller voir à quoi ressemblait le Midwest ? S'il vendait le Benevento tout de suite, il avait encore des chances d'en tirer un peu d'argent ; s'il tardait, et que la fac soit en train de couler, comme le disait Danny, qui voudrait de cette pizzeria à Putney ?

– T'as qu'à laisser un bon incendie prendre dans ton four à pizza, lui avait dit Ketchum, comme ça, tu palpes l'assurance.

– C'est toi qui as mis le feu à Twisted River ? demanda le cuisinier à son vieil ami.

– C'était déjà une ville fantôme, bordel, une vraie verrue, Cuistot !

– Ces baraques, dont ma cantine, ça n'était pas rien, Ketchum.

– Merde alors, si tu fais tout un plat pour une petite flambée, vaut peut-être mieux que tu le vendes, ton rade.

Il avait fallu un peu plus que quelques flammes pour venir à bout du village de Twisted River. Ketchum n'avait rien laissé au hasard. Il avait choisi une nuit de mars, sans vent, juste avant la saison de la boue – avant que Carl n'ait cessé de boire, en outre, ce qui explique qu'il s'en soit tiré sans être inquiété : on n'avait pas pu mettre la main sur le shérif adjoint ; cela dit, à supposer qu'on l'ait trouvé, encore eût-il fallu le tirer de sa léthargie.

S'il avait fait du vent, Ketchum se serait limité à un seul foyer, qui aurait suffi à brûler et la ville et la cantine, mais il aurait alors risqué de mettre le feu à la forêt, malgré l'humidité caractéristique du mois de mars et la couche de neige persistante sur le sol. Il n'avait pas pris ce risque. La forêt, il l'aimait, c'était le village de Twisted River qu'il détestait, et sa cantine. La nuit où Rosie s'était tuée, il avait failli se trancher la main gauche dans la cuisine ; il entendait le cuisinier s'endormir dans ses sanglots, en compagnie de Jane l'Indienne, qui était montée avec lui et le petit.

La nuit où brûla Twisted River, Ketchum devait bien avoir trois quarts de stère de bois de chauffage dans son pick-up. Il en avait fait deux tas, l'un dans la scierie désaffectée, l'autre dans la cuisine de la cantine. Il y avait mis le feu à quelque cinq minutes d'écart, et il avait passé la nuit à regarder brûler les deux bâtisses, qui furent réduites en cendres au matin. Il avait pris une jolie petite lampe à huile parfumée au pin pour allumer ses feux de joie ; le kérosène ou l'essence auraient pu laisser des résidus, et puis l'une comme l'autre auraient troublé l'air ; tandis qu'il ne resta rien de la lampe à huile, avec son innocente odeur de pin, rien non plus du bois de chauffage bien sec choisi pour démarrer ses deux incendies.

– Tu sais quelque chose des deux incendies qui ont pris à Twisted River hier soir, Ketchum ? lui demanda Carl, qui était passé sur le théâtre de la catastrophe au sortir de sa gueule de bois. La trace des pneus me rappellerait bien les tiens.

– Oh, j'y suis allé, et comment ! Ça a sacrément flambé, Cowboy, t'aurais vu ça ! J'ai bien cru que ça allait flamber toute la nuit. J'ai pris une ou deux bières, et puis je suis retourné y voir. (« C'était le bon temps, quand Carl buvait », devait dire Ketchum plus tard.)

Ils étaient plutôt en froid, depuis que Carl avait découvert que le gamin avait tué Jane l'Indienne d'un coup de poêle, etc. Il comprenait bien qu'il s'agissait d'un accident, et, selon Ketchum, la mort de Jane ne l'affectait pas outre mesure ; mais il en voulait au draveur de ne pas lui avoir dit la vérité, et au cuisinier surtout, d'avoir baisé « sa » Jane ; voilà pourquoi il voulait sa peau, il ne le cacha pas à Ketchum.

– Je me doute bien que tu vas pas me dire où il est, mais dis-lui au moins de ma part, à l'estropié, que je vais le retrouver. Et toi, fais gaffe à tes fesses, si tu comprends tes intérêts.

– Je fais toujours gaffe à mes fesses, Carl, dit Ketchum.

Il ne parla pas de son chien, ce « bel animal ». Si le Cow-boy venait lui chercher des noises, il valait mieux ménager l'effet de surprise. Bien entendu, tous ceux qui habitaient à l'année les environs de l'Androscoggin, et Carl en était, savaient pertinemment qu'il avait un chien, ils l'avaient vu passer dans le pick-up ; c'était sa férocité qu'il avait réussi à tenir secrète ; du reste ce ne pouvait pas être le même animal qui le protégeait depuis seize ans, mais sans doute le fils ou le petit-fils du premier « bel animal », substitut de Pack de Six.

– Je vous l'avais bien dit, lança Ketchum à Danny et à son père. Le New Hampshire, c'est frontalier du Vermont, trop près pour être tranquille. C'est une idée géniale, de partir dans l'Iowa tous les deux. En plus, je suis sûr que Joe va s'y plaire. Encore un nom indien, l'Iowa, hein ? Ils étaient vraiment partout, ces gars-là, dans le temps, et puis vous voyez ce que le pays leur a fait ! Ça inspire des doutes sur ses bonnes intentions, hein. La guerre du Vietnam, c'est pas la première fois qu'on passe pour des salauds. Et où il va, comme ça, ce pays à la con ? Ben les Indiens qui dorment sous la terre de l'Iowa seraient en droit de dire qu'on l'aura pas volé.

Comment décrire les opinions politiques de Ketchum ? se demandait le cuisinier en claudiquant sur Main Street après sa visite à la librairie.

VIVRE LIBRE OU MOURIR

déclaraient les plaques d'immatriculation de l'État. Telle aurait pu être sa devise, et il répétait que le pays allait à sa perte ; pourtant, avait-il jamais voté ? Le bûcheron n'était guère enclin à faire confiance à un gouvernement ou à tout individu acceptant d'y siéger. Selon lui, si l'existence de lois se justifiait, c'est parce qu'il y avait plus de connards que d'hommes de bon sens. Et il va sans dire que les lois en question ne s'appliquaient pas à lui, qui n'en respectait aucune à longueur de vie, sinon celles qu'il s'était fixées.

Le cuisinier fit une pause pour admirer en contrebas, sur l'avenue, son restaurant, celui qu'il avait toujours voulu avoir :

AVELLINO
PLATS ITALIENS

Avellino, c'était cette autre ville accrochée à la colline, cet autre canton, dont sa mère murmurait le nom en second dans son sommeil. Et l'enseigne disait « plats » plutôt que « cuisine » car Tony Angel se considérait comme un cuisinier sans prétentions, pas comme un grand chef. Au plus profond de lui, celui qui se nommait jadis Dominic Baciagalupo (le regrettait-il assez, son Dominic !) était resté un cuistot de cantine, bon à nourrir les bûcherons.

Tony Molinari, lui, c'était un chef. Il lui avait appris deux ou trois choses, des trucs que Nunzi n'aurait jamais pu lui donner, mais Dominic avait compris du même coup qu'il ne serait jamais à sa hauteur, ou à celle de Paul.

– Le poisson, tu le sens pas bien, Gamba, lui avait dit Molinari, avec toute la gentillesse possible.

C'était vrai. Au menu de l'Avellino, il ne proposait qu'un seul plat de poisson, et parfois les seuls fruits de mer du jour étaient la garniture d'un plat de pâtes, les calmars, par exemple, quand il en trouvait ; il les faisait alors longuement mijoter en sauce marinara, une sauce bien relevée, avec des olives noires et des pignons. À Brattleboro, il fallait les acheter surgelés, ce qui faisait très bien l'affaire, et le poisson frais sans mauvaise surprise, c'était l'espadon, que Tony Molinari lui avait appris à servir simplement grillé avec de l'ail, du citron et de l'huile d'olive, plus une pointe de romarin frais, ou, à défaut, de l'origan séché.

Il ne proposait pas de *dolci.* Cette fois, c'était Paul Polcari qui le lui avait fait remarquer avec tact, il ne sentait pas bien les desserts, surtout les desserts italiens. Ce qu'il réussissait bien, c'étaient les desserts robustes des villes ouvrières et des bivouacs de bûcherons, les tartes aux pommes et les cobblers. (Dans le Vermont, on jouait gagnant en servant des myrtilles et des pommes.) À l'Avellino, il proposait aussi une assiette de fromages accompagnés de fruits, que pas mal d'habitués préféraient aux desserts traditionnels.

Tout à la contemplation de son restaurant, il en avait oublié de poursuivre sa réflexion sur les opinions politiques de Ketchum, qu'il reprit en longeant Main Street clopin-clopant. Quand il s'agissait de ce que d'autres appellent le progrès, les moteurs, les machines en tout genre, il tenait un peu du Luddite[1]. Non seulement il regrettait le bon temps des convois fluviaux, mais il déclarait qu'il aimait mieux le travail du bûcheron avant les tronçonneuses ! N'empêche qu'il était fou des armes à feu, oui, ça c'étaient des mécaniques selon son cœur…

Ni progressiste ni conservateur, au fond c'était un libertaire, d'ailleurs il tenait du libertin ; dans son jeune temps en particulier, il avait donné dans la débauche. Pourquoi fallait-il toujours que ses pensées sur le vieux bûcheron l'amènent sur le terrain du sexe ? Pourquoi, il le savait fort bien ; n'empêche que c'était déprimant.

Ketchum avait très mal pris que grand-père, fils et petit-fils quittent l'Iowa pour retourner dans le Vermont, mais l'Atelier de création littéraire s'était déjà montré très généreux envers Danny, puisqu'on lui avait prolongé son contrat de deux ans par une troisième année. Ensuite, l'été 1975, Joe avait dix ans, toute la famille était retournée dans le comté de Windham. Danny adorait sa vieille ferme de Putney ; son père ne voulait pas entendre parler d'y vivre, ne s'étant jamais plu au village. La guerre du Vietnam était finie, de toute évidence, les jours de Windham College étaient comptés.

Si le romancier ne s'était pas enrichi avec son deuxième ni avec son troisième roman, le cuisinier avait au contraire arrondi son pécule dans l'Iowa. Ses économies lui permirent donc d'acheter la boutique avec appartement sur la rue principale de Brattleboro. Et, cette année-là, l'Avellino vit le jour. Pendant ce temps, Danny faisait des navettes avec Mount Holyhoke College, à South Headley, dans le Massachusetts. Il n'avait pas trouvé de poste de professeur plus près, et le lycée de filles, distingué mais un peu compassé, était tout de même à une heure et demie, voire deux heures de voiture de Putney, ce qui faisait long, en hiver surtout, dès qu'il

1. Nom donné aux ouvriers qui, sous la conduite de Ned Ludd (en Angleterre, au début du XIXe siècle), tentèrent de détruire les machines (notamment les métiers à tisser) en lesquelles ils voyaient une cause de chômage.

neigeait. Mais Danny tenait à rester à Putney, essentiellement parce qu'il pensait le plus grand bien d'un collège tout proche de chez eux où Joe pourrait finir sa troisième avant de partir au lycée de Northfield Mount Hermon.

Le cuisinier secoua la tête en entrant dans son restaurant : comme il aimait vivre à la campagne, ce Daniel ! Ce n'était pas son cas, à lui. C'était North End qui avait fait de lui un citadin ; la vie de quartier lui allait comme un gant, en tout cas. Daniel, au contraire, avait fait des navettes avec ce lycée de filles pendant trois ans, jusqu'au succès des *Pères Kennedy*.

Naturellement, l'argent avait afflué aussitôt, ce qui ne laissait pas d'inquiéter le cuisinier : quel effet cette opulence aurait-elle sur Joe ? Daniel avait trente-six ans, il était assez grand pour que la célébrité et la fortune ne lui tournent pas la tête, mais Joe n'en avait que treize, et voilà qu'il se retrouvait du jour au lendemain fils d'un romancier à succès. Cela ne risquait-il pas de le marquer ? Sans compter les femmes qui traversaient la vie de son père, avant et depuis la gloire.

Du temps de Putney, il avait vécu avec une de ses étudiantes. Elle portait un nom de garçon : « Franky, avec un Y », précisait-elle avec une petite moue. Mais elle ne les avait pas accompagnés dans l'Iowa. (Encore heureux, songeait le cuisinier. C'était un petit chat sauvage, toutes griffes dehors.) « Elle n'était plus mon élève quand j'ai commencé à coucher avec elle », s'était justifié Danny.

Certes, mais elle l'avait été un ou deux ans plus tôt ; elle faisait partie de ces étudiants qui semblaient avoir pris racine au village ; ils faisaient leurs études, quittaient la fac avec ou sans diplôme, et continuaient de traîner dans le coin, sans intention de partir.

Un jour, elle était passée voir son ancien prof, et puis elle était restée.

– Qu'est-ce qu'elle peut bien faire de ses journées ? avait demandé le cuisinier à son fils.

– Elle voudrait écrire. Elle aime traîner par ici, elle est gentille avec Joe, et lui, il l'aime bien.

Elle faisait un peu de ménage, de la cuisine, aussi. (De la cuisine, il fallait le dire vite, songeait Tony Angel.) Cette sauvageonne passait le plus clair de son temps nu-pieds, malgré les courants d'air de la vieille ferme en hiver, où il n'y avait que deux poêles à bois pour chauffer toutes les pièces. On adorait les poêles à Putney, pas moyen qu'ils fassent comme tout le monde, même pour se chauffer, Tony Angel l'avait remarqué, il détestait cet endroit.

Franky avait des cheveux en saule pleureur, d'un blond éteint, une allure avachie. Elle s'habillait à la fripe, avec des robes qu'il avait vu sa mère porter dans le temps, à ceci près qu'elle ne mettait pas de soutien-gorge, et ne se rasait pas sous les bras, autant qu'il pouvait en juger. Elle devait avoir vingt-deux vingt-trois ans tout au plus puisque Daniel avait trente ans au moment de leur départ pour l'Iowa.

Des femmes, il y en avait eu d'autres une fois là-bas, dont une de ses étudiantes. Et s'il n'avait pas de compagne attitrée en ce moment, et n'en avait plus depuis qu'il était devenu célèbre, lorsque Joe était entré dans l'adolescence il avait eu le temps de voir son père avec une ribambelle de jeunes femmes – et trois ou quatre nettement moins jeunes, se rappelait le cuisinier, deux d'entre elles étant ses éditrices étrangères.

La ferme de Putney était presque devenue un « domaine ». L'écrivain hébergeait les amis de passage dans le bâtiment d'origine, et il avait fait construire une maison pour Joe et lui, avec une dépendance où il allait écrire, « la cabane de l'écrivain », comme il disait. Tu parles d'une cabane, songeait son père ; de proportions modestes, certes, elle était cependant équipée d'une demi-salle de bains ainsi que d'un téléphone, d'une télévision et d'un petit frigo.

Tout en aimant vivre à la campagne, Danny n'avait rien d'un ermite, ce qui expliquait les chambres d'amis. Au cours de sa vie d'écrivain, il avait fait la connaissance de nombreux citadins, parmi lesquels quelques dames, qui passaient lui rendre visite. Les rapports sans complexe que son père avait toujours entretenus avec les femmes avaient-ils fait de Joe un play-boy de lycée ? se demandait son grand-père. Il s'inquiétait pour lui autant sinon plus que son propre père. Oui, il n'était pas superflu de surveiller ce qu'il buvait, c'était certain. Joe avait l'insouciance chahuteuse du jeune bambocheur.

Pendant la guerre du Vietnam, on avait abaissé l'âge légal de la consommation d'alcool à dix-huit ans, en vertu du principe que si l'on était assez grand pour partir au casse-pipe, on l'était aussi pour boire du raide. Après la fin de la guerre (un certain temps après, en 1984) on avait rétabli l'âge légal à vingt et un ans, mais, de toute façon, les contemporains de Joe truquaient souvent leurs papiers d'identité ; il en voyait tout le temps à l'Avellino, et savait que son petit-fils avait une carte falsifiée, lui aussi.

Ce qui tracassait vraiment Tony Angel, c'étaient ses conquêtes féminines éclair. Aller trop vite et trop tôt avec les filles pouvait avoir des conséquences aussi fâcheuses que de boire. Dominic Baciagalupo était bien placé pour le savoir, et son fils aussi.

Malgré tous les efforts de Carmella, il savait qu'elle avait surpris Danny au lit avec sa nièce Josie. En outre, il était bien persuadé qu'il avait dû en baiser d'autres, de ces filles Di Mattia, avec une Saetta et une ou deux Calogero en prime. Mais enfin, Joe avait vu son père engagé dans des relations plus adultes avec les femmes que celles qu'il entretenait avec ses tendres cousines. Le grand-père savait qu'il avait passé plus d'une nuit par-ci par-là dans les dortoirs des filles, au lycée – par miracle, il ne s'était pas fait prendre et renvoyer ; restait encore le trimestre de printemps de sa terminale, il n'était pas sauvé. Le grand-père savait des choses que son fils ignorait.

Lors de sa dernière nuit de délire à Twisted River, il avait prié, pour la première et la dernière fois de sa vie – jusqu'à présent. Mon Dieu, je vous en prie, donnez-moi du temps, avait-il demandé, en voyant le petit visage de son fils de douze ans derrière la vitre en pluie de la Chieftain Deluxe. Le petit l'attendait sur le siège passager, n'ayant apparemment jamais douté qu'il reviendrait sain et sauf après avoir déposé le corps de Jane l'Indienne chez Carl.

Après toutes leurs conversations sur le contenu des romans de Danny, et surtout sur ce que l'auteur avait délibérément laissé dans l'ombre, le cuisinier et Ketchum s'accordaient sur ce point : son œuvre exprimait ses craintes. C'est peut-être un effet de mon imagination, songeait Tony en soulevant le torchon qui couvrait la pâte (pas encore assez bien levée pour l'étaler). Les romans de Danny Angel roulaient surtout sur ce qu'il redoutait de voir se produire. Leurs intrigues sombraient facilement dans le cauchemar, traitant de la pire angoisse pour un parent : perdre son enfant. Une menace planait toujours sur un ou des enfants ; les petits étaient en danger, précisément parce qu'ils étaient petits.

Tony Angel ne lisait plus beaucoup, même s'il avait acheté d'innombrables romans (recommandés par Danny ou par Ketchum) à la Cave à Livres. Il lisait le premier chapitre, et puis il s'arrêtait. C'était la relation entre Ketchum et Rosie qui lui avait fait passer le goût de la lecture. Les seuls romans qu'il parvenait à finir, c'étaient ceux de son fils, et il les lisait à la virgule près. Contrairement à Ketchum, il n'avait rien d'un lecteur (ou d'un auditeur) omnivore.

Les pires craintes de son fils, il les connaissait : il avait peur qu'il arrive malheur à ceux qu'il aimait ; une véritable obsession. Son imagination se nourrissait de terreurs enfantines. Dans toute situation donnée, il prévoyait le pire. En somme, son imaginaire d'écrivain était celui d'un enfant de quarante et un ans.

Dans le silence et la quiétude de sa cuisine, au fond de son cher restaurant, le cuisinier priait qu'il lui soit accordé de vivre encore un peu ; assez longtemps du moins pour aider son petit-fils à survivre à l'adolescence. Les garçons ne sont peut-être pas tirés d'affaire avant les abords de la trentaine, se disait-il, Daniel lui-même avait vingt-deux ans quand il avait épousé Katie – un sacré risque ! Et si Joe devait attendre la trentaine pour s'en sortir ? S'il devait lui arriver quelque chose, le cuisinier priait que Dieu lui prête vie pour s'occuper de Daniel : il aurait cruellement besoin d'aide, alors.

Il regarda sa radio muette, avec l'envie de l'allumer pour chasser ces idées noires. Puis il envisagea d'écrire à Ketchum ; mais il ne fit ni l'un ni l'autre, et continua de prier. De quelles profondeurs de son être cette prière pouvait-elle monter, mystère, il aurait préféré y mettre fin.

Là, à côté de ses livres de cuisine, se trouvaient diverses éditions des œuvres de son fils, qu'il rangeait par ordre chronologique. Danny savait que cette place était une place d'honneur. Mais regarder les romans de son illustre fils n'apaisait pas le cuisinier.

Après *Vie de famille dans le comté de Coos*, il avait publié *L'École Michel-Ange,* mais était-ce en 1972, ou en 1973 ? L'écrivain avait dédié son premier roman à M. Leary, mais il aurait bien dû en faire autant pour le deuxième si l'on en considérait le sujet. Pour autant, comme il l'avait plus ou moins promis, ce deuxième livre lui était dédié : « À mon père, Dominic Baciagalupo. » La formule avait de quoi déconcerter, dans la mesure où l'auteur était connu sous le nom de Danny Angel, et son père sous celui de Tony, ou de M. Angel.

– Ça risque pas de vendre la mèche, cette dédicace ? s'était enquis Ketchum, contrarié.

Mais les choses avaient tourné au mieux. Quand son quatrième roman avait valu la gloire à Danny, la grande question du *nom de plume** était dépassée. Le monde des lettres n'ignorait guère que Danny Angel était un pseudo, mais seules quelques rares personnes se rappelaient son vrai nom, ou y attachaient de l'importance. M. Leary n'avait pas tort quand il disait que Baciagalupo n'était pas facile à retenir. Dans la République des Lettres elle-même, qui se souvient du vrai nom de John le Carré ?

Bien entendu, Danny avait justifié sa dédicace en faisant observer à Ketchum que le shérif adjoint n'était pas précisément introduit dans les milieux littéraires ; le bûcheron lui-même avait dû admettre qu'il n'était pas un lecteur fervent. En outre, très peu de gens avaient lu *L'École Michel-Ange* à sa sortie ; on l'avait surtout lu après que son quatrième roman avait rendu Danny célèbre.

L'École Michel-Ange met en scène un personnage secondaire et pourtant crucial de professeur irlandais refoulé ; l'épisode clé de l'histoire est la rencontre entre le protagoniste et son vieux professeur dans une boîte à strip-tease, l'Old Howard. Gêne mutuelle, sentiment de culpabilité à la fois chez l'élève (désormais lycéen à Exeter) et chez l'enseignant, manifestement inspiré par M. Leary. Le cuisinier trouvait ce hasard bien mince pour fournir le ressort de toute une intrigue. L'incident s'était sans doute produit dans la réalité.

Le troisième roman était sorti en 1975, immédiatement après leur retour dans le Vermont. Fort heureusement, il ne fut pas dédié aux cousines Saetta et Calogero : les hommes de ces deux clans auraient peut-être modérément apprécié l'ironie de la dédicace. L'histoire tournait autour de l'initiation sexuelle d'un jeune garçon, dans North End ; il était séduit par une de ses cousines plus âgées que lui, serveuse au restaurant où il officiait à mi-temps comme commis. La cousine en question était sans équivoque inspirée par cette traînée d'Elena Calogero, ou, pour mieux dire, Elena lui avait prêté son physique. Pourtant, Carmella comme lui étaient bien persuadés qu'il avait connu sa première expérience avec la nièce de cette dernière, Josie Di Mattia.

Peut-être fallait-il y voir un pur fantasme, la réalisation d'un désir, mais il y avait tout de même des détails troublants : ainsi, la cousine mettait un terme à leur histoire au moment où il partait en pension. Elle lui disait que, depuis le début, c'était avec son père qu'elle voulait coucher, pas avec lui. Du père, on ne savait pas grand-chose, il était évoqué comme le « nouveau cuisinier » du même restaurant. Le jeune homme évincé partait donc la haine au cœur contre son père, bien convaincu que sa cousine finirait tout ou tard par le séduire à son tour.

Mais enfin, c'était invraisemblable, c'était scandaleux ! se disait le cuisinier en cherchant le passage où le train quittait North Station, le jeune homme regardant son père sur le quai ; tout à coup, il ne supportait plus de le voir là, et ses yeux se fixaient sur sa belle-mère : « Je savais que, quand je la reverrais, elle aurait encore pris quelques kilos. »

– Comment tu as pu écrire une chose pareille sur Carmella ? avait rugi le père après avoir découvert cette phrase.

– Mais c'est PAS Carmella, papa !

Admettons, n'empêche que c'était bien à elle qu'il avait dédié le roman. « Eh ben, quand il se déclare un écrivain dans une famille, si tu veux mon avis, avait dit Ketchum, c'est un coup dur et voilà tout. Nous on se fâche quand il nous met dans ses livres, on se fâche quand il nous y met pas, on lui reproche de pas écrire sur lui-même, sur ce qu'il est vraiment, quoi. Et par-dessus le marché de faire de son ex-femme un personnage bien plus chouette qu'en réalité ! »

C'était vrai, tout ça. Ce qui le frappait, dans les livres de Daniel, c'est qu'ils étaient autobiographiques sans l'être. (L'intéressé n'était pas d'accord sur ce point ; après ses essais d'écolier, qu'il n'avait montrés qu'à M. Leary, imbroglio de souvenirs et de fantasmes outranciers où il ne se retrouvait pas davantage que feu M. Leary, il n'avait plus vraiment donné dans l'autobiographie, du moins selon lui.)

Le cuisinier ne trouva pas le passage qu'il cherchait dans *Tendres cousines* et il remit le livre sur l'étagère. Ses yeux ne s'attardèrent pas sur le quatrième, « la clé du succès », comme disait Ketchum ; il n'aimait pas ce livre qui mettait en scène « la fausse Katie ».

Outre que le livre avait valu la célébrité à son fils, c'était un best-seller international, et le premier de ses romans adapté à l'écran.

De l'avis général, le film n'était pas mauvais, même s'il n'avait pas fait le tabac du roman, et de loin. Il ne plaisait pas à Danny, sans lui déplaire non plus ; il voulait seulement n'avoir aucune part dans le processus d'adaptation. Il déclarait ne jamais vouloir écrire de scénario, et ajoutait qu'il ne vendrait plus jamais les droits d'un roman sans avoir d'abord jugé à peu près honnête l'adaptation proposée.

Or ça ne se passait pas de cette façon dans l'industrie cinématographique, avait-il expliqué à son père ; en général, on achetait les droits avant même d'avoir un scénariste en tête. En exigeant de voir le scénario abouti pour vendre les droits, Danny trouvait moyen de décourager toute transposition de ses romans à l'écran, de son vivant du moins. « Il faut croire que le scénario des *Pères Kennedy* lui a franchement déplu, en fin de compte », hasarda Ketchum.

Mais le forestier et le cuisinier devaient surveiller leurs paroles quand ils parlaient du livre devant Joe, à qui son père l'avait dédié. (Encore heureux qu'il ne l'ait pas dédié à Katie !) Danny n'ignorait guère que les deux vieux amis n'étaient pas des inconditionnels de l'œuvre en question.

Comme l'avait dit au cuisinier l'une des éditrices étrangères, une de celles avec qui Danny avait couché, il était bien naturel qu'après une telle révélation et un tel succès commercial, on attende le romancier au tournant du livre suivant. Mais même ainsi, il n'avait pas mis toutes les chances de son côté dans son cinquième roman, œuvre dense saturée d'un érotisme troublant. En outre, plus d'un critique avait épinglé ce tic, il raffolait des points-virgules, jusqu'à en avoir casé un dans le titre.

Titre à la con, d'ailleurs : *Une tante à demeure ; ou la vieille fille.* « Immaculée Constipation ! avait rugi Ketchum, tu pouvais pas choisir ? »

Dans les interviews, l'auteur expliquait qu'il avait voulu traduire le caractère rétro, un peu balzacien, de ce roman. « Tu parles ! répondait le cuisinier, ça donne surtout l'impression que t'as pas été fichu de te décider. »

– Ces petits machins, je sais pas comment tu les appelles, on dirait des moucherons écrasés sur la virgule, râlait Ketchum.

– Ça s'appelle des points-virgules.

– M'en fous pas mal, comment ça s'appelle, tout ce que je te dis, c'est que tu en abuses. Moi, quand j'écris, c'est qu'à toi ou à ton père, mais je vous ai écrit sacrément souvent, eh ben, je crois pas que je vous en ai mis autant dans toutes mes lettres que toi dans une seule page !

Mais sur le fond, ce qui les dépitait tous deux, le cuisinier comme le forestier, c'était cette dédicace de merde : « À la mémoire de Katie. »

Tout ce que Tony Angel avait trouvé à dire, c'était :

- Cette pouffiasse qui a brisé le cœur de mon fils et abandonné mon petit-fils !

Ketchum avait bien compris que le moment était mal choisi pour lui faire remarquer qu'elle lui avait donné un petit-fils et que, du même coup, elle avait épargné la conscription à Danny.

Et puis, il y avait le sujet d'*Une tante à demeure*, se disait le cuisinier en regardant d'un air soupçonneux le roman sur son étagère. Encore une histoire située à North End, mais cette fois le garçon qui arrive à l'âge d'homme est déniaisé par sa tante, et non plus sa cousine ; or cette jeune tante était le portrait craché de la benjamine de Rosie, l'infortunée Filomena Calogero.

Non, ça n'était pas possible, espérait le cuisinier. Mais Daniel avait pu en rêver ; peut-être même que ça avait failli arriver. Comme dans tous les romans de Danny Angel, il y avait des détails criants de vérité, et les descriptions érotiques de son tanagra de tante (créature pitoyable, perpétuellement en train de s'attendrir sur elle-même) lui avaient été pénibles à lire, même s'il les avait lues au point-virgule près.

Les critiques avaient également observé que l'auteur, peut-être un peu surfait après tout, se répétait. En 1981, lors de la parution de ce cinquième roman, il n'avait que trente-neuf ans ; la pointe avait dû le piquer au vif, même s'il n'en laissait rien paraître. Dans *Tendres cousines*, la cousine lui disait qu'elle avait toujours voulu coucher avec son père plutôt qu'avec lui ; dans celui-ci, la tante névrosée lui confiait que, chaque fois qu'elle couchait avec lui, elle s'imaginait coucher avec son père. Il faut vraiment qu'il aime se torturer, s'était dit le cuisinier à la première lecture du roman.

C'était peut-être vrai, qui sait ? lui soufflait la voix de ce Dominic qui lui manquait tant. Il avait toujours pensé que Filomena était complètement folle. Il ne pouvait pas la regarder sans voir en elle une sorte de contrefaçon du visage de Rosie, un masque grotesque.

– C'est une usurpatrice, avait-il dit à Ketchum.

N'empêche que Danny avait pu s'en amouracher ; il n'arrêtait pas de la regarder, et pas comme on regarde une tante, on le découvrait aujourd'hui. Cette évaporée qui n'était toujours ni mariée ni heureuse, du moins c'est ce que le cuisinier supposait, aurait-elle accepté, voire encouragé, la flamme de son neveu ?

– Mais qu'est-ce que tu attends pour le lui demander, à lui, si c'est sa cinglée de tante qui l'a dépucelé ?

Il y avait tout de même un passage du roman que Tony Angel et Ketchum avaient adoré, c'était le mariage, à la fin. Le jeune homme, désormais adulte, épouse son amour de lycée, mariée on ne peut plus quelconque, et beaucoup plus proche de la vraie Katie que le personnage de Caitlin dans *Les Pères Kennedy*. En plus, Danny réglait leur compte aux hommes du clan Callahan, bande d'aristos coincés, républicains anorexiques et poivrots high-tech, qui avaient fait de Katie ce qu'elle était, une anarchiste transgressive ; l'héritière s'était recyclée en gauchiste, sauf que c'était une révolutionnaire en carton-pâte, qui n'avait connu qu'une toute petite révolution sexuelle.

Le dernier livre de Danny Angel ne se trouvait pas encore sur l'étagère de la cuisine, à l'Avellino. Ce sixième roman, encore à paraître, le cuisinier l'avait pourtant presque fini ; l'exemplaire des épreuves était là-haut dans sa chambre ; Ketchum avait le sien. L'histoire inspirait aux deux hommes des sentiments mitigés, et ils n'étaient pas pressés de la finir.

À l'est de Bangor se déroulait dans un orphelinat du Maine, pendant les années soixante, où l'avortement était encore illégal. Le personnage principal, plus ou moins copie conforme du protagoniste de ses premiers romans, était un jeune gars qui avait quitté Boston pour faire ses études. Il engrossait deux de ses cousines de North End, la première pendant ses années de lycée à Exeter, avant d'avoir son permis de conduire, la seconde à la fac – l'université du New Hampshire, comme de juste.

Dans cet orphelinat du Maine se trouvait une vieille sage-femme qui pratiquait des avortements. Ce cœur compatissant apparaissait au cuisinier comme l'hybridation improbable de Paul Polcari, « pacifiste à la con » selon Ketchum, homme doux et gentil, avec Jane l'Indienne.

La première cousine allait accoucher à l'orphelinat du Maine, et y abandonnait son bébé ; mais avoir mis un enfant au monde sans savoir ce qu'il était devenu la détruisait, de sorte qu'elle disait à l'autre cousine de ne pas faire comme elle. La seconde se rendait donc à son tour dans le même orphelinat, mais pour y avorter. L'ennui, c'est que la vieille sage-femme n'était pas sûre de vivre assez longtemps pour se charger de l'opération. Si la jeune stagiaire devait prendre le relais, la cousine risquait de pâtir de son inexpérience.

Ketchum et le cuisinier espéraient tous deux que le roman prendrait bonne tournure, et que la seconde cousine enceinte ne connaîtrait pas une fin tragique. Mais en habitués de l'œuvre de Danny, les deux vieux lecteurs n'étaient pas très rassurés ; du reste, ils avaient d'autres sujets d'inquiétude.

Plus d'un an auparavant, Joe avait mis une fille dans l'embarras au lycée de Northfield Mount Hermon. Mais comme son père était célèbre (pour un écrivain, son visage était assez familier) et qu'il n'ignorait pas le sujet de son dernier roman, Joe n'avait pas voulu l'appeler à la rescousse. Les associations anti-avortement patrouillaient devant les cliniques et les cabinets médicaux qui pratiquaient l'IVG, et Joe ne voulait pas que son père les conduise, lui et sa compagne d'infortune, dans ces lieux verrouillés par les protestataires. Il ne manquerait plus qu'un Laissez-les-vivre aille le reconnaître.

« Voilà un garçon avisé », lui avait dit Ketchum, en réponse à sa lettre. Le jeune homme n'en avait pas touché mot à son grand-père non plus, mais Ketchum avait tenu à ce qu'il soit du voyage.

Ils s'étaient donc rendus tous les quatre dans une clinique du Vermont où l'on pratiquait l'IVG ; ils avaient pris la voiture du cuisinier, Ketchum et lui à l'avant, et les jeunes à l'arrière ; la fille était triste, elle avait peur. La situation était délicate, parce qu'ils avaient rompu presque un mois avant qu'elle s'aperçoive de sa grossesse ;

or ils savaient l'un comme l'autre que c'était Joe le père ; ils faisaient donc ce qu'ils avaient à faire (selon Ketchum et le cuisinier, en tout cas), mais la mort dans l'âme.

Ketchum tenta de les consoler à sa manière rugueuse, l'homme étant ce qu'il était.

– Ben faut déjà s'estimer heureux que l'avortement soit légal, parce que, quand c'est arrivé à ton père et une fille qu'il fréquentait, c'était interdit, et c'était pas forcément sans danger.

Le vieux forestier aurait-il oublié que le cuisinier se trouvait dans la voiture ?

– Ah, voilà pourquoi tu as emmené Danny et la fille Di Mattia dans le Maine ! s'écria-t-il. Je m'en étais toujours douté. Tu nous as raconté que tu voulais leur faire voir le Kennebec, parce que c'était le dernier fleuve où on convoyait des trains de grumes, mon cul, oui. Seulement elle était tellement gourde, la petite Di Mattia, qu'elle a dit à Carmella que tu les avais emmenés à l'est de Bangor. Je le savais bien, moi, que le Kennebec coulait pas du tout de ce côté-là !

Ketchum et le cuisinier se chamaillèrent jusqu'à la clinique, devant laquelle patrouillaient effectivement des brigades anti-avortement. Sur tout le trajet du retour, car les deux jeunes gens passeraient le week-end à Brattleboro chez le grand-père, la jeune fille pleura à chaudes larmes, blottie dans les bras de Joe, sur le siège arrière. Elle pouvait avoir seize ans, dix-sept au max, et lui en avait dix-sept ; il lui répétait : « Tu t'en remettras, tu vas voir. » Ketchum et le cuisinier l'espéraient bien.

À présent, ils s'étaient arrêtés au milieu du dernier chapitre d'*À l'est de Bangor*, son roman sur l'avortement, comme on l'appellerait. Il y avait du Ketchum dans le personnage qui conduisait le garçon et sa première cousine enceinte dans le Maine, le cuisinier le voyait ; mais la description de ce personnage tutélaire évoquait aussi Tony Molinari ; Danny en faisait le chef de cuisine au restaurant de North End où les deux cousines travaillaient comme serveuses. Cependant, à sa façon de conduire le pick-up, le cuisinier devinait que ce chef n'était autre que Ketchum, malgré la toque. Le romancier avait brouillé les pistes, ne sachant pas, lors du premier jet, que Ketchum avait déjà fait ses révélations à son père sur ce voyage à Bangor, dans le Maine.

Le livre était dédié aux deux cuisiniers chers à leur cœur. « Un *abbraccio* pour Tony M. et Paul P. », proposait l'auteur par respect pour leur vie privée. Cela dit, ils avaient tous deux pris leur retraite. Le Vicino a Napoli n'existait plus, et un autre restaurant avait pris sa place sur North Square.

Tony Angel allait encore faire ses courses dans North End, de temps en temps. Il y retrouvait Tony et Paul au Caffè Vittoria, pour boire un espresso. Carmella se portait bien, lui assuraient-ils immanquablement. Elle avait rencontré quelqu'un, et semblait satisfaite. Le cuisinier ne s'en étonnait pas : elle était belle, et méritait d'être aimée.

Le jeune Joe aurait peut-être du mal à lire *À l'est de Bangor*, quand il en aurait l'occasion : tout le temps qu'il était lycéen, il n'avait pas trouvé le loisir de lire les romans de son père ; à la connaissance du cuisinier, il n'en avait lu qu'un, *Les Pères Kennedy* bien sûr, ne serait-ce que pour en apprendre un peu plus long sur sa mère. Selon Ketchum, et l'on sait ce qu'il pensait du modèle, ce qu'il pourrait en apprendre dans le roman ne valait pas « un pet de lapin des neiges ».

Et voilà que je me ronge encore les sangs pour Joe, avec tout ce qui s'ensuit, se dit le cuisinier. Il souleva le torchon, la pâte avait levé ; il lui asséna un grand coup de poing, humecta les torchons, les tordit au maximum avant de recouvrir les jattes pour la seconde levée.

Il envisagea le début d'une lettre à Ketchum : « J'ai tellement de sujets d'inquiétude, j'arrête pas de me faire du mauvais sang. Et puis tu vas rire, j'en suis arrivé à prier ! » Mais il ne commença pas cette lettre. Il était curieusement épuisé alors qu'il avait passé sa matinée à faire trois fois rien, la pâte à pizza, un aller-retour à la librairie… déjà l'heure des commissions ! L'Avellino n'ouvrait que le soir ; le personnel arrivait en début d'après-midi, ce qui expliquait qu'il s'approvisionne à l'heure du déjeuner.

Il n'était pas le seul à s'inquiéter ; Danny se faisait un sang d'encre, lui aussi, et ni l'un ni l'autre ne s'angoissaient autant que Ketchum. On était pourtant à la lisière du mois de juin, la débâcle n'était plus qu'un souvenir dans le sud du Vermont, et même dans le nord du New Hampshire la boue avait disparu depuis des semaines ; dans le temps, on avait vu Ketchum proche de l'allégresse, en pareille circonstance. Mais pas cette fois, plus depuis que le cuisinier était revenu dans le Vermont avec son fils et son petit-fils. Non, il n'aimait pas les savoir si près du New Hampshire, surtout son vieil ami, malgré ce nouveau nom auquel il avait du mal à s'habituer.

Le plus drôle c'est que le cuisinier, ce grand anxieux, n'y pensait jamais. C'était si loin, tout ça, seize ans qu'il avait quitté Boston, vingt-neuf ans qu'il s'était enfui de Twisted River par une nuit mouvementée. La fureur du vieux Cow-boy du comté de Coos était le cadet de ses soucis.

Il aurait dû s'en inquiéter, pourtant, car Ketchum avait raison. Le Vermont et le New Hampshire, c'est la porte à côté, autant dire à côté des ennuis. À soixante-six ans, le shérif adjoint était à la retraite, il avait tout son temps désormais. Et il n'avait pas renoncé à mettre la main sur le petit estropié qui lui avait volé Jane, son Indienne.

8
Le chien mort ; souvenirs du Mao

Depuis le « domaine » du célèbre écrivain, comme disaient les gens du cru ainsi que son père, Hickory Ridge Road grimpait sur près d'un kilomètre, tantôt longeant, tantôt croisant le cours de la rivière. Ce qu'on appelait le « raccourci pour Westminster West » n'était qu'un chemin de terre, et à peu près à mi-distance entre la ferme de Danny et la maison de son meilleur ami se trouvait une assez jolie ferme, avec des chevaux, au bout d'une longue allée pentue. À la belle saison, c'est-à-dire du mois de mai, où il mettait sa piscine en service, jusqu'au mois d'octobre où il la mettait en hivernage, Danny téléphonait à son ami en lui annonçant qu'il partait courir dans sa direction. C'était à quelque huit ou dix kilomètres : il était si rêveur qu'il ne tenait plus registre des distances qu'il courait.

La jolie ferme au bout de son allée pentue semblait le point de mire de ses rêveries, parce qu'il y vivait une femme d'un certain âge, dont la chevelure neigeuse démentait un corps de ballerine à peine sortie de l'adolescence. Elle s'appelait Barrett. Danny avait eu une liaison avec elle, quelques années auparavant ; elle n'était pas mariée à l'époque, pas plus qu'aujourd'hui, leurs rapports n'avaient donc rien de coupable. Pour autant, quand il avait bouclé les trois premiers kilomètres, son imagination d'écrivain lui présentait toujours son propre assassinat à l'embranchement de l'allée. Il serait en train de courir sur la route, il aurait dépassé l'allée depuis une demi-seconde, et c'est alors que la voiture de Barrett surgirait sans bruit, au point mort, moteur coupé ; quand il entendrait crisser les graviers épars sous ses roues, il n'aurait plus le temps de se rabattre.

Mort spectaculaire pour un conteur ! Véhicule assassin ! L'ex-maîtresse du célèbre écrivain au volant de l'arme du crime.

Barrett ne nourrissait nullement d'aussi noirs desseins à son endroit : qu'à cela ne tienne, l'histoire était bonne, voilà tout. À vrai dire, elle avait eu de nombreuses liaisons, et, selon lui, n'entretenait aucun ressentiment assassin pour ses ex ; il la voyait même assez mal se donner la peine d'en écraser un seul. Il n'y avait que deux choses qui mobilisaient son attention : le soin de ses chevaux, et celui de sa silhouette juvénile.

Quand le Latchis passait un film qui semblait valoir le coup, il lui proposait souvent de l'accompagner à Brattleboro, après quoi ils dînaient à l'Avellino. Comme elle était plus proche de son père que de lui par l'âge, il avait dû essuyer des remarques désobligeantes de la part du cuisinier ; il lui arrivait souvent de lui rappeler qu'ils étaient simplement « restés amis ».

En moyenne, Danny courait le quinze cents en sept minutes, mais il atteignait parfois six minutes dans les derniers. À quarante et un ans, il ne s'était jamais blessé, et il était resté svelte, soixante-cinq kilos pour un mètre soixante-huit ; son père était un peu plus petit, ayant peut-être perdu deux ou trois centimètres avec sa patte folle. Comme il rencontrait de temps en temps un chien méchant sur son parcours, Danny se munissait de deux raquettes de squash sciées, c'est-à-dire réduites à leurs manches. Si un chien l'attaquait, il lui brandissait la première sous le nez jusqu'à ce qu'il referme les mâchoires dessus ; aussitôt il le frappait avec l'autre, généralement sur le haut de la truffe.

Ce n'était pas lui qui faisait du squash, mais son ami ; chaque fois qu'il cassait une raquette, il la lui donnait pour qu'il en garde le manche. Armando DeSimone avait grandi dans North End, lui aussi, quelque dix ans avant que Danny et son père s'y installent. Comme le cuisinier, Armando allait régulièrement faire ses courses dans sa chère ville de Boston. Armando et Danny trouvaient plaisir à se concocter des petits plats. Ils s'étaient connus au département d'anglais, à Windham, et quand la fac avait fermé ses portes Armando avait pris un poste de professeur à l'école. Mary, sa femme, avait eu Joe comme élève au collège, où elle enseignait l'anglais et l'histoire.

Quand Danny devint riche et célèbre, il perdit quelques-uns de ses vieux amis – mais pas les DeSimone. Armando avait lu les manuscrits de tous ses romans, sauf le premier. Pour cinq romans sur six, il avait été le premier lecteur : un ami pareil, ça ne se perd pas.

Il avait aménagé un court de squash dans une vieille grange, sur sa propriété, et il parlait de faire creuser une piscine, mais en attendant lui et Mary allaient se baigner dans celle de Danny. Presque tous les après-midi, quand il ne pleuvait pas, l'écrivain partait chez ses amis à la course ; ensuite ils le ramenaient chez lui, et tous trois se baignaient. Danny allait leur chercher à boire, et les servait au bord de la piscine.

Il avait cessé de boire seize ans auparavant, assez longtemps pour ne pas voir d'inconvénient à ce qu'on boive chez lui, ni à servir ses amis. Et il n'aurait pas imaginé d'inviter des gens à dîner sans leur servir de vin – alors qu'il s'en souvenait, au début de son sevrage, il ne supportait pas de voir boire devant de lui, ce qui lui compliquait la vie.

Ce second séjour dans l'Iowa, avec son père et son fils, il le voyait comme un interlude paisible dans l'ensemble, mis à part ce qui lui rappelait désagréablement les moments vécus avec Katie. Rétrospectivement, ces trois dernières années dans l'Iowa début soixante-dix, quand Joe était dans les petites classes et ne risquait rien de plus grave que de tomber de vélo, lui paraissaient presque idylliques. Des années de tranquillité.

Joe avait sept ans à leur arrivée dans l'État, dix à leur retour dans le Vermont. Ce sont peut-être des âges relativement tranquilles, se disait l'écrivain entre deux foulées, peut-être que ça n'avait rien à voir avec le fait d'habiter le Vermont.

L'enfance, et comment elle vous forme ; puis au-delà, comment on la revit dans sa vie d'adulte, tel était le sujet de sa rêverie, ou de son obsession, au fil de ses foulées. Depuis l'âge de douze ans, il tremblait pour son père, homme traqué. Comme lui, mais pour des raisons différentes, il était devenu père jeune ; comme lui, il avait élevé son fils tout seul, même avant que Katie le quitte. À présent, à quarante et un ans, il avait plus peur pour Joe que pour son père.

Le danger qui pouvait menacer Joe n'était peut-être pas le seul gène maternel ; il n'était pas non plus convaincu outre mesure que sa profonde insubordination lui vienne de sa grand-mère, cette âme libre, cette femme audacieuse qui avait couru à la catastrophe sur la glace de fin d'hiver. Non, lorsque Danny considérait son fils Joe avec ses dix-huit ans, il se voyait lui-même à cet âge de tous les dangers. Ketchum et le cuisinier pouvaient bien lire ce qu'ils voulaient dans ses livres (et ils les lisaient parfois de travers), ils n'étaient pas en mesure de percevoir la configuration périlleuse de toutes les balles qu'il avait réussi à éviter, et bien avant de vivre avec Katie.

Ce n'était pas Josie Di Mattia qui l'avait initié au sexe à l'âge de quinze ans, avant son départ pour Exeter ; en outre, si Carmella les avait surpris, ce n'était pas Josie qui était tombée enceinte. Ketchum l'avait bien conduit à cet orphelinat du Maine où exerçait une sage-femme obligeante, mais c'était avec Teresa, l'aînée des Di Mattia. À force de distribuer des préservatifs à ses cadettes, elle avait dû oublier d'en garder pour elle. Et ce n'étaient pas Teresa, ni Elena Calogero, son autre « grande » cousine, qui lui avaient offert sa première expérience, même si elles l'attiraient bien plus que les filles de son âge, y compris Josie, à peine plus vieille que lui. Il y avait eu Giuseppina, aussi, parmi ses séductrices, mais elle n'était pas la première.

Non, cette première expérience si instructive, si formatrice, le garçon l'avait faite avec sa tante Filomena, la benjamine de sa mère, quand il n'avait que quatorze ans. Et elle, avait-elle atteint ou passé le cap de la trentaine quand ses rendez-vous avec son neveu avaient commencé ? Il se le demandait, en abordant le dernier tiers de son parcours.

On était encore en mai, les taons étaient féroces, mais il courait de plus en plus vite, trop vite pour se faire piquer. Il entendait ses propres battements de cœur et sa respiration, qui lui semblaient moins impérieux ou urgents que lorsqu'il se trouvait avec sa tante, la folle Filomena. Qu'est-ce qu'elle pouvait bien avoir dans la tête ? C'était son père qu'elle adorait, et il ne lui jetait pas un regard. Ce neveu énamouré qui ne la quittait pas des yeux lui avait-il paru un prix de consolation acceptable ?

Dans les clans Saetta et Calogero, c'était seulement la deuxième femme à faire des études supérieures, mais elle partageait un autre trait distinctif avec sa sœur aînée, à savoir un rapport aux hommes hors la loi. Elle n'avait peut-être que douze, treize ans quand on avait expédié Rosie dans le Nord. Or elle qui l'aimait et l'admirait comme un modèle la voyait tout à coup traînée dans la boue, montrée du doigt aux plus jeunes comme un exemple à ne pas suivre. Filomena était élève au Sacré-Cœur, une école de filles catholique non loin de Paul Revere House, sur North Square. On l'avait tenue à l'écart des hommes humainement et spirituellement, autant que faire se pouvait.

Tout en atteignant sa vitesse de pointe, il se disait que c'était peut-être la raison pour laquelle elle s'était intéressée à lui, encore gamin, plus qu'elle ne semblait s'intéresser aux hommes (le veuf de sa sacro-sainte sœur excepté, mais elle devait bien savoir que cette porte-là demeurerait fermée sur son fantasme inassouvi, alors que Danny, encore imberbe, avait les longs cils de son père et la peau claire, presque fragile, de sa mère). Filomena avait bien dû se rendre compte que le gamin adorait son tanagra de tante. S'il en croyait son père, Filomena n'avait pas tout à fait les yeux d'un bleu à mourir de sa mère, n'empêche que ces yeux-là et tout le reste de cette jolie personne avaient de quoi faire des ravages durables en lui. D'abord, elle réussit à lui rendre insipides toutes les filles de son âge, jusqu'à ce qu'il rencontre Katie.

Ketchum et le cuisinier avaient conclu trop vite qu'il retrouvait quelque chose de sa mère dans Katie. Il avait plutôt été séduit par cette enfance tenue en lisière qui avait fait d'elle une jeune femme rebelle et perversement autodestructrice. C'était sa tante que lui rappelait Katie, sa tante en plus jeune, et plus politisé. Avec pour différence que Filomena lui était toute dévouée et que ses stratégies érotiques pour éclipser les gamines qui croiseraient sa vie furent pleinement couronnées de succès. Elle à qui on avait interdit toute manifestation de sexualité juvénile était aux abords de la trentaine – et plus tard – une possédée. Lorsque Danny avait rencontré Katie Callahan, le sexe ne l'intéressait guère ; elle avait beaucoup couché, certes, mais sans conviction particulière ; elle considérait d'ores et déjà le sexe comme une monnaie d'échange.

Quand Danny était pensionnaire, sa tante prenait une chambre à l'Exeter Inn presque tous les week-ends. Les escapades du jeune homme dans cet immeuble de brique qui sentait le renfermé représentaient le summum de ses plaisirs sur place ; voilà pourquoi il rentrait si rarement chez lui en fin de semaine. Au Vicino a Napoli, le vendredi soir comme le samedi soir, c'était le coup de feu pour Carmella et le cuisinier ; et pendant ce temps-là il baisait Tante Jouvencelle, souvent dans un lit à baldaquin colonial, drapé d'une moustiquaire blanche ; coureur de fond, il avait du ressort. L'appréciable concours de sa partenaire de licence lui permit de couper le cordon avec sa famille biologique, et sa communauté scolaire.

Comment aurait-il pu s'intéresser aux bals donnés par le lycée qui s'associait à des établissements de filles pour la circonstance ? Ces étreintes chastes sous l'œil vigilant de chaperons divers ne purent jamais rivaliser avec les assauts enfiévrés auxquels il se livrait avec sa tante presque tous les week-ends, non seulement à Exeter, mais plus tard, lors de ses deux premières années de fac à Durham.

Et les Calogero et les Saetta s'apitoyaient d'un même mouvement sur le sort de la pauvre Filomena ; jolie comme elle était, elle ferait tapisserie indéfiniment ; elle passerait du statut de fille à marier à l'état de vieille fille. Ils étaient loin de se douter que, pendant sept ans de voracité, elle assouvirait les appétits sexuels toujours renouvelés d'un adolescent qui atteignait l'âge d'homme. Au cours de ces sept ans, sa tante Filomena domina sa vie sexuelle, et rattrapa largement pour son compte personnel le temps perdu. Elle était professeur au Sacré-Cœur, c'est-à-dire à l'école même où on l'avait tenue en lisière : peut-on rêver meilleure couverture ?

Et tous les Calogero et les Saetta de dire qu'elle « faisait pitié », c'était la formule même de son père, se remémora Danny, en accélérant l'allure. Aux yeux du monde, elle se drapait dans la bienséance d'une éducation catholique répressive, mais ah ! quand tombaient ces oripeaux… « Il faut bien trouver quelque chose à raconter en confession », disait-elle à son neveu médusé, plaçant ainsi très haut la barre érotique (les jeunes femmes qui la suivirent dans sa vie amoureuse ne purent jamais égaler ses performances).

Elle avait dans les trente-cinq ans et se jugeait trop vieille pour faire un bébé lorsque se posa la question du départ de Danny au Vietnam. Elle aurait peut-être gagné à ce qu'on adopte la solution de Ketchum ; avec un ou deux doigts en moins, Danny serait peut-être resté auprès d'elle un peu plus longtemps. Elle était folle, mais pas sotte, elle savait fort bien qu'elle ne pouvait pas espérer garder son Danny chéri toute sa vie. L'idée de Katie Callahan lui plut davantage que le plan de Ketchum, car en somme, à sa manière singulière, elle aimait son neveu, et puis elle n'avait jamais vu Katie.

Si elle l'avait connue dans son abominable vulgarité, elle aurait peut-être opté pour le Browning de Ketchum, mais de toute façon la décision ne lui appartenait pas. Elle s'estimait heureuse d'avoir capté l'attention d'un garçon aussi plein de vie pendant sept ans de quasi-exclusivité. Ses frasques avec les filles Di Mattia et autres tendres cousines ne la dérangeaient pas. Elle savait bien qu'il lui reviendrait, avec une vigueur nouvelle. Ces petites traînées malhabiles ne lui arrivaient pas à la cheville (ce d'autant qu'il la voyait avec les yeux de l'amour). Katie elle-même ne pourrait pas devenir Filomena en plus jeune, comme Danny aurait pu le rêver pour découvrir avec regret qu'il n'en serait rien.

Filomena devait avoir dans les cinquante-cinq ans ou plus, à présent, se dit-il, en accélérant. Elle enseignait toujours, mais plus au Sacré-Cœur. Le roman au point-virgule dans le titre, celui qui avait déçu tout le monde, s'était tout de même attiré une critique favorable, et l'auteur en avait été ravi.

« Ton roman m'a réjouie, écrivait Filomena, comme tu le souhaitais, sans aucun doute ; tu es généreux, tu me manifestes beaucoup de reconnaissance, avec une pointe de désaveu, compréhensible. Oui, j'ai profité de toi, ne serait-ce qu'au début. J'ai été fière que tu sois resté aussi longtemps avec moi, tout autant que je suis fière de toi aujourd'hui. Tu voudras bien me pardonner si, pendant un temps, j'ai pu t'empêcher d'apprécier les filles inexpérimentées. Mais il faut que tu apprennes à faire des choix éclairés, mon petit chéri, puisque te voilà un peu plus âgé que moi lorsque nous nous sommes séparés. »

Elle avait écrit cette lettre deux ans auparavant. Le roman *Une tante à demeure ; ou la vieille fille* avait été publié en 1981. Il avait souvent songé à la revoir, mais comment lui rendre visite sans entretenir des attentes irréalistes ? Un jeune quadragénaire, sa tante entre cinquante-cinq et soixante ans, quelle relation pourraient-ils bien avoir, aujourd'hui ?

Et il n'avait pas appris à faire des choix plus éclairés, comme elle le lui recommandait ; peut-être avait-il délibérément refusé de choisir une femme qui risque la moindre allusion à une promesse de permanence. Il savait bien qu'il avait passé l'âge d'en rendre sa tante responsable sous couvert qu'elle l'aurait initié au sexe trop jeune. Non, quelle que soit l'origine de sa répugnance à nouer une relation durable, elle n'y était (plus) pour rien.

C'était la portion de la course avec chien méchant ; si Danny devait avoir des ennuis, ce serait là. Il cherchait du regard le chien aux yeux vairons dans l'allée du garage étroite et plate, bordée d'épaves de véhicules, voitures défuntes, certaines veuves de leurs pneus, camions éviscérés, moto sur le flanc, dépouillée de son guidon, lorsqu'il le vit émerger d'un van Volkswagen sans portes. Croisé de berger allemand et de husky, il déboula tête baissée, sans aboyer ni gronder, en vrai pro. On n'entendait que le galop de ses coussinets sur la terre du chemin ; il ne haletait même pas encore.

Danny avait déjà eu à le repousser à coups de manche de raquette ; et il avait eu des mots avec son propriétaire, tout aussi agressif que lui, un jeune homme d'une vingtaine d'années, peut-être un de ces anciens élèves de Windham ayant pris racine sur place. Malgré ses allures de hippie, il n'avait rien d'un pacifiste et faisait peut-être partie de ces prétendus « menuisiers » de Putney ; il ne semblait pas travailler, sinon à domicile.

– Tenez votre chien, lui avait crié Danny la dernière fois.

– Je t'emmerde, t'as qu'à courir ailleurs !

Or voilà qu'aujourd'hui il retrouvait le chien sans laisse qui lui claquait des mâchoires aux jarrets. Danny se porta vers la droite du chemin, en tentant de prendre le chien de vitesse, mais la bête ne mit pas longtemps à le rattraper. Danny se figea dans la diagonale de l'allée, et le chien s'arrêta aussitôt pour se mettre à décrire des cercles autour de lui, museau au ras du sol, montrant les crocs. Il se précipita sur sa cuisse, et Danny lui mit un coup de manche de raquette sur l'oreille ; le chien saisit l'objet dans sa gueule, et aussitôt Danny le frappa de toutes ses forces avec l'autre manche, sur le museau et entre les deux yeux (l'un était bleu clair comme ceux des huskies, l'autre brun sombre, avec l'expression plus pénétrante des bergers allemands). Le chien poussa un cri de douleur et lâcha le manche de raquette ; Danny le cogna sur une oreille puis sur l'autre au moment où il battait temporairement en retraite.

– Tu vas foutre la paix à mon chien, espèce d'enfoiré ! hurla le menuisier hippie en descendant l'allée aux épaves.

- Tenez-le, votre chien, dit simplement Danny.

Il était reparti à la course lorsqu'il aperçut le deuxième chien ; il ressemblait tant au premier que, l'espace d'un instant, il n'avait pas compris qu'il s'agissait d'un autre. Tout à coup, il se retrouva avec deux molosses déterminés à le mordre, le second restant dans son dos.

– Rappelez vos chiens ! cria-t-il au menuisier.

– Va te faire foutre, t'as qu'à aller courir ailleurs ! répondit le type en remontant son allée.

Il se fichait pas mal que ses chiens mordent Danny. Ils s'y efforcèrent de leur mieux, mais l'écrivain parvint à enfoncer un manche de raquette dans la gorge du premier, et il eut la chance que son revers atteigne le second en plein mufle et lui déchire la paupière au moment où il s'apprêtait à le mordre au mollet. Il mit un coup de pied à celui qui s'étouffait sur le manche de raquette, et comme le chien s'enfuyait, il le frappa derrière l'oreille. L'animal s'écroula pour repartir aussitôt. Le deuxième s'enfuit sans demander son reste. Le menuisier hippie était invisible à présent que ses chiens s'étaient repliés sur leur territoire.

Lorsque Danny s'était installé dans le comté de Windham, il y avait un chien méchant sur une petite route, entre Dummerston et l'école de Putney. Il avait dû appeler la police car la situation était la même du côté du propriétaire. Un policier s'était présenté dans la seule intention de parler au maître, et quand la bête l'avait attaqué, il l'avait abattue séance tenante. Il s'appelait Jimmy et Danny s'était lié d'amitié avec lui.

– Et qu'est-ce que tu as dit au propriétaire ? lui avait-il demandé.

– Je lui ai dit qu'il fallait tenir son chien, avait répondu Jimmy.

Danny répétait la formule depuis, mais avec moins d'autorité qu'un policier, c'était manifeste.

Pour l'heure, il acheva sa course sans encombre et parvint chez les DeSimone. Mais il avait horreur de voir son élan brisé sur les derniers kilomètres. Il parla à Armando des deux chiens et de leur propriétaire, le menuisier hippie.

– Appelle ton ami Jimmy, dit Armando.

Mais Danny expliqua que le policier serait sans doute amené à tuer les deux chiens.

– On n'a qu'à en tuer un, proposa Armando, comme ça ton menuisier hippie comprendra peut-être le message.

– C'est un peu dur, je trouve, répondit Danny.

Il avait compris les modalités de l'expédition punitive envisagée par Armando. Ce dernier possédait un berger allemand pure race nommé Rooster. Tout petit déjà, il se dressait sur ses ergots, se pavanait, menaçant en présence des autres chiens, d'où son nom signifiant « coq ». Mais il avait tenu ses promesses. Une fois adulte, c'était devenu un tueur ; il détestait les autres mâles. Or un des deux chiens qui avaient attaqué Danny était un mâle, à coup sûr ; pour l'autre, il n'aurait su le dire, la bête l'ayant attaqué par-derrière.

Armando DeSimone était davantage qu'un ami amateur de littérature, pour Danny. C'était un vrai lecteur, de sorte qu'ils discutaient de ce qu'ils lisaient de façon raisonnablement constructive. Mais l'homme avait quelque chose de fondamentalement batailleur, une sorte de Ketchum version civilisée.

Danny, au contraire, avait tendance à fuir l'affrontement, ce qu'il regrettait souvent. Les gens qui lui cherchaient des noises avaient le sentiment qu'il était incapable de réagir. Ils étaient surpris, voire blessés, quand il contre-attaquait, ce qu'il ne faisait guère qu'à la troisième ou quatrième provocation. Il s'était ainsi aperçu que ceux qui s'étaient habitués à le piquer au vif, l'aiguillonner, découvraient toujours avec indignation qu'il avait tenu registre de tout.

Armando ne tenait registre de rien. Dès qu'on l'attaquait, il répliquait. Selon Danny, c'était une attitude plus saine, surtout pour un écrivain, mais elle n'était pas dans sa nature Dans l'affaire des chiens échappés, il se laissa persuader uniquement parce qu'il pensait que la méthode d'Armando était meilleure. (Le menuisier hippie comprendrait peut-être le message, comme il disait.)

Mais pour cela, il aurait fallu que Rooster morde le hippie, Danny aurait dû le savoir ; or Rooster n'était pas programmé pour mordre les gens.

– Un seul, Armando, promis ? avait dit sa femme Mary, lorsqu'ils prirent tous la voiture pour aller chez Danny.

– Ça, c'est à Rooster qu'il faut le demander, répondit Armando.

Il avait fait de la boxe à l'époque où les facs avaient des équipes. Il conduisait la Volkswagen, Danny à ses côtés. Mary, patiente créature, en apparence, avait pris place à l'arrière avec le berger allemand haletant. Elle paraissait souvent en désaccord ou en porte-à-faux avec la combativité de son mari ; mais Danny savait qu'ils formaient un couple redoutable ; au fond du cœur, ils se vouaient mutuellement un soutien sans faille. Elle était peut-être plus Armando qu'Armando. Danny se souvenait de ce qu'elle avait dit lorsqu'un de leurs anciens collègues s'était fait virer : « La justice est si rare qu'elle en devient exquise. »

À présent, se disait-il, ce désaveu d'une exécution sommaire par le biais de Rooster était-il de pure façade ?

En somme, tout ce que Danny Angel aurait pu dire pour sa défense, c'est qu'il n'avait pas consenti à la légère à l'assassinat d'un chien, même si l'animal l'avait attaqué. Pourtant, d'une certaine manière, chaque fois qu'Armando était concerné, et surtout sur les questions d'autorité morale, il se rangeait à son avis.

– Ah, c'est ce connard ! dit Armando quand Danny lui désigna la maison aux épaves.

– Tu le connais ?

– C'est toi qui le connais. Je suis sûr que tu l'as eu comme élève.

– À Windham ?

– Évidemment, à Windham.

– Je ne l'ai pas reconnu, je ne dois pas l'avoir eu.

– Tu es capable de te rappeler tous tes étudiants médiocres ? demanda Mary.

– C'est un hippie menuisier, ou menuisier hippie comme tant d'autres, ici, dit Danny, qui n'en était plus tellement sûr.

– C'est peut-être un menuisier-écrivain, suggéra Armando.

Danny n'avait pas envisagé que le jeune homme l'ait identifié. Il y avait presque autant d'écrivains en puissance que de hippies autoproclamés menuisiers, à Putney, et l'animosité ou la jalousie qu'un écrivain s'attirait dans le Vermont relevaient souvent de la mentalité cul-terreux.

Un croisé de husky et de berger allemand n'est en principe pas un adversaire à la mesure d'un berger pure race ; mais il y en avait deux. Néanmoins, il en aurait peut-être fallu davantage pour faire le poids contre Rooster. Danny descendit de voiture et abaissa son siège pour laisser le chien sortir par l'arrière. Il avait à peine touché le sol de ses pattes de devant que les deux furieux l'attaquèrent. Danny remonta dans la voiture voir le spectacle. Rooster prit le premier à la gorge et lui brisa la nuque en deux coups de mâchoires ; les choses se passèrent si vite que ni Danny ni les DeSimone ne purent décider si l'autre était un mâle ou une femelle : il s'était coulé sous la voiture pour échapper à Rooster.

Armando rappela son chien, et Danny se poussa pour lui livrer passage. Le hippie écrivain-menuisier était sorti de chez lui et considérait son animal mort, sans se figurer que l'autre se terrait sous la voiture. « Tenez votre chien », lui dit Danny comme Armando faisait lentement marche arrière. Il y eut un cahot au moment où les roues passaient sur le chien, un cri de la bête qui se releva avec raideur et se secoua ; c'était aussi un mâle. Danny le vit s'approcher de son compagnon mort et renifler le cadavre tandis que le connard de hippie regardait la Volkswagen quitter l'allée. Était-ce cela que Mary ou Armando entendaient par « justice » ? Il aurait peut-être mieux valu appeler Jimmy, se disait Danny. Quitte à ce qu'il tue les deux chiens. C'était le propriétaire qui méritait une balle dans la tête. Et ça aurait fait une meilleure histoire.

Il y a des êtres qui me manqueront si je dois quitter le Vermont, songeait Danny. C'étaient Armando et Mary qui lui manqueraient le plus. Il admirait leurs certitudes.

Les trois amis nagèrent dans la piscine, sous les yeux du berger allemand. Il n'était pas de la baignade, mais il but le grand bol d'eau fraîche que Danny lui avait donné tout en préparant des gin-tonic à ses maîtres. Danny ne le reverrait jamais aussi clairement dans son souvenir qu'en cet instant, tirant la langue au bout de la piscine, apparemment content de lui. Le gros chien aimait les petits enfants, et détestait ses congénères mâles. Cela devait tenir à un détail de son histoire, un détail qu'aucun des trois amis ne connut jamais.

Il se ferait un jour tuer sur une petite route, percuté par une voiture en poursuivant étourdiment le car scolaire. La violence engendre la violence, Ketchum et le cuisinier en savaient quelque chose. Un menuisier hippie, propriétaire d'un chien mort et d'un autre vivant, saurait peut-être en convenir un jour.

Sans le savoir, Danny venait de courir pour la dernière fois sur la petite route de Putney à Westminster. Car nous vivons dans un monde d'accidents, n'est-ce pas ? Il est peut-être plus sage de ne pas s'y montrer trop batailleur.

Depuis que leurs maris étaient retraités de la scierie de Milan et passaient leurs loisirs à effectuer de menues réparations de moteurs et autres bricolages, Minnie et May, les rombières de choc, ne rataient pas une occasion de quitter la ville et leur fastidieuse compagnie, quitte à rouler des heures s'il le fallait : un retraité à la maison, quelle barbe ! Elles adoraient plus que tout être entre elles. À présent que les petits derniers de May et les aînés de ses petits-enfants faisaient des enfants à leur tour, elle prétextait qu'on avait besoin d'elle là où la jeune accouchée rentrait de la clinique avec son nouveau-né. Et où que se trouvent la mère et l'enfant, il lui fallait quitter Milan. C'était toujours Minnie qui prenait le volant.

Elles avaient soixante-huit ans l'une comme l'autre, soit deux ans de plus que Ketchum, qu'elles apercevaient de temps en temps, puisqu'il habitait Errol, un peu en amont sur l'Androscoggin. Le vieux bûcheron ne les reconnaissait jamais, et les aurait-il reconnues qu'il ne leur aurait pas prêté attention ; mais lui ne passait pas inaperçu ; sa réputation d'indompté l'avait marqué aussi nettement que sa cicatrice au front, indice d'antécédents violents. Minnie avait pris dans les vingt-cinq kilos, et May dans les trente ; elles avaient les cheveux blancs, et le visage buriné des gens du Nord ; elles mangeaient à longueur de journée comme le font parfois les habitants des climats froids, à croire qu'ils sont affamés en permanence.

Elles avaient traversé le nord du New Hampshire sur la route de Groveton en passant par Stark, et en longeant l'Ammonoosuc sur la plus grande partie du trajet, et puis à Lancaster elles avaient franchi le Connecticut pour entrer dans le Vermont. Elles avaient rattrapé l'Interstate 91 juste au-dessous de St Johnsbury, en direction du sud.

Il leur restait encore une longue tirée, mais elles n'étaient pas pressées d'arriver. La fille ou la petite-fille de May venait d'accoucher à Springfield, dans le Massachusetts ; si elles s'amenaient bêtement à l'heure du dîner, il leur reviendrait de faire manger une bande de marmots, et de débarrasser derrière eux. Elles avaient donc décidé de s'offrir un gueuleton en duo sur le trajet pour arriver après la bataille ; avec un peu de chance, la vaisselle aurait déjà été prise en charge, ainsi que le coucher des tout-petits.

À peu près au moment où les deux vieilles canailles dépassaient McIndoe Falls sur l'Interstate 91, le cuisinier et son équipe étaient en train de finir de manger à l'Avellino. Quand il avait régalé son personnel et qu'il regardait les uns et les autres débarrasser la table et faire la vaisselle pour se préparer à prendre le service du soir, Tony Angel était toujours d'humeur nostalgique. Il pensait aux années soixante-dix, à Iowa City, interlude entre leurs deux séjours dans le Vermont, à lui et à son fils.

À Iowa City, Tony Angel avait travaillé comme aide-cuisinier dans le restaurant chinois des frères Cheng sur la Première Avenue, qu'il appelait « le faubourg de Coralville ». Les frères Cheng auraient peut-être fait davantage de clientèle à proximité du centre-ville ; ils étaient trop chics pour ces faubourgs, où ils se perdaient dans la masse des fast-foods et des motels bas de gamme, mais ils aimaient bien la proximité de l'autoroute, et lors des week-ends de manifestations sportives, ils récupéraient la clientèle extérieure. Ils étaient trop chers pour la plupart des étudiants, sauf si leurs parents payaient ; quant aux professeurs de la faculté, qu'ils considéraient comme leur clientèle cible, ils avaient tous des voitures, et ne se limitaient pas aux établissements proches du campus, dans le centre-ville.

Autre décision contestable aux yeux de Tony Angel, le nom du restaurant. Le Mao aurait peut-être parlé davantage aux étudiants déçus par la politique qu'à leurs parents ou aux fans de sport venus pour des tournois. Mais les frères Cheng étaient jusqu'au cou dans les mouvements de contestation de la guerre du Vietnam. L'opinion publique, surtout dans une ville universitaire, s'était retournée contre la guerre ; de 1972 à 1975, on avait vu de nombreuses manifestations devant l'Old Capitol, sur le campus. Certes, sur Madison ou Ann Arbor Street, le nom du restaurant aurait constitué un meilleur atout. Dans le faubourg de Coralville, il arrivait qu'un patriote de passage, qu'on avait à peine le temps de voir disparaître au volant de sa voiture ou de son pick-up, balance une brique ou une pierre en tir rasant dans la devanture. « Encore un paysan guerrier », disait avec mépris Ah Gou, le frère aîné (son nom signifiant « Grand Frère » en dialecte de Shanghai).

C'était un chef fabuleux. Il avait étudié au Culinary Institute of America, et travaillait dans des restaurants chinois depuis qu'il était gosse. Né dans le Queens, il avait ensuite vécu à Long Island, puis à Manhattan. Une femme rencontrée au cours de karaté l'avait entraîné dans l'Iowa, puis planté là. Il était déjà convaincu que le Mao pourrait se faire un nom dans Iowa City.

Ah Gou était tout juste assez vieux pour avoir raté la guerre au Vietnam sans couper au service militaire ; il avait été cuisinier aux armées dans l'Alaska (« Que des conserves, sauf le poisson », avait-il dit à Tony Angel). Il portait une moustache à la Fu Manchu et une queue-de-cheval noire agrémentée d'une mèche orange.

Il avait judicieusement conseillé son frère pour lui éviter de partir à la guerre. Tout d'abord, le jeune homme avait devancé l'appel et s'était porté volontaire. « Tu leur dis simplement que tu refuses de tuer des Asiatiques, mais à part ça, tu la joues va-t-en-guerre. »

Le cadet avait donc déclaré qu'il était prêt à conduire n'importe quel véhicule n'importe où, et à faire la cuisine pour n'importe qui. « Je veux voir le feu ! Je veux foncer dans une embuscade, je veux bien cuisiner sous les obus ! Mais je refuse de tuer des Asiatiques, c'est tout. »

Il jouait quitte ou double, l'armée aurait pu le prendre quand même. Mais avec ou sans les sages avis de son aîné, se disait Tony Angel, il n'avait nul besoin de se faire passer pour fou – il était cinglé de plein droit. Toujours est-il que le fait d'avoir dû intervenir pour épargner la guerre du Vietnam à son petit frère, pour lui épargner de tuer, ou d'être tué par d'autres Asiatiques, avait inspiré une certaine rancœur à Ah Gou.

Il servait une classique cuisine française, ou un alliage de cuisines asiatiques, mais il ne mélangeait pas les deux, à quelques exceptions près. Ainsi, au Mao, les huîtres Rockefeller étaient saupoudrées de panko, la chapelure japonaise, et la mayonnaise qui accompagnait le crabe farci était à base d'huile de pépins de raisin et d'échalotes. Le crabe lui-même, il le faisait revenir à la poêle après l'avoir roulé dans l'estragon haché et le panko, qui ne ramollissait pas au réfrigérateur, contrairement à la chapelure classique.

Seulement voilà, ils étaient dans l'Iowa. Comment se procurer le fameux panko, sans parler des huîtres, de l'huile de pépins de raisin, et des crabes ? C'était là qu'intervenait le cadet des Cheng. Ce fou était né un volant entre les mains. Une fois par semaine, Xiao Dee (prononcer Chau Di), ce qui signifie « Petit Frère » en dialecte de Shanghai, partait avec leur camion réfrigéré (deux unités de congélation) se ravitailler dans le bas de Manhattan, et Tony Angel l'accompagnait dans ces virées sur le grand rayon : seize heures pour rallier Chinatown, où ils faisaient leur marché dans Pell et Mott Street.

Si l'aîné devait d'avoir atterri dans l'Iowa aux charmes-pièges d'une camarade de karaté, le cadet perdait la tête pour deux maîtresses, l'une à Rego Park, l'autre à Bethpage. Qu'il aille voir l'une ou l'autre importait peu au cuisinier : North End lui manquait, et il aimait également les petites communautés chinoises du Queens et de Long Island, où les gens étaient gentils avec lui, et affectueux entre eux. (À choisir, il aurait préféré la fille de Rego Park, la dénommée Spicy, à celle de Bethpage, avec son nom imprononçable et impossible à retenir.) Et puis, il aimait faire le marché dans Chinatown, et il appréciait même la longue route du retour, sur l'I-80. Là, il relayait Petit Frère au volant, alors que, dans New York, il le laissait conduire tout le temps.

Ils quittaient l'Iowa le mardi après-midi, et roulaient toute la nuit. À l'aube, ils sortaient de Holland Tunnel pour s'engager dans Hudson Street et Canal Street, à l'heure de pointe. Ils se garaient dans Pell ou Mott Street à l'ouverture des marchés. Ils passaient la nuit du mercredi dans le Queens ou dans Long Island, et puis reprenaient la route avant l'heure de pointe, le jeudi matin. Il leur fallait toute la journée pour rentrer dans l'Iowa, et décharger l'arrivage après le dîner du jeudi. Le week-end, c'était le coup de feu au Mao. Les huîtres, les moules et le poisson frais tiendraient facilement jusqu'au vendredi soir, et même jusqu'au samedi soir, avec un peu de chance.

Le cuisinier était en pleine forme, pendant ces années dans l'Iowa ; il avait eu quarante-huit, quarante-neuf puis cinquante ans, mais charger et décharger le camion réfrigéré de Xiao Dee lui avait fait des muscles de déménageur. Car il y avait du lourd dans la cargaison : caisses de bière Tsingtao, cuve d'eau salée avec des blocs de glace sèche fumante pour les moules, bassines de glace pilée pour les huîtres. Sur le chemin du retour, ils avaient coutume de reprendre de la glace dans un débit de boissons de l'Indiana ou de l'Illinois. Ils conservaient également dans la glace le flétan, la lotte, la perche de mer, le saumon d'Écosse, les saint-jacques et la saucisse lap-xuong, ainsi que le crabe. Sur tout le trajet de retour, c'était dégel et gadoue dans le camion ; l'un des freezers sentait toujours la seiche ; ils y maintenaient les calmars en congélation. Pour qu'ils ne se fêlent pas en s'entrechoquant, il fallait envelopper dans du papier journal les grands pots de terre cuite de Tianjin, où les Chinois mettent leurs conserves de légumes. Et si l'on plaçait les anchois séchés du Japon à proximité des œufs de cane en conserve à la chinoise, ça portait malheur, disait Xiao Dee, superstitieux.

Un jour, en franchissant le pont du Mississippi à East Moline, ils firent une embardée pour éviter un bus dont le pneu venait d'éclater, et toutes les essences de l'Asie les suivirent jusque chez eux : en miettes, les bocaux de sauce de poisson Golden Boy, destinés au curry vert à la thaïe ; atomisés, les bocaux de sauce soja et de porc de Formose ; en mille morceaux, les bouteilles de sauce aigre-douce Mae Ploy et de pâte de curry, vert ou rouge. Le camion nageait dans l'huile de sésame, mais c'était surtout la sauce ail et piment de Hong Kong qui s'était imposée à terme. Cette aura d'ail était saturée de l'essence tenace des miettes de bonite à la japonaise, et de crevettes séchées à la chinoise. On retrouva des shiitake, champignons noirs, un peu partout pendant des semaines.

Xiao Dee et le cuisinier sortirent de l'I-80 par la bretelle ouest aussitôt après Davenport, histoire d'ouvrir la porte arrière du camion et de mesurer l'étendue des dégâts, mais une odeur indescriptible les persuada de ne pas tenter ce geste avant d'être arrivés au Mao. Un filet de liquide *sui generis* dégoulinait par la porte arrière.

– Qu'est-ce que ça sent ? demanda Xiao Dee au cuisinier.

Tout ce qu'ils voyaient, c'était qu'il s'agissait d'un liquide brunâtre, avec de la mousse de bière dedans.

– Ça sent tout et le reste, résuma Tony Angel, qui s'agenouilla sur le trottoir pour renifler l'extérieur de la portière.

Un policier à moto s'arrêta pour leur demander s'il pouvait faire quelque chose pour eux. Petit Frère conservait tous les tickets de caisse de leurs achats dans la boîte à gants, pour le cas où on aurait cru qu'ils transportaient des marchandises volées. Le cuisinier expliqua au policier qu'ils avaient fait une embardée sur un pont, pour éviter un bus dont le chauffeur avait perdu le contrôle.

– Il vaudrait peut-être mieux qu'on reprenne la route, dit Tony Angel, on évaluera les dégâts à l'arrivée.

Xiao Dee, avec son visage imberbe et poupin, approuvait de la tête ; il avait noué un ruban rose à sa queue-de-cheval d'un noir lustré, petit gri-gri d'amour d'une de ses dulcinées, Spicy ou sa rivale.

– Ça sent le restaurant chinois, dit le motard au cuisinier.

– Et pour cause, répondit celui-ci.

Il était clair pour eux que le flic voulait voir la catastrophe de ses propres yeux ; à présent qu'ils s'étaient arrêtés, ils n'avaient plus le choix : il leur fallait ouvrir la portière arrière. Il y avait là toute l'Asie, du moins tous les arômes culinaires du continent : le pot de litchis avec sa gelée au lait d'amandes, le gingembre frais et son odeur puissamment astringente, les feuilles de miso de la Mitoku Trading Company (elles donnaient au camion des allures de champignonnière). Flottant dans une mer infecte de sauce soja et de glace noirâtre, la lotte les dévisageait de sa face cadavérique : au concours du poisson le plus laid des sept mers, elle avait toutes ses chances.

– Seigneur Dieu, qu'est-ce que c'est que ça ? demanda le motard.

– De la lotte, la langouste du pauvre, expliqua Xiao Dee.

– Et comment il s'appelle, votre restaurant à Iowa City ?

– Le Mao, répondit fièrement Petit Frère.

– Ah, c'est celui-là ! C'est vous qui vous faites vandaliser par des types en voiture, c'est ça ?

– Ça arrive, admit le cuisinier.

– C'est à cause de la guerre, dit Xiao Dee, sur la défensive. Les paysans, ils sont du côté des faucons.

– C'est à cause de votre nom, plutôt, répliqua le policier, ça m'étonne pas que vous vous fassiez vandaliser ! On est dans le Midwest, ici, Iowa City, c'est pas Berkeley.

Une fois remonté dans ce camion qui allait indéfiniment sentir Pell Street et Mott Street réunies un jour de grève des éboueurs, le cuisinier dit à Petit Frère :

– Il a quand même raison sur un point. Le nom du restau.

Xiao Dee était accro aux bouchées en chocolat au café espresso qu'il rangeait dans la boîte à gants avec les tickets de caisse et dévorait à la chaîne pour se maintenir dans un état de veille exacerbée. Si le cuisinier en avait mangé plus de deux ou trois sur les seize heures de trajet, il aurait eu des palpitations jusqu'au lendemain, et ses intestins lui auraient annoncé une diarrhée explosive – autant boire deux douzaines de doubles espressos.

– Mais qu'est-ce qui se passe, dans ce pays ? Mao, c'est jamais qu'un nom ! s'écria-t-il. Ça fait dix ans que le pays se fait couper les couilles au Vietnam, qu'est-ce que Mao vient faire là-dedans ? C'est un nom, voilà tout !

Le ruban rose provocateur, don de Spicy ou de sa rivale, s'était défait, libérant ses cheveux ; on aurait dit une culturiste hystérique au volant d'un restaurant chinois où l'intoxication alimentaire mortelle était garantie.

– Rentrons, et on déchargera, proposa le cuisinier, espérant ainsi calmer Petit Frère. (Il essayait lui-même d'oublier l'image de la lotte nageant dans l'huile de sésame et les autres fluides et solides divers qui clapotaient à l'arrière du camion.)

La cuve d'eau de mer s'était renversée, ils avaient perdu toutes les moules. Ce week-end-là, il faudrait se passer des moules à la vapeur de saké en sauce aux haricots noirs. Et d'huîtres Rockefeller, d'ailleurs. Camouflet ultime : quand ils étaient arrivés à Iowa City, Ah Gou avait déjà haché les épinards et coupé le bacon en dés pour ces fameuses huîtres. La perche de mer avait péri en route, mais la lotte était récupérable d'autant qu'on n'en consommait que la queue, servie en médaillons par Ah Gou.

Le cuisinier avait appris à apprécier la fraîcheur du saumon d'Écosse en lui retirant ses arêtes ; si l'opération était difficile, le poisson était encore frais, lui avait expliqué Ah Gou. La saucisse lap-xuong, le flétan frais et la seiche surgelée avaient survécu à l'embardée salutaire, mais pas les crevettes, ni les saint-jacques, ni les crabes. Le mascarpone préféré de Ah Gou et le parmesan n'avaient pas souffert, mais il fallut jeter les autres fromages. Les noris, sets en bambou qui servaient à rouler les sushis, avaient absorbé trop d'huile de sésame et de bière Tsingtao. Xiao Dee rincerait le camion au jet pendant des mois, mais il conserverait toujours son odeur de collision évitée de justesse.

Il avait adoré cette époque des virées avec Xiao Dee Cheng. Tous les soirs, au menu de l'Avellino, il proposait un plat ou deux appris au Mao, sous la férule d'Ah Gou. Il appelait ces extras des clins d'œil : « clin d'œil d'Asie », « clin d'œil de France ». En cas d'urgence, si tous les poissons, les huîtres et les moules avaient succombé avant le week-end, Ah Gou lui demandait de faire un plat de pâtes, ou une pizza, et la carte indiquait alors « clin d'œil d'Italie ».

Les routiers au long cours qui débarquaient de leur Interstate râlaient invariablement :

– Mais c'est quoi cette connerie de clin d'œil d'Italie, je croyais qu'on mangeait chinois, ici !

– Il faut de tout pour faire un restaurant, leur répondait Xiao Dee (car c'était le plus souvent lui qui servait en salle le week-end pendant que Tony et Ah Gou trimaient en cuisine).

Le reste du personnel se composait d'une ribambelle d'étudiants asiatiques, multiculturels et d'une intelligence redoutable ; beaucoup d'entre eux n'étaient pas natifs d'Asie, mais de Seattle et San Francisco, ou encore de Boston ou New York. Tzu-Min, la dernière petite amie en date de Ah Gou, était étudiante en droit ; elle avait passé sa licence deux ans plus tôt à l'université de l'Iowa et décidé de ne pas retourner à Taïwan – Ah Gou, le Mao et la fac de droit la retenant en ville. Les jeudis soir, quand Xiao Dee était encore sous le speed de ses bouchées choco-espresso, elle le remplaçait au poste de chef de rang.

On n'avait pas la radio, au Mao, se remémorait Tony Angel, tout en vérifiant le couvert à l'Avellino, qui, en ce soir de fin de printemps 1983, n'allait pas tarder à ouvrir ses portes. Ah Gou avait mis une télé à la cuisine, ce qui avait entraîné pas mal de coupures et bobos divers. Il aimait bien le sport et les flashes d'actualité ; parfois, quand les matches de football américain ou de basket étaient retransmis en direct, ça permettait de savoir si on verrait arriver des foules en liesse ou en deuil.

À cette époque, l'équipe de lutte perdait rarement, et encore moins à domicile, et les tournois leur attiraient des hordes d'affamés chauffés à blanc. Daniel avait emmené Joe à presque tous les tournois à domicile, se souvenait Tony. C'étaient peut-être les succès de l'équipe de lutte de l'Iowa qui lui avaient donné envie de pratiquer ce sport quand il était parti à Northfield Mount Hermon ; il se pouvait bien que ce choix n'ait rien eu à voir avec la réputation de castagneur de bar qui était celle de Ketchum.

À l'Avellino, Tony Angel possédait une Garland à huit brûleurs, avec deux fours et un gril ; il avait aussi une table de cuisson à la vapeur pour les bouillons de poulet. Chez Mao, les jours de presse, ils pouvaient servir jusqu'à quatre-vingts, quatre-vingt-dix couverts ; l'Avellino était plus petit. Tony y servait rarement plus de trente ou quarante couverts par soirée, cinquante au grand maximum.

Ce soir-là, il travaillait à une réduction de vin rouge pour accompagner le bœuf braisé ; et il avait posé sur la table de cuisson à la vapeur un bouillon clair et un bouillon épais. À la rubrique « Clin d'œil d'Asie », il se proposait de servir du bœuf au satay, avec une sauce à la cacahuète et un assortiment de crevettes-haricots verts-asperges en tempura comme les faisait Ah Gou. Il y aurait aussi les pâtes habituelles, des penne aux calmars, avec olives noires et pignons, et deux pizzas qui avaient un grand succès, la pepperoni avec la sauce marinara, et celle aux quatre fromages avec des champignons de la forêt. Il avait prévu un poulet rôti au romarin, servi sur un lit de roquette et de fenouil grillé, et un gigot d'agneau printanier à l'ail, accompagné d'un risotto aux champignons sauvages.

Greg, le jeune sous-chef, était allé à l'école de cuisine de la 92e Rue, à Manhattan, et il apprenait vite. Tony lui avait confié la *grenobloise**, beurre noir aux câpres, pour le poulet paillard ; c'était le « clin d'œil de France » ce soir-là. Le patron avait avec lui ses deux serveuses préférées, une mère célibataire et sa fille encore étudiante. Celeste, la mère, travaillait pour lui depuis 1976 ; Loretta, la fille, était plus mûre que la plupart des lycéens de Brattleboro qu'il engageait au service ou à la plonge.

Elle était d'ailleurs plus âgée que la plupart d'entre eux, ayant eu un bébé en terminale. Ne s'étant pas mariée, elle était restée chez sa mère pour s'occuper de l'enfant jusqu'à ce qu'il soit assez grand pour ne plus faire enrager sa mamie, après quoi elle avait repris ses études dans un *community college* du coin. Les navettes lui compliquaient la vie, mais elle s'était débrouillée pour bloquer ses cours le mardi et le mercredi, ce qui lui permettait de rentrer à Brattleboro où elle habitait encore chez sa mère, retrouver son petit garçon du jeudi soir au mardi suivant.

Depuis que le cuisinier couchait avec Celeste – soit un an ou peut-être dix-huit mois –, l'arrangement lui convenait. Il ne passait que deux nuits par semaine chez Celeste et son petit-fils au cours préparatoire, l'un de ces deux soirs étant celui de fermeture du restaurant. Dès le retour de Loretta, il regagnait ses propres pénates. L'été dernier, ça avait été moins commode ; Celeste s'était installée dans son petit appartement au-dessus du restaurant parfois trois ou quatre nuits de suite. C'était une rousse attirante, avec des taches de rousseur sur la poitrine, une femme bien en chair, quoique très loin des rondeurs de Carmella ou de Jane l'Indienne. À cinquante ans, elle se situait exactement entre le cuisinier et son fils, neuf ans de moins que le premier, neuf ans de plus que le second.

Celeste et Tony ne chahutaient jamais aux cuisines de l'Avellino ; ils se l'interdisaient, même si tout le personnel, et Loretta la première, savait qu'ils étaient ensemble. Toutes les amies qu'il avait rencontrées par la Cave à Livres avaient repris leur liberté ou s'étaient mariées. La vieille plaisanterie qu'il servait encore à la libraire restait lettre morte, et d'ailleurs purement innocente : elle ne lui aurait jamais présenté de femme tant que Celeste faisait partie du paysage affectif. Brattleboro était un bled, et Celeste y était très aimée.

Rencontrer des femmes était plus facile dans l'Iowa, se remémorait-il. Certes, il n'avait plus le même âge, et Brattleboro était un vrai trou, à côté d'Iowa City où son fils l'invitait à des ateliers autour d'écrivains ; elles savaient s'amuser, les romancières.

Plus d'une fois, Danny avaient emmené les étudiants de son séminaire dîner au Mao, notamment pour le Nouvel An chinois, où Ah Gou proposait un menu de dix plats à prix fixe trois soirs de suite. À la veille du Nouvel An 1973, année du Bœuf, le camion de Xiao Dee était tombé en panne en Pennsylvanie, si bien qu'ils n'avaient jamais pu rapporter les victuailles à temps.

En 1974, année du Tigre, Xiao Dee avait convaincu Spicy de les accompagner depuis le Queens jusqu'à Iowa City. Spicy avait la bonne idée d'être menue, mais ils étaient tout de même serrés dans la cabine, et une fois dans l'Illinois ou l'Indiana, Spicy avait fini par comprendre que Xiao Dee avait une autre amie à Bethpage, « l'autre connasse de Nassau », comme elle la baptisa. Le jeune couple s'était disputé pendant tout le trajet.

Insensiblement, le souvenir des années Mao lui faisait penser que l'Avellino manquait d'ambition. Mais ce qui lui plaisait dans ce petit établissement, c'était qu'il se pilotait assez facilement. De vrais chefs comme Ah Gou Cheng, Tony Molinari ou Paul Polcari l'auraient peut-être trouvé trop modeste, mais, à cinquante-neuf ans, il ne se mettait pas en concurrence avec eux.

Il regrettait entre autres choses de ne pouvoir inviter ces vieux amis et mentors à venir manger chez lui. Il avait l'impression que sa cantine n'était pas digne de ces chefs hors pair à qui il devait tant. Cependant, ils auraient sans doute été touchés et flattés de voir leur influence sur sa carte ; et ils n'auraient fait que le conforter dans sa fierté de s'être mis à son compte, et d'avoir réussi, fût-ce à Brattleboro. Molinari et Polcari, retraités, pouvaient venir dans le Vermont à leur guise ; les frères Cheng auraient peut-être eu du mal à trouver le temps.

En effet, ils étaient retournés dans l'Est sur les bons conseils de Tzu-Min, la jeune avocate qui avait épousé l'aîné ; elle l'avait très bien conseillé dans ses affaires, et n'était jamais retournée à Taïwan. Le Connecticut était plus proche de la pointe de Manhattan, où Petit Frère devait s'approvisionner. À quoi bon rester dans l'Iowa et y laisser leur santé pour être le plus authentique possible ? Ils avaient tout d'abord appelé leur nouveau restaurant Baozi, ce qui veut dire « l'enveloppe » en chinois. Le cuisinier se souvenait des rouleaux de printemps au porc, des baozi de porc braisé que Ah Gou faisait pour le Nouvel An chinois. Il fallait ouvrir les brioches à la vapeur et les fourrer d'une farce de porc aux cinq épices. Mais Tzu-Min était la femme d'affaires de la famille. Elle rebaptisa le restaurant Citronnelle, appellation plus commerciale et qui parlait davantage dans le Connecticut.

Peut-être qu'on pourrait y aller un jour, Danny et moi, se disait Tony Angel ; on passerait la nuit dans le coin, et on mangerait au restaurant. Ah Gou et Xiao Dee lui manquaient, il leur souhaitait de réussir.

– Qu'est-ce que tu as, Tony ? lui demanda Celeste. (Sans s'en rendre compte, il pleurait.)

– Rien du tout, Celeste, je suis même très heureux, répondit-il.

Il lui sourit et se pencha sur sa réduction à l'odeur alléchante. Il avait fait blanchir à l'eau bouillante une branche de romarin pour en extraire l'essence avant de la plonger dans le vin.

– Bon, mais tu pleures, quand même.

– Des souvenirs, sûrement…, dit le cuisinier.

Greg, son aide, le regardait, lui aussi. Loretta arriva de la salle à manger.

– On ouvre, ce soir, ou on attend que les clients fracturent la porte ? lui demanda-t-elle.

– Ah, c'est l'heure ?

Il avait dû oublier sa montre au premier étage, dans sa chambre, où il n'avait pas fini de lire les épreuves d'*À l'est de Bangor*.

– Pourquoi il pleure ? demanda Loretta à sa mère.

– Je viens de lui demander : des souvenirs, sûrement…

– Des bons alors ? lança Loretta à Tony.

Elle prit une serviette propre et lui tamponna la joue. Le plongeur et le commis, l'un comme l'autre lycéens à Brattleboro, le regardaient d'un air soucieux. Le cuisinier et son aide n'étaient guère chatouilleux sur leurs attributions réciproques, même si, en principe, Greg s'occupait de la cuisson des viandes rôties ou grillées, tandis que Tony réalisait les sauces.

– Vous voulez que je fasse le saucier, ce soir, patron ? lui demanda Greg.

– Non, ça va, répondit Tony en secouant la tête. Puis, à l'adresse de tous : Il vous en revient jamais, à vous, des souvenirs ?

– Danny a appelé, j'ai oublié de te le dire, annonça Loretta. Il vient ce soir.

– Oui, ajouta Celeste, apparemment il a eu une journée palpitante – pour un écrivain. Il s'est fait attaquer par deux chiens, Rooster en a tué un. Il voulait une table à la même heure que d'habitude, mais un seul couvert. Il m'a dit que Barrett n'apprécierait pas l'histoire du chien. Il m'a dit : « Tu diras à P'pa que je le verrai après dîner. »

Le « P'pa » datait d'Iowa City ; le cuisinier aimait bien qu'il l'appelle comme ça.

Barrett, qui vivait aux États-Unis depuis des lustres, était anglaise ; chaque fois qu'il la voyait, Tony Angel avait l'impression que son accent britannique était plus marqué. Les gens se laissent intimider par cet accent, se disait-il ; à croire qu'il leur donne l'impression d'être ignares.

Il avait bien compris ce que son fils voulait dire. Il s'était fait mordre par des chiens pendant son jogging, mais Barrett, amie des bêtes, prendrait leur parti. Il n'y avait pas de chiens méchants ; c'étaient leurs maîtres qui l'étaient. La police du Vermont n'avait pas à tuer les chiens de qui que ce soit, et si Danny n'avait pas couru avec des manches de raquettes, ils n'auraient peut-être même pas tenté de le mordre, etc. Mais le cuisinier savait bien que si son fils se munissait de manches de raquettes, c'était précisément parce qu'il s'était fait mordre avant ; il lui avait fallu des points de suture en deux occasions, sans compter un vaccin antirabique.

Il était content que son fils vienne sans Barrett ; une femme presque aussi vieille que son père, ça le dérangeait qu'il puisse avoir couché avec elle ! Ce qui le dérangeait encore plus, c'était son accent britannique, et sa théorie que les chiens méchants n'existaient pas. Mais enfin, cet amour inconditionnel des chiens n'avait rien d'étonnant de la part d'une folle des chevaux.

Il faisait ses pizzas dans une vieille cuisinière irlandaise Stanley ; il avait appris à chauffer le four à 310 sans transformer la cuisine en sauna, mais il lui avait fallu deux ans. Il était en train de garnir de bois sa cuisinière quand Loretta ouvrit la porte aux premiers clients.

– Il y a eu un autre coup de fil, lui dit Greg.

Pourvu que Daniel n'ait pas décidé d'annuler son dîner, ou d'inviter Barrett ! Mais le message émanait de Ketchum.

Le vieux bûcheron ne tarissait pas d'éloges sur les mérites du fax, expliqua Greg. Dieu sait depuis combien de temps l'objet existait, et ce n'était pas la première fois que Ketchum manifestait son envie d'en avoir un. À New York, Danny en avait vu un assez rudimentaire, chez son éditeur, à la fabrication. L'appareil prenait de la place et crachait des bandes de papier huileux passablement indéchiffrables, mais il en aurait fallu davantage pour décourager Ketchum. L'ex-illettré tenait à ce que Danny et son père aient leur fax ; de cette façon, une fois qu'il aurait acheté le sien, ils seraient en contact immédiat.

Seigneur Dieu, pensait le cuisinier, qui aimait savourer son café-avec-vue sur le Connecticut, adieu matins paisibles, on n'a pas fini de recevoir des fax ! Il va falloir que j'achète des rouleaux de papier ! (Comble de malchance, Ketchum était aussi matinal que lui.)

Il n'avait jamais vu l'habitat de l'homme des bois à Errol, mais il l'imaginait volontiers dans un genre de wanigan, une caravane, peut-être, ou plusieurs. Un mobile home qui n'aurait plus de mobile que le nom, voire un bus Volkswagen dépouillé de ses roues mais agrémenté d'un poêle à bois. Dire que Ketchum qui venait d'apprendre à lire, à soixante-six ans, s'était mis en tête d'avoir un fax… incroyable ! Il n'y avait pas si longtemps qu'il s'était décidé à prendre le téléphone.

Le cuisinier savait bien qu'il pleurait, et que ça n'avait rien à voir avec des « souvenirs ». Sitôt qu'il avait imaginé rendre visite aux Cheng dans leur restaurant du Connecticut, il avait réalisé qu'il ne faudrait pas compter sur son fils. L'écrivain était un drogué du travail, atteint d'une logorrhée romanesque. Qu'il vienne dîner seul à l'Avellino, très bien, mais qu'il vive seul et se prépare sans doute à le rester, voilà ce qui chagrinait son père. S'il s'inquiétait pour son petit-fils, avec tous les dangers qui guettent un garçon de dix-huit ans, il se désolait pour son fils, voyant en lui une âme mélancolique, vouée à une solitude incurable. Il est encore plus mélancolique et solitaire que moi ! se disait-il.

– Table de quatre, annonça Loretta à Greg, avec une pizza aux champignons sauvages, et une pepperoni.

Celeste entra dans la cuisine à son tour :

– Danny vient d'arriver ; il est tout seul.

– Un calmar aux penne, récita Loretta. (Quand c'était le coup de feu, elle passait les commandes par écrit, mais quand il n'y avait encore personne, elle se faisait un plaisir de les annoncer comme au théâtre.)

– Ils ne prennent pas d'entrée, à la table de quatre ?

– Ils veulent tous la salade de roquette aux copeaux de parmesan. Et puis, attends la meilleure – elle fit une pause pour ménager ses effets –, le poulet paillard, ce sera sans câpres.

– Mais bon dieu, y a pas de *grenobloise** sans câpres ! s'exclama Greg.

– T'as qu'à lui mettre la réduction au vin, à ce guignol, c'est aussi bon sur le poulet que sur le bœuf braisé.

– Il va en rougir, le poulet, objecta Greg.

– Tu es trop puriste, reprit Tony Angel, eh bien alors, sers-lui une sauce à l'huile et au citron.

– Danny préfère qu'on lui fasse une surprise, annonça Celeste. Elle regardait le cuisinier de près ; elle l'avait déjà entendu pleurer dans son sommeil.

– Bon, ça, ce sera sympa, dit-il. (Enfin, un sourire, même tout petit, constata Celeste.)

May était bavarde, quand Minnie prenait le volant. Elle dodelinait de la tête pour accompagner – rarement en mesure – les niaiseries qui passaient à la radio ; elle lisait les panneaux à haute voix, comme les petits enfants qui viennent d'apprendre à lire.

– Bellows Falls, avait-elle annoncé un bon quart d'heure plus tôt, comme elles dépassaient cette sortie sur l'I-91. Qui voudrait habiter un patelin pareil ?

– Tu y es déjà allée ? demanda Minnie à sa vieille amie.

– Non, mais rien que le nom…

– Il serait pas bientôt l'heure du dîner ?

– Je casserais bien une petite croûte.

– Genre ?

– Genre demi-ours, ou vache entière, dit May pour le plaisir de jacasser au diapason de sa vieille amie.

– Même une demi-vache, à la rigueur, proposa Minnie, plus sérieusement.

– Putney, lut May, comme elles dépassaient le panneau indiquant la sortie.

– C'est quoi, ça, comme nom, d'après toi ? Pas indien, toujours.

– Non, pas indien.

Les trois sorties de Brattleboro s'annonçaient.

– Qu'est-ce que tu dirais d'une pizza ?

– Brat-el-burrow, énonça May presque à la perfection.

– Ça alors, c'est carrément pas indien ! dit Minnie. (Les deux vieilles rigolèrent de plus belle.)

– Y a sûrement une pizzeria, à Brattleboro, tu crois pas ?

– Ben allons voir, dit Minnie.

Elle prit la deuxième sortie, qui menait au centre-ville.

– La Cave à Livres, lut laborieusement May comme elles passaient au ralenti devant la librairie.

En haut de la montée, au feu suivant, elles découvrirent la marquise du cinéma Latchis, qui proposait deux films de l'année dernière, deux Sylvester Stallone, *Rocky III* et *Rambo*.

– Je les ai vus, dit fièrement Minnie.

– Tu les as vus avec moi, lui rappela May.

Les deux femmes s'étaient laissé distraire aisément par la marquise du cinéma, et c'était Minnie qui conduisait. Elle ne pouvait pas conduire et regarder les deux côtés de la rue en même temps. Sans May, qui avait faim et qui lisait les panneaux avec opiniâtreté, elles auraient peut-être raté l'Avellino, mot difficile pour May, qui l'écorcha, mais parvint à dire « plats italiens ».

– Où ça ? demanda Minnie (elles l'avaient déjà dépassé).

– Derrière nous. Gare-toi où tu peux, ça disait « italien », j'en suis sûre.

Elles finirent par se poser sur le parking du supermarché avant que Minnie ne récupère ses réflexes de conductrice.

– Maintenant, y a plus qu'à y aller à pinces, conclut-elle.

May avait horreur d'aller où que ce soit à pinces ; elle avait un oignon qui lui faisait souffrir le martyre et l'obligeait à boiter, ce qui lui rappelait le cuisinier, de sorte que les deux vieilles canailles avaient pensé à lui, ces derniers temps. D'ailleurs, cette conversation sur les noms indiens leur avait peut-être rappelé le temps jadis, à Twisted River.

– Moi, pour une bonne pizza, je te fais trois, quatre kilomètres, dit May à sa vieille amie.

– Une de celles de Dominic, en tout cas, répondit Minnie.

Et ce fut le déclic.

– Qu'est-ce qu'elles étaient bonnes ! s'exclama May.

Elles s'étaient traînées jusqu'au Latchis, du mauvais côté de la chaussée, et elles avaient failli se faire couper en deux en traversant Main Street au petit bonheur. (Les piétons avaient peut-être davantage droit à l'erreur à Milan qu'à Brattleboro. Toujours est-il qu'elles firent un doigt d'honneur au chauffeur qui avait failli les percuter.)

– Qu'est-ce que c'était déjà, qu'il voulait mettre dans sa pâte, le Cuistot ?

– Du miel, dit May (sur quoi elles se remirent à glousser), mais il a changé d'avis.

– Je me demande bien quel était son ingrédient secret.

– Si ça se trouve, il en avait pas, répondit May en haussant les épaules.

Elles avaient fait une halte devant la grande terrasse vitrée de l'Avellino, dont May déchiffrait laborieusement le nom.

– Ça fait bien italien, comme nom, décida Minnie.

Les deux femmes lurent la carte, affichée en vitrine.

– Ils font deux pizzas différentes, remarqua Minnie.

– Moi je reste fidèle à la pepperoni, tu risques toujours de t'empoisonner avec les champignons sauvages.

– Ce qu'il y avait, dans la croûte de Dominic, c'est qu'il la faisait vraiment fine, tu pouvais en manger beaucoup plus sans que ce soit bourratif.

Dans la salle, une famille de quatre personnes finissait de dîner. Minnie et May virent que les gosses avaient commandé des pizzas.

Il y avait un bel homme, la quarantaine, assis tout seul à une table, près des portes de la cuisine. Il était en train de griffonner dans un cahier à lignes, un cahier d'écolier. Elles ne le reconnurent évidemment pas ; il avait douze ans la dernière fois qu'elles l'avaient vu, et aujourd'hui il avait dix ans de plus que son père lors de son départ.

Il avait levé les yeux à leur arrivée, mais revint promptement à ses notes. Il ne se rappelait peut-être pas quelle tête elles avaient en 1954, alors, vingt-neuf ans plus tard, il ne risquait pas de se douter de leur identité.

– Vous êtes toutes seules, mesdames ? s'enquit Celeste. (Elles trouvaient toujours très drôle d'être considérées comme des « dames ».)

On les installa à une table près de la vitre, sous la vieille photo en noir et blanc d'un embâcle à Brattleboro.

– On convoyait des troncs sur le Connecticut, dans le temps, dit Minnie.

– Ça devait être une ville du bois, autrefois, répondit May, avec des scieries, des fabriques de papier, des usines textiles, aussi, sans doute.

– Il paraît qu'il y a un asile de fous, maintenant, dit Minnie à son amie.

Et quand la serveuse revint pour leur servir de l'eau, elle lui demanda :

– Il marche toujours votre asile de fous ?

– Ici on dit maison de repos, rectifia Celeste.

– Tu parles d'une expression faux cul ! s'exclama May.

Elle et Minnie gloussaient de plus belle quand Celeste revint leur apporter les menus, qu'elle avait oubliés en leur servant l'eau. Les larmes du cuisinier l'empêchaient de se concentrer.

Un jeune couple entra, et Minnie et May virent Loretta, la fille de Celeste, les accompagner à leur table. Quand Celeste revint prendre la commande, Minnie annonça :

– On veut la pepperoni toutes les deux. (Elles s'étaient déjà fait une idée dans la vitrine.)

– Une par personne, ou une pour deux ? (Il suffisait de les regarder pour deviner la réponse, pensait Celeste.)

– Une par personne ! dit May.

– Et vous prendrez une salade, ou une entrée ?

– Ouh non, moi je me réserve pour la tarte aux pommes.

– Et moi je crois que je prendrai le cobbler aux myrtilles, compléta Minnie.

Elles commandèrent des Coca.

– Et pas des light, hein, souligna May à l'intention de Celeste. (Pour affronter le reste de la route, sans parler du déluge d'enfants et de petits-enfants, il fallait bien la dose maximale de sucre et de caféine.)

– Je te jure, si mes gosses et leurs gosses continuent à faire des petits, je vais y finir, moi, dans leur maison de repos, dit May.

– Je viendrai te voir, promit Minnie, si la pizza vaut le coup, ajouta-t-elle.

À la cuisine, Tony Angel avait peut-être entendu jacasser les deux vieilles.

– Deux pepperoni, et sans doute des clientes pour la tarte aux pommes et le cobbler aux myrtilles, lui annonça Celeste.

– C'est qui ? demanda le cuisinier, qui n'était pas aussi curieux d'ordinaire. Des femmes d'ici ?

– Deux rombières de choc, si tu veux mon avis, d'ici ou d'ailleurs, répondit Celeste.

Il était presque l'heure du match des Red Sox, à la radio. Boston jouait à domicile, au stade de Fenway Park, mais Greg écoutait une guimauve nostalgique sur une autre station. Le cuisinier n'y avait pas vraiment fait attention, mais le disque était *Surrealistic Pillow*, des Jefferson Airplane, un tube de 1967.

Quand il reconnut la voix de Grace Slick qui chantait *Somebody to Love*, il s'adressa avec une sécheresse inhabituelle à son aide :

– C'est l'heure du match, Greg !

– Laisse-moi finir, commença le jeune homme, mais Tony avait déjà changé de station. (L'agacement de sa voix et l'irritation avec laquelle il avait tendu la main vers la radio n'avaient échappé à personne.)

– J'aime pas cette chanson, dit-il, ne trouvant rien d'autre pour se justifier.

– Des souvenirs, sans doute, dit Celeste à la cantonade, avec un haussement d'épaules.

Séparés de lui par une mince cloison et des portes battantes, il y avait deux autres vieux souvenirs. Malheureusement, il lui serait moins facile de se débarrasser de Minnie et de May que d'éteindre la chanson passant à la radio.

9
La fragile, l'imprévisible nature des choses

Dans le faubourg de Coralville – on le voyait du Mao –, il y avait un restaurant nommé « Chez le Grec », qui servait de la pizza à la feta et aux olives de Kalamata, très appréciée de la clientèle. (« Pas mauvais, disait le père de Danny, sauf que ce n'est pas de la pizza. ») Dans le centre-ville, il y avait un faux pub irlandais qui s'appelait « Chez O'Rourke », billard, bière verte tous les ans à la Saint-Patrick, sandwiches à la bratwurst et aux boulettes. Pour Danny, le O'Rourke était strictement un bar d'étudiants, pâle imitation de ceux qu'il avait connus à Boston, du côté de Haymarket, aux alentours d'Hanover Street. Là-bas, le plus ancien était l'Union Oyster House, bar à huîtres et restaurant, en face duquel on construirait un jour un monument à l'Holocauste, mais il y avait aussi la Bell in Hand Tavern, au carrefour d'Union et de Marshall Street. C'était là que Daniel Baciagalupo, encore mineur, se soûlait à la bière avec ses grandes cousines Saetta et Calogero.

Les tavernes étaient trop proches de North End pour que le cuisinier ne les ait pas repérées. Un jour, il avait suivi Daniel et ses cousines au Bell in Hand ; quand il l'avait vu boire de la bière, il l'avait tiré dehors par l'oreille.

Tout en griffonnant fébrilement ses notes à l'Avellino dans l'attente du plat-surprise que son père lui destinait, l'écrivain Danny Angel regrettait que cette humiliation devant ses cousines n'ait pas suffi à le dégoûter de l'alcool pendant qu'il en était encore temps. Mais pour cela, il lui avait fallu une peur plus violente, et une humiliation plus cuisante. Il lui avait fallu attendre de devenir père. (« Si ça ne te rend pas responsable, d'avoir un enfant, alors c'est à désespérer », lui avait dit son propre père.)

Était-ce le père en lui qui avait tapé un message au menuisier hippie, et qui avait pris le « raccourci » de Westminster pour le glisser dans la boîte aux lettres de ce connard, avant de débarquer à l'Avellino pour y déguster son plat-surprise ? Est-ce qu'il aurait espéré voir Joe réagir de même en pareilles circonstances ?

« Je regrette sincèrement que votre chien soit mort. J'étais en colère. Vous n'assumez pas la responsabilité de vos chiens, et vous refusez de reconnaître que la route est un espace public. Mais j'aurais dû mieux me maîtriser. J'irai courir ailleurs. Vous avez perdu un chien, je vais renoncer à mon parcours préféré. Il faut tourner la page, ok ? »

Sur une feuille de papier machine ordinaire. Il n'avait pas mis son nom. Si Armando voyait juste, si le connard était bien un menuisier-écrivain, et peut-être un de ses anciens élèves à Windham, il savait déjà que le jogger aux manches de raquettes n'était autre que le romancier Danny Angel ; donc, pas de raison de s'en vanter. Il n'avait même pas mis la feuille sous enveloppe, et s'était contenté de la glisser, pliée en deux, dans la boîte aux lettres, à l'endroit même où l'allée bordée d'épaves de voitures rejoignait la route.

À présent, entre ses notes, il se demandait ce qu'Armando dirait « on fait pas la paix avec les connards », ou une formule du même acabit. Mais Armando n'avait pas d'enfants. Est-ce que ça le rendait plus intrépide ? L'idée même d'une altercation susceptible de dégénérer… n'était-ce pas le genre de chose dont on souhaite protéger son enfant ? (Dans le carnet où il griffonnait pour sa propre gouverne, la formule « une peur sans nom » ressortait avec une bizarrerie significative parmi plusieurs phrases inachevées.)

Enfant, puis jeune homme, il avait toujours tenu pour acquis que la différence entre son père et Ketchum était essentiellement liée au fait que l'un était cuisinier et l'autre forestier – convoyeur de grumes, plus dur à cuir que ses chaussures à crampons, intempérant et incapable de battre en retraite. Mais Ketchum était brouillé avec ses enfants ; il les avait déjà perdus. Il n'était pas nécessairement plus courageux, plus hardi que le cuisinier, mais il n'était pas père, ne l'était plus, et n'avait donc pas grand-chose à perdre. Aujourd'hui, Danny comprenait enfin que son père avait veillé sur lui de son mieux. La décision de quitter Twisted River, c'était en tant que père qu'il l'avait prise. Et à présent, lui et Danny s'efforçaient de veiller sur Joe ; leur inquiétude commune à son endroit les avait rapprochés.

Il s'était senti proche de lui du temps d'Iowa City, aussi, lors de leur interlude asiatique, comme il nommait intérieurement cette période. La petite amie que son père avait gardée le plus longtemps travaillait comme infirmière urgentiste au Mercy Hospital ; c'était une Chinoise qui s'appelait Yi-Yiing. Elle avait l'âge de Danny, une petite trentaine, soit presque vingt ans de moins que le cuisinier, et elle avait une fille de l'âge de Joe, restée à Hong Kong. Son mari qui voulait un garçon l'avait abandonnée à la naissance de la petite, qu'elle avait alors laissée aux bons soins de ses parents pour repartir de zéro dans le Midwest. Elle avait été bien inspirée de choisir le métier d'infirmière, et la ville d'Iowa City. Les médecins du Mercy Hospital l'avaient déclarée indispensable ; elle avait obtenu sa carte verte et serait bientôt citoyenne américaine.

Certes, il lui arrivait de temps en temps de se faire traiter de niaquouée ou de bridée par un patient raciste, par un chauffeur ou un passager invisibles dans la circulation. Qu'on la prenne pour la congaï d'un ancien du Vietnam, elle n'était pas femme à s'en émouvoir. Elle avait d'autres soucis en tête : essentiellement celui de faire venir de Chine ses parents et sa fille ; et comme elle avait déjà bien débrouillé l'imbroglio administratif, elle avait de bonnes raisons de ne pas se laisser distraire de son objectif. On lui assurait qu'il serait plus réalisable une fois la guerre du Vietnam finie ; simple question de temps, lui avait-on affirmé de source autorisée.

Ce n'était pas le moment qu'elle s'empêtre dans des affaires de cœur, avait-elle expliqué au cuisinier. Elle tombait bien, s'était dit Danny à l'époque. Il est d'ailleurs possible qu'étant donné la tâche héroïque qu'elle s'était fixée, elle ait cherché en Tony Angel une épaule consolatrice plus qu'un partenaire exigeant. Il avait laissé derrière lui une si grande part de sa vie qu'il ne cherchait guère lui-même à s'empêtrer dans des complications sentimentales. En outre, son petit-fils était du même âge que la fille de Yi-Yiing, et l'infirmière aimait cet enfant comme une mère.

Danny et son père devaient toujours penser à lui avant de faire entrer des femmes dans leur vie. Yi-Yiing avait plu à Danny en grande partie par la sincérité de son intérêt pour Joe ; mais il trouvait inconfortable qu'elle ait son âge, et inconfortable qu'elle lui plaise.

Au cours de ces trois ans, Danny et son père avaient loué trois appartements différents dans Court Street, tous à des professeurs d'université partis pour leur année sabbatique. La rue était bordée d'arbres, avec de grandes maisons à deux étages – une sorte d'avenue résidentielle universitaire. De là, on pouvait se rendre en toute sécurité à l'école primaire Longfellow, que Joe fréquenterait au cours élémentaire et au cours moyen. On était assez loin du centre-ville, et Danny pouvait aller à la fac et en revenir sans prendre Iowa Avenue, qui lui rappelait sa vie avec Katie. Il avait son bureau au PAP, le Pavillon d'anglais et de philosophie, qui hébergeait l'Atelier d'écriture.

Les maisons étaient vastes, dans Court Street, mais Danny n'écrivait jamais chez lui, surtout parce que Yi-Yiing avait des horaires très irréguliers aux urgences de l'hôpital. Elle dormait souvent dans la chambre du cuisinier jusqu'à midi, heure à laquelle elle descendait à la cuisine se faire à manger, dans ses pyjamas de soie. Quand elle ne travaillait pas à l'hôpital, elle vivait dans ses pyjamas fluides, rapportés de Hong Kong. Yi-Yiing était petite, mais curieusement trapue, avec un joli visage et de longs cheveux de jais. Elle possédait des tas de pyjamas de soie, tous plus chatoyants les uns que les autres ; même le noir était chatoyant.

Danny aimait bien accompagner Joe à l'école, puis aller écrire au PAP. Quand il fermait la porte de son bureau, ses étudiants comme ses collègues savaient qu'il ne fallait pas le déranger. Longtemps après qu'il s'était mis au travail, le matin, cette image affriolante de Yi-Yiing aux soyeux atours endormie dans le lit de son père le distrayait comme une parenthèse intempestive. Il l'amenait avec lui au PAP.

– Je me demande bien comment tu fais pour écrire dans un bâtiment aussi aseptisé, lui avait dit l'écrivain Raymond Carver, son collègue à l'Atelier.

– Il n'est peut-être pas aussi aseptisé que tu crois, avait répondu Danny.

John Cheever, autre écrivain et collègue, disait que le PAP lui évoquait un de ces hôtels spécialisés dans l'accueil des congrès.

Mais Danny aimait bien son bureau du quatrième étage. En général, le matin, les bureaux et les classes de l'Atelier étaient déserts. On n'y trouvait guère que la secrétaire, et elle s'y entendait pour filtrer les appels et ne lui passer que ceux de son père ou de son fils.

Les écrivains ont tendance à apprécier les endroits où ils travaillent bien, sans autre considération pour leurs mérites esthétiques. Sachant Joe en sécurité à l'école, Danny se mit à apprécier le pavillon. Le quatrième étage était silencieux, un sanctuaire, presque ; il suffisait de partir en milieu d'après-midi.

En principe, les écrivains ne se bornent pas à traiter des bonnes choses de la vie, se disait Danny en griffonnant dans son cahier, à l'Avellino, ses souvenirs d'Iowa City. Il venait d'écrire « Le bambin sur la chaussée » qui pouvait faire un titre de chapitre, ou davantage. Il avait barré « le » pour le remplacer par « un », mais aucun des deux articles ne lui convenait ; il barra le « un » aussitôt. Plus haut, sur la feuille, on remarquait ses réserves de principe sur l'article. « La Mustang bleue » avait cédé la place à « Mustang bleue ». « Bambin sur la chaussée » était peut-être une solution ?

Aux yeux du spectateur éventuel, l'expression de l'écrivain quadragénaire révélait un exercice plus significatif et plus douloureux que la simple recherche d'un titre. Minnie et May lui trouvaient un charme singulier – et familier de surcroît ; pour tromper l'attente de leurs pizzas, elles le regardaient intensément. Faute de panneau à déchiffrer, May était momentanément réduite au silence, et Minnie lui chuchota :

– Je sais pas ce qu'il écrit, mais ça a pas l'air de l'amuser.

– Ch'te l'amuserais, moi, tiens…, répondit May sur le même ton, et les deux commères de glousser à leur manière inimitable.

Dans ces circonstances précises, il en aurait fallu beaucoup pour déconcentrer Danny. La Mustang bleue et le bambin sur la chaussée l'absorbaient presque entièrement ; la question n'était pas de trouver un bon titre, mais un déclencheur pour son imagination. Pourtant, le caquet caractéristique des deux vieilles lui fit lever les yeux – moyennant quoi, elles se détournèrent aussitôt. Elles devaient être en train de me regarder, se dit-il. Le rire moqueur des deux grosses avait quelque chose d'indélébile : il était sûr de l'avoir déjà entendu, mais quand, mais où ?

C'était trop loin, de toute évidence. Il se focalisait sur des détails plus marquants et plus récents, la Mustang bleue roulant à tombeau ouvert, le bambin sur la chaussée, vulnérable. Il était bien loin de ses douze ans et de la cuisine où le caquet de Minnie et de May ponctuait les heures. Il revint à son carnet pour se remémorer Iowa City, tandis qu'à son insu Twisted River était en train de le rattraper.

Lors de cette première année sur Court Street, Danny, son père et son fils s'habituèrent peu à peu à la présence de Yi-Yiing et son arc-en-ciel de pyjamas. Elle s'était aménagé un emploi du temps qui lui permettait le plus souvent de se trouver à la maison pour accueillir Joe au retour de l'école. C'était avant qu'il prenne son vélo régulièrement, du temps que les petites amies de Danny ne faisaient que passer, dormant rarement chez eux. Le cuisinier partait pour le Mao en milieu d'après-midi, sauf, bien entendu, quand il accompagnait Xiao Dee Cheng à la pointe de Manhattan.

Les deux nuits de la semaine où il était sur les routes, Yi-Yiing ne couchait pas à la maison. Elle avait gardé son appartement, près du Mercy Hospital ; peut-être avait-elle compris tout de suite qu'elle plaisait à Danny ; toujours est-il qu'elle n'avait rien fait pour l'encourager. Le cuisinier et le petit Joe étaient les objets exclusifs de son attention. Mais c'était elle qui avait parlé à Danny la première, quand Joe avait commencé à aller à l'école en bicyclette. Ils habitaient déjà la deuxième maison de Court Street, donc plus près de la très passante Muscatine Avenue, mais il n'y avait que de petites rues pour aller à l'école. Tout de même, Yi-Yiing lui avait conseillé de faire rouler Joe sur le trottoir et de lui demander de descendre de vélo lorsqu'il lui fallait traverser une rue.

– Les gosses à vélo se font sans arrêt percuter par des voitures, dans cette ville, dit-elle à Danny. (Il essayait d'ignorer le pyjama du moment, sachant qu'il lui fallait se concentrer au contraire sur son expérience d'urgentiste.) J'en vois tout le temps, on en a eu un pas plus tard qu'hier soir.

– Il faisait du vélo la nuit ?

– Il s'est fait percuter sur Dodge Street en plein jour, mais il a passé la nuit aux urgences.

– Et il va s'en sortir sans dommages ?

Yi-Yiing secoua la tête ; elle était en train de se faire du thé, et un petit bout de toast lui pendait au bec comme un mégot. Joe rentrait de l'école, la maison lui avait manqué, et Danny écrivait à la table de la cuisine.

– Tu lui dis de rouler sur le trottoir, et s'il veut aller en ville, ou à la piscine, au zoo, au parc, pour l'amour du ciel, il n'a qu'à y aller à pied, ou en bus.

– OK, dit Danny.

Elle vint s'asseoir auprès de lui avec son thé et le reste de son toast.

– Qu'est-ce que tu fais, à la maison ? Je suis là, moi, non ? Je suis debout. Va donc écrire à ton bureau. Je suis infirmière, tout de même, je peux m'occuper de Joe.

– OK, répéta Danny. (Joe pouvait difficilement être plus en sécurité ; une infirmière urgentiste pour s'occuper de lui, et deux babysitters japonaises !)

En général, le soir, le cuisinier et l'infirmière travaillaient ; alors, si Danny sortait, l'une des jumelles japonaises, Sao et Kaori, gardait Joe. Leurs parents venaient de Yokohama, mais elles étaient nées à San Francisco, et y avaient grandi. Un soir, après la fermeture, le cuisinier les avait ramenées ; il avait réveillé Danny pour les lui présenter, et il les avait conduites dans la chambre de Joe pour qu'elles le voient dormir. « Regardez-moi ce petit ange, leur avait-il chuchoté. (Danny, mal réveillé, en était resté baba.) C'est un plaisir de le garder. »

Le cuisinier n'aimait pas que Danny prenne ses étudiantes pour garder Joe. C'étaient des écrivaines, donc facilement distraites, ou préoccupées, selon lui. Les jeunes écrivains vivent dans leur imagination, non ? avait-il demandé à son fils, lequel savait bien en quelle suspicion il tenait ladite imagination. Et puis, c'étaient des étudiantes de troisième cycle, elles étaient trop vieilles ; elles étaient même souvent plus âgées que la moyenne des étudiantes de troisième cycle. « Elles sont trop vieilles pour faire des nounous compétentes ! » avait-il déclaré. Première nouvelle, s'était dit Danny, qui aimait bien les Japonaises tout en étant incapable de les distinguer l'une de l'autre. (Au bout d'un temps, Joe y était arrivé, n'était-ce pas l'essentiel ?)

Les Yokohama, comme il les nommait par-devers lui, étaient des étudiantes de premier cycle, serveuses à temps partiel au Mao. C'est ainsi qu'Iowa City s'enrichissait de saveurs asiatiques, non seulement pour le cuisinier, mais aussi pour Danny et Joe. Entre elles, les jumelles parlaient japonais, ce qui enchantait Joe, et perturbait Danny. En général, quand Sao était de service au Mao, c'était Kaori qui venait garder Joe, et vice versa ; dans ces cas-là, pas un mot de japonais.

Au début, les Yokohama traitaient Yi-Yiing avec une courtoisie distante, ses horaires faisant qu'elles ne se croisaient guère à la maison, mais plutôt au Mao, où il pouvait arriver que l'infirmière se présente très tard, en solo, pour dîner. (Les rares fois où elle n'avait pas réussi à faire partie de l'équipe de nuit.)

Un soir que Xiao Dee servait en salle, il la prit pour une des serveuses.

– Vous êtes en retard ! lui avait-il lancé.

– Je suis cliente, j'ai réservé, lui avait-elle répondu.

– Oh merde, vous êtes l'infirmière de Tony !

– Tony est trop jeune pour avoir besoin d'une infirmière.

Plus tard, le cuisinier avait tenté de défendre Xiao Dee :

– C'est un as du volant, mais un maître d'hôtel merdique.

N'empêche, Yi-Yiing était susceptible.

– Les Américains me prennent pour une Viet, et l'autre clown de Shanghai via le Queens, il me prend pour une serveuse !

Hélas, l'une des jumelles japonaises venue garder Joe avait entendu cette réplique.

– Et alors, c'est déshonorant d'être serveuse ?

À Iowa City, les jumelles aussi se faisaient régulièrement prendre pour des congaïs. Dans leur ville natale de San Francisco, avaient-elles expliqué à Danny, la plupart des gens étaient capables de distinguer une Japonaise d'une Vietnamienne ; il n'en allait pas de même dans le Midwest, apparemment. En toute honnêteté, Danny ne savait trop que dire de cet amalgame navrant : il était encore incapable de distinguer les deux sœurs au jour d'aujourd'hui… Après que Yi-Yiing eut employé le mot « serveuse » comme une insulte, la distance courtoise avec laquelle elles la traitaient se creusa encore davantage.

– Tout se passe en famille, chez nous, avait tenté d'expliquer Danny à l'une de ses étudiantes un peu plus tard.

Elle s'appelait Youn, n'était plus une gamine, et venait de Séoul. Elle avait intégré son atelier la deuxième année de son séjour. À cette époque, les anciens du Vietnam n'étaient pas rares dans les séminaires, ce n'étaient plus des gamins non plus. Et il y avait quelques femmes ayant interrompu leurs études pour se marier, avoir des enfants, et divorcer. Ces étudiants avaient un avantage sur leurs cadets, frais émoulus des premières années de fac : ils avaient quelque chose à raconter.

C'était le cas de Youn, sans conteste. On l'avait mariée de force à Séoul, un mariage « quasiment arrangé », comme elle l'évoquait dans son roman en chantier.

Danny lui avait reproché ce « quasiment ».

– Un mariage est arrangé ou il ne l'est pas, non ? lui avait-il demandé.

Elle avait une peau laiteuse, des cheveux noirs coupés court, avec une frange sous laquelle ses grands yeux sombres lui donnaient un air d'enfant perdue malgré ses trente ans passés (elle était exactement du même âge que Danny) ; les efforts qu'elle déployait pour que son mari prenne l'initiative du divorce et lui épargne ainsi des tracasseries abominables trouvaient un écho dans la structure labyrinthique de son roman.

S'il fallait en croire l'histoire de sa vie, ou celle de son roman, se disait l'écrivain Danny Angel. Quand il l'avait rencontrée, et qu'il avait lu les premiers chapitres de sa prose, il s'était demandé s'il pouvait miser sur elle en tant que femme et en tant qu'écrivaine. Mais une chose était sûre, elle lui avait plu d'emblée, et cette attirance croissante l'avait du moins distrait de ses fantasmes inconvenants sur la petite amie de son père aux pyjamas innombrables.

– Après tout, avait dit son père après qu'il la lui avait présentée, on a déjà une infirmière chinoise et deux baby-sitters japonaises, pourquoi pas une romancière coréenne ?

Oui, mais tout de même, quelle maison du secret… D'abord, le cuisinier et son fils ; ils se cachaient, c'étaient des fugitifs. Quant à l'infirmière chinoise, elle donnait à Danny l'impression de ne pas tout leur dire. Et la romancière coréenne se drapait dans une opacité certaine, pas seulement dans sa prose.

Il n'y avait rien à reprocher aux baby-sitters japonaises, leur affection à l'égard de Joe était sincère, et leur tendresse envers le cuisinier provenait de ces rapports de camaraderie noués à force de faire le grand écart entre la cuisine française et la cuisine chinoise au Mao.

La façon dont Yi-Yiing couvait Joe du regard n'avait rien d'artificiel. C'était plutôt sa relation avec le cuisinier qui relevait du compromis, pour elle comme pour lui. Car il traitait les femmes avec circonspection, depuis longtemps, et ne prenait aucun risque. Sans doute n'aurait-elle pas dû tolérer ses passades avec les étudiantes qui traversaient l'Atelier d'écriture, et pourtant elle fermait les yeux. Elle avait plaisir à vivre sous le même toit qu'un enfant de l'âge de sa fille, qui lui manquait tant. Ça lui faisait quelqu'un à materner. Se glisser ainsi dans cette famille d'hommes avait peut-être pour elle un charme bohème, qu'elle aurait du mal à retrouver une fois que ses parents et sa fille l'auraient rejointe en Amérique.

Quand les jeunes médecins du Mercy Hospital avaient le culot de lui demander sa « situation de famille » – mariée, en ménage ? –, elle leur répondait toujours, au risque de les surprendre : « Je vis avec l'écrivain Danny Angel. » Cette réponse lui plaisait car elle avait du moins l'avantage de couper court. À ses proches, et à eux seulement, elle précisait : « Mais en fait, moi, je suis avec son père, qui est cuisinier au Mao, pas le Chinois, l'autre. » Tout ce que le cuisinier comprenait, c'est que la vie n'était pas commode pour elle, pas encore installée malgré ses trente ans, si loin de son pays natal, avec une fille qu'elle ne voyait qu'en photo.

Un jour, à une soirée, une personne qui travaillait au Mercy Hospital avait dit à Danny :

– Je connais votre amie.

– Quelle amie ? avait demandé Danny. (C'était avant que Youn n'intègre son atelier, et longtemps avant qu'elle ne s'installe dans la deuxième maison de Court Street.)

– Yi-Yiing, l'infirmière chinoise.

– C'est l'amie de mon père, avait promptement rectifié l'écrivain.

– Aaah bon.

– Qu'est-ce que c'est que cette histoire ? avait-il dit à son père. Il y a des gens qui croient que Yi-Yiing est avec moi…

– Moi, je ne lui pose pas de questions, Daniel, et elle ne m'en pose pas non plus. Tu ne trouves pas qu'elle est formidable avec Joe ?

Ils savaient l'un comme l'autre que c'était l'argument avancé par Danny pour défendre Franky, son ancienne élève à Windham, à l'époque où ils habitaient le Vermont. En même temps, c'était curieux, se disait-il. Aux abords de la cinquantaine, est-ce que son père se faisait plus bohème que lui (du moins jusqu'à l'arrivée de Youn) ?

Et puis, qu'est-ce qui clochait, dans cette maison ? Elle était bien assez grande pour tout le monde. Il y avait assez de chambres pour leur permettre de dormir en solo, s'ils voulaient ; Youn en avait même pris une pour écrire et entreposer ses affaires. Pour une femme de trente ans, sans enfants, et sujette aux aléas incompréhensibles d'un divorce à la coréenne (incompréhensible dans son roman, en tout cas), elle possédait singulièrement peu d'affaires personnelles. Avait-elle donc tout laissé à Séoul, avec son abominable mari ?

– Je suis étudiante, avait-elle expliqué à Danny ; c'est si libérateur, de redevenir étudiante, je n'ai rien à moi.

Réponse astucieuse, mais fallait-il la croire ?

À l'automne 1973, comme Joe entrait en CE2, le cuisinier avait mis un cageot de pommes sur le perron de la cuisine ; la pièce donnait sur une ruelle pavée, qui longeait les arrières des maisons de Court Street. La ruelle ne servait guère qu'au ramassage des ordures ménagères ; on y voyait de loin en loin passer une voiture, au ralenti, et plus souvent – en permanence, à vrai dire – des enfants sur leur bicyclette. Il traînait un peu de sable et de gravier sur le trottoir où presque personne ne passait, ce qui permettait aux gosses de travailler leurs dérapages. Joe y était d'ailleurs tombé de vélo, et Yi-Yiing avait nettoyé son genou écorché.

Le perron de la cuisine ouvrait sur la ruelle, et on retrouvait des pommes mangées ; Danny se figurait que c'était l'œuvre d'un raton laveur, mais c'était celle d'un opossum. Un après-midi que Joe était allé se servir dans le cageot, il avait plongé la main dans les pommes, et l'opossum lui avait fait une frayeur ; il avait dû grogner, siffler, montrer les dents ; l'enfant avait eu si peur qu'il était incapable de dire si cet animal archaïque l'avait mordu.

– Il t'a mordu ? répétait Danny en lui examinant les bras et les mains sans relâche.

– Je sais pas, pleurnichait le gamin, il était blanc, et puis rose, il était affreux, qu'est-ce que c'était, comme bête ?

– Un opossum, lui répétait Danny (il l'avait vu se carapater) ; ce sont d'affreuses bestioles, en effet.

Cette nuit-là, quand son fils fut endormi, il se glissa dans sa chambre pour l'examiner de la tête aux pieds. Yi-Yiing était de service, c'était bien dommage, elle aurait pu lui dire si les opossums attrapent la rage ; les ratons laveurs du Vermont l'avaient souvent. Et puis, en bonne infirmière qu'elle était, elle aurait bien vu si Joe avait été mordu ; quant à lui, il n'apercevait aucune trace de morsure sur le corps immaculé de son fils.

Youn s'encadrait dans la porte entrouverte, le regardant faire :

– Tu ne crois pas qu'il le saurait, s'il s'était fait mordre ?

– Il a été trop surpris, il a eu trop peur pour ça.

Elle regardait l'enfant endormi comme un animal sauvage, ou inconnu ; elle le regardait souvent avec cette fascination mystifiée, comme on regarderait un ovni. Si Yi-Yiing en était gaga parce qu'elle avait une fille de son âge, Youn le considérait avec une forme d'incompréhension. On aurait dit qu'elle n'avait jamais croisé d'enfant, grand ou petit, avant lui.

D'un autre côté, à en croire son histoire, ou son roman, pour obtenir le divorce de son mari, c'est-à-dire pour qu'il entame cette procédure inextricable selon elle, il lui avait fallu faire valoir qu'elle était stérile. Telle était la tortueuse intrigue de son roman : son mari se figurait qu'elle essayait d'avoir un enfant alors qu'en fait, depuis leur mariage, elle prenait la pilule, et s'était fait poser un diaphragme : autant dire qu'elle multipliait les précautions pour ne pas être enceinte.

Elle n'écrivait pas en coréen mais en anglais, un anglais d'ailleurs excellent. Ce qu'elle écrivait était fameux aussi, même si les aspects coréens demeuraient parfois mystérieux. (Au fait, à quoi ressemblait cette fameuse procédure de divorce ? Et puis pourquoi cette comédie de désir d'enfant était-elle nécessaire ? En plus, s'il fallait l'en croire, elle détestait prendre la pilule…)

Le roman présentait le mari – enfin, l'ex-mari, sans doute, à cette heure – comme un homme d'affaires mafieux, tueur à gages (princiers) ou déléguant peut-être la sale besogne à des hommes de main ; au stade où en était le livre, on avait du mal à décider. Une chose était sûre, dans la réalité comme dans la fiction, c'était un homme dangereux. Danny se posait bien des questions sur ses rapports sexuels avec sa femme. Il avait une espèce de sympathie à l'égard de ce mari que Youn diabolisait à outrance, mais qui se figurait que c'était sa faute s'il n'arrivait pas à engrosser sa femme.

Circonstance aggravante, la nuit, au lit, elle ne lui épargnait aucun détail de son déplorable mariage, y compris l'insatiable appétit sexuel de son mari. « C'est-à-dire, s'il essayait de te mettre enceinte… », aurait bien voulu objecter Danny. Peut-être que mari et femme n'avaient trouvé là qu'un morne devoir conjugal. Mais il en arrivait à ne plus bien faire la différence entre ce qu'elle lui disait dans le noir, et ce qu'elle écrivait dans son roman : des détails interchangeables ?

Ce mari de fiction, ce cadre supérieur assassin au sang froid, ne faudrait-il pas lui donner un autre nom, dans le roman ? Et s'il venait à lire son livre, à supposer qu'il soit publié ? Ne découvrirait-il pas qu'elle l'avait dupé, en évitant toute grossesse du temps de leur mariage ? « Ma vie d'avant est terminée », lui répondit-elle sombrement quand il souleva ces questions.

Du reste, elle ne semblait plus faire l'amour par devoir, mais enfin, sur ce chapitre même, Danny avait des doutes.

Elle était extraordinairement méticuleuse avec le peu d'affaires personnelles qu'elle possédait. Ses objets de toilette ne quittaient pas la salle de bains attenante à la petite chambre qui lui servait de bureau. C'était également dans la penderie de cette pièce qu'elle rangeait ses vêtements, ou dans la commode. Un jour, en son absence, il était allé ouvrir l'armoire à pharmacie et y avait découvert ses pilules anticonceptionnelles – ainsi qu'une ordonnance délivrée à Iowa City.

Il mettait toujours un préservatif, vieille habitude, et habitude salutaire compte tenu de sa propension occasionnelle à multiplier les partenaires. Or elle lui avait dit un jour, comme en passant : « Merci de mettre un préservatif, la pilule j'en ai ma dose, et je n'ai pas l'intention de la reprendre un jour. »

Et justement, elle la prenait… Si son père ne posait pas de questions à Yi-Yiing, comment pouvait-il, lui, espérer que Youn réponde à toutes les siennes ? Elle aussi avait eu une vie compliquée.

C'est donc sur fond d'imprudence, de questions informulées ou restées sans réponse (et pas seulement des questions asiatiques, car il y avait aussi les vieux secrets entre le cuisinier et le romancier, son fils) qu'une Mustang bleue vint leur rappeler, fût-ce un instant, la nature fragile, imprévisible des choses.

Le samedi matin, en automne, quand il y avait un match de foot à domicile, Danny entendait jouer la fanfare de l'Iowa, sans jamais pouvoir situer d'où provenait le son. Si la fanfare répétait au stade Kinnick, sur la colline, de l'autre côté du fleuve, était-il possible qu'il l'entende d'aussi loin, dans les quartiers est de la ville ?

Ce samedi-là, il faisait un temps radieux, et il avait pris des billets pour emmener Joe voir le match. Il s'était levé de bonne heure, il lui avait fait des crêpes. La veille, vendredi, le cuisinier avait fini tard au Mao, et ce soir, jour de match, il finirait encore plus tard. Il était donc encore au lit, avec Yi-Yiing, qui avait fait la nuit au Mercy Hospital. Danny ne pensait pas voir émerger avant midi Madame Pyjama, comme disait Max, le petit camarade de classe de Joe, fils d'un professeur à la fac. Avec ses huit ans, il n'arrivait pas à retenir le nom de Yi-Yiing.

Danny était en train de rincer la vaisselle du petit-déjeuner pendant que Joe jouait dehors avec Max. Ils faisaient du vélo dans la ruelle de derrière, une fois de plus, et avaient pris des pommes dans le cageot, non pas pour les manger, cependant, mais pour baliser leur slalom, comme Danny le comprendrait plus tard. Il aimait bien Max, mais le gamin sillonnait la ville en bicyclette, ce qui n'était pas sans susciter quelques frictions entre Joe et son père, qui refusait de le laisser en faire autant.

Max était un fervent collectionneur d'affiches, d'autocollants et d'insignes avec le logo de marques de bière. Il en avait donné des douzaines à Joe ; les insignes, il les avait fait coudre sur son blouson en jean par Yi-Yiing, les autocollants décoraient le frigo, et les posters sa chambre. C'était amusant, se disait Danny, et tout à fait innocent, puisque à huit ans les deux gamins ne buvaient pas de bière.

Ce qui resterait gravé dans sa mémoire, c'était le crissement de freins ; il n'avait eu le temps de voir qu'une tache bleue devant la fenêtre de la cuisine. Il s'était rué sur le perron où il avait cru jusque-là que le seul danger menaçant son fils était un opossum.

– Joe ! appela-t-il.

Pas de réponse, sinon le choc de la voiture bleue percutant les poubelles, au bout de l'allée.

– Monsieur Angel !

C'était Max qui l'appelait ; il ne descendait presque jamais de son vélo, mais pour une fois, il courait vers lui.

Les pommes-balises étaient écrabouillées, les deux vélos couchés sur le flanc le long du trottoir, Joe roulé en boule à côté du sien.

Danny voyait qu'il était conscient ; plus de peur que de mal, apparemment.

– Elle t'a percuté, la voiture ? Elle t'a touché ? demanda-t-il.

L'enfant fit aussitôt non de la tête, parfaitement immobile par ailleurs dans sa position fœtale.

– On est tombés en se poussant du chemin, expliqua Max, elle nous fonçait dessus, la Mustang. C'était la Mustang bleue, elle va toujours trop vite. Je suis sûr qu'il l'a customisée, il est bizarre, son bleu.

– Tu l'as déjà vue, cette Mustang ? demanda Danny, puisque, de toute évidence, Max s'y connaissait en voitures.

– Ouais, mais pas ici, pas dans la ruelle.

– Va chercher Madame Pyjama, Max ; tu la trouveras là-haut, avec P'pa.

C'était la première fois qu'il appelait son père « P'pa » ; la panique de l'instant y était sûrement pour quelque chose. Il s'agenouilla auprès de son fils, osant à peine le toucher ; l'enfant frissonnait. Dans sa position du fœtus, on aurait dit qu'il voulait retourner à la matrice, songeait l'écrivain.

– Joe, tu as mal quelque part ? Tu as quelque chose de cassé ? Tu peux bouger ?

– J'ai pas vu de chauffeur, il y avait que la voiture, répondit l'enfant sans bouger davantage, mais toujours tremblant.

À cause du soleil qui se reflétait dans le pare-brise, pensa Danny.

– Ça doit être un jeune, sûrement.

– Il y avait personne au volant, soutint Joe.

Plus tard, Max déclara n'avoir jamais vu le chauffeur non plus, alors qu'il avait déjà repéré la Mustang bleue en excès de vitesse.

– Madame Pyjama, P'pa ! appelait Max.

Le cuisinier se dressa dans son lit, aux côtés d'une Yi-Yiing encore ensommeillée.

– Qui c'est P'pa, d'après toi ? lui demanda-t-il.

– Je dirais que Madame Pyjama, c'est moi, répondit-elle d'une voix somnolente, donc P'pa, ça doit être toi.

Dès qu'ils découvrirent que Joe était tombé de vélo et qu'une voiture était en cause, ce fut une belle panique. Max emporterait sans doute dans la tombe le spectacle de Madame Pyjama déboulant pieds nus sur le théâtre de l'accident, où Danny s'était assis pour bercer son fils dans ses bras. À cause de sa patte folle, le cuisinier mit plus de temps à arriver. Youn s'était interrompue dans son travail pour venir aux nouvelles.

La vieille dame élégante qui habitait la dernière maison de la ruelle (celle dont la voiture avait percuté les poubelles avant de disparaître) s'approcha, anxieuse. Elle était très âgée, très frêle, mais elle voulait s'assurer que les enfants à bicyclette étaient indemnes ; tout comme Max, la douairière avait déjà vu la Mustang bleue dans les parages, mais jamais son chauffeur.

– De quel bleu est-elle ? lui demanda Danny.

– Ce n'est pas un bleu ordinaire, il est trop bleu, lui répondit-elle.

– Il se l'est fait customiser, monsieur Angel, je vous l'ai dit, reprit Max.

– Tu n'as rien, tu n'as rien du tout, répétait Yi-Yiing à Joe en le palpant sous toutes les coutures. Tu ne t'es pas cogné la tête, hein ?

L'enfant fit signe que non. Là-dessus, elle se mit à le chatouiller, pour se détendre autant que pour le détendre, peut-être. Ce matin-là, son pyjama hongkongais était d'un vert irisé, écailles de poisson.

– Il n'y a pas de mal, alors ? demanda Youn à Danny. (La divorcée coréenne était sans doute pressée de se remettre à écrire.)

Si, il y a du mal, se disait l'écrivain, avec cette Mustang bleue sans chauffeur lâchée dans les rues de la ville. Mais il lui sourit (elle était sortie pieds nus, elle aussi, en t-shirt et en jean) ainsi qu'à son père, qui avait l'air inquiet. Il avait dû bondir dans le couloir avant de s'apercevoir qu'il était tout nu, car il avait simplement enfilé le short de gym oublié par Danny sur la rampe d'escalier.

– Tu allais faire un petit footing, P'pa ? lui demanda-t-il.

Ce nouveau terme d'adresse leur paraissait curieusement familier à tous les deux, comme si le fait de l'avoir échappé belle marquait un tournant ou un nouveau départ dans leur vie et celle du petit Joe. Et si c'était le cas ?

Le flic s'appelait Colby, et le cuisinier lui donnait du « brigadier Colby » à tout bout de champ, peut-être en clin d'œil ironique à celui qui avait surgi dans sa vie si longtemps auparavant. La peau claire, les yeux d'un bleu scandinave, une moustache blonde taillée avec soin – à part ses cheveux dans le cou, ce jeune policier d'Iowa City n'avait rien de commun avec Carl. Il s'excusa de n'avoir pas réagi plus tôt à leur signalement du chauffard, mais les week-ends où l'équipe de foot jouait à domicile, la police était débordée. Il les traitait avec un sérieux et une gentillesse qui lui attirèrent la sympathie immédiate de Danny. (Le flic avait l'œil ; il avait repéré tout de suite les autocollants sur le frigo.) Il leur expliqua qu'on lui avait déjà signalé cette Mustang bleue, sans doute customisée, comme le pensait Max, mais qu'il y avait des incohérences dans les témoignages.

Le capot, par exemple ; on y voyait le cheval sauvage de la marque, ou bien encore, selon une ménagère hystérique sur le parking d'un supermarché près de Fairchild et Dodge Street, une sorte de centaure obscène. D'autres témoins avaient vu une plaque minéralogique étrangère à l'État, alors qu'un étudiant en moto qui avait dû lui dégager la voie sur Dubuque Street affirmait catégoriquement qu'elle était bien immatriculée dans l'Iowa. Quant au chauffeur, ajouta l'officier de police, personne n'avait pu le décrire.

– Les enfants vont rentrer de l'école d'un instant à l'autre, dit Danny. (Le flic venait de consulter sa montre, par courtoisie.) Vous pourrez leur demander, moi tout ce que j'ai vu, c'est une traînée d'un bleu insolite.

– Je peux jeter un coup d'œil dans la chambre de votre fils ? demanda le policier.

Curieusc requête, se dit Danny, qui ne vit pas de raison de refuser. L'officier Colby ne mit qu'une minute à voir ce qu'il voulait, et ne fit aucun commentaire sur les affiches pour des marques de bière ; les trois hommes retournèrent attendre les enfants à la cuisine. Le policier jugea que la ruelle où la Mustang bleue avait failli les percuter ne présentait aucun danger « en temps normal ». Il semblait cependant partager les réserves de principe de Yi-Yiing. Mieux valait que les gosses marchent à pied ou prennent le bus, en tout cas dans le centre-ville. Ils croiseraient de plus en plus d'étudiants au volant, dont beaucoup ne connaîtraient pas la ville, sans compter les gens de l'extérieur, les week-ends de grands événements sportifs.

– Joe ne prend jamais son vélo pour aller en ville, il ne sort pas du quartier avec, dit Danny au policier, qui semblait sceptique. Non, je vous assure. Max, le fils des voisins, c'est autre chose, ses parents sont peut-être plus permissifs sur ce chapitre.

– Les voilà, dit le cuisinier, qui les guettait.

Les deux gamins parurent surpris de trouver le brigadier Colby dans la cuisine. Mais en gosses de leur âge qui se seraient fait passer un message secret en classe, ils échangèrent un bref coup d'œil avant de baisser le nez.

– Ils font partie des petits qui suivent les camions de bière, dit Colby. Il faudrait peut-être pas oublier qu'on l'a vue partout en ville, cette Mustang bleue, les garçons. Puis, se tournant vers Danny et son père : C'est des braves gosses, seulement ils aiment bien aller quémander tous ces insignes, ces affiches, ces autocollants aux chauffeurs routiers ; je les vois, en ville, devant les bars. Je leur rappelle simplement qu'ils n'ont pas le droit d'entrer ; et de temps en temps, il me faut aussi leur rappeler qu'ils ne doivent pas suivre les camionneurs de bar en bar, en tout cas pas à vélo. Clinton Street et Burlington Street, en particulier, c'est très dangereux, pour les vélos.

Joe était incapable de lever les yeux vers son père ou son grand-père.

– Les gamins qui suivent les camions, répétait le cuisinier.

– Faut que je rentre, dit Max, qui disparut illico presto.

– Quand je les vois dans le parc, poursuivit Colby, je leur dis que j'espère bien qu'ils ne prennent pas Dubuque Street, sur leurs vélos. Mieux vaut prendre la passerelle piétonne, derrière les syndicats étudiants, et remonter Hancher Drive. Sauf que c'est plus long, pour vous, non, de passer par le parc ou le zoo ? demanda Colby à Joe.

Le gamin se borna à faire « oui » de la tête ; il comprit qu'il était grillé.

Le lendemain, très tôt, alors que Youn dormait encore et que Yi-Yiing n'était même pas rentrée, Danny alla dans la chambre de Joe et le regarda dormir au milieu de son temple aux dieux de la bière.

– Réveille-toi, lui dit-il en le secouant sans brutalité.

– Mais c'est pas l'heure de l'école, objecta le gamin.

– Peut-être que tu vas manquer l'école, ce matin, on dira que tu es malade.

– Je suis pas malade du tout.

– Lève-toi et habille-toi. Tu es pire que malade, tu es mort, tu es déjà mort.

Quand Joe était bébé, puis bambin, Danny et Katie habitaient un duplex sur Iowa Avenue, et se plaignaient du bruit de la circulation. Les résidences – dont un foyer d'étudiantes chic et particulièrement tapageur – étaient des maisons assez cossues, habitées par des doctorants ou les étudiants de premier cycle. Mais à l'automne 1973, les maisons qui longeaient l'avenue bordée d'arbres avaient encore pris de la valeur, habitées désormais par des professeurs de la fac, plus ou moins avancés dans la carrière.

– C'est pas là que tu habitais avec Maman ? demanda Joe, comme ils se dirigeaient vers le campus et le centre-ville.

– C'est là qu'on vivait avec ta mère, toi et moi, rectifia Danny.

Quelque part entre Johnson Street et Gilbert Street, Danny reconnaissait la maison de bardeaux dont il occupait le rez-de-chaussée avec Katie et leur petit garçon. À l'époque, elle était peinte en jaune pâle – et à l'heure actuelle, elle était sans doute occupée par une seule famille.

– C'est la grise ? demanda Joe.

Son père s'était arrêté devant la maison, sur le trottoir de la contre-allée, en direction du centre-ville ; les voitures débouchant de Muscatine Avenue se faisaient d'ailleurs plus nombreuses.

– Oui, la grise, dit Danny, qui tourna le dos à la maison pour considérer l'avenue ; en six ans, le terre-plein central avait été plus joliment paysagé.

– Grand-père dit que tu aimais pas cette avenue, que tu veux même pas y passer en voiture.

– C'est vrai, Joe, dit Danny.

Tout près l'un de l'autre, ils regardaient le flot de la circulation.

– Qu'est-ce qu'il y a ? Tu vas me consigner à la maison ?

– Non, tu n'es pas consigné, tu es déjà mort, lui dit son père. Puis, désignant la rue : Tu es mort là, sur la chaussée, au printemps 1967. Tu portais encore des couches, tu n'avais que deux ans.

– J'ai été renversé par une voiture ?

– Tu aurais dû l'être, mais si c'était arrivé, je serais mort, moi aussi.

Sur la voie qui quittait la ville, un conducteur les aperçut depuis l'autre rive, c'était Yi-Yiing, qui rentrait de Mercy Hospital. En sens inverse, le poète Marvin Bell les dépassa avec un coup de klaxon. Mais père et fils ne lui firent aucun signe.

Peut-être n'étaient-ils pas vraiment sur ce bout de trottoir, à regarder passer les voitures. Peut-être étaient-ils retournés au printemps 1967. L'écrivain Daniel Baciagalupo s'y trouvait en tout cas ; il n'avait pas encore choisi son *nom de plume**. Il lui semblait souvent qu'il n'avait jamais quitté cet instant T du temps.

À l'Avellino, Loretta apporta au romancier son entrée-surprise. En clin d'œil à l'Asie, le cuisinier lui avait fait le bœuf au satay de Ah Gou avec sa sauce cacahuète, servi en brochette. Il était accompagné de crevettes, d'asperges et de haricots verts en tempura. Loretta apportait des baguettes, mais hésita avant de les lui tendre.

– Je ne me rappelle plus si tu veux des baguettes ? (Il savait qu'elle mentait.)

– Oui, bien sûr.

Elle les garda pourtant en main.

– Tu sais quoi, lui dit-elle, tu es trop seul.

– C'est tout à fait vrai, lui dit-il.

Ils flirtaient de cette façon, mais sans jamais aller plus loin. Ils auraient l'un comme l'autre trouvé trop abominable de coucher ensemble pendant que leurs parents respectifs faisaient de même. Chaque fois que la chose était venue à l'esprit de Danny, il s'était imaginé la réponse de Loretta : « Ce serait trop comme frère et sœur » – ce genre de plan.

– Qu'est-ce que tu es en train d'écrire, là ? (Loretta se disait que tant qu'elle ne lui remettait pas les baguettes, elle conservait son attention.)

– C'est juste du dialogue.

– Comme le nôtre en ce moment ?

– Non, pas comme ça…

Elle vit bien qu'il avait cessé de s'intéresser à elle, et lui donna ses baguettes. Le carnet était largement ouvert sur la table, elle aurait pu lire le dialogue en question, mais l'écrivain semblait nerveux ; elle ne voulut pas s'imposer.

– Bon, j'espère qu'elle te plaît, ta surprise.

Le cuisinier savait que c'était le plat que son fils commandait au Mao, qu'il avait peut-être commandé cent fois.

– Dis à Papa qu'il n'aurait pas pu trouver mieux, lui lança-t-il comme elle s'éloignait.

Il jeta un coup d'œil à son dialogue ; il voulait que la réplique soit littérale, comme celle qu'un gosse de huit ans pourrait adresser à son père, claire, nette et précise : « Pourquoi tu serais mort, toi aussi, si j'avais été percuté par une voiture ? », telle était la version qu'il en avait écrite.

Minnie et May, qui attendaient toujours leur pizza, n'avaient rien perdu de la scène entre lui et Loretta – rien perdu sauf le dialogue, inaudible depuis leur table, à leur grand dépit.

– La serveuse voudrait bien coucher avec lui, mais il y a un problème, résuma Minnie.

– Ouais, il s'intéresse plus à ce qu'il écrit.

– Qu'est-ce qu'il a pris ?

– Un truc en brochette, pas très appétissant.

– Je sens que les pizzas, ça va pas être la fête.

– Ouais, ça m'étonnerait pas.

– Non mais regarde-le, il a son assiette pleine, et faut encore qu'il gratte du papier.

Pourtant son entrée était bonne ; Danny avait gardé un très bon souvenir du Mao en général, et de tout ce qui s'y mitonnait. Le dialogue qu'il venait d'écrire était bon, lui aussi, il serait efficace. Le seul défaut, c'est qu'il était mal placé ; il faudrait réserver la phrase de clôture pour un autre passage. Avant de se consacrer à son bœuf au satay, il se contenta d'entourer le dialogue, avec ce commentaire dans la marge :

Pas là ; raconter le méchoui de porc d'abord.

10
Tombe du Ciel

Le printemps était un événement, dans l'Iowa ; les prés se teintaient d'un vert unique. Chez les étudiants en arts plastiques et les apprentis écrivains, les méchouis de porc faisaient fureur. Danny avait évité la plupart des soirées du temps où il était étudiant lui-même, mais Katie le traînait chez les artistes où, selon lui, on savait encore mieux se détruire que chez les gens de lettres ; ayant posé comme modèle, Katie connaissait tout le monde au département ; Danny l'avait fait aussi en son temps, mais c'était dans le New Hampshire, avant leur mariage. Ici, dans l'Iowa, l'idée que des tas d'étudiants en thèse (sans compter quelques-uns de leurs profs) aient vu sa femme nue le mettait mal à l'aise. Il ne les connaissait même pas de nom !

Ce méchoui-là se passait à Tiffin, ils avaient eu du mal à le trouver. Le petit Joe avait pleuré sur tout le trajet de l'US 6, mais Danny, qui était au volant, avait refusé que Katie l'extraie de son siège de bébé. Ils étaient sortis de l'autoroute à Tiffin, mais s'étaient perdus aux environ de North Liberty. Ou bien cette Buffalo Creek Road n'existait pas, ou bien elle n'était indiquée nulle part. Le temps qu'ils dénichent la ferme délabrée, Danny ne s'était pas privé d'ironiser sur les étudiants en arts plastiques – pas assez dans le verbal, ou trop dans l'abstraction pour donner des indications fiables.

– Qu'est-ce que ça peut te foutre, à toi, si on trouve pas cette connerie de ferme ? lui avait demandé Katie, de toute façon, tu veux jamais aller aux soirées où je suis invitée.

– Je veux jamais aller à celles où je suis invité moi-même.

– Ça fait de toi un vrai boute-en-train, taré, conclut-elle.

Le fermier venait donner à manger à ses porcs tôt le matin, puis une seconde fois en fin d'après-midi ; il habitait l'un de ces ranches luxueux aux allures de motels qui bordaient Rochester Avenue et il louait sa ferme délabrée à quatre jeunes types malpropres en thèse d'arts plastiques, auxquels Katie donnait pompeusement le titre d'artistes comme s'ils avaient déjà une œuvre derrière eux.

L'écrivain les voyait d'un œil plus cynique comme trois semi-connards et un photographe prétentieux. Il savait bien que les semi-connards de peintres avaient déjà croqué sa femme lors d'une séance de pose, à un moment où à un autre, mais il ignorait encore qu'elle avait posé nue pour le photographe prétentieux. Il l'apprit avec contrariété pendant leurs tribulations, et ne s'attendait guère à voir son effigie dans le plus simple appareil sur les murs de la ferme.

Avec ses deux ans, Joe ne fit pas mine de reconnaître sa mère sur les croquis au fusain tachés qu'on avait scotchés sur les murs de la cuisine et de la salle à manger. « Jolie déco », glissa Danny ; Katie haussa les épaules. Il vit qu'on lui avait déjà servi un verre de vin. Il espérait trouver de la bière. C'était lui qui conduisait, et à tout prendre la bière lui réussissait un peu mieux. Dans la voiture, il avait lancé à sa femme :

– Je ne savais pas que les cours de dessin étaient ouverts aux photographes.

– Non non, on s'est arrangés entre nous.

– Arrangés ?

– Mais bon dieu, ça y est, tu répètes tout comme ton putain de père !

Pendant que Danny se livrait à un vain inventaire du frigo, Joe lui demanda d'aller aux toilettes. Danny savait pertinemment qu'il n'était pas propre ; quand il demandait, ça voulait dire qu'il fallait le changer.

Katie avait horreur de trimballer des couches dans son sac à main, mais ce jour-là elle avait tellement envie d'aller à la fête qu'elle les avait prises sans rechigner – jusque-là.

– Tu crois pas qu'il serait temps qu'il soit propre, à deux ans, Legosse ? dit-elle en lui tendant une couche.

Elle avait une façon vexatoire de mentionner l'âge du petit.

Au sous-sol de la ferme, dans la salle de bains, il n'y avait pas de rideau de douche, et le carrelage était mouillé. Père et fils se lavèrent les mains dans le lavabo crasseux, mais pour trouver une serviette, ils furent tout aussi bredouilles que Danny pour la bière.

– On va se sécher les mains en les secouant, dit-il à son fils, qui se mit à lui faire des petits au revoir d'une seule main.

– Si tu mettais les deux ? suggéra le père.

– Regarde, c'est Maman, dit l'enfant, en désignant les photos sur le mur, derrière lui.

Il y avait une planche-contact en noir et blanc, et une demi-douzaine d'agrandissements punaisés au-dessus du porte-serviettes vide. Katie était nue, cachant de ses mains ses petits seins, mais entrecuisse offerte aux regards ; on aurait dit que sa pudeur avait été détournée, subvertie à dessein. Ça faisait manifestement partie d'un projet concerté, c'était une déclaration, mais de quoi ? L'idée venait-elle d'elle, ou du photographe ? Il s'appelait Rolf et faisait partie des barbus, c'était tout ce que Danny se rappelait.

– Oui, elle ressemble beaucoup à Maman, cette dame, dit Danny.

Mais cette stratégie se retourna contre lui, car Joe regarda les photos de plus près, front plissé.

– C'est Maman, confirma-t-il.

– Tu crois ? demanda le père. (Il avait pris son fils par sa petite main pour quitter cette salle de bains infecte.)

– Oui, c'est Maman pour de bon, répéta gravement l'enfant.

Danny se versa du vin rouge dans un verre à lait – il ne restait plus de verres à vin, ni de gobelets en plastique. Dans un des placards de la cuisine, il dénicha une chope à café qui paraissait assez solide, quoiqu'on ne sache jamais, avec les enfants, et il servit un peu de ginger ale à Joe. Même s'il avait aperçu du lait dans le frigo, il n'aurait pas pris le risque de lui en faire boire, et le ginger ale était la seule boisson du genre soda qu'un enfant puisse trouver à son goût.

La fête se déroulait en plein air, sur la pelouse, près de l'enclos des porcs ; l'après-midi s'avançait, et, à l'heure qu'il était, Danny supposait que le fermier était déjà passé nourrir ses gorets. Du moins paraissaient-ils repus, considérant l'assemblée avec une curiosité quasi humaine. En temps ordinaire, ils n'avaient sans doute pas l'honneur et l'avantage de voir réunis une bonne douzaine d'artistes.

Danny remarqua que Joe était le seul enfant ; il n'y avait pas beaucoup de couples mariés non plus.

– Il y a des profs ? demanda-t-il à Katie qui en était déjà à son deuxième verre, à son insu ou de son plein gré.

Elle avait espéré trouver Roger. C'était le professeur qui assurait les cours de dessin sur le motif ; elle couchait avec lui à l'époque. Elle couchait toujours avec lui quand elle annonça à Danny qu'elle le quittait, mais cette nouvelle attendrait encore deux jours.

– Je pensais trouver Roger, mais il est pas là, dit-elle, déçue.

Elle était à côté de Rolf, le photographe barbu. En fait, Danny comprit que c'était à lui qu'elle venait de s'adresser ; qu'elle couchait avec Roger, il le savait déjà, mais il lui vint à l'esprit qu'elle pouvait très bien coucher aussi avec Rolf. Elle traversait peut-être une période pileuse. Tout en regardant Rolf, il se demandait comment ils s'étaient « arrangés entre eux » pour les photos.

– Très bien, les photos, lui dit-il.

– Ah, tu les as vues, répondit l'autre sur un ton dégagé.

– Tu es partout, lança Danny à Katie, qui haussa les épaules.

– Tu as vu ta maman ? dit le photographe à Joe en se penchant vers lui comme s'il était dur d'oreille.

– Il parle à peine, dit Katie. (Ce qui était une contrevérité flagrante. Joe parlait même exceptionnellement bien pour un enfant de son âge, comme souvent les enfants uniques. Peut-être parce qu'il était écrivain, son père lui parlait sans arrêt.)

– Ma maman, elle est là, dit l'enfant en la désignant du doigt.

– Non, je voulais dire en photo, précisa Rolf, elles sont dans la salle de bains.

– Ça, c'est ma maman, insista Joe en montrant sa mère du doigt, de nouveau.

– C'est bien ce que je te disais ! lança Katie au photographe.

Lorsque Danny apprit ses intentions de sauver un second jeune taré de la guerre au Vietnam, il se rappela les tentatives de Rolf pour communiquer avec le petit Joe, à la ferme. Certes, Rolf avait l'air assez crétin pour qu'on se mêle de le sauver, mais à cause de sa barbe, il ne correspondait pas à l'idée que Danny se faisait d'un « jeune taré ». Il ne connaîtrait jamais le père Kennedy suivant, mais pour une raison ou pour une autre il ne l'imaginait pas avec une barbe.

Les trois étudiants-peintres faisaient cercle autour de la fosse où cuisait le méchoui de porc ; Danny et Joe n'étaient pas loin.

– On a allumé cte putain de feu aux aurores, lui dit l'un d'entre eux.

– Le cochon n'est pas cuit, dit un autre. (Il portait la barbe, lui aussi. Danny le tint à l'œil.)

Ils avaient fait un feu de bois – « un vrai feu d'enfer », selon le peintre – et dès qu'il y avait eu une bonne braise, ils avaient descendu dans la fosse une carcasse de sommier à deux places trouvée dans la grange, le fermier leur ayant assuré que tout ce qu'il entreposait là était bon à jeter. Une fois les ressorts chauffés à blanc, ils avaient placé le cochon dessus, mais à présent ils n'avaient plus la place de glisser du bois sous l'ensemble. Ils avaient bien essayé de soulever les ressorts, mais le cochon s'était délité. Dans l'état où il était, Danny ne crut pas opportun de faire le rapprochement avec les bêtes vivantes pour le bénéfice de Joe. La viande en charpie sur le sommier n'avait plus rien d'un porc, Joe ne risquait pas de la reconnaître.

– Y a plus qu'à attendre qu'il soit cuit, dit le troisième peintre, avec philosophie.

Joe serrait fort la main de son père. Il ne s'aventurait pas au bord de la fosse rougeoyante, trouvant bien assez inquiétant ce trou qui crachait de la fumée.

– Veux voir les petits cochons, dit-il en tirant sur la main de son père.

– D'acc, répondit celui-ci.

Apparemment, les animaux n'avaient pas idée qu'un de leurs congénères était en train de rôtir. Ils se bornaient à regarder l'assistance à travers leur palissade à claire-voie. Tous les gens du cru avaient dit à Danny qu'il fallait faire attention avec les cochons. On dit qu'ils sont malins, mais les vieux sont parfois dangereux.

L'écrivain se demandait à quoi on repérait qu'un cochon était plus vieux que son voisin – peut-être tout simplement à son volume. Mais tous les cochons de l'enclos lui paraissaient énormes. Celui qu'il avait vu rôtir devait être un cochon de lait, assez petit, et pas un de ces monstres.

– Alors, comment tu les trouves ?

– Ils sont gros.

– Très juste, ils sont gros. Faut pas les toucher sinon ils te mordent. Il faut pas passer ta main à travers la palissade.

– Ils te mordent, répéta l'enfant solennellement.

– Tu t'approches pas d'eux, d'accord ?

– D'accord.

Danny se retourna vers les trois peintres rassemblés autour de la fosse. Au lieu de surveiller la cuisson du cochon, ils regardaient le ciel. Danny leva les yeux. Un petit avion venait de surgir à l'horizon, au nord de la ferme. Il était encore sur sa trajectoire ascendante. On n'allait pas l'entendre tout de suite. La ferme se trouvait au sud de Cedar Rapids et de son aéroport ; l'avion avait peut-être décollé de là.

– Avion, pas oiseau, entendit Danny. (Joe regardait le ciel, lui aussi.)

Rolf passa, remplissant son verre.

– Il y a de la bière, tu sais, lui annonça-t-il, j'en ai vu dans une bassine de glace, je sais plus où. Tu bois de la bière, toi, non ?

Et comment le savait-il ? Il fallait croire que Katie le lui avait dit. Il regarda le photographe apporter la bouteille à Katie. Sans lever les yeux vers l'avion, il pointa sa bouteille vers le ciel et Katie se mit à suivre l'appareil du regard. À présent, on l'entendait aussi, bien qu'il fût très haut dans les airs, bien trop haut pour se préparer à répandre un engrais.

Rolf chuchota quelque chose à l'oreille de Katie. Il y a du louche, se dit Danny en pensant à Katie et Rolf, et non pas à l'avion. C'est alors qu'il remarqua que les trois peintres se parlaient tout bas, et suivaient l'avion des yeux, eux aussi.

Joe voulut être pris au bras. Peut-être que ces grosses bêtes l'impressionnaient. Deux des cochons étaient d'un rose boueux ; les autres avaient des taches noires.

– On dirait un peu des vaches noires et blanches, dit Danny à Joe.

– Non, c'est des cochons.

– OK, dit Danny, comme Katie venait vers eux.

– Regarde les cochons, maman, dit Joe.

– Beurk ! Regarde plutôt l'avion, suggéra-t-elle à son mari.

Elle allait s'éloigner de nouveau, mais Danny avait déjà senti l'odeur de la marijuana, qui devait imprégner ses cheveux. Il ne l'avait pas vue fumer d'herbe, pas une taffe, mais elle avait dû en profiter pendant qu'il changeait Joe.

– Dis au gosse de bien regarder l'avion, lança-t-elle en s'éloignant.

Danny trouvait bizarre cette façon qu'elle avait de l'appeler Legosse, comme s'il était le gosse d'une autre ; c'était l'effet que ça faisait.

Le petit avion avait atteint son altitude de croisière et semblait s'être immobilisé, très haut, à l'aplomb de la ferme.

– Il faut qu'on regarde l'avion, dit Danny à Joe, en l'embrassant dans le cou.

Mais lui, c'était sa femme qu'il regardait ; elle avait rejoint les peintres auprès de la fosse fumante. Rolf était avec eux. Ils avaient les yeux rivés sur l'avion, sachant à quoi s'attendre, mais comme Danny avait les yeux braqués sur eux, il rata l'instant fatidique.

– Avion, pas oiseau, disait le petit Joe. Y vole pas, y tombe !

Lorsque Danny leva les yeux, il ne fut pas sûr, à pareille hauteur, de ce qui tombait du ciel. Mais l'objet chutait à grande vitesse, et droit sur eux. Quand le parachute s'ouvrit, les peintres et Rolf firent « Hourra ! ». (Ils ont loué un parachutiste comme clou de la fête, ces connards, se dit Danny.)

– Qu'est-ce qui tombe ? demanda Joe à son papa.

– Un parachutiste.

– Un paraquoi ?

– Quelqu'un qui a un parachute, dit Danny (mais l'enfant ne comprenait pas davantage).

– Un quoi ?

– Un parachute, c'est pour ralentir la chute quand tu tombes, comme ça tu te fais pas mal.

N'empêche, Joe s'accrochait à son cou. Katie s'approcha d'eux, précédée de son odeur de marijuana.

– Attendez, ouvrez bien l'œil, dit-elle avant de s'éloigner nonchalamment.

– C'est quoi, para ?

– Un parachutiste, quelqu'un qui saute du ciel.

Joe en restait bouche bée, suivant de l'œil le parachute qui se dirigeait vers eux. C'était une grande voile aux couleurs du drapeau américain.

Ce furent les seins de la parachutiste qui la trahirent.

– C'est une dame, dit le petit Joe.

– Oui, en effet, répondit son père.

– Pourquoi elle a pas d'habits ? demanda Joe.

À présent, tout le monde regardait, y compris les cochons. Danny n'aurait pas su dire quand ils avaient repéré la parachutiste, mais toujours est-il qu'ils la voyaient à présent. Sans doute n'avaient-ils pas l'habitude de voir des humains ailés leur dégringoler dessus, ni des parachutes géants comme celui qui projetait son ombre sur leur enclos.

– Tombe du ciel ! piailla Joe en montrant du doigt la parachutiste nue.

Un cochon se mit à courir en couinant, et aussitôt les autres l'imitèrent dans un grognement. C'est peut-être ainsi que la fille de l'air entrevit qu'elle allait atterrir dans l'enclos à cochons. Furieuse, elle se mit à jurer.

À présent, même ceux qui étaient défoncés ou ivres voyaient qu'elle était nue. Putains d'étudiants des Beaux-Arts, se disait Danny. Ils n'auraient pas pu louer les services d'une parachutiste comme les autres, non, il fallait qu'elle soit nue. Katie avait l'air de s'en fiche ; elle était peut-être jalouse. À présent qu'elle s'était aperçue que la femme était nue, elle aurait peut-être voulu être à sa place. Ça faisait un modèle nu de trop à ce méchoui.

– Oh bon dieu, s'écria Rolf, elle va atterrir dans l'enclos à cochons !

C'est maintenant que tu t'en aperçois ! pensa Danny. C'était sûrement lui qui fumait avec Katie. Alors là, franchement, un pareil degré d'ânerie, ça nécessitait qu'on le sauve, et pas uniquement de la guerre du Vietnam.

– Tiens-le, dit Danny en tendant Joe à Katie.

La femme nue passa au-dessus de leurs têtes, furibonde. Danny sauta en l'air pour essayer de l'intercepter par les pieds, mais un courant la faisait dériver, et elle lui échappa, dans un flot de gros mots. L'assistance terrestre – humaine et porcine – venait d'être survolée par une vulve ailée.

– Il faudrait lui dire que c'est pas flatteur pour une femme nue, d'être vue sous cet angle, lança Katie (à Rolf sans doute, car la remarque n'aurait pas signifié grand-chose pour Joe, auquel du reste sa mère n'avait jamais grand-chose à signifier).

La porcherie était un bourbier, mais ce n'était pas la première fois que Danny marchait dans la boue ; il savait qu'il fallait danser pour éviter de s'engluer. Sans se préoccuper de la position des cochons – il se doutait bien qu'ils couraient dans tous les sens puisque le sol vibrait –, il suivit la dérive de la femme ; quand ses talons touchèrent le sol, elle glissa sur la boue merdeuse, sa voile s'avachissant à sa suite ; elle était tombée sur le flanc, et, emportée par sa voile, labourait le purin à plat ventre quand il parvint à la bloquer. Elle fut presque aussi étonnée de le voir que choquée, comme lui, par l'odeur infecte, et par le volume des cochons vus de près. Et puis ils grognaient en permanence. L'un d'entre eux piétina le parachute, mais comme affolé de sentir la toile sous ses sabots, il prit la tangente en couinant.

La parachutiste était une grande femme, de proportions amazoniennes, presque une géante. Danny n'aurait jamais pu la soulever, mais quand il la vit se déséquiper à grand-peine pour ne plus avoir le poids du parachute à tirer dans la boue, il put lui donner un coup de main. Elle était couverte de boue et de merde. Il effleura du dos de la main son téton sale, en voulant dégager les courroies du harnais qui lui passait entre les seins. C'est alors seulement qu'il réalisa qu'il était tombé plusieurs fois ; il était éclaboussé de boue et de merde, lui aussi.

– Personne m'avait dit que c'était une porcherie, ici, putain ! s'exclama la femme.

Elle avait les cheveux coupés en brosse et la toison rasée à l'exception d'une fine bande verticale ; c'était une vraie blonde, blond paille des pieds à la tête.

– C'est une bande d'artistes à la con, j'ai rien à voir là-dedans, moi, dit Danny.

Sa cicatrice indiquait qu'elle avait subi une césarienne. Elle paraissait avoir dans les dix ans de plus que Danny, la trentaine. Il était clair qu'elle avait fait du culturisme. Sous les traînées de fange, on distinguait mal ses tatouages, mais elle était très loin du modèle que les étudiants avaient imaginé ; ils n'en demandaient sûrement pas tant, espéra-t-il.

– Je m'appelle Danny.

– Moi c'est Amy, répondit-elle, merci.

Quand elle se fut libérée de sa toile, il lui posa une main sur la nuque pour la diriger devant lui.

– Cours jusqu'à la barrière, ne t'arrête pas, lui dit-il.

Il laissa la main sur sa peau moite jusqu'au bout. Un cochon les dépassa, l'air affolé, comme s'il voulait faire la course avec eux au lieu de les pourchasser, et c'était peut-être le cas. Ils faillirent se heurter à un autre, qui fonçait dans la direction opposée. Peut-être les animaux étaient-ils davantage perturbés par le parachute que par la dame nue.

– Tombe du Ciel ! cria Joe.

Quelqu'un d'autre reprit le mot.

– Montre-moi voir lesquels c'est, ces connards d'artistes, dit Amy en atteignant le pourtour de l'enclos.

Elle n'eut pas besoin d'aide pour enjamber la barrière. Danny cherchait Joe des yeux, mais il n'était plus avec Katie, qui avait rejoint Rolf et les trois peintres.

– C'est ceux-là, les types que tu cherches, dit Danny en les désignant à Amy. Ceux avec le petit bout de femme, mais pas elle, elle n'y est pour rien. C'est juste les deux barbus, et les deux sans barbe.

– Y mord pas çui-là, disait Joe d'une voix sereine et rêveuse.

– Joe ! cria Danny.

– Suis là, papa.

C'est alors qu'il réalisa que l'enfant se trouvait avec lui dans l'enclos. Il était auprès du cochon rose et noir ; la bête avait sûrement couru, car elle était hors d'haleine, mais tout à fait immobile. Seuls ses flancs se soulevaient avec sa respiration, et elle penchait la tête vers l'enfant, qui la tenait par l'oreille. Le goret devait trouver agréable de se faire doucement tirailler et caresser l'oreille. Toujours est-il que plus le bambin le caressait, plus il penchait la tête en lui tendant sa longue oreille.

– Ils ont des drôles d'oreilles, les cochons, dit l'enfant.

– Sors de l'enclos immédiatement, Joe, dit son père.

Il avait dû hausser le ton un peu plus qu'il n'aurait voulu. Le cochon tourna la tête vers lui, brusquement, comme fâché de l'interruption de son massage. Il n'y avait qu'une mangeoire très basse entre eux, et la bête se ramassa en boule derrière son énorme tête, plissant les yeux. Danny ne bougea pas d'un pouce tant que Joe ne fut pas passé par la claire-voie.

Ces numéros de cirque, avec la parachutiste puis avec Joe, empêchèrent Danny de voir que l'avion s'était mis à décrire des cercles en rase-mottes. Pilote et copilote voulaient sans doute s'assurer qu'Amy avait atterri sans encombre, mais elle leur fit un doigt d'honneur de chaque main, si bien que l'avion lui répondit par un petit salut en s'inclinant sur l'aile, puis repartit ensuite vers Cedar Rapids.

– Bienvenue à la ferme de Buffalo Creek, venait de dire Rolf.

Hélas, Danny manqua aussi cette péripétie : Amy l'attrapa par les épaules, et, l'attirant rudement à elle, lui administra un coup de boule en pleine figure. Il chancela et tomba à la renverse à deux, trois mètres du point d'impact.

Le peintre barbu fut à son tour envoyé au tapis, par un jab du gauche suivi d'un crochet du droit, après quoi Amy gueula à ses deux congénères encore debout :

– Je saute pas chez les cochons, moi !

Danny et Joe furent témoins de la suite.

– Alors, les artistes, qui est-ce qui va aller me récupérer mon pépin, à présent ? demanda-t-elle en désignant l'enclos où les pourceaux semblaient rassérénés.

Massés contre leur clôture, nez pointé entre les interstices, ils considéraient de nouveau les représentants des Beaux-Arts. Celui qui avait profité d'un massage d'oreille apparemment fort apprécié ne se distinguait plus de ses frères. Au fond du bourbier, le parachute bleu-blanc-rouge prenait des allures de drapeau tombé au champ d'honneur.

– Le fermier nous a bien dit de jamais entrer dans l'enclos, commença l'un des thésards.

Danny alla apporter Joe à Katie :

– Tu devais le garder au bras, lui dit-il.

– Il a pissé sur lui pendant que tu étais dans l'enclos.

– Il a sa couche.

– Je le sentais quand même trempé.

– Tu l'as même pas surveillé.

Amy avait fait un blocage de tête au peintre qui venait de répondre.

– Je vais te le récupérer, moi, ton putain de parachute, lui dit soudain Katie.

– Tu peux pas entrer là-dedans, objecta Danny.

– C'est pas toi qui vas m'interdire les exploits, Zorro ! lui rétorqua-t-elle.

Elle avait toujours eu un penchant pour ce type de compétition. D'abord, la parachutiste nue lui avait volé la vedette devant les étudiants des Beaux-Arts ; ensuite le coup d'éclat de son mari l'avait reléguée au second plan. Mais surtout, elle avait envie de se déshabiller.

– Je veux pas abîmer mes vêtements en me roulant dans la merde de cochon, si tu permets, dit-elle à Danny.

Elle se mit en devoir de les confier au peintre qui n'était pas entré en contact avec la parachutiste merdeuse.

– Je te les donnerais bien, expliqua-t-elle à Danny, mais tu es couvert de merde aussi, si tu te voyais !

– S'il devait t'arriver quelque chose sous les yeux de Joe, ce serait regrettable…, commença Danny.

– Et pourquoi ? À deux ans, on oublie tout. Y a que toi qui t'en souviendras, taré, toi l'écrivain !

À la voir ainsi nue en train de le défier, il s'aperçut que ce qui lui avait naguère plu chez elle le rebutait aujourd'hui. Il l'avait crue audacieuse, elle n'était que délurée ; il la trouvait sexy et progressiste, elle n'était que vulgaire et peu sûre d'elle, au fond. Ce qu'il avait désiré en elle l'emplissait de dégoût : deux ans, il n'en avait pas fallu plus. Il allait pourtant continuer à l'aimer quelque temps encore, et cela, ni lui ni un autre écrivain ne pourraient jamais l'expliquer.

Il avait ramené Joe dans la salle de bains, pour qu'ils puissent faire un brin de toilette, ou du moins qu'ils essaient. Il ne tenait pas à ce que le bambin voie sa mère dévorée toute crue (et nue) par un cochon ; malgré ses deux ans, « Legosse » risquait fort de ne pas oublier le spectacle de sitôt.

– Est-ce que Maman va donner ses affaires à Tombe du Ciel ? demanda Joe.

– Tombe du Ciel n'entrerait pas dans les vêtements de Maman, mon poussin.

Amy ne voulait pas se rhabiller ; elle dit aux connards d'artistes qu'elle voulait seulement prendre un bain. Le pilote et le copilote lui apporteraient ses affaires – « Ils ont intérêt », déclara-t-elle.

– J'espère que ta salle de bains sera plus propre que la nôtre, dit Danny qui suivait le seul peintre sorti indemne de la rencontre.

– Je parierais pas, dit Amy. Ce petit bout de femme qui est allé chercher mon pépin, c'est ta femme ? lança-t-elle à l'écrivain du haut des marches.

– Oui.

– Elle a des couilles, faut le dire.

– C'est un fait.

Il avait oublié qu'il n'y avait pas de serviette, mais se décrotter et décrotter son fils étaient son seul souci. Et tant pis s'ils restaient mouillés. En outre, dieu sait pourquoi, les vêtements du bambin étaient à peu près propres. Sa culotte était effectivement un peu humide, parce qu'il avait pissé comme un veau dans sa couche.

– Ça t'a plu, dis donc, le ginger ale ? lui demanda-t-il.

Il avait oublié de réclamer une couche propre à Katie, mais enfin, c'était moins important que de récurer les petites mains merdeuses. Quant à lui, il s'était collé de la merde porcine sur tout le corps, et sur tous ses vêtements ; ses baskets étaient fichues. Si l'on acceptait que sa femme se déshabille complètement, personne ne verrait d'inconvénient à ce qu'il reste en calce jusqu'à la fin du pique-nique. C'était un beau jour de printemps, un jour d'avril en Iowa, il n'aurait même pas froid.

– C'est ça que tu appelles une serviette propre ! gueulait la parachutiste.

Danny se déshabilla et déshabilla son fils puis ils entrèrent dans la douche. Il n'y avait pas de savon, ils prirent du shampoing. Ils étaient encore sous l'eau quand Katie les rejoignit, ses vêtements sous le bras, avec une serviette. Elle n'était pas aussi crottée qu'il aurait cru.

– Si tu cours pas, tu tombes pas, dans ce merdier, taré.

– Alors tu es allée chercher le parachute, et puis tu es revenue, et les cochons t'ont pas embêtée ?

– Les cochons, ils avaient la trouille du pépin, allez poussez-vous, tous les deux.

Elle entra dans le bac à douche, et Danny lui shampouina la tête.

– Elle a du caca de cochon sur elle, Maman aussi ? demanda Joe.

– Tout de monde a du caca de cochon sur lui, répondit sa mère.

Ils se partagèrent la serviette et Danny changea Joe. Il l'habilla entièrement avant de remettre son propre caleçon.

– Tu mets rien d'autre ? lui demanda Katie.

– Je fais don de mes vêtements à la ferme. D'ailleurs, je n'y touche même pas, ils vont rester où ils sont, conclut-il en lui désignant une pile d'habits sur le sol mouillé.

Katie augmenta la pile en y jetant son slip et son soutien-gorge, puis elle enfila son jean. Elle portait un haut blanc transparent, qui laissait voir ses seins, ou plus précisément ses tétons.

– Et toi, tu mets rien d'autre ?

– J'ai bien le droit de faire don de mes sous-vêtements à la ferme, moi aussi, dit-elle en haussant les épaules.

– Il faut toujours que tu en rajoutes…

Elle ne lui répondit pas. Elle ouvrit la porte de la salle de bains, et laissa sa lingerie avec la pile de vêtements, ainsi que feu les baskets de Danny.

– J'ai perdu mes sandales quelque part, leur dit-elle.

Devant la porte, la parachutiste s'était drapé une serviette autour de la taille ; elle buvait une bière.

– Où tu l'as trouvée, cette bière ? lui demanda Danny. (Il n'avait que trop bu de vin, à jeun de surcroît.)

Elle lui désigna la bassine de glace auprès de laquelle Rolf était assis, se trempant régulièrement le visage dedans. Le sang qui avait giclé de son nez s'était répandu partout, il avait une belle entaille au sourcil – résultats du coup de boule. Danny prit deux bières en essuyant le goulot sur son caleçon.

– T'as vraiment eu une idée géniale, Rolf, dit-il au photographe, et encore, un peu plus elle atterrissait direct dans la braise.

Rolf se leva, manifestement encore un peu groggy :

– Merde, s'écria-t-il, plus personne surveille le porc qui cuit, avec tous ces coups d'éclat !

– T'as un décapsuleur ? lui demanda Danny.

– Dans la cuisine, quelque part.

Le peintre barbu qui s'était pris un jab et un direct se tamponnait le visage avec un t-shirt qu'il trempait périodiquement dans l'eau glacée.

– Ça vient, ce porc braisé ? s'enquit Danny.

– Oh nom de dieu ! dit le peintre qui se précipita à la suite de Rolf vers la fosse fumante.

Il y avait de la salade de pommes de terre, de la salade verte et des pâtes froides sur la table de la salle à manger, avec le vin et le reste des boissons.

– Tu vois quelque chose qui te fasse envie ? demanda Danny à Joe.

N'ayant pas trouvé de décapsuleur à la cuisine, il avait ouvert ses deux bières en les glissant dans des poignées de tiroir. Il avait descendu sa première bouteille d'un trait, et déjà bu la moitié de la deuxième.

– Où elle est la viande ? demanda Joe.

– Je crois qu'elle a pas fini de cuire, allons voir.

On avait allumé la radio d'une voiture pour avoir de la musique, et Donovan chantait *Mellow Yellow*. Rolf et le peintre barbu avaient réussi à tirer le sommier de la fosse ; le peintre s'était brûlé les deux mains, mais Rolf avait enlevé son jean pour s'en servir comme de maniques. Il était bien tombé un peu de cochon dans le feu, mais il en restait largement assez, qui semblait à point, pour ne pas dire plus.

– Qu'est-ce que c'est ? demanda Joe à son papa.

– Du porc à la braise ; tu aimes bien ça, le porc.

– Avant c'était un cochon, expliqua Rolf au bambin.

– Un tout petit, nuança Danny, pas un gros comme tes copains, dans l'enclos.

– Qui est-ce qui l'a tué ? demanda Joe.

Personne ne lui répondait, mais il n'y fit pas attention. Il n'avait d'yeux que pour Tombe du Ciel. Elle se dressait devant le cochon carbonisé sur ses ressorts. Le petit Joe la regardait avec une terreur sacrée, comme s'il s'attendait à la voir prendre son essor et regagner le ciel.

– Tombe du Ciel, lui dit-il. (Elle lui sourit.) Est-ce que tu es un ange ? (Danny commençait à trouver qu'elle en avait bien l'air.)

– Mais… ça m'arrive, lui répondit-elle.

Elle était distraite, elle aussi. Une voiture venait de s'engager dans l'allée qui menait à la ferme. Sans doute le pilote et le copilote du coucou, se dit Danny. Amy jeta un nouveau coup d'œil en direction du cochon rôti sur (ressorts de) canapé.

– Mais il m'arrive aussi d'être simplement végétarienne, comme aujourd'hui, justement.

La radio de la voiture passait à présent *I'm a Lonesome Fugitive*, par Merle Haggard ; on avait dû changer de station. Sur l'herbe, Katie qui dansait toute seule, ou avec son verre de vin, s'arrêta. Tout le monde était curieux de voir le pilote et le copilote, et l'accueil qu'ils allaient recevoir. Amy s'élança à leur rencontre sans leur laisser le temps de sortir de la voiture.

– T'es vraiment un enfoiré, Georgie, et toi aussi, Pete !

– On volait trop haut pour voir les cochons, Amy, on pouvait pas les voir, quand t'as sauté, dit Pete, en lui tendant des vêtements.

– Enfoiré, va ! répéta-t-elle, en retirant sa serviette pour la lui lancer à la figure.

– Calme-toi, Amy, dit l'autre, les gars de la ferme auraient dû nous le dire, qu'il y avait des cochons.

– Ouais, je leur en ai fait la remarque, Georgie.

Georgie et Pete cherchaient des yeux les artistes. Il ne leur échappa sans doute pas que Rolf saignait du nez, et que le peintre barbu appliquait un t-shirt humide contre son visage ; ils devinèrent sans doute la nature de la remarque.

– Qui est-ce qui est entré dans l'enclos à cochons pour t'aider à remonter ? demanda Pete.

– Tu vois le petit gars en calce, celui-là, le père du tout-petit. C'est lui mon sauveur.

– Merci, dit Pete.

– On t'est reconnaissants, ajouta Georgie.

Tombe du Ciel était à peine moins impressionnante habillée, en partie parce qu'elle portait des vêtements d'homme, à l'exception de son minuscule slip noir : chemise en jean rentrée dans un blue-jean, ceinturon à grosse boucle, santiags façon serpent. Elle s'approcha de Danny, qui tenait Joe au bras.

– Si tu as le moindre ennui, je reviens, dit-elle au bambin qu'elle embrassa sur le front. En attendant, occupe-toi bien de ton papa.

Katie s'était remise à danser toute seule, mais elle regardait la parachutiste attirer l'attention de tous sur son mari et son gamin ; elle ne perdait pas des yeux cette espèce de géante. La radio jouait une chanson de l'album *Between the Buttons*, des Stones. Danny ne devait jamais se rappeler laquelle. Il avait descendu une troisième bière et attaquait la quatrième, après le vin du début, le tout sans avoir rien mangé. On venait de changer de station de radio, une fois de plus. Il avait regardé Tombe du Ciel embrasser son fils, en comprenant bien que ce baiser lui était destiné. Amy devait savoir que pour faire bonne impression sur le père, rien de tel que d'être gentille avec le fils adoré. Mais qui était-elle ? La cicatrice de césarienne indiquait qu'elle était mère elle-même, mais il se demandait si l'un des deux lourdauds qui l'accompagnaient pouvait être son mari, ou son petit ami.

– Y aurait pas un morceau à manger ? demanda Georgie.

– Fais-moi confiance, Georgie, y a rien d'appétissant, même pour Pete, ajouta-t-elle sans regarder ce dernier, comme s'il n'était pas assez grand pour décider tout seul. (Non, elle ne couchait sûrement avec aucun des deux.)

Pilote et copilote brassèrent le parachute et le harnais, pour les glisser dans le coffre de leur voiture, et malgré leurs précautions ils ne purent éviter de se coller un peu de merde de porc. Amy s'était déjà installée au volant.

– Tu veux conduire, Amy ? lui demanda Georgie.

– D'après toi ? lui lança-t-elle.

– Je vais monter derrière, dit Pete.

– Vous allez monter derrière tous les deux, j'ai assez reniflé la merde pour aujourd'hui. Et avant qu'ils aient pris place, elle ajouta : Vous voyez ce joli petit bout de femme, qui danse, là-bas ? On lui voit les nichons, sous sa chemise ?

Danny était bien sûr qu'ils avaient remarqué Katie : en général, elle ne passait pas inaperçue aux yeux des hommes.

– Si vous deviez me perdre un jour, que mon pépin s'ouvre pas, mettons, vous pourrez toujours lui demander n'importe quoi, je vous parie qu'elle le fera.

Le pilote et le copilote s'entre-regardèrent, gênés.

– Où tu veux en venir, Amy ?

– Tu veux dire qu'elle serait capable de sauter toute nue en parachute, c'est ça ? demanda Georgie.

– Sans parachute, même, hein ma puce ? demanda-t-elle à Katie.

Danny n'était pas près d'oublier ce qui suivit. Le plaisir de Katie à retrouver la vedette, quelle qu'en soit la raison. Elle avait récupéré ses sandales, mais restait nu-pieds, chaussures dans une main, verre de vin dans l'autre, et elle dansait.

– Ça dépend des circonstances, dit-elle, ondulant de la tête et de la nuque en mesure. Mais je ne dis pas non, il faudrait voir.

– Qu'est-ce que je vous disais ? lança Amy à ses compagnons, qui se glissèrent à l'arrière de la voiture.

Là-dessus, la parachutiste démarra, avec un doigt d'honneur par la glace baissée : hommage aux artistes. Patsie Cline chantait, Katie ne dansait plus, on avait encore changé de radio.

– Je veux pas manger le cochon, dit Joe à son papa.

– D'acc, on va trouver autre chose.

Il alla porter l'enfant à sa mère qui avait cessé de danser et se balançait sur place, comme pour attendre la reprise de la musique. Elle était soûle, il le voyait, mais elle ne sentait plus la marijuana : l'odeur était partie avec le shampoing.

– Qu'est-ce qu'il faudrait pour que tu sautes d'un avion sans parachute ? demanda l'écrivain à sa femme.

– Que je m'emmerde trop dans mon couple, peut-être…, lui répondit Katie.

– Comme c'est moi qui conduis, j'aimerais qu'on parte avant la nuit, dit-il.

– Tombe du Ciel, c'est un ange, maman, dit Joe.

– J'en doute, lui dit Katie.

– Elle nous a dit que ça lui arrivait, nuança Danny.

– Cette femme-là, ça n'a jamais été un ange, leur dit-elle.

Sur le trajet de retour, Joe vomit dans son siège de bébé. Une voiture de police du comté de Johnson les avait suivis tout le long du chemin sur l'US 6. Danny avait peur d'avoir un feu arrière grillé, ou d'avoir conduit en dépit du bon sens ; il se demandait jusqu'où avouer si le shérif arrêtait la voiture pour lui demander ce qu'il avait bu, mais le véhicule tourna vers le nord, prenant par Coralville, et Danny s'engagea dans le centre-ville. En fait il ne se rappelait pas lui-même tout ce qu'il avait bu. Et puis, en caleçon, il aurait eu du mal à impressionner le shérif, il s'en doutait.

Il croyait bien s'en être tiré quand Joe vomit.

– C'est sûrement la salade de pommes de terre, ne t'inquiète pas, dit-il à son fils, on est chez nous dans deux minutes.

– Laisse-moi descendre, putain ! dit Katie.

– Ici ? Tu veux rentrer à la maison à pied ? (Elle avait remis ses sandales.)

Ils étaient encore en plein centre-ville.

– Qui te dit que je rentre à la maison ?

– Ah bon.

Avant la nuit, elle était allée téléphoner dans la cuisine, sans doute à Roger, décida Danny. Il s'arrêta au feu rouge suivant, et elle descendit de voiture.

– Tu sais, maman, Tombe du Ciel c'est un ange pour de bon, lui affirma Joe.

– Si tu le dis, répondit Katie en fermant la portière.

Danny n'avait pas oublié qu'elle ne portait ni slip ni soutien-gorge, mais enfin, si elle allait voir Roger…

Six ans plus tard, la circulation matinale s'était faite moins dense sur Iowa Avenue. Yi-Yiing, rentrée de l'hôpital, était arrivée à Court Street depuis longtemps. Elle avait sans doute rapporté au cuisinier qu'elle avait vu Danny et le jeune Joe sur Iowa Avenue à cette heure insolite.

– Pourquoi tu serais mort, toi aussi, si j'avais été percuté par une voiture ?

– Parce que tu dois me survivre. Si tu meurs avant moi, ça me tuera, Joe.

– Pourquoi je me souviens pas d'elle ?

– De ta maman, tu veux dire ?

– De ma maman, des cochons, de la suite… Ça me rappelle rien du tout.

– Et Tombe du Ciel ?

– Je revois quelqu'un tomber du ciel, comme un ange.

– C'est vrai ?

– Je crois. Tu m'en as pas déjà parlé, si ?

– Non, jamais.

– Et après, qu'est-ce qui s'est passé ? Je veux dire quand Maman est descendue de voiture en ville.

Inutile de dire que l'écrivain venait de livrer à son fils une version édulcorée du pique-nique. Après leur retour de la ferme, il y avait moins de détails à expurger (puisque Katie n'était pas rentrée avec eux).

En ce début de soirée – la nuit venait tout juste de tomber –, rares furent les passants qui aperçurent Danny en caleçon, son fils au bras, et il n'y avait aucun voisin parmi eux. Il emporta le petit dans l'appartement.

– Tu sens encore les cochons ? demanda l'enfant comme ils franchissaient la porte.

– Dans ma tête, c'est tout.

– Moi je les sens, mais je sais pas où ils sont.

– C'est peut-être ton vomi que tu sens, mon poussin.

Il donna un bain à l'enfant, et lui lava de nouveau la tête.

Il faisait chaud dans l'appartement, malgré la fenêtre ouverte. Il le mit au lit sans rien d'autre que sa couche. Si la nuit fraîchissait, il lui passerait son pyjama. Mais dès qu'il fut endormi, Danny crut sentir l'odeur des cochons ou du vomi. Il passa un jean, alla prendre le siège de bébé dans la voiture et le rapporta à la cuisine pour le nettoyer. (Joe aurait sans doute mieux fait de manger du porc plutôt que de cette salade de pommes de terre.)

Ensuite il prit une douche, et se fit un autre shampoing. Il avait sans doute bu cinq bières, en plus du vin. Il n'avait pas envie d'une sixième, mais il n'avait pas envie de se coucher non plus, et il avait beaucoup trop bu pour seulement envisager de se mettre à écrire. Katie ne rentrerait pas de la nuit, c'était certain.

Il y avait de la vodka à la maison, car c'était ce qu'elle buvait quand elle voulait éviter d'avoir une haleine d'ivrogne, et du rhum de la Barbade. Il trouva un citron vert au frigo, s'en coupa un morceau, et le mit avec des glaçons dans un grand verre qu'il remplit de rhum. Vêtu d'un caleçon propre, il alla s'asseoir un moment dans l'obscurité du séjour, devant la fenêtre ouverte, à contempler la circulation qui se raréfiait sur Iowa Avenue. On était entré dans la phase du printemps où les grenouilles et les crapauds faisaient le plus de bruit – c'est peut-être une impression, parce qu'ils nous ont manqué tout l'hiver, se dit-il.

Il se demandait quelle aurait été sa vie s'il avait rencontré une femme comme Amy au lieu de Katie. Elle était peut-être plus proche de lui par l'âge qu'il ne l'avait pensé tout d'abord. Elle pouvait avoir eu des coups durs, qui l'avaient fait vieillir avant l'âge. Ce n'était pas à la cicatrice qu'il pensait, mais à des choses plus graves.

Il se réveilla sur le siège des toilettes, où il s'était endormi un magazine sur les genoux. Le verre vide avec son quartier de citron lui crevait les yeux sur le carrelage de la salle de bains. La fraîcheur était tombée. Il éteignit la lumière de la cuisine, s'étant aperçu qu'il avait bu plus d'un verre de rhum : la bouteille était presque vide, alors même qu'il n'avait aucun souvenir de s'être servi un deuxième ou un troisième verre. Il ne se rappellerait pas davantage ce qu'il avait fait de la bouteille par la suite.

Il se dit qu'avant de s'effondrer sur son lit, il ferait bien de jeter un coup d'œil à Joe et de lui passer un pyjama au besoin. Sauf qu'il n'avait plus la dextérité nécessaire pour vêtir un enfant endormi. Il se contenta donc de fermer les fenêtres de la chambre, et de fixer la barre protectrice du petit lit.

Joe ne risquait pas de tomber même si la barre était en position basse, et de toute façon il était assez grand pour sortir de son lit, quelle que fût la position de la barre. D'ailleurs, il arrivait aussi que mal assujettie elle glisse et lui pince les doigts. Danny s'assura qu'elle était bien fixée en position haute. Joe, couché sur le dos, dormait à poings fermés. Il se pencha pour l'embrasser par-dessus la barre, opération délicate avec tout ce qu'il avait bu ; il en perdit l'équilibre.

Il quitta la chambre en laissant la porte ouverte, pour entendre son fils s'il venait à se réveiller en pleurant, et il laissa de même ouverte la suite parentale. Le réveil indiquait trois heures passées quand il se glissa dans le lit. Katie n'était pas rentrée de chez Roger, si c'était bien lui qu'elle était allée voir.

Dès qu'il fermait les yeux, la pièce se mettait à tourner. Il s'endormit les yeux ouverts, ou du moins, c'est ce qu'il crut, car ils étaient très secs à son réveil.

– Il y a un gosse sur la route ! criait un crétin quelconque.

Danny sentait une odeur de marijuana ; il devait être mal réveillé ou encore endormi, car il se figura que l'homme qui criait était défoncé. Mais l'odeur était bien plus proche et provenait de l'oreiller voisin. Katie dormait toute nue, les couvertures rejetées, les cheveux fleurant bon l'herbe. (Danny était persuadé que Roger passait son temps à fumer.)

– Il est à qui, ce gosse ? braillait l'homme. Faut bien qu'il soit à quelqu'un.

Il leur arrivait d'entendre des hurlements hystériques depuis la turbulente résidence d'étudiantes, un peu à l'ouest, ou depuis le centre-ville, mais jamais le matin pendant l'heure de pointe.

– Y a un gosse sur la voie, répétait le cinglé.

Il faisait froid, dans la chambre, Danny s'en rendait compte ; il avait sombré dans l'inconscience en laissant les fenêtres ouvertes, et Katie n'avait pas pris la peine de les fermer en rentrant à dieu sait quelle heure.

– C'est pas le nôtre, putain, le nôtre il est dans notre lit, taré ! dit-elle d'une voix pâteuse ou étouffée par l'oreiller.

– Ah bon, dit Danny en se redressant, le sang aux tempes.

Le petit Joe n'était pas dans leur lit en désordre.

– Ben, il était là, dit Katie en se redressant à son tour. (Elle avait les joues meurtries, ou un peu râpées, comme quand on embrasse une barbe qui pique.) Il s'agitait, je l'ai pris avec nous.

Danny était déjà dans le couloir. Le lit de Joe était vide, barre de protection baissée Katie était trop petite pour sortir l'enfant si elle restait en haut.

Sur Iowa Avenue, la circulation était bloquée, jusqu'à l'embranchement de Muscatine Avenue, à croire qu'il venait de se produire un accident au pied de leur appartement. Il se rua dehors, encore en short. Dans cette tenue, il dut faire l'effet d'un père indigne assez plausible au chauffeur du camion blanc sale qui bloquait la circulation.

– Il est à vous ce gosse-là ? aboya-t-il.

Avec sa moustache en crocs, ses favoris broussailleux, et ses gueulantes, il avait dû faire peur au petit Joe, d'autant qu'il avait réussi à le cornaquer jusqu'au terre-plein central sans le prendre au bras ni même le toucher. Joe se trouvait donc assis dans l'herbe, perplexe, une couche pour tout vêtement. Il était sorti de la maison, avait traversé le trottoir pour s'avancer sur la chaussée où roulaient les voitures en direction du centre-ville, et le van blanc sale était le premier à avoir failli le percuter.

La femme qui conduisait la voiture immobilisée derrière lui se précipita sur le terre-plein central, souleva Joe dans ses bras et lui demanda en désignant Danny en caleçon :

– C'est lui, ton papa ?

Joe se mit à pleurer.

– C'est mon fils, dit Danny. Je dormais.

Il venait d'arriver sur le terre-plein mais la femme (entre deux âges, lunettes et rang de perles, c'est tout ce qu'il en retint) semblait hésiter à lui rendre l'enfant.

– Ton gosse était sur la chaussée, mon pote, j'ai failli l'écraser, disait le chauffeur du van. Ce qui m'a attiré l'œil, c'est la couche, merde, c'est le blanc de la couche.

– Il ne semble pas que vous étiez à la recherche de cet enfant, ni même que vous ayez remarqué son absence, lança la femme à Danny.

– Papa ! dit Joe, en lui tendant les bras.

– Il n'a pas de mère, cet enfant ? s'enquit la femme.

– Elle dort encore, on dormait tous deux. (Il enleva Joe aux bras encore tendus de la femme.) Merci, dit-il au chauffeur du van.

– T'as pas dessoûlé, mon gars, lui dit l'homme. Ta femme aussi, elle est bourrée ?

– Merci, lui répéta Danny.

– Vous mériteriez qu'on vous signale, dit la femme.

– C'est vrai, admit-il, mais ne le faites pas, je vous en prie.

Les voitures klaxonnaient, à présent, et Joe s'était remis à pleurer.

– Je voyais pas le ciel, à la maison, expliqua-t-il entre deux sanglots.

– Tu ne voyais pas le ciel ?

Ils traversèrent la chaussée, le trottoir, et rentrèrent chez eux dans un concert de klaxons.

– Je voyais pas si Tombe du Ciel allait descendre.

– Tu la cherchais ?

– Je pouvais pas la voir. Peut-être qu'elle me cherchait.

L'avenue était large ; depuis le milieu de la chaussée, ou du terre-plein central, en effet, l'enfant voyait le ciel. Il espérait voir apparaître Tombe du Ciel, il ne fallait pas chercher plus loin.

– Maman est rentrée, dit-il à son père comme ils arrivaient à l'appartement, que le petit s'obstinait à nommer « le partement » depuis qu'il commençait à parler.

– Oui, je sais qu'elle est rentrée.

Il voyait bien qu'elle s'était rendormie. Sur la table de la cuisine, la bouteille de rhum était vide. Il l'avait finie avant de se coucher, à moins que Katie n'ait descendu le fond en rentrant, mais c'était plus probablement lui, elle n'aimait pas le rhum.

Il emporta Joe dans sa chambre, et le changea. Il avait du mal à le regarder dans les yeux, car il les voyait grands ouverts et aveugles, comme il les aurait trouvés s'il avait découvert le petit mort dans sa couche blanche, sur la chaussée.

– Et c'est ce jour-là que tu as arrêté de boire, c'est ça ? demanda le jeune Joe à son père.

Tout le temps qu'il lui avait raconté cette longue histoire, ils étaient restés adossés à la maison où ils avaient vécu avec Katie.

– Après le fond de la bouteille de rhum, je n'ai plus touché à l'alcool.

– Mais Maman, elle a pas arrêté, elle ?

– Ta maman n'a pas pu arrêter, mon poussin, elle continue sans doute à boire.

– Et moi je suis consigné, c'est ça ?

– Non, tu n'es pas consigné, tu peux aller et venir comme tu veux, à pied ou en bus. C'est ton vélo, qui est consigné. On pourrait en faire cadeau à Max, ça lui ferait une bicyclette de rechange, il pourrait récupérer des pièces dessus…

Joe regarda le ciel d'automne, d'un bleu étincelant. Aucun ange n'allait en descendre pour le tirer de ce mauvais pas.

– Tu n'as jamais cru, toi, que Tombe du Ciel était un ange ? demanda-t-il à son père.

– Je l'ai crue, quand elle a dit que ça lui arrivait.

L'écrivain sillonna Iowa City pour retrouver la Mustang bleue, mais en vain. La police non plus ne localiserait jamais la voiture scélérate. En attendant, il passa un bras autour des épaules de son fils :

– Il faut que tu voies les choses comme ça : cette Mustang bleue te cherche encore. Il y a six ans, le jour où tu étais sur la chaussée, avec ta petite couche, elle était peut-être coincée dans un embouteillage, peut-être plusieurs voitures derrière le van blanc. Peut-être qu'elle essayait déjà de t'avoir.

– Elle me cherche pas pour de bon, quand même ?

– Il vaut mieux que tu le croies. Elle est à tes trousses, il faut que tu fasses attention.

– D'acc, dit l'enfant.

– Tu en connais, des enfants de deux ans ?

– Non, je vois pas.

– Eh bien, ça ne te ferait pas de mal d'en rencontrer un. Comme ça tu verrais quel effet tu faisais, sur la route.

C'est alors que le cuisinier parut dans sa voiture et s'arrêta le long du trottoir, à leur hauteur.

– Montez, vous deux, je vais déposer Joe à l'école, et toi je te ramène, leur dit-il.

– Joe n'a pas pris son petit-déjeuner, objecta Danny.

– Je lui ai préparé un gros pique-nique pour midi, il pourra en manger la moitié sur le chemin. Allez montez, Daniel, on est dans une situation… délicate.

– Qu'est-ce qui se passe, P'pa ?

– Il semblerait que Youn soit encore mariée, répondit le cuisinier, comme Danny et Joe montaient dans la voiture. Il semblerait qu'elle ait une fille de deux ans, et que son mari soit venu la voir avec la petite, histoire de prendre des nouvelles de l'avancement de son roman.

– Ils sont à la maison ? demanda Danny.

– Encore heureux que Youn ait été levée. Elle était déjà dans sa chambre, au travail.

Danny se représentait comment elle avait quitté leur chambre, effaçant avec soin toute trace de sa présence, à l'exception de sa nuisette gris perle, glissée sous l'oreiller (la gris perle ou la beige).

– Youn a une fille de deux ans ? Je veux que Joe la voie.

– Tu n'es pas fou ? Il faut qu'il aille à l'école.

– Alors Youn est mariée, elle a une petite fille ? demanda Joe.

– Il faut croire, répondit Danny.

Il songeait au roman qu'elle était en train d'écrire, à son style raffiné, et aux zones d'ombre du texte. Malgré sa prose généralement limpide, il y avait toujours eu quelque chose de pas clair, dans ce livre.

– Je crois qu'il faut que tu ailles à l'école, mon poussin, tu auras d'autres occasions de rencontrer un enfant de deux ans.

– Mais c'est toi qui voulais que j'en voie un, non ?

– Qu'est-ce que c'est que cette histoire ? demanda le cuisinier. (Il roulait vers l'école de Joe, sans attendre d'indications contraires.)

– Une longue histoire, lui dit Danny. Et le mari, à quoi il ressemble ? C'est un gangster ?

– Kyung est chirurgien en Corée, à ce qu'il m'a dit. Il est venu participer à un congrès de chirurgiens à Chicago, mais il a amené la petite pour faire la surprise à sa maman ; il pensait la lui laisser deux jours, pendant qu'il serait en congrès. Ça, pour une surprise…

– Il s'appelle Kyung ? dit Danny. (Dans le roman, le mari-gangster s'appelait Jinwoo ; ce n'était sûrement pas le seul détail inventé. Dire qu'il reprochait à ce roman d'être trop autobiographique !)

– Il a l'air d'un chic type, dit Tony Angel.

– Alors je vais la voir la petite fille de Youn ? demanda Joe en descendant de voiture.

– Mange un morceau, répondit le cuisinier. J'ai appelé l'école, ils savent que tu seras en retard.

– On dirait bien que tu vas pouvoir faire sa connaissance, oui, lui dit Danny, mais qu'est-ce que tu guettes ? demanda-t-il à Joe qui venait d'ouvrir son pique-nique pour y jeter un coup d'œil.

– La Mustang bleue, répondit Joe sans hésiter.

– Bravo, voilà un garçon intelligent !

Ils étaient presque arrivés chez eux lorsque le cuisinier expliqua à Danny :

– Yi-Yiing et moi, on s'est dit qu'il vaudrait mieux que vous vous fassiez passer pour un couple.

– Pour un couple ? Et pourquoi ?

– Parce que vous êtes du même âge. Le temps que le mari est là, il faut que vous fassiez comme si vous étiez ensemble. Même un chirurgien coréen n'ira jamais soupçonner que je couche avec sa femme, je suis trop vieux.

– Et on est censés s'y prendre comment ?

– Fais confiance à Yi-Yiing.

Rétrospectivement, l'écrivain se disait que ça n'avait pas été le plus difficile. En petite amie de Danny, Yi-Yiing fut parfaite, du moins tant que le chirurgien se trouva dans leurs murs. Il fit à Danny l'effet d'un homme doux, à la fois fier de lui et gêné de cette surprise faite à sa romancière de femme. Pour sa part, Youn ne dissimulait pas sa joie de revoir sa fille Soo. Des yeux, elle avait quêté une forme de réassurance auprès de Danny, qui espérait bien la lui avoir donnée. En fait, il était soulagé, car la perspective de leur séparation inéluctable l'emplissait d'un sentiment de culpabilité encore plus fort que d'habitude.

Certes, il se trouverait bien à Iowa City jusqu'à la fin de cette année universitaire, et peut-être même de la suivante, il avait déjà demandé à l'Atelier si la chose était possible, mais il ne resterait pas en ville assez longtemps pour qu'elle ait fini son roman, et il avait toujours tenu pour acquis que, lorsqu'il retournerait dans le Vermont, Youn regagnerait Séoul.

Le chirurgien, qui ne passerait que quelques jours à Chicago, embrassa sa femme et sa fille. La cuisine avait été le théâtre des présentations comme des au revoir. Le cuisinier s'y était conduit en propriétaire ; à deux ou trois reprises, Yi-Yiing s'était glissée derrière Danny, et l'avait entouré de ses bras pour l'attirer contre elle et lui mettre, une fois, un baiser dans la nuque. En ce tiède jour d'automne, l'écrivain était vêtu d'un t-shirt et d'un jean, et il avait senti le pyjama soyeux de Yi-Yiing contre son dos. Elle faisait ce geste pour trahir leur intimité supposée, se disait-il, sans savoir ce que Youn allait en penser, ni même si le cuisinier et son amie avaient mis la Coréenne adultère au courant de leur plan.

Soo, la petite fille, était un bijou.

– Elle n'a pas de couche ? demanda Danny au chirurgien, en se rappelant Joe au même âge.

– Les filles sont propres plus tôt, chéri, lui avait fait remarquer Yi-Yiing en appuyant de façon excessive sur le « chéri ».

Le cuisinier avait éclaté de rire, et Youn aussi. Il se demanderait par la suite si elle n'avait pas été soulagée, elle aussi, que sa relation avec son professeur ait connu une issue aussi nette. (À quoi bon s'expliquer davantage ?)

Les jours que le chirurgien coréen passa à Chicago coulèrent sans heurt, et Joe vit de ses yeux toute l'innocence d'un enfant de deux ans quant aux dangers de la route et aux anges tombés du ciel. La petite Soo aurait cru n'importe quoi, c'était flagrant.

La nuisette parfumée, sous l'oreiller de Youn, était la beige, et Danny trouva moyen de la lui restituer discrètement. À présent, il ne restait plus le moindre indice de son passage. Elle alla dormir dans son bureau avec sa fille, elles tenaient sans peine dans le lit, même si Danny avait proposé qu'elle couche la petite dans l'autre chambre d'amis (où le mari était allé dormir de son côté). « Un enfant de deux ans ne doit pas dormir tout seul », avait-elle répondu à Danny. Il s'était trompé sur la curiosité avec laquelle elle considérait Joe. Elle se demandait simplement quels changements allaient survenir chez sa fille entre deux et huit ans. Quant à ce qu'elle écrivait, et aux raisons qu'elle avait de l'écrire, il se doutait bien qu'il ne trouverait jamais d'explication satisfaisante.

Une fois Kyung rentré de Chicago, et reparti aussitôt avec sa fille, Youn s'empressa de se trouver un toit, et, le semestre suivant, elle changea d'atelier. Mais qu'elle parvienne ou non à finir son roman, ou d'ailleurs à publier quoi que ce soit, Danny était bien placé pour savoir qu'elle avait fait la preuve magistrale de ses aptitudes à romancer.

Celles de Yi-Yiing à jouer les dulcinées de Danny devaient se prolonger quelque temps. L'urgentiste n'était pas du genre à flirter mais les mois qui suivirent ces quelques jours il lui arrivait de le frôler en passant derrière lui, de lui caresser la joue du bout des doigts, ou du dos de la main. C'était sûrement par inadvertance, car elle s'arrêtait dès qu'elle s'en rendait compte. Danny doutait que le cuisinier s'en soit aperçu, et si Joe le voyait, il n'en laissait rien paraître.

– Tu préférerais que je m'habille normalement, dans la maison ? demanda-t-elle à Danny. C'est vrai, ça suffit peut-être, ces pyjamas.

– Mais tu es Madame Pyjama, c'est toi, ça, lui répondit Danny évasivement.

– Tu sais bien ce que je veux dire.

Elle cessa donc d'en mettre, du moins le jour. Ses vêtements ordinaires constituaient une barrière plus efficace entre eux. Et leur semblant de contact – ses frôlements furtifs du bout de ses doigts, des jointures de sa petite main – cessa bientôt de même.

– À moi ils me manquent, les pyjamas de Yi-Yiing, dit Joe, un matin où son père l'accompagnait à son école de garçons.

– À moi aussi, lui dit Danny – mais il voyait déjà une autre femme.

Youn étant sortie de leur vie, ils reprirent leurs habitudes comme si de rien n'était, surtout lors de la dernière année à Iowa City. Leur troisième maison se trouvait sur le trottoir d'en face, au niveau de Summit Street, et Danny y entretenait une liaison discrète avec une femme d'universitaire malheureuse en ménage, elle-même trompée par son mari. La ruelle derrière l'autre maison, celle où Joe était tenté de s'apitoyer sur son sort en voyant Max déraper sur son « vélo de rechange », était également sortie de leur vie, ainsi que l'opossum. Les Yokohama, Sao et Kaori, se relayaient toujours pour garder Joe, et tout le monde, sans exception, se retrouvait au Mao, avec un besoin de resserrer les liens ou un désespoir apparemment croissant.

Le cuisinier savait d'avance à quel point les frères Cheng lui manqueraient – presque autant que Yi-Yiing. Ce qui manquerait à Danny serait de ne jamais savoir quel effet ça lui aurait fait d'être avec une infirmière hongkongaise ; mais son retour dans le Vermont serait précédé par une autre clôture de chapitre.

Alors même que leur aventure dans l'Iowa touchait à sa fin, la guerre du Vietnam arrivait à son terme – enfin. Au Mao, on n'était guère d'humeur à y voir un heureux dénouement. L'opération « Frequent Wind », comme on appelait l'évacuation de Saigon par hélicoptère (« Opération Super-Bourre-Mou », tonnait Ketchum), avait une incidence catastrophique sur les préparatifs du dîner au restaurant franco-asiatique. Le poste de télévision de la petite cuisine semblait aimanter toutes les frustrations.

En avril 1975, les affaires avaient été mauvaises. Des voitures leur avaient jeté quatre briques dans la vitrine, plus un bloc de ciment gros comme un parpaing, ainsi qu'une pierre. « Ces enfoirés de péquenots-patriotes ! » disait Xiao Dee. Le cuisinier et lui avaient été obligés d'annuler leur navette d'approvisionnement dans Chinatown parce qu'il était convaincu que le restaurant était la cible d'attaques en règle, et que si Saigon tombait, le siège se ferait plus féroce. Ah Gou était à court de ses ingrédients favoris, et, avec l'aide de Tony Angel, la carte proposa davantage de plats italiens.

Tout au long de l'année, les soldats sud-vietnamiens avaient déserté par vagues. Les fugitifs rassemblaient leur famille, et convergeaient sur Saigon, se figurant sans doute que les Américains allaient les aider à quitter le pays. Les deux dernières semaines d'avril, les États-Unis avaient aéroporté soixante mille étrangers et Sud-Vietnamiens ; des centaines de milliers d'autres seraient bientôt abandonnés à leur sort. « Ce sera le chaos le plus total », prédisait Ketchum. (« Qu'est-ce qu'on croyait ? » dirait-il plus tard.)

Est-ce qu'on s'en est même inquiété ? se demandait Danny. Joe et lui étaient attablés au Mao, et Yi-Yiing était venue dîner avec eux. Elle n'avait pas pris son tour de garde aux urgences parce qu'elle avait un rhume. Elle ne voulait pas aggraver l'état des blessés et des malades, leur dit-elle.

– Déjà que je vais vous contaminer, vous deux, et P'pa, ajouta-t-elle en souriant.

– Merci bien, répondit Danny.

Joe riait. Il adorait Yi-Yiing. Il regrettera sa nounou, quand on sera dans le Vermont, et moi, se disait Danny, je regretterai de ne plus avoir de nounou pour lui.

Il y avait deux couples à une table, et un trio d'hommes d'affaires ou assimilés à une autre. C'était calme, par rapport aux autres soirs, mais il était encore tôt. La vitrine barricadée de planches n'était guère engageante, songeait Danny lorsque l'une des Yokohama sortit de la cuisine, le visage plus blanc que son tablier, la lèvre inférieure tremblante.

– Ton père dit que tu devrais venir voir la télévision à la cuisine, rapporta-t-elle à l'écrivain.

Il se leva de table, et Joe fit mine de le suivre.

– Il vaudrait peut-être mieux que tu restes avec moi, Joe, dit Yi-Yiing.

– Oui, oui, tu restes, dit Sao ou Kaori, il faut pas que tu voies ça.

– Mais je veux voir ce que c'est, protesta l'enfant.

– Fais ce que te dit Sao, Joe, je reviens tout de suite, lui dit son père.

– Moi c'est Kaori, lança la jumelle à Danny (elle éclata en sanglots). Pourquoi est-ce que j'ai l'impression que tous les bridés se ressemblent, pour vous, les Américains ?

– Qu'est-ce qui passe à la télé ? lui demanda Yi-Yiing.

Les deux couples, qui riaient, n'avaient pas entendu la sortie de Kaori, mais les hommes d'affaires s'étaient figés sur place, le mot « bridés » arrêtant net la trajectoire de leurs verres de bière.

Ce soir-là, c'était Tzu-Min, l'intelligente petite amie d'Ah Gou, qui prenait les commandes. Xiao Dee était trop remonté contre les péquenots-patriotes et leurs projectiles pour qu'on le lâche en salle.

– Retourne à la cuisine, Kaori, on ne pleure pas, ici, dit Tzu-Min.

– Mais qu'est-ce qui passe à la télé ? lui demanda Yi-Yiing.

– Il ne faut pas que Joe voie ça, lui répondit-elle. (Danny avait déjà disparu.)

La cuisine était à feu et à sang. Xiao Dee engueulait la télé. Sao, la sœur jumelle de Kaori, était en train de vomir dans le grand évier, celui où le plongeur récurait marmites et casseroles.

Le plongeur en question, Ed, restait à l'écart. Alcoolique repenti, il avait fait la Seconde Guerre mondiale, et conservait quelques tatouages délavés. Les frères Cheng lui avaient donné du travail quand personne ne voulait l'embaucher, et il leur était loyal, même s'il étouffait parfois dans la petite cuisine et se sentait parfaitement étranger aux débats politiques du personnel. Or l'étranger, précisément, très peu pour lui ; si les États-Unis se tiraient du Vietnam, c'était tant mieux. Il avait fait le Pacifique, dans la Marine, et voilà qu'une des deux Japonaises vomissait dans son évier pendant que l'autre chialait. (Si jamais il avait tué des membres de leur famille, il ne risquait pas de s'en repentir.)

– Comment ça va, Ed ? lui dit Danny.

– Ça va pas fort, là tout de suite, lui répondit-il.

– Kissinger est un criminel de guerre ! hurlait Xiao Dee. (L'homme politique venait de faire une apparition éclair à l'écran.)

Ah Gou, qui s'appliquait à hacher des échalotes, brandit son couteau au seul nom abhorré, mais la télé revint à des images de tanks ennemis déferlant dans les rues de Saigon ; ils convergeaient vers l'ambassade des États-Unis, s'il fallait en croire une voix off impersonnelle. Le mois d'avril touchait à sa fin, Saigon se rendrait le lendemain, c'étaient les derniers vols. Environ soixante-dix hélicoptères américains avaient assuré des navettes entre la cour de l'ambassade et les bâtiments de guerre, au large. Près de 6 200 personnes avaient été sauvées ce jour-là, et les deux derniers hélicoptères à quitter la ville emportaient l'ambassadeur et les fusiliers marins assurant la garde de l'ambassade. Quelques heures plus tard, Saigon capitulait.

Mais le petit écran de la cuisine leur réservait un spectacle plus traumatisant. Il y avait davantage de candidats au départ que de places dans les hélicoptères. Des centaines d'entre eux resteraient pour compte dans la cour de l'ambassade. Des douzaines de Vietnamiens s'accrochaient aux patins des deux derniers hélicos, et quand les choppers décollaient, ils se tuaient. La télévision passait ces images en boucle.

– Pauvres gens, avait dit le cuisinier quelques secondes avant que Sao ne se mette à vomir dans l'évier.

– Pour la plupart des Américains, c'est pas des gens puisque c'est des bridés ! hurlait Xiao Dee.

Ah Gou regardait la télévision au lieu d'avoir l'œil sur ses échalotes ; il se trancha la première phalange de l'index gauche. Du coup, Kaori s'évanouit à travers ses larmes, et le cuisinier dut la tirer à l'écart du fourneau. Danny prit un essuie-mains, et l'enroula serré autour du bras d'Ah Gou. Le bout de son doigt baignait à présent dans une mare de sang, au milieu des échalotes hachées.

– Va chercher Yi-Yiing, dit le cuisinier à Sao.

Ed prit une serviette humide pour lui essuyer le visage. Elle était aussi évanescente que sa sœur, mais elle avait cessé de vomir, et, tel un fantôme, on la vit s'évaporer en direction de la salle à manger.

Lorsque la porte battante s'ouvrit, Danny entendit l'un des hommes d'affaires tempêter :

– Mais c'est quoi ce bordel, à la fin ?

– Ah Gou vient de s'emporter le doigt, annonça Sao à Yi-Yiing.

Puis la porte se rabattit, et il n'entendit pas la réponse faite à l'homme d'affaires, ni même si l'une des deux serveuses avait tenté de répondre. Car le soir où Saigon tomba, le Mao était bel et bien un sacré bordel.

La porte s'ouvrit à nouveau, pour livrer passage à Yi-Yiing, accompagnée du petit Joe, ainsi que de Tzu-Min et Sao. Danny n'aurait pas été autrement surpris de voir apparaître les deux couples et les trois hommes d'affaires, sauf que le capharnaüm de la cuisine affichait déjà complet.

– Ils ont tous commandé la pintade, dieu merci, disait le cuisinier.

Kaori s'était redressée, elle était assise par terre.

– Les deux couples ont commandé des pintades, mais les hommes d'affaires, ils ont commandé des raviolis.

– Je parlais des couples ; c'est eux que je sers d'abord.

– Je vous préviens, les cadres, ils sont prêts à partir, leur dit Tzu-Min.

Yi-Yiing retrouva le bout d'index au milieu des échalotes. Xiao Dee entoura son grand frère de ses bras pendant que le cuisinier versait de la vodka sur son index gauche sectionné. Ah Gou hurlait encore quand Yi-Yiing leur tendit le morceau arraché, que le cuisinier arrosa de vodka à son tour. L'infirmière le remit en place au bout du doigt.

– Tiens-le comme ça, enjoignit-elle à Grand Frère, et cesse de brailler.

Danny était navré que Joe regarde la télévision ; avec ses dix ans, l'enfant semblait tétanisé par l'image de ces gens qui s'accrochaient aux patins de l'hélicoptère, et dégringolaient.

– Qu'est-ce qu'ils vont devenir ? demanda-t-il.

– Ils vont mourir, lui répondit Danny. Il n'y a pas de place pour eux dans les hélicoptères.

Ed toussait ; il sortit par la porte de derrière, qui donnait sur une ruelle où stationnaient les livreurs et les éboueurs. Tout le monde crut qu'il était parti en griller une, mais on ne le revit jamais.

Yi-Yiing fit sortir Ah Gou par la salle ; il maintenait le bout de son doigt, mais comme Danny ne serrait plus la serviette en garrot sur le haut de son bras, il saignait abondamment. Tzu-Min les accompagnait.

– Finalement, je crois bien que je vais contaminer tout le monde, aux urgences, conclut Yi-Yiing.

– Mais qu'est-ce qui se passe, bordel ? brailla un des hommes d'affaires. Y en a qui travaillent, ici, ou quoi ?

– Racistes, criminels de guerre, fascistes ! leur cria Ah Gou, tout ensanglanté.

À la cuisine, le cuisinier lança à son fils et à son petit-fils :

– Vous êtes mes aides-cuisiniers, à présent, il faut qu'on s'y mette tout de suite.

– Il n'y a que deux tables à servir, P'pa, ça devrait pas être au-dessus de nos forces, répondit Danny.

– Si on ignore les hommes d'affaires, je pense qu'ils vont partir, dit Kaori.

– Que personne ne parte ! hurla Xiao Dee, je m'en vais te leur faire voir moi, dans quel bordel ils sont tombés, et ils ont intérêt à apprécier.

Il se rua dans la salle à manger par les portes battantes, sa queue-de-cheval ornée du ridicule ruban rose qui appartenait peut-être à Spicy. Portes rabattues, ils l'entendirent tout de même vociférer :

– Vous voulez faire le meilleur repas de votre vie, ou vous préférez mourir ? Y a des Asiatiques qui meurent, en ce moment, mais vous, vous pouvez vous taper un gueuleton.

– La pintade est servie sur un lit d'asperges, avec un risotto aux champignons noirs et du jus de sauge, expliquait le cuisinier à

Danny et au jeune Joe. Surtout, n'allez pas me balancer le risotto à la louche sur l'assiette.

– D'où elles viennent les pintades, P'pa ? demanda Danny.

– D'ici, évidemment. On n'a presque plus que des produits de l'Iowa, en ce moment.

– Vous voulez savoir comment on les fait, vos raviolis au mascarpone et aux champignons ? demandait Xiao Dee aux hommes d'affaires. On les fait au parmesan et à l'huile de truffe. Vous en aurez jamais mangé d'aussi bons. Et d'où vous croyez qu'elle vient, l'huile de truffe, de l'Iowa ? Vous voulez venir à la cuisine, voir des grappes d'Asiatiques crever ? Ils sont en train de crever en direct, si ça vous dit !

Tony Angel se tourna vers les Japonaises :

– Allez me délivrer les clients de Xiao Dee, toutes les deux.

Il les accompagna à la salle à manger, où elles servirent leurs pintades aux deux couples.

– Vos pâtes arrivent tout de suite, dit-il aux trois autres (il s'était demandé pourquoi ils avaient écouté sans broncher la diatribe de Xiao Dee, mais il voyait à présent que le chef avait emporté son couteau à découper avec lui).

– On a besoin de toi aux cuisines ! On veut que tu reviennes, lui intimèrent les Yokohama.

Elles s'étaient collées à lui, en évitant soigneusement tout contact avec le couteau ensanglanté. Les trois clients restèrent à attendre sans bouger ni pied ni patte, même après que le cuisinier et Xiao Dee, avec Kaori et Sao, furent retournés à la cuisine.

– Qu'est-ce qu'ils boivent, ces cochons de fascistes ? demanda Xiao Dee aux serveuses.

– De la Tsingtao, répondirent-elles.

– Apportez-leur-en d'autres, ne laissez pas leurs verres vides.

– On les sert avec quoi, les raviolis, P'pa ?

– Avec des petits pois ; prends la cuillère à fentes, sinon tu vas les noyer dans l'huile.

Joe se désintéressait tout à fait de sa tâche de marmiton, captivé par les images d'hélicoptères. Quand le téléphone sonna, il était le seul à avoir les mains libres et ce fut lui qui répondit. Ils savaient tous qu'il n'y avait pas de chef de rang à la salle à manger, et pensèrent que ce devait être Tzu-Min ou Yi-Yiing qui appelait de l'hôpital pour dire si l'on avait pu sauver le doigt d'Ah Gou.

– C'est Ketchum qui appelle en PCV, dit Joe.

– Dis que tu acceptes l'appel, lui enjoignit son grand-père.

– J'accepte, dit l'enfant.

– Parle-lui, Daniel, moi je suis occupé, dit le cuisinier.

Mais le temps que le téléphone passe de main en main, tous purent entendre le message de Ketchum, depuis le New Hampshire :

– Ce pays à la con…

– Salut, c'est moi, c'est Danny, dit l'écrivain au vieux bûcheron.

– Alors, ptit gars, tu regrettes toujours de pas avoir fait le Vietnam ? lui rugit-il.

– Non, je ne regrette pas, commença Danny (mais il avait mis trop longtemps à réagir, Ketchum avait déjà raccroché).

Il y avait du sang plein la cuisine. Sur l'écran, les malheureux Vietnamiens se pendaient aux patins, et puis dégringolaient. On allait repasser les images de cette débâcle des jours durant – dans le monde entier sans doute, se dit l'écrivain, tout en regardant son fils regarder la fin de cette guerre que son père n'avait pas faite.

Les jumelles amadouaient les hommes d'affaires en leur servant bière sur bière. Xiao Dee était entré dans la chambre froide, dont il avait laissé la porte ouverte.

– On n'a presque plus de Tsingtao, Tony, dit-il.

Il sortit et referma la porte de la chambre froide. C'est alors qu'il s'aperçut que celle de derrière était restée ouverte.

– Qu'est-ce qu'il lui arrive, à Ed ? demanda-t-il. (Il s'avança dans la ruelle avec circonspection.) Peut-être qu'un de ces enfoirés de péquenots-patriotes l'a pris pour un bridé comme nous, et l'a descendu !

– À mon avis, il est simplement rentré chez lui, le pauvre, dit le cuisinier.

– J'ai vomi dans son évier, c'est peut-être pour ça, hasarda Sao.

Les deux sœurs étaient revenues chercher la commande des hommes d'affaires.

– Je peux éteindre la télé ? demanda Danny à la cantonade.

– Oui, éteins-la, je t'en prie, dit une des jumelles.

– Il a disparu, Ed ! braillait Xiao Dee depuis la ruelle. Ces enfoirés de fermiers l'ont kidnappé.

– Si tu veux, je ramène Joe et je le couche, dit l'autre sœur à Danny.

– Il faut d'abord qu'il mange, objecta le cuisinier. Tu peux aller en salle un moment, Danny ?

– Mais bien sûr, lui dit l'écrivain.

Il se lava le visage et les mains, et mit un tablier propre. Quand ils le virent entrer, les trois hommes furent surpris qu'il ne soit pas asiatique, ou furibond.

– Qu'est-ce qui se passe, à la cuisine ? lui demanda l'un d'entre eux discrètement (manifestement, il ne tenait pas à ce que Xiao Dee l'entende).

– C'est la fin de la guerre, à la télévision, expliqua Danny.

– Les pâtes sont délicieuses, malgré tout, dit son voisin de table. Vous ferez nos compliments au chef.

– Je n'y manquerai pas, dit Danny.

Quelques universitaires arrivèrent plus tard, ainsi que des parents d'étudiants, tout fiers, qui emmenaient dîner leur brillante progéniture. Mais en dehors de la cuisine du Mao, avec ses Asiatiques au bord de la crise de nerfs, il était tout à fait possible d'ignorer que la guerre était finie, et comment elle s'était finie. On ne passa pas ces reportages sur toutes les chaînes, ni très longtemps – du moins dans l'ensemble de l'Amérique.

Ah Gou ne perdit pas son doigt, le petit Joe fut ramené et couché par Kaori ou Sao, cette nuit-là, et Danny rentra en voiture avec Yi-Yiing. Le cuisinier les rejoindrait plus tard, après la fermeture.

Il y eut un moment d'embarras, entre le départ de la baby-sitter et le retour du cuisinier. Joe dormait au premier, Danny était tout seul dans la cuisine avec l'infirmière hongkongaise. Comme Danny et son père, celle-ci ne buvait pas d'alcool. Elle était en train de se préparer une infusion quelconque, censément bonne pour son rhume.

– Enfin seuls, lui dit-elle. Seuls ou presque, toi et moi, sans oublier mon rhume.

La bouilloire ne bouillait pas encore ; elle croisa les bras sur sa poitrine et regarda Danny dans les yeux.

– Quoi ? demanda-t-il.

– Tu sais bien quoi.

Ce fut lui qui baissa les yeux le premier.

– Ça avance, tes démarches pour faire venir tes parents et ta fille ? lui demanda-t-il.

Elle finit par détourner le regard.

– Je crois qu'avec le temps, je ne suis plus tellement sûre de vouloir qu'ils me rejoignent.

Bien plus tard, le cuisinier apprendrait qu'elle était retournée à Hong Kong, où elle exerçait son métier d'infirmière. Quant aux Yokohama, Kaori et Sao, nul ne sut jamais ce qu'elles étaient devenues.

La nuit où la guerre s'acheva, Yi-Yiing monta son infusion dans sa chambre, en laissant Danny tout seul à la cuisine. La tentation d'allumer la télé était forte, mais il préféra sortir sur le trottoir. Il n'était pas très tard, minuit encore loin, mais la plupart des maisons de la rue avaient éteint leurs lumières, ou ne conservaient que celles des chambres, pour lire au lit, sans doute, ou regarder la télévision. Dans plusieurs des maisons voisines, il repérait en effet la lueur glauque d'un poste, ce vert-de-gris purement chimique. Une couleur malsaine.

Il faisait tiède en ce soir de fin d'avril ; il y avait des fenêtres ouvertes, et s'il ne distinguait pas les mots diffusés par la télévision, il reconnaissait le ronron désincarné du journal télévisé. (C'est du moins ce qui lui semblait. Mais comment aurait-il fait la différence entre le journal et un film d'amour ou autre ?)

Si les étoiles brillaient, il ne pouvait pas les voir. Trois ans qu'il habitait Court Street ; trois ans d'une vie exempte d'alarmes, sinon la Mustang bleue sans chauffeur. À présent, l'écrivain et sa famille allaient retourner dans le Vermont. « Ce pays à la con… », avait commencé Ketchum, trop ivre, trop furieux, l'un n'empêchant pas l'autre, pour achever sa pensée. Mais tout de même, n'était-il pas un peu sévère ? Danny l'espérait bien. « Je vous en prie, veillez sur mon père, et mon petit garçon », dit-il à haute voix – mais à quoi ou à qui ? À cette nuit sans étoiles, sur la ville ? Au seul être éveillé intranquille de la rue qui aurait pu l'entendre ? (Yi-Yiing, si elle ne dormait pas encore ?)

Quittant le trottoir, il se mit à arpenter la chaussée, comme pour défier la Mustang bleue. « Je t'en prie, ne touche pas à mon père et mon fils, s'il faut que tu fasses du mal à quelqu'un, tu n'as qu'à t'en prendre à moi. »

Pourtant, qui aurait bien pu, sous ces cieux invisibles, veiller sur eux ou chercher à leur nuire ? « Tombe du Ciel ? » appela-t-il. Mais Amy n'avait jamais prétendu être un ange à plein temps, et il ne l'avait pas vue depuis huit ans. Nulle réponse ne lui vint.

11
Un goût de miel

J'ai la mémoire qui flanche, se disait le cuisinier. Aux abords de la soixantaine, il boitait plus bas qu'autrefois et il essayait de se rappeler ces marchés où l'emmenait Petit Frère, dans Chinatown. Il y avait Kam Kuo sur Mott Street, Kam Man dans la Bowery, ou l'inverse peut-être ? N'importe, il se rappelait l'essentiel.

Xiao Dee le serrant dans ses bras à l'instant des au revoir, Ah Gou tordant le bout recousu de son index pour se faire pleurer.

– She bu de ! hurlait Xiao Dee (les frères Cheng prononçaient Sè bou dè).

– She bu de ! criait Ah Gou en pliant sa phalange déformée et marquée par une cicatrice.

Les immigrants chinois se disent ces mots, lui avait expliqué Xiao Dee au cours d'un de leurs marathons de seize heures, quelque part sur l'Interstate 80. On dit ça quand on quitte sa Chine natale pour New York ou San Francisco – ou bien quand on part assez loin pour risquer de ne jamais revoir ses amis d'enfance ou sa famille. *She bu de*, ça veut dire « ça me déchire de lâcher », je ne peux m'arracher à ce qui m'appartient.

– She bu de, chuchota le cuisinier pour lui-même, dans sa cuisine bien-aimée, à l'Avellino.

– Qu'est-ce que vous dites, patron ? lui demanda Greg, son aide-cuisinier.

– Je parlais à mes calmars. Tu vois, la seiche, Greg, c'est tout l'un ou tout l'autre ; ça se cuit à peine, ou alors il faut que ça mijote des heures, sinon, c'est du caoutchouc.

Pour Greg, cette antienne était familière.

– Hmm hmm, dit-il.

Les calmars que le cuisinier mitonnait à son fils étaient du type à mijoter, ce qu'ils étaient en train de faire avec des tomates en boîte et du concentré, accompagnés d'ail, de basilic, de poivron rouge séché et d'olives noires. Les pignons et le persil haché, il les mettait à la fin, et il disposait ses calmars sur des penne, avec un peu de persil au bord de l'assiette – jamais de parmesan avec les calmars. Il lui servirait ensuite une simple roquette en salade, éventuellement accompagnée d'un petit chèvre ; il en avait un du Vermont, tout à fait honorable.

Mais voilà que les pizzas aux pepperoni étaient prêtes ; il les sortit du four à bois de sa Stanley. (« She bu de », murmura-t-il au vieux fourneau irlandais, ce qui lui valut un nouveau coup d'œil oblique de Greg.)

– Tu pleures de nouveau, tu le sais ça ? lui lança Celeste. Tu veux pas en parler ?

– C'est les oignons, lui répondit-il.

– Ben voyons ! C'est mes pizzas pour les deux rombières, là ? Sans attendre la réponse, elle ajouta : Y a intérêt, parce que sinon, voraces comme elles sont, les deux petites, elles vont me bouffer Danny tout cru en hors-d'œuvre.

– Les pizzas sont bien pour toi, confirma Tony Angel.

Il avait déjà mis les penne dans le faitout, et il en sortit une avec la cuillère à fentes pour la goûter, tout en suivant du regard la sortie théâtrale de Celeste. Loretta le considérait comme on tenterait de déchiffrer un code.

– Quoi ? lui demanda-t-il.

– Éternel inconnu, dit-elle. Avec Danny, ça nous en fait deux, non ?

– Toujours dans le théâtre, comme ta mère, lui répondit-il en souriant.

– Alors, il vient ce calmar, ou bien tu lui racontes ta vie ?

Dans la salle à manger, Minnie s'exclama :

– Qu'est-ce qu'elle a l'air fine, cette pâte !

– Je peux te dire qu'elle l'est, répondit May, approbatrice.

– Elles sont fameuses, les pizzas du chef, leur dit Celeste, leur pâte est toujours fine.

– Qu'est-ce qu'il y met ? demanda Minnie.

– Ouais, c'est quoi, son secret ?

– Je ne pense pas qu'il en ait un, je vais lui demander, répondit Celeste. (Mais les deux grognasses venaient d'attaquer, elles l'ignorèrent.) J'espère que vous avez de l'appétit, mesdames, lança-t-elle en retournant à la cuisine.

Minnie et May mastiquaient de plus belle, pas de temps à perdre en vaines paroles. Danny les regardait dévorer avec un étonnement croissant. Où avait-il vu des gens bâfrer comme ça ? Sûrement pas à Exeter ; on n'y était pas à cheval sur les manières de table, mais la nourriture était infecte ; on la chipotait avec la plus grande circonspection, et on parlait d'abondance, ne serait-ce que pour oublier le contenu de son assiette.

Ces deux vieilles qui n'avaient pas cessé de causer, de chuchoter, de croasser comme deux corneilles, ne se disaient plus un mot tout à coup, n'échangeaient plus un regard. Avant-bras en appui sur la table, elles étaient penchées sur leur assiette, tête baissée, le dos rond comme pour parer une attaque à revers, et Danny se figurait que s'il avait été plus près d'elles, il aurait entendu une sorte de plainte, de grognement inconscient, si intimement lié à l'absorption de nourriture qu'elles avaient cessé de l'entendre depuis longtemps elles-mêmes.

Dans North End, personne ne mangeait de cette façon. Les repas étaient une fête au Vicino a Napoli, un événement qui déliait les langues ; un acte de sociabilité. Au Mao de même, on ne se contentait pas de causer en mangeant, on gueulait ; on partageait ce qu'il y avait sur la table. Tandis que ces deux vieilles semblaient protéger leurs pizzas dans une suspicion mutuelle. Elles les dévoraient à belles dents ; elles n'en laisseraient pas une miette, Danny en était sûr.

– Les Red Sox, on sait jamais ce qu'ils vont faire, disait Greg.

Quant au cuisinier, il se concentrait sur la surprise réservée à son fils ; il avait raté les péripéties du match à la radio.

– Daniel aime bien une petite rallonge de persil, disait-il à Loretta quand Celeste reparut à la cuisine.

– Les deux rombières voudraient savoir si tu as un secret, Tony. Qu'est-ce que tu mets dans ta pâte à pizza ?

– Je mets du miel, pardi ! répondit-il.

– Ça, je m'en serais jamais doutée, pour un secret, c'est un secret.

Dans la salle à manger, l'écrivain se souvint tout à coup de l'endroit où il avait vu des humains manger comme des bêtes, ou comme ces deux vieilles avec leurs pizzas. Les bûcherons, les ouvriers de la scierie dévoraient de cette façon, et pas seulement à la cantine, mais dans les wanigans, où ils étaient un jour allés leur apporter leurs repas le long d'un convoi, son père et lui. Ces hommes-là mangeaient sans parler – ça arrivait d'ailleurs à Ketchum. Mais enfin les deux vieilles ne pouvaient pas être bûcheronnes… Loretta vint interrompre le cours de ses pensées.

– Surprise ! déclara-t-elle en lui présentant son assiette de calmars.

– Des calmars, c'est ce que j'espérais ! s'écria-t-il.

– Booon, je vais lui dire.

May avait fini sa pizza la première, et à la voir reluquer le bout qui restait dans l'assiette de Minnie, sa vieille amie aurait eu toutes les raisons de se méfier.

– Il faut croire que j'ai mangé avec plus de plaisir que toi, dit May.

– Oh, je mange avec plaisir, répondit Minnie la bouche pleine, le pouce et l'index tenant encore fermement la croûte du dernier morceau.

May détourna les yeux.

– Tiens, ça y est, il mange, le gars qui écrit, et ça a l'air rudement appétissant.

Minnie répondit par un grognement, en terminant sa pizza.

– Presque aussi bonne que celle du Cuistot, qu'est-ce que tu en penses ? demanda May.

– Ah non, dit Minnie en s'essuyant la bouche, personne la fait aussi bien.

– J'ai dit « presque ».

– Disons qu'elle s'en approche, peut-être.

– J'espère que vous avez gardé une place pour le dessert, mesdames, dit Celeste. On dirait qu'elles ont eu du succès, nos pizzas.

– Alors, c'est quoi le secret ? demanda May.

– Vous ne devinerez jamais.

– Je parie qu'il y met du miel, dit Minnie.

Elles se mirent à glousser aussitôt, mais s'interrompirent en voyant la serveuse les considérer, interdite. Rester sans voix n'était pas dans les habitudes de Celeste.

– Attendez, vous voulez dire que c'est bien ça ? demanda May.

– C'est ce qu'il vient de me dire, il met du miel dans sa pâte.

– Ben voyons ! s'exclama Minnie, et puis tout à l'heure, vous allez nous raconter qu'il boite !

Les deux vieilles en explosèrent de rire, un rire inextinguible, tout en voyant bien l'ahurissement de Celeste. (Elle aurait très bien pu leur dire la vérité d'emblée : oui, c'était exact, le cuisinier boitait, il était bancal comme un vieux tabouret.)

Mais Danny avait saisi des bribes de leur conversation avant qu'elle ne dégénère en fou rire. Il avait entendu Celeste dire que son père mettait du miel dans la pâte à pizza, et l'une des commères lancer une blague sur sa claudication. Danny était susceptible sur ce chapitre, qui lui avait valu assez de vacheries pour le restant de ses jours, surtout à l'école de la Paris Manufacturing Company, avec les abrutis de West Dummer. Au fait, pourquoi est-ce que Celeste faisait cette tête-là, tout à coup ?

– Vous n'aviez pas envie de prendre une tarte et un cobbler, mesdames ? leur demanda la serveuse.

– Minute, répéta May, vous venez bien de nous dire que votre cuisinier boite ?

– Enfin, il boite un peu…, bredouilla Celeste – mais c'était dit.

– Sans rigoler ? demanda Minnie.

Celeste eut l'air outragé, et vaguement inquiet. Elle se rendait compte qu'il y avait du louche, sans comprendre de quoi il retournait au juste. Danny n'était pas plus avancé, mais il paraissait avoir peur, lui aussi.

– Bon, voilà, notre chef boite un peu, il met du miel dans la pâte à pizza, quelle affaire ! leur dit-elle.

– C'est peut-être une grande affaire, pour nous, répondit May.

– C'est un petit gringalet ? demanda Minnie.

– Ouais, et comment il s'appelle ? reprit May.

– Euh, je dirais qu'il n'est pas très costaud, répondit Celeste sans se compromettre, et il s'appelle Tony.

– Ah, dit Minnie, déçue.

– Tony, répéta May en secouant la tête.

– Apportez-nous une tarte aux pommes et un cobbler aux myrtilles, alors, dit Minnie.

– On va partager, expliqua May.

Les choses auraient pu en rester là si Danny n'avait rien dit, mais sa voix fit dresser l'oreille à Minnie et May. Au premier coup d'œil, elles n'avaient pas repéré sa ressemblance avec son père jeune, mais ce fut son langage soigné qui leur rappela le cuisinier. Dans un bled comme Twisted River, sa façon de parler, sa diction parfaite détonnaient.

– Puis-je vous demander si vous êtes de la région, mesdames ?

– Doux Jésus, May, ça te rappelle rien, cette voix ?

– Ça remonte loin, dit May, en dévisageant Danny. Mais il est tout le portrait du Cuistot, non ?

Il n'en fallut pas plus que le mot « Cuistot » pour indiquer à Danny d'où venaient les deux vieilles dames, et pourquoi elles tenaient tant à savoir ce qu'il y avait dans la pâte à pizza, et si le cuisinier était un gringalet qui boitait.

– Vous vous appeliez Danny, lui dit Minnie, vous avez changé de nom, vous aussi ?

– Pas du tout, lui répondit-il trop vite.

– Faut qu'on me le présente, ce cuisinier, dit May.

– Et si vous demandiez à votre père de venir nous dire bonjour, suggéra Minnie, ça fait tellement longtemps qu'on s'est pas vus, on en a des choses à se dire.

Celeste revenait avec les desserts, mais Danny savait qu'ils ne feraient pas longtemps diversion.

– Celeste, lui dit-il, veux-tu dire à Papa qu'il y a ici deux vieilles amies qui veulent le voir ? Dis-lui qu'elles sont de Twisted River, précisa-t-il.

– Il s'appelle Tony, notre chef, répéta Celeste avec l'énergie du désespoir.

Elle avait assez entendu parler de Twisted River pour espérer ne pas en entendre davantage, jamais : le cuisinier lui avait dit que tout serait fini le jour où Twisted River le rattraperait.

– Votre chef, on l'appelle Cuistot, lui dit Minnie.

– Allez donc lui dire qu'on est en train de s'étouffer, ajouta May, il va rappliquer au galop.

– À cloche-pied, tu veux dire, reprit Minnie, mais cette fois pas de gloussements. (L'écrivain subodora qu'elles avaient des comptes à régler avec son père.)

– Vous avez la même voix que votre père, une voix méprisante, dit May à Danny.

– Elle est dans le coin, l'Indienne ? lui demanda Minnie.

– Non, Jane nous a quittés… il y a bien longtemps.

Dans la cuisine, Celeste n'avait pas encore la larme à l'œil quand elle passa devant sa fille.

– J'avais une table de huit, M'man, un coup de main m'aurait bien aidée, lui dit Loretta, et puis il est arrivé trois couples, mais toi, tu n'as pas arrêté de blaguer avec ces deux vieilles mégères.

– Ces deux vieilles mégères viennent de Twisted River, dit Celeste. Elles te font dire qu'elles sont en train de s'étouffer, Cuistot.

Celeste n'avait jamais vu cette expression à Tony Angel, les autres non plus. Mais il faut bien dire que c'était la première fois qu'elle l'appelait Cuistot.

– Quelque chose qui va pas, patron ? demanda l'aide-cuisinier.

– C'est l'histoire du miel dans la pâte à pizza, hein, c'est ça qui t'a trahi ?

– Minnie et May… ! C'est fini, chérie, répondit Tony Angel à Celeste, qui se mit à pleurer.

– M'man ? dit Loretta.

– Vous ne me connaissez pas, dit le cuisinier, vous ne saurez même pas où je m'en vais. (Il retira son tablier et le laissa tomber sur le sol.) Greg, tu prends les manettes.

– Elles savent même pas ton nom de famille, sauf si Danny le leur a dit, réussit à articuler entre deux sanglots Celeste, soutenue par sa fille.

Le cuisinier entra dans la salle à manger. Danny se trouvait entre lui et les deux grognasses de choc.

– Elles ne connaissent pas le nom Angel, P'pa, lui chuchota son fils.

– C'est déjà ça, dieu merci, répondit le père.

– C'est ça qu'elle appelle boiter un petit peu, May ? dit Minnie à sa vieille amie.

– Bonjour mesdames, leur dit le cuisinier sans s'approcher davantage.

– Ça s'est plutôt empiré, si tu veux mon avis.

– Vous êtes de passage ? leur demanda-t-il.

– Comment ça se fait que t'as changé de nom, Cuistot ? lui demanda Minnie.

– Tony, c'est plus facile à prononcer que Dominic, mais ça fait quand même italien.

– T'as rudement mauvaise mine, Cuistot, t'es blanc comme ta farine, observa May.

– Au fond de ma cuisine, je ne vois pas beaucoup le soleil.

– Dis donc, tu t'es fait tout petit pendant ces années, insinua Minnie.

– Pourquoi vous faites cette tête, Danny et toi, on n'est pas des fantômes, lança May.

– Ils nous ont toujours traitées de haut, lui rappela Minnie, même quand il était gosse, c'était un petit snob méprisant.

– Où est-ce que vous habitez, à présent ? leur demanda le cuisinier, espérant qu'elles avaient élu domicile dans les parages, c'est-à-dire dans le Vermont ou l'État de New York, mais leur allure et leur accent lui disaient qu'elles arrivaient tout droit du comté de Coos.

– À Milan, répondit May, des fois on croise ton pote Ketchum.

– Mais jamais ni bonjour ni bonsoir, dit Minnie, vous avez toujours été hautains, vous autres et l'Indienne.

– Bon…, commença le cuisinier, mes fourneaux m'attendent.

– Au départ tu voulais mettre du miel dans la pâte, et puis tu as plus voulu, t'as rechangé d'avis, ou quoi ?

– C'est exact.

– Moi je vais jeter un coup d'œil à la cuisine, dit brusquement Minnie. Je crois pas un mot de ce qu'ils nous racontent, ces deux-là, je vais vérifier moi-même si Jane est pas avec lui, merde !

Père et fils ne tentèrent pas un geste pour l'arrêter, May resta auprès d'eux, à l'attendre.

– Y a deux serveuses, qui chialent toutes les deux, un cuisinier, un jeune qui doit débarrasser les tables, et puis un autre qui fait la plonge. Mais pas d'Indienne, annonça Minnie à son retour.

– Ben dis donc, on dirait que t'as trempé ton biscuit dans la mauvaise tasse, Cuistot, lui dit May. Et toi aussi, Danny. T'as une femme, des gosses ?

– Ni femme, ni enfants, leur dit-il, avec un peu trop d'empressement, une fois de plus.

– Mon cul, s'exclama Minnie, j'en crois pas un mot.

– Et puis bien sûr, tu baises avec personne, toi non plus, lança May au cuisinier.

Il ne lui répondit pas ; il regardait Daniel, son fils. Par la pensée, ils étaient très loin de l'Avellino, ils se projetaient dans l'avenir. Combien de temps leur faudrait-il pour mettre les voiles ? Où iraient-ils cette fois ? Dans combien de temps ces grognasses croiseraient-elles le chemin de Carl, et qu'est-ce qu'elles lui diraient, alors ? (Il habitait Berlin, Ketchum Errol, Milan se trouvait entre les deux.)

– Si tu veux mon avis, le Cuistot baise la serveuse, la vieille, parce que c'est elle qui chiale le plus.

Le cuisinier retourna à la cuisine sans rien ajouter, sinon à l'intention de son fils :

– Dis-leur que c'est la maison qui invite ; plat, dessert, c'est offert.

– Pas la peine de répéter, on a entendu, dit May à Danny.

– T'aurais pu être sympa avec nous, lança Minnie au dos du cuisinier. Ça aurait pu te faire plaisir de nous voir.

– T'as pas à nous payer à manger, Cuistot ! brailla Minnie en direction de la cuisine, mais sans le poursuivre.

May mit de l'argent sur la table de Danny, beaucoup trop, mais il ne tenta pas de l'arrêter.

– Et dire qu'on n'a même pas mangé notre tarte et notre cobbler ! s'exclama-t-elle. Puis, désignant le carnet sur la table : C'est quoi ton boulot ici, tu tiens les comptes, c'est ça ?

– C'est ça.

– Allez vous faire foutre, toi et ton père, lui dit Minnie.

– Ils ont toujours donné des leçons de morale à tout le monde, même toi, quand t'étais môme, lui dit May.

– Désolé, répondit-il.

Il n'avait qu'une seule idée, c'était qu'elles partent, pour pouvoir réfléchir à ce qu'ils allaient faire, lui et son père, dans le laps de temps – quel laps de temps au juste ? – qu'il leur restait, en commençant par en parler à Ketchum.

Dans l'immédiat, il y avait un groupe de huit personnes à une table, leurs assiettes encore vides, et trois couples visiblement interloqués à une autre. Tout le monde avait suivi l'altercation avec attention, mais elle était finie, à présent. Les deux femmes firent un doigt d'honneur à Danny en franchissant la porte. Tout d'abord désorientées (on aurait dit qu'elles n'étaient pas réelles, ou qu'elles n'étaient jamais venues jusque-là), elles n'avaient pas l'air de savoir de quel côté tourner dans Main Street, puis elles durent se rappeler qu'elles s'étaient garées plus bas, après le cinéma Latchis.

Une fois les deux vieilles canailles parties, Danny alla parler aux clients délaissés et mal à l'aise :

– On s'occupe de vous tout de suite, leur dit-il, sans savoir s'il avait la moindre chance de tenir cette promesse (car si Loretta et Celeste n'avaient pas séché leurs larmes, il s'avançait beaucoup).

À la cuisine, le spectacle de désolation dépassait ses inquiétudes. Même le plongeur et le commis pleuraient ! Celeste s'était affalée par terre, Loretta agenouillée auprès d'elle.

– Arrête de m'engueuler, criait le cuisinier au téléphone. J'aurais jamais dû t'appeler, comme ça, je n'aurais pas eu à subir tes réflexions ! (Ça y est, il a appelé Ketchum, pensa Danny.)

– Dis-moi ce que je dois dire et je le dirai, Greg, dit l'écrivain. Tu as une table de six et une table de huit, qu'est-ce que je leur raconte ?

Greg pleurait dans sa réduction de vin rouge au romarin.

– Ton père dit que l'Avellino, c'est fini. Il dit que c'est le dernier soir pour lui. Il va mettre en vente, mais on peut faire tourner la maison tout seuls jusqu'à la vente – si on en est capables.

– Mais putain, Greg, comment veux-tu qu'on y arrive ? s'écria Celeste.

– J'ai pas dit qu'on y arriverait.

– Bon déjà, il faut couper le match des Red Sox, dit Danny en changeant de station. S'il faut que vous fassiez une crise de nerfs, il vaut mieux mettre de la musique, tout le monde vous entend dans la salle.

– Mais oui, je le sais bien, Ketchum, que tu as toujours pensé que le Vermont était trop près du New Hampshire, hurlait le cuisinier. Si tu me disais quelque chose de constructif ?

– Dis-moi ce que je raconte aux clients, Greg, répéta Danny à l'aide-cuisinier en larmes.

– Dis-leur de passer une commande simple.

– Dis-leur de rentrer chez eux, pour l'amour du ciel, gémit Loretta.

– Jamais de la vie, nom de dieu, dit Greg, on va s'en sortir.

– Arrête tes conneries, Greg, lui dit Celeste, entre deux sanglots.

Danny retourna à la salle à manger. À la table de huit on se disputait déjà, les uns voulant partir et les autres rester, sans doute. Les trois couples semblaient plus résignés à leur sort, ou du moins disposés à attendre.

– Écoutez, leur dit Danny, il y a un drame aux cuisines, je ne plaisante pas. Je vous dirais bien de partir tout de suite, ou alors de commander quelque chose de simple, pizza ou pâtes, par exemple. Au fait, le bœuf au satay est délicieux, les calmars aussi.

Il s'approcha du casier à bouteilles et prit deux bons rouges ; il avait beau ne plus boire depuis seize ans, il connaissait les bonnes bouteilles.

– C'est moi qui vous offre le vin, dit-il en leur apportant des verres et l'un des clients demanda timidement une bière. Bien sûr, dit-il, essayez une Moretti.

À la cuisine, où il dut aller chercher un tire-bouchon, il trouva Celeste debout, c'était déjà un progrès ; Loretta semblait récupérer un peu.

– Une Moretti pour la table de huit. J'ai offert du vin aux autres, dit-il à Loretta. Tu peux me déboucher les bouteilles ?

– Oui, ça va aller, je crois.

– Je suis en état de travailler, dit Celeste, sur un ton peu convaincant.

– Tu ferais mieux d'enlever le téléphone à ton père, il va nous faire une crise cardiaque, dit Greg.

– Pas question que je change encore de nom, braillait le cuisinier, pas question que je quitte mon pays, Ketchum ! Partir à l'étranger, rien que ça !

– Laisse-moi lui parler, P'pa, dit Danny.

Il embrassa son père et lui retira l'appareil des mains :

– C'est moi, Ketchum, commença-t-il.

– Minnie et May, beuglait Ketchum, bon dieu de bon dieu, Danny, bavardes comme elles sont, elles causeraient à un pet de lapin des neiges ! Sitôt qu'elles vont croiser Carl, ces deux garces, il va savoir où vous trouver.

– On a combien de temps, Ketchum, à ton avis autorisé ?

– Vous devriez déjà être partis. Il faut partir à l'étranger dès que possible.

– À l'étranger ?

– Tu es un écrivain connu, tu en as rien à foutre de rester dans ce pays à la con. Tu peux écrire n'importe où, non ? Et le Cuistot, il va pas prendre sa retraite ? Il peut faire la cuisine partout, lui aussi, d'ailleurs. Il faut seulement que ce soit pas un restau italien, parce que c'est là que le Cow-boy ira le chercher. Et puis faut qu'il change de nom.

– Minnie et May n'ont pas entendu prononcer le nom Angel.

– Carl pourrait bien venir à l'entendre, lui, quand il rappliquera. Vous pourrez toujours être partis depuis le temps que vous voudrez, on risque de le lui dire, ce nom.

– Alors moi aussi, il faut que je change de nom, Ketchum ? Pour l'amour du ciel, je suis écrivain !

– Eh ben garde-le ton nom, dit Ketchum, morose. C'est pas un grand lecteur, le Cow-boy, je te le concède. Mais le Cuistot peut pas continuer à se faire appeler Tony Angel, autant reprendre son nom de Dominic Baciagalupo. Danny, je t'interdis de le laisser travailler dans un restau au nom italien – même à l'étranger.

– J'ai un fils, Ketchum, il est américain, lui, n'oublie pas, dit Danny au vieil homme des bois.

– Joe va partir en fac dans le Colorado, lui rappela Ketchum.

C'était là que le bât blessait pour Danny. Il était vaguement déçu que son fils se soit inscrit à la fac de Boulder. Il avait été accepté par des universités plus prestigieuses, et on pouvait craindre qu'il ait choisi le Colorado pour faire du ski plutôt que des études. Sans compter que Boulder passait pour une ville de fiesta.

– Carl ne sait même pas que tu as un gosse, lui rappela Ketchum. Si tu quittes le pays, c'est moi qui veillerai sur Joe.

– Dans le Colorado ?

– Chaque chose en son temps, Danny. Quittez le Vermont d'abord, ton père et toi, merde alors. En attendant, je m'occuperai de ton fils, d'ici qu'il parte dans le Colorado.

– Et si on y allait aussi, dans le Colorado, P'pa et moi ? Ça doit ressembler un peu au Vermont. Il y a des montagnes, plus hautes, c'est tout. Boulder est une ville universitaire, on avait tous bien aimé Iowa City. Un écrivain trouve sa place, dans une ville universitaire. Un cuisinier aussi. P'pa pourrait bien faire son trou à Boulder, pas forcément dans un restaurant italien…

Ketchum l'interrompit :

– Il faut vraiment que t'aies pas plus de cervelle qu'un pet de lapin des neiges, Danny. Vous avez choisi de vous tirer une fois, maintenant faut vous tirer de nouveau ! Qu'est-ce que tu veux que ça lui foute, à Carl, que tu aies une famille ? Il en a pas, lui, c'est un tueur, putain, et il s'est investi d'une mission !

– Je te tiens au courant, Ketchum, dit Danny au vieil ami de son père.

– Carl, les pays étrangers, c'est pas un obstacle pour lui, poursuivit Ketchum. C'est vrai, bon dieu, Boston, c'était pas l'étranger, pour lui. Tu crois que le Colorado est trop loin pour qu'il te retrouve ? Oui, le Colorado, ça ressemble au New Hampshire, Danny – ça veut dire qu'il y a des flingues, là-bas. Balade-toi avec un flingue, personne va tourner la tête. Je me trompe ?

– Tu as sans doute raison. Je sais bien que tu nous aimes, Ketchum.

– J'ai promis à ta mère de veiller sur toi ! s'écria Ketchum, et sa voix se brisa.

– Ben, je crois que tu tiens parole, dit Danny.

Mais Ketchum avait déjà raccroché.

La chanson qui passait à ce moment-là resta dans la mémoire de l'écrivain ; c'était une chanson des années soixante-dix : *After the Gold Rush*, de Neil Young – en changeant de station, il était tombé sur la Radio Nostalgie de Greg.

I was thinking about what a
Friend had said
I was hoping it was a lie[1]

Danny vit que son père s'était remis à tourner ses sauces ; il le vit dérouler de la pâte pour trois ou quatre pizzas. Greg faisait griller quelque chose, mais il prit le temps de sortir un plat du four. Aucune des deux serveuses ne se trouvait à la cuisine, et le commis était en train de garnir deux corbeilles à pain.

Le plongeur attendait le retour de la vaisselle ; il s'absorbait dans un livre de poche, la mine sérieuse. Sans doute une lecture imposée par l'école, se dit Danny ; les jeunes ne lisaient plus beaucoup. Il lui demanda ce qu'il lisait, et le plongeur lui fit voir avec un sourire timide l'exemplaire corné d'un de ses romans, dans une édition commerciale. Mais la soirée avait été si mouvementée, avec l'irruption de Minnie et de May à l'Avellino, qu'il ne se rappellerait jamais lequel.

Et la nuit de tous les ennuis n'était pas finie ; pour lui, elle commençait à peine.

« Vous allez trouver quelqu'un », lui avait dit Kurt Vonnegut, au lendemain de sa rupture avec Katie, lorsqu'il se préparait à quitter Iowa City pour la première fois. Ça ne s'était pas fait, du moins pas encore. Bien sûr, tout n'était pas dit : il n'avait que quarante et un ans, et il n'aurait jamais prétendu avoir essayé sérieusement. Se figurait-il que Tombe du Ciel allait se parachuter dans sa vie une seconde fois pour la simple raison qu'il ne pouvait l'oublier ?

Quant à la prédiction de Kurt avant même qu'il n'ait publié une ligne, « le capitalisme va peut-être vous sourire », il se demandait bien, tout en roulant vers Brattleboro, ce qui avait pu lui faire dire ça.

Le soir de la visite de Minnie et de May à l'Avellino, qui sonnait le glas de leur séjour, le domaine de l'écrivain célèbre à Putney brillait de tous ses feux. Pour l'automobiliste qui serait passé sur Hickory Ridge Road, ces lumières allumées dans chaque pièce des deux bâtiments auraient accrédité l'idée que le capitalisme s'était en effet montré généreux envers l'auteur à succès.

1. Je pensais à ce qu'un ami / M'avait dit / J'espérais qu'il avait menti.

La propriété avait-elle été prise d'assaut par des fêtards ? La vieille ferme était-elle occupée de fond en comble, comme l'était de toute évidence le nouveau bâtiment que Danny avait fait construire pour lui et pour Joe ? La « cabane » de l'écrivain elle-même était éclairée, comme si les invités avaient poussé la fête jusque-là.

Or en partant, Danny n'avait laissé que la lumière de la cuisine, dans le nouveau bâtiment ; le reste du domaine était dans le noir. La musique hurlait, cacophonique. Elle provenait de la nouvelle maison mais aussi de la maison d'amis – à croire que toutes les fenêtres étaient restées ouvertes. Avec un pareil boucan, il s'étonna que personne n'ait appelé la police ; certes, ils n'avaient pas de proches voisins, mais les voitures qui passaient avaient forcément entendu le barouf. Danny l'entendit, et il vit toutes les lampes allumées, avant même de s'être engagé dans l'allée ; il s'arrêta aussitôt, et éteignit ses phares. Il n'y avait pas d'autre voiture sur place, sinon celle de Joe. Elle était garée là où il l'avait laissée la dernière fois qu'il était revenu de la fac. Du bout de l'allée, Danny vit que même les lampes du garage étaient allumées. Si Amy souhaitait rentrer un jour dans sa vie sans s'y parachuter, elle s'annoncerait peut-être ainsi.

À moins que ce ne soit une blague. Ça aurait bien été le genre d'Armando DeSimone. Armando mis à part, il n'avait pas d'amis dans la région de Putney, et encore moins d'amis assez intimes pour se permettre de débarquer à l'improviste. Est-ce que Minnie et May auraient déjà prévenu Carl ? Mais ces deux vieilles canailles ne savaient pas où habitait Danny Angel, et si le Cow-boy avait fini par retrouver sa trace, n'aurait-il pas préféré l'attendre dans l'ombre, précisément ? Il n'aurait jamais allumé toutes les lumières et mis la musique. Pourquoi se faire repérer ?

Par ailleurs, Danny ne voyait pas ce qu'on aurait fêté ce soir. C'était peut-être bien Armando, après tout, sauf que lui et Mary n'auraient jamais choisi cette musique-là. Ils aimaient danser, c'étaient des fans des Beatles ; or cette musique rappelait plutôt les années quatre-vingt et celles que mettait Joe quand il était à la maison. (Danny n'arrivait pas à l'identifier, il en percevait deux distinctes, plus abominables l'une que l'autre, chacune essayant de couvrir l'autre.)

Le toc-toc d'une torche électrique sur sa vitre le fit sursauter. C'était son ami Jimmy, le policier. Sans doute était-il arrivé tous feux éteints, pour se glisser dans l'allée du garage et se ranger derrière lui, en travers. Il avait de même coupé le moteur, mais de toute façon, avec le boucan, Danny ne risquait pas de l'entendre arriver.

– Qu'est-ce que c'est que cette musique, Danny ? lui demanda-t-il. C'est fort, non ? Tu devrais baisser le volume..

– Mais ce n'est pas moi qui l'ai mise, Jimmy, je n'ai allumé ni les lampes ni la chaîne.

– Il y a du monde chez toi ?

– Je ne sais pas, je n'ai invité personne.

– Ils n'ont peut-être fait que passer. Je jette un coup d'œil ?

– Je viens avec toi.

– Tu as reçu des lettres de fans déséquilibrés, ces temps-ci ? Ou peut-être des lettres de haine ?

– Rien de tel, et depuis un bon moment.

Il y avait eu les classiques courriers de fanatiques religieux, et ceux des connards qui s'indignaient du langage « inconvenant » ou des scènes de sexe « trop crues » de ses romans. « Le premier connard venu se prend pour un censeur, de nos jours », avait conclu Ketchum.

Après la parution d'*À l'est de Bangor*, son prétendu roman pro-avortement, ses détracteurs s'échaufferaient peut-être temporairement, mais ces derniers temps, il n'avait reçu aucune menace.

– Personne ne veut ta peau alors, en tout cas pas que tu saches ?

– Il y a bien quelqu'un qui a un compte à régler avec mon père, et c'est un type dangereux, mais je ne crois pas qu'il s'agisse de lui.

Danny suivit le policier, en commençant par la cuisine de la nouvelle maison. Il nota quelques détails bizarres : la porte du four était ouverte, une bouteille d'huile d'olive gisait renversée sur le plan de travail, mais avec son bouchon bien vissé, de sorte que l'huile n'avait pas coulé. Danny entra au salon, où il arrêta la musique la plus crève-tympans ; une lampe posée d'habitude sur une table basse se retrouvait sur le canapé, mais sans dégâts apparents. Les perturbations du décor, intentionnelles mais mineures, évoquaient une malveillance vague, qui n'allait pas jusqu'au vandalisme. La télévision était allumée – sans le son.

Quand il avait traversé la salle à manger pour se rendre dans le séjour, d'où provenait la moitié de la musique, il n'avait remarqué qu'une chaise renversée. Mais Jimmy s'était arrêté devant la table. Lorsque Danny éteignit la musique, il lui lança :

– Tu sais à qui il est, ce chien ? Il y en avait deux, comme ça, sur le raccourci pour Westminster West. Ils sont à Roland Drake. Ça te dit quelque chose ? Il a étudié à Windham.

Le chien mort s'était rigidifié depuis la dernière fois que Danny l'avait vu ; c'était le croisé de husky, celui que Rooster avait tué. Il était étendu de tout son long sur la table de la salle à manger, les babines retroussées pour toujours. L'une de ses pattes, tordue par la rigidité cadavérique, bloquait le message que Danny avait écrit au menuisier hippie. Là où Danny avait dactylographié les mots « Il faut tourner la page, ok ? », le hippie avait répondu à la main.

– Surtout ne me dis pas, je vais deviner, dit l'écrivain au policier, je parie qu'il a écrit « Va te faire foutre », ce gros con, ou un truc dans ce goût-là.

– Tout juste, Danny, répondit Jimmy. Eh bien tu le connais, alors.

Roland Drake ! C'était lui, ce con ! Armando DeSimone avait vu juste. Il avait bien été son élève à Windham, si l'on pouvait dire, puisqu'il avait quitté le groupe après le premier cours, où Danny avait expliqué à cet arrogant que les bons écrivains revoyaient et corrigeaient leur œuvre. Roland Drake écrivait un charabia de premier jet ; il ne manquait pas d'imagination, mais il était brouillon ; il ne soignait pas les détails, ni la langue.

– Moi je suis écrivain, pas rewriter, avait-il expliqué à Danny. Ce qui me plaît, c'est la part de création.

– Mais réécrire, c'est encore écrire, parfois c'est même la partie de la démarche la plus créative.

Roland Drake avait quitté son bureau avec une moue dédaigneuse ; telle avait été leur seule conversation. Il n'était pas aussi chevelu, à l'époque ; peut-être n'avait-il pas encore ressenti sa vocation hippie. Danny avait d'ailleurs du mal à reconnaître les gens. C'était l'inconvénient de devenir célèbre : on rencontrait sans cesse des gens qu'on croyait n'avoir jamais vus, mais qui se souvenaient de vous avoir croisé. Sans doute Drake avait-il pris comme une insulte de plus le fait que Danny l'ait oublié.

– Oui, je le connais, ce Roland Drake, dit-il à Jimmy.

Il lui raconta l'histoire, sans omettre que c'était Rooster qui avait tué le chien étendu raide mort sur la table. Jimmy voyait bien d'après le message de Danny qu'il avait essayé de faire la paix avec ce connard de hippie. Le menuisier-écrivain, comme l'appelait Armando, ne savait pas « tourner la page », et il ne comprenait pas que réécrire, c'est encore écrire, et que c'est parfois la part la plus créative du travail.

Danny et Jimmy parcoururent le reste de la maison, éteignant les lumières, remettant les objets en place. Dans la salle de bains de Joe, on avait rempli la baignoire, l'eau avait refroidi, mais il n'y avait pas de dégâts ; rien n'avait débordé. Dans sa chambre, une de ses photos avait été retirée du mur, et elle était calée contre un oreiller, à la tête du lit. Dans la salle de bains de Danny, une veste de costume était pendue sur son cintre à la tringle du rideau de douche. Son rasoir électrique et une paire de chaussures en cuir se trouvaient au fond de la baignoire vide. Toutes les serviettes de bain étaient empilées au bout de son lit.

– Drake n'est qu'un fouteur de merde, Danny, lui dit le policier. C'est le type même du fils à papa minable. Ils font jamais de vrais dégâts, ces jeunes-là, ils savent bien que c'est papa-maman qui finiront par payer l'addition.

Dans toute la maison, on découvrait ces actes de malveillance minuscules. Quand ils allèrent éteindre les lumières du garage, Danny aperçut un tube de dentifrice sur le siège du conducteur, dans la voiture de Joe, avec une brosse à dents glissée dans le pare-soleil.

La maison d'amis, c'est-à-dire l'ancienne ferme, présentait d'autres échantillons de ces facéties : la musique était à fond, la télé allumée sans le son. Il y avait des lampes renversées, une pyramide d'abat-jour décorait la table de la cuisine. Plusieurs tableaux avaient été accrochés à l'envers, les lits étaient défaits – comme pour faire croire qu'on y avait dormi.

– C'est contrariant, mais enfin ce sont des enfantillages, dit Danny au policier.

– Je suis d'accord.

– De toute façon, je vends tout.

– Pas à cause de ça, j'espère ?

– Non, mais ça va faciliter les choses.

Du fait qu'il partait, et qu'il faudrait vendre la propriété, cette effraction de Roland Drake dans sa vie ne l'affectait pas autant qu'elle l'aurait pu – du moins jusqu'à ce qu'ils arrivent à sa cabane d'écrivain. Là aussi, toutes les lumières étaient allumées, et les papiers déplacés, mais cette fois Drake avait passé les bornes ; il avait fait des dégâts.

Danny était en train de relire les épreuves d'*À l'est de Bangor*. Son besoin perpétuel de réécrire, de tripoter le texte, de réviser se traduisait par une quantité singulière de notes et de commentaires dans les marges, et cette démonstration parfaite du travail de réécriture avait dû paraître insupportable au romancier et menuisier raté qu'était Roland Drake. Ce travail sur les épreuves d'un roman dont la publication était donc imminente l'avait poussé à bout. Il avait griffonné sur la couverture au feutre indélébile, et à l'intérieur, sur chaque page, il avait consigné ses commentaires au feutre rouge à pointe fine, des commentaires sans ouverture d'esprit ni réflexion, mais dont il avait pris le temps de souiller chaque page – et *À l'est de Bangor* en comptait quatre cents. Aux trois quarts de sa relecture, et malgré son perfectionnisme, Danny n'en avait annoté-corrigé qu'une quinzaine ou une vingtaine. Roland Drake avait tout barré, rendant illisibles les révisions de l'auteur. Il avait sciemment vandalisé les épreuves, mais en temps normal Danny n'aurait guère mis plus de quinze jours à réparer les dégâts. même si le saccage semblait dépasser l'agression symbolique.

Cependant, avec ce nouveau départ en catastrophe, la sortie du sixième roman de Danny risquait fort d'être retardée de plusieurs mois, voire d'un semestre. Elle avait été programmée pour l'automne 1983, mais désormais elle attendrait peut-être l'hiver 84 ; avec tout ce qui se passait dans la vie de Danny, il lui faudrait un moment pour se rappeler ses corrections, et du temps aussi pour relire le dernier quart du roman.

« Ton titre est cucul, changes-en, avait griffonné Drake en noir sur la couverture d'*À l'est de Bangor*, ton pseudo est bidon, trouves-en un autre ! » Puis en rouge, d'un bout à l'autre du roman, sans faire preuve de largeur de vue ou de finesse d'analyse, il avait souligné une formule, entouré un mot, et ajouté un commentaire énigmatique, au moins un par page. Revenaient surtout les « trop nul ! », « à refaire », ainsi que « à couper », ou « tueur de chiens ». Plus rares étaient les « bancal », les « faible ». Souvent, la page était barrée d'un « trop long ». Deux fois seulement, mais deux fois mémorables, Drake avait écrit : « Moi aussi je l'ai baisée, Franky ! » C'était peut-être vrai, au fait, qu'il avait couché avec elle, auquel cas son animosité à l'égard de son professeur-auteur à succès n'avait fait que croître.

– Regarde-moi ça, dit Danny au policier en lui tendant les épreuves profanées.

– Ben dis donc, ça va te faire du boulot, répondit Jimmy en tournant les pages.

« *Year of the Dog* publierait jamais cette merde ! » lut-il, son visage exprimant un ahurissement total. Ce qu'il ne comprenait pas le blessait, on le voyait à sa mine stupéfaite mais peinée, aussi. Pour un flic qui avait dégommé pas mal de chiens, il avait le regard triste et les paupières tombantes du labrador. Grand et maigre, le visage allongé, il regardait Danny d'un air interrogateur, pour qu'il lui décrypte un peu les élucubrations de Drake.

– *Year of the Dog*, l'année du chien, c'était un petit magazine littéraire, je ne sais plus si c'était Windham College qui le publiait ou bien un groupe d'étudiants de la fac, avec les moyens du bord.

– C'est une fille, Franky ?

– Oui.

– C'est pas celle qui a vécu ici pendant un temps ?

– C'est bien elle.

– « Ta plume est boiteuse », lut Jimmy, ben dis donc.

– C'est à lui d'enterrer son chien, tu crois pas ?

– Je vais le lui rapporter, on aura une petite conversation tous les deux. Tu pourrais obtenir qu'on le mette sous contrôle judiciaire.

– Pas la peine, Jimmy, je m'en vais, comme je t'ai dit.

– Je sais lui parler.

– Fais gaffe à l'autre chien ; il vient t'attaquer par-derrière.

– Je ne l'abattrai que contraint et forcé, Danny. Il faut vraiment que j'aie pas le choix pour les abattre.

– Je sais bien.

– On a du mal à imaginer que quelqu'un soit à la poursuite de ton père ou qu'il ait des comptes à régler avec lui. Tu veux m'en parler, Danny ?

Et voilà, encore un carrefour de la vie, se disait l'écrivain. Que penser de ces bifurcations, où l'on est si fortement tenté d'obliquer à droite ou à gauche au lieu de rester sur la trajectoire prévue ? Lui et son père avaient eu toute latitude de retourner à Twisted River comme s'il n'était rien arrivé à Jane l'Indiennc. Et puis quelle erreur d'avoir placé Paul Polcari à la cuisine, au Vicino a Napoli, avec le fusil à un coup de Ketchum, alors que n'importe lequel des autres aurait pu appuyer sur la détente.

Du reste, n'était-ce pas l'occasion ou jamais d'en finir avec ce casse-tête ? Il n'avait qu'à tout raconter à Jimmy. Jane l'Indienne, Carl, Pam Pack de Six, le shérif adjoint à la retraite et son Colt 45, cet enfoiré de Cow-boy. Sauf à demander à Ketchum de tuer ce salaud, quelle autre issue y avait-il ? Il savait bien que, s'ils le lui demandaient, Ketchum exécuterait le Cow-boy. Le vieux bûcheron n'avait pas tué Pinaud Delaveine dans son lit avec un marteau à marquer. Pinaud dormait sans doute, à ce moment-là, mais son assassin ne pouvait guère être Ketchum, sinon, il aurait déjà tué Carl, rien ne l'aurait retenu.

Mais Danny se contenta de confier à son ami :

– C'est une histoire de femme. Il y a bien longtemps, mon père couchait avec la maîtresse d'un constable, au camp. Plus tard, le constable est passé shérif adjoint, et quand il a découvert le pot aux roses, il a voulu retrouver mon père. Il est à la retraite, aujourd'hui, mais on a de bonnes raisons de penser qu'il le cherche peut-être toujours – il est cinglé.

– Un ancien flic cinglé… c'est pas bon, ça, dit Jimmy.

– Il vieillit, c'est déjà ça. Il ne va pas pouvoir chercher encore trop longtemps, dit Danny au policier, qui parut pensif, et même soupçonneux.

Il y avait des blancs dans cette histoire, bien sûr, et sans doute le policier les discernait-il dans le flou artistique que l'écrivain entretenait tout à coup, contre ses habitudes. (Qu'est-ce qu'il risquait, pourtant ? Il avait tué une femme qu'il prenait pour un ours, et ce à l'âge de douze ans.) Mais il n'en dit pas davantage, et Jimmy vit bien qu'il préférait que toute l'affaire reste entre lui et son père ; et puis, il y avait le chien mort, il était temps de s'en préoccuper. Il fallait passer un bon savon à Roland Drake, le devoir l'appelait.

– Tu n'aurais pas un grand sac-poubelle vert ? Je vais régler la question du chien. Si tu dormais un peu, Danny ? On reparle de ton vieux flic cinglé quand tu veux.

– Merci, Jimmy, dit Danny à son ami.

Et voilà, songeait-il, il venait de dépasser le carrefour. On ne peut pas dire qu'il avait réfléchi à son acte, n'empêche qu'il ne leur restait plus qu'à rouler. Quel âge avait-il, le Cow-boy, au fait ? Le même âge que Ketchum, qui avait le même âge que Pack de Six. Le shérif adjoint à la retraite avait soixante-six ans, il n'était donc pas trop vieux pour écraser une gâchette.

Depuis son allée, Danny suivit du regard les feux arrière de la voiture de police qui déboîtait vers Hickory Ridge Road. Il ne lui faudrait pas longtemps pour arriver dans la cour peuplée d'épaves de Roland Drake, avec le croisé de husky survivant. Tout à coup, il avait envie de savoir ce qui se passerait quand le flic rapporterait son chien mort au connard de hippie. Est-ce que l'histoire allait vraiment s'arrêter là ? Est-ce qu'on arrivait à tourner la page, ou bien est-ce que la violence se perpétuait indéfiniment, une fois son mécanisme enclenché ?

Il fallait qu'il le sache. Il prit sa voiture et s'engagea sur Hickory Ridge Road, et ne freina qu'en voyant les feux arrière de la voiture de police. Il ne pouvait pas les garder dans son champ, mais il suivit le véhicule à bonne distance. Jimmy l'avait sûrement vu, ne serait-ce qu'en un éclair ; il se doutait donc bien qu'il était suivi. Le connaissant, il se doutait sûrement aussi que c'était Danny qui le suivait. Mais il n'avait pas besoin de voir ce qui allait se passer quand le policier entrerait dans le cimetière de voitures qu'était devenue l'allée du garage de Drake. Il lui suffisait d'être assez proche pour entendre un coup de fusil, s'il devait y en avoir un.

Finalement, Danny et son père eurent plus de temps que prévu, mais ils eurent la sagesse de ne pas compter dessus. Cette fois-là, ils écoutèrent Ketchum. La suite des événements lui avait donné raison. Le Vermont n'était pas assez loin du New Hampshire ; il le leur avait bien dit. Est-ce que Minnie et May seraient entrées par hasard au Mao, à Iowa City ? Peu probable. Tout de même, Danny doutait fort qu'il y ait quelqu'un, dans le comté de Coos, pour les retrouver à Boulder, Colorado, où Joe se préparait à entrer en fac. Pour autant, pas question de prendre le risque, même s'il n'allait pas être commode de partir à l'étranger, du moins dans le sens où l'entendait Ketchum, c'est-à-dire pour toujours (le bûcheron avait aussi son idée sur leur éventuelle terre d'accueil).

Il les avait appelés, d'outre-gueule de bois ou dans un éclair de sobriété, le lendemain de l'irruption de Minnie et de May à l'Avellino. Bien entendu, il avait appelé père et fils l'un après l'autre, mais avec cette habitude exaspérante de leur parler comme s'il les avait tous deux au bout du fil.

– Ça fait treize ans que le Cow-boy vous croit à Toronto, vu qu'il pensait qu'Angel venait de là, d'accord ?… Ben et comment que j'ai raison !

Seigneur Dieu, songeait le cuisinier dans sa chère cuisine de l'Avellino, où il venait de se faire un espresso bien fort, pourquoi est-ce que Ketchum se croit toujours obligé de brailler ? Si on suivait son raisonnement, Minnie et May avaient nettement moins d'imagination qu'un pet de lapin des neiges ; ces deux commères s'apprêtaient sans aucun doute à raconter au Cow-boy tout ce qu'elles savaient, mais elles ne seraient jamais d'accord sur le moment ou la manière de s'y prendre. Minnie pencherait pour attendre qu'il leur ait fait une crasse quelconque, ou qu'il les ait traitées de haut, tandis que May préférerait insinuer qu'elle savait quelque chose, jusqu'à exaspérer sa curiosité. Bref, leurs manigances toxiques laisseraient peut-être un léger répit à Danny et son père.

Avec Danny, Ketchum fut plus précis encore :

– Il faut bien que vous compreniez ça, vous deux. Maintenant que le Cow-boy sait que vous avez vécu à Boston, et pas à Toronto comme il le croyait, et que vous vous êtes installés dans le Vermont ensuite, Toronto est bien le dernier endroit où il ira vous chercher. C'est donc là qu'il faut aller. On parle anglais, à Toronto. Tu as bien un éditeur, là-bas, non ? Et pour un cuisinier, c'est pas le travail qui manque – même en évitant les restaurants italiens, Cuistot, sinon je te jure que je viens t'abattre de mes propres mains.

Je ne suis pas le Cuistot, faillit dire Danny, mais il se contenta de garder le combiné en main.

Toronto n'était d'ailleurs pas un mauvais choix, songeait-il en essuyant l'hystérie croissante de cette communication. Il s'y était rendu pour un ou deux voyages de promotion. La ville était bien, pour une ville, en tout cas (son père était plus citadin que lui). Le Canada était un pays étranger, satisfaisant donc les critères de Ketchum, mais Toronto demeurait assez proche des États-Unis pour pouvoir rester en contact avec Joe. Et ils se rendraient aisément dans le Colorado. Bien sûr, il faudrait savoir ce que Joe allait en penser – et le cuisinier aussi.

Une fois que Ketchum eut raccroché, le téléphone sonna de nouveau presque aussitôt : c'était son père, bien sûr.

– On ne sera pas tranquilles tant que ce fou furieux aura le téléphone, Daniel. Et si jamais il se procure un fax, on va être chapitrés en majuscules avec points d'exclamation pour le restant de nos jours.

– Mais qu'est-ce que tu penses de son idée, papa ? Si on allait à Toronto ?

– Ça m'est bien égal, tout ce que je regrette, c'est de t'avoir entraîné là-dedans. Je voulais seulement te mettre en sécurité (il éclata en sanglots). Je ne veux pas partir, je me plais ici, moi !

– Je le sais, je suis désolé, P'pa. Mais on sera bien à Toronto, j'en suis certain.

– Je ne peux pas demander à Ketchum de tuer Carl, Daniel, je peux pas faire ça.

– Je le sais bien, moi non plus, je ne peux pas lui demander.

– Tu as bien un éditeur, au Canada, Daniel ? lui demanda son père.

Pour la première fois, il entendit comme du vieillissement dans sa voix, une voix de vieillard, ou presque. Il allait sur soixante ans, mais ce qui venait de passer dans sa voix appartenait à un homme plus vieux, c'était le timbre de l'anxiété, de la fragilité, presque.

– Si tu as un éditeur à Toronto, je suis sûr qu'il va nous aider à nous installer, non ?

– Elle, mon éditeur canadien est une femme. Bien sûr qu'elle va nous aider, P'pa. Ce sera facile. Et puis on prendra une maison dans le Colorado, pour aller voir Joe, et lui aussi, viendra nous voir. Rien ne nous oblige à considérer qu'on part pour toujours. Il y a le temps. Voyons déjà si ça nous plaît, le Canada, d'accord ?

– D'accord, dit le cuisinier, sans cesser de pleurer.

Moi, je quitterais le Vermont tout de suite, se disait l'écrivain. Il n'était pas attaché à sa propriété de Putney comme son père à l'Avellino, ou à sa vie à Brattleboro – tant s'en fallait. Après l'irruption de Minnie et de May, sans parler de la visite de Roland Drake, avec son chien mort sur la table de la salle à manger, il quitterait volontiers le Vermont sans retour, et sans se retourner.

Carl finirait par rencontrer les deux grognasses, mais il arriverait dans le Vermont trop tard. Avec l'aide d'Armando et Mary DeSimone, Danny aurait déjà vendu la ferme de Putney, et il ne resterait plus sur Hickory Ridge Road de « domaine » d'écrivain. Windham College, où il avait enseigné, aurait changé de nom et de vocation ; il serait devenu Landmark College, une institution de pointe pour handicapés cognitifs. Lorsque le Cow-boy arriva à Brattleboro, l'Avellino avait disparu, et il ne mit jamais la main sur Greg, l'aide-cuisinier, parti dieu sait où. À l'instigation du cuisinier, Celeste ainsi que Loretta et son fils avaient quitté la ville, une fois de plus le Cow-boy repartirait bredouille. N'empêche que Minnie et May avaient bavassé tout leur soûl.

Carl était-il réellement un crétin patenté comme Ketchum le prétendait parfois ? N'avait-il vraiment pas plus de talents de détective que le fameux pet de lapin des neiges tant décrié ? Ou bien était-ce seulement parce que, lors de ses investigations, le nom « Angel » n'avait jamais été prononcé ? Manifestement, il n'avait pas pensé à se renseigner à la Cave à Livres.

– Tu le savais, qu'il était dans le Vermont, le Cuistot, tu le sais depuis le début, hein, Ketchum ? demanda-t-il un jour.

– Le Cuistot ? Il est toujours là ? Ce petit gringalet bancal, j'aurais pas cru qu'il ferait de vieux os, pourtant, et toi, Carl ?

– Reste en forme, Ketchum, va, tiens la forme.

– Et comment ! T'en fais pas pour moi.

Mais Danny avait hâte de quitter le Vermont. Depuis la nuit où il avait découvert le chien mort avec Jimmy, il n'avait plus d'autre idée en tête.

Cette nuit-là, sur la petite route, il n'était finalement pas allé au-delà de la longue allée pentue de Barrett. Il avait fait marche arrière pour s'engager sur la propriété de l'amie des bêtes, sachant qu'elle se couchait de bonne heure, et ne s'apercevrait donc pas de sa présence ; à cette distance des enclos et des stalles, il ne dérangerait même pas les chevaux. En outre, il avait coupé le moteur et éteint les phares. Il restait là, sa voiture face à Westminster West, vitres baissées.

C'était une nuit tiède, sans vent. Par une nuit pareille, un coup de feu s'entendrait à trois kilomètres. Mais au départ, il ne savait même pas s'il voulait l'entendre ou non. Et d'ailleurs, que faudrait-il comprendre, dans un cas comme dans l'autre ? Il guettait autre chose que l'annonce de la mort ou de la survie du chien sournois.

À quarante et un ans, il avait l'impression d'en avoir douze. Et pour tout arranger, voilà qu'il pleuvait ! Il se rappelait la nuit brumeuse où ils avaient quitté Twisted River dans la Pontiac Chieftain ; il se revoyait installé sur le siège passager, à côté de chez Pack de Six, attendant la détonation du Colt 45 de Carl, qui lui annoncerait que son père était mort. S'il l'entendait, il faudrait qu'il grimpe chez Pack de Six à toute vitesse, qu'il la supplie de lui ouvrir, et alors Ketchum s'occuperait de lui. C'était le plan, il y avait joué son rôle. Il était resté dans la voiture, sous la pluie, à guetter ce coup de feu qui n'était pas venu, et que, parfois, il lui semblait attendre encore.

Sur la petite route de Westminster, au bout de l'allée de son ex-amie, il tendait l'oreille. Il espérait bien ne jamais l'entendre, l'assourdissante détonation du Colt 45, mais c'était tout de même en y pensant qu'il lâcha la bride à son imagination dangereusement fertile. Et si le policier n'était pas obligé de tuer l'autre chien de Roland Drake ? Si, d'une manière ou d'une autre, il réussissait à les persuader, lui et son menuisier-écrivain de maître, de tourner la page ? Est-ce que ça marquerait la fin de la violence, et des menaces de violence ?

Ce fut alors qu'il comprit vers quoi il tendait l'oreille : il écoutait le silence ; il espérait ne rien entendre. C'était cette absence de détonation qui devait lui dire que son père était indemne, et que le Cow-boy, tel Paul Polcari, ne pourrait jamais appuyer sur la détente.

Il essayait d'oublier ce que Jimmy lui avait expliqué sur le tube de dentifrice et la brosse à dents trouvés dans la voiture de Joe. Ils n'avaient peut-être pas été placés là par Roland Drake et n'avaient peut-être rien à voir avec ses facéties : « Ça m'embête de te le dire, Danny, mais j'ai arrêté pas mal de mômes qui boivent au volant, et ils ont souvent une brosse à dents et du dentifrice à portée de main pour ne pas empester l'alcool quand ils rentrent chez leurs parents. »

L'idée que son fils boive au volant tracassait Danny. Était-il superstitieux, comme la plupart des écrivains qui s'attachent à l'intrigue du roman ? Il n'aimait pas se rappeler ce que Tombe du Ciel avait dit à Joe en lui posant un baiser sur le front, quand il avait deux ans : « Si tu as le moindre ennui, je reviens. » Ce ne serait pas par une nuit comme celle-ci. Par une nuit aussi noire, aucun parachutiste, pas même Tombe du Ciel, n'aurait vu où atterrir.

À présent, la pluie tramait le clair de lune ténu et elle entrait par les vitres baissées, constellant le pare-brise, rendant l'obscurité plus impénétrable encore. À cette heure, le policier était sûrement déjà chez Drake, dans son allée-dépotoir. Et qu'allait-il faire ? Allait-il se contenter de rester garé devant la maison pour attendre que Drake repère sa voiture et sorte lui parler ? (Et, dans ce cas, Roland sortirait-il tout seul, ou avec son chien sournois ?) Par ailleurs, il pleuvait ; par égard pour le menuisier hippie, et aussi parce qu'il était tard, Jimmy était peut-être sorti de sa voiture pour frapper à sa porte.

C'est à ce moment-là qu'on frappa du côté passager ; une torche électrique l'éblouit.

– Ô mon cœur ne bats pas la chamade, c'est toi, Danny ! dit Barrett.

Armée d'un fusil, son ancienne amante ouvrit la portière et se glissa auprès de lui. Elle portait ses bottes de palefrenier en caoutchouc et un poncho en ciré. Elle en rabattit la capuche en montant dans la voiture, et ses longs cheveux blancs apparurent dénoués, comme si on l'avait tirée en sursaut d'un long sommeil. Elle avait les cuisses nues, et ne portait rien sous son ciré. Il le savait, elle dormait dans le plus simple appareil.

– Je te manquais, Danny ? lui demanda-t-elle.

– Encore debout, à cette heure-ci ?

– Il y a une heure, j'ai dû abattre un de mes chevaux, il était trop tard pour appeler ce foutu véto, lui dit-elle.

Elle s'était assise comme un homme, genoux écartés ; la carabine pointée vers le sol, entre ses jolies jambes de ballerine. C'était une vieille Remington à verrou, une Springfield 30 06, lui avait-elle expliqué quelques années auparavant, lorsqu'elle s'était retrouvée sur sa propriété de Putney, un jour qu'elle chassait le chevreuil. Elle y venait encore chasser, d'ailleurs, dans une pommeraie à l'abandon, et elle y avait abattu plus d'un chevreuil. (Son amour des animaux était donc « sélectif », comme disait le cuisinier. Danny en connaissait plus d'un comme elle.)

– Je suis désolé, pour ton cheval.

– Et moi désolée pour la carabine, je sais que tu n'aimes pas les armes à feu. Mais je n'avais pas reconnu ta voiture ; elle est neuve, non ? Et on n'est jamais trop prudent quand on trouve des inconnus dans son allée.

– Oui, tu me manquais, mentit Danny. Je quitte le Vermont. Peut-être que j'avais seulement besoin de graver les lieux dans ma mémoire, avant de les quitter.

Ce dernier point était vrai. En outre, il ne risquait pas de raconter l'épisode du chien à sa sélective amie des bêtes, pas de danger qu'il lui confie qu'il guettait le coup de feu qui scellerait le destin du deuxième chien. En cette nuit rendue ténébreuse par l'œuvre de Minnie et de May, ce n'était pas le moment.

– Tu t'en vas ? Pourquoi ? Je croyais que tu te plaisais, ici ? Ton père, il l'adore, son restaurant à Brattleboro…

– On part tous les deux. On… on se sent seuls, je crois.

– Raconte, dit Barrett.

Elle cala la crosse du fusil contre sa cuisse, et lui prit les mains, les guidant vers ses seins, sous le ciré. Elle était si petite – aussi menue que Katie, il s'en rendait subitement compte –, et à la lueur argentée de la lune voilée, dans l'obscurité quasi totale de la voiture, ses cheveux blancs brillaient ; on l'aurait prise pour le fantôme de Katie.

– Je voulais te dire au revoir, sans doute, lui dit Danny.

Il était sincère, en fait, c'était vrai. Ne serait-ce pas un réconfort de se blottir dans les bras souples de son aînée, en oubliant tout le reste ?

– Tu es mignon, lui dit-elle. Bien trop mélancolique pour mon goût, mais tu es très mignon.

Il l'embrassa sur la bouche, sa crinière si blanche projetant un halo fantomatique sur son visage étroit, qu'elle tournait vers lui, en fermant ses yeux gris pâle, d'un froid de glace. Cela lui permit de regarder plus loin, par la vitre baissée, pour ne pas rater le passage de la voiture de Jimmy.

Combien de temps fallait-il pour remettre un chien mort à son propriétaire, et lui faire le sermon prévu ? À coup sûr ou presque, s'il était contraint d'abattre l'autre chien, Danny allait l'entendre ; il avait tendu l'oreille, inlassablement, tout le temps de cette conversation avec Barrett (mieux valait l'embrasser, un baiser ne fait pas de bruit ; ainsi, il ne risquerait pas de manquer la détonation).

– Montons chez moi, lui murmura-t-elle en se dégageant. Je viens d'abattre mon cheval. Il faut que je prenne un bain.

– Bien sûr, dit Danny, mais sans tendre la main vers la clé de contact. (La voiture n'était pas passée ; il n'y avait pas eu de coup de feu.)

Il essayait de les imaginer, le policier et le connard de hippie. Peut-être que le policier et ce gosse de riche à la con étaient assis à sa table, dans la cuisine ? Il essayait de voir le policier flattant le croisé de husky, grattant le doux pelage de ses oreilles – les chiens aiment bien ça, en général. Mais il avait du mal à voir la scène, et c'est pourquoi il hésitait à démarrer.

– Qu'est-ce qu'il y a ? lui demanda Barrett.

L'allée de Drake était bien à trois kilomètres, il ne s'attendait pas à ce que la détonation fasse tant de bruit. (Il pensait que le policier avait un 38, mais comme il ne connaissait pas grand-chose aux armes à feu et aux armes de poing en particulier, il ne savait pas que Jimmy affectionnait le Magnum 475, connu sous le nom de Dernier Mot.) Ce fut une détonation sourde, plus forte encore que celle du Colt 45 du Cow-boy, il s'en rendit compte en sentant Barrett tressaillir dans ses bras, ses doigts cherchant, mais pour l'effleurer à peine, la détente de sa Remington.

– Encore une ordure de braconnier. Demain matin, je téléphone à Jimmy, dit-elle, se laissant aller dans ses bras.

– Pourquoi appeler Jimmy et pas le garde-chasse ?

– Le garde-chasse n'est bon à rien, il a peur des braconniers, ce crétin, en plus, Jimmy les connaît tous, les braconniers. Ils le craignent.

– Ah ! dit simplement Danny.

Il enclencha le moteur, alluma les phares et mit les essuie-glaces en route ; Barrett remonta les vitres. L'écrivain fit demi-tour et s'engagea dans la longue allée sans savoir quelle pièce du puzzle lui manquait, sans trop comprendre non plus quelle partie de l'histoire était en train de se jouer.

Avec Barrett à ses côtés, la carabine sur ses genoux, le canon court de l'arme légère pointé contre la portière passager, une scule chose était claire : cette page-là ne se tournait pas ; impossible de mettre fin à la violence.

IV

Toronto, 2000

12
La Mustang bleue

Du quartier de Rosedale, où le cuisinier partageait une maison à deux étages avec son fils l'écrivain, au restaurant de Yonge Street, il n'y avait pas loin. Mais à son âge, soixante-seize ans, et avec sa claudication qui s'était sensiblement aggravée en dix-sept ans de trottoirs citadins, Dominic Baciagalupo, car il avait repris son nom, ne marchait pas vite.

Il clopinait pour l'heure sur des trottoirs glissants ; l'hiver n'avait jamais été son ami. Et il était inquiet : on construisait deux immeubles au ras de leur jardin. Si l'un des deux venait à leur cacher la vue sur le clocheton du caviste de Summerhill, avec sa pendule ?

« Quand je ne verrai plus ce clocher de la fenêtre de mon bureau, il sera temps de déménager », lui avait dit le romancier. Il plaisantait peut-être, mais pour sa part, le cuisinier avait assez nomadisé, bouger ne l'amusait pas. Ce n'était pas que la vue sur Cluny Drive l'intéressait, il ne touchait plus à l'alcool depuis cinquante-six ans ; il se fichait pas mal que ces futurs immeubles d'habitation lui masquent le clocher du caviste.

Était-ce parce qu'il s'était remis à boire que Daniel y tenait tant, à cette vue ? Et le chantier, combien de temps serait-il une verrue dans le quartier ? s'énervait le cuisinier. Il avait atteint l'âge où toute menace de désordre perturbe son homme. Pour autant, il aimait son quartier de Rosedale, et il adorait le restaurant où il travaillait.

Il aimait aussi le petit choc des balles de tennis, qu'il entendait aux beaux jours, quand les fenêtres étaient ouvertes sur Cluny Drive ; ils vivaient en effet à deux pas des courts du Club de Tennis sur gazon de Toronto, ce qui leur valait également d'entendre des voix d'enfants à la piscine, l'été. Même l'hiver, toutes fenêtres closes, leur sommeil était bercé par le grondement des trains nonchalants dont le cours sinueux quadrillait le centre de Toronto et traversait Yonge Street sur un pont à tréteaux, qu'il voyait en ce moment chamarré de guirlandes de Noël, égayant la grisaille du morne après-midi d'hiver.

Décembre était sur la ville ; partout, c'étaient des guirlandes lumineuses, des ornements, des gens sortis faire leurs courses. Tout en attendant le feu rouge, il se rappela avec un sursaut que Ketchum viendrait passer Noël à Toronto ; ça n'avait rien d'un phénomène récent, mais il n'avait jamais pu se faire à la présence incongrue du vieux bûcheron en ville. Depuis quatorze ans, Danny et son père n'allaient plus passer Noël dans le Colorado avec Joe. (Ketchum n'avait jamais été de la partie, alors. En voiture le voyage aurait été trop long, et il refusait farouchement de prendre l'avion.)

Les hivers que Joe avait passés à l'université de Boulder, Danny louait un chalet à Winter Park. En cette saison, la route qui partait du Grand Lac pour traverser le Parc national des Rocheuses était fermée à la circulation. Il fallait donc deux heures pour venir de Boulder, par l'Interstate 70 et l'US 40, sur le col Berthoud. Mais Joe adorait skier dans Winter Park, et son père le gâtait. (Ainsi se remémorait le cuisinier, tandis que le feu tardait à passer au rouge.)

Ils étaient magnifiques, ces Noëls du Colorado, mais le chalet représentait une tentation trop forte pour Joe, surtout en fin de saison du ski, une fois son père et son grand-père rentrés à Toronto. Comme de juste, il s'était mis à sécher les cours, peut-être même chaque fois qu'il tombait de la poudreuse sur les pistes. Le domaine skiable immédiat avait déjà de quoi tenter tout étudiant à Boulder, mais cette maison de Winter Park, au pied des remonte-pentes, était un pousse-au-crime. (Où avais-tu la tête, Daniel ? songeait Dominic Baciagalupo.)

Le feu passa enfin au rouge, et le cuisinier traversa Yonge Street clopin-clopant, l'œil sur ces écervelés de conducteurs citadins qui ne pensaient qu'à trouver une place devant le caviste de Summerhill ou le Beer Store. Comment son fils appelait-il ce coin, déjà ? Ah oui, le haut lieu du shopping hédoniste.

De fait, on y trouvait toute l'épicerie de luxe : produits excellents, poissons frais, viande et salaisons, mais à des prix exorbitants, selon le cuisinier. Et en cette période de fêtes, on aurait dit que tous les chauffards de la ville s'étaient donné rendez-vous pour acheter leurs bouteilles. (Il ne jetait pas la pierre à son fils Daniel pour s'être remis à boire ; il avait ses raisons.)

Un vent glacial tout droit venu du lac Ontario fouettait la rue sur sa longueur ; gêné par ses gants, il bataillait pour ouvrir la porte du restaurant. Le personnel de service et presque tous ceux qui travaillaient aux cuisines entraient par Crown's Lane, la ruelle de derrière, mais le cuisinier avait sa clé. Dos au vent, il s'escrimait sur la serrure de la grande porte.

Les hivers étaient plus rudes dans le comté de Coos et dans celui de Windham, au fin fond du Vermont – mais le frisson humide et pénétrant que rabattait le vent du lac lui rappelait le froid caractéristique de North End. Il avait Carmella pour lui tenir chaud, pourtant, à l'époque. Elle lui manquait, elle et pas une autre ; mais, curieusement, pas le fait d'avoir une femme dans sa vie. Plus maintenant, il avait passé l'âge.

Comment se fait-il que Rosie ne me manque plus ? se prit-il à penser. « Aujourd'hui, Cuistot, il m'arrive de constater qu'elle me manque plus. Tu te rends compte ? » lui avait dit Ketchum. Eh oui, justement, il se rendait compte. À moins que ce ne fût la tension entre eux trois, le jugement sans appel de Jane, ou encore ce secret caché à Danny qui aient cessé de manquer à Ketchum et au cuisinier.

En entrant dans le restaurant, Dominic fut accueilli par le parfum des « sauces mères », comme disait Silvestro, le jeune chef. Le jus de veau, mère de toutes les sauces mères, ils l'avaient mis en route la veille au soir, pendant le dîner. Il fallait le porter deux fois à ébullition avant réduction. Silvestro faisait deux autres sauces mères, la sauce tomate et la béchamel. Tout en accrochant son manteau et son écharpe, et en tentant piètrement de faire bouffer ses cheveux aplatis par le bonnet préféré de Joe, le cuisinier parvenait presque à distinguer toutes les sauces mères en même temps.

À la cuisine, on l'appelait « le vieux pro », même s'il se contentait désormais d'être le sous-chef de Silvestro, un vrai maître, qui était saucier et se chargeait des viandes. Pour les soupes et les poissons, il y avait Kristine et Joyce, les premières femmes chefs avec qui il ait travaillé ; au pain et aux desserts, c'était Scott. En préretraite, Dominic exécutait des tâches d'appoint, il assurait la mise en route des opérations ou se chargeait de la touche finale à tous les postes, ce qui pouvait vouloir dire remplacer Silvestro au sien. On l'appelait l'homme-orchestre. Il était plus âgé que n'importe lequel des cuisiniers, et pas seulement Silvestro, leur jeune et bouillant leader qu'il adorait. Silvestro était un second fils pour lui, mais il se gardait bien de le dire en ces termes à son Daniel chéri.

Il s'était abstenu de faire part de ses sentiments paternels à Ketchum aussi, en partie parce que l'homme des bois était désormais un *faximprécateur* chevronné. Il crachait au cuisinier et son fils des fax aussi permanents que doubles : il leur arrivait de lire une page ou deux sans savoir auquel des deux il s'adressait. Et puis ses messages parvenaient à toute heure du jour et de la nuit. Pour dormir en paix, Danny et son père étaient obligés de laisser le fax dans la cuisine de leur maison de Cluny Drive.

Et puis surtout, Ketchum se posait des questions sur Silvestro. Il trouvait le nom du jeune chef beaucoup trop italien. Il ne manquerait donc plus qu'il sache que son pote le Cuistot voyait en lui un second fils. Pas question de recevoir un déluge de fax exprimant les récriminations de Ketchum. Il se plaignait suffisamment comme ça.

JE CROYAIS QUE TU T'ÉTAIS MIS EN PRÉRETRAITE
DANS UNE MAISON FRANÇAISE CUISTOT ? TU N'AS PAS L'INTENTION DE
REBAPTISER TON RESTAURANT SI ? TU VAS PAS LUI DONNER
UN NOM ITALIEN J'ESPÈRE ?
DIS VOIR CE PTIT GARS-LÀ LE NOUVEAU LE JEUNE CHEF
DONT TU ME PARLES
SILVESTRO ÇA FAIT PAS TRÈS FRANÇAIS COMME NOM
IL S'APPELLE TOUJOURS LE PATRICE TON RADE AU MOINS ?

Justement…, se disait le cuisinier, et c'était une des raisons pour lesquelles il n'avait pas encore répondu au dernier fax de Ketchum.

Patrice Arnaud, le propriétaire et maître d'hôtel, avait l'âge de Daniel, cinquante-huit ans. Né à Lyon, il avait grandi à Marseille, et à seize ans il était passé par l'école hôtelière de Nice. Aux cuisines, une photo sépia le montrait en jeune marmiton, mais c'est dans la gestion qu'il allait s'illustrer. Il avait fait une forte impression sur les clients d'un village-club aux Bermudes, et c'était là qu'il avait rencontré le propriétaire du vénérable hôtel Wembley, à Toronto.

Quand Dominic était arrivé en ville, en 1983, Patrice Arnaud dirigeait le café Maxim's, rendez-vous à la mode dans le quartier de Bay and Bloor. À l'époque, le Maxim's était la troisième métamorphose du café-restaurant du vieux Wembley. Très ébranlé par le sombre avertissement de Ketchum qui lui enjoignait d'éviter les restaurants italiens, il avait vu en Patrice Arnaud et son Maxim's une affaire de très grande classe qui, de surcroît, n'avait rien d'italien. Du reste, Patrice avait décidé Marcel, son frère, à quitter Marseille pour prendre le piano du Maxim's, qui était très français.

– Oui, mais le navire fait eau, Dominic, l'avait averti Patrice, voulant dire par là que Toronto était en pleine mutation.

Demain, les dîneurs voudraient s'aventurer hors des restaurants vieillots. (Après que les frères Arnaud l'eurent quitté, le Wembley fut transformé en parking.)

Les dix ans qui suivirent, le cuisinier travailla avec les frères Arnaud, qui avaient ouvert leur propre maison sur Queen Street West, un quartier en rénovation encore mal fréquenté au début, mais où le Bastringue – c'était son nom – prospéra. On servait cinquante couverts à midi, et autant le soir ; Marcel était grand chef aux fourneaux, et Dominic adorait apprendre à ses côtés. On servait du foie gras, on servait des fines de claire (le cuisinier rata encore une occasion d'apprendre à faire les desserts ; il ne put jamais réussir la tatin de Marcel, avec son sabayon au calvados).

Le Bastringue parviendrait même à survivre à la récession de 1990. On posa de la toile cirée sur les nappes de lin, et le restaurant se changea en bistrot : steaks-frites, moules-poireaux à l'étuvée. Oui, mais. En 1995, leur bail arrivait à échéance au moment même où Queen Street, après sa phase crasseuse puis sa phase chic-branchée, était en train de se fondre dans l'anonymat. Le Bastringue fut repris par un marchand de chaussures, Marcel rentra en France.

Le cuisinier et Arnaud se serrèrent les coudes ; ils partirent travailler à l'Avalon pendant un an, mais en « attendant leur heure », comme disait Patrice. Il voulait en effet se remettre à son compte, ce qu'il fit en 1997, reprenant un restaurant en faillite dans Summerhill. Silvestro, lui, était originaire d'Italie, mais ce Calabrais avait fait ses classes à Londres et Milan. Arnaud attachait beaucoup d'importance à la mobilité. (« Ça prouve qu'on est capable d'apprendre », dit-il à Dominic quand il engagea le jeune Silvestro pour diriger la cuisine.)

Le nom du restaurant, « Chez Patrice », s'imposait.

– Tu l'as bien gagné, dit Dominic au propriétaire, n'aie pas honte de lui donner ton nom.

Les premières années, le Patrice avait connu un certain succès. Arnaud et le cuisinier avaient appris à Silvestro quelques-uns des grands classiques de Marcel : le homard et son sabayon de moutarde, la cotriade, la terrine de foie gras de canard avec sa quenelle de gelée de porto, le flétan en papillote, la côte de bœuf pour deux, le foie de veau grillé aux lardons et ses oignons grelots au caramel balsamique. Bien entendu, Silvestro avait ajouté ses spécialités à la carte : ravioles aux escargots beurre d'ail, scallopini de veau en sauce citronnée, tagliatelles maison au confit d'oie et aux cèpes, lapin aux gnocchis de polenta. (Dominic y apporta quelques plats de sa façon, désormais familière.) Le restaurant du 1158 Yonge Street était nouveau, mais il n'était pas tout à fait français, et ne rencontrait pas dans le quartier tout le succès escompté par Arnaud.

– Ce n'est pas qu'une affaire de nom, mais le nom est nul quand même, dit-il à Dominic et Silvestro, j'ai fait un contresens total sur Rosedale. Il n'y a pas la clientèle pour un restaurant français chic, dans ce quartier. Il faut qu'on fasse plus décontracté, et plus abordable ! On veut voir nos clients deux, trois fois par semaine, pas une fois tous les deux mois.

Pendant les vacances de Noël, en principe, le restaurant fermait ; cette année ce serait du 24 décembre au 2 janvier, ce qui suffirait à exécuter les rénovations envisagées par Arnaud. On recouvrirait les banquettes de tissus plus clairs ; on rafraîchirait la patine jaune citron sur les murs, et on y mettrait des affiches de la vieille compagnie transatlantique « Le Havre, Southampton, New York », avait annoncé Patrice. Il avait également déniché deux affiches de Toulouse-Lautrec pour le Moulin-Rouge, représentant la Goulue et Jane Avril. On allait ajouter du fish and chips à la carte, du steak tartare frites ; les prix des plats et du vin baisseraient de vingt-cinq pour cent. L'endroit redeviendrait bistrot, comme au temps béni du Bastringue, même si on ne l'appelait pas bistrot – « trop galvaudé, ça ne veut plus rien dire », avait déclaré Patrice.

Être capable de se réinventer, atout maître pour un restaurateur, il en savait quelque chose.

– Bon, et comment on l'appelle ? avait demandé le Calabrais, qui avait son idée, Dominic le savait.

– Patrice, ça fait trop français, avait dit Patrice. Ça fait trop vieille école, vieilles fortunes. C'est décalé.

Le propriétaire était intelligent et feutré, d'une élégance sans raideur. Dominic l'aimait et l'admirait, mais il appréhendait cet aspect de la métamorphose destinée à complaire aux petits snobinards m'as-tu-vu du quartier.

– Bon, les gars, vous savez ce que je pense, dit Silvestro avec un haussement d'épaules faussement détaché. (Il était beau gosse, plein d'assurance, un fils idéal.)

Le jeune chef avait été frappé par l'effet du verre sablé jusqu'à mi-hauteur de la vaste devanture du restaurant, qui donnait sur Yonge Street : ainsi dérobés au regard des passants, les clients voyaient très bien par la partie supérieure, transparente, la feuille d'érable rouge ornant le drapeau canadien que pavoisait la cave de Summerhill, et ils verraient un jour les tours d'habitation encore en chantier sur ce qui s'appellerait Scrivener Square. Le verre dépoli faisait donc fonction de rideau, c'est pourquoi le jeune chef (il fallait suivre son raisonnement !) suggéra avec conviction :

– Appelons-le la Tenda, le rideau.

– Moi je trouve ça inquiétant, répondit Dominic, je n'irais jamais manger dans un restaurant qui s'appelle comme ça.

– Il faut que tu gardes ce nom pour ton premier restaurant, Silvestro, celui dont tu seras chef et propriétaire, ce qui ne saurait tarder, dit Patrice.

– La Tenda, répéta Silvestro avec de la tendresse dans la voix et des larmes dans ses yeux de braise.

– Ça fait trop italien, dit Dominic Baciagalupo à l'émotif jeune homme. Que ce restaurant ne soit pas strictement français, c'est une chose, mais il n'est pas italien non plus.

Si l'ancien Patrice prenait un nom italien, que dirait Ketchum ? Bien sûr, il voyait l'absurdité de son argument, lui dont le pâté à la viande sicilien et les penne alla puttanesca enrichiraient dès après Noël la carte un peu plus démocratique.

Patrice et Silvestro le regardèrent ahuris, incrédules. On était dans l'impasse. Dominic se disait : Il faudrait que je demande à Danny de nous trouver un nom ; c'est lui, l'écrivain !

Ce fut alors que Silvestro rompit le silence :

– Et ton nom, à toi, Dominic ?

– Pas Baciagalupo ! s'écria le cuisinier, effaré. (Cette fois, si le Cow-boy ne venait pas le tuer, Ketchum s'en chargerait.)

– Alors là, pour faire italien ! dit Patrice affectueusement.

– Non, je parlais de ce que ton nom veut dire. (Patrice Arnaud n'y avait jamais réfléchi, malgré la proximité avec le français.) Baiser du Loup, dit Silvestro lentement, en insistant également sur les deux termes.

Patrice Arnaud frissonna. Il était petit et trapu, des cheveux gris coupés en brosse, et un sourire d'homme du monde. Il portait des pantalons sombres, repassés avec soin, et des chemises à col ouvert, mais élégantes. Chez lui, la cérémonie était une seconde nature. Poli, mais philosophe, il comprenait la valeur des traditions, tout en sentant d'instinct venir le temps des ruptures.

– Ah, ma foi, le Baiser du Loup… tu m'avais caché ça, Dominic, dit-il pour taquiner son fidèle ami. C'est très contemporain, ça sonne bien, et en plus ça vous a un côté incisif.

Incisif, c'est le mot…, songeait le cuisinier, mais ce ne serait pas forcément la première chose qu'en penserait Ketchum. Il préférait ne pas imaginer la réaction du vieux bûcheron. On risquait fort d'avoir droit à quelque chose comme « bon dieu de bouse de bison ».

Comme s'il n'était pas déjà assez dangereux que le cuisinier ait repris son nom ! Dans un monde sillonné par Internet, quel danger y avait-il qu'un certain Dominic Baciagalupo ait repris du service ? (Du moins Ketchum fut-il un peu soulagé d'apprendre que Nunzi, avec son oreille hypersensible, ait orthographié le nom de travers.)

Mais soyons sérieux, comment un shérif adjoint à la retraite au fin fond du comté de Coos, New Hampshire, aurait-il pu découvrir que le Baiser du Loup, à Toronto, était la traduction du nom Baciagalupo, lui-même approximation phonétique ? En plus, se disait le cuisinier pour se rassurer, n'oublions pas que le Cow-boy a l'âge de Ketchum : quatre-vingt-trois ans. Si je ne suis pas en sécurité aujourd'hui, je ne le serai jamais, conclut-il en entrant dans la cuisine étroite – une vraie ruche – du Patrice, qu'on rebaptiserait bientôt le Baiser du Loup. Bah, les accidents gouvernent le monde, et dans ce monde les changements ne s'arrêteront pas aux noms.

Danny Angel regrettait de tout son cœur de ne pas être resté Daniel Baciagalupo, non pas par nostalgie de son enfance et de sa jeunesse innocentes, ni même parce que c'était son vrai nom, le seul que ses parents lui aient donné, mais parce qu'à cinquante-huit ans il considérait qu'il sonnait bien pour un écrivain. Plus il approchait de la soixantaine, et moins il se sentait Danny, ou Angel ; avec le temps, il comprenait de mieux en mieux que son père ait tenu à l'appeler Daniel. (Cela dit, il n'était pas toujours facile pour un écrivain sexagénaire, casanier et travaillant à domicile, de vivre sous le même toit que son père de soixante-seize ans. Il leur arrivait d'avoir des relations de vieux couple acariâtre.)

Depuis l'élection présidentielle controversée et le « fiasco de la Floride », comme disait Ketchum en parlant de la façon dont George W. Bush avait « volé » la présidence à Al Gore par suite d'un vote partisan de 5 contre 4 à la Cour suprême, les fax étaient souvent incendiaires. Gore avait remporté le vote populaire. Que les républicains aient volé l'élection présidentielle, Danny et son père en étaient bien persuadés, sans en arriver nécessairement à la conclusion radicale de bûcheron qu'ils « avaient de la chance d'être canadiens », et que l'Amérique, qu'il s'obstinait à traiter de « pays à la con », n'avait que ce qu'elle méritait.

AH, LES ASSASSINS !
JAMAIS LÀ QUAND ON A BESOIN D'EUX

avait-il faxé. Ce n'était pas à George W. Bush qu'il voulait régler son compte, mais à Ralph Nader. (C'était lui qu'il fallait liquider, car s'il n'avait pas joué le rôle du trublion et brouillé les cartes en Floride, Gore aurait battu Bush.) Il aurait mérité qu'on le bâillonne et qu'on le ligote, de préférence sur un siège pour enfant défectueux, et qu'on le catapulte au fond de l'Androscoggin.

Au cours du second face-à-face Bush-Gore de la campagne, Bush avait critiqué l'usage que le président Clinton avait fait des troupes américaines en Somalie et dans les Balkans : « Pour moi, il n'est pas légitime que nos troupes assurent la reconstruction de ces pays. »

ATTENDEZ UN PEU VOUS ALLEZ VOIR CE QU'IL VA EN FAIRE
DE NOS TROUPES CE MENTEUR DE MES DEUX
FAUT PAS PARIER QU'IL SERA PAS QUESTION DE RECONSTRUCTION

Mais la déconfiture imminente de l'Amérique ne procurait aucun plaisir à Danny, et surtout pas vue du côté canadien. C'était la mort dans l'âme que lui et son père avaient quitté leur pays. Dans la mesure du possible pour un écrivain de renommée internationale, et qui n'avait pas hésité à se faire naturaliser, il avait mis la pédale douce sur ses opinions politiques, mais il avait eu plus de mal après la parution d'*À l'est de Bangor*, en 1984, car ce roman sur l'avortement était assurément politique.

Danny et son père avaient obtenu la nationalité canadienne à l'issue d'un long processus. Danny l'avait demandée en tant qu'auto-entrepreneur et l'avocat qui le représentait auprès du ministère de l'Immigration l'avait défini comme un homme « engagé dans des activités culturelles de portée mondiale ». Il gagnait assez d'argent pour les faire vivre, son père et lui. Ils avaient subi l'examen médical avec succès. Le temps qu'ils avaient vécu à Toronto avec un visa de tourisme, il leur avait fallu passer la frontière tous les six mois pour le faire renouveler (à Buffalo, ville américaine la plus proche) et demander la nationalité canadienne dans un consulat canadien aux États-Unis.

Quelqu'un qui travaillait au cabinet du ministre de l'Immigration avait dissuadé Danny de choisir la « procédure express ». Car enfin, pour lui et son père, rien ne pressait, n'est-ce pas ? L'écrivain célèbre n'avait pas hâte de changer de pays ? (Son avocat l'avait dûment averti qu'aux yeux des Canadiens, la réussite sociale était vaguement suspecte ; on avait tendance à la pénaliser plus qu'à la valoriser.) À vrai dire, pour ne pas attirer l'attention outre mesure, le cuisinier et son fils s'étaient acheminés vers la naturalisation le plus lentement possible. Ils avaient mis quatre ans, presque cinq, à l'obtenir. Mais à présent, depuis le « fiasco de la Floride », les médias canadiens parlaient de la « défection » de l'écrivain Danny Angel. Comme il avait abandonné les États-Unis quelque dix ans plus tôt, le *Globe* et le *Mail* le créditaient d'une forme de prescience.

Circonstance aggravante, le film tiré d'*À l'est de Bangor* venait de sortir en salles au cours de l'année 1999, et il avait remporté deux Academy Awards en 2000. Début 2001, une session parlementaire bicamérale allait valider le résultat de l'élection présidentielle aux États-Unis, et l'on aurait un président hostile à l'avortement ; Danny et son père ne s'étonnèrent donc pas de voir les médias reparler des positions progressistes de l'écrivain sur ce chapitre. D'ailleurs, la presse faisait une place plus grande aux écrivains ici, non seulement à leur œuvre, mais aussi à leurs faits et gestes et à leurs déclarations.

Danny lisait toujours avec une sensibilité à fleur de peau ce que la presse américaine disait de lui, car elle le taxait souvent d'antiaméricanisme, tant pour le contenu de ses romans que pour s'être expatrié à Toronto. Ailleurs dans le monde, et singulièrement en Europe et au Canada, ce prétendu antiaméricanisme était porté à son actif. On disait que l'écrivain « critiquait » le mode de vie américain dans ses romans, et que s'il s'était installé à Toronto, il fallait y voir un geste de protestation. Malgré son succès commercial, il avait accepté de payer des impôts plus lourds au Canada qu'aux États-Unis. Mais en tant que romancier, il éprouvait un malaise croissant à se voir vilipendé ou bien encensé pour ses choix politiques antiaméricains. Évidemment, il ne pouvait guère dire, surtout à la presse, la vraie raison de leur présence au Canada.

Ce qu'il disait, en revanche, c'est que seuls deux de ses romans publiés avaient une orientation politique. Il avait bien conscience qu'on pouvait voir là une position défensive, mais enfin, c'était manifestement vrai. Son quatrième roman, *Les Pères Kennedy*, se passait pendant la guerre du Vietnam, on l'avait lu comme un pamphlet ; le sixième, *À l'est de Bangor*, avait une vocation didactique, et certains critiques le situaient dans la polémique sur l'avortement. Mais les cinq autres ? Des familles en crise, des expériences sexuelles dommageables, des variations sur la perte de l'innocence et les regrets qui s'ensuivent : ces romans étaient des tragédies domestiques, minuscules, jamais des condamnations de la société ou du gouvernement. Le méchant du roman, s'il fallait en trouver un, c'était la nature humaine plus souvent que les États-Unis. Danny n'avait jamais donné dans le militantisme.

« La marge est le territoire de l'écrivain, avait-il dit un jour. Moi, je me suis installé à Toronto parce que la marge me convient. » Sauf que personne ne l'avait cru. D'ailleurs, il était plus romanesque de croire que l'auteur de renommée mondiale avait rejeté son pays.

Il considérait que la presse avait dramatisé son installation au Canada pour en exagérer la dimension politique jusqu'à l'absurde. Mais ce qui le chagrinait davantage, c'étaient les lectures réductrices. On avait décortiqué chaque ligne de ses romans pour y débusquer le détail autobiographique, on les avait disséqués, radiographiés, pour y lire des mémoires clandestins. Fallait-il s'en étonner, pourtant ?

Pour les médias, la vie compte plus que la fiction, de sorte que les éléments basés sur l'expérience personnelle de l'auteur intéressent davantage le grand public que les rouages romanesques de « pure » invention. Ce qui relevait de son expérience personnelle ou de celle d'un de ses proches était crédité d'une « vérité » plus tangible que tout ce qu'il pouvait inventer. (C'était une conviction communément répandue, même si le travail de l'écrivain, comme Danny le déclarait de façon subversive chaque fois qu'il était amené à défendre la fiction dans le roman, consiste à imaginer une histoire intégrale, contrairement à celles de la vraie vie, fragmentaires et inabouties.)

Mais qui allait prêter attention à ces propos dans son lectorat, ou dans celui de n'importe quel romancier ? Les étudiants des ateliers d'écriture ? Les femmes d'un certain âge dans leurs clubs de lecture (car c'était un fait, ces clubs étaient peuplés de femmes d'un certain âge) ? Qui d'autre s'intéressait à la fiction plus qu'à la « vérité de la vie » ? En tout cas, pas ses intervieweurs. Leur première question visait immanquablement à savoir ce qu'il y avait de « vrai » dans tel ou tel de ses romans. Le personnage principal était-il inspiré par quelqu'un ? L'issue la plus mémorable du roman (comprendre la plus catastrophique, la plus dévastatrice) était-elle arrivée à une personne de sa connaissance ?

Là encore, pourquoi s'étonner ? Ne tendait-il pas lui-même la perche aux journalistes ? Son dernier roman, par exemple, *L'Enfant sur la chaussée*, quel accueil croyait-il que la presse lui réserverait ? Il avait commencé le livre avant de quitter le Vermont, le manuscrit était presque achevé en mars 1987, et, à la fin du mois, Joe avait trouvé la mort. Dans le Colorado, ce n'était pas encore le dégel. (« Merde alors, avant même la débâcle ! » disait Ketchum.)

Joe était en licence à Boulder, il venait d'avoir vingt-deux ans. L'ironie du sort voulait que *L'Enfant sur la chaussée* raconte la mort d'un enfant chéri. Mais dans ce roman qu'il était en train de finir, l'enfant mourait en bas âge, à deux ans, renversé par une voiture, tout comme le petit Joe aurait pu l'être ce jour mémorable sur Iowa Avenue. Le roman encore inachevé décrivait les effets destructeurs de cette mort sur deux personnages – en qui Ketchum et le cuisinier auraient sans nul doute vu les doubles de Danny et de Katie – dont les chemins se séparaient alors, également tragiques.

Naturellement, le roman évolua. Après la mort de son fils, Danny Angel resta plus d'un an sans écrire. Ce qui était au-dessus de ses forces, il l'avait expliqué à son ami Armando DeSimone, ce n'était pas écrire, c'était imaginer. Chaque fois qu'il tentait d'imaginer quelque chose, tout ce qu'il voyait, c'étaient les circonstances de la mort de son fils. Sans trêve, il imaginait les détails qui auraient pu être autres, ces détails infimes qui lui auraient sauvé la vie. (S'il avait fait ceci plutôt que cela, si son père et son grand-père ne s'étaient pas trouvés à Toronto à ce moment-là, si Danny avait acheté une maison à Boulder même plutôt qu'à Winter Park, si Joe n'avait pas appris à faire du ski, si, écoutant Ketchum, ils ne s'étaient pas installés dans le Vermont, si une avalanche avait coupé la route du col de Berthoud, si Joe avait été trop ivre pour prendre le volant au lieu de n'avoir pas bu une goutte, si son passager avait été un garçon et pas cette fille, si Danny n'avait pas été amoureux.) Y avait-il des bornes à l'imagination d'un écrivain ?

Y avait-il des bornes à celle de Danny, ne serait-ce que pour se torturer ? Il ne pouvait ressusciter Joe, il ne pouvait changer ce qui était arrivé à son fils : on ne révise pas le roman de la vie.

Lorsque, au bout d'un an, il fut enfin en état de relire *L'Enfant sur la chaussée*, la mort accidentelle du bambin en couches-culottes qui ouvrait le livre et le calvaire de ses parents par la suite lui parurent sans conséquence. N'était-il pas pire de voir un enfant échapper à la mort une première fois pour mourir ensuite dans la fleur de l'âge ? Et aggraver l'histoire de cette façon, c'est-à-dire la rendre plus déchirante, n'était-ce pas plus romanesque ? Sans aucun doute, pensa-t-il. Il réécrivit donc, de *a* à *z*, *L'Enfant sur la chaussée*, ce qui lui prit cinq ans, presque six.

Comme on pouvait s'y attendre, le thème du roman ne changea pas, et pour cause. Danny avait découvert que la perte d'un enfant est toujours aussi dévastatrice, quels que soient les détails.

L'Enfant sur la chaussée parut en 1995, onze ans après *À l'est de Bangor*, et huit ans après la mort de Joe. Dans la nouvelle version, le bambin devient un jeune homme intrépide. Il meurt à vingt-deux ans, encore étudiant. Cette mort est classée « accident », mais ce pourrait bien être un suicide. Contrairement à Joe, le personnage est ivre au moment de sa mort ; il a aussi absorbé quantité de barbituriques. Il avale de travers son sandwich au jambon et s'étouffe dans son vomi.

Dans la réalité, à l'époque de sa licence, Joe s'était assagi. Il évitait de boire plus que de raison. Il skiait vite, mais ne se blessait pas. Ce devait être un conducteur respectueux du code, car pendant ces quatre ans où il avait roulé dans l'État du Colorado, il n'avait jamais eu d'amende pour excès de vitesse. Il avait même mis la pédale douce dans ses rapports avec les filles – c'est du moins ce que croyaient son père et son grand-père, ce qui ne les empêchait pas de se faire du mauvais sang pour lui en permanence, sans raison objective, pour tout dire. Même ses résultats étaient bons, meilleurs qu'à Mount Hermon ; du reste, comme beaucoup d'élèves qui ont fait leurs études secondaires en pension, il déclarait trouver la fac plus facile.

Danny Angel s'était évertué à rendre le personnage peut-être suicidaire de *L'Enfant sur la chaussée* aussi différent de Joe que possible. Le jeune homme du livre est sensible, artiste. Né de santé fragile, depuis sa naissance on doute qu'il fasse de vieux os ; il n'est pas sportif pour deux sous. Le roman se passe dans le Vermont et pas dans le Colorado. Dans la seconde version, sa mère, personnage de rebelle, n'est pas assez rebelle pour être un double de Katie, même si, comme son fils promis à une mort tragique, elle boit. Le personnage de Danny, père endeuillé, ne cesse pas de boire, mais ce n'est pas un alcoolique, il ne boit pas au point de se mettre dans des situations compromettantes, ou d'être réduit à l'impuissance ; il est dépressif, c'est tout.

Les premières années qui suivirent la mort de Joe, le cuisinier tenta de persuader Danny de cesser de boire.

– Tu te sentirais mieux à la longue, tu vas regretter de t'être remis à boire.

– C'est à titre documentaire, P'pa, lui répondait Danny.

Or cette réponse n'était plus valable : il avait fini de réécrire *L'Enfant sur la chaussée*, depuis plus de cinq ans. Dans son nouveau roman, les personnages ne buvaient pas. L'alibi expérimental ne tenait donc plus, s'il avait jamais tenu.

Mais le cuisinier voyait que son fils n'abusait pas. Il prenait deux bières en apéritif parce qu'il aimait le goût de la bière, puis un ou deux verres de rouge à table, faute de quoi il n'aurait pas dormi. Dominic voyait bien que son cher Daniel n'était pas retombé dans ses excès de jeunesse.

Il voyait aussi que la tristesse l'habitait désormais à demeure. Après la mort de Joe, Ketchum avait bien remarqué qu'elle s'enracinait en lui. Les journalistes eux-mêmes, ceux qui faisaient sa connaissance, s'en rendaient compte. Comme on pouvait s'y attendre, de nombreuses questions au fil des diverses interviews sur le sujet essentiel du roman, la mort d'un enfant, s'adressaient à l'homme plutôt qu'à l'écrivain. Chaque roman comporte une part inconfortable qui touche au cœur de l'histoire de son auteur, et dont il préférerait ne pas parler.

Ne suffisait-il pas que Danny se soit efforcé de prendre du recul par rapport à son histoire personnelle ? Il avait brodé, il avait exagéré, il avait poussé son intrigue à la limite de la vraisemblance, il avait attiré les pires malheurs à des personnages forgés de toutes pièces. (Les personnes de la « vraie » vie ne sont jamais aussi abouties que les personnages de fiction, se plaisait-il à dire.) Pourtant, ses intervieweurs ne lui posaient presque aucune question sur le roman lui-même, ils lui demandaient au contraire comment il « s'arrangeait » de la mort de son fils. Cette tragédie lui avait-elle fait réévaluer l'importance de la fiction, c'est-à-dire relativiser le poids, la gravité de la « pure » invention ?

Ce genre de question le rendait fou, mais il en demandait trop aux journalistes. La plupart d'entre eux n'avaient pas assez d'imagination pour croire que tout ce qui était crédible dans un roman puisse être inventé. Quant aux anciens journalistes devenus romanciers, ils adhéraient tous à ce morne précepte hemingwayien : parler de ce qu'on connaît. Foutaise ! Il ne faudrait parler que des gens qu'on connaît ? Ô combien de romans mortellement ennuyeux on commet au nom de ce principe fumeux et boiteux !

Mais on pourrait avancer que ces questions indiscrètes n'avaient rien qui ait pu surprendre Danny Angel. Même ceux qui n'ouvraient jamais un livre étaient au courant de l'accident qui avait coûté la vie au fils du célèbre romancier. (Au grand soulagement de Ketchum, le Cow-boy ne semblait pas en avoir connaissance.) On avait aussi eu droit aux articles convenus sur la vie calamiteuse des enfants des stars – bien injustes en l'occurrence, puisque la responsabilité de Joe n'était pas en cause dans cet accident, et qu'il n'était pas ivre. Pourtant, Danny aurait dû s'attendre à cela, aussi : avant qu'on ait pu établir que l'accident ne devait rien à l'alcool, il y aurait des médias pour s'empresser d'en faire la cause.

Au début, après l'accident, puis de nouveau à la parution du roman, Dominic avait fait de son mieux pour protéger son fils des lettres de ses fans. Danny lui en avait laissé la primeur, avec l'idée qu'il fasse le tri. C'est ainsi que s'était perdu le message de Tombe du Ciel.

– Tu as des lecteurs bizarres, avait un jour soupiré le cuisinier. En plus, ils t'appellent souvent par ton prénom, comme des amis.

Ça m'angoisserait, moi, tous ces gens que je ne connais pas et qui pensent me connaître.

– Par exemple ?

– Une certaine Tombe du Ciel, je me suis dit que ça devait être une stripteaseuse, avec un nom pareil.

– Amy, de son vrai nom, dit Danny, en tentant de garder son calme.

– Tu la connais ?

– Je n'en connais qu'une, Tombe du Ciel.

– Je te demande pardon, je l'ai prise pour une cinglée.

– Qu'est-ce qu'elle disait, P'pa, tu te rappelles ?

Évidemment, le cuisinier n'avait pas gardé tous les détails de sa lettre en mémoire. Il l'avait trouvée présomptueuse, dérangée du cerveau. Elle racontait qu'elle avait protégé Joe des cochons, une histoire de fous ; qu'elle avait cessé de voler (à croire qu'elle avait des ailes !).

– Elle voulait que je lui réponde ? Tu te rappelles d'où venait la lettre ?

– Oh je suis sûr qu'elle avait mis son adresse, ils veulent tous que tu leur répondes, s'écria le cuisinier.

– C'est pas grave, P'pa, je ne te reproche rien. Elle va peut-être écrire de nouveau. (Il n'en croyait rien, d'où sa déconvenue.)

– Je ne risquais pas de me douter que tu espérais des nouvelles d'une femme qui s'appelle Tombe du Ciel, conclut le cuisinier.

Il avait dû lui arriver quelque chose, mais quoi ? songeait Danny. Pour sauter toute nue d'un avion, il faut des raisons.

– J'aurais juré que c'était une folle, reprit Dominic. Puis, après un silence : Elle prétendait qu'elle avait perdu un enfant, elle aussi. Je me suis dit qu'il valait mieux que je t'épargne ces lettres-là, il y en avait pas mal.

– Il faut peut-être que tu me les montres, papa.

Après cette découverte, Danny reçut d'autres lettres de fans qui avaient perdu un enfant, mais il fut incapable de répondre à un seul. Il ne trouvait rien à leur dire, et il ne savait que trop pourquoi. Il se demanderait souvent comment Amy avait tenu ; dans sa nouvelle vie sans Joe, il ne pensait plus qu'il aurait tellement de mal à sauter tout nu d'un avion.

Dans le bureau de Danny Angel, au deuxième étage de la maison de Cluny Drive, il y avait une fenêtre de toit en plus de celle donnant sur le clocher du caviste. C'était l'ancienne chambre de Joe, qui occupait tout le deuxième étage, avec sa salle de douche. La douche était bien nécessaire à un jeune comme Joe, mais Dominic avait critiqué les dimensions de la chambre, sans parler de sa vue exceptionnelle. Quel gaspillage, tout de même, pour un gamin étudiant aux États-Unis, qui ne passait qu'en coup de vent !

Mais Danny avait fait valoir que s'il lui réservait la plus belle chambre, il serait peut-être enclin à venir plus souvent. La situation particulière de la pièce en faisait aussi le lieu le plus discret de la maison, et comme les normes de sécurité exigent un escalier de secours dès le deuxième étage, Danny en avait fait installer un le long de la façade, avec une entrée particulière. À la mort de son fils, le romancier convertit sa chambre en bureau ; il y laissa toutes les affaires du jeune homme comme elles étaient, à l'exception du lit, qu'il fit enlever.

Ses vêtements demeurèrent dans la penderie et la commode ; ses chaussures aussi. Le père en dénoua d'ailleurs tous les lacets, ce que Joe ne faisait jamais avant de les retirer. Il les envoyait valdinguer avec leur double nœud bien serré, comme un gamin qui redoute d'avoir à le refaire. Danny avait pris le pli depuis longtemps : il trouvait les chaussures siamoises et défaisait les lacets. Il avait fallu attendre plusieurs mois après la mort de Joe pour qu'il ait dénoué les lacets de toutes les paires.

Entre les photos de Joe en lutteur et celles en skieur, le soi-disant bureau n'était plus qu'un sanctuaire à sa mémoire. Selon le cuisinier, son fils s'y installait pour écrire par goût de la mortification ; mais avec sa patte folle, il ne se risquait pas régulièrement au deuxième étage ; à vrai dire, il ne s'y aventurait guère, même en l'absence de Danny. Le lit enlevé, personne n'y dormait, c'était ce que Danny voulait, apparemment.

Quand Joe venait à Toronto, le cuisinier et son fils entendaient l'atterrissage des chaussures – deux pierres ! – au-dessus de leurs têtes, ou le discret grincement du parquet sous ses chaussettes ou ses pieds nus. On entendait aussi couler la douche depuis les trois chambres du premier, dont chacune avait sa salle de bains, le cuisinier et son fils s'étant installés aux deux extrémités du couloir, avec la chambre d'amis entre eux pour s'assurer un maximum d'intimité.

Le ménage venait d'être fait dans cette chambre en prévision de la visite annuelle de Ketchum. Par la porte ouverte, Danny et son père étaient forcés de voir que la femme de ménage avait posé un bouquet de fleurs en évidence sur la commode ; il se reflétait dans le miroir, donnant l'impression qu'il y en avait deux. (Même s'il y en avait eu douze, Ketchum n'y aurait vu que du feu, songeait Danny.)

Selon lui, la femme de ménage devait avoir un faible pour le vieux bûcheron. Mais d'après le cuisinier, Lupita, car c'était son nom, avait pitié du vieillard. Ketchum avait un pied dans la tombe, elle lui portait donc des fleurs, anticipant sur le cimetière, supposait-il avec extravagance.

– Tu n'en crois pas un mot, lui dit Danny.

Lupita et ses fleurs demeuraient une énigme. La Mexicaine ne mettait jamais de fleurs pour quelque autre invité que ce soit, or la chambre d'amis était souvent occupée, et pas seulement à Noël. Salman Rushdie, l'écrivain victime d'une fatwa s'y installait parfois lorsqu'il passait à Toronto. Il venait souvent d'autres amis écrivains, tant d'Europe que des États-Unis. Armando et Mary DeSimone venaient deux fois par an à Toronto, et ils étaient toujours reçus par le cuisinier et son fils.

De nombreux éditeurs étrangers qui publiaient Danny avaient dormi dans cette chambre, preuve de sa réputation internationale. La majorité des livres, dans cette pièce, étaient des traductions. Dans cette chambre d'amis se trouvait aussi une affiche encadrée de l'édition française de *L'Enfant sur la chaussée*. Dans la salle de bains attenante, on pouvait voir une immense affiche de la traduction allemande *Baby auf der Strasse*. Pourtant, dans l'esprit de la Mexicaine, seul Ketchum méritait des fleurs.

Lupita, cœur blessé, ressentait les ravages chez les autres. Elle ne pouvait pas faire le ménage dans la chambre du deuxième sans pleurer, alors même qu'elle n'avait jamais vu Joe. Du temps qu'il leur rendait visite depuis le Colorado, il ne restait jamais, et d'ailleurs, ils n'avaient pas encore rencontré celle que le cuisinier appelait la Perle du Mexique, subissant au contraire un défilé de femmes de ménage peu efficaces.

Lupita était une trouvaille relativement récente, mais ces deux messieurs qui avaient perdu leur fils et petit-fils l'émouvaient. Elle avait confié au cuisinier qu'elle s'inquiétait pour Danny, à qui elle se contentait de dire :

– Il est au ciel, votre fils, bien plus haut que le deuxième étage, Señor Angel.

– Si vous le dites, Lupita, je veux bien le croire.

– *¿ Enfermo ?* demandait-elle à l'écrivain quasi sexagénaire plutôt qu'à son père, bientôt octogénaire.

– Non, Lupita, pas malade, lui répondait-il invariablement. *Yo solo soy escrivo*, je suis écrivain, c'est tout (comme si cette activité expliquait la triste figure qu'elle lui voyait faire).

Lupita avait perdu un enfant, elle aussi. Elle ne pouvait pas en parler à Danny, mais elle l'avait confié au cuisinier, sans entrer dans les détails, presque sans prononcer le nom du Canadien qui était le père. Si elle avait eu un mari, elle l'avait perdu, lui aussi. Danny ne pensait pas qu'il y avait beaucoup de Mexicains à Toronto, mais il supposait qu'il en viendrait bientôt d'autres.

Lupita était une femme sans âge, à la peau mate et lisse, aux longs cheveux noirs. Danny et son père lui donnaient la soixantaine passée ; elle avait des kilos en trop, sans être imposante, ni mériter le nom infamant de grosse.

Avec son joli visage et son pas feutré (elle retirait ses souliers au rez-de-chaussée pour évoluer en chaussettes dans les étages), Danny avait dit à son père qu'elle lui rappelait Jane l'Indienne. Le cuisinier avait secoué la tête, contestant farouchement toute ressemblance entre les deux femmes. Soit il niait l'évidence, soit c'était la mémoire de Danny qui le trahissait, car la mémoire des romanciers n'est pas des plus fiables.

En fin d'après-midi, tandis que le cuisinier s'affairait aux fourneaux au Patrice, Danny avait coutume de quitter son bureau quand les derniers rayons du soleil, si soleil il y avait, illuminaient la fenêtre de toit. Par ce gris après-midi de décembre, pas un rayon ;

il lui fut donc plus facile de s'arracher à sa table de travail. Le peu de jour qui subsistait à l'ouest pénétrait tout juste dans le couloir du premier. Il descendit en chaussettes dans la chambre de son père. En son absence, il y faisait souvent un tour pour voir les clichés déployés sur les cinq panneaux muraux.

Dans la pièce, il y avait un bureau à l'ancienne, avec ses tiroirs, où Dominic rangeait des centaines d'autres clichés. Avec l'aide de Lupita, il renouvelait sans cesse le choix des photos exposées ; il n'en jetait jamais une seule, les remettant dans un des tiroirs au fur et à mesure. C'est ainsi qu'ils retrouvaient une deuxième, une troisième jeunesse, en reparaissant sur le panneau, avec pour seuls stigmates de l'âge les chapelets de trous minuscules laissés par les punaises.

Sur le panneau lui-même, les photos se chevauchaient, bien serrées, suivant un ordre thématique flou, dû à Dominic ou à Lupita – Danny savait bien que, sans la femme de ménage mexicaine, son père n'aurait pas pu faire et défaire ces accrochages avec une telle ardeur et une telle périodicité. Ce n'était pas chose facile. Les panneaux étaient fixés au mur, il fallait grimper sur un bras de canapé ou sur une chaise pour atteindre les régions supérieures, tâche guère à la portée du cuisinier, avec sa patte folle. Du reste, Lupita n'étant ni une jeunesse ni une sylphide, Danny s'inquiétait de la savoir se livrer à ces acrobaties.

Malgré son imagination fertile, la logique de son père lui échappait ; l'accumulation des clichés défiait tout classement chronologique ou thématique. Une antique photo en noir et blanc montrait un Ketchum étonnamment jeune, en train de danser avec Jane l'Indienne dans la cuisine, à Twisted River. Elle se trouvait à côté – allez savoir pourquoi ? – d'une de Joe tout petit avec Danny, en couleurs celle-là, prise dans l'Iowa. Katie figurait sur cette photo à l'origine, mais le cuisinier l'avait habilement recouverte par une autre, représentant Carmella et Paul Polcari devant le four à pizza, au Vicino a Napoli. C'était sans doute Tony Molinari ou Giusé Polcari qui avait pris la photo.

C'est ainsi que le Vermont recouvrait Boston, et vice versa ; l'Avellino et le Mao semblaient à peu près interchangeables, et les visages asiatiques de l'interlude en Iowa côtoyaient des physionomies du

Toronto actuel. Les premiers temps au Maxim's, qui avait cédé la place au Bastringue de Queen Street West, restaient immortalisés à côté de Ketchum devant son pick-up-wanigan, ou à côté de Joe, Joe en étudiant dans le Colorado, Joe en VTT, Joe sur ses skis ; il y en avait même une de lui avec son ami Max, celui qui avait failli se faire écraser par la Mustang bleue dans la ruelle derrière chez eux. Ce portrait des deux gamins de huit ans voisinait de manière inexplicable avec celui du jeune chef Silvestro, que les deux assistantes Joyce et Kristine embrassaient chacune sur une joue.

Se pouvait-il, spéculait Danny, que la plupart des photos aient été punaisées non seulement par la main potelée de Lupita, mais aussi à son initiative spontanée ? Le caractère apparemment aléatoire de leur disposition s'expliquerait alors mieux ; si le cuisinier n'avait pas dit son mot sur le tableau final, on comprenait également mieux pourquoi aucune photo de Ketchum ne réintégrait le tiroir depuis que Lupita travaillait pour eux.

Comment le bûcheron octogénaire avait-il ravi le cœur de la Perle du Mexique ? Cette simple idée donnait la nausée au cuisinier, d'autant que Lupita n'avait pas pu rencontrer l'homme des bois plus de deux ou trois fois. C'est une catholique fervente, voilà l'explication, avait-il conclu.

Aux yeux de son père, Danny le savait, pour que Ketchum plaise à une femme dans son bon sens, il fallait qu'elle ait un fond de superstition, des tendances irrationnelles.

Revenu dans sa chambre, Danny se mit en tenue de sport. Chez lui, il n'y avait pas de photos de Joe : il avait assez de mal à dormir sans ça. Il sortait très peu, sinon le soir, parfois, pour dîner ou voir un film, et en général son père travaillait. Dominic avait une conception très personnelle de la préretraite, et rentrait se coucher sur le coup de dix heures et demie onze heures tous les soirs, y compris ceux où le restaurant était bondé – il ne lui en fallait pas moins.

Quand Danny partait en voyage de promotion, ou s'absentait pour une raison ou pour une autre, le cuisinier allait dans la chambre de son fils, ne serait-ce que pour se rappeler quelle vie ils auraient pu avoir si Joe n'était pas mort. Il souffrait de constater que les seules photos étaient celles de la scénariste Charlotte Turner, qui avait quinze ans de moins que l'écrivain – et bon sang ça se voyait ! Quand ils s'étaient rencontrés, en 1984, elle avait vingt-sept ans et Danny quarante-deux. (C'était peu après leur arrivée au Canada, *À l'est de Bangor* venait de paraître, et Joe achevait sa première année de fac dans le Colorado. Charlotte n'avait donc que huit ans de plus que le fils de son ami, et en plus elle ne paraissait pas son âge.)

Elle ne paraissait pas davantage ses quarante-trois ans aujourd'hui, songea le cuisinier. Il souffrait de voir les photos de Charlotte en prenant la mesure de son affection pour la jeune femme ; elle aurait fait une parfaite épouse pour son solitaire de fils.

Mais un contrat est un contrat. Charlotte voulait des enfants. « Rien qu'un, si c'est ton maximum », avait-elle dit à Danny, qui lui avait promis de la mettre enceinte, de lui donner cet enfant. Il y avait mis une condition (enfin, le mot n'était peut-être pas celui qui convenait, disons qu'il avait exprimé une requête) : pouvait-elle attendre que Joe ait sa licence ? Il lui restait encore trois ans à l'université du Colorado, mais elle avait accepté. Elle n'aurait jamais que trente ans. En outre, se remémorait le cuisinier, elle et Daniel s'aimaient beaucoup, ils étaient très heureux, trois ans ne leur avaient pas paru si longs.

À vingt-sept ans, Charlotte aimait bien dire avec une pointe d'emphase qu'elle avait passé « toute sa vie » à Toronto. Détail plus important, elle n'avait jamais vécu avec personne – ni gardé un amant plus de six mois. Au moment de leur rencontre, elle habitait la maison de feu sa grand-mère dans Forest Hill ; ses parents auraient préféré la vendre, mais elle les avait persuadés de la lui louer. Du vivant de l'aïeule, la maison était un capharnaüm, mais Charlotte avait vendu les vieux meubles aux enchères, et transformé le rez-de-chaussée en bureau-salle de projection ; à l'étage, où il n'y avait qu'une seule salle de bains, elle avait abattu les cloisons de trois petites pièces quasi inutilisables pour en faire une grande chambre. Comme elle ne cuisinait pas et que la maison ne se prêtait guère à recevoir, elle avait laissé en l'état la cuisine vieillotte, qui suffisait telle quelle à ses besoins. Aucun de ses petits amis ne dormait chez elle, Danny fut le premier, et elle ne vint jamais vraiment s'installer avec lui dans la maison de Cluny Drive.

Le cuisinier avait proposé de partir de son côté. Il craignait d'empiéter sur l'intimité de son fils, et tenait absolument à ce que sa relation avec Charlotte aboutisse. Mais la jeune femme refusait tout net d'« évincer » le père de Danny, comme elle disait, on attendrait le mariage, qui était fixé pour juin 1987, soit dans deux ans. Joe, jeune lauréat, serait alors le témoin de son père.

À l'époque, il leur avait paru plus sage d'attendre pour se marier, pour avoir un bébé dans cette maison. Danny voulait pouvoir accompagner Joe le temps de ses études. Mais il y avait à Toronto des gens qui connaissaient le passé amoureux de Charlotte ; ils ne donnaient pas cher d'un mariage aussi éloigné dans le temps, et ils auraient parié qu'à l'occasion de ses navettes avec Los Angeles, la jeune scénariste oublierait de revenir. Pendant les trois brèves années de leur liaison, elle ne laissa presque aucun vêtement dans la penderie de Danny – encore venait-elle plus souvent dormir chez eux que Danny chez elle. Elle laissait en revanche pas mal d'objets de toilette dans sa salle de bains, avec un stock de produits de beauté impressionnant.

Tous deux étaient matinaux, et pendant qu'elle soignait ses cheveux et sa peau – une peau magnifique, se rappela soudain le cuisinier – Danny préparait le petit-déjeuner. Ensuite, elle prenait le métro en direction de St Clair, et, de là, rentrait chez elle à pied pour une longue journée de travail.

Même une fois mariée, disait-elle, elle se proposait d'avoir un bureau hors de la maison de Cluny Drive. (« En plus, il n'y a pas assez de place pour mes vêtements, et même quand ton père sera parti, il me faudra au moins un bureau, sinon toute la maison, pour caser mes fringues. »)

Il ne fallait pas juger Charlotte sur son goût de la toilette, se disait Dominic, surtout tel qu'il apparaissait en photo. Car, tout comme Danny quand il écrivait ses romans, Charlotte était une droguée du travail quand elle s'attelait à un scénario. *À l'est de Bangor*, qu'elle se proposait d'adapter pour le cinéma, et qui lui avait valu de rencontrer Danny, n'avait pas fait exception à la règle.

Elle était parfaitement au courant des conditions draconiennes qu'il mettait à l'adaptation de ses livres. Elle avait lu les interviews où il déclarait vouloir lire un scénario « à peu près honnête », avant de vendre les droits.

La grande jeune femme, elle dépassait Danny d'une tête, plus assortie par l'âge et la stature à Joe qu'à son père ou son grand-père, avait accepté d'écrire une première ébauche de scénario « en prenant le risque » ; il n'y aurait pas d'argent à la clé, pas de droits vendus. Si son scénario ne plaisait pas à Danny, ce serait une perte sèche.

– Il faut croire que vous avez déjà votre idée du film en tête, lui avait-il dit avant leur première rencontre.

Il ne déjeunait jamais, lui avait-il expliqué, de sorte qu'ils étaient allés dîner au Bastringue, qu'il fréquentait à l'époque trois ou quatre soirs par semaine.

– Non, j'ai envie de le faire, mais je n'ai aucune idée préconçue, lui avait-elle répondu.

Elle portait des lunettes à monture sombre, elle avait l'air très sérieux, mais sa silhouette n'était pas celle d'un rat de bibliothèque. Grande et pulpeuse, elle devait peser quelques kilos de plus que Danny. En ce premier soir, il l'avait trouvée un peu imposante pour porter une robe rose, avec un rouge à lèvres assorti. Mais il faut dire qu'elle travaillait beaucoup avec LA, et déjà, en 1984, avait adopté un look plus californien que canadien.

Son premier jet du scénario avait vraiment plu à Danny, au point qu'il lui avait vendu les droits un dollar symbolique – un dollar canadien, c'est-à-dire soixante-quinze *cents*. Ils avaient collaboré aux moutures suivantes et il avait pu apprécier sa capacité de travail. À l'époque, Danny écrivait au rez-de-chaussée, dans la maison de Cluny Drive, là où il avait installé sa salle de gym aujourd'hui. C'était donc là qu'ils s'étaient retrouvés, ainsi que dans la maison de sa grand-mère, à Forest Hill. Le film mettrait quinze ans à sortir, mais il ne fallut que quatre mois pour écrire le scénario ; à l'issue de ces quatre mois, Danny Angel et Charlotte Turner formaient un couple.

Dans la chambre de Danny, qui était autant dédiée à la mémoire de Charlotte que celle du deuxième à la mémoire de Joe, Lupita conservait les photos encadrées de la scénariste à succès dans une propreté impeccable, étincelante, qui émerveillait le cuisinier. La plupart d'entre elles avaient été prises pendant les trois ans qu'avait duré leur liaison ; beaucoup dataient des mois d'été trop courts sur les rives du lac Huron. Comme d'autres familles de Toronto, les parents de Charlotte étaient propriétaires d'une île dans Georgian Bay. On racontait parfois que son grand-père avait gagné l'île au poker, ou encore qu'il l'avait troquée contre une voiture. Le père de Charlotte était atteint d'une maladie incurable, et sa mère, médecin, se préparait à prendre sa retraite ; la jeune femme allait donc hériter de l'île, du côté de Pointe au Baril. Daniel adorait l'endroit, se rappelait son père. Lui-même était allé les voir là-bas, il avait détesté.

Les seuls instantanés de Charlotte que le cuisinier recyclait encore sur ses panneaux la représentaient avec Joe, puisque Daniel ne parvenait pas à trouver le sommeil s'il y avait des photos de son fils mort dans sa chambre. Le cuisinier admirait l'affection totalement dépourvue de jalousie qu'elle portait au jeune homme ; quant à celui-ci, il avait bien vu d'emblée combien elle rendait son père heureux, et elle lui avait plu tout de suite.

Charlotte ne skiait pas, mais elle s'accommodait de ces week-ends et de ces vacances d'hiver au chalet, où le cuisinier leur avait fait des dîners fabuleux au pied des montagnes. Les restaurants du coin n'étaient pas mauvais, Joe et ses amis s'en contentaient, mais leurs chefs n'avaient pas la classe de Dominic Baciagalupo, qui jubilait à l'idée de cuisiner pour son petit-fils dont les visites au Canada étaient trop rares selon lui, et selon Danny.

À présent, la pâle clarté de cet après-midi de décembre avait disparu, et tout en faisant ses étirements au tapis, Danny voyait par la fenêtre les vives lumières de la ville trancher sur la nuit. Dans cette pièce, bureau puis salle de gym, il n'avait pas éprouvé le besoin de poser des rideaux ; d'ailleurs, depuis qu'il avançait en âge, il n'écrivait plus que le jour. Les mois d'hiver, la nuit était déjà tombée quand il descendait faire du sport, mais il lui était bien égal que les voisins le voient travailler aux machines ou soulever des haltères. Du temps que cette pièce était son bureau, et depuis qu'il en avait fait sa salle de gym, il y avait donné des interviews et s'y était laissé photographier : les journalistes étaient interdits de séjour au deuxième étage.

Dès qu'ils seraient mariés, disait Charlotte, elle poserait des rideaux ou des stores ; mais comme le mariage avait été annulé, avec tout le reste, les fenêtres étaient restées nues. C'était d'ailleurs une drôle de salle de gym, Danny y ayant laissé les étagères avec pas mal de livres quand il s'était transporté au deuxième étage.

Lorsque lui et son père recevaient à dîner, la salle servait de vestiaire. On posait les manteaux sur les poignées du tapis roulant, ou sur le Stairmaster, ou encore sur le guidon du vélo d'intérieur ; ils allaient s'empiler sur le banc de la fonte. Il y avait aussi un ou deux carnets dans la pièce, ainsi qu'une ramette de papier machine blanc, avec tout un lot de stylos. Il arrivait à Danny de prendre des notes tout en pédalant, en fin d'après-midi, ou en marchant sur le tapis roulant. Ancien coureur, il avait les genoux flingués, mais il tenait encore de belles cadences sur le tapis roulant et le vélo d'intérieur ; le Stairmaster ne lui sollicitait pas trop la rotule.

Pour un homme de son âge, il affichait encore une jolie forme, toujours menu, malgré les quelques kilos acquis depuis qu'il s'était remis à la bière et au rouge – sans en abuser. Si Jane l'Indienne avait été de ce monde, elle lui aurait sans doute représenté que, pour un poids plume, deux bières et un ou deux verres de vin, c'était encore trop. (« Faut dire qu'elle rigolait pas, l'Indienne, sur le chapitre de l'eau de feu », résumait Ketchum, qui ne s'était toujours pas converti à la tempérance malgré ses quatre-vingt-trois ans.)

On ne savait jamais au juste quand il allait arriver pour Noël, se disait Danny en prenant sa vitesse de croisière au Stairmaster. Il s'amenait sans crier gare. Pour un type qui vous crachait des fax douze fois par semaine et qui téléphonait à toute heure du jour et de la nuit, il observait le plus grand secret sur ses déplacements en voiture, et pas seulement ses virées à Toronto pour Noël, mais aussi ses randonnées de chasse dans d'autres régions du Canada. (Il arrivait pourtant que ces dernières, quand elles l'entraînaient dans l'Ontario plutôt qu'au Québec, leur vaillent une visite.)

Le vieil homme des bois chassait dès le mois de septembre, ouverture de la chasse à l'ours noir dans le comté de Coos. Il prétendait que la population ursine du New Hampshire dépassait largement les cinq mille têtes, et qu'on n'en abattait que cinq ou six cents spécimens par an. Le gros de la chasse avait lieu dans le nord et le centre de l'État, ainsi que dans les White Mountains. Son chien de chasse, le « bel animal » désormais familier, c'est-à-dire selon toute probabilité le petit-fils ou l'arrière-petit-fils du susdit, avait le droit de l'accompagner depuis la deuxième semaine de septembre jusqu'à la fin d'octobre.

Le chien était un croisement de walker et de bluetick. Grand et charpenté comme un walker, il avait le pelage blanc à mouchetures gris bleuté du bluetick, et toute la vivacité de cette espèce. Ketchum allait chercher ses walker bluetick dans un chenil du Tennessee ; il ne prenait que des mâles, et les baptisait Héros. Son chien n'aboyait pas ; il grondait dans son sommeil, Ketchum prétendant d'ailleurs qu'il ne dormait jamais ; quand il était lancé à la poursuite d'un ours, il hurlait à la mort.

Dans le New Hampshire, la fermeture de la chasse à l'ours coïncidait avec l'ouverture de la chasse au chevreuil sur une courte période allant de la fin d'octobre à la première semaine de novembre. Ensuite, tout le mois de novembre jusqu'au début de décembre, c'était la chasse au chevreuil avec arme à feu. Mais sitôt son premier chevreuil abattu dans le comté de Coos (et il en abattait un le jour de l'ouverture), il partait pour le Canada, où la saison était plus courte.

Le vieux bûcheron n'avait jamais réussi à intéresser le cuisinier à la chasse. Il n'aimait pas les armes à feu, ni le gibier ; courir les bois avec une patte folle n'a rien d'un plaisir. Mais une fois qu'ils furent installés au Canada, et que Danny eut rencontré Charlotte Turner, Ketchum fut invité dans la maison du lac. C'était le premier été que Charlotte et Danny y passaient en couple, et le cuisinier fut convié à Georgian Bay, lui aussi. Ce fut là, sur Turner Island, en 1984, que Ketchum réussit à convaincre Danny de s'essayer à la chasse au chevreuil.

Dominic Baciagalupo avait horreur des contraintes de cette vie spartiate. En 1984, la famille de Charlotte avait encore des cabinets extérieurs. Les Turner s'éclairaient au propane, qui alimentait aussi le réfrigérateur, mais allaient chercher toute l'eau dont ils avaient besoin au lac, dans des seaux.

En outre, ils avaient équipé le bungalow principal et les deux cabanes adjacentes de canapés au rebut, de vaisselle ébréchée et de lits mortellement inconfortables, remplacés depuis longtemps dans leur maison de Toronto ; pis encore, le cuisinier soupçonnait fort que les îliens de Georgian Bay perpétuaient sciemment une tradition de pingrerie. Le confort moderne, électricité, eau chaude, vraies toilettes, ils le méprisaient.

Mais ce que le cuisinier trouvait le plus déplorable, c'était leur façon de se nourrir. Les denrées qui venaient du continent, c'est-à-dire de Pointe au Baril, et en particulier les produits frais, ou ce qui en tenait lieu, étaient rudimentaires, et on vous les carbonisait sur des barbecues.

Lors de sa première et dernière visite à Turner Island, Dominic s'était montré poli ; il avait aidé à la cuisine – jusqu'à un certain point – mais, à l'issue du long week-end, il était rentré à Toronto d'un cœur léger, bien convaincu qu'il ne mettrait plus jamais sa patte folle à l'épreuve des caillasses hostiles, et d'ailleurs qu'il ne remettrait plus jamais les pieds sur un embarcadère à Pointe au Baril.

– Ça lui rappelle trop Twisted River, ici, c'est pas son truc, au Cuistot, leur avait expliqué Ketchum après le départ de son ami.

Il le disait pour l'excuser, mais le premier mouvement de Danny à l'égard de la vie insulaire n'avait pas été si différent de celui de son père. Sauf que Danny et Charlotte avaient évoqué les transformations qu'ils apporteraient à la mort de son père (voire avant), et quand sa mère aurait passé l'âge de monter en bateau, ou de s'aventurer sans risque sur les rochers déchiquetés pour aller du débarcadère au cottage principal.

Danny écrivait encore sur une machine à l'ancienne ; il avait une demi-douzaine d'IBM Selectric qui tombaient en panne de façon chronique. Il lui fallait de l'électricité pour les brancher. Charlotte voulait l'eau chaude ; depuis longtemps, elle rêvait de luxe : une douche extérieure, une baignoire immense, plusieurs vraies toilettes. Un petit chauffage électrique serait bon à prendre aussi ; il pouvait faire frisquet, la nuit, même l'été, sous ces latitudes nordiques. Et puis enfin, ils auraient bientôt un bébé.

Danny souhaitait aussi faire construire une « cabane d'écrivain », comme il disait, en souvenir de la ferme du Vermont. Quant à Charlotte, elle voulait installer une immense véranda qui relie le bungalow principal aux deux cabanes, pour qu'on n'ait plus à sortir sous la pluie, ni à s'exposer aux moustiques, omniprésents sitôt la nuit tombée.

Autrement dit, Danny et Charlotte avaient des projets pour la maison du lac comme en ont les amoureux. Elle avait adoré les étés passés là-bas depuis son enfance ; peut-être adorait-il la promesse de ces lieux, la vie avec Charlotte, telle qu'il l'imaginait.

Ah, les projets, les projets… tous ces plans que nous tirons sur la comète… Finalement, le couple d'amoureux n'eut pas la patience d'attendre que le père de Charlotte meure, ou que sa mère ne supporte plus la vie sur les bords du lac Huron. Au cours des deux ans qui suivirent, ils allaient installer l'électricité, l'eau chaude, des toilettes – et même la douche en plein air et l'immense baignoire, ainsi que la véranda géante. Vinrent aussi quelques « aménagements » suggérés par Ketchum. Le vieil homme des bois avait employé ce mot dès sa première visite. En 1984, très vert encore à soixante-sept ans, il ne manquait pas de projets bien à lui.

Cet été-là, il avait amené son chien. Dès l'instant qu'il avait posé patte sur le débarcadère, on avait vu le « bel animal » en effervescence.

– Il doit y avoir un ours, par ici, dit Ketchum. Héros s'y connaît.

La peau molle de la nuque du chien s'était contractée, son pelage se dressait en crête, il suivait son maître comme son ombre. Ce n'était pas le genre de chien qu'on flatte benoîtement.

Ketchum n'aimait pas l'été. Il ne pêchait pas, faire du bateau lui paraissait futile ; ancien convoyeur de bois, la baignade n'était pas son fort. Mais il imagina l'endroit à la fin de l'automne et dans son long hiver, jusqu'au dégel du printemps.

– M'est avis qu'il doit y avoir du chevreuil, par ici, déclara-t-il.

Il s'était immobilisé sur le débarcadère sans même prendre son sac et reniflait le vent pour sentir l'ours, à l'instar de son chien.

– C'est du pays indien, ça, avait-il lancé avec satisfaction. En tout cas, ça en était, avant que ces foutus missionnaires se mettent en tête d'évangéliser les forêts.

Enfant, il avait vu de vieilles photos en noir et blanc d'une estacade flottante sur Gore Bay, à Manitoulin Island. Dans Georgian Bay, le commerce du bois avait dû connaître son apogée vers 1900, mais Ketchum connaissait l'histoire du pays et gardait en mémoire les saisons du bois : à l'automne, on coupe les arbres, on construit les routes, on prépare les cours d'eau pour les convois de printemps – le tout avant la première neige. En hiver, on continue la coupe, et puis on traîne les grumes sur la neige, avec ou sans glissoires, jusqu'au bord de l'eau. Au printemps, on les pousse sur les rivières et les fleuves, jusqu'à la baie.

– Mais dans les années quatre-vingt-dix, vous avez rafté vos forêts vers les États-Unis, je me trompe ? demanda-t-il à Charlotte, très étonnée par sa question. (Il était au courant, pas elle.)

C'était pareil partout, au fond. Les grandes forêts avaient été abattues, les scieries avaient brûlé, ou été démolies. (« Elles ont péri abandonnées », disait-il volontiers.)

– Cet ours, il est peut-être sur une île à côté, spécula-t-il avec un coup d'œil circulaire. Parce que, s'il était là, vous verriez Héros s'agiter un peu plus. (Pour Charlotte et Danny, la bête aux muscles saillants ne se serait pas agitée davantage si l'ours s'était trouvé sur le débarcadère même.)

De fait, il y avait un ours sur Barclay Island, cet été-là. La passe entre les deux îles n'était rien pour un ours, à la nage ; même, Danny et Ketchum découvrirent qu'ils pouvaient traverser à gué. Mais l'ours ne s'aventura jamais sur Turner Island, ayant peut-être senti le chien, lui aussi.

– N'oubliez pas de brûler la graisse du barbecue après usage, ne laissez pas traîner les ordures, gardez les fruits au frigo, leur conseilla Ketchum. Je vous laisserais bien Héros, mais j'en ai besoin pour veiller sur moi.

Il y avait une cabane en rondins inhabitée à côté du débarcadère de derrière, c'était même la première construction de l'île. Charlotte l'avait fait visiter à Ketchum. On y voyait des moustiquaires trouées, deux lits de camp cloués ensemble et recouverts d'un matelas à deux places qui débordait de leur armature. La couverture était mitée et le matelas moisi. Personne ne couchait là depuis que le grand-père de Charlotte avait cessé de venir.

C'était sa cabane, avait-elle expliqué au bûcheron, et, après sa mort, aucun membre de la famille ne s'était même approché de la bicoque délabrée ; elle était encore hantée, ajouta-t-elle, c'est en tout cas ce qu'elle croyait enfant.

Elle avait poussé un vieux tapis crasseux pour lui faire voir une trappe dans le sol. La cabane reposait sur des plots en ciment pas beaucoup plus hauts que des parpaings, sans fondations. Ni bétonnée ni boisée, la trappe n'était pas profonde d'un mètre. Avec tous les pins alentour, le vent avait fait un lit d'aiguilles sous la cabane, ce qui donnait au sol l'illusion du moelleux et du douillet.

– On ne sait pas à quoi lui servait la trappe, expliqua Charlotte à Ketchum. Mais comme il était joueur, on s'est dit qu'il devait y cacher son argent.

Héros reniflait le trou dans le sol, et Ketchum demanda :

– Il était chasseur, votre grand-père, Charlotte ?

– Oh que oui ! Quand il est mort, on a fini par jeter ses fusils. (Ketchum frémit.)

– Eh bien, vous voyez là son garde-manger. Il venait ici l'hiver, je suppose.

– Absolument, répondit Charlotte, impressionnée.

– Sans doute après la chasse au chevreuil, quand la baie était prise en glace. À mon avis, quand il tirait un chevreuil, les Montés se pointaient – parce que les Montés, ils l'entendaient, le coup de feu, dans le silence de l'hiver, avec la neige. Et quand ils lui demandaient ce qu'il tirait, il n'avait plus qu'à leur raconter un bobard quelconque. Comme quoi il venait de tirer au-dessus de la tête d'un écureuil roux parce que ses jacassements le rendaient dingue, ou au-dessus d'une horde de chevreuils, qui bouffaient ses cèdres préférés – au-dessus de leurs têtes, hein, pour leur faire peur, pour qu'ils aillent brouter sur une autre île. Et pendant qu'il parlait, le chevreuil qu'il venait de vider dans son trou pour ne pas laisser de traces de sang sur la neige… vous comprenez où je veux en venir, Charlotte, c'est une cambuse de braconnier votre trou, je vous l'ai dit, il y a du chevreuil par ici, et pas qu'un peu.

Ketchum et Héros s'étaient installés dans la cabane délabrée, au mépris des fantômes. (« Diable ! J'ai guère vécu que dans des coins hantés, moi. ») Les cabanes jumelles, plus neuves, n'étaient pas du goût du bûcheron. Et si les moustiquaires étaient trouées dans la bicoque de Grand-Papa, il s'en accommodait en disant :

– Tant qu'on s'est pas fait piquer par un ou deux moustiques, on sait pas qu'on est dans les bois.

En plus, les huarts s'activaient davantage de ce côté de la baie, parce qu'il y avait moins de bateaux, il l'avait compris dès le premier jour. Or il aimait entendre les huarts.

– Et puis Héros pète, une horreur, Charlotte, vous voudriez pas qu'il empuantisse vos cabanes !

À la fin de la journée, Charlotte avait cessé de s'offusquer que son grand-père ait braconné. Il était mort alcoolique et dans la misère, ruiné par le jeu et le whisky. À présent, du moins, on comprenait la raison d'être de la trappe, et cela amena Ketchum à suggérer assez vite ses propres aménagements. Il était loin de se douter que Charlotte n'avait pas la moindre envie de venir sur sa chère île pendant les mois d'hiver, où le vent dominant avait courbé les arbres pour toujours, où la baie, prise en glace, disparaissait sous un monceau de neige, et où l'on ne rencontrait pas âme qui vive, sinon de temps en temps un pêcheur sous glace, ou un fou en motoneige sur le lac gelé.

– Il faudrait pas grand-chose pour rendre le bungalow principal habitable en hiver. Quand vous installerez vos toilettes, faites bien creuser deux fosses sceptiques, une grande, et puis une petite dont vous ne direz rien à personne. Les cabanes, faut pas y penser, ça reviendrait trop cher de les chauffer. Contentez-vous du bungalow central. Un petit chauffage électrique va vous suffire pour empêcher les tuyaux de geler dans les toilettes, l'évier et cette grande baignoire que vous voulez. Il vous suffira de bien isoler le conduit de la petite fosse sceptique. Ça vous permettra de tirer la chasse d'eau et de vider les eaux de vaisselle, et même la baignoire. Parce que vous pouvez pas pomper l'eau du lac, ni la faire chauffer, en tout cas pas dans un chauffe-eau au gaz. Il va falloir faire un trou dans la glace, et amener l'eau dans des seaux ; vous la ferez chauffer sur le gaz pour vos bains, et pour la vaisselle. Vous coucherez dans le bungalow, bien sûr, et vous vous chaufferez essentiellement au poêle à bois. Il t'en faudra un pour ta cabane, Danny – mais tu n'auras besoin de rien d'autre. La baie de derrière, qui est plus proche de la côte, gèlera avant l'autre ; vous pourrez acheminer vos provisions dans une remorque tirée par une motoneige, et rapporter vos ordures de même. Putain, vous pouvez même passer à pied ou à ski, sauf qu'il vaudrait mieux pas prendre la passe la plus étroite, qui part de Pointe au Baril, je suis pas bien sûr qu'elle gèle assez dur.

– Mais quelle idée de venir l'hiver, pour quoi faire ? demanda Daniel au vieil homme des bois, que Charlotte considérait avec ébahissement.

– Et pourquoi pas, Danny ? Je vais te faire voir pourquoi ça pourrait te plaire.

L'hiver, c'était une façon de parler. En fait, Ketchum pensait à la période de chasse au chevreuil, au mois de novembre. La première fois que Danny vint le retrouver à Pointe au Baril, la glace n'était pas assez épaisse pour qu'ils passent sur l'île, même en moon-boots ou en ski de fond, quant à la motoneige, elle aurait coulé. Outre sa motoneige et tout un équipement pour se protéger des intempéries, Ketchum apportait ses fusils. Mais il avait laissé Héros dans le comté de Coos, pour tout dire, il avait confié le « bel animal » à Pam Pack de Six. Elle avait des chiens, qu'il « supportait à peu près », expliqua Ketchum. La chasse au chevreuil ne valait rien aux chiens, ajouta-t-il.

Ils ne furent pas déçus de ne pouvoir passer sur l'île, en cette première année, puisque l'entrepreneur n'aurait pas fini les travaux avant l'été ; les aménagements astucieux de Ketchum devraient attendre l'hiver suivant. Andy Grant, l'entrepreneur en question, était ce que Ketchum appelait affectueusement « un ptit gars du coin ». Mieux, Charlotte avait grandi avec lui, ils étaient amis d'enfance. Il avait rénové le bungalow pour ses parents quelques années plus tôt, et plus récemment restauré les deux cabanes adjacentes selon les consignes de Charlotte.

Andy indiqua à Ketchum et Danny où se trouvaient les chevreuils de Bayfield, et Ketchum connaissait déjà un gars du nom de LaBlanc, qui se disait guide de chasse. Il leur fit découvrir un coin au nord de Pointe au Baril, non loin de Bying Inlet, et de Still River. De toute façon, Ketchum n'avait pas de préférence pour un terrain de chasse ou un autre ; des chevreuils, il y en avait partout.

Sur le moment, Danny fut un peu vexé de découvrir l'arme que Ketchum lui avait choisie, un Winchester Ranger, fabriqué à New

Haven, Connecticut, au milieu des années quatre-vingt, et abandonné depuis. C'était un calibre 20, à répétition, un fusil à pompe, disait Ketchum. Ce qui avait vexé Danny, c'est qu'il s'agissait d'un modèle junior.

– Va pas te mettre les couilles à l'envers, avait dit Ketchum à l'écrivain. C'est un bon fusil pour un débutant. Vaut mieux rester simple, quand on commence à chasser. J'ai vu des gars se faire sauter les doigts de pied, moi.

Toujours avec le souci de ses orteils, apparemment, Ketchum lui avait recommandé d'avoir en permanence trois cartouches dans son Winchester ; une dans la chambre, et deux dans le magasin tubulaire.

– N'oublie jamais combien de coups tu as en réserve, avait-il résumé.

Danny savait que les deux premières cartouches contenaient de la chevrotine et la troisième une balle – « le coup de grâce », disait Ketchum. Rien ne servait de charger plus de trois cartouches, quelle que fût la capacité du fusil.

– S'il te faut un quatrième ou un cinquième coup, c'est fichu, lui dit-il, y a longtemps que ton chevreuil s'est taillé.

Le soir, Danny avait toutes les peines du monde à empêcher Ketchum d'entrer dans la Larry's Tavern, le bar de leur motel, au sud de Pointe au Baril, sur la Route 69. Les cloisons du motel étaient si minces qu'ils recevaient cinq sur cinq toute partie de jambes en l'air dans la chambre à côté.

– Un abruti de camionneur avec une pute, diagnostiqua Ketchum la première nuit.

– Ça m'étonnerait qu'il y ait des putes à Pointe au Baril, objecta Danny.

– Ben alors, c'est un coup d'un soir, répondit Ketchum, ils sont sûrement pas mariés.

Un autre soir, on entendit un hurlement de chatte en amour.

– C'est pas la même que celle d'hier, ni d'avant-hier, observa Ketchum.

Une chose était sûre, la femme gémissait tant et plus.

– Je jouis, je jouis ! répétait-elle.

– T'as compté, Danny ? On doit approcher le record, dit Ketchum qui sortit tout nu dans le couloir pour aller cogner à la porte de l'orgasme le plus long du monde. Écoute-moi voir, mon gars, dit le vieux convoyeur, c'est du chiqué.

Le jeune homme qui ouvrit la porte était menaçant, et d'humeur belliqueuse, mais la bagarre, si l'on peut dire, se termina tambour battant. Ketchum lui fit un étranglement avant même qu'il ait pu lui balancer plus d'un ou deux coups de poing.

– C'était pas du chiqué ! cria la femme dans le noir (mais le jeune homme lui-même n'en croyait plus un mot).

Cette chasse ne s'était pas passée comme Danny l'avait imaginé : camping, vie à la dure. Pour le premier chevreuil qu'il abattit à Bayfield, il lui fallut trois cartouches, dont celle du coup de grâce.

– Il est bon que les romanciers sachent que c'est pas toujours commode de mourir, commenta Ketchum.

Ketchum abattit sa bête près de Bying Inlet, d'un seul coup de son 12. La saison suivante. ils en tuèrent deux autres, tous deux à Still River. À l'époque, tous les aménagements de l'île avaient été réalisés, y compris ceux permettant d'y venir en hiver. Ketchum et Danny revinrent début février à Pointe au Baril ; la glace de la passe atteignait plus de cinquante centimètres d'épaisseur. Ils suivirent l'itinéraire de la motoneige depuis Payne's Road, à la sortie de Pointe au Baril, et passèrent sur la glace, dans l'averse de neige, pour atteindre la cabane du grand-père.

La chasse était fermée, ce qui n'avait pas empêché Ketchum d'apporter son 12 – à tout hasard.

– Quel genre de hasard ? avait demandé Danny. Pas question qu'on braconne le chevreuil, Ketchum.

– Des fois qu'il y aurait d'autres bestiaux.

Un peu plus tard, Danny le vit faire griller deux steaks de gibier sur le barbecue qu'Andy avait raccordé au propane, sous la toute nouvelle véranda de Charlotte. On la fermait par des volets l'hiver, pour ne pas faire entrer la neige, et parce qu'on y entreposait le mobilier de jardin, et les deux canots. Ce que Danny ne savait pas, c'est que Ketchum avait aussi apporté son arc.

C'était oublier qu'il tirait aussi bien à l'arc qu'au fusil, et que, dans le New Hampshire, la chasse à l'arc durait trois mois. Autant dire qu'il avait eu le temps de se faire la main.

– C'est des steaks de chasse en temps prohibé, ça, dit Danny.

– Les Montés ont pas entendu mon coup de feu, en tout cas.

– Là n'est pas la question.

– Pas vu pas pris. Je sais bien que le Cuistot est pas fou du gibier, mais moi je trouve que, grillé de cette façon, c'est rudement bon.

Danny n'aimait pas vraiment la chasse au chevreuil, et surtout il n'aimait pas tuer, mais il avait plaisir à se retrouver avec Ketchum, et en ce mois de février 1986 où ils passèrent quelques nuits au bungalow, il découvrit les splendeurs de l'hiver dans Georgian Bay.

Depuis sa nouvelle cabane d'écrivain, il apercevait un pin torturé par le vent, presque courbé en deux. Quand tombait une nouvelle averse, et qu'on atteignait le blanc absolu, au point que se confondaient les rochers de la rive et les glaces de la baie, il s'émerveillait de voir le petit arbre chétif s'accrocher à la vie avec une telle ténacité.

Il le considérait, médusé, et se demandait à quoi ressemblait la vie l'hiver, au milieu du lac Huron. (Charlotte n'aurait pas tenu plus d'un week-end, il le savait.)

Ketchum venait d'entrer dans la cabane, il était allé remplir un seau au lac, et faisait bouillir des faitouts sur le réchaud. Il voulait savoir si Danny préférait prendre son bain avant ou après lui.

– Tu vois cet arbre, Ketchum ?

– Celui que le vent a pris pour souffre-douleur, tu veux dire ?

– Oui, celui-là. À quoi il te fait penser ?

– À ton père, répondit Ketchum sans hésiter. C'est comme s'il portait son nom écrit dessus. Mais il va s'en sortir, Danny. Et le Cuistot aussi, il va s'en sortir.

Ketchum et Danny retournèrent chasser le chevreuil à Pointe au Baril en novembre – ce fut leur troisième et dernière chasse ensemble – et ils « bivouaquèrent » sur Turner Island en janvier 1987, aussi. Au grand dam de Ketchum, Danny avait bien stipulé qu'on ne tirerait pas à l'arc après la fermeture de la chasse. Ketchum avait donc amené, en lieu et place de son arc et ses flèches, son chien Héros, ainsi que son 12 « à tout hasard », mais qui ne tira pas.

Danny était convaincu que la réputation de pétomane faite au bel animal était un pur prétexte pour coucher dans la cabane en rondins du Grand-Père, sans chauffage. Depuis les aménagements, il faisait un peu trop chaud pour Ketchum dans le bungalow, et puis c'était trop douillet. Il aimait bien distinguer la buée de son souffle, la nuit, quand on y voyait un peu. Danny se demandait comment c'était possible, puisqu'il n'y avait aucun éclairage, ni au gaz, ni à l'électricité. En partant se coucher, le bûcheron emportait une torche électrique, mais il la tenait comme une matraque. Danny ne l'avait jamais vu l'allumer.

L'été, Ketchum n'était venu qu'une fois sur l'île, la fois où le cuisinier était reparti sitôt arrivé. Charlotte ne sut jamais qu'il avait déjà son 12 avec lui, mais Danny eut l'occasion de le voir. Un jour que Charlotte avait pris le bateau pour se rendre à Pointe au Baril, il l'entendit tirer sur un serpent à sonnette.

– Les serpents à sonnette font partie des espèces protégées, je crois qu'ils sont menacés d'extinction, avait glissé Danny.

Ketchum avait déjà écorché la bête et sectionné sa sonnette.

L'été, Charlotte faisait remettre le bateau en état chez Desmasdon, l'atelier qui l'hébergeait aussi en cale sèche, l'hiver. À présent, en regardant Ketchum écorcher le serpent, Danny se rappela une affiche sur le congélateur de l'atelier. On y voyait les divers serpents de l'Ontario et le massasauga de l'Est en faisait partie, il était bel et bien protégé. Danny entreprit d'expliquer les choses à l'homme des bois, qui l'interrompit :

– Héros est bien assez malin pour pas se faire mordre par ces saloperies, Danny. C'est pas pour lui que je fais ça, mais Charlotte et toi, je suis moins sûr. Vous vous baladez dans tous les coins, ici, je vous ai vus, vous arrêtez pas de vous parler au lieu de regarder où vous mettez les pieds. Les amoureux, ça regarde pas s'il y a des serpents à sonnette, et en plus, ça écoute rien non plus. Et puis vous voulez un bébé, non ? Alors c'est pas les serpents qu'il faut protéger, c'est vous.

Sur ce, il décapita le serpent avec son Browning. Il fit couler le venin des crocs sur une pierre, puis il traîna la tête dans la baie.

– Ça nourrira les poissons, moi je suis tout ce qu'il y a d'écologique – à mes heures.

Il balança la dépouille sur le toit de la cabane du Grand-Père, pour qu'elle sèche au soleil, expliqua-t-il, « si les mouettes et les corbeaux viennent pas la bouffer avant ».

Les oiseaux l'aperçurent en effet et ce fut un beau tapage, si bien que, le lendemain matin, Ketchum fut tenté de tirer un coup de son 12, histoire de faire peur aux mouettes et aux corbeaux. Se doutant cependant que Charlotte entendrait la détonation, il s'en abstint et sortit bombarder les oiseaux de cailloux. Une mouette s'enfuit avec les restes de la peau.

– Rien ne se perd, résuma-t-il plus tard pour Danny.

Ce jour-là, les Montés vinrent dans leur bateau s'enquérir du coup de feu entendu la veille. Est-ce qu'ils avaient entendu quelque chose, eux ? Sur Barclay Island, on leur avait dit que ça avait tiré chez eux.

– Moi aussi, j'ai entendu le coup, dit Ketchum en captant l'attention des deux jeunes policiers. (Il se rappelait même à quelle heure, avec une précision impressionnante. Mais il affirma que le coup de feu venait sans le moindre doute du continent.) Je dirais que c'était du 12, mais l'eau, ça déforme le son, ça l'amplifie.

Les deux Montés hochèrent la tête en entendant ce propos d'expert, et la belle Charlotte fit de même, en toute innocence.

Et puis Joe était mort, et Danny, qui n'avait jamais eu trop de goût à tuer, en perdit toute envie. Et lorsque Charlotte s'en alla, lui et Ketchum renoncèrent à leurs équipées au cœur de l'hiver.

L'homme des bois emporta pourtant un peu de Pointe au Baril avec lui, même s'il n'y retourna jamais. À vrai dire, la séparation entre Danny et Charlotte s'était faite avec tant de civilité qu'elle lui avait même proposé de partager son île : il pourrait y aller en juillet, elle irait en août ; après tout, il avait investi de l'argent dans les aménagements, lui aussi. Son offre était sincère, au-delà de la question d'argent.

Mais ce n'étaient pas les étés de l'île qu'il avait aimés ; il adorait les passer avec elle. Avec elle, il aurait été heureux partout. Et après qu'elle l'eut quitté, quand il pensait au lac Huron, il ne voyait que l'arbre, tordu par la tempête en hiver. Comment aurait-il pu lui demander la permission de regarder une fois encore le petit arbre d'hiver depuis sa cabane d'écrivain, le pin tordu par la tempête, qu'il ne voyait plus qu'en imagination ?

Et comment aurait-il pu avoir un autre enfant, lui qui avait perdu le sien ? Le jour de sa mort même, il avait compris qu'il allait perdre Charlotte, car plus jamais il ne supporterait cette angoisse, cette fin atroce, plus jamais.

Et Charlotte aussi le comprit, avant même qu'il ait le courage de le lui dire.

– Je te tiens quitte de ta promesse, lui annonça-t-elle, même si ça m'amène à partir de mon côté.

– C'est ce que tu devrais faire, Charlotte, partir de ton côté, lui dit-il. Moi je ne peux pas…

Elle s'était mariée peu de temps après. Un type sympathique, Danny avait fait sa connaissance, il lui plaisait. Il était dans le cinéma ; c'était un metteur en scène français, du même âge qu'elle, et vivant à Los Angeles. Elle avait déjà un enfant, une petite fille, et elle attendait son deuxième – Danny ne lui en avait jamais tant promis.

Charlotte avait gardé son île de Georgian Bay, mais elle avait déménagé et élu domicile à LA. Elle revenait à Toronto tous les ans pour le Festival du film, et justement, c'était la saison où Danny trouvait agréable de quitter la ville. Ils étaient restés en contact téléphonique, c'était toujours elle qui appelait, mais ils auraient sans doute été aussi embarrassés l'un que l'autre de se retrouver nez à nez.

Charlotte Turner était enceinte jusqu'aux yeux – de son premier enfant – lorsqu'elle remporta l'oscar de la meilleure adaptation pour son scénario d'*À l'est de Bangor*, en mars 2000. Danny et son père l'avaient regardée à la télévision accepter la statuette (le Patrice fermait le dimanche soir). La voir sur le petit écran, depuis Toronto, elle à Los Angeles, ce n'était pas comme de la voir « en vrai »… Le cuisinier et son fils ne lui voulaient que du bien.

C'était « la faute à pas de chance ».

– Sale contretemps, hein ? avait dit Ketchum (entendant par là que si Joe était mort trois mois plus tard, il était probable que Danny aurait déjà mis Charlotte enceinte).

Oui, le temps avait joué contre eux.

Joe et la fille suivaient certains cours en commun à l'université de Denver, elle était en licence, comme lui. Cette virée à Winter Park était peut-être un cadeau d'anniversaire en retard que Joe s'octroyait. Selon leurs amis communs, ils couchaient ensemble depuis peu. C'était la première fois que la fille montait au chalet en tête à tête avec lui. Danny et son père se rappelaient pourtant qu'elle y avait passé une ou deux nuits pour Noël, avec Joe et ses amis de la fac ; ils étaient venus bivouaquer en bande, garçons et filles, sans qu'on puisse deviner (Danny et son père en tout cas) quelles relations ils entretenaient.

Après tout, la maison était grande, comme l'avait fait remarquer Charlotte, plus près par l'âge de Joe et ses potes que de Danny et de Dominic ; impossible de dire qui couchait avec qui. Ils étaient toute une bande, ils semblaient se connaître depuis toujours. Lors de ce dernier Noël, les jeunes étaient allés prendre les matelas dans les chambres, ils les avaient alignés dans le séjour, et garçons et filles, blottis les uns contre les autres, s'étaient endormis devant la cheminée.

Pourtant, malgré le nombre, et la rotation permanente à la salle de bains (Danny et son père avaient constaté avec surprise que certaines filles prenaient leur douche ensemble), cette fille-là, ils l'avaient remarquée. Charlotte, elle, n'avait rien vu. La vision n'avait duré qu'une seconde, ça ne voulait peut-être rien dire, mais après que Joe eut trouvé la mort avec elle, l'écrivain et le cuisinier ne purent jamais l'oublier.

Meg était jolie, gracile – un lutin –, et Joe s'était empressé de raconter à son père et à son grand-père qu'il l'avait rencontrée au cours de dessin, où elle posait comme modèle.

– Ce n'est pas une fille qui se révèle au premier coup d'œil, loin de là, avait commenté le cuisinier pour Ketchum, peu après Noël.

Ce n'était pas seulement qu'elle était exhibitionniste – et elle l'était. Tout comme Katie, Danny en savait quelque chose, elle aimantait le regard, et quand on l'avait vue, cesser de la regarder devenait presque une douleur.

– Elle va nous le déconcentrer, cette fille, dit Danny.

– Elle fait problème, répondit Dominic.

Les deux hommes traversaient le long couloir de l'étage, au chalet, couloir qui débouchait sur l'aile à angle droit où se trouvaient les chambres d'amis – l'architecture était si singulière qu'on ne pouvait pas passer par là sans regarder du côté des chambres, ce qui explique que Danny et Dominic aient perçu un chahut très discret. Mais enfin, ils auraient pu tourner la tête du côté d'où provenait le rire aigu des filles – son insolite pour le cuisinier et son fils, avec la vie qu'ils menaient.

C'est alors que Meg et une autre fille surgirent d'une des chambres, drapées dans des serviettes de bain. Elles avaient les cheveux mouillés, sans doute sortaient-elles de la douche, et elles coururent gauchement jusqu'à la porte d'une autre chambre, la camarade de Meg y disparaissant avant elle. La fille se trouvait donc toute seule dans le couloir quand Joe s'y engagea. Tout se passa si vite qu'il ne vit pas son père et son grand-père, et Meg non plus. Elle ne vit que lui, qui la vit aussi. Et avant de se glisser dans la chambre où son amie était entrée et d'en refermer la porte, elle avait ouvert sa serviette à son intention.

– Elle lui a secoué ses petits nichons sous le nez ! résuma plus tard le cuisinier pour Ketchum.

– Le genre de fille qui te déconcentre, conclut sobrement Danny sur le moment.

C'était ce que Charlotte aurait appelé une réplique « superflue » par référence aux formules hors sujet dans les scénarios, mais après l'accident qui coûta la vie à Joe et Meg le mot « déconcentrer » résonna longtemps.

Et d'abord, pourquoi n'avaient-ils pas attaché leur ceinture ? Est-ce que la fille était en train de le sucer ? C'était probable. Après l'accident, on l'avait retrouvé braguette ouverte et sexe dehors. Joe avait été éjecté, il était mort sur le coup. La fille n'avait pas eu cette chance ; encore vivante à l'arrivée des secours, mais la tête coincée entre le frein et l'accélérateur, nuque à angle droit, elle était morte dans l'ambulance qui la conduisait à l'hôpital.

Ce qui avait poussé Joe et Meg à sécher deux jours de cours à la fac pour cette virée à Winter Park semblait assez évident ; et pourtant ces chutes de neige abondantes qui avaient accompagné tout le week-end n'étaient pas pour eux l'attraction majeure. D'ailleurs, c'était une neige de fin mars typique, humide et lourde ; on skiait sans doute lentement, avec une absence de visibilité périlleuse sur la montagne. Et à en juger par l'état du chalet – l'état dans lequel la femme de ménage l'avait trouvé avant d'y mettre aussitôt bon ordre –, Joe et la fille avaient passé le plus clair de leur temps à l'intérieur. Ils ne semblaient pas avoir skié beaucoup. Peut-être ne fallait-il rien y voir de plus qu'une expérience de grands enfants, mais ils s'étaient apparemment amusés à coucher dans tous les lits de la maison.

N'empêche qu'il resterait des questions sans réponse. S'ils n'étaient pas venus au chalet pour skier, pourquoi avoir attendu le second soir pour rentrer à Boulder ? Joe savait bien que dès qu'il y avait danger d'avalanche, la patrouille à ski fermait l'US 40 de minuit à l'aube ; avec cette neige humide et lourde, en cette période de l'année, il se pouvait que Joe n'ait pas voulu prendre le risque de partir avant l'aube, tant que les policiers déclencheraient les avalanches. Évidemment, les amoureux auraient pu attendre le lendemain de très bonne heure, mais peut-être estimaient-ils que sécher deux jours, ça suffisait.

Il neigeait à gros flocons sur Winter Park quand ils se mirent en route, mais il n'y avait pratiquement aucune voiture de skieurs sur l'US 40 en direction de l'I-70, alors que la route était assez fréquentée d'ordinaire. (On était en semaine, dans la plupart des facs qui donnaient des vacances en mars, les étudiants étaient rentrés.) Joe et Meg avaient dû doubler le chasse-neige au sommet du col Berthoud ; le chauffeur se rappelait la voiture de Joe, dont il n'avait vu que le conducteur mais pas la passagère (pipe déjà en cours, sans doute). Quant à Joe, il avait fait un signe de la main au chauffeur du chasse-neige, qui se rappelait lui avoir rendu son salut.

À peine quelques secondes plus tard, l'homme avait aperçu une autre voiture, qui arrivait en face, de l'I-70. Ce devait être, selon sa formule, « un furieux de Denver », il allait beaucoup trop vite pour les conditions météo à la limite du blizzard. Selon l'employé de la voirie, Joe conduisait prudemment, ou en tout cas assez lentement, compte tenu de l'averse de neige qui rendait la chaussée glissante. Le conducteur de Denver – s'il venait bien de Denver – avait perdu le contrôle de son véhicule et dérapé en haut du col. Le chasse-neige lui avait fait un appel de phares sans que l'autre ralentisse pour autant.

– Je n'ai vu qu'une tache bleue.

Et quand on lui demanda de quel bleu, il dut avouer :

– Avec toute cette neige, je saurais pas vous dire.

Ce qui n'empêcherait pas Danny d'imaginer que c'était un bleu insolite – un truc « customisé », comme avait dit Max.

Quoi qu'il en soit, la mystérieuse voiture avait disparu sans que l'employé de la voirie ait aperçu son chauffeur.

Il était donc redescendu vers l'I-70, et c'est alors qu'il avait trouvé la voiture de Joe roues en l'air. Il n'y avait aucun autre véhicule, l'employé l'aurait vu, de sorte que son interprétation des traces sur la neige était sans doute la bonne. Les pneus de l'autre voiture avaient patiné, ses roues arrière avaient chassé, de sorte qu'elle avait quitté sa voie pour débouler sur celle d'en face, où Joe arrivait. À en juger par les traces, Joe avait été forcé de changer de voie pour éviter la collision. Mais les deux voitures avaient opéré leur chassé-croisé sans même s'effleurer.

Sur une chaussée glissante, le chauffeur du chasse-neige le savait, celui qui est dans la montée peut déraper sans dommage – il suffit de lever le pied, la voiture ralentit et cesse de chasser. Mais dans la descente, la voiture de Joe continua de rouler, heurtant d'abord l'énorme congère qui recouvrait la rampe de sécurité du côté du précipice. (Les conducteurs qui grimpent le col n'aiment pas trop regarder de ce côté-là. Sur cette portion de route, c'est vertigineux.) La congère qui semblait molle était au contraire compactée par le gel, une vraie muraille ; elle avait renvoyé la voiture sur la voie montante, où le véhicule avait fait un tonneau. Ces traces-là disaient à l'employé de la voirie qu'il avait descendu sur le toit la partie la plus escarpée de la route. Les deux portières s'étaient ouvertes, côté conducteur, et côté passager.

Comment lui avait-il posé la question déjà, ce journaliste ?

– Monsieur Angel, diriez-vous que, compte tenu de la petite vitesse à laquelle votre fils roulait, il est probable que lui et la fille auraient survécu à cet accident s'ils avaient attaché leur ceinture ?

– Selon toute vraisemblance, avait répété Danny.

À en croire la police, il était exclu que le conducteur de l'autre voiture ne se soit aperçu de rien. Même en dérapant, le supposé conducteur de Denver avait bien dû voir ce qu'il était advenu de la voiture. Mais une chose est sûre : il ou elle ne s'était pas arrêté(e) pour autant. Au contraire, selon le conducteur du chasse-neige, il aurait plutôt accéléré, comme pour quitter au plus vite les lieux de l'accident.

Danny et son père n'en parlaient pas souvent, de cet accident, mais Dominic savait bien ce que pensait son fils l'écrivain. Pour qui a de l'imagination, perdre un enfant est une malédiction particulière. Dominic comprenait que son cher Daniel ne cessait de perdre son cher Joe – chaque fois différemment, peut-être. Danny se demandait en outre si l'autre voiture avait bien un chauffeur, car, sans aucun doute, c'était une Mustang bleue.

Cette voiture scélérate traquait Joe depuis toutes ces années. L'accident s'était produit près de quatorze ans après le jour où Max et Joe avaient failli se faire écraser par la Mustang bleue, derrière la maison, tous deux jurant qu'elle n'avait pas de chauffeur.

C'était une Mustang bleue sans personne au volant, et elle avait une mission. Jadis Danny avait imaginé trouver son enfant de deux ans déchiqueté sur Iowa Avenue, aujourd'hui le conducteur du chasse-neige avait découvert son corps – sur la chaussée.

13
Baisers de loup

En ce samedi 23 décembre, à dix-neuf heures trente, à la veille de sa fermeture pour les fêtes, le Patrice refusait du monde. Son propriétaire jubilait, accueillant tous les dîneurs comme s'ils faisaient partie de sa famille. Son enthousiasme était communicatif. Toutes les tables apprirent donc les transformations à venir : après le Nouvel An, ambiance et menu sans chichis. « Et avec ça, des prix en baisse ! » promettait-il, serrant des mains, frottant sa joue à celle des arrivants. Quand le restaurant rouvrirait, tout aurait changé.

– Le Patrice, c'est fini, annonçait-il en passant avec aisance de table en table. Vous ne risquerez pas d'oublier le nouveau nom. Il vous a un côté incisif.

– Ça va s'appeler l'Incisif ? demanda Ketchum, soupçonneux, au Français.

Le vieux bûcheron était de plus en plus dur d'oreille, surtout de la droite, ce qu'il mettait sur le compte de la chasse, mais, de toute façon, le bruit des tronçonneuses l'avait rendu sourd, et des deux oreilles. Si Patrice lui avait parlé dans la gauche, la différence n'aurait pas été grande.

– Non non, ça ne va pas s'appeler l'Incisif, ça va s'appeler le Baiser du Loup ! cria le Français assez fort pour se faire comprendre de Ketchum.

Danny et lui s'étaient installés devant la vitre, au ras de la rue, qu'ils apercevaient par-dessus le verre dépoli. Quand le restaurateur fut passé à la table suivante, Ketchum jeta un regard aigu à Danny.

– J'ai bien entendu ce qu'il vient de dire, ton Français ? Le Baiser du Loup, merde alors, y a qu'un écrivain pour dénicher un nom pareil.

– Je n'y suis pour rien, c'est Silvestro qui l'a trouvé ; le nom a plu à Patrice, Papa n'a rien à voir dans l'histoire, lui non plus.

– Bon dieu de bouse de bison, les gars, on dirait vraiment que vous tenez à vous faire choper !

– Comment veux-tu qu'on se fasse choper à cause de ce nom ! Ne sois pas ridicule, Ketchum, le Cow-boy ne risque pas de nous retrouver de cette façon

– Il lâche pas l'affaire, c'est tout ce que je dis. Je sais pas pourquoi tu veux à toute force l'aider à vous trouver.

Danny resta sans répondre ; pour lui, il n'y avait pas le moindre risque que le Cow-boy fasse le rapprochement entre le Baiser du Loup et le nom de Baciagalupo. Le shérif adjoint à la retraite ne parlait pas italien

– J'en ai vu, des loups, j'ai vu comment ils tuent, aussi, dit le vieil homme des bois à Danny. Je vais te dire à quoi ça ressemble, moi, les baisers de loup. Le loup égorge sa proie. Si tu as une horde de loups à tes trousses, toi ou un autre bestiau, ils t'obligent à leur faire face, et il y en a toujours un qui est prêt à te sauter à la gorge, c'est ça qu'ils guettent, ta gorge, pour te saigner. Alors les baisers de loup, c'est pas joli à voir.

– Qu'est-ce qui te tente ? demanda Danny, pour détourner la conversation.

– Je suis déchiré, dit Ketchum.

Il avait mis ses lunettes pour lire la carte – des lunettes, lui ! –, mais elles ne lui donnaient pas l'air d'un érudit. La cicatrice infligée par la poêle en fonte était trop profonde, et sa barbe trop broussailleuse. Avec sa chemise écossaise et son gilet en mouton droit venus de Twisted River on ne l'aurait guère pris pour un citadin, et moins encore pour le convive d'un souper fin.

– Je pensais aux côtes d'agneau grillées à la française, ou au foie de veau avec des frites du Yukon. C'est quoi les frites du Yukon, merde alors ?

– Des grosses pommes de terre, des Yukon Gold, coupées en tranches dans la longueur.

– Et puis, j'avais remarqué la côte de bœuf.

– La côte de bœuf, c'est pour deux, précisa Danny.

– Justement, dit Ketchum. (Il avait bu de la Steam Whistle pression jusque-là mais passa à de l'Alexander Keith en bouteille, qui avait un peu plus de corps.) Immaculée Constipation ! s'écria-t-il. Y a du vin à 168 dollars la bouteille !

Danny vit qu'il s'agissait du barolo massolino, un vin du Piémont.

– On va en commander, dit-il.

– Tant que c'est toi qui régales…

Dans la cuisine régnait l'habituel capharnaüm. Le cuisinier aidait Scott à confectionner les profiteroles à la glace au caramel, avec un coulis de chocolat amer. Dominic était également en train de préparer les croûtons et la rouille pour la soupe de poissons de Joyce et de Kristine ; plus tôt dans l'après-midi, il lui était aussi revenu de faire les tagliatelles pour accompagner les scallopini de veau ainsi que le confit de canard de Silvestro. Mais il les avait faites longtemps avant le coup de feu ; il venait enfin de commencer une réduction de vin rouge au romarin.

S'il y avait encore plus de bruit que d'habitude, c'est que Dorotea, la nouvelle plongeuse, ayant le poignet et le pouce droits dans le plâtre, laissait échapper les marmites à tout bout de champ. On prenait des paris sur la commande de Ketchum. Silvestro penchait pour le cassoulet royal, mais Dominic avait répondu qu'aucun bûcheron dans son bon sens ne commanderait des haricots, à moins de n'avoir pas le choix. Selon lui, ce serait la côte de bœuf pour deux ; Joyce et Kristine voyaient plutôt les côtes d'agneau et le foie.

– Ou alors il va partager la côte avec Daniel pour garder de la place pour les côtelettes ou le foie, spécula Dominic.

La tiédeur de la queue de la poêle où réduisait le vin rouge le distrayait, mais il n'arrivait pas à cerner la cause de ces pensées vagabondes. Depuis quelque temps, il s'était aperçu que ses vieux souvenirs étaient plus clairs, c'est-à-dire plus vifs, que les souvenirs récents. Ainsi, il s'était surpris à se rappeler des mots que Rosie avait dits à Ketchum juste avant ou juste après qu'ils furent partis sur la glace. Mais est-ce que c'était Ketchum qui avait dit le premier « Donne-moi ta main » ? Il lui semblait bien que oui, mais il n'était pas sûr. Rosie avait énoncé très clairement : « Non, pas celle-ci, c'est pas la bonne », et elle avait aussitôt pris un peu de champ, mais est-ce que c'était avant ou après cette fichue danse ? Il ne s'en souvenait pas, parce qu'il était plus ivre encore que Rosie et Ketchum.

Mais enfin, qu'est-ce que c'était que cette histoire de main qui n'était pas la bonne ? Il ne tenait pas tellement à le demander à Ketchum. D'ailleurs, à quatre-vingt-trois ans, que se rappellerait-il de cette nuit si lointaine ? Sans compter qu'il n'avait pas cessé de boire, lui !

L'un des jeunes serveurs risqua l'hypothèse qu'il ne commanderait rien du tout : après trois Steam Whistle et deux Keith, il ne devait plus avoir beaucoup d'appétit. C'était mal connaître Ketchum.

Patrice déboula dans la cuisine.

– Ouh là là, Dominic, qu'est-ce qu'il fête, ton fils ? Il a commandé du barolo massolino.

– Je ne m'en fais pas. Pour la payer, il a les moyens, et pour la boire, il peut compter que Ketchum va faire le plus gros.

C'était leur dernier soir aux cuisines avant les longues vacances, mais tout le monde était de bonne humeur et travaillait d'arrache-pied. Dominic demeurait cependant distrait sans en savoir la cause ; il gardait en main le manche de la poêle chaude, sensation familière. Qu'est-ce qu'il y a, se demandait-il, qu'est-ce qu'il y a qui ne va pas ?

Dans sa chambre, sur Cluny Drive, les panneaux d'affichage couverts d'innombrables photos captaient l'œil et l'attention, de sorte que la poêle en fonte de vingt centimètres de diamètre passait inaperçue. Elle avait pourtant franchi les frontières de différents États, et même d'un pays étranger. Elle était donc bien à sa place dans la chambre, même si la protection qu'elle assurait était plus symbolique que réelle, comme Carmella l'avait jadis supposé.

Elle était toujours dans sa chambre, sitôt la porte franchie, et elle passait presque inaperçue. Pourquoi y pensait-il avec une telle insistance, du moins depuis que Ketchum était arrivé – sans crier gare, selon son habitude ?

Ce que Dominic ne savait pas, c'est que Danny y pensait aussi, à la vieille poêle à frire, ces derniers temps. Inchangée, semblable à elle-même, elle était là, cette fichue poêle, accrochée dans la chambre de son père comme un rappel qui s'adressait à l'écrivain. Mais un rappel de quoi, au juste ?

Certes, c'était celle qui avait tué Jane l'Indienne, et par conséquent elle était à l'origine de leur fuite. C'était celle dont Dominic s'était servi pour assommer l'ours dans le mythe fondateur, et Ketchum dans la réalité. Mais Ketchum était trop coriace pour se laisser abattre. « Ketchum ne périra que de sa propre main », résumait le cuisinier.

Danny et son père y avaient repensé tous deux, et ça demeurait vrai, même à quatre-vingt-trois ans, Ketchum était increvable.

Le jeune serveur revint à la cuisine.

– Le grand costaud, il veut la côte de bœuf pour deux ! annonça-t-il, impressionné.

Dominic esquissa un sourire et sourit de nouveau plus tard, quand Patrice fit un saut à la cuisine pour lui dire que son fils avait commandé une deuxième bouteille de barolo. Une côte de bœuf, même pour deux, et dieu sait combien de bouteilles de barolo… il en fallait davantage pour abattre Ketchum. Increvable, il ne périrait que de sa propre main.

Il faisait si chaud à la cuisine qu'on avait ouvert – entrouvert – la porte de service sur la nuit glaciale. Mais il soufflait un vent d'une violence inhabituelle qui, périodiquement, l'ouvrait toute grande. Quand il faisait froid, la ruelle de Crown's Lane sur laquelle donnait la porte de service était le refuge de sans-abri. La bouche d'aération du restaurant soufflait son haleine, ménageant un coin de chaleur, et d'odeurs alléchantes. Il arrivait qu'un SDF montre son nez, espérant un plat chaud.

Le cuisinier ne se rappelait jamais si c'était Joyce ou Kristine qui fumait, mais un SDF affamé avait fait peur à l'une des deux, sortie griller une cigarette dans la ruelle. Depuis ce jour-là, tous ceux qui travaillaient aux cuisines, ainsi que le personnel de salle, savaient qu'il y avait des SDF cherchant à se réchauffer et à trouver un morceau à manger au voisinage de la porte des cuisines. Patrice s'y faisait également livrer ses provisions – mais jamais la nuit.

Dominic alla une fois de plus refermer la porte, et il trouva Pedro – c'était leur chouchou parmi les SDF, parce qu'il ne manquait jamais de complimenter les chefs pour tout ce qu'ils lui donnaient. De son vrai nom Ramsay Farnham, sa famille l'avait renié – une vieille famille de Toronto, de célèbres mécènes. Aux abords de la cinquantaine, il les avait mis dans l'embarras plus souvent qu'à son tour. La goutte d'eau qui avait fait déborder le vase, c'était une conférence de presse improvisée lors d'un événement culturel peu mémorable en soi, où il avait annoncé céder son héritage à un hôpital pour malades du sida, à Toronto. Il prétendait aussi être en train de finir des mémoires où il expliquait pourquoi il s'était éborgné. Il avait désiré sa mère toute sa vie d'adulte, et s'il n'avait jamais couché avec elle, ni assassiné son père, ce n'était pas l'envie qui lui en avait manqué. C'est pourquoi il ne s'était crevé qu'un seul œil, c'est pourquoi il avait pris le nom de Pedro et non celui d'Œdipe.

Personne ne savait si le bandeau qu'il avait à l'œil gauche couvrait une orbite creuse ou un œil intact ; on ne savait pas davantage pourquoi ce nom de Pedro. L'homme se tenait plus propre que la plupart des SDF ; même si ses père et mère refusaient tout contact avec lui, d'autres membres de sa famille, plus compatissants, lui permettaient peut-être de prendre un bain de temps en temps ou de laver ses vêtements chez eux. Certes, c'était un fou, mais il avait reçu une excellente éducation, et il s'exprimait à la perfection. (Les mémoires étaient en chantier *ad vitam aeternam*, si tant est qu'il en ait écrit un seul mot.)

– Bien le bonsoir, Dominic, dit le borgne au cuisinier qui bataillait avec la porte.

– Comment vas-tu, Pedro ? Un petit plat chaud te ferait du bien par une nuit aussi glacée.

– C'est un peu ce que je me disais, Dominic. La soufflerie d'air chaud a beau brouiller les effluves, je crois détecter un royal plat du jour ; si mes narines ne m'abusent, Silvestro s'est encore surpassé, et ce doit être un cassoulet.

Dominic n'avait jamais vu les narines de Pedro l'abuser. Il servit au gentleman SDF une généreuse portion de cassoulet, en le prévenant que le plat était chaud. En retour, Pedro proposa de retenir la porte des cuisines avec son pied.

– C'est un honneur de sentir le fumet du Patrice en direct, sans que la soufflerie le dénature, ajouta-t-il.

– Le dénature, oui, répéta Dominic pour lui-même. Puis, à l'adresse de Pedro : Tu sais, on change de nom. Ce sera après Noël.

– Après Noël ? C'est un nom curieux, pour un restaurant, Dominic, répondit le SDF pensif. Tout le monde ne célèbre pas la naissance du Christ, tu sais. Le canard est exquis, au fait, et j'adore la saucisse.

– Non non, on ne va pas s'appeler Après Noël ! s'écria le cuisinier. On a choisi le Baiser du Loup comme nom.

Le SDF cessa de manger et le regarda, interdit.

– Ce n'est pas moi qui ai choisi, dit Dominic avec un peu trop d'empressement.

– Tu plaisantes, c'est le titre d'un porno célèbre ! C'est un des films les plus pornos que j'aie vus, mais il est célèbre, et je suis sûr que c'est le titre.

– Tu dois te tromper, Pedro, ça sonne peut-être mieux en italien, dit Dominic pour dire quelque chose.

– Ce n'est pas un porno italien ! s'écria le SDF.

Il rendit l'assiette de cassoulet sans la finir, la cassolette de haricots glissa dessus et le cuisinier s'y brûla les doigts une seconde.

– Le Baiser du Loup, ça ne ressemble pas à un titre de film porno, dit Dominic.

Mais Pedro disparaissait dans la ruelle, secouant son énorme tignasse et hochant un menton garni d'une barbe grisonnante.

– Je vais vomir, dit-il, je n'oublierai jamais ce film, c'était infect, parce que tu comprends bien, Dominic, qu'il ne s'agit pas de coucher avec les loups…

– Je ne veux pas savoir de quoi il s'agit ! s'écria Dominic. Je suis sûr que tu confonds.

– Il y a des choses qu'on n'oublie pas, Dominic ! lui cria le SDF désormais invisible. Des rêves d'inceste avec la mère, des fellations, des cunnilingus, une horreur ! hurlait le fou, ses mots dispersés par le vent mais bien audibles malgré la basse obstinée de l'aérateur.

– Il ne lui a pas plu, mon cassoulet ? demanda Silvestro lorsque le cuisinier lui rapporta la cassolette et l'assiette pleines.

– C'est un nom qui le perturbe, se borna à dire Dominic.

Mais l'incident lui parut de mauvais augure pour le Baiser du Loup, même si Pedro se trompait sur le titre de l'abject film porno.

Par la suite, ni le cuisinier ni son fils ne trouvèrent de film porno portant ce nom. Ketchum lui-même n'en avait jamais vu, or il prétendait les avoir tous vus, du moins tous ceux qu'on pouvait se procurer dans le New Hampshire.

– Je m'en souviendrais, Cuistot, d'ailleurs, je suis même certain que je te l'aurais envoyé. Mais qu'est-ce qu'on voit de si extraordinaire, dans ce porno ?

– Je n'en sais rien et je ne veux pas le savoir, je veux seulement savoir si ça existe.

– Va pas te mettre les couilles à l'envers pour si peu.

– Apparemment ce film n'existe pas, reprit Danny, du moins, pas encore. Et puis, P'pa, tu sais bien qu'il est dingue, Pedro.

– Bien sûr que je le sais. Le pauvre, il était tellement convaincu qu'il en devenait crédible.

Le samedi soir précédant les vacances de Noël, le dernier soir du Patrice, Danny et Ketchum commandèrent trois bouteilles de barolo massolino. Comme le cuisinier l'avait dit au propriétaire, Ketchum en but l'essentiel, mais ça ne l'avait pas empêché de compter.

– Tu peux toujours raconter que tu bois deux bières et un ou deux verres de vin au dîner, Danny, mais là, tu as bu quatre verres de vin, or même trois, après les deux bières, ce serait déjà beaucoup pour un petit gabarit comme toi.

Il n'y avait rien d'accusateur dans la voix de Ketchum, il se contentait de rétablir les faits, mais Danny eut une réaction de défense :

– Je n'aurais jamais cru que tu comptais mes verres, Ketchum…

– Ne le prends pas mal, Danny, c'est mon boulot de veiller sur vous autres.

Ketchum lui avait reproché sa tendance à ne pas verrouiller la porte quand il rentrait chez eux sur Cluny Drive, après dîner. Mais en général, son père rentrait après lui, et il avait horreur de tâtonner pour trouver la serrure. Il préférait se lever pour fermer la porte lui-même, avant d'aller se coucher.

– Mais le vin t'endort, non, Danny ? avait demandé l'homme des bois. Si bien qu'en général tu es dans ton premier sommeil toutes portes ouvertes, le temps que ton père rentre.

– Bon dieu de bouse de bison, comme tu dirais toi-même ! avait répondu Danny.

On faisait comme ça, à Toronto, lui expliquèrent-ils. Ils s'étaient déjà enfermés dehors l'un l'autre. C'était la barbe. À présent, quand ils sortaient, ils tiraient simplement la porte. Et le soir, le dernier rentré la verrouillait.

– C'est le vin rouge qui me chiffonne, moi. On dort comme un sonneur, quand on en boit, on risque pas d'entendre quoi que ce soit.

– Si je bois de la bière, je n'arrive plus à fermer l'œil, expliqua Danny.

– À la bonne heure, repartit Ketchum.

Mais là n'était pas tellement la question. Oui, il arrivait bien que Danny boive plus d'un verre ou deux, et alors il s'endormait en effet. Mais ce n'était jamais qu'un facteur parmi d'autres. Quant au nouveau nom du restaurant, il ne fut pour rien dans le drame. Le drame, c'est qu'après tous leurs efforts pour semer le Cow-boy, y compris ces changements de nom contestables et finalement sans objet, Ketchum avait été suivi.

Ce n'était d'ailleurs pas la première fois que le Cow-boy suivait Ketchum, mais jusque-là, il en avait été pour ses frais. Il l'avait filé deux fois lors de ses parties de chasse au Québec ; il l'avait même traqué jusqu'à Pointe au Baril, un hiver, mais il s'était dit que le jeune homme avec qui il campait devait être un cul-terreux du coin. Il était loin de se douter de l'identité de Danny, ni de ce qu'il faisait. Dans ses divagations, il avait même imaginé que Ketchum pouvait être « pédé » et que le jeune homme était l'amant du vieux bûcheron ! N'ayant jamais vu surgir un petit boiteux lors de ces aventures, il s'était lassé de suivre Ketchum.

Mais un mot allait décider de tout, un mot doublé d'une circonstance : Ketchum et le Cow-boy faisaient tous deux changer leurs pneus au même garage, à Milan. Les pneus, ceux d'hiver surtout, ont une importance cruciale dans le New Hampshire. Ils fréquentaient le garage Twitchell, où le jeune mécano était un Canuck nommé Croteau.

– On dirait la bagnole de Ketchum, dit Carl en la remarquant sur le pont élévateur une bonne semaine avant Noël.

– Ouaip, répondit Croteau, qui était en train d'en changer les quatre pneus pour remplacer les chaînes par de simples pneus neige, ce qui n'échappa pas au shérif adjoint.

– Ketchum a des infos personnelles comme quoi l'hiver sera doux ?

– Non, mais il supporte pas le bruit des chaînes sur l'autoroute, et c'est surtout de l'autoroute, entre ici et Toronto.

– Toronto, répéta le Cow-boy, mais sans que le mot déclenche encore quoi que ce soit.

– Il remet les chaînes dès qu'il rentre, après Noël. Mais pour conduire sur route, surtout sur les interstates, des pneus neige ordinaires, ça suffit.

– Comme ça, Ketchum passe Noël à Toronto ?

– Du plus loin que j'me souvienne, dit Croteau (ce qui ne voulait pas dire une éternité dans la mesure où il avait tout juste passé vingt ans, et changeait les pneus depuis qu'il avait quitté l'école).

– C'est qu'il a une amie, ou peut-être bien un ami à Toronto ?

– Non, il a de la famille là-bas, qu'il m'a dit.

Ce fut le mot fatidique. Le shérif adjoint savait bien que Ketchum n'avait pas de famille, et en tout cas pas au Canada. Le peu de famille qu'il avait eu, il l'avait perdu, étant brouillé avec ses enfants, lesquels, parents eux-mêmes aujourd'hui, n'avaient jamais quitté le comté de Coos et simplement rompu toutes attaches familiales.

– Ketchum a sûrement pas de famille à Toronto, dit le Cow-boy au jeune obtus.

– Ben, c'est pourtant ce qu'il m'a dit.

Plus tard, Danny serait touché de savoir que le vieux bûcheron les considérait, lui et son père, comme sa famille. Le cuisinier ! Carl ne voyait pas à qui d'autre Ketchum s'était attaché, de qui d'autre il s'était rapproché. Du reste, l'ex-flic n'avait eu aucun mal à le suivre sans se faire remarquer. Son pick-up consommait beaucoup d'huile et laissait derrière lui un nuage noir ; il n'avait eu qu'à louer un monospace anonyme, équipé de pneus neige. En ce mois de décembre, sur les autoroutes du Nord-Est (ils allaient passer la frontière canadienne à Buffalo, sur Peace Bridge), il se fondait dans la masse des véhicules. Après tout, Carl avait été flic, filer les gens, ça le connaissait.

Il sut aussi d'expérience prendre ses marques autour de la maison de Cluny Drive, et ne mit pas longtemps à repérer les allées et venues des uns et des autres, Ketchum compris, qu'il savait pertinemment n'être que de passage. Il était bien tenté de les tuer tous trois, mais il hésitait à se mesurer au vieux bûcheron, le sachant armé. Le jour, la maison de Cluny Drive n'était pas verrouillée, ni la nuit, jusqu'au retour du dernier d'entre eux, en général le cuisinier, qui la fermait en se couchant.

Le Cow-boy n'avait eu aucun mal à y pénétrer, et il avait eu tout loisir de la visiter ; il savait donc qui couchait dans quelle chambre ; mais il lui restait encore bien des choses à apprendre.

La seule arme de la maison se trouvait dans la chambre d'amis, celle de Ketchum, naturellement. Drôle de fusil, pensa le Cow-boy, ou en tout cas un peu rudimentaire pour Ketchum – un Winchester 20, modèle junior. Une carabine de môme, mince alors !

Comment aurait-il su que le Winchester était le cadeau de Noël réservé à Danny ? Le vieux bûcheron n'était pas un fervent des paquets-cadeaux, si bien qu'il avait rangé le fusil à pompe chargé sous le lit, à l'endroit même où le Cow-boy aurait rangé une arme. Mais il n'aurait jamais imaginé que le fusil n'allait pas retourner dans le New Hampshire avec l'ancien convoyeur de bois. Le Cow-boy n'avait donc plus qu'à attendre son départ pour agir.

Il pensait avoir le choix entre plusieurs tactiques. Il avait déverrouillé la porte donnant sur l'escalier de secours dans la chambre du deuxième transformée en bureau. Si l'écrivain ne s'en apercevait pas, il pourrait entrer par là. Si, en revanche, Danny s'en rendait compte et la fermait à clé, il pourrait encore entrer par la porte de devant, à un moment quelconque de la soirée, pendant que le cuisinier et son fils seraient sortis. Il avait d'ailleurs remarqué que Danny ne remontait jamais au deuxième après dîner – l'effet de la bière et du vin rouge ; quand il avait bu, il ne voulait même pas se trouver dans la pièce où dormaient ses écrits.

Qu'il entre directement par le deuxième étage ou par la porte de devant, il aurait intérêt à se cacher dans le bureau, à condition de ne pas trop déambuler tant que le cuisinier et son fils ne dormaient pas : le parquet grinçait, de même que les marches menant au premier ; il marcherait en chaussettes. Il commencerait par tuer le cuisinier, puis il tuerait son fils. Il avait vu la poêle accrochée dans la chambre, et en connaissait fort bien le passif meurtrier par Pam Pack de Six. Il s'était délecté à s'imaginer dans la chambre du Cuistot, une fois qu'il aurait abattu ce petit salopard, attendant que le fils vienne à la rescousse de son père avec cette poêle à la con. Enfin, si les choses se passaient comme ça, il ne faudrait pas se plaindre. Ce qui lui importait, c'était de les tuer tous deux, et d'avoir repassé la frontière quand on découvrirait leurs corps. Avec un peu de chance, il serait même déjà dans le comté de Coos.

Il s'inquiétait un peu plus d'une rencontre éventuelle avec la Mexicaine qui faisait le ménage, et dont les déplacements étaient moins prévisibles que ceux du cuisinier ou que les habitudes observables de son fils l'écrivain. Comparés à l'apparition inopinée de Lupita pour faire une ou deux fournées de lessive ou pour attaquer compulsivement la cuisine, même les us et coutumes de Ketchum avaient leur logique. Le bûcheron allait à un cours de taekwondo sur Yonge Street environ deux heures par jour. Le gymnase s'appelait le Champion Centre, et Ketchum l'avait découvert par hasard, des années auparavant ; le maître instructeur était un Iranien, ancien lutteur, aujourd'hui boxeur et kickboxeur. Ketchum déclarait travailler « son coup de latte ».

– Seigneur Dieu, avait protesté le cuisinier, à quatre-vingt-trois ans, pourquoi s'intéresser à un art martial ?

– C'est plutôt le mélange de ces arts martiaux, Cuistot, la boxe et la savate, et puis le corps à corps. Ce qui m'intéresse, c'est de découvrir de nouveaux gestes pour envoyer un gars au tapis. Parce qu'une fois qu'il y est, je me charge du reste.

– Mais pourquoi, Ketchum ? Combien de fois encore est-ce que tu comptes te battre ?

– C'est toute la question, Cuistot, on peut pas compter qu'on va se battre, faut être prêt, c'est tout.

– Seigneur Dieu ! répéta le cuisinier.

Danny avait toujours l'impression que Ketchum se préparait à la guerre. Et ce cadeau de Noël, l'arme avec laquelle Danny avait abattu trois chevreuils, ne faisait que souligner l'évidence.

– Qu'est-ce que tu veux que je fasse d'un fusil ?

– Tu n'as rien d'un grand chasseur, Danny, ça je te l'accorde, et peut-être que tu retourneras jamais à la chasse au chevreuil, mais chaque foyer devrait avoir son calibre 20.

– Chaque foyer…, répéta Danny.

– Bon, disons le vôtre, en tout cas. Il vous faut un fusil maniable et qui tire vite, en situation de face-à-face.

– En situation de face-à-face, répéta le cuisinier en levant les bras au ciel.

– Je ne suis pas convaincu, Ketchum, dit Danny.

– Prends-le, voilà tout. Tiens-le chargé en permanence, et glisse-le sous ton lit, c'est le plus sûr.

Les deux premières cartouches, c'étaient des chevrotines, Danny s'en souvenait, la troisième une balle. Sur le moment, il avait manipulé le Winchester avec gratitude, non seulement pour faire plaisir à Ketchum, mais parce qu'il savait que le fait de l'accepter allait exaspérer son père ; or Danny prenait un malin plaisir à les dresser l'un contre l'autre.

– Seigneur Dieu, répéta encore le cuisinier, je ne vais plus fermer l'œil, moi, si je sais qu'il y a une arme chargée dans la maison.

– Moi ça me dérange pas, Cuistot, pour tout te dire, ça m'arrange, que tu fermes plus l'œil.

Le Winchester avait la crosse en hêtre et un coussinet de recul en caoutchouc, que l'écrivain appuya contre son épaule. Il dut s'avouer qu'il adorait entendre Ketchum et son père se chamailler.

– Tu m'empoisonnes, Ketchum, une de ces nuits, je vais me lever pisser, et mon fils va me tirer dessus en me prenant pour le Cowboy !

Danny se mit à rire :

– Allez, vous deux ! C'est Noël ! Essayons de le passer joyeusement.

Mais Ketchum n'était pas d'humeur joyeuse.

– Danny va pas te flinguer, Cuistot, tout ce que je veux, mes ptits gars, c'est que vous vous teniez prêts, putain.

« IN-UK-SUK », disait parfois Danny dans son sommeil. C'était Charlotte qui lui avait appris à prononcer ce mot indien (ou fallait-il dire « inuit » au Canada ? Il avait également entendu l'adjectif

« inuk », et ne savait pas lequel était correct). En tout cas, il avait entendu bien des fois « inuksuk » dans la bouche de Charlotte.

Quand il se réveilla, le lendemain de Noël, il se demanda s'il devrait retirer la photo de la jeune femme au-dessus de son lit, ou du moins la remplacer par une autre. La photo en question la représentait en pied, toute mouillée dans son maillot de bain, entourant son corps de ses bras, souriante, mais visiblement frigorifiée. Au loin, on apercevait le débarcadère. Charlotte sortait de l'eau. Mais à l'arrière-plan immédiat de sa haute silhouette, entre elle et le quai, se dressait l'indéchiffrable inuksuk. Ce cairn singulier évoquait vaguement une forme humaine, sans être à l'effigie d'un homme. Depuis le lac, on aurait pu le prendre pour une balise ; de fait certains inuksuit (c'est le pluriel du mot) en faisaient office, mais pas celui-là.

Deux gros rochers l'un sur l'autre composaient la jambe, une sorte de corniche horizontale pouvait représenter le bassin, ou la taille ; quatre pierres plus petites le haut du corps, vaguement bedonnant. La créature avait des bras ridiculement atrophiés pour ses jambes. La tête, si tête il y avait, évoquait une tignasse balayée par le vent. Le cairn de pierres était aussi rabougri que les pins battus aux quatre vents des îles. Il arrivait à peu près aux hanches de Charlotte, et, avec la perspective, il paraissait plus trapu encore. Trapu, mais indestructible ; c'est peut-être pourquoi Danny avait le mot « inuksuk » sur les lèvres en se réveillant.

Il y en avait d'innombrables, sur ces îles, mais aussi sur la Route 69, entre Parry Sound et Pointe au Baril ; Danny se souvenait d'ailleurs d'y avoir vu une pancarte qui disait PREMIÈRE NATION ; TERRITOIRE OJIBWAY. Non loin des bungalows d'été, du côté de Moonlight Bay où il était allé en bateau avec Charlotte un jour de canicule, il y avait des inuksuit tout à fait singuliers, près du débarcadère de la réserve Shawanaga.

Qu'est-ce que c'était au juste que ces cairns ? songeait-il dans son lit, le lendemain de Noël. Charlotte elle-même ne savait pas qui avait édifié celui de son île.

Dans l'équipe d'Andy Grant se trouvait un menuisier qui venait de Shawanaga, l'année où ils avaient construit les deux cabanes à côté du bungalow. Un autre été, le gars qui livrait les bouteilles de propane était venu dans un bateau nommé *Première Nation*. Il avait raconté à Danny qu'il était un pur Ojibway, mais Charlotte jugeait la chose « improbable », et il ne lui avait pas demandé la raison de son scepticisme.

– C'est peut-être ton grand-père qui a construit ton inuksuk, lui avait-il suggéré.

Peut-être que les Indiens qui s'étaient succédé dans l'île au fil des années pour y faire des travaux divers y avaient restauré l'édifice chaque fois qu'il s'éboulait.

– Les pierres ne s'éboulent pas, lui avait-elle dit. Grand-Père n'y est pour rien. C'est un autochtone qui a fait ça – ça ne risque pas de s'écrouler.

– Mais quelle est leur signification, au juste ?

– Les origines, le respect, l'endurance, répondit-elle (ce qui était trop vague pour satisfaire l'écrivain en lui, qui s'était même étonné de la voir se contenter d'une définition aussi allusive).

Quant à savoir ce qu'ils signifiaient individuellement :

– Ben alors là, tu trouveras pas deux Indiens qui te disent la même chose, avait dit Ketchum. (Pour lui, il y en avait qui n'étaient que des tas de caillasse dénués de signification.)

Danny alla jeter un coup d'œil au Winchester, sous son lit. Suivant les instructions de Ketchum, le fusil chargé se trouvait dans un étui ouvert, dont il ne fallait pas remonter la fermeture éclair « parce que n'importe quel visiteur, si crétin soit-il, entendrait le bruit s'il l'ouvrait ». (On voyait bien à quel visiteur, « si crétin soit-il », Ketchum pensait : un ancien shérif adjoint octogénaire venu du fin fond du New Hampshire.)

– Et la sécurité, alors, je la laisse ? (Ça faisait un petit bruit étouffé quand on appuyait sur le bouton, qui était un peu en avant du logement du pontet. Mais Ketchum lui avait dit de laisser la sécurité.) Parce que, s'il entend le déclic de la sécurité, c'est qu'il est déjà sur toi, avait-il expliqué.

Danny regarda tout d'abord la photo de Charlotte devant l'inuksuk, puis la carabine sous son lit. Le cairn et le fusil représentaient peut-être tous deux une forme de protection, le second de manière plus précise. Il n'était pas fâché de l'avoir, ce fusil, même s'il avait le sentiment que chaque Noël qui passait apportait une nouvelle idée noire, parfois à l'instigation de Ketchum, mais aussi à celle de son père, voire une dont il était la seule cause. La veille au soir, par exemple, c'était le cuisinier qui avait enclenché la spirale du cafard.

– Vous vous rendez compte, avait-il dit, si Joe avait vécu, il aurait dans les trente-cinq ans, il aurait sans doute déjà deux gosses.

– Il serait plus âgé que Charlotte quand je l'ai rencontrée, renchérit Danny.

– De fait, Daniel, il n'aurait que dix ans de moins que toi à la date de sa mort.

– Woua, les gars, faut arrêter vos conneries ! s'était exclamé Ketchum. Et si Jane l'Indienne était encore de ce monde, ça lui ferait quatre-vingt-huit balais, merde alors ! Sûr qu'elle voudrait même plus nous causer, sauf si on faisait un effort pour avoir une conversation un peu plus gaie.

Mais le lendemain, il avait offert le fusil à Danny, ce qui n'était pas exactement une contribution aux gaîtés de la conversation, ni une façon de prendre plus à la légère leur fixation commune. C'est alors que, inopinément en apparence, le cuisinier s'était mis à reprocher à Danny la morbidité de ses dédicaces.

Certes, *L'Enfant sur la chaussée* était dédié comme on pouvait s'y attendre « à la mémoire de mon fils Joe ». C'était le deuxième roman qu'il lui dédiait, et le troisième qu'il dédiait à la mémoire de tel ou tel.

– Qu'est-ce que tu veux que j'y fasse, P'pa, si les gens que je connais n'arrêtent pas de mourir ?

Pendant ce temps-là, Ketchum continuait sa démonstration, les cartouches éjectées allant valdinguer un peu partout. L'une des balles alla se loger dans les emballages des autres cadeaux, mais Ketchum continuait de charger et de décharger l'arme, comme s'il mitraillait une horde d'agresseurs.

– Pour devenir la caricature de nous-mêmes, il suffit de vivre assez longtemps, dit Danny à haute voix, comme s'il se disposait à l'écrire, ce qui n'était pas le cas.

Il était encore en train de se tordre le cou dans son lit, tantôt médusé par la photo de Charlotte devant le mystérieux inuksuk, tantôt attiré par la vision inquiétante et excitante du fusil chargé sous son lit.

Au Canada, c'était le jour des cadeaux. Danny avait un ami écrivain qui donnait une fête tous les ans pour la circonstance. Tous les Noëls, le cuisinier achetait des vêtements de plein air à Ketchum, chez Eddie Bauer ou chez Roots, et Ketchum les endossait immanquablement pour aller à cette fête. Quant à Dominic, il allait aider à la cuisine car, dans une cuisine, il était toujours chez lui. Danny se mêlait à ses amis, en essayant de ne pas avoir honte des sorties politiques de Ketchum. Il aurait eu tort d'en rougir : au Canada, les propos antiaméricains du vieux bûcheron lui attiraient une sympathie considérable.

– Y a un gars de CBC qui voulait m'inviter à une de ses émissions, leur dit-il sur le chemin du retour.

– Seigneur Dieu ! s'exclama Dominic, pour changer.

– Toi, Cuistot, c'est pas parce que tu as rien bu qu'il faut que tu te figures que tu sais conduire, laisse-nous causer tous deux, et ouvre l'œil sur le bordel de la circulation, ça vaudra mieux.

Le Cow-boy aurait pu les tuer tous trois cette nuit-là, mais c'était un lâche. Il n'osa rien tenter tant que Ketchum était dans la maison. Il ne savait pas que le Winchester junior était désormais sous le lit de Danny et non plus sous celui de Ketchum ; il ne pouvait pas deviner la quantité d'alcool ingurgitée par le vieux bûcheron à la fête. À vrai dire, il aurait sans doute pu entrer en flinguant les serrures sans réveiller Ketchum ni Danny. C'était une de ces soirées où les deux verres de rouge avoués avaient fait des petits. Danny s'était réveillé au milieu de la nuit, et il avait pensé jeter un coup d'œil sous son lit pour s'assurer que le fusil était toujours à sa place, mais il était tombé en se penchant, et ni son père ni le bûcheron qui ronflait n'avaient entendu le choc de son corps sur le sol.

Passé Noël, Ketchum ne s'attardait pas à Toronto. Hélas, il n'avait pas amené avec lui Héros, qu'il aurait pu leur laisser en repartant. Alors, le Cow-boy n'aurait pas pu entrer dans la maison, ni se cacher dans le bureau du deuxième étage. Mais le « bel animal » se trouvait dans le comté de Coos, chez Pam Pack de Six où il s'employait, comme on le découvrirait bientôt, à terroriser ses chiens. Et le lendemain de bonne heure, Ketchum repartit pour le New Hampshire.

Lorsque Danny se leva, avant son père, il trouva un mot du bûcheron sur la table de la cuisine. Chose surprenante, il l'avait tapé à la machine avec soin. Il lui avait donc fallu monter au second et se servir de celle du bureau, mais Danny n'avait pas entendu le parquet craquer au-dessus de sa tête, ni les marches grincer. Ni lui ni son père n'avaient été réveillés par le bruit de la machine à écrire – ce n'était pas bon signe, leur aurait dit le vieux bûcheron. Mais il n'était pas question de cela dans son message.

JE VOUS AI ASSEZ VUS POUR LE MOMENT, LES GARS
MON CHIEN ME MANQUE JE M'EN VAIS LE RETROUVER
LE TEMPS QUE JE RENTRE ET C'EST VOUS QUI ALLEZ ME MANQUER.
MOLLO SUR LE ROUGE, DANNY
KETCHUM

Carl ne fut pas fâché de voir partir le pick-up de Ketchum. Il devait commencer à trouver le temps long. Mais il attendit que la Mexicaine soit passée, après quoi il n'eut plus aucun doute. La chambre d'amis était vide, Lupita y avait fait le ménage à fond, Ketchum n'allait donc pas revenir. Le Cow-boy dut pourtant attendre encore une nuit.

Car le 27 décembre, le cuisinier et son fils dînèrent chez eux. Dominic avait trouvé de la kielbasa au marché à la viande ; il avait fait revenir la saucisse à l'huile d'olive, puis il l'avait mise à mijoter dans la sauce tomate avec du fenouil haché, des oignons, du chou-fleur et des grains de fenouil. Il servit ce ragoût avec du pain aux olives et au romarin qui sortait du four, et une salade verte.

– Elle lui aurait plu, à Ketchum, ta kielbasa, P'pa, dit Danny.

– Ah, Ketchum est un brave homme ! dit Dominic, à la stupéfaction de son fils.

Ne sachant comment il fallait prendre cette phrase, Danny poursuivit ses compliments ; le plat ferait bonne figure sur la nouvelle carte bistrot, au Baiser du Loup.

– Non non, dit le cuisinier d'un air de dédain. La kielbasa, c'est trop paysan, même pour le Baiser du Loup.

– C'est pourtant délicieux, P'pa, un plat de roi, je trouve, se contenta de dire Danny.

– J'aurais dû en faire à Ketchum, je ne lui en ai jamais fait.

Le dernier soir de sa vie, le cuisinier dîna avec son cher Daniel au Chiado, un restaurant portugais, près de Little Italy – une de ses adresses préférées à Toronto. C'était Patrice Arnaud qui le lui avait fait connaître, à l'époque où ils travaillaient ensemble dans Queen Street West. Ce jeudi 28 décembre, père et fils avaient pris du lapin. Pendant le séjour de Ketchum, il avait neigé, puis il avait plu ; tout avait gelé, puis dégelé, pour geler de nouveau ensuite. Lorsque le cuisinier et son fils quittèrent le restaurant en taxi (Dominic n'aimait pas prendre sa voiture), il s'était remis à neiger. Avec la croûte de neige verglacée, les pas du Cow-boy sur l'escalier de secours n'étaient guère distincts, même en plein jour ; mais cette nuit-là, l'averse de neige les avait complètement recouverts. L'ex-flic avait à présent retiré sa parka et ses chaussures ; il était allongé sur le canapé du bureau, serrant son Colt 45 sur son cœur ; le scénario qu'il s'était élaboré rendait le holster superflu.

Depuis la cuisine, les voix du cuisinier et de son fils lui parvenaient, mais nous ne saurons jamais si leurs propos lui étaient intelligibles.

– Tu devrais être marié, à cinquante-huit ans. Tu devrais vivre avec ta femme, et pas avec ton père.

– Et toi, P'pa, ça ne te ferait pas de bien d'avoir une épouse ?

– Ce ne sont pas les occasions qui m'ont manqué, Daniel. À soixante-seize ans, si je me mettais à vivre avec une femme, je serais dans l'embarras tout le temps, je passerais ma vie à m'excuser.

– T'excuser de quoi ?

– D'incontinence occasionnelle, peut-être, de péter sûrement, et peut-être même de parler en dormant.

– Il reste à te trouver une femme dure d'oreille, alors, comme Ketchum, suggéra Danny, ce qui les fit rire tous deux (le Cow-boy dut entendre leur rire).

– Moi, je ne plaisante pas, Daniel. Il te faudrait au moins une relation régulière, il te faudrait une vraie compagne, dit Dominic comme ils parvenaient sur le palier du premier étage. (Même depuis son perchoir, le Cow-boy devait distinguer les pas du boiteux dans l'escalier.)

– J'ai des amies femmes, commença Danny.

– Je ne te parle pas de tes groupies.

– Je n'ai pas de groupies, P'pa, c'est fini, ça.

– Disons, de tes jeunes admiratrices, j'ai lu ton courrier, n'oublie pas.

– Je ne réponds jamais à ces lettres, papa.

– Des jeunes, comment on les appelle, assistantes littéraires, peut-être ? Des jeunes libraires, aussi. Je t'ai bien vu une ou deux fois avec ce genre de femmes. On est très jeune, dans l'édition…

– Plus elles sont jeunes, plus il y a de chances qu'elles soient libres, fit remarquer Danny. À mon âge, en général, les femmes sont mariées ou veuves.

– Et qu'est-ce que tu as contre les veuves ? demanda son père (sur quoi ils se remirent à rire, plus brièvement cette fois).

– Je ne tiens pas à m'installer dans une relation.

– Je le vois bien. Et pourquoi ?

Ils se trouvaient à présent aux deux bouts du couloir du premier, chacun devant la porte de sa chambre ; ils parlaient donc plus fort, et le Cow-boy devait saisir chaque mot qu'ils disaient.

– À moi non plus, papa, les occasions ne m'ont pas manqué.

– Je voudrais seulement que tu aies le meilleur de la vie.

– Tu as été un bon père, le meilleur des pères.

– Toi aussi, tu étais un bon père.

– Moi j'aurais pu mieux faire, répondit vivement Danny.

– Je t'aime, lui dit Dominic.

– Moi aussi, je t'aime, papa. Bonne nuit, répondit Danny en entrant dans sa chambre, dont il referma la porte sans bruit.

– Bonne nuit ! cria le cuisinier depuis le couloir.

À entendre cet échange de bénédictions ferventes, on pourrait croire que le Cow-boy lui-même fut tenté de s'y joindre. Mais embusqué là-haut, il ne bougea ni pied ni patte, et ne fit pas le moindre bruit.

Laissa-t-il passer une heure après les avoir entendus se laver les dents ? Sans doute pas. Danny rêva-t-il encore du pin battu par les vents de l'île de Charlotte, cette image qu'il avait du petit arbre irréductible depuis son bureau dans la cabane ? Sans doute. Dans ses prières, le cuisinier demanda-t-il du temps ? Sans doute pas. En la circonstance et le connaissant, il ne pouvait guère en demander beaucoup, à supposer d'ailleurs qu'il ait effectivement prié. Tout au plus pouvait-il faire le vœu que son solitaire de fils « trouve quelqu'un ».

Les lames de parquet craquèrent-elles, au-dessus d'eux, sous le poids du gros Cow-boy ? Toujours est-il qu'ils ne les entendirent pas. Du moins, si Danny entendit quelque chose, il put croire dans son sommeil que Joe lui faisait la joie de rentrer du Colorado.

Ne sachant pas s'il faisait très noir dans la maison, la nuit, le Cow-boy s'était exercé à descendre l'escalier les yeux fermés ; il avait compté les marches entre les deux étages. Il avait aussi repéré où se trouvait l'interrupteur, sitôt passé la porte, juste à côté de la poêle à frire de vingt centimètres de diamètre.

En fait, Danny laissait toujours une lampe allumée, celle de l'escalier qui menait de la cuisine aux chambres ; on y voyait donc très clair dans le couloir. C'est ainsi que, sans bruit, en chaussettes, le Cow-boy s'avança jusqu'à la chambre du cuisinier, dont il ouvrit la porte.

– J'ai une surprise pour toi, Cuistot, cria-t-il en allumant la lumière, ton heure est arrivée !

Danny entendit peut-être la phrase, et peut-être pas. Mais son père se dressa dans son lit, clignant des yeux, ébloui, et déclara d'une voix forte :

– T'en as mis un temps, abruti ! Faut vraiment que tu sois plus crétin que de la crotte de chien, Jane l'a toujours dit. (Cette réplique, Danny l'entendit forcément.)

– Espèce de sous-merde ! s'écria le Cow-boy. (Et cette phrase, Danny l'entendit aussi. Il était déjà agenouillé au pied de son lit pour sortir le Winchester de son étui ouvert.)

– T'es plus crétin que de la crotte de chien ! braillait son père

– Je suis pas si crétin, Cuistot, la preuve, c'est toi qui vas mourir ! beugla Carl.

Il n'entendit pas le déclic de la sécurité que Danny débloquait, ni ses pieds nus courant dans le couloir. Il visa le cuisinier au cœur avec son Colt et tira. La déflagration projeta Dominic en arrière ; il mourut sur le coup, tête contre l'oreiller. Le Cow-boy n'eut pas le temps de comprendre la raison de son étrange sourire, qui étirait la cicatrice de sa lèvre inférieure ; seul Danny comprit ce que son père avait murmuré avant d'être abattu. « She bu de », la formule que Ah Gou et Xiao Dee lui avaient apprise : « Ça me déchire de lâcher. »

Pour Carl, bien sûr, c'était du chinois, mais en faisant volte-face pour découvrir un homme nu dans le couloir, il eut peut-être une vague idée de la raison du sourire du cuisinier sur son lit de mort : il savait que son hurlement allait sauver son fils, et il savait aussi que Ketchum venait de lui donner une arme plus redoutable que la fameuse poêle. Peut-être un éclair de compréhension passa-t-il dans les yeux du Cow-boy, à la dernière minute, quand il vit Danny le viser avec le Winchester junior, objet de son dédain.

Le long canon du Colt était encore pointé vers le sol lorsque la première rafale de chevrotines lui arracha la moitié de la gorge, le projetant contre la table de nuit et sa lampe de chevet, dont l'ampoule explosée alla se ficher entre ses omoplates. La deuxième rafale lui arracha ce qui lui restait de gorge ; la balle du coup de grâce n'était pas nécessaire, mais Danny se trouvait maintenant à bout portant, et il la tira dans les lambeaux de chair du cou, comme aimanté par la plaie béante.

S'il fallait en croire Ketchum, c'est-à-dire prendre sa formule au mot, ces trois décharges ne ressemblaient-elles pas à des baisers de loup ? Et de fait, leur œuvre n'était pas belle à voir…

Toujours nu, Danny descendit appeler la police depuis la cuisine ; il leur ouvrait la porte, annonça-t-il, on le trouverait au premier étage, avec son père. Après avoir ouvert, il remonta dans sa chambre, passa un vieux pantalon de jogging et un sweat-shirt. Il se demanda s'il allait prévenir Ketchum, mais il était tard, et rien ne pressait. Quand il entra dans la chambre de son père, il ne put pas fermer les yeux sur le carnage. Les baisers du loup avaient déchiqueté le Cow-boy, on aurait dit qu'ils l'avaient vaporisé ; mais Danny ne plaignit que Lupita : parquet ensanglanté, murs éclaboussés, taches de sang sur les photos du panneau d'affichage, table de chevet en miettes. Oh, il ne doutait pas qu'elle serait à la hauteur : elle en avait vu d'autres, elle avait perdu un enfant.

Ketchum avait raison, pour le vin rouge. S'il avait bu de la bière à la place, il aurait peut-être entendu le Cow-boy quelques secondes plus tôt, moyennant quoi il aurait pu le prendre de vitesse et ouvrir le feu.

– Te frappe pas, dirait Ketchum. C'est moi qu'il a suivi. J'aurais dû le voir venir, ça.

– Te frappe pas, toi non plus, Ketchum, lui répondrait Danny (sans effet, on s'en doute).

Lorsque la police arriva, les maisons du voisinage étaient éclairées en grand, les chiens aboyaient. En temps normal, à cette heure de la nuit, Rosedale est un quartier paisible. Les plus proches voisins n'avaient jamais entendu une pareille fusillade ; ils étaient terrifiés ; plusieurs chiens aboyèrent jusqu'à l'aube. Mais quand les policiers arrivèrent, Danny avait pris la tête de son père sur ses genoux ; ils étaient blottis sur les oreillers sanglants. Dans son rapport, le jeune inspecteur de la Crim écrivit que le romancier les attendait au premier étage, tout comme il l'avait annoncé ; on aurait dit qu'il chantait une chanson ou récitait un poème à son père assassiné.

« She bu de », lui murmurait-il à l'oreille. Ni lui ni son père n'avaient jamais su si la traduction donnée par Ah Gou et Xiao Dee était la bonne, c'est-à-dire si la formule signifiait « ça me déchire de lâcher », mais quelle importance, au fond. Ça me déchire de te lâcher, c'était exactement ce qu'il voulait dire à son père, ce père qui avait réussi à le protéger du Cow-boy ces quelque quarante-sept ans, c'est-à-dire depuis qu'ils avaient quitté Twisted River.

Maintenant enfin, maintenant que la police était là, Danny se mit à pleurer. Il se laissait aller. Devant la maison, deux ambulances et une voiture de police stationnaient, gyrophares allumés. Les premiers policiers à entrer étaient au courant des grandes lignes de l'affaire, qu'on leur avait livrées par téléphone. Un homme s'était introduit dans la maison, il était armé, et il avait tué le père du célèbre écrivain. Ce dernier avait à son tour abattu l'agresseur de trois coups de fusil. L'histoire devait remonter plus loin, songeait le jeune inspecteur de la Crim. Il avait le plus grand respect pour Danny Angel, et, en la circonstance, il voulait lui laisser tout le temps de se ressaisir. N'empêche que les dégâts causés par la carabine, plusieurs fois et presque à bout portant, étaient si catastrophiques que le scénario du meurtre et de ses représailles devait avoir un amont substantiel.

– Monsieur Angel, lui demanda-t-il, si vous êtes prêt, j'aimerais que vous me racontiez comment tout ça est arrivé.

Danny ne pleurait pas comme un adulte, il pleurait les larmes d'un gosse de douze ans, comme si Carl avait tué son père lors de leur dernière nuit à Twisted River. Il n'arrivait pas à parler, mais il montrait du doigt un objet accroché près de la porte de la chambre.

Le jeune inspecteur se méprit.

– Oui, je sais, vous étiez sur le seuil quand vous avez tiré, le premier coup du moins, et puis vous vous êtes avancé dans la chambre, c'est ça ?

Danny secouait la tête violemment. Un autre jeune policier avait remarqué la poêle pendue près du chambranle, place insolite pour cet ustensile, et il en tapota le fond du bout de son index.

– Oui, souffla Danny entre ses sanglots.

– Apporte-nous cette poêle, dit l'inspecteur.

Sans lâcher son père, dont il soutenait toujours la tête sur ses genoux, Danny tendit la main, et quand ses doigts se refermèrent sur le manche de la poêle, ses pleurs se calmèrent. Le jeune inspecteur attendait, conscient qu'il ne gagnerait rien à le bousculer.

Soulevant la poêle de sa main droite, Danny la posa sur le lit.

– Je vais commencer par cette poêle en fonte, dit-il, comme s'il entamait une longue histoire, une histoire qu'il connaissait bien.

V

Comté de Coos,
New Hampshire, 2001

14
La main gauche de Ketchum

Ketchum revenait de la chasse à l'ours. Il avait laissé son pick-up à Wilson's Mills, dans le Maine, et il avait pris l'ATV Suzuki pour rentrer dans le New Hampshire avec Héros. Ils avaient passé la frontière à peu près parallèle à Half Mile Falls, sur la Dead Diamond River, et c'était là qu'il avait « mis dans sa gibecière » un gros ours mâle. Quand il partait à l'ours, son arme d'élection était une arme légère à canon court, celui-là même que Barrett affectionnait dans le temps pour la chasse au chevreuil : une Remington 30 06 Springfield ; cette carabine, Ketchum l'appelait « ma bonne vieille carabine à répétition ». On avait cessé d'en fabriquer en 1940.

Ketchum avait eu un peu de mal à repasser la frontière avec son ours, malgré le 4 × 4. « Disons simplement que Héros en a eu pour une petite trotte », expliqua-t-il à Danny par la suite. En fait de petite trotte, le chien avait sans doute dû courir, et sur tout le trajet. Mais c'était le week-end d'ouverture de la chasse à l'ours, le seul où les chiens étaient autorisés ; le « bel animal » était sûrement assez motivé pour ne pas craindre de caracoler derrière l'ATV. De toute façon, entre Ketchum et l'ours, il n'y avait plus de place dans le Suzuki.

« Il se pourrait bien qu'on ne rentre pas avant la nuit, lundi, Héros et moi », avait dit Ketchum à Danny. Il serait impossible de joindre le vieux bûcheron ce week-end-là, Danny n'essaya même pas. Ketchum avait fini par se faire au téléphone (fixe) et au fax, mais à quatre-vingt-quatre ans, il ne fallait pas compter qu'il s'offre un téléphone cellulaire (il n'y en avait du reste pas beaucoup dans les Bois du Grand Nord, en 2001).

En outre, le vol de Danny avait été retardé, si bien que le temps que l'avion atterrisse à Boston et qu'il loue la voiture, le bon petit café de milieu de matinée qu'il se proposait de savourer avec Paul

Polcari et Tony Molinari avait dû se transformer en déjeuner avalé sur le pouce. Ce ne fut qu'en début d'après-midi qu'il quitta North End en compagnie de Carmella Del Popolo. Certes, les routes étaient meilleures qu'en 1954, où le cuisinier et son fils de douze ans avaient accompli le trajet en sens inverse ; et l'après-midi tirait à sa fin lorsque Danny et Carmella dépassèrent le réservoir de Pontook et prirent la Route 16 qui menait à Errol en suivant les berges de l'Androscoggin.

Quand ils passèrent devant le réservoir, Danny reconnut la route des étangs de Dummer, jadis chemin de charriage, mais il se contenta de signaler à Carmella :

– C'est là qu'on va revenir demain, avec Ketchum.

Carmella acquiesça ; par sa vitre, côté passager, elle jeta un coup d'œil à l'Androscoggin. Une quinzaine de kilomètres plus tard, elle déclarait :

– Elle a du régime, cette rivière.

Encore heureux qu'elle ne la voie pas en mars-avril, songeait Danny : à la fonte des neiges, c'était un torrent.

Ketchum avait dit à Danny que septembre était le meilleur moment de l'année pour venir, en particulier avec Carmella. On avait toutes les chances qu'il fasse beau temps, les nuits fraîchissaient, les insectes avaient disparu, et la neige attendrait encore. Mais si loin au nord, les feuilles roussissaient fin août ; le deuxième lundi de septembre, le paysage avait pris ses couleurs d'automne et, en fin d'après midi, l'air devenait piquant.

Ketchum s'était inquiété de la mobilité de Carmella dans les bois.

– Moi je peux nous conduire en voiture presque jusqu'au bout, mais ça laisse un peu de marche pour arriver sur les lieux mêmes.

Danny voyait bien l'endroit dont parlait Ketchum : un talus dominant le bassin, là où la rivière décrivait une boucle. Ce qu'il ne pouvait imaginer, c'étaient les changements survenus, la cantine disparue, et le village de Twisted River qui avait brûlé de fond en comble. Or Dominic Baciagalupo ne voulait pas qu'on disperse ses cendres sur l'emplacement de la cantine, ni même au voisinage immédiat de la ville ; il avait expressément demandé qu'on les immerge dans la rivière, à l'endroit même où la glace entrouverte avait englouti sa presque cousine Rosie. C'était à peu de chose près l'endroit où Angelù Del Popolo avait glissé sous les troncs d'arbres. Il fallait y voir la vraie raison pour laquelle Carmella accomplissait ce voyage. Bien des années plus tôt (trente-quatre, si Danny comptait juste), Ketchum l'avait invitée à venir jusqu'à Twisted River.

« Si un jour vous vouliez voir l'endroit où votre petit gars a péri, ce serait un honneur pour moi de vous le montrer », lui avait-il dit. Carmella aurait beaucoup voulu voir le bassin où l'accident s'était produit, mais pas les troncs d'arbres ; elle ne croyait pas pouvoir supporter leur vue. Les rives, d'où son cher Gamba et le petit Dan avaient vu la tragédie, et puis peut-être le point de la rivière où son fils unique avait coulé pour ne jamais reparaître. Oui, elle s'était dit qu'un jour, elle aimerait bien les voir.

« Merci, monsieur Ketchum », lui avait-elle répondu alors, au moment où il quittait Boston avec le cuisinier. Puis, se tournant vers ce dernier, elle avait ajouté : « Si jamais tu veux me voir… »

« Je sais », lui avait-il répondu, mais en fuyant son regard.

Cette fois, puisque Danny rapportait les cendres de son père à Twisted River, Ketchum avait insisté pour que Carmella soit du voyage. Lorsque, à l'âge de douze ans, l'enfant avait rencontré la mère d'Angelù, il avait remarqué ses gros seins, ses vastes hanches et son large sourire – plus large encore que celui de Jane l'Indienne ! Du jamais-vu. À présent, il se souvenait qu'elle était aussi vieille que Ketchum, sinon plus ; elle devait avoir dans les quatre-vingt-cinq ans. Ses cheveux étaient tout blancs, et ses sourcils aussi, qui contrastaient avec sa peau mate, et son air de santé florissante ; Carmella était grosse de partout, mais elle avait gardé une féminité que Jane l'Indienne n'avait jamais eue. Et si elle était heureuse avec son nouveau compagnon, comme Tony Molinari et Paul Polcari tenaient à le rappeler, elle avait conservé le nom de Del Popolo, peut-être parce que c'était celui du pêcheur noyé et de son fils unique, son trésor.

Pourtant, sur toute la longueur du trajet, elle n'avait pas pleuré son Angelù chéri, et la mort du cuisinier lui avait inspiré ce seul commentaire, les larmes aux yeux :

– Mon cher Gamba, je l'ai perdu il y a bien des années, Secondo, et voilà que tu viens de le perdre toi aussi.

Mais elle s'était ressaisie tout de suite. Et sur tout le reste du parcours, elle n'avait en rien manifesté qu'elle pensait au terme et au but de leur voyage.

Elle continuait de désigner Dominic par son sobriquet, tout comme elle appelait Danny Secondo, comme si, dans son cœur, il demeurait un second fils ; visiblement, elle lui avait depuis longtemps pardonné de l'avoir épiée dans sa baignoire, mais il s'cxcusa assez cérémonieusement de son inconduite passée.

– Mais qu'est-ce que tu me chantes, Secondo, j'étais plutôt flattée, sans doute, lui dit-elle en balayant ses excuses d'un revers de sa main potelée. La seule chose qui m'inquiétait, c'est que ça puisse te laisser des séquelles, que tu sois attiré toute ta vie par des grosses, et des femmes plus âgées que toi.

Danny sentait bien que ce pouvait être une perche tendue pour qu'il dise qu'il n'en était rien, sauf qu'en réalité, Katie mise à part, qui était très menue, il y avait eu une majorité de femmes corpulentes dans sa vie. Si l'on adoptait les critères de la mode actuelle, Charlotte elle-même – l'amour de sa vie, sans conteste – pouvait passer pour trop ronde.

Comme son père, il était peu charpenté, et, sans réagir à la remarque de Carmella, il se prit à se demander si en effet il ne se sentait pas mieux avec les femmes plus imposantes que lui. (Néanmoins, la vision de Carmella dans son bain ou le meurtre de Jane l'Indienne n'y étaient pour rien.)

– Je me demandais si tu sors avec une femme en ce moment, une en particulier, reprit Carmella après un silence d'un ou deux kilomètres

– Non, pas vraiment.

– Si je sais encore compter, tu vas sur soixante ans (il en avait cinquante-neuf). Ton père aurait tant voulu que tu vives avec la femme qu'il te fallait.

– Je l'ai fait, mais elle est partie.

Carmella soupira ; elle avait apporté sa mélancolie avec elle. Ce qu'il y avait de mélancolie en elle, en même temps que de désapprobation diffuse quant à la vie que menait Danny, les accompagnait depuis Boston. Il en avait détecté la présence jusque dans son parfum agréable, un parfum discret, aussi naturellement appétissant que celui du pain qui sort du four.

– En plus, poursuivit-il, mon pere n'avait plus d'amie à demeure, à mon âge.

Carmella l'avait laissé marquer un temps, et il avait ajouté :

– Et il n'a jamais vécu avec une femme qui lui convienne aussi bien que toi.

De nouveau, Carmella avait soupiré, comme pour souligner son ambivalence, plaisir du compliment mais aussi déplaisir de n'avoir pu amener la conversation sur le terrain qui l'intéressait. De toute évidence, ce qui n'allait pas chez Danny lui plombait le moral, et il attendait donc ce qu'elle se préparait à dire. Ce n'était qu'une question de temps, il le savait ; tôt ou tard, elle lèverait un lièvre plus délicat : ce qui la chagrinait dans ses livres.

Depuis qu'ils avaient quitté Boston, sa conversation l'ennuyait ; la rigidité morale autosatisfaite de sa vieillesse était déprimante. Elle se perdait dans ses propres considérations, pour lui reprocher ensuite l'égarement où elle se trouvait, en sous-entendant qu'il ne l'écoutait pas ou l'embrouillait sciemment. Il se disait que, par rapport à elle, son père avait gardé toute son agilité mentale. Quant à Ketchum, du même âge, il était peut-être de plus en plus sourd et ses imprécations de plus en plus explosives, mais Danny lui pardonnait d'instinct : lui, il avait toujours été cinglé. N'était-il pas déjà braque et illogique dans sa jeunesse ?

C'est alors que dans la lumière saillante de fin d'après-midi, ils dépassèrent une pancarte annonçant « Taxidermiste de l'Androscoggin ».

– Bois d'élan à vendre ! Doux Jésus ! s'écria Carmella tentant de lire entre les lignes de cette annonce. (Elle disait « Doux Jésus » toutes les deux minutes, depuis qu'ils étaient partis, songea-t-il, agacé.)

– Tu veux qu'on s'arrête acheter un animal empaillé ? lui demanda-t-il.

– Tant qu'on arrive avant la nuit…, répondit-elle en riant.

Elle lui mit une tape affectueuse sur le genou, et il eut honte de lui en vouloir d'être là. Enfant, jeune homme, il l'avait adorée, et elle le lui avait bien rendu. Elle était folle de son père. Et pourtant, aujourd'hui, elle l'insupportait, et il aurait préféré qu'elle ne soit pas du voyage. C'était Ketchum qui avait voulu lui montrer l'endroit où Angel avait trouvé la mort et Danny se rendait compte qu'il aurait préféré avoir Ketchum pour lui tout seul. Ce qui lui importait et lui incombait, c'était de répandre les cendres de son père dans la Twisted River, selon les volontés de ce dernier. Que Ketchum tienne sa promesse de montrer à Carmella le lieu précis où Angelù avait disparu était pour lui secondaire. Il voyait en elle un boulet, et une diversion du but essentiel – pensée peu généreuse, dont il n'était pas fier. Mais pour la première fois, il voulait bien croire que Paul Polcari et Tony Molinari étaient sérieux : elle devait être heureuse en ménage avec son nouveau compagnon, car il n'y a guère que le bonheur qui puisse vous rendre aussi ennuyeux.

Et pourtant elle avait perdu trois êtres chers, elle aussi, si l'on comptait le cuisinier, et surtout, elle avait perdu son fils unique. Pour qui avait connu le même drame, comment ne pas voir en elle une âme digne de compassion ? Elle en était tout à fait digne à ses yeux, bien sûr ; simplement, il aurait préféré qu'elle ne soit pas là, pas maintenant : le double aspect de sa mission, être auprès de Ketchum et disperser les cendres de son père, lui suffisait amplement.

– Où sont-ils ? demanda-t-elle comme ils entraient dans Errol.

– Quoi donc ? dit Danny. (Il venait d'être question d'animaux empaillés ; était-ce d'eux qu'elle parlait ?)

– Les restes de Gamba, ses cendres.

– Dans une urne incassable, pas en verre, un genre de plastique, lui répondit-il sans entrer dans les détails.

– Dans tes bagages, dans le coffre de la voiture ?

– C'est ça.

Il ne tenait pas à lui donner des précisions sur le récipient et sa vocation initiale. D'ailleurs, ils arrivaient en ville, ou dans ce qui en tenait lieu, or il voulait se repérer avant la nuit pour se rendre chez Ketchum plus facilement le lendemain. (« On se retrouve mardi à la première heure », avait dit ce dernier. « La première heure, c'est quoi pour toi ? » « Sept heures dernier délai. » « Disons huit heures dernier délai, avec de la chance », lui avait répondu Danny.)

Il n'était pas très rassuré sur la « première heure » où Carmella pourrait être pleinement opérationnelle ; qui plus est, ils allaient passer la nuit à quelques kilomètres, car il n'y avait pas d'hôtel susceptible de leur convenir en ville, selon Ketchum, qui leur avait conseillé un hôtel de tourisme à Dixville Notch.

À en juger par ce qu'ils voyaient à présent d'Errol, le vieux bûcheron n'avait pas tort. Ils prirent donc la route d'Umbagog, dépassèrent une épicerie générale qui vendait aussi des alcools, puis, à l'est de la ville, passèrent le pont sur l'Androscoggin, avec une caserne de pompiers sur la rive gauche. Là, Danny fit demi-tour et entra dans Errol, où il longea l'école primaire qu'ils n'avaient pas remarquée à l'aller. Ils virent aussi un restaurant nommé « The Northern Exposure », mais l'endroit manifestement le plus prospère du coin était un magasin d'articles de chasse, LL Cote

– Entrons jeter un coup d'œil, dit-il à Carmela

- Tant qu'on arrive avant la nuit ! répéta-t-elle.

Dire que cette femme, jadis un des premiers aiguillons de sa libido, était devenue cette vieille radoteuse !

La pancarte au-dessus de la porte d'entrée leur inspira quelques palpitations

PRIÈRE DE NE PAS ENTRER
AVEC UNE ARME CHARGÉE

– Doux Jésus ! s'exclama Carmella qui marqua un temps d'arrêt, plutôt bref, avant de pousser la porte.

LL Cote vendait des motoneiges et des véhicules tout-terrain ; on y trouvait aussi des animaux empaillés appartenant à la faune locale : ours, chevreuil, lynx, renard, chat-pêcheur, élan, porc-épic, skunks, tout un éventail de « bestiaux », comme aurait dit Ketchum, sans compter les canards et les oiseaux de proie ; de toute évidence, le taxidermiste ne chômait pas. Les armes à feu étaient l'article le plus représenté. Cet étalage d'engins de mort faisait frémir Carmella. Devant l'impressionnante collection de couteaux Browning, Danny se dit que celui de Ketchum devait venir de là. Il y avait aussi toute une gamme de vêtements pour éliminer l'odeur de l'homme, ce qu'il tenta d'expliquer à Carmella.

– Comme ça, les chasseurs n'ont pas d'odeur humaine.

– Doux Jésus ! commenta-t-elle.

– Je peux vous renseigner, m'sieur-dame ? leur demanda un vieillard, sur un ton soupçonneux.

Il n'avait pas l'air d'un vendeur, avec son Browning à la ceinture et son gros ventre qui débordait de la boucle de son ceinturon ; sa chemise de flanelle à carreaux rouges et blancs rappelait celles de Ketchum, contrairement à son gilet en treillis doublé de mouton. (Ketchum aurait préféré mourir plutôt que de porter du treillis : « On n'est pas à la guerre, y a pas de danger que les bestiaux nous tirent dessus. »)

– Vous pourriez peut-être m'indiquer par où je dois passer, répondit Danny au vendeur. Il faut qu'on trouve la route de la Nation Perdue, mais c'est pour demain matin.

– Ça fait quèque temps que ça s'appelle pu comme ça, dit le vendeur, confirmant intérieurement ses soupçons.

– On m'a dit qu'il fallait prendre après Aker's Pond, commença Danny, mais le vendeur le coupa :

– C'est bien par là, mais ça s'appelle pu comme ça, pu personne dit comme ça, maintenant.

– La route a changé de nom, alors ?

Le vendeur zyeutait Carmella de façon déplaisante.

– Ça a pas de nom, y a juste une pancarte qui annonce « réparation d'appareils », c'est le premier truc que vous verrez en quittant Aker's Pond Road, vous risquez pas de la manquer, leur dit le vieux, sans autre amabilité.

– Bon, eh bien on va trouver, alors, je vous remercie, dit Danny.

– Qui vous cherchez ? demanda le vendeur, qui n'avait pas quitté Carmella des yeux.

– M. Ketchum, répondit celle-ci.

– Ketchum ? Lui, il appelle sûrement ça la route de la Nation Perdue ! dit le vendeur avec emphase, comme s'il dissipait là tout malentendu. Et il vous attend, Ketchum ?

– Oui, tout à fait, mais demain matin, répéta Danny.

– Moi, je s'rais que de vous, j'irais pas chez lui si m'attendait pas.

– Merci encore, dit Danny en prenant Carmella par le bras.

Ils s'apprêtaient à sortir du magasin quand le vendeur les arrêta.

– Y a qu'un Indien pour dire route de la Nation Perdue, ça prouve bien…

– Ça prouve quoi ? demanda Danny. Il n'est pas indien, Ketchum.

– Pfft, souffla le vendeur, un mélangé, c'est tout comme.

Danny sentait l'indignation monter en Carmella presque aussi nettement qu'il la sentait peser sur son bras. Il avait réussi à l'entraîner jusqu'à la porte lorsque le vendeur cria dans leur dos :

– Ce Ketchum, c'est une tribu perdue à lui tout seul ! Puis, comme s'il se ravisait, il ajouta avec une pointe d'affolement : Lui répétez pas que j'ai dit ça.

– Il vient s'approvisionner chez vous de temps en temps, je suppose ? demanda Danny, réjoui par l'instant de panique du gros bonhomme.

– Son argent vaut bien çui d'un autre, pas ? dit le vieux, avec aigreur.

– C'est ce que je lui dirai, répondit Danny, en entraînant Carmella dehors.

– M. Ketchum est indien ? s'enquit-elle une fois dans la voiture.

– Je ne sais pas, en partie peut-être, je ne lui ai jamais posé la question.

– Doux Jésus, un Indien barbu, ça je l'ai jamais vu ! En tout cas, pas dans les films.

Ils quittèrent la ville en direction de l'ouest par la Route 26. Il y avait un établissement nommé « The Errol Cream Barrel & Chuck Wagon », et ce qui semblait être un terrain de camping et de mobile homes parfaitement entretenu, nommé Saw Dust Alley. Ils passèrent devant l'Association des propriétaires de motoneiges, aussi. Il n'y avait rien d'autre à voir dans Errol. Danny ne quitta pas la grand-route pour prendre la direction d'Aker's Pond Road, mais il prit note de l'embranchement. Il n'aurait pas de mal à trouver Ketchum le lendemain ; cette nation-là ne serait pas perdue pour tout le monde.

Un instant plus tard, à la nuit tombante, ils passèrent devant un champ ceint d'une haute palissade. Comme de juste, Carmella lut à haute voix la pancarte :

– « Prière de ne pas agacer le bison. » Doux Jésus, ça ne viendrait pas à l'idée ! commenta-t-elle avec son indignation permanente.

Ils ne virent pas le moindre bison, du reste, mais seulement la palissade et la pancarte.

L'hôtel de tourisme situé à Dixville Notch s'appelait « The Balsams » – ce devait être un repaire de randonneurs et de golfeurs à la belle saison, se dit Danny. Et en hiver il était fréquenté par les skieurs, à coup sûr. Il était vaste et quasi désert en ce lundi soir : ils se retrouvèrent pratiquement seuls à la salle à manger, où Carmella poussa un profond soupir sitôt la commande passée. Elle prit un verre de rouge, Danny un verre de bière, car il avait cessé de boire du rouge à la mort de son père, malgré les sarcasmes de Ketchum (« C'est plus le moment de te priver de vin rouge ! » lui gueulait-il. « Je m'en fiche, de plus arriver à dormir », lui avait répondu Danny).

Carmella, ayant soupiré, sembla retenir son souffle un instant, puis elle attaqua :

– Inutile de te dire que j'ai lu – et relu – tous tes livres

– Vraiment, dit Danny en affectant de ne pas savoir où elle voulait en venir.

– Tu penses ! s'écria-t-elle.

Puisqu'elle est si heureuse, pourquoi est-ce qu'elle m'en veut à ce point ? se demandait-il. Mais elle ajouta :

– Oh, Secondo, ton père était si fier de toi, que tu sois un écrivain célèbre et tout et tout !

Danny soupira à son tour. Il retint son souffle une seconde ou deux, lui aussi.

– Et toi ? lui demanda-t-il, pas tout à fait innocemment, cette fois.

– C'est seulement que tes histoires, et quelquefois même tes personnages sont tellement… comment dirais-je… désagréables.

Mais ayant vu quelque chose passer dans les yeux de Danny, elle s'interrompit.

– Je vois, dit-il.

Sans doute l'avait-il regardée comme il l'aurait fait d'une journaliste, une parmi tant d'autres, qui n'aurait pas fait son travail comme il fallait. Elle pouvait bien penser ce qu'elle voulait de ses livres, tout à coup, elle ne vit plus l'intérêt de le lui dire. C'était son Secondo chéri, son second fils, la vie l'avait blessé aussi grièvement qu'elle.

– Raconte-moi ce que tu écris, en ce moment, Secondo, bredouilla-t-elle, en lui souriant avec chaleur. Ça fait longtemps, maintenant, que tu as publié ton dernier. Qu'est-ce que tu prépares ? Je meurs d'envie de savoir.

Carmella venait de partir se coucher, la télévision du bar passait *Les Lundis du football*, mais Danny était déjà remonté dans sa chambre, sans allumer le poste. Il n'avait pas fermé les rideaux, sûr que le jour le tirerait de son sommeil désormais léger. Son seul sujet d'inquiétude était la mise en route de Carmella, le lendemain matin. Ketchum les attendrait s'ils étaient en retard, il le savait. La lampe de chevet était allumée, et, à côté d'elle, se trouvait le bocal contenant les cendres de son père. C'était la dernière nuit qu'il passait en leur compagnie. Il les considérait depuis son lit comme si elles allaient se mettre à parler, à lui préciser les dernières volontés paternelles.

– Écoute, P'pa, tu m'as dit un jour que tu voulais qu'on fasse comme ça, alors j'espère que tu n'as pas changé d'avis, énonça-t-il à haute voix, dans sa chambre d'hôtel.

Les cendres étaient dans un bocal ayant contenu des aromates pour le steak. La liste des ingrédients mentionnait : sel de mer, poivre, herbes, épices. Le cuisinier avait dû acheter ces condiments au marché à la viande qu'il affectionnait particulièrement dans leur quartier, à Toronto ; l'étiquette indiquait : Olliffe.

Danny en avait vidé le contenu, mais pas intégralement ; et après y avoir versé les cendres de son père, voyant qu'il restait de la place, il avait remis une dose d'aromates. Si jamais les douaniers lui posaient des questions, s'était-il dit, si l'un d'entre eux ouvrait le bocal pour le renifler, ça sentirait les épices à steak (le poivre ferait peut-être même éternuer le douanier).

Mais Danny avait passé la douane avec le bocal sans s'attirer la moindre question. À présent, assis dans son lit, il l'avait ouvert pour en sentir le contenu. Comme il en connaissait la nature, il n'en aurait pas saupoudré son steak, mais tout de même, le mélange fleurait bon les herbes et les aromates, il en avait même l'aspect plutôt que celui de cendres humaines. Quoi de plus approprié pour les cendres d'un cuisinier que de faire halte dans un bocal à épices de chez Amos, New York ?

Dominic Baciagalupo aurait trouvé que la chose ne manquait pas de sel, se disait son écrivain de fils.

Il éteignit sa lampe de chevet et s'allongea dans le noir.

– C'est ta dernière chance, P'pa, chuchota-t-il dans l'obscurité de la chambre. Sauf avis contraire de ta part, on retourne à Twisted River.

Mais les cendres du cuisinier, mêlées à leurs aromates, gardèrent le silence.

Une fois au cours de sa carrière, Danny Angel avait laissé passer onze ans entre deux livres ; c'était entre *À l'est de Bangor* et *L'Enfant sur la chaussée*. De nouveau, voilà que la mort d'un proche allait le retarder, mais Carmella se trompait en croyant qu'il « laissait passer du temps » Son dernier roman était sorti depuis seulement six ans.

De la même façon qu'à la mort de Joe, son roman en cours lui avait soudain paru futile après l'assassinat du cuisinier. Mais, cette fois, il n'avait pas songé à le réviser ; il s'était contenté de le mettre à la corbeille. Et il avait entrepris presque aussitôt un nouveau roman, n'ayant rien de commun avec le précédent. Ce nouveau roman émergeait des mois où le peu de vie privée qui lui restait lui avait été retiré. Il s'était révélé à lui comme le paysage surgit d'une nappe de brouillard.

– Tout ce tapage médiatique, ça a été affreux, lui dit Carmella sans ménagement au dîner.

Du moins ce tapage-là ne le prenait-il pas au dépourvu : le père d'un écrivain célèbre assassiné, l'assassin abattu par ce dernier, en légitime défense, sans le moindre doute. Qui plus est, Danny Angel et son père étaient fugitifs depuis près de quarante-sept ans. L'auteur dont les best-sellers se vendaient dans le monde entier avait quitté les États-Unis pour le Canada mais les raisons n'en étaient pas politiques, comme il l'avait d'ailleurs toujours dit sans pouvoir s'expliquer sur les vraies, à savoir que lui et son père fuyaient un ancien flic cinglé.

Comme de juste, dans les médias américains, il y eut des journalistes pour penser que le cuisinier et son fils auraient dû aller trouver la police (sans doute oubliaient-ils que la police, c'était Carl). La presse canadienne s'indigna dûment que la « violence de l'Amérique » ait suivi l'écrivain célèbre et son père par-delà la frontière. En fait, il s'agissait là d'une référence aux différentes armes du drame ; le ridicule Colt 45 du Cow-boy et le Winchester 20, cadeau de Noël de Ketchum à Danny, qui avait déchiqueté la gorge de l'ancien shérif adjoint. Au Canada, on insista beaucoup sur le fait que cette détention d'arme était illégale. Si bien qu'après que Danny eut bénéficié d'un non-lieu, le Winchester de Ketchum lui fut confisqué, sans autre forme de procès.

– Il t'a sauvé la vie, ce flingue, bordel, et en plus c'était un cadeau. Qui te l'a confisqué, allez parle, que j'aille lui exploser les couilles ?

– C'est bon, Ketchum, j'ai plus besoin de fusil, maintenant.

– Tu as des admirateurs, et puis le contraire aussi, ceux-là je sais pas comment on les appelle. Y doit bien y avoir quelques bestiaux parmi eux !

Mais la question qu'on lui posait le plus souvent, dans les médias canadiens et américains, c'était : « Vous allez en faire un livre ? » Il avait appris à répondre sur un ton glacial : « Pas dans l'immédiat. »

– Mais tu vas en faire un livre ? lui avait demandé Carmella à table.

Pour éviter de répondre, il avait parlé du livre qu'il était en train d'écrire ; il avançait. À vrai dire, il filait comme le vent. Les mots jaillissaient sans trêve. Ce serait encore un long roman, mais il ne mettrait pas longtemps à l'écrire. Il ne savait pas pourquoi l'histoire venait avec une telle facilité. Depuis la première phrase, elle coulait toute seule. Et cette première phrase, il la dit à Carmella. (Il croyait l'impressionner, quel idiot !) « Au restaurant, après la fermeture, le fils du chef défunt, dernier de sa lignée, travaillait dans l'obscurité de la cuisine. » À partir de cet énigmatique incipit, il avait trouvé son titre : *Au restaurant, après la fermeture*.

Il jugea la réaction de Carmella aussi prévisible que sa conversation.

– Ça parle de Gamba ? lui demanda-t-elle.

Non, tenta-t-il de lui expliquer. C'était l'histoire d'un homme qui avait vécu dans l'ombre de son père, chef célèbre et révéré qui venait de mourir, laissant en déshérence ce fils unique, déjà sexagénaire, être à la présence falote, âme en perdition. Aux yeux du monde, il fait un peu figure de demeuré. Il a travaillé sous les ordres de son père, auquel le restaurant doit sa renommée, mais il se retrouve tout seul ; il ne sait pas ce que c'est que de payer une facture, on lui a toujours acheté ses vêtements. Le restaurateur, peut-être incapable de faire son deuil du défunt, continue d'employer l'idiot, mais sans son père pour le guider, il est nul ; il faudra sans doute bientôt le mettre à la porte, ou le rétrograder à la plonge.

Or, voilà que l'idiot en question découvre pouvoir entrer en contact avec l'esprit du mort, si bien qu'il cuisine comme un damné après la fermeture, la nuit. À une heure avancée, il trime en secret pour apprendre les recettes de son père, qu'il n'a jamais pu maîtriser du vivant du grand homme. Et quand il y parvient à la satisfaction des mânes du cuisinier, ce dernier s'avise de lui glisser en prime quelques conseils pratiques sur les factures à régler et les vêtements à acheter, l'entretien de la voiture (chez qui la faire réviser, à quelle fréquence). Le fantôme du père semble avoir oublié quelques détails, notamment que son petit demeuré n'a jamais passé le permis de conduire.

– Gamba est un fantôme ? s'écria Carmella.

– Je pourrais sans doute appeler ça *Un demeuré aux cuisines*, lui dit-il d'un ton sarcastique, mais j'ai pensé qu'*Au restaurant, après la fermeture* sonnait mieux.

– Il y en a qui vont croire que c'est un livre de cuisine, Secondo, l'avertit-elle.

Que dire ? Qui se figurerait que le dernier Danny Angel était un livre de cuisine ? Il cessa de lui parler de l'histoire et, pour l'apaiser, il lui fit part de la dédicace : « À la mémoire de mon père, Dominic Baciagalupo. » Ce serait le deuxième roman qu'il dédiait à son père, et le quatrième à la mémoire de quelqu'un. Comme de juste, Carmella fondit en larmes. Ses larmes le rassuraient un peu, voire le réconfortaient, tant elles lui étaient familières. Elle paraissait presque heureuse quand elle pleurait, et en tout cas sa réprobation envers lui paraissait soluble dans le chagrin.

À présent, l'œil grand ouvert dans son lit, doutant fort de s'endormir sans peine, il se demandait pourquoi il s'était donné tout ce mal pour lui faire comprendre ce qu'il écrivait. Pourquoi s'évertuer ? Elle lui avait demandé ce qu'il était en train d'écrire, soit, elle avait même dit qu'elle mourait d'envie de le savoir, mais lui, le conteur-né, n'aurait eu qu'à changer de sujet.

Tout en cédant insensiblement au sommeil, il se figurait le fils (sous-chef expérimental) aux cuisines, après la fermeture, à l'heure où le fantôme de son père l'instruisait. Comme Ketchum du temps qu'il ne savait pas lire, le fils dressait une liste de mots qu'il s'efforçait de déchiffrer et de retenir ; cette nuit-là, c'étaient les pâtes qui l'obsédaient. « *Orechiette*, écrivait-il, ça veut dire petites oreilles ; c'est des petites pâtes en forme de disques. Peu à peu, l'aide-cuisinier va apprendre son métier. S'il n'est pas trop tard, et si le restaurant de feu son père veut bien lui laisser encore un peu de temps. *Farfalle* signifie papillon, son père les appelait aussi “nœuds pap”. »

Dans son demi-sommeil, Danny en était au chapitre où le fantôme paternel quitte le terrain du métier pour confier à son fils : « J'aurais tant voulu que tu te maries, que tu aies des enfants. Tu serais un père formidable. Mais les femmes qui te plaisent sont justement celles qui… »

Celles qui quoi ? se demanda Danny. Une nouvelle serveuse venait d'être engagée dans leur restaurant hanté. C'était « justement » le genre de femmes contre lesquelles feu le chef voulait mettre son fils en garde. Mais l'écrivain finit par s'endormir, et alors seulement l'histoire s'arrêta.

L'enquête policière sur le double meurtre de Toronto était close. Les plus illustres crétins des médias avaient fini par lâcher l'affaire : neuf mois ou presque s'étaient écoulés depuis ce bain de sang – le temps de porter un enfant ! On n'en parlait plus que dans le courrier de Danny, lettres de sympathie, et leur contraire, quelque nom qu'on leur donne.

Danny les lisait toutes sans en sauter un seul mot, mais il n'avait toujours pas reçu celle qu'il aurait voulue, même s'il n'espérait plus sérieusement avoir de nouvelles de Tombe du Ciel. Ça ne l'empêchait pas de rêver d'elle, de sa boutonnière de toison platine, de la cicatrice blanche de sa césarienne, de ses mystérieux tatouages dont il imaginait l'histoire. Le petit Joe l'avait baptisée d'un nom de super-héroïne, mais était-elle vraiment une guerrière, ou l'avait-elle été dans une vie antérieure ? Il imaginait naturellement qu'elle avait eu une tout autre vie. Il faut bien avoir vécu un drame pour sauter des avions toute nue. Et puis, après un pareil exploit, on ne doit plus craindre grand-chose…

Elle lui avait écrit, elle avait perdu un enfant, elle aussi, et voilà, ça faisait partie des rendez-vous manqués de la vie. Puisqu'il ne lui avait pas répondu, pourquoi aurait-elle écrit de nouveau ? Il lisait pourtant tout son courrier, sans jamais y répondre, dans l'espoir de plus en plus mince d'avoir de ses nouvelles. Pourquoi, il n'aurait su le dire, mais il n'arrivait pas à l'oublier. « Si tu as le moindre ennui, je reviens, avait-elle dit au petit Joe, en lui mettant un baiser sur le front. En attendant, occupe-toi bien de ton papa. »

Autant pour les promesses des anges qui tombent du ciel tout nus. Mais enfin, à vrai dire, elle leur avait déclaré être un ange à temps partiel. Du reste, dans ses rêves tenaces, elle n'était pas toujours de service angélique, et singulièrement pas le jour de la pipe fatale, où Joe et sa luronne avaient croisé la Mustang bleue, sur le col Berthoud.

– Je voudrais bien te revoir, Amy, dit-il à haute voix dans son sommeil fragile.

Mais il n'y avait personne pour l'entendre, dans le noir, sinon les cendres silencieuses de son père. Car cette nuit-là, dans cette chambre d'hôtel-là, au fond du bocal d'aromates qui leur donnait asile, leur rôle dans le drame était un rôle muet.

Il se réveilla en sursaut, comme tiré du sommeil par un soleil trop haut pour cette heure matinale. Il craignit d'être déjà en retard, mais il n'en était rien. Il appela Carmella dans sa chambre, et eut la surprise d'entendre une voix claire et bien réveillée, comme si la vieille dame attendait son appel.

– J'ai eu du mal à tenir dans la baignoire, mais je me suis débrouillée, lui dit-elle.

Elle l'attendait dans la vaste salle à manger déserte quand il descendit déjeuner.

Ketchum avait raison, la nature était magnifique en septembre. Ce serait une journée superbe dans ce nord-est des États-Unis. Ils quittèrent le Balsams de bonne heure, le soleil brillait dans un ciel bleu vif sans nuages. Ils avaient annoncé à l'hôtel qu'ils prolongeaient leur séjour d'une nuit.

– Peut-être que M. Ketchum se joindra à nous, ce soir, dit Carmella à Danny.

– Peut-être, répondit-il, sceptique.

Il ne se sentirait pas chez lui au Balsams. L'hôtel était démesuré, impersonnel comme un lieu qui accueille les congrès ; or le bûcheron n'était pas du bois dont on fait les congressistes.

Ils ne tardèrent pas à apercevoir le panneau qui annonçait « Réparation d'appareils », avec une flèche dirigée vers un chemin de terre anodin. « J'habite au bout du chemin », avait dit Ketchum, mais rien n'indiquait que ce fût un cul-de-sac. Ils passèrent ensuite devant une autre pancarte qui annonçait, de la même écriture nette, « Attention au chien ». Pourtant, pas de chien en vue, ni d'ailleurs d'habitation ou de voiture. Peut-être la pancarte préparait-elle simplement le visiteur à toute éventualité, à savoir que s'il allait plus loin, il risquait fort de rencontrer un chien, et qu'alors il serait trop tard pour l'avertir.

– Je pense que je le connais, ce chien, dit Danny, surtout pour rassurer Carmella. Il s'appelle Héros, et il n'est pas bien méchant, à ce que j'ai vu.

Le chemin continuait, de plus en plus étroit, tant et si bien qu'il ne fut bientôt plus possible de faire demi-tour. Évidemment, ils avaient pu se tromper de route, se disait Danny. Peut-être qu'il existait encore une route de la Nation Perdue, et que le vieux fou de chez LL Cote les avait délibérément induits en erreur ; son hostilité à l'égard de Ketchum était flagrante, mais enfin, c'était un sentiment que le vieux bûcheron avait le don d'inspirer, même à des gens normaux en apparence.

– Ça m'a l'air de finir en cul-de-sac, dit Carmella, qui posa ses mains potelées sur le pare-brise comme pour se protéger d'un choc imminent.

Mais le chemin débouchait sur une clairière, qu'on aurait pu prendre pour une décharge publique ou un cimetière de voitures et de caravanes. La plupart des véhicules avaient été désossés pour récupérer des pièces détachées, et on voyait des cahutes disséminées çà et là sur le terrain ; l'une d'entre elles, battue par les intempéries, évoquait les cabanes en rondins où l'on fume le gibier ; une telle fumée s'échappait de ses interstices qu'on aurait cru qu'elle allait imploser dans une gerbe de flammes. Sur le toit d'une caravane, un tuyau crachait une colonne de fumée plus dense. Ce doit être le wanigan, se dit Danny, avec son poêle à bois.

Il coupa le moteur et tendit l'oreille : c'était oublier quc Héros n'aboyait pas. Carmella baissa la glace de son côté :

– M. Ketchum doit faire sa cuisine, dit-elle, narines aux aguets.

À en juger par la peau d'ours tendue sur une corde à linge entre deux caravanes, ce doit être la bête écorchée que l'on fume dans la cabane, songea Danny – drôle de cuisine. « Un gars que je connais me fait la découpe, à charge que je lui laisse de la viande, lui avait dit Ketchum, mais je commence toujours par fumer l'ours, surtout quand il fait chaud. » Les effluves correspondent, se dit Danny. Il ouvrit sa portière avec précaution, pour le cas où Héros se serait mis en tête de veiller sur l'ours. Mais il ne vit pas surgir de chien, ni de la cabane, ni des épaves amoncelées.

– Ketchum ! appela-t-il.

Et on entendit brailler : « Qui le demande ? » avant de le voir sortir du wanigan dont le poêle fumait, et poser aussitôt son fusil.

– Eh ben, vous êtes pas si en retard que vous pensiez, leur dit-il avec chaleur, puis à Carmella, sur le ton du flirt : Ça fait plaisir de vous voir, Carmella !

– Ça me fait plaisir de vous voir à moi aussi, monsieur Ketchum.

– Entrez donc boire le café. Apporte les cendres du Cuistot, Danny, il faut que je voie dans quoi tu les as mises.

Carmella en était curieuse, elle aussi. Pour entrer dans le wanigan, il leur fallut passer devant la peau d'ours puante, sur la corde à linge, et Carmella détourna le regard ; la tête de l'animal, encore rattachée au pelage, piquait du nez vers le sol, au ras de l'herbe, avec un caillot de sang rouge vif qui perlait à ses narines – comme une boule de Noël.

– « Aromates à steak, Amos, New York », lut fièrement Ketchum en prenant le bocal dans une main. Très bon choix, ma foi. Mais si ça te fait rien, je vais les mettre dans un bocal de verre, tu comprendras pourquoi quand on sera sur place.

– Non, ça ne me fait rien, dit Danny, plutôt soulagé en somme (il s'était dit qu'il garderait bien le pot en plastique).

Ketchum avait fait le café comme les anciens, du temps des wanigans. Il avait mis des coquilles d'œuf et du café moulu dans une sauteuse avec de l'eau qu'il avait amenée à ébullition sur le poêle à bois. Les coquilles d'œuf étaient censées retenir le marc de café ; il suffisait de verser de côté pour que le plus gros du marc reste dans la poêle. Le cuisinier réprouvait cette méthode, ce qui n'empêchait pas Ketchum de la pratiquer. Son café était fort, qu'il vous servait sucré sans vous demander votre avis, fort, sucré, grésillant sous la langue – « comme du café turc », commenta Carmella.

Elle s'efforçait de ne pas regarder autour d'elle, mais l'incroyable amoncellement d'objets, du reste bien rangés, était trop tentant. Danny, en bon écrivain, préférait imaginer l'emplacement du fax sans chercher à le voir. Mais il ne pouvait s'empêcher de constater que le wanigan n'était qu'une vaste cuisine avec un lit, où Ketchum dormait sans doute, entouré de fusils, d'arcs et de flèches, ainsi que de toute une collection de couteaux. Il était bien convaincu qu'il devait aussi y avoir un arsenal secret, avec au moins une ou deux armes de poing, car ce wanigan était paré à soutenir un siège, comme si Ketchum vivait dans l'attente de l'assaut.

Presque invisible au milieu des carabines et des fusils, il y avait une litière en grosse toile, garnie de copeaux de cèdre, où Héros devait se sentir tout à fait chez lui. Carmella étouffa un cri en apercevant le chien qui gisait là, mais ses blessures étaient plus spectaculaires que profondes. Ses flancs blancs tachetés de gris-bleu avaient été labourés par la griffe de l'ours. Le saignement avait cessé, et les plaies du bassin formaient une croûte, mais le chien avait saigné sur sa couche pendant la nuit, et la douleur lui raidissait les membres.

– J'avais pas vu qu'il avait perdu une moitié d'oreille, expliqua Ketchum. Ça pissait le sang, hier, il a fallu que ça s'arrête pour que je m'en aperçoive.

– Doux Jésus ! commença Carmella.

– Il vaudrait pas mieux que tu le montres au véto ? dit Danny.

– Il est pas trop copain avec le véto. On va l'amener chez Pack de Six en allant à la rivière. Elle a une pommade qui marche bien pour les coups de griffe d'ours, et moi j'ai un antibiotique, le temps que ce qui lui reste d'oreille cicatrise. C'est quand même bien fait pour ta gueule, Héros, hein ? Je te l'avais bien dit ! T'étais trop loin devant moi. (Puis, à l'adresse de Carmella :) Ct'idiot de chien, il me chope l'ours avant que je sois à portée.

– Pauvre bête ! dit seulement Carmella.

– Oh, il va s'en remettre, je vais lui filer un peu de barbaquc d'ours à manger, je vous dis que ça, lui répondit-il. Faut qu'on y aille, Danny, ajouta-t-il en prenant la Remington Springfield sur le rack.

Il se dirigea vers la porte du wanigan, arme au bras.

– Allez, viens, Héros ! cria-t-il au chien qui se leva de sa couche avec raideur et le suivit en traînant la patte.

– Pour quoi faire, ce fusil, tu l'as eu ton ours, on dirait ? demanda Danny.

– Tu verras.

– Vous n'avez pas l'intention de chasser du gibier, monsieur Ketchum ? demanda Carmella.

– Sauf s'il y avait des bestiaux qui réclament un coup de fusil, lui répondit Ketchum.

Puis, comme pour changer de sujet, il lança à Danny :

– Je parie que tu as jamais vu un ours écorché sans tête. Ça ressemble beaucoup à un homme. C'est pas un spectacle pour vous, Carmella, ajouta-t-il aussitôt. Bouge pas ! cria-t-il soudain à Héros, qui se figea sur place de même que Carmella, au quart de tour.

Dans la cabane, l'ours écorché était pendu au-dessus du foyer comme une chauve-souris géante. Sans sa tête, en effet, il évoquait un colosse humain, encore que l'écrivain n'ait jamais vu d'humain écorché.

– T'en es soufflé, hein ? dit Ketchum à Danny qui en restait muet.

En sortant de la cabane, ils virent Carmella et le chien dans la posture même où ils les avaient laissés, comme s'il avait fallu un phénomène atmosphérique pour les persuader d'en changer.

– Viens là, Héros, lança Ketchum.

Carmella suivit docilement le chien jusqu'au camion, comme si l'ordre s'adressait à elle aussi. Ketchum souleva Héros dans ses bras et l'installa à l'arrière du pick-up.

– Faudra bien écouter Pam, Danny, dit Ketchum comme ils montaient en voiture, Carmella prenant toute sa place entre eux deux. Elle a un truc à vous dire. C'est pas une mauvaise femme, je pense bien qu'elle veut seulement s'excuser. C'était ma faute, vous vous rappelez, vu que je savais pas lire. Je lui ai jamais reproché d'avoir tout raconté au Cow-boy, pour Jane l'Indienne. C'était le seul avantage qu'elle avait sur lui, et il a sûrement fallu qu'il lui en fasse pour qu'elle parle.

– Je ne lui ai jamais reproché non plus, à Pack de Six.

Danny essayait de déchiffrer l'expression de Carmella ; elle faisait la tête, mais elle ne dit rien. Le pick-up sentait mauvais, c'était peut-être ce qui l'incommodait.

– Ce sera pas long, de toute façon, il faudra qu'elle s'occupe de Héros. Quand il est pas amoché par des coups de griffe, c'est tout juste s'il supporte les siens. Ça peut valoir le coup d'œil, ce matin.

Ils prirent la route où l'on proposait la réparation d'appareils ; Danny doutait que le panneau ait été placé par Ketchum, et même que Ketchum ait jamais fait commerce de réparer les appareils des autres ; il devait rafistoler les siens, tout au plus, mais Danny ne posa pas la question. L'odeur était intolérable ; ça ne pouvait être que celle de l'ours, mais qu'est-ce que l'animal avait fichu dans le pick-up ?

– On a rencontré un type qui te connaît, chez LL Cote, un vendeur, dit Danny.

– Ah bon ? C'était un gars sympa, ou je dois comprendre que vous êtes tombés sur le seul enfoiré de la boutique ?

– Il se pourrait effectivement que nous ayons rencontré ce monsieur…, glissa Carmella.

L'odeur infecte les accompagnait ; plus de doute, l'ours avait transité par le pick-up.

– Un gros connard, toujours en treillis, c'est ça ?

– Parfaitement, dit Danny, à qui l'odeur donnait une forte envie de vomir. Il a l'air de croire que tu es à moitié indien.

– Ça je sais pas d'où je viens, ou d'où vient la moitié qui me manque, tonna Ketchum. Que je sois moitié indien ou trois quarts indien, ça me gêne pas. Les Indiens sont bien tous une nation perdue, ça me va pas trop mal, à moi.

– Le gars en question a l'air de penser que ton chemin s'appelle plus comme ça, dit Danny au vieil homme des bois.

– Il mériterait que je l'écorche et que je le fume avec mon ours ! gueula Ketchum. Puis, se radoucissant à l'intention de Carmella : Sauf que vous savez quoi ?

– Quoi donc, monsieur Ketchum ?

– Il serait moins bon au goût ! dit Ketchum en éclatant d'un rire tonitruant.

Ils bifurquèrent sur Aker's Pond Road, et se dirigèrent vers la grand-route. Danny serrait sur ses genoux le bocal de verre qui abritait les cendres de son père. Le pot à épices en plastique, désormais vide, était coincé entre ses pieds. Comme le récipient en verre qui avait contenu du jus de pomme – Danny le voyait sur l'étiquette – était plus grand, les cendres du cuisinier assaisonnées aux épices ne le remplissaient qu'aux deux tiers.

Ketchum arriva au camping bien tenu de la Route 26, à la sortie d'Errol, le Saw Dust Alley, où Pam Pack de Six avait un mobile home. Ce home-là n'avait plus rien de mobile, posé qu'il était sur quatre parpaings, et entouré par un demi-cercle de jardin potager. Il s'agissait d'ailleurs de deux mobile homes réunis. Un chenil empêchait les chiens de pénétrer dans le jardin, et une sorte de sas telle une chatière surdimensionnée leur donnait libre accès à la maison.

– Je lui ai bien dit, à Pam, que le trou est si gros qu'il y passerait un gars, putain, mais faut reconnaître que je vois personne qui s'y frotterait, par ici, dit Ketchum.

Il souleva Héros pour le sortir du pick-up, le chien affichant une expression hostile.

– Ne te mets pas les couilles à l'envers, dit l'homme des bois.

Danny et Carmella n'avaient pas vu Pack de Six, à genoux dans son jardin. Dans cette position, elle était presque aussi grande que Carmella debout. Elle se redressa péniblement, en s'appuyant sur son râteau. Ce fut alors seulement que Danny se rappela qu'elle était monumentale ; pas grosse, non, mais charpentée, et presque aussi grande que Ketchum.

– Ça va, ta hanche ? s'enquit le bûcheron. Ça doit pas lui faire de bien, quand tu te tiens comme ça.

– Ma hanche va toujours mieux que ton pauvre chien. Viens par ici, Héros. (Le chien alla vers elle.) Tu l'as tué tout seul, cet ours, ou ce chasseur de mes deux s'est rappelé de tirer ?

– Il est con, ce chien, il file, il file devant, alors quand il s'est trouvé sur l'ours, moi j'étais pas à portée

– Le vieux Ketchum, il est plus si rapide que dans le temps, hein, mon Héros ?

– C'est quand même moi qui l'ai tuée cette vacherie d'ours, ronchonna Ketchum.

– Ben sans blague ! Tu l'aurais ratée, ton clebs était mort, pauv' bête.

– Je lui donne un antibiotique, pour son oreille, et je me disais que tu pourrais lui passer cette pommade que t'as pour les plaies, sur ses coups de griffe.

– C'est pas de la pommade, c'est du sulfa.

Les chiens du chenil étaient une bande de corniauds survoltés, à l'exception d'un seul, berger allemand presque pure race. Héros le tenait à l'œil, malgré la clôture qui les séparait.

– Je suis désolée pour ton affaire, Danny, et je regrette le rôle que j'y ai joué, même si ça remonte loin, ajouta-t-elle à l'adresse de Carmella, qu'elle regarda bien en face.

– T'en fais pas, dit Danny. Personne n'y pouvait rien, sans doute.

– Tout le monde perd les siens, dit Carmella.

– Moi j'avais le béguin pour le Cuistot, dans le temps, dit Pack de Six à Danny, mais il me regardait pas, ça a dû m'énerver, ça aussi.

– T'avais le Cuistot dans la peau ? demanda Ketchum. Ben il serait temps de me le dire !

– C'est pas à toi que je cause, c'est à Danny. Et c'est pas à toi que je demande pardon, non plus.

Ketchum tapa des pieds.

– Bon, ben je reviendrai chercher le chien tout à l'heure, ou peut-être bien ct'après-midi, dit-il à Pack de Six.

– Tu peux bien revenir quand tu veux, il risque rien, avec moi. Pas de danger que je l'emmène chasser l'ours.

– Je vais pas tarder à t'apporter de la viande d'ours, dit Ketchum, d'un ton maussade. Si t'aimes pas ça, tu pourras toujours la filer à tes corniauds.

Il avait accompagné le mot d'un geste en direction du chenil, où les chiens de Pack de Six se mirent à aboyer contre lui.

– C'est bien de toi, ça, de me mettre mal avec mes voisins, dit Pam. Vous allez pas le croire, c'est le seul connard qui réussisse à les rendre fous.

– Je le crois, dit Danny en souriant.

– Vos gueules, les chiens ! lança Pack de Six aux corniauds qui se turent aussitôt et s'écartèrent de la clôture la queue basse – à l'exception du berger allemand, qui s'écrasait le museau dessus et continuait de regarder fixement Héros, lequel lui rendait son regard.

– Si j'étais toi, je prendrais garde qu'ils se rencontrent pas, ces deux-là, conseilla Ketchum.

– J'ai besoin que tu me le dises !

– Eh merde. Moi je monte dans le pick-up. Toi, bouge pas, Héros, lança Ketchum sans regarder vers le chien.

Une fois de plus, il avait réussi à pétrifier Carmella du même coup.

Le temps n'avait pas été tendre envers Pack de Six, qui avait l'âge de Ketchum, même si c'était encore une redoutable blonde décolorée. Sa lèvre supérieure portait une cicatrice que Danny ne se rappelait pas avoir vue. Ça doit être un cadeau du Cow-boy, songea-t-il. Sa hanche déglinguée pouvait bien lui devoir quelque chose aussi.

Quand l'homme des bois fut monté dans le pick-up, et qu'il eut mis la radio, Pack de Six leur dit :

– Moi je l'aime encore, Ketchum, vous savez, mais il me laisse rien passer. Des fois, c'est vraiment un parfait enfoiré, c'est le gars qui vous juge sur des trucs qu'on fait pas exprès.

Danny ne put que hocher la tête ; Carmella s'était changée en statue ; il y eut un instant de silence, puis Pam poursuivit :

– Parle-lui, Danny. Dis-lui de pas aller s'amocher bêtement surtout sa main gauche, tiens, pour commencer.

– Comment ça, sa main gauche ? demanda Danny.

– T'as qu'à lui poser la question, dit Pack de Six, j'aime pas trop en causer. Il m'a jamais touchée de cette main-là, moi ! s'écria-t-elle brusquement.

Le vieux bûcheron baissa la glace de sa portière.

– Mais ferme-la donc, Pack de Six, laisse-les partir, bon dieu ! (Comme il haussait le ton, les chiens se remirent à aboyer.) Tu leur as demandé pardon, non ?

– Allez, viens, Héros, dit Pack de Six.

Elle repartit vers le mobile home, le chien traînant la patte sur ses talons.

Il était à peine plus de sept heures du matin, et une fois Danny et Carmella dans le pick-up avec Ketchum, les chiens se turent. Sur le plateau du véhicule, il y avait un demi-stère de bois recouvert par une solide bâche, sous laquelle Ketchum avait glissé un fusil. Même en roulant immédiatement derrière lui, on ne risquait pas de voir la Remington cachée dans les bûches. Mais l'odeur de l'ours ne se laissait pas occulter aussi facilement.

La radio passait une chanson de Kris Kristofferson qui datait des années soixante-dix. Danny l'avait toujours aimée, de même que son auteur-compositeur-interprète, mais les effets conjugués de cette chanson et du matin superbe ne parvenaient pas à lui faire oublier la puanteur infecte.

C'est peut-être notre dernière nuit ensemble
Qui sait si on reviendra par ici ?

Quand Ketchum prit vers le sud sur la Route 16, qui longeait l'Androscoggin, Danny tendit le bras devant Carmella pour éteindre la radio.

– C'est quoi, cette histoire de main gauche ? Tu penses tout de même plus à te la couper, si ?

– Il se passe pas de jour sans que j'y pense, merde alors.

– Mais pourquoi la main gauche ? Tu es droitier, non ?

– Putain, Danny, j'ai juré à ton père de jamais te le dire, quoiqu'il ait dû oublier depuis longtemps.

Danny serra le bocal des cendres entre ses mains et le secoua.

– Qu'est-ce que tu en dis, P'pa ? demanda-t-il sans obtenir de réponse. P'pa n'émet pas d'objection, Ketchum.

– Putain, mais j'ai promis à ta mère, aussi.

Danny se souvint de ce que Jane l'Indienne lui avait dit. La nuit où sa mère avait disparu sous la glace, Ketchum s'était emparé d'un couteau à découper, à la cantine. Il était resté planté là, dans la cuisine, le couteau dans sa main droite. « Fais pas ça », lui avait dit Jane, mais il avait continué à fixer sa main sur la planche à découper – il se la figurait peut-être tranchée. Jane l'avait laissé pour s'occuper de Danny et de son père. Plus tard, quand elle était revenue dans la cuisine, Ketchum avait disparu. Elle avait cherché sa main gauche partout, persuadée qu'elle allait la trouver. « Je voulais pas que ce soit toi ou ton père qui tombiez dessus », avait-clle expliqué à Danny.

Parfois, surtout quand il était ivre, il l'avait vu regarder sa main gauche d'un drôle d'air ; il avait eu le même regard sur son poignet droit plâtré, le jour où Angelù avait coulé sous les troncs d'arbres.

À présent, ils longeaient l'Androscoggin en silence, et Danny finit par dire :

– J'en ai rien à fiche de ce que tu as pu promettre à mon père ou à ma mère, Ketchum. Ce que je voudrais bien savoir, c'est si tu te faisais des reproches, si tu te croyais vraiment responsable, pourquoi tu cherchais pas à te couper la bonne main ?

– Mais ma main gauche, c'est ma bonne main ! s'écria Ketchum.

Carmella s'éclaircit la voix, peut-être à cause de l'odeur effroyable, puis, sans tourner la tête ni vers l'un ni vers l'autre, mais en s'adressant plutôt au pare-brise, ou encore à la radio muette. elle articula :

– Monsieur Ketchum, s'il vous plaît, racontez-la-nous, cette histoire.

15
La danse des élans

L'histoire de la main gauche eut du mal à sortir, et Danny n'en fut pas surpris. Lorsqu'on dépassa le réservoir de Pontook, et le spectacle familier de l'écoulement des eaux dans les champs, lorsqu'on s'engagea sur la route des étangs de Dummer, il apparut clairement que Ketchum avait son ordre du jour personnel. Le récit qui révélerait la singulière logique l'ayant poussé à considérer sa main gauche comme sa « bonne » main devrait attendre. Danny s'aperçut aussi qu'ils passaient devant l'ancien chemin de charriage de Twisted River.

– On a quelque chose à faire à Paris ?

– À West Dummer, rectifia Ketchum, ou ce qu'il en reste.

– Il y a encore quelqu'un pour dire « West Dummer » ?

– Moi.

Ils franchirent le nouveau pont sur le Phillips Brook, puis prirent l'itinéraire emprunté par Danny lorsque Jane l'Indienne l'emmenait à l'école. À cette époque lointaine, la route lui semblait interminable, aujourd'hui elle filait et le temps s'envolait – mais pas l'odeur de l'ours.

– Faut pas que ça te mette les couilles à l'envers, Danny, mais l'école de la Manufacturing Company est toujours debout, expliqua Ketchum. Il précisa à l'intention de Carmella : C'est là où le futur écrivain a passé quelques-unes de ses années de formation à se faire cogner dessus, essentiellement.

Le concept des couilles à l'envers semblait plonger la vieille dame dans la perplexité. En réalité, elle réprimait sans doute son envie de vomir. Entre les cahots d'une route inégale et l'odeur infecte du pick-up, il y avait bien de quoi avoir la nausée. Danny lui-même, l'estomac retourné, tâchait de faire abstraction des boules de poils d'ours que l'air poussait à leurs pieds, la vitre du conducteur étant baissée.

Sans avoir d'embrayage automatique, Ketchum parvenait à conduire d'une main. Il enfonçait le coude gauche dans sa portière, et les doigts de sa main gauche ne faisaient qu'effleurer le volant, qu'il serrait de sa main droite. Pour changer de vitesse, sa main droite allait chercher le bout du long levier dans la zone des genoux de Carmella, pendant que sa main gauche contrôlait légèrement le volant, une seconde ou deux, le temps que la droite passe sur le levier

Il conduisait cependant en souplesse, avec le même naturel et sans plus d'efforts que sa barbe flottait au vent de la marche. (Vitre fermée, pensait Danny, Carmella et lui auraient vomi depuis longtemps.)

– Pourquoi tu n'as pas mis l'ours à l'arrière du pick-up ? s'enquit l'écrivain, qui se demandait si la présence de l'animal mort tenait d'un rituel cynégétique incontournable.

- J'étais dans le Maine, tu t'en souviens ? J'ai abattu l'ours dans le New Hampshire, mais il m'a fallu traverser et retraverser le Maine. Seulement je suis immatriculé dans le New Hampshire. Si j'avais mis l'ours à l'arrière, il y aurait bien eu un garde-chasse ou un gendarme du Maine pour m'arrêter, et mon permis, il est sur le New Hampshire.

– Et Héros, où était-il ?

– Lui, il était à l'arrière, il pissait le sang. Les bestiaux vivants, ça saigne plus que les bestiaux morts, parce que le cœur continue à pomper, expliqua le vieux bûcheron à Carmella, qui réprima un haut-le-cœur. J'avais attaché l'ours sur ton siège, Danny, et je lui avais enfoncé un chapeau sur la tête. On aurait dit qu'elle était empaillée entre ses épaules (ça a pas beaucoup de cou, les ours), on devait avoir l'air de deux barbus en vadrouille.

Assis, Ketchum devait être un peu plus grand que l'ours mort. De loin, sa barbe et ses longs cheveux étaient aussi noirs que le pelage de la bête ; il fallait le regarder de près pour distinguer des fils gris. À travers le pare-brise du pick-up, surtout si on passait assez vite, on devait facilement les prendre pour deux jeunes hommes à la barbe touffue – plus jeunes que Ketchum en tout cas.

– J'ai pourtant épongé tout le sang sur le siège, ajouta ce dernier comme ils entraient dans Paris, mais je me demande combien de temps l'odeur va rester. Ça pue quelque chose d'abominable, hein, les ours ?

Il repassa en première, sa dextre rugueuse effleurant au passage le genou de Carmella.

– C'est pas un prétexte pour vous tripoter, Carmella, j'avais pas prévu que mon levier de vitesse se retrouve entre vos genoux. À la prochaine étape, c'est Danny qui passe au milieu.

Danny cherchait des yeux la scierie à vapeur, mais en vain. Des troncs de feuillus descendaient jadis la rivière ; et la Paris Manufacturing Company fabriquait des toboggans. Qu'était-elle donc devenue, la vieille scierie ? Et la cahute qui abritait les chevaux ? Et les magasins d'outils ? Il y avait une cantine et un foyer de travailleurs – soixante-quinze lits –, ainsi qu'une maison assez coquette à ses yeux d'enfant, pour le directeur de la scierie. Quand Ketchum s'arrêta, il vit que seule demeurait la vieille école. Le camp de bûcherons avait disparu.

– Et le reste de Paris, qu'est-ce qu'il est devenu ? demanda Danny en descendant de voiture. (Il entendait la rivière, qui chantait comme autrefois.)

– Le reste de West Dummer ! tonna Ketchum. (Il s'avançait à grandes enjambées vers la butte où se dressait jadis la cantine.) Pourquoi ils ont attendu 1996 pour démolir la ville, je risque pas de te le dire. En plus, ils ont salopé le boulot, ils ont été obligés de finir au bulldozer !

Il se pencha pour ramasser une marmite et une casserole rouillées, et les entrechoqua. Danny lui emboîta le pas, suivi par Carmella.

– Ils l'ont rasée au bulldozer ? répéta l'écrivain.

Il voyait à présent des bouts de métal pointus sortir de terre comme des os désarticulés. L'abri pour les chevaux s'était écroulé, et ses planches formaient un monticule. Les débris du foyer de soixante-quinze lits avaient été moulinés et enfoncés dans le sol, avec les squelettes des couchettes disséminés dans le genièvre rampant. Une vieille colonne de lavabo se dressait, tel un os blanchi ; il ne restait plus que le trou de la vasque. On apercevait aussi la silhouette imposante d'un engin à vapeur, le Lombard, couché sur le flanc, sa chaudière cabossée sous les coups de boutoir destructeurs et pourtant inefficaces du bulldozer ; elle surgissait d'un buisson de framboises sauvages, telle une carcasse de dinosaure profanée, ou de toute autre espèce éteinte.

– Quand on veut rayer un endroit de la carte, on y met le feu, maugréait Ketchum. (Carmella trébuchait derrière eux, s'arrêtant de temps en temps pour retirer les chatons et les pissenlits de son pantalon de ville.) Je voulais que tu voies ce coin de merde de tes yeux, Danny ; c'est un putain de scandale qu'ils aient pas été foutus de le démolir proprement. Les habitants de West Dummer, ils ont toujours été plus crétins que de la crotte de chien.

– Comment se fait-il que l'école soit encore debout ? demanda Danny. (Souffre-douleur des gosses de West Dummer, il n'aurait pas détesté y mettre le feu lui-même.)

– Je sais pas. Il faut croire qu'elle sert de lieu de distraction, cte connerie d'école. J'y vois des skieurs de fond, de temps en temps, des gens qui font de la motoneige tout le temps, bien sûr. J'ai entendu dire que ces connards de l'énergie propre, ils vont installer leurs conneries d'éoliennes sur les hauteurs, par ici. Des turbines de plus de cent mètres de haut, des pales de quarante-cinq mètres ! Pour les construire et les mettre en service, il va falloir dégager des chemins de quarante-cinq mètres de large, gravillonnés, ce qui veut dire une emprise double ! Les éoliennes vont te faire un putain de boucan, et brasser des kilos de glace. Dès qu'il neigera trop, ou qu'il y aura du grésil, ou du brouillard givrant, faudra les arrêter. Et quand on sortira du temps de merde, et qu'ils les remettront en marche, la glace qui se sera formée sur les pales va être propulsée à deux cent cinquante mètres ! La glace, ça part en plaques, des plaques de deux, trois mètres, qui font pas deux centimètres d'épaisseur, ça te transperce un gars de part en part, et même un élan. Sans compter les clignotants rouges pour pas que les avions aillent se prendre dedans. C'est quand même le comble que les fans de l'énergie propre soient à mettre dans le même sac que toute la bande d'écolos qui disaient que les convois de bois abîmaient les rivières et les forêts, bandes de connards ; à moins que ça soient leurs gosses.

Ketchum cessa subitement de vitupérer, car il s'aperçut que Carmella pleurait. Elle n'était pas bien loin du pick-up, soit que les framboisiers l'aient arrêtée, soit que les débris du camp rasé au bulldozer l'aient freinée. Avec les gueulantes de Ketchum, elle n'entendait pas le ruisseau, et n'en voyait pas le courant. On aurait dit qu'elle avait peur du Lombard renversé, objet parfaitement inconnu et donc patibulaire à ses yeux.

– S'il vous plaît, monsieur Ketchum, on pourrait aller voir l'endroit où mon Angelù a trouvé la mort ?

– Mais bien sûr, Carmella, je montrais simplement à Danny une partie de son histoire, lui répondit le vieux bûcheron, bourru. Il faut qu'ils connaissent leur histoire, les écrivains, hein, Danny ? (Avec un geste de la main, il reprit son historique.) La cantine, la maison du directeur, tout a fini sous les bulldozers ! Et il y avait un tout petit cimetière par ici, rasé au bulldozer, lui aussi.

– Ils n'ont pas touché aux pommiers, dit Danny en désignant les arbres chétifs, à l'abandon depuis des années.

– Va savoir pourquoi ! répliqua Ketchum sans même les regarder. Y a plus que les chevreuils qui mangent les pommes, j'en ai tué pas mal, moi, par ici. (À croire qu'à West Dummer, même les chevreuils étaient plus crétins que de la crotte de chien, et qu'ils boulottaient leurs pommes en attendant bien gentiment les balles qui allaient les occire.)

Ils remontèrent en voiture et Ketchum fit demi-tour. Cette fois, Danny était passé au milieu, levier de vitesse entre les jambes, et Carmella, qui avait baissé la glace côté passager, aspirait l'air à pleins poumons. Le pick-up était resté au soleil pendant l'arrêt, et la matinée se réchauffait ; la puanteur de l'ours pesait sur eux comme une couverture moisie. Danny serrait les cendres de son père sur ses genoux. Il aurait bien voulu les porter à ses narines comme antidote, mais il s'en abstint.

Sur la route de Paris à Twisted River, au sommet, là où le Phillips Brook va se jeter dans l'Ammonoosuc puis dans le Connecticut, là où la Twisted River se dirige vers le Pontook, au sud-est, puis l'Androscoggin, Ketchum arrêta de nouveau son pick-up nauséabond. Il désigna du doigt, au loin, ce qui semblait être un long champ étale. Au printemps, c'était peut-être un marécage, mais en septembre la terre était sèche, couverte d'herbes hautes et de conifères nains, avec de jeunes érables à sucre qui s'enracinaient.

– Quand on bloquait la rivière par un barrage, ici, c'était un bassin, mais ça fait des années qu'ils ont pas mis le barrage en service. Ça fait longtemps qu'il y a plus d'étang, même si ça s'appelle encore l'étang de Moose Watch. Quand c'était inondé, les élans s'y rassemblaient, et les bûcherons venaient les voir. À présent, les élans sortent la nuit, et ils viennent danser sur ce pré. Et les derniers bûcherons encore vivants – on n'est plus si nombreux – viennent les voir danser.

– Ils dansent ?

– Eh oui. C'est bien un genre de danse. Je les ai vus. Et ces élans, ceux qui dansent, ils sont trop jeunes pour se rappeler qu'il y avait un étang, ici. Pourtant, on dirait qu'ils le savent, et qu'ils essaient de le faire revenir, cet étang. Des fois je viens ici la nuit, rien que pour les voir danser. Avec un peu de chance, j'arrive à convaincre Pack de Six de m'accompagner.

Il n'y avait pas d'élans par ce matin de septembre beau et ensoleillé – mais ce n'était pas une raison pour douter de ce que disait Ketchum.

– Ta mère dansait bien, Danny. Je suis sûr que tu le sais, l'Indienne a dû te le dire.

Le vieux bûcheron roulait, et Carmella dit simplement :

– Doux Jésus, la danse des élans !

– Si j'avais vu que ça dans ma vie, je serais plus heureux, conclut Ketchum.

Danny le regarda. Les larmes du bûcheron furent instantanément absorbées par sa barbe, mais il les avait vues.

L'histoire de la main gauche arrive, se dit l'écrivain. Le simple fait de parler de sa mère, ou de ses talents de danseuse, venait de déclencher quelque chose en Ketchum.

De tout près, sa barbe était plus grisonnante que de loin. Danny ne pouvait détacher ses yeux de lui. Il crut qu'il cherchait son levier de vitesse, mais sa grande main puissante lui serra le genou gauche à lui faire mal.

– Qu'est-ce que tu regardes ? lui demanda Ketchum avec acrimonie. Tu penses bien que j'irais pas trahir une promesse faite à la fois à ta mère et à ton père si certaines des promesses que tu fais dans ta putain de vie en contredisaient pas d'autres : j'avais aussi promis à Rosie de t'aimer toujours, et de veiller sur toi si jamais ton père pouvait plus. Voilà ! s'écria Ketchum, sa main gauche récalcitrante serra le volant, plus fort et plus longtemps que lorsqu'il passait simplement les vitesses.

Enfin, la pression de la grande main droite se relâcha sur le genou de Danny, Ketchum s'en servait de nouveau pour conduire. Son coude gauche sortait par la vitre, comme un accessoire fixé à la carrosserie ; les doigts détendus de sa main gauche effleuraient le volant, et il s'engagea sur le chemin de charriage qui menait à Twisted River.

Aussitôt la surface du sol se fit plus irrégulière. Il ne roule pas grand monde sur la route d'une ville fantôme surtout si elle ne mène nulle part ailleurs ; à quoi bon l'entretenir ? Au premier nid-de-poule, la boîte à gants s'ouvrit. L'odeur apaisante d'huile à graisser les fusils se répandit, leur épargnant un instant l'impitoyable puanteur ursine. Quand Danny tendit la main pour refermer la boîte à gants, il en vit le contenu : un grand flacon d'aspirine, et un petit revolver, dans un holster d'aisselle.

– Deux façons de tuer la douleur, dit Ketchum avec le plus parfait naturel. Plutôt crever que me retrouver sans arme ou sans aspirine.

À l'arrière du pick-up, nichées dans le tas de bois sous la bâche en compagnie de la Remington Springfield, Danny savait qu'il y avait aussi une tronçonneuse et une hache. Dans son étui au-dessus du pare-soleil, côté conducteur, le Browning de trente centimètres.

– Pourquoi est-ce que vous êtes toujours armé, monsieur Ketchum ? lui demanda Carmella.

La question le prit de court, car de fait, il n'était pas armé en cette nuit à présent si lointaine où ils étaient partis faire des do-si-do sur la glace, lui, le cuisinier et sa cousine. Là, dans son camion qui puait l'ours, la silhouette de Rosie dut surgir devant ses yeux fous. Sa barbe farouche se mouilla de larmes, de nouveau.

– J'ai… commis des erreurs, commença-t-il d'une voix étouffée, étranglée. Pas seulement des erreurs de jugement, des manquements à ma parole, j'ai failli.

– Rien ne t'oblige à raconter cette histoire, Ketchum.

Mais le bûcheron était lancé.

– Un couple qui s'aime, ça se dit des choses, tu sais bien, Danny, pour se réconforter dans une situation qui n'a rien de confortable, et où ils devraient pas rechercher le confort. Un couple qui s'aime, il se fabrique ses lois, comme si elles étaient aussi fiables et aussi respectables que celles du reste du monde, tu comprends ce que je veux dire ?

– Pas vraiment, répondit Danny.

Il voyait que l'ancien chemin de charriage menant à Twisted River avait été inondé des années auparavant. La route pierreuse était donc recouverte de lichen et de mousse des marais. Seule demeurait la branche de gauche, celle qui menait à la cantine, et Ketchum s'y engagea.

– C'est de la main gauche que je touchais ta mère, Danny, parce que la droite, j'avais touché bien des femmes avec, et j'en ai touché bien d'autres depuis.

– Arrêtez ! s'écria Carmella. (Au moins ça changeait de « Doux Jésus » ; mais Danny vit bien que rien n'arrêterait plus Ketchum.)

– Telle était notre première loi, j'étais son amant gaucher. Dans notre esprit, ma main gauche lui appartenait, c'était celle de Rosie, donc ma main importante, ma bonne main. (Elle avait donné moins de coups, aussi, pensait Danny, et jamais son index n'avait pressé la détente.)

– Je vois, résuma-t-il.

– Arrêtez, je vous en prie. (Elle vomissait ou elle pleurait ? L'arrêt qu'elle réclamait était peut-être celui de la voiture, se dit subitement l'écrivain.)

– Tu dis que tu as commis une erreur, en quoi as-tu failli ?

Mais ils gravissaient la colline sur laquelle la cantine se trouvait jadis. Alors, entre deux cahots du pick-up émétique, la surface du bassin et son calme trompeur se révélèrent à eux. À la vue de l'eau, Carmella étouffa un cri. Mais pour Danny, le choc fut de ne rien voir, précisément, car de la cantine, il ne restait pas un bardeau, et de la ville qu'elle surplombait, pas la moindre trace non plus.

– L'erreur ! cria Ketchum, c'était même une faute ! Soûls comme on était, on braillait, et on est sortis sur la glace, ça au moins tu le sais, Danny, non ?

– Oui, Jane me l'a dit.

– Et moi j'ai dit à Rosie, ou j'ai cru lui dire, « Donne-moi la main », je lui ai dit, je te le jure. Seulement vu que j'étais ivre, et que je suis droitier, sans réfléchir, je lui ai tendu la main droite. Jusque-là je portais ton père, mais il avait voulu faire des glissades sur la glace, lui aussi, alors je l'avais posé.

Ketchum finit par s'arrêter ; Carmella ouvrit sa portière et vomit dans l'herbe ; elle rendit tripes et boyaux tandis que Danny observait la cheminée de la cantine écroulée. À l'emplacement du four à pizza ne restait qu'un moignon de briques atteignant à peine quatre-vingts centimètres, un mètre de hauteur.

– Mais ta mère connaissait nos lois, reprit Ketchum, et elle m'a dit, « Non, pas celle-là, c'est la mauvaise ». Elle s'est éloignée en dansant, et elle a refusé de me donner la main. Pendant ce temps-là, ton père a glissé et il est tombé – je l'ai poussé sur la glace comme une luge, mais j'ai pas pu couvrir la distance qui me séparait de ta mère. Je n'avais pas sa main dans la mienne, parce que je lui avais tendu la droite, tu comprends, la mauvaise.

– Je comprends, mais en même temps, c'est si peu de chose…

N'empêche, l'écrivain voyait la scène comme s'il y était, la distance entre sa mère et Ketchum devenue infranchissable, d'autant que les troncs d'arbres avaient déboulé des étangs de Dummer pour se précipiter sur la glace du bassin, où ils avaient rapidement pris de la vitesse.

Carmella, à genoux, semblait prier. De sa position, elle avait le meilleur coup d'œil possible sur les lieux où son Angelù bien-aimé s'était perdu. C'était d'ailleurs cette situation de surplomb qui avait dicté le choix du cuisinier pour faire construire la cantine.

– Ne va pas te couper la main gauche, Ketchum, dit Danny.

– Non, s'il vous plaît, monsieur Ketchum, ajouta Carmella.

– On verra, leur dit-il sans autre promesse, on va voir.

L'année où il avait mis le feu à Twisted River, Ketchum revint à l'automne sur le site avec une binette et des graines. Il ne prit pas la peine d'en semer sur l'emplacement du village, mais seulement aux alentours de la cantine, et partout sur les berges du bassin, où les cendres s'étaient incrustées dans le sol. Il avait mélangé les cendres à la terre, et répandu les graines. Il avait choisi un jour où il savait qu'il pleuvrait ; le lendemain, il tombait même de la neige fondue, si bien que tout l'hiver les graines avaient dormi sous la neige. Au printemps suivant, l'herbe recouvrait tout, et à présent une prairie s'étendait sur l'emplacement de la cantine. Personne n'en avait jamais coupé l'herbe, aujourd'hui haute et ondoyante.

Ketchum prit Carmella par le bras, et ils descendirent vers la rive en direction du village. Danny les suivait, portant les cendres de son père, et, à la demande expresse de Ketchum, la Remington. De la vie de Twisted River, il ne restait rien, sinon l'antique sentinelle solitaire qui montait la garde dans la ruelle boueuse devant le « bal » : le Lombard à vapeur, pour tirer les troncs d'arbres. Dans les hautes températures de l'incandescence, le Lombard s'était carbonisé, désormais à l'abri de la rouille sinon de la fiente d'oiseau, et donc uniformément noir. Les puissantes chenilles étaient intactes, mais les chaînes de bulldozer avaient disparu, emportées en souvenir, peut-être, à moins que les flammes ne les aient intégralement consumées. Sur le siège du pilote, à l'avant, perché au-dessus des chenilles, le volant qu'aucune main n'avait touché depuis des lustres semblait prêt à l'usage – à condition de lui trouver un pilote. Comme le cuisinier l'avait prédit, l'antique Lombard avait survécu au village.

Ketchum guida Carmella vers la rive, mais même en ce matin clair et sec de septembre, ils ne purent s'approcher à moins de deux mètres de l'eau ; la berge était dangereusement glissante, le sol spongieux sous les pas. On ne fermait plus les barrages des étangs de Dummer, mais le courant était rapide, en amont du bassin, même à l'automne, et la Twisted souvent en crue. À proximité de l'eau, Danny sentait le vent se charger d'humidité sur son visage. C'était une brise d'eau douce, que les étangs semblaient rabattre vers lui.

– C'est bien ce que je pensais, déclara Ketchum. Pour répandre les cendres du Cuistot dans la rivière, on n'arrivera pas à s'approcher assez près, et le vent va nous les rabattre dans la figure.

– Le fusil, c'est pour ça ?

L'homme des bois acquiesça :

– Et le pot en verre, aussi.

Il prit la main de Carmella pour pointer son index :

– Pas tout à fait au milieu du bassin mais presque, j'ai vu votre garçon glisser entre les troncs, lui dit-il. Et je te jure, Danny, entre cet endroit-là et celui où ta mère a coulé, il y a pas plus long que le bras.

Leurs trois regards convergèrent sur ce point, à la surface de l'eau. Sur la rive opposée, un coyote les observait.

– Passe-moi la carabine, Danny, dit Ketchum.

Le coyote but une longue gorgée fiévreuse. Il les regardait toujours, d'un œil même pas furtif. Il devait avoir quelque chose d'anormal.

– S'il vous plaît, monsieur Ketchum, ne tirez pas sur lui.

– Il est sûrement malade : il est sorti en plein jour, il ne nous fuit pas, lui répondit l'homme des bois.

Danny lui passa la Remington. Le coyote était assis sur la berge, et les considérait avec une indifférence croissante. On aurait dit qu'il parlait tout seul.

– N'allons pas tuer quoi que ce soit aujourd'hui, monsieur Ketchum, dit Carmella.

Ketchum baissa son fusil, ramassa un caillou et le lança dans l'eau vers l'animal, qui ne broncha pas. Il avait l'air sonné.

– Il est malade, c'bestiau, c'est sûr, dit Ketchum.

Le coyote but encore longuement ; il ne leur prêtait même plus attention.

– Regardez comme il a soif, il a attrapé un truc, il est en train de mourir.

- La chasse au coyote est ouverte ? demanda Danny.

– La chasse au coyote, elle est ouverte toute l'année, c'est pire que les marmottes, c'est de la vermine. Ils servent à rien. On n'a pas de bracelets pour les coyotes, on peut même les chasser la nuit, du 1er janvier jusqu'à la fin mars. C'est pour te dire à quel point l'État cherche à s'en débarrasser.

L'argument n'avait pas convaincu Carmella.

– Je ne veux rien voir mourir, aujourd'hui, dit-elle à Ketchum.

Elle soufflait des baisers sur l'eau, pour bénir l'endroit où Angelù avait sombré, ou pour accorder longue vie au coyote.

– Fais la paix avec ces cendres, Danny, dit l'homme des bois. Tu sais où il faut les lancer, dans la rivière, hein ?

– Je suis en paix avec elles, dit l'écrivain.

Il posa sur le bocal de jus de pomme et les cendres un baiser d'adieu.

– Tu es prêt ? demanda-t-il au tireur.

– Vas-y, lance !

Carmella se boucha les oreilles, et Danny lança le bocal, presque au milieu de la rivière ; Ketchum le visa, et attendit qu'il reparaisse ; un seul coup de feu suffit à répandre comme il fallait les cendres de Dominic Baciagalupo à la surface de la Twisted.

Sur la berge d'en face, à la détonation, le coyote s'aplatit un peu plus, mais sans s'enfuir, fou qu'il était.

– Pauvre abruti, lui lança Ketchum, si tu as même plus l'idée de te sauver, là, t'es mort, désolé (ce dernier mot presque en aparté à l'intention de Carmella).

Le fusil se maniait en souplesse ; c'était sa bonne vieille carabine à répétition. L'homme des bois atteignit l'animal malade en train de se désaltérer.

– C'est ce que j'aurais dû faire avec Carl, conclut-il, sans regarder Carmella. J'aurais pu le faire n'importe quand, j'aurais dû le descendre, comme la vermine qu'il était, et je regrette de ne pas l'avoir fait, Danny.

– Ne t'inquiète pas, Ketchum, j'ai compris depuis le début pourquoi ce n'était pas possible.

– Il aurait pourtant fallu, y a que cette morale de merde qui m'a retenu.

– La morale, c'est pas de la merde, monsieur Ketchum, commença Carmella sur un ton édifiant (mais à la vue du coyote mort, elle réprima ses paroles ; il gisait sur la berge, le nez au ras de l'eau).

– Au revoir, P'pa, dit Danny au courant de la rivière.

Sur quoi, il se retourna pour regarder la berge herbue et abrupte où se dressait jadis la cantine, cette cantine où il avait pris pour un ours Jane l'Indienne, la tendre amie de son père.

– Au revoir, Cuistot, lança Ketchum au fil de l'eau.

– *Dormi pur*, chanta Carmella, avec un signe de croix.

Aussitôt après, elle tourna le dos à cette rivière où Angelù avait disparu, et elle entreprit de gravir lentement la berge herbue, sans se retourner.

– Il faut que je prenne un peu d'avance sur vous deux ! leur dit-elle.

– Qu'est-ce qu'elle chantait, là ? demanda Ketchum à Danny.

L'air venait d'un vieil enregistrement de Caruso, qui s'appelait *Quartetto Notturno* ; c'était une berceuse, dans un opéra, Danny avait oublié lequel ; sans doute chantait-elle cette berceuse à Angelù, quand il était petit, pour l'endormir.

– *Dormi pur*, répéta Danny. Dors pur.

– Pur ?

– C'est-à-dire « Dors bien », sûrement.

– Merde alors, épilogua Ketchum en tapant des pieds merde alors

Les deux hommes la regardèrent escalader la pente abrupte l'herbe lui arrivait à la taille, sa silhouette raccourcie évoquait celle d'un ours ; elle avançait tête baissée et le vent qui soufflait de la rivière lui rabattait les cheveux sur les joues, comme deux ailes. Quand elle atteignit l'emplacement de la cantine, au sommet du talus, elle se pencha et posa les mains sur les genoux. L'espace d'une seconde ou deux, le temps qu'elle reprenne son souffle, son corps massif et ramassé évoqua le spectre de Jane l'Indienne. On aurait dit qu'elle était revenue sur le théâtre de sa propre mort pour dire adieu aux cendres du cuisinier.

Ketchum levait la tête vers le soleil. Il avait les yeux fermés, mais ses pieds bougeaient, il faisait de tout petits pas, sans direction apparente, comme s'il marchait sur des troncs flottés.

– Redis-le, Danny.

– Dors bien.

– Non, non, en italien, exigea Ketchum.

Il n'avait pas ouvert les yeux, et il dansait toujours, du bout des pieds. Il se maintenait à flot.

– *Dormi pur.*

– Merde alors, Angel ! cria Ketchum. Tes pieds, Angel. Il faut que tu danses ! Eh merde..

La matinée avait plongé Pack de Six dans une amère confusion. Elle aimait bien travailler au jardin de bonne heure, parfois même avant de nourrir ses chiens ou de boire son café, et ce jusqu'à ce que sa hanche crie grâce. Or, pour commencer, Ketchum était arrivé, et il n'avait pas son pareil pour semer le désordre dans son programme. Il avait fallu qu'elle mette du sulfa sur les plaies de Héros avant même de donner à manger à ses chiens et de se faire du café. Puisque Ketchum avait délibérément perturbé sa journée, et qu'il avait fallu soigner son pauvre chien massacré par un ours, elle avait allumé la télévision un peu plus tard qu'à l'accoutumée, mais pas trop tard pour autant.

C'était en partie sa faute, se disait-elle, dans la mesure où elle avait demandé à voir Danny et l'Italienne qui avait été la maîtresse du cuisinier, celle qui avait remplacé Jane l'Indienne. Elle avait voulu faire la paix avec eux, mais à présent, elle avait des sentiments partagés. Revoir Danny, qui avait presque trente ans de plus que son père à l'époque, c'est-à-dire la dernière fois qu'elle l'avait vu, lui avait fait un choc. Et maintenant qu'elle leur avait demandé pardon, elle s'apercevait que c'était le pardon de Ketchum qu'elle voulait. C'était déconcertant, ça aussi. En plus, soigner Héros lui avait mis les larmes aux yeux, comme si elle avait espéré contre toute raison panser les plaies de Ketchum. Ce fut exactement au comble de ce désarroi (du moins le crut-elle) qu'elle alluma la télévision.

Les affaires du monde n'allaient pas tarder à la submerger aussi, mais elle ne le savait pas lorsqu'elle découvrit les dégâts causés par le premier avion de ligne détourné. Le vol 11, au départ de Boston, venait de s'écraser sur la tour nord du World Trade Center, il avait creusé un trou béant dans l'édifice, et déclenché un incendie. « Il devait s'agir d'un petit avion », avait dit un commentateur, mais Pam n'en croyait rien.

– Je te demande un peu, Héros, ça ferait un trou pareil, un petit avion ?

Le blessé tenait le berger allemand à l'œil, sous la table de la cuisine où ils se trouvaient tous deux. Stoïque, il ne répondit pas à la question de Pam. (Vivre avec Ketchum ne l'avait que trop habitué à s'entendre prendre à témoin ; il savait qu'il n'était pas censé répondre.)

Pam continua de suivre les nouvelles. Apparemment, il faisait beau temps à New York aussi ; avec un ciel si clair, le pilote ne risquait pas d'avoir eu des problèmes de visibilité, en tout cas.

Elle regrettait bien d'avoir avoué son « béguin » pour le Cuistot, comme elle l'avait dit. Elle se serait battue pour avoir dit ça à portée d'oreille (même déclinante) de Ketchum. Chaque fois que leurs relations s'amélioraient, sans s'arranger tout à fait, elle avait le chic pour dire ce qu'il ne fallait pas – ou alors c'était lui qui s'en chargeait.

Des hommes, elle en avait quitté beaucoup, beaucoup l'avaient quittée. Mais c'était sa séparation d'avec Ketchum qui l'avait fait souffrir le plus, même si plaquer Carl avait failli lui coûter la vie. Le shérif adjoint l'avait violée un soir, sur la rampe de lancement des bateaux de Success Pond. Après quoi, un couple qui avait assisté à la scène l'avait conduite à l'hôpital de Berlin, l'Androscoggin Valley Hospital, où elle avait mis plusieurs jours à récupérer. Du coup, elle avait trouvé un boulot à l'hôpital, et son boulot lui plaisait. Elle faisait le ménage, la nuit essentiellement, pendant que ses chiens dormaient. Parler à des patients lui permettait d'oublier ses misères. Son uniforme portait les mots « Équipe de nettoyage » en petits caractères bien nets. Elle doutait que les patients puissent la prendre pour une infirmière, ou même pour une aide-soignante, mais elle pensait pouvoir leur apporter du réconfort, tout comme ils lui en apportaient.

Il aurait fallu qu'elle se fasse poser une prothèse de la hanche, et chaque fois qu'elle avait mal, elle revoyait le Cow-boy la baiser sur le quai, en lui écrasant le visage contre un taquet de bateau (d'où la cicatrice, sur sa lèvre supérieure). Mais le pire, c'est qu'elle avait dit à Ketchum d'abattre Carl. C'était le pire, parce que, sans qu'elle le sache, il ruminait qu'il aurait dû le faire depuis des années. (Après le meurtre du cuisinier, il se considéra comme impardonnable.)

Elle regrettait encore de lui avoir dit ce que Carl avait fait après la collision fatale qui avait eu lieu sur la Route 110 (entre Berlin et Groveton Road, là où la route longe la Dead River). Deux adolescents qui n'avaient pas attaché leur ceinture s'étaient précipités tout droit dans un camion de dindes. Les dindes étaient déjà mortes, elles étaient même « traitées », comme on dit chez les fermiers. Le chauffeur du camion avait survécu ; mais, atteint à la nuque, il avait brièvement perdu connaissance ; quand il était revenu à lui, les deux ados étaient morts. Le garçon avait pris son volant dans la poitrine ; la fille, clouée sur son siège, avait été décapitée. Carl était le premier représentant des forces de l'ordre sur les lieux, et, s'il fallait croire le chauffeur du camion, il avait tripoté la morte décapitée.

Carl avait soutenu que le chauffeur délirait ; après avoir reçu le coup du lapin, il avait perdu connaissance ; quand il était revenu à lui, il avait eu des hallucinations. Mais à Pam, il avait dit la vérité : qu'est-ce que ça pouvait faire qu'il ait joué avec les nichons de la fille sans tête, puisqu'elle était morte ? « Il faudrait que je le tue », avait commenté Ketchum, pas pour la première fois.

– Vous deux, arrêtez de vous regarder dans le blanc des yeux, dit Pack de Six aux chiens.

Il était neuf heures tout juste passées, il s'était écoulé exactement dix-huit minutes depuis que le premier avion de ligne avait percuté la tour nord, lorsque le second appareil piraté, le vol United Airlines 175, également en provenance de Boston, s'écrasa sur la tour sud du World Trade Center avant d'exploser. Les deux gratte-ciel étaient en flammes quand Pack de Six prit à témoin l'assemblée des chiens :

– Vous allez quand même pas me dire que c'était encore un petit avion, c'coup-là, sinon je vais vous demander ce que vous avez éclusé, avec vos croquettes !

Sans se donner la peine de répondre, Héros sauta à la gorge du berger allemand, sous la table de la cuisine, avant que Pack de Six parvienne à les séparer au pistolet à eau. Elle le chargeait avec un mélange liquide vaisselle-jus de citron, et elle leur tirait dans l'œil ; ils avaient horreur de ça. Mais se jeter à quatre pattes sous la table de la cuisine lui avait fait très mal à la hanche, et elle ne fut pas d'humeur à écouter le président Bush, qui parut sur le petit écran à 9 h 30, en direct de Sarasota, Floride.

Elle ne détestait pas George W. Bush autant que Ketchum, mais elle trouvait que c'était un abruti avec un faux sourire, un crétin de fils à papa, et elle était bien d'accord avec Ketchum : en cas de crise, même mineure, il ne serait pas plus efficace qu'une merde mouillée. Supposons que « deux petits clebs se bagarrent », comme disait Ketchum, il était foutu d'appeler les pompiers et de se placer à distance respectueuse le temps qu'ils s'amènent avec les jets d'eau. Et monsieur ferait l'important, l'homme de cœur et d'action, une fois que les pompiers seraient là, bien sûr, et si les deux chiens ne s'étaient pas totalement massacrés en attendant (c'est la partie de l'histoire que Pam préférait).

Le président Bush se montra fidèle au portrait qu'en faisait Ketchum, et déclara à la télévision que le pays venait sans doute de subir un « attentat terroriste ».

– Sans blague ? demanda Pack de Six à son apparition sur le petit écran.

Comme beaucoup de gens qui vivent seuls (seuls avec des chiens), elle avait pour habitude de répondre à la télévision et de parler à ses chiens.

À présent, la Federal Aviation Association venait de fermer les aéroports de New York ; le port autonome de New York et du New Jersey venait d'ordonner la fermeture de tous les ponts et tunnels de la zone.

– Mais qu'est-ce qu'ils attendent, ces abrutis, faut fermer tous les aéroports !

Dix minutes plus tard, la FAA gelait tous les vols. C'était la première fois de l'histoire des États-Unis que le trafic aérien était immobilisé sur tout le territoire.

– Eh ben voilà, dit Pack de Six aux chiens, faut croire qu'il y en a qui m'écoutent (à défaut de Ketchum, ou d'eux).

Elle venait de plonger une éponge dans l'eau froide pour rincer les yeux du berger allemand traités au cocktail liquide vaisselle-citron.

– Après c'est ton tour, Héros, dit-elle au chasseur d'ours qui les regardait, elle et le berger, d'un air impassible.

Trois minutes plus tard, le vol 77 d'American Airlines allait s'écraser sur le Pentagone dans un panache de fumée ; deux minutes après, on évacuait la Maison Blanche.

– Nom de dieu de merde ! Ça a de plus en plus l'air d'un attentat terroriste, vous croyez pas ? lança Pack de Six aux chiens.

Elle avait pris Héros sur ses genoux, et lui rinçait les yeux, lorsque, à 10 h 05, la tour sud du World Trade Center s'écroula, répandant son déluge de décombres sur les rues avoisinantes dans un nuage de fumée en volutes. Les gens couraient sous les vagues de poussière successives.

Cinq minutes plus tard, c'était un pan du Pentagone qui s'effondrait, et au même moment, le vol 93 d'American Airlines, détourné lui aussi, s'écrasait en Pennsylvanie au sud-est de Pittsburgh, dans le comté de Somerset.

– Je me demande bien où il voulait aller, çui-là, Héros, dit Pack de Six.

Petit à petit, le berger allemand s'était rapproché, et ne pas le voir rendait Héros nerveux, ce qui alerta Pam. Elle tendit prestement la main derrière elle et attrapa une poignée de poils et de peau, en les pinçant de toutes ses forces jusqu'à ce qu'elle entende le sournois couiner.

– Essaie pas de me prendre en traître ! lui lança-t-elle comme il sortait la queue basse par le tunnel pour chiens.

La télévision annonça aussitôt qu'on évacuait les Nations unies, puis l'État, puis la Justice, et la Banque mondiale.

– Les gros bonnets foncent aux abris, à ce que je vois, dit Pam à Héros.

Le chien la tenait à l'œil, comme pour jauger son ambivalence envers lui : d'abord elle me tartine cette pommade jaunâtre pas bonne à lécher sur les blessures, ensuite elle me fait gicler cette saleté qui brûle dans les yeux, et puis voilà qu'elle essaie de me soulager, sans compter son enfoiré de berger allemand sournois, je sais pas où il est passé, celui-là…

– Te mets pas les couilles à l'envers, Héros, je vais pas te faire mal, lui dit Pam.

Mais il la regardait avec méfiance ; à tout prendre, il aurait sans doute préféré se mesurer à un ours.

À 10 h 24, la FAA annonçait que tous les appareils transatlantiques entrants avaient été détournés sur le Canada.

– Ben ça, c'est génial ! dit Pack de Six à la télévision, c'est peut-être par là qu'il aurait fallu commencer, y a des mois, bordel. Vous vous figurez quand même pas qu'ils étaient de Boston, les deux gars dans les premiers avions ! (Mais la télévision l'ignora.)

Quatre minutes plus tard, la tour nord du World Trade Center s'écroula ; selon un témoin, on aurait dit qu'elle avait été épluchée de haut en bas comme une banane géante.

– Ben si c'est pas la fin du monde, c'est sûrement le début d'un truc qui y ressemble, dit Pack de Six aux chiens. (Héros, toujours aux aguets, cherchait cet abruti de berger allemand.)

À 10 h 54, Israël évacuait tous ses postes diplomatiques. Pack de Six pensa qu'elle devrait noter l'info. Ketchum disait toujours que les Israéliens étaient les seuls à comprendre de quoi il retournait. Or si les Israéliens fermaient leurs postes ça signifiait que les extrémistes musulmans, les islamistes militants qui voulaient éliminer les juifs de la surface du monde se proposaient de commencer leur guerre de religion en rayant les États-Unis de la carte – parce que, sans les États-Unis, il y avait longtemps qu'Israël aurait cessé d'exister. Dans ce monde de lâches, prétendument démocratique, personne d'autre n'avait les couilles de défendre les Israéliens ; c'était du moins l'opinion de Ketchum, et par conséquent plus ou moins celle de Pack de Six. (Le vieux libertaire admirait les Israéliens, à l'exclusion de tout autre peuple ou presque.) Pack de Six s'était souvent demandé s'il n'était pas à moitié juif (en plus d'être à moitié indien), parce qu'il menaçait périodiquement d'émigrer en Israël. Elle l'avait entendu déclarer plus d'une fois : « Je me rendrais peut-être plus utile à dégommer ces connards du Hamas et du Hezbollah qu'à faire chier les pauvres chevreuils et les pauvres ours. »

Peu après onze heures, Rudolph Giuliani, le maire de New York, incitait les New-Yorkais à rester chez eux ; dans le même temps, il ordonnait d'évacuer toute la zone au sud de Canal Street. À présent, Pam était fâchée contre Ketchum et les deux autres qui avaient trouvé moyen de passer une matinée entière à répandre les cendres du petit cuisinier. Mais, connaissant Ketchum, elle se doutait qu'il avait tenu à montrer à Danny la « vandalisation » de Paris (West Dummer, comme il s'obstinait à nommer le village) sur le chemin ou au retour. Elle devinait qu'il avait dû s'arrêter pour prononcer son élégie aux pauvres élans tristement décalés qui continuaient de danser à l'étang de Moose Watch en tortillant de leurs vieilles carcasses.

Elle eut un pincement au cœur en songeant qu'elle avait rarement accepté ses invites périodiques à les regarder danser en pleine nuit. (Elle était bien convaincue qu'en fait de danser, ils grouillaient, et que leur danse n'était qu'un mouvement de foule.) Du reste, elle regrettait aussi de ne pas l'avoir suivi dans ses bivouacs d'un soir, sur le talus de la cantine, parmi les herbes hautes. Elle savait que c'était sa terre sainte à lui, et qu'il n'aimait rien tant que d'y passer la nuit. Il se contentait d'y planter sa tente et d'y coucher dans un duvet, seulement ses ronflements l'empêchaient de dormir la moitié de la nuit, et à même le sol, sa hanche la faisait souffrir. En plus, il adorait y aller aux premiers froids, surtout aux premières neiges. Et elle, le froid lui donnait des élancements dans la hanche. « C'est toi qui arrêtes pas de repousser ton opération », lui disait-il régulièrement. Elle le regrettait aussi. Comment espérer qu'il reprenne leur ancienne liaison si elle refusait de partir camper avec lui ?

Elle avait bien proposé d'aller voir un film à Berlin à la place, mais elle savait ce qu'il pensait et du cinéma, et du village de Berlin ; il avait levé les yeux au ciel : « J'aime autant rester chez moi regarder péter mon chien ! » – une de ses formules favorites.

Elle voulait qu'il l'épouse, elle s'en rendait subitement compte Mais comment faire ?

Sur le coup de midi (Ketchum et les deux autres ayant passé la matinée dehors, elle était en pétard contre eux, et contre le reste du monde), les Services d'immigration et de naturalisation déclaraient l'alerte maximale aux frontières avec le Canada et le Mexique, que l'on n'avait pas encore décidé de fermer cependant.

– Mais y sont pas canadiens les fanatiques, y sont pas mexicains les terroristes ! cria absurdement Pam aux chiens.

Elle avait réussi à prendre sur elle toute la matinée, mais ses nerfs lâchaient. Héros sortit se réfugier dans le chenil ; mieux valait affronter le berger allemand, à tout prendre.

Quand Ketchum finit par arriver avec Danny et Carmella, et qu'il vit son patient Héros avec les chiens de Pam, dont l'imprévisible berger allemand, il en déduisit logiquement qu'elle avait négligé son « bel animal » blessé.

– Elle doit être en train de péter devant n'importe quelle connerie à la télé, résuma-t-il aimablement à l'intention de Danny et Carmella.

– Tstt tstt, dit Danny, tu ferais mieux d'être gentil avec Pack de Six, Ketchum. Je pense même que tu devrais l'épouser, ou en tout cas, essayer de reprendre la vie commune avec elle.

– Immaculée Constipation ! brailla Ketchum en claquant la portière de son pick-up.

Aussitôt, les chiens se mirent à aboyer, à l'exception de Héros l'impassible. Pack de Six sortit du mobile home.

– On attaque les États-Unis ! cria-t-elle. Bush s'est envolé à bord de l'Air Force One, ce dégonflé, et toi, espèce de vieux furieux, tout ce que tu trouves à faire, c'est d'exciter mes chiens !

– Et tu veux que je l'épouse ? Mais pourquoi je vivrais avec elle ? Tu me vois, rentrer tous les jours retrouver une femme au cerveau dérangé à ce point ?

– Mais c'est vrai de vrai. Viens voir toi-même, c'est en train de passer à la télé.

– À la télé ! dit Ketchum avec un clin d'œil à Carmella (il n'en fallait pas plus pour faire déborder le vase de Pam), alors, si c'est à la télé, c'est vrai de vrai.

Ni Pack de Six ni Ketchum n'avaient réfléchi à l'endroit où ils se trouvaient, c'est-à-dire dans la zone impeccablement entretenue des mobile homes, sur le camping de Saw Dust Alley, où habitaient pas mal de jeunes mères au foyer avec des enfants en bas âge, et quelques retraités des deux sexes, ainsi que des adolescents livrés à eux-mêmes qui séchaient les cours, profitant du départ des parents au travail.

Or tous ces gens les avaient entendus à leur insu, et ni Pam ni Ketchum ne se doutaient de l'éventail d'opinions représenté chez les résidents qui avaient passé la matinée rivés à leur télé. Les parois des mobile homes étaient fines comme du papier à cigarette, et nombre de voisins s'étaient déjà parlé au fil des événements du jour, exprimant des vues on ne peut plus diverses sur ce que certains percevaient comme le premier épisode de l'Armageddon. Or voilà que cet intrus – un bagarreur, une grande gueule, il était connu, à Errol – venait vociférer dans leur petite communauté, apparemment sans rien savoir des dernières nouvelles.

– Tu n'es pas au courant, Ketchum ? lui demanda un vieillard voûté, presque cassé en deux.

En cette tiède journée de septembre, il portait un pantalon de chasse rouge et noir ; ses bretelles s'accrochaient tant bien que mal à ses épaules osseuses, et ses bras nus et maigres dépassaient d'un maillot de corps blanc.

– C'est toi, Henry ? dit Ketchum au vieil homme.

Il n'avait pas revu le scieur depuis la fermeture de la scierie de Paris, qu'on avait quasiment rasée par la suite. Henry leva sa main gauche, veuve de l'index et du pouce :

– Ben bien sûr que c'est moi, Ketchum. C'est la guerre au Moyen-Orient, la guerre entre juifs et musulmans. Et elle commence chez nous.

– C'est pas d'hier, répondit Ketchum. Puis, à Pack de Six : Qu'est-ce qui se passe ?

– Je me tue à te l'expliquer ! brailla Pack de Six.

Une jeune femme avec un bébé au bras lui annonça :

– C'est un attentat terroriste, il n'y a plus un seul aéroport de sûr, on les a tous fermés.

Les deux ados, deux frères, qui avaient séché les cours étaient torse nu en jean, pieds nus sous le soleil de midi.

– Y a des centaines de morts, peut-être des milliers, dit l'un.

– Les gens sautent du haut des gratte-ciel, dit l'autre.

– Le président est introuvable, dit une mère de deux petits enfants.

– C'est la bonne nouvelle du jour, déclara Ketchum.

– Il a pas disparu, il reste dans les airs, il s'est mis à l'abri, je te dis, reprit Pack de Six.

– C'est peut-être un coup des juifs, pour faire accuser les Arabes, dit un jeune homme qui s'appuyait sur des béquilles.

– Si c'est ta cervelle qu'est branlante, c'est pas des béquilles qu'il te faut, lui dit le vieux bûcheron. Puis à Pack de Six : Immaculée Constipation, faut que je regarde ta télé. (Il était bien le seul citoyen d'Errol à ne pas posséder de poste.)

Ils entrèrent tous cahin-caha dans la cuisine de Pam. À Danny et Carmella s'ajoutaient Henry le vieux scieur aux moignons de pouce et d'index, et deux des jeunes mères.

Le jeune blessé était parti clopiner sur ses béquilles. Dehors, on entendait les deux ados parler devant le chenil. Après avoir échangé des amabilités avec les chiens, l'un des deux observa :

– Regarde-moi ce dur à cuire, çui qu'a qu'une oreille, il a dû se bagarrer.

– Avec un chat.

– Mince de fauve, alors ! reprit le premier, admiratif.

Dans la cuisine de Pam, les médias passaient en boucle l'instant où le vol 175 s'était écrasé sur la tour sud du World Trade Center, ainsi, bien sûr, que les instants où cette dernière s'était écroulée, suivie de la tour nord.

– Ils étaient combien, dans ces tours ? Et combien il y avait de flics et de pompiers dessous, quand elles se sont effondrées ? demanda Ketchum.

Mais personne ne put lui répondre, il était trop tôt pour avoir des chiffres.

À 13 h 04, le président Bush s'exprimait depuis la base aérienne de Barksdale, en Floride ; on avait pris les mesures de sécurité appropriées, l'armée américaine était en alerte dans le monde entier.

– Ben avec ça, mon con, sûr qu'on se sent protégés, dit Ketchum.

« Qu'on ne s'y trompe pas, ajouta le président, les États-Unis vont traquer et punir les responsables de ces lâches attentats. »

– Ouh là ! dit Ketchum. C'est maintenant qu'il faut s'inquiéter.

– Mais ils nous attaquent, dit la jeune femme avec un bébé au bras, il faut bien qu'on les attaque, nous aussi.

– C'est des commandos suicides, dit Ketchum. On fait comment pour les attaquer ?

À 13 h 48, le président Bush quittait la base à bord de l'Air Force One pour rallier une autre base au Nebraska.

– Et que je me promène, commenta Pack de Six.

– Combien de guerres vous croyez qu'il va déclarer, ce type qui a de la merde entre les deux yeux ?

– Dis donc, Ketchum, c'est notre président, rappela le vieux scieur.

Ketchum tendit le bras et se saisit de sa main mutilée :

– Tu t'es déjà trompé, Henry ?

– Une ou deux fois, convint Henry (il avait deux moignons de doigts bien visibles).

– Eh ben, attends voir. Ce torche-cul de la Maison Blanche, il est pas fait pour le job, attends, tu vas voir le nombre de conneries qu'il va faire, cette tête de nœud ! C'est pas une connerie qu'il va faire, c'est des myriades.

– Des quoi ? dit Pack de Six, affolée par ce mot inconnu.

– Des myriades ! brailla Ketchum.

– Des quantités, une infinité, précisa Danny.

Pack de Six n'avait pas l'air dans son assiette, son assurance coutumière avait du plomb dans l'aile.

– Peut-être que tu veux aller voir les élans danser, ce soir, proposa-t-elle à Ketchum. Peut-être qu'on pourrait aller camper, toi et moi, avec Danny et Carmella. Ça va être une belle nuit, là-haut, et à nous deux, on doit bien avoir des duvets en rab, non ?

– Merde alors ! s'exclama Ketchum. Y a une guerre qui vient d'éclater sans qu'on la déclare et toi tu veux aller voir danser les élans ! Pas ce soir, Pack de Six ! En plus, Danny et moi, on a des questions graves à régler, ils doivent bien avoir un bar avec la télé au Balsams, à Dixville Notch, non ? demanda-t-il à Danny.

– Je veux rentrer chez moi, je veux rentrer à Boston, dit Carmella.

– Pas ce soir, lui répondit Ketchum. Les terroristes vont pas bombarder Boston. C'est de là que sont partis les deux avions, s'ils avaient voulu attaquer Boston, ils l'auraient déjà fait.

– Je te ramène à Boston demain, lui dit Danny. (Il n'avait pas le courage de regarder Pam, qui semblait désespérée.)

– Laisse-moi le chien, je m'en occupe, dit Pam à Ketchum. Les chiens sont pas admis, au Balsams. Et puis tu ferais bien d'y rester dormir, aussi, parce que tu vas boire.

– Tant que c'est toi qui régales, dit Ketchum à Danny.

– Bien sûr que c'est moi qui régale.

Les chiens au grand complet étaient arrivés du chenil et s'étaient blottis dans la cuisine. Plus personne ne braillait depuis le mot « myriades » ; tous ces humains qui s'entassaient dans la petite cuisine de Pam et pas un qui gueulait – les chiens, ça les inquiétait.

– Te mets pas les couilles à l'envers, Héros, je reviens demain, dit Ketchum au chasseur d'ours. Tu dois pas travailler à l'hôpital, ce soir ? ajouta-t-il à l'adresse de Pack de Six.

– Je peux me libérer, lui répondit-elle d'un air indifférent , ils m'aiment bien, à l'hôpital.

– Ben, merde alors, moi aussi je t'aime bien, lui dit maladroitement Ketchum.

Mais elle ne répondit rien, ce n'était plus le moment. Elle ne put qu'interposer son corps dolent entre les deux enfants d'une des femmes, et son berger allemand braque. Il était cinglé ce clebs. Pourtant, elle savait qu'elle aurait infiniment moins de mal à l'empêcher de mordre les gosses qu'à persuader Ketchum de reprendre la vie commune. Il lui avait généreusement proposé de lui payer sa prothèse de la hanche, dans un hôpital chicosse, près de Darmouth, mais c'était plus parce qu'il culpabilisait de n'avoir pas pu tuer le Cow-boy que par affection durable pour elle.

– Tout le monde dehors. Je veux me retrouver dans ma cuisine. Tout le monde dehors tout de suite ! dit-elle brusquement.

Elle ne voulait pas craquer devant une bande d'étrangers. Tous les corniauds, comme Ketchum les appelait, tous sauf un, ressortirent sans lui laisser le temps de leur lancer : « Mais non, pas vous ! » Les chiens avaient l'habitude de cet ordre « Tout le monde dehors ! » et s'exécutèrent plus vite que les deux jeunes mères ou le vieux Henry, ancien scieur, double amputé.

Ignorant l'ordre de Pam, le berger fou et le bel animal ne bougèrent pas d'un pouce. C'était à qui aurait le plus de couilles, chacun dans un coin de la cuisine.

– Je veux plus vous entendre, vous deux, sinon je vous tue !

Mais elle pleurait déjà, et sa voix n'avait pas sa puissance de feu habituelle. Les deux chiens n'avaient plus peur d'elle ; ils sentaient la défaite chez l'homme.

Ils étaient repartis tous trois dans le pick-up puant l'ours, Danny au milieu, et Carmella collée contre la vitre, lorsque Ketchum alluma la radio. Il n'était pas trois heures de l'après-midi et Rudolph Giuliani donnait déjà une conférence de presse. Comme on lui demandait le nombre de victimes, le maire répondit : « Il ne convient pas de spéculer sur ce point, c'est trop insupportable. »

– Voilà une réponse constructive, dit Danny.

– Et tu penses à retourner là-bas, toi, si j'ai bien compris, dit brusquement Ketchum. Tu m'as bien dit que tu n'avais pas ou plus de raison de rester au Canada, et que tu avais envie de retourner dans ton pays ? Récemment, j'ai cru comprendre que tu ne te sentais pas vraiment canadien, et qu'après tout, né ici, tu étais de fait américain. Je me trompe ?

– Non, sans doute, répondit Danny sans se compromettre, car il se méfiait de la maïeutique de Ketchum. C'est vrai que je suis né ici, et que je suis américain. Prendre la citoyenneté canadienne n'a pas fait de moi un Canadien, ajouta-t-il avec plus d'assurance.

– Tu vois comme je suis crétin, alors… moi je suis le gars qui croit tout ce qu'il lit, dit le vieux convoyeur non sans arrière-pensées, tu vois, j'ai peut-être mis longtemps à apprendre à lire, n'empêche qu'aujourd'hui je lis très bien, et beaucoup.

– Où veux-tu en venir, Ketchum ?

– Je croyais que tu étais écrivain, j'avais lu quelque part que tu trouvais le nationalisme « réducteur », il me semblait t'avoir entendu dire que l'écrivain était à la marge, et que tu te voyais toi-même comme un observateur à la marge.

– Je l'ai dit, reconnut Danny, mais enfin c'était au cours d'une interview, dans un certain contexte…

– Contexte, mes couilles. On s'en fout complètement que tu te sentes pas canadien. On n'en a rien à foutre que tu sois américain. Si tu es écrivain, tu dois rester à la marge, c'est le meilleur poste d'observation.

– En exil, quoi.

– Ton pays part en vrille, et c'est pas d'aujourd'hui. Tu y verras plus clair et tu écriras mieux si tu restes au Canada. J'en suis sûr.

– On vient de nous attaquer, monsieur Ketchum, dit faiblement Carmella, pour caser son mot sans conviction, est-ce qu'on part en vrille parce qu'on nous attaque ?

– Ce qui compte, c'est la façon dont cet attentat sera exploité, la façon dont Bush va réagir, c'est ça qui compte, non ? demanda le vieux bûcheron à Danny. (Mais l'écrivain n'était pas un adversaire à la mesure de son pessimisme. Il avait toujours sous-estimé son imagination du pire.) Reste au Canada. En vivant à l'étranger, tu feras la part des choses dans la politique des États-Unis – tu y verras plus clair, je veux dire.

– Je sais bien que c'est ce que tu penses…

– Les pauvres gens, dans ces tours, commença Carmella.

Elle s'en tint là : pour elle aussi, le pessimisme de Ketchum était une force de dissuasion.

À quatre heures de l'après-midi, ils étaient tous trois au bar du Balsams, devant la télévision. CNN annonçait que, de source généralement bien informée, le militant saoudien Oussama ben Laden, déjà soupçonné d'avoir coordonné les attentats contre les ambassades des États-Unis en 1998, était impliqué dans les attaques contre le World Trade Center et le Pentagone. On disposait à cet égard d'informations nouvelles et précises.

Une heure et demie plus tard, Ketchum avait descendu quatre bières et trois bourbons, Danny en était à sa troisième bière, et CNN rapportait que, selon des officiels américains, l'avion qui s'était écrasé en Pennsylvanie pouvait se diriger vers l'une des trois cibles suivantes : Camp David, la Maison Blanche ou le Capitole.

– Je parie pour la Maison Blanche, dit Carmella, qui en était à son deuxième verre de rouge.

– Tu le penses vraiment, que je devrais épouser Pack de Six ? demanda tout à coup Ketchum à Danny.

– Tu pourrais déjà essayer de vivre avec elle.

– Mais j'ai bien essayé, dans le temps, lui rappela le convoyeur. J'en reviens pas qu'elle ait voulu se faire le Cuistot, s'écria-t-il. Puis, par égard pour Carmella : Oh, pardon !

Ils passèrent tous trois à la salle à manger, où ils dévorèrent un plantureux dîner. Danny continua à la bière, au grand écœurement de Ketchum, qui descendit deux bouteilles de rouge avec le concours de Carmella. Cette dernière alla se coucher de bonne heure.

– La journée a été rude pour moi, leur dit-elle, mais je veux vous remercier, monsieur Ketchum, de m'avoir montré la rivière, et tout le reste…

Elle tenait pour acquis qu'elle ne le verrait pas le lendemain matin, et elle avait raison. Même quand il avait bu la veille, il se levait de plus en plus tôt. Les deux gentlemen proposèrent à Carmella de la raccompagner à sa chambre, mais elle déclina farouchement, les laissant à la salle à manger, où Ketchum commanda aussitôt une troisième bouteille de rouge.

– Ne compte pas sur moi pour t'aider, lui dit Danny.

– J'ai besoin de personne, répliqua Ketchum.

Petit gabarit, Danny constatait que la bière lui chargeait l'estomac avant de le griser , pour autant, il était résolu à ne pas se laisser tenter par Ketchum. Il se figurait toujours que le vin rouge était d'une certaine façon complice du Cow-boy dans le meurtre de son père. Le jour où l'on avait répandu ses cendres dans la Twisted River, il ne voulait pas minimiser le souvenir de cette nuit terrible où Carl avait tué son père, et où il lui avait lui-même balancé les trois cartouches dans la gorge.

– Il faut que tu te lâches, lui dit Ketchum. Faut être plus audacieux.

– Je suis un buveur de bière, pas de vin rouge pour moi.

– Bon dieu, comme écrivain, je te parle !

– Comme écrivain ?

– Tu tournes autour du pot, tu as l'art de contourner les sujets scabreux.

– Tu trouves ?

– Je trouve. On dirait que tu cherches à éviter de parler de ce qui fâche. Il faut plonger le nez dedans, au contraire, il faut tout imaginer, Danny.

Sur le moment, Danny vit ces propos moins comme une critique littéraire que comme une invitation à passer la nuit dans la cabine du pick-up, ou dans la cabane à fumer, en compagnie de l'ours écorché.

– Et l'ours ? demanda-t-il, le feu ne va pas s'éteindre ?

– Oh, l'ours, il a assez fumé pour aujourd'hui. Je mettrai le feu à repartir demain, lui répondit Ketchum avec impatience. Je voulais te dire encore une chose, enfin, deux. Primo, moi je te vois pas comme un type de la ville. Je pense que tu es mieux à la campagne, je veux dire mieux pour écrire, précisa-t-il en se radoucissant. Deuzio, mais à vrai dire c'est plus important, je pense que tu as plus rien à foutre de ton *nom de plume**. Je sais bien qu'à l'origine tu l'as pris à contrecœur, et je pense qu'il est temps que tu récupères ton vrai nom. Ton père t'a toujours appelé Daniel, et je t'ai entendu dire que Daniel Baciagalupo, c'était un très bon nom pour un écrivain. Pour moi, bien sûr, tu seras toujours Danny, mais – en tant qu'écrivain, je répète – il faut que tu redeviennes Daniel Baciagalupo.

– J'entends d'ici mes éditeurs. Ils vont me rappeler que Danny Angel est un célèbre auteur de best-sellers, et qu'un illustre inconnu du nom de Daniel Baciagalupo ne va jamais faire les mêmes ventes.

– Moi, ce que je t'en dis…, conclut Ketchum avec une certaine brusquerie.

– Je voudrais être sûr d'avoir tout bien compris, dit l'écrivain, un peu piqué. D'abord je reprends mon nom de Daniel Baciagalupo, ensuite je m'installe dans la campagne canadienne, et puis je me lâche, je deviens un écrivain plus audacieux.

– Tu m'as l'air de commencer à piger, dit Ketchum.

– Tu as d'autres recommandations ?

– On est un empire sur le déclin depuis aussi loin que ma mémoire remonte, dit Ketchum, abrupt – il ne plaisantait pas. La nation perdue, c'est nous, Danny. C'est plus le moment de jouer au con.

Les deux hommes se regardaient dans les yeux, par-dessus leurs verres, Danny se forçant à boire sans quitter Ketchum du regard. Il aimait profondément le vieux bûcheron, mais celui-ci venait de le blesser. Il n'avait pas son pareil à cet égard.

– Eh bien, je t'attends avec impatience pour Noël, alors, il n'y en a plus pour très longtemps, à présent.

– Peut-être pas cette année, répondit Ketchum.

Tout en sachant qu'il risquait un gnon de la puissante dextre de Ketchum, Danny lui prit la main gauche et l'immobilisa contre la table.

– Ne fais pas ça, ne fais surtout pas ça, lui dit-il.

Mais Ketchum se dégagea sans mal.

– Fais ce que t'as à faire, Danny, lui répondit le vieux convoyeur de troncs. Fais ton boulot, et moi je ferai le mien.

VI

Pointe au Baril, Ontario, 2005

16
Nation Perdue

Depuis trois hivers, l'écrivain Daniel Baciagalupo, car il avait repris le nom que lui avaient donné le cuisinier et sa cousine Rosie, passait janvier, février ainsi que les deux premières semaines de mars sur Turner Island, dans Georgian Bay. L'île appartenait toujours à Charlotte, l'amour de sa vie, mais ni elle ni sa famille n'avaient la moindre envie de mettre les pieds sur le lac gelé et les austères rochers couverts de neige au cœur de l'hiver, alors qu'ils vivaient heureux à Los Angeles.

Danny avait donc réalisé des aménagements sur place, et pas seulement ceux suggérés par Ketchum. Andy Grant avait fait passer des câbles électriques dans les canalisations d'égout qu'on utilisait pendant l'hiver. Ces conduites étaient elles-mêmes entourées d'un isolant en papier alu et gainées d'une membrane étanche à l'eau et à la glace. Danny aurait même pu avoir l'eau chaude en faisant subir le même traitement aux canalisations qui partaient vers la baie. Mais la chose aurait exigé des travaux de plus grande ampleur, et il aurait fallu faire entrer le chauffe-eau dans la cabane principale pour que ses tuyaux ne gèlent pas. Il trouvait plus pratique de découper un trou dans la glace du lac et d'y puiser des seaux d'eau. La méthode était plus physique – « Et alors ? » aurait dit Ketchum.

Outre qu'il était nécessaire de casser de la glace, il fallait couper du bois, et la tronçonneuse de Ketchum se révélait précieuse. Au cours des dix semaines que Danny passait dans l'île, il coupait tout le bois qu'il lui fallait pour se chauffer l'hiver suivant, et il en laissait assez pour que Charlotte et sa famille puissent se faire un feu lorsque la nuit d'été fraîchissait.

En plus du poêle à bois de l'habitation principale, il y avait une cheminée au propane dans la chambre, et une chaufferette électrique dans la salle de bains ; et puis Andy Grant avait glissé de la laine de verre entre les lambourdes du parquet. Le bungalow principal était désormais habitable en hiver, et il y avait un deuxième poêle à bois dans la cabane de l'écrivain ; cette cabane étant trop petite pour qu'on ait pris la peine de l'isoler, Danny l'entourait d'une muraille de neige tassée pour empêcher le vent de passer dessous et de faire baisser la température du plancher.

Tous les soirs, il mettait le feu à couver dans l'habitation principale ; le lendemain matin, quand il se levait, il lui suffisait d'ajouter du bois, et d'ouvrir le conduit en grand. Ensuite, il se dirigeait vers sa cabane et allumait le poêle. Pendant la nuit, la seule concession qu'il faisait à sa machine à écrire IBM consistait à la protéger d'une couverture chauffante pour que son huile de graissage ne gèle pas. Le temps que la cabane se réchauffe, il découpait un trou dans la glace du lac et rapportait deux seaux à l'habitation principale. L'un des deux suffisait en général pour les toilettes, le second pour le peu de cuisine et de vaisselle nécessaires. Quant à la grande baignoire de Charlotte, il fallait bien quatre ou cinq seaux pour la remplir, dont deux quasi bouillants, mais il attendait le soir pour prendre un bain.

Tous les matins, il partait travailler dans sa cabane, inspiré par la vue du pin bossu, petit arbre qui leur rappelait jadis, à lui et à Ketchum, le cuisinier. Il écrivait quotidiennement jusqu'en début d'après-midi, voulant se ménager quelques heures de lumière pour vaquer aux tâches domestiques. Il restait toujours du bois à couper, et presque tous les jours il se rendait au village. S'il n'avait pas trop d'ordures à évacuer, ou de provisions à faire, il chaussait ses skis de fond, qu'il rangeait avec leurs bâtons et un petit traîneau à main dans la cabane du Grand-Père, près du débarcadère de derrière (la cabane même, *sans* chauffage et peut-être *avec* fantôme, que Ketchum et Héros affectionnaient lorsqu'ils venaient sur l'île ; celle qui comportait une trappe où le rusé braconnier cachait ses chevreuils abattus en toute illégalité).

Depuis ce débarcadère, une fois ses skis chaussés, il traversait Shawanaga Bay en deux temps trois mouvements, puis prenait

South Shore Road pour entrer dans Pointe au Baril. Il portait un harnais avec un anneau entre les omoplates, et y accrochait un mousqueton pour relier une corde au traîneau. Dans les cas où il y avait au contraire un gros volume d'ordures, ou des provisions plus complètes à faire, il prenait la motoneige ou le canot pneumatique Polaire.

Andy Grant l'avait prévenu qu'il lui faudrait acheter ces deux types de véhicules. Durant les mois d'hiver, rares étaient les jours où on ne pouvait pas faire de bateau, sinon ceux où la température remontait au-dessus de zéro parce que la pellicule de neige collait sous la coque, rendant la glisse problématique. C'est alors qu'il fallait avoir sa motoneige. Mais début janvier, lorsque Danny arrivait sur l'île, l'eau n'était pas prise en glace sur le chenal principal, devant Pointe au Baril. On trouvait souvent des glaçons flottant sur les eaux turbulentes de Brignall Banks Narrows. Alors le pneumatique Polaire devenait indispensable, et accessoirement à la mi-mars. Certaines années, rares d'ailleurs, les glaces de la baie commençaient de s'ouvrir dès cette saison.

Le canot pneumatique glissait sans difficulté sur la glace, la neige, et l'eau elle-même, voire sur les blocs de glace à la dérive. Il pouvait monter jusqu'à cent soixante à l'heure, même si Danny ne le poussait jamais à cette vitesse, ayant un moteur d'avion, et une hélice unique, fixée à l'arrière. Il possédait une cabine chauffée, et on portait des protège-oreilles pour s'isoler du bruit. C'était l'investissement le plus lourd pour qui voulait habiter l'île pendant les dix semaines les plus froides de l'hiver, mais l'écrivain avait partagé la dépense avec Andy Grant, qui prenait le canot pour aller travailler, non seulement en décembre, où la glace se formait dans la baie, mais aussi à partir de la mi-mars, jusqu'au moment où les glaces avaient fondu, c'est-à-dire, le plus souvent, fin avril.

Danny préférait quitter Georgian Bay avant le dégel, ne trouvant aucun charme à la saison où les glaces se fendaient. (On ne pouvait guère parler de saison de la boue, là-bas, où il n'y avait presque que des rochers. Mais pour lui, la débâcle était un état d'esprit tout autant qu'une saison du calendrier.)

Dans l'habitation principale, l'été, la chambre ne servait que de chambre d'amis. Danny entreposait donc ses vêtements dans le placard d'une année sur l'autre – ses bottes, sa parka la plus chaude, ses pantalons de neige et ses bonnets de ski. Bien entendu, il trouvait partout les affaires d'été de la famille, et découvrait tous les hivers de nouvelles photos. Mais on ne touchait pas à sa cabane d'écrivain. Charlotte avait déniché une ou deux photos de Ketchum avec le cuisinier, et deux ou trois autres de Joe, qu'elle avait punaisées au mur, peut-être pour que Danny se sente accueilli – non pas qu'elle ait négligé quoi que ce soit par ailleurs pour lui signifier qu'il était chaleureusement invité à occuper les lieux.

De toute évidence, c'était son mari français qui faisait la cuisine ; c'était lui qui laissait à Danny des messages pour lui expliquer le maniement des nouvelles acquisitions. Danny lui laissait des billets en retour, et, tous les ans, ils échangeaient des cadeaux, gadgets culinaires, ustensiles divers.

Depuis peu, la famille avait restauré les cabanes annexes. C'était là que Charlotte, son mari, ainsi que leurs enfants, couchaient en été ; d'un accord tacite, Danny n'y avait pas accès lors de ses séjours hivernaux. Les cabanes demeuraient fermées, l'électricité et le propane étaient coupés, et la vidange des conduites faite. Mais, hiver après hiver, il ne manquait jamais de jeter un coup d'œil ne serait-ce qu'une fois par les fenêtres – on n'avait pas besoin de rideaux quand on était la seule famille de l'île. L'écrivain voulait seulement apercevoir les dernières photos au mur, les derniers jouets, les derniers livres des enfants – que trouver là d'indiscret ? À en juger depuis ce point de vue hivernal et lointain, c'était une famille heureuse. Les messages qu'il échangeait avec le Français avaient remplacé les coups de fil désormais espacés de Charlotte, et au mois de septembre, quand il savait que le couple venait à Toronto pour le Festival du film, il évitait de s'y trouver lui-même.

Ketchum lui avait conseillé de vivre à la campagne, ne voyant pas en lui un rat des villes.

Certes, l'écrivain ne passait que dix semaines sur l'île : on ne pouvait guère dire qu'il vivait à la campagne ; et même s'il voyageait désormais beaucoup, il continuait de vivre à Toronto le reste de l'année. Pourtant, du début janvier jusqu'à la fin mars, cette île solitaire de Shawanaga Bay et le village de Pointe au Baril étaient on ne peut plus loin du monde. (« On distingue mieux les bouleaux quand il y a de la neige », disait Ketchum.) L'hiver, il ne restait pas plus de deux cents habitants à Pointe au Baril.

Le magasin Kennedy, bien achalandé en épicerie et quincaillerie domestique, ouvrait presque toute la semaine les mois d'hiver. Il y avait le restaurant Haven sur la Route 69 ; on y servait de l'alcool, on y jouait au billard. La direction adorait les couronnes de Noël, et mettait des foules de pères Noël en vitrine, dont un poisson – une perche – coiffé d'un bonnet rouge et blanc. Si les motoneigistes affectionnaient particulièrement les ailerons de poulet, les beignets d'oignon et les frites, Danny s'en tenait aux sandwiches bacon-laitue-tomate et à la salade de chou les rares fois où il y mangeait.

Sur la 69, il y avait aussi la Larry's Tavern, où il descendait avec Ketchum lors de leurs parties de chasse dans le secteur de Bay Area et de Pointe au Baril. On colportait déjà que la taverne allait être vendue pour faire place à la nouvelle autoroute. On ne cessait d'élargir la 69, mais pour l'instant la station Shell fonctionnait toujours. Les gens disaient que c'était le seul endroit de Pointe au Baril où se procurer des magazines pornos (pas très bons, à en croire l'expertise de Ketchum).

On vivait vraiment ignoré du monde à cette époque de l'année, et il n'y avait pas grand-chose à raconter, sauf à répéter indéfiniment que le chenal principal ne gelait qu'une ou deux semaines. Et tout l'hiver, les accidents de la route avec leurs détails macabres défrayaient potins et chroniques. Cette année-là, il y avait déjà eu un carambolage de cinq véhicules au carrefour de Go Home Lake Road, ou près de Little Go Home Bay, Danny les confondait toujours. (Les habitants, ignorant sa célébrité, ne voyaient en lui qu'un Américain paumé comme tant d'autres.)

Faut-il le dire, le débit de boissons, sur la 69, à côté de la boutique d'appâts, ne chômait guère, de même que le dispensaire de Pointe au Baril, dont l'ambulancier avait récemment arrêté Danny qui arrivait en motoneige pour lui parler d'un conducteur passé à travers la glace au volant du même engin.

– Il s'est noyé ? avait demandé Danny.

– On l'a pas retrouvé, avait répondu le chauffeur de l'ambulance.

Danny s'était dit qu'on risquait de ne pas le retrouver avant le dégel, vers la mi-avril. Selon le même ambulancier, il y avait aussi eu une « collision de première » à Honey Harbour, une voiture emboutie par l'arrière non loin de Port Severn. Les mois d'hiver, la vie était rude. La neige brouillait la vision, aidée en cela par les vapeurs de l'alcool, on vivait vite, violemment.

Pendant ces dix semaines qu'il passait dans le secteur de Pointe au Baril, Danny faisait le plein de vie dans la nature ; la dose n'aurait sans doute pas suffi à Ketchum, mais lui y trouvait son compte. Il avait le sentiment de remplir son contrat d'écrivain rural.

Au restaurant, après la fermeture, huitième et dernier roman signé « Danny Angel », parut en 2002, sept ans après *L'Enfant sur la chaussée*. Les prévisions de Danny se réalisèrent largement : les éditeurs avaient objecté qu'un ouvrage de l'illustre inconnu Daniel Baciagalupo n'atteindrait jamais les mêmes ventes que le dernier Danny Angel.

Mais il avait réussi à leur faire comprendre qu'*Au restaurant, après la fermeture* était irrévocablement le dernier roman de Danny Angel. Et, au fil des interviews, il se nommait régulièrement Daniel Baciagalupo ; il répétait inlassablement l'historique des circonstances qui l'avaient contraint à prendre un *nom de plume** à ses débuts. Il était bien connu que Danny Angel était le pseudonyme de Daniel Baciagalupo ; ce qui était demeuré secret, c'étaient les raisons de ce choix.

La mort accidentelle de son fils, le meurtre de son père, le fait qu'il ait aussitôt abattu le meurtrier lui-même avaient fait grand bruit. En insistant, Danny aurait même pu obtenir de signer de son vrai nom tout de suite ; ses éditeurs se seraient inclinés. Mais il se contenta de faire ses débuts dans le roman suivant, qui serait son neuvième.

Au restaurant, après la fermeture reçut un accueil chaleureux, des critiques largement favorables. On reconnut au livre des qualités de « retenue » désormais rares. Cet éloge fréquent le chagrina sans doute. Il ne saurait jamais ce que Ketchum aurait pensé du roman, mais le mot « retenue » ne faisait pas partie de son vocabulaire, en tout cas au registre des vertus qu'il admirait. Le roman aurait-il satisfait son attente que Danny se laisse aller, soit plus audacieux ? (Danny en doutait.) « Tu tournes autour du pot, tu as l'art de contourner les sujets scabreux », lui avait dit Ketchum.

Mais prendre pour protagoniste ce gentil aide-cuisinier qui s'évertuait nuitamment à maîtriser l'art de son illustre père n'était-ce pas justement esquiver les grandes questions, comme Ketchum le lui avait sévèrement reproché ? (Danny lui-même devait bien en être convaincu, sinon pourquoi n'aurait-il pas fièrement affiché son vrai nom sur la couverture du livre ?) « Son œuvre la plus subtile », avait écrit un critique avec délectation. Dans la bouche de Ketchum, peu encline aux subtilités, le mot n'avait jamais de valeur laudative. « Son entreprise la plus symbolique », avait commenté un autre critique.

Sans pouvoir affirmer ce que Ketchum aurait dit du mot « symbolique », Danny imaginait aisément ce qu'il en aurait pensé. Une œuvre toute en retenue, en nuances, en symboles : bref, il avait une fois de plus évité les sujets scabreux, ce que l'intrépide convoyeur de troncs lui reprochait, justement.

Et aurait-il approuvé ses réponses aux questions politiques qu'on lui posa lors des tournées promotionnelles pour *Au restaurant, après la fermeture* ? En 2005, on lui posait toujours ce type de questions, encore restait-il à accompagner la sortie des traductions.

« Oui, c'est un fait, je continue de vivre au Canada et je vais continuer d'y vivre, même si la raison qui m'y a amené s'est "éliminée", comme disait un ami de la famille. » (Le lecteur aura reconnu la formule de Ketchum pour désigner feu le Cow-boy.)

« Non, il n'est pas exact que je refuse de vivre aux États-Unis pour des raisons politiques, comme vous le dites. Et puis ce n'est pas parce que je vis au Canada, avec la citoyenneté canadienne, que je vais m'arrêter d'écrire sur les Américains, ou sur des attitudes que j'associe au fait d'être américain. On pourrait même dire que vivant en pays étranger, tout juste de l'autre côté de la frontière qui plus est, j'y vois plus clair sur l'Amérique, ou en tout cas je la vois d'un œil un peu moins américain. » Ketchum aurait reconnu les sources de l'écrivain pour cette réponse, sans approuver outre mesure le tact avec lequel il répondait aux questions sur ce chapitre.

« Il est trop tôt pour le dire », observait en permanence l'écrivain quand on lui demandait quelle incidence le 11 Septembre et les représailles du président Bush auraient pour les États-Unis, ou bien quand on lui demandait où allaient les guerres d'Afghanistan et d'Irak ; si le Canada risquait du même coup d'entrer dans la récession ou la crise. (Car aux États-Unis, sous-entendaient généralement les journalistes canadiens, on y allait tout droit, non ?)

Quatre ans auparavant, Ketchum disait déjà que les États-Unis étaient un « empire sur le déclin ». Quelle formule leur appliquerait-il aujourd'hui ? Au Canada, les interviews prenaient un tour de plus en plus politique. Plus récemment, c'était un reporter du *Toronto Star* qui lui avait posé les questions familières : Était-il vrai que les États-Unis s'étaient jetés dans une expansion militaire désespérée ? Le gouvernement fédéral n'était-il pas englué dans une dette monumentale ? Que pensait-il en tant qu'écrivain, de cette Amérique va-t-en-guerre ? Son ex-pays (*sic*) n'était-il pas en train de se dégrader ? lui demandait-on.

Combien de temps pourrait-il opposer à ces questions insinuantes la réponse « il est trop tôt pour le dire » ? L'écrivain savait fort bien qu'il ne pourrait pas temporiser indéfiniment. « Moi je traite l'info lentement, se plaisait-il à dire en préambule à ses remarques. Et puis j'écris de la fiction, ce qui veut dire que je n'écrirai jamais sur les attentats du 11 Septembre ; je les inclurai peut-être un jour, quand ils seront sortis de l'actualité immédiate, et encore, seulement dans le contexte d'une histoire de ma composition. » (Au vague de cette réponse dilatoire, Ketchum le teigneux aurait tout à fait pu appliquer une formule du type « bon dieu de bouse de bison ».)

Après tout, l'écrivain avait bien déclaré que l'élection de 2000, celle que Bush avait volée à Gore, était une arnaque. Il ne pouvait donc guère s'abstenir de commenter la version 2004, où le même Bush avait battu Kerry au prix d'une stratégie douteuse et pour la pire des raisons. Selon Danny, Kerry avait agi en héros deux fois ; pendant la guerre du Vietnam, puis en s'y opposant. Et pourtant, c'était bien lui qui s'était attiré les foudres des « patriotes pitbulls », qui avaient la bêtise ou l'opiniâtreté de défendre encore l'erreur de cette guerre.

Danny avait confié aux médias que son « ancien pays », comme ils disaient, lui remettait parfois en mémoire la célèbre et savoureuse formule de Samuel Johnson : « Le patriotisme est l'ultime refuge des canailles. » Malheureusement, l'écrivain ne s'en était pas tenu là. Il lui était arrivé de parler comme Ketchum, et de dire qu'en 2004, George Bush n'était pas la seule canaille, mais qu'il fallait compter avec lui tous les électeurs plus crétins que de la crotte de chien ; ceux-là mêmes qui ne trouvaient pas John Kerry assez patriote pour devenir président des États-Unis.

Ces remarques seraient répétées, surtout celle sur les patriotes de choc et celle sur les électeurs-crotte ; le romancier Daniel Baciagalupo avait publié huit livres sous le nom de Danny Angel ; lui et son père étaient venus vivre au Canada – ils avaient émigré pour échapper à un fou qui voulait les tuer et qui avait effectivement fini par tuer le père –, mais aux yeux du monde entier ou presque Daniel Baciagalupo avait choisi de rester au Canada pour des raisons politiques.

Il était las de le nier ; et puis, il trouvait plus facile de parler comme l'homme des bois. Il avait joué les Ketchum pour commenter un sondage récent : les Américains étaient deux fois plus nombreux à exprimer leur écœurement devant le mariage homosexuel que leur inquiétude quant à l'issue de la guerre en Irak. « Le combat d'arrière-garde que Bush livre aux homos est navrant », avait dit Danny et c'était le type de « petites phrases » qui faisait sa réputation, parce qu'on les citait facilement.

Sur le réfrigérateur de sa cuisine, à Toronto, il avait dressé une liste de questions à l'intention de Ketchum. Elles ne se présentaient pas comme une liste à vrai dire, puisqu'il scotchait en vrac toutes sortes de petits bouts de papier sur la porte du frigo ; comme chacun était daté, l'ensemble prenait l'allure d'un calendrier des opérations en Irak. Le frigo en serait bientôt couvert.

Même le plus antiaméricain de ses amis trouvait son frigo politique futile autant qu'infantile – du gaspillage de scotch. Et l'année où sortit *Au restaurant, après la fermeture*, c'est-à-dire en 2002, Danny s'était mis à écouter une radio patriote qui diffusait de la country. Il n'arrivait à la capter que tard le soir ; sans doute n'émettait-elle aussi clair que quand le vent soufflait du nord sur le lac Ontario.

Faisait-il cela pour entretenir son agressivité à l'égard de son « pays d'origine » ? Nullement. C'était la réaction de Ketchum à cette musique de merde qu'il aurait aimé entendre. Il aurait tant voulu l'entendre vitupérer : « Je vais te dire pourquoi c'est nul, ce patriotisme à la con, c'est parce que c'est une illusion ; tout ce que ça prouve, c'est que les Américains ont besoin de gagner. » Car c'était plus ou moins ce qu'il aurait dit, non ?

Et à présent que cette guerre d'Irak traînait depuis presque deux ans, n'aurait-il pas fulminé contre la désinformation des Américains incapables de voir que les campagnes militaires ne servaient qu'à faire oublier ceci : la lutte contre le terrorisme, la vraie, était au point mort ?

Danny ne voyait aucun inconvénient à ce qu'on traque et anéantisse Al-Qaïda. « Y a qu'à débusquer et liquider les enflures du Hamas et du Hezbollah, pendant qu'on y est ! » avait tonné Ketchum. Sauf que l'Irak de Saddam Hussein était sous la botte d'un tyran laïc. Les Américains voyaient-ils bien la différence, dans leur ensemble ? Avant leur arrivée, pas d'Al-Qaïda en Irak… (Danny était vite dépassé, en politique. Il n'avait pas l'assurance de Ketchum, et lisait moins que lui.)

Qu'aurait-il dit, l'enragé du comté de Coos, en entendant que les États-Unis « mettaient fin » aux opérations de combat en Irak dès mai 2003, soit deux mois après le début du conflit ? Il était tentant de spéculer sur son commentaire.

Ces questions du frigo adressées à Ketchum, peut-être fallait-il y voir un rappel que la guerre était une folie, mais l'écrivain était bien obligé de se demander pourquoi il en tenait un registre aussi systématique. Cela ne lui servait à rien, sinon à l'accabler.

Quant aux déclarations distinctes mais analogues de Colin Powell et de Tony Blair (en mai 2003, ils juraient encore leurs grands dieux que les renseignements sur les armes de destruction massive, ceux-là mêmes qui justifiaient la guerre, n'étaient ni déformés ni exagérés), Ketchum aurait sûrement dit : « Allez, les gars, faites-les voir, ces armes ! »

Parfois, il récitait au chien les questions destinées à Ketchum. (« Même le chien est assez malin pour voir où elle va, cette guerre ! » aurait dit le bûcheron.)

Daniel Baciagalupo aurait soixante-trois ans au dégel. C'était un homme qui avait perdu son fils unique et son père ; il vivait seul. En outre, il était écrivain. Comment s'étonner qu'il ait parlé à son chien et lui ait fait la lecture ?

Cette excentricité n'était pas pour surprendre l'animal : il avait l'habitude qu'on s'adresse à lui ; en principe, c'était plus agréable que de se faire massacrer par un ours.

C'était un chien sans âge. Combien de générations y avait-il entre ce Héros et le « bel animal » originel, Ketchum était resté dans le vague sur le chapitre. Depuis la dernière fois que Danny l'avait vue, la bête semblait avoir plus de poils gris sur le museau, mais son pelage de walker croisé de bluetick, piqueté de blanc et de gris-bleu, ne permettait guère de savoir si le grisonnement était un effet de l'âge. Héros boitait, mais là encore, les ans n'en étaient pas la seule cause. Les déchirures causées par les griffes de l'ours s'étaient refermées depuis longtemps, en laissant des cicatrices très visibles, et la hanche blessée s'était démise. L'oreille taillée en pièces, dont il ne restait plus grand-chose, avait cicatrisé elle aussi, laissant un carré de peau nue et noire.

Ce qui pouvait déconcerter l'observateur, à la première rencontre, c'est que le chien farouche n'avait plus qu'une paupière, du côté opposé à l'oreille déchiquetée. La paupière, il l'avait perdue lors de son dernier combat singulier avec le berger allemand de Pam, duquel il avait fini par avoir raison lors d'un règlement de comptes au chenil. Pack de Six avait dû abattre son chien ; elle n'en tenait pas rancune à Héros, les deux mâles s'étaient toujours détestés cordialement, disait-elle.

Pour l'écrivain, ce grand mutilé de chasse était une vivante allégorie du comté de Coos, où les haines mortelles ne connaissaient guère de bornes. Comme ailleurs, en somme, se disait-il chaque fois que son regard se posait sur les questions à Ketchum.

En janvier 2004, le nombre de soldats américains tués depuis le commencement de la guerre en Irak s'élevait à cinq cents. Il entendait Ketchum dire : « Mais c'est rien, cinq cents, bon dieu ! Dans quelques années on en sera à cinq mille, et il y aura bien un connard pour nous dire que la paix et la stabilité sont pour demain. »

– Qu'est-ce que tu en penses, Héros ? avait demandé Danny au chien, qui avait dressé l'oreille, sa seule oreille. Notre ami commun nous aurait sans doute fait rire, sur cette guerre…

Danny savait quand le chien l'écoutait vraiment et quand il dormait pour de bon. Quand il faisait semblant de dormir, l'œil sans paupière vous suivait, mais quand il était vraiment mort au monde, la pupille et l'iris de cet œil ouvert en permanence se mettaient aux abonnés absents, et son blanc laiteux fixait le vide.

À Toronto, l'ex-chasseur d'ours couchait à la cuisine, sur un coussin zippé, garni de copeaux de cèdre. Danny était revenu de son erreur : les déclarations de Ketchum sur les pets de l'animal n'étaient pas excessives. Sur sa litière, le jouet préféré de l'animal, copieusement mâché, était l'étui du plus grand Browning de Ketchum, celui de trente centimètres que le convoyeur de troncs glissait dans le pare-soleil de son pick-up. Cet étui, où ses crocs avaient laissé une marque peu profonde, cet étui qui avait absorbé toute la graisse de la pierre à aiguiser, sentait peut-être encore l'ours abattu qui avait fait un bout de chemin à bord. La chose aurait expliqué l'attachement pathologique de la bête à l'objet, se disait Danny.

Finalement, le couteau lui était moins utile. Il l'avait apporté dans une boutique d'articles de cuisine dans le vain espoir de le faire aiguiser proprement ; ses efforts répétés pour débarrasser la lame de toute trace de graisse à aiguiser (il était allé jusqu'à le passer au lave-vaisselle) avaient émoussé le fil, de sorte que le couteau coupait mal. Danny l'avait pendu dans un endroit visible mais inaccessible de sa cuisine ; on aurait dit un sabre de cérémonie.

Il n'en allait pas de même pour les armes à feu de Ketchum. Danny n'en voulait pas à Toronto. Il en avait donc fait cadeau à Andy Grant, avec qui il partait chasser tous les ans au mois de novembre. Depuis qu'il avait tué Carl, l'écrivain avait moins de mal à tirer les chevreuils – tout en refusant de faire feu avec un fusil. (« Plus jamais ça », avait-il dit à Andy.) Il préférait prendre la Remington Springfield. Dans les bois, même à une courte distance, il était difficile de tuer un chevreuil avec cette arme à la valeur toute sentimentale, mais ni le recul ni la détonation du canon court ne lui rappelaient le 20.

Andy Grant connaissait la zone de la baie comme sa poche. Il y chassait déjà enfant. Mais, en général, il emmenait Danny sur un terrain plus familier à l'écrivain, qui s'étendait à l'ouest du lac Lost Tower, entre Payne's Road et Shawanaga. Dans les environs du trajet de la motoneige, parfois visible depuis la baie de derrière sur l'île de Charlotte, il y avait une piste naturelle, fréquentée par les chevreuils. Ainsi, novembre venu, Danny regardait par-delà l'eau grise, sa destination hivernale. Sur les rives du lac, dans les endroits qui dominaient Shawanaga Bay, on apercevait le débarcadère, et même le toit de la cabane du Grand-Père, sur lequel Ketchum avait jadis jeté la peau du serpent à sonnette qu'il venait de tuer.

Lors de ces équipées de novembre, Danny descendait toujours à la Larry's Tavern. C'était au bar que circulait la rumeur selon laquelle l'établissement allait être vendu le jour où l'autoroute avancerait vers le nord. À quel titre Danny aurait-il pu dire, comme les vieux du coin, qu'il fallait épargner la taverne ? À ses yeux, ni la taverne ni le motel ne méritaient d'être sauvés, mais il devait bien reconnaître que ces deux moitiés du même établissement avaient depuis longtemps une vocation locale, fût-elle un encouragement au suicide.

Et au retour de l'hiver, quand Danny arrivait sur l'île de Charlotte, Andy lui prêtait la Remington de Ketchum. (« Des fois qu'il rencontrerait des bestiaux », comme disait Ketchum.) Il lui laissait aussi une ou deux bandes de cartouches. Héros reconnaissait infailliblement l'arme. Chose rare chez lui, le chien remuait alors la queue : la Remington Springfield étant l'arme favorite de Ketchum pour la chasse à l'ours, elle lui rappelait manifestement l'excitation de la traque, la joie de suivre son premier maître.

Danny avait mis deux ans à apprendre au chien à aboyer. Gronder, péter, ronfler dans son sommeil lui étaient naturels (à moins, bien sûr, qu'il ne tînt de Ketchum ces arts de malotru) ; mais pour aboyer, non, il n'aboyait pas. Au début, Danny se demandait si le vieux bûcheron ne réprouvait pas les aboiements.

Il y avait un petit parc, avec une aire de jeux, pas plus grand qu'un terrain de foot, près de chez Danny, et des deux nouvelles copropriétés de Scrivener Square qui – par chance – ne cachaient finalement pas la vue sur la tour du caviste de Summerhill. Danny allait y promener Héros trois ou quatre fois par jour, le plus souvent en laisse, de peur de rencontrer un berger allemand, ou tout autre chien mâle qui eût pu évoquer feu celui de Pam.

Une fois au parc, Danny aboyait pour Héros, imitant de son mieux l'aboiement authentique. Héros restait de marbre. Au bout d'un an, l'idée traversa Danny que le chien considérait peut-être le fait d'aboyer comme un signe de faiblesse canine.

D'autres promeneurs de chiens étaient déconcertés par son allure maigre et farouche, et son étrange façon de regarder ses congénères de haut. Et puis il y avait les cicatrices, la raideur du bassin, sans parler de son expression terrible, de son œil amoché.

– C'est seulement qu'il a perdu une paupière, leur disait Danny, rassurant, n'allez pas croire qu'il regarde le vôtre d'un sale œil.

– Qu'est-ce qu'il lui est arrivé, à son oreille ? lui avait demandé une jeune femme, propriétaire d'un épagneul écervelé.

– Ah, ça, c'est un ours.

– Un ours !

– Et les cicatrices, sur sa hanche, à cette pauvre bête ? s'était enquis un propriétaire de schnauzer, pas rassuré.

– Le même ours, avait dit Danny.

Le deuxième hiver dans l'île, les aboiements étaient venus. Danny avait garé le Polaire sur la glace, devant le dock ; le chien attendait qu'il ait fini de décharger ses provisions. L'écrivain qui avait presque renoncé, tenta sa chance une fois de plus, il aboya ; or à la grande surprise du maître comme du chien, l'aboiement fut répété ; il y avait de l'écho, depuis Barclay Island. Quand Héros entendit l'écho il aboya, et cet aboiement fut répercuté à son tour ; le chien entendait une voix incroyablement semblable à la sienne.

Ça avait duré une heure, à peu près. Héros se répondait sur le débarcadère. (Qu'est-ce que j'ai fait ! se disait Danny. Si Ketchum avait été là, il lui aurait sans doute logé une balle dans la tête.) Mais au bout d'un moment le chien s'était tu.

Depuis il aboyait normalement. Il aboyait aux motoneiges, aux trains qui sifflaient, aux quelques canots pneumatiques avec leurs ronrons d'avions là-bas, sur le chenal principal. Il lui arrivait même d'aboyer au gémissement des pneus des convois exceptionnels, sur la 69. Quant aux intrus, lors des semaines d'hiver, ma foi, il n'y en avait pas. De temps en temps, Andy Grant venait faire une visite – saluée par les aboiements de Héros.

Sans qu'on puisse jamais dire que le chien à ours de Ketchum était normal, ou même quasi normal, le fait qu'il aboyait contribua largement à dissiper l'aspect patibulaire de son faciès à oreille unique et œil à vif. Incontestablement, sa présence inquiétait moins les autres promeneurs de chiens du parc, désormais ; et puis, maintenant qu'il aboyait, il grognait moins. Contre ses pets muets et ses ronflements de stentor, hélas, Danny ne put rien faire !

Il s'en apercevait aujourd'hui, il ne s'était jamais représenté ce que c'était que d'avoir un chien. Plus il parlait à Héros, moins il se demandait ce que Ketchum aurait pensé de la guerre en Irak. Est-ce que le fait d'avoir un chien vous dépolitisait ? (Danny ne s'était jamais passionné pour les questions politiques, contrairement à Katie, ou Ketchum.)

Il prenait parti, dans ce domaine, il avait des convictions. Mais il n'était pas antiaméricain, il ne se sentait pas même expatrié. Le monde qui s'affichait dans ses grandes lignes sur la porte du frigidaire, à Toronto, perdait petit à petit son importance à ses yeux. Il comptait s'y intéresser de moins en moins, « surtout en tant qu'auteur », comme aurait dit Ketchum.

Un accident s'était produit sur la 69, non loin de Horseshoe Lake Road. Un abruti au volant d'un Hummer avait embouti une bétaillère ; il s'était tué, entraînant quelques vaches dans la mort avec lui. Ça s'était passé lors du premier hiver de Danny dans l'île, et il en avait entendu parler par sa femme de ménage, une jeune femme de la Première Nation au joli visage, avec des cheveux et des yeux noirs, et des mains épaisses, puissantes. Une fois par semaine, il allait la chercher en canot pneumatique à la réserve indienne de Shawanaga et à la fin de la journée il la ramenait de même, mais elle n'habitait sûrement pas là. Shawanaga Landing vivait surtout l'été, on y campait, c'était le portail de la baie. Les habitants de la réserve vivaient au village de Shawanaga, à l'exception de quelques-uns installés à Skerryvore, selon Andy Grant. (Le village et le lieu-dit étaient accessibles par la route en hiver, à condition d'avoir une motoneige.)

La jeune femme semblait apprécier la balade en canot pneumatique. Danny avait acheté des protège-oreilles pour elle, et quand elle eut fait la connaissance de Héros, elle demanda si le chasseur d'ours ne pourrait pas être de la partie.

– Le moteur fait trop de bruit pour des oreilles de chien, pour sa bonne oreille, en tout cas ; de l'autre, je ne sais pas très bien s'il entend, avait expliqué Danny.

Mais la femme de ménage avait la manière, avec les chiens. Elle dit à Danny de mettre le protège-oreilles à Héros quand il venait la chercher, puis au retour chez lui, après l'avoir ramenée. Contre toute attente, le chien se laissait faire. Et quand elle était dans le bateau avec lui, elle le prenait sur ses genoux, et lui appliquait ses grandes mains puissantes sur les deux oreilles, la bonne et la déchiquetée. C'était bien la première fois que Danny voyait le walker bluetick monter sur les genoux de quelqu'un il pesait tout de même ses vingt-cinq, trente kilos.

Le chien suivait avec dévotion la jeune femme dans ses tâches ménagères, comme il s'attachait aux pas de Danny lorsque celui-ci était tout seul sur l'île. Quand il prenait la tronçonneuse, l'animal se tenait à distance respectueuse (nul doute que Ketchum le lui avait appris).

Danny demeurait dans le flou sur le lieu de résidence de sa jeune femme de ménage ; quand il la ramenait, le soir, il ne voyait jamais personne l'attendre à Shawanaga Landing, ni le moindre véhicule dans lequel elle soit susceptible d'effectuer le reste du trajet. Il lui avait bien posé la question, mais sa réponse, « J'habite en territoire Ojibway », lui avait paru surréaliste ou facétieuse, voire les deux, et il ne lui avait pas demandé d'éclaircissement.

Il ne voyait pas du tout ce qu'elle pouvait vouloir dire par là, rien, peut-être. Il aurait pu demander à Andy Grant d'où elle venait puisque c'était lui qui les avait mis en rapport, mais il s'en était abstenu. Après tout, cette réponse lui allait.

Il avait instantanément oublié le nom de la jeune femme, si même il l'avait su. Un jour, au début du premier hiver, il lui avait dit d'un ton admiratif : « Vous êtes infatigable », en pensant à toute cette glace qu'elle découpait, aux seaux qu'elle charriait du lac à l'habitation principale. Elle avait souri, le mot lui avait plu.

– Vous pouvez m'appeler comme ça, s'il vous plaît, appelez-moi comme ça.

– Infatigable ?

– C'est mon nom, lui avait répondu la jeune indigène de la Première Nation, c'est tout à fait moi.

Là encore, il aurait pu demander son vrai nom à Andy Grant, mais elle aimait qu'il l'appelle Infatigable, alors à lui aussi, ça lui allait.

Parfois, depuis sa cabane d'écrivain, il la voyait faire allégeance à l'inuksuk. Sans aller jusqu'à s'incliner devant le cairn, elle en époussetait la neige avec déférence, comme elle lui aurait rendu hommage. Héros qui, curieusement, se tenait un peu à l'écart en ces occasions solennelles, semblait reconnaître lui-même la sacralité de l'instant.

Le jour de la semaine où Infatigable venait faire le ménage, Danny travaillait aussi bien dans sa cabane que quand il était tout seul avec Héros ; elle ne le distrayait pas de son ouvrage. Quand elle en avait terminé dans l'habitation principale, lui qui avait l'habitude de travailler en compagnie d'un Héros endormi (sur fond de pets et de ronflements) levait les yeux de sa page et la voyait tout à coup postée auprès de l'arbre courbé par la tempête, sans jamais le toucher, comme une sentinelle, Héros à ses côtés. Ni la femme de la Première Nation ni le chien à ours ne le regardaient jamais par la fenêtre de sa cabane ; il levait les yeux, et il les voyait à côté du pin buriné, de dos, comme scrutant en éclaireurs les eaux gelées de la baie.

Alors Danny toquait à la fenêtre, et femme et chien entraient dans la cabane, qu'il leur abandonnait aussitôt ; elle ne mettait pas longtemps à y faire le ménage, parfois moins de temps qu'il n'en fallait à Danny pour se servir une tasse de thé dans l'habitation principale.

À l'exception d'Andy Grant et des sempiternels anciens qu'il rencontrait parfois chez Larry's, ou au Haven, ainsi qu'à l'épicerie, la femme de la Première Nation représentait son seul contact humain pendant ses hivers dans l'île ; encore lui et Héros ne la voyaient-ils qu'une fois par semaine les deux mois et demi qu'ils y restaient. Un jour que l'écrivain avait rencontré Andy par hasard, au village, il lui avait raconté comme elle travaillait bien.

– On l'adore, Héros et moi ; c'est fou ce qu'elle est facile et agréable à vivre.

– Tu vas la demander en mariage, à t'entendre, dit Andy.

Il plaisantait bien sûr, mais, l'espace d'un instant, Danny se surprit à envisager l'idée avec le plus grand sérieux.

Un peu plus tard, dans le canot pneumatique, avant de démarrer le moteur et de poser le protège-oreilles sur la tête du chien, il le prit à témoin

– Tu me trouves trop seul, Héros ? Je suis un peu seul, hein ?

Dans sa cuisine, sur Cluny Drive, surtout à mesure que l'année 2004 avançait, il se lassait des questions politiques du frigo. Il n'était pas exclu qu'il les ait toujours trouvées lassantes, et qu'il s'en aperçoive seulement ; du moins, les questions à Ketchum lui semblaient-elles triviales et puériles par rapport à celles qu'il développait dans son neuvième roman, des questions plus personnelles, plus profondes.

Comme toujours, il commençait par la fin. Non seulement il avait écrit ce qu'il tenait pour la dernière phrase, mais il avait déjà une idée assez aboutie de la trajectoire du roman, qui serait le premier signé de son vrai nom. Il avançait donc lentement mais sûrement, à rebours, s'acheminant vers son début. Il avait toujours travaillé ainsi ; son intrigue se déployait à l'envers et il commençait donc par le dernier chapitre. Le temps qu'il arrive à la première phrase, qu'il l'écrive, il s'était souvent écoulé un ou deux ans, voire davantage, mais alors il connaissait toute son histoire. À partir de cette première phrase, le livre n'avait plus qu'à suivre son cours, en l'occurrence à revenir à son point de départ.

Comme toujours aussi, plus il s'immergeait dans le roman, plus les questions politiques ou ce qui en tenait lieu chez lui se délitaient. Ses opinions politiques étaient sincères, mais il aurait été le premier à reconnaître sa profonde méfiance à l'égard de la politique en général. S'il était romancier, n'était-ce pas en partie parce qu'il avait une vision hautement subjective du monde, justement ? Non seulement écrire était ce qu'il faisait le mieux, mais il n'écrivait que des romans. Praticien plus que théoricien, c'était un conteur, pas un penseur.

Pour autant, il ne parvenait pas à oublier les malheureux qui s'accrochaient aux patins des deux derniers hélicoptères à quitter Saigon, ces centaines de Vietnamiens désespérés, abandonnés dans la cour de l'ambassade des États-Unis. Ce spectacle, ou un spectacle analogue, allait se répéter en Irak. Les spectres du Vietnam, songeait-il, en homme de sa génération, car l'Irak n'était pas une simple réédition du Vietnam. (« Rien à faire, lui disait Ketchum, toi, t'es vraiment le gars des sixties. »)

Ce fut avec une conviction médiocre qu'il confia au chien somnolent et peu réactif :

– Je te parie une boîte de biscuits pour chien que tout va se déglinguer un maximum avant de s'arranger un petit peu.

L'animal ne réagit même pas aux mots « biscuits pour chien ». La politique l'ennuyait tout autant que son maître. Depuis que le monde est monde… qui pourrait prétendre à le changer ? Pas l'écrivain, sans doute ; son chien était aussi bien placé que lui pour le faire… (Danny s'abstint de confier cette dernière remarque au noble animal, de peur de le désobliger.)

C'était un matin de décembre 2004. La dernière question à Ketchum, déjà oubliée, avait été scotchée sur le frigo et Lupita, sa femme de ménage si patiente et fidèle, avait trouvé l'écrivain au travail dans sa cuisine. Ce phénomène la perturbait ; compartimentant la maison par nécessité, elle avait une conception totalitaire de la vocation de chaque pièce.

Sans l'approuver, Lupita s'était habituée à la présence des classeurs et des rames de feuilles volantes dans la salle de gym, où il n'y avait pas de machine à écrire. Les innombrables post-it qui s'effeuillaient dans toute la maison l'agaçaient un peu aussi, mais elle prenait sur elle. Les questions du frigo, à l'intention de M. Ketchum, elle les lisait avec un intérêt de plus en plus ténu, quand elle les lisait. Ces menus papiers la gênaient surtout car ils l'empêchaient de nettoyer la porte du réfrigérateur comme elle l'aurait voulu.

S'occuper de la maison de Cluny Drive ne lui réservait que des crève-cœur. L'idée que M. Ketchum ne viendrait plus pour Noël lui mettait les larmes aux yeux, surtout quand on arrivait fin décembre, et puis il y avait tous les efforts qu'elle avait déployés pour remettre en état la chambre du cuisinier après la double fusillade : elle avait cru mourir. Bien sûr, on avait enlevé le lit sanglant, on avait changé le papier peint, mais il lui avait fallu nettoyer un par un tous les clichés des panneaux muraux ; elle avait aussi récuré le sang sur le plancher presque jusqu'à s'en faire saigner les genoux et la paume des mains. Elle avait persuadé Danny de changer les rideaux, faute de quoi l'odeur de la poudre resterait dans la chambre du meurtre.

On notera qu'à cette époque de sa vie, les femmes avec lesquelles Danny avait le plus de contacts étaient ses femmes de ménage, l'une des deux, Lupita, exerçant sur lui une influence plus marquée que l'autre. C'était d'ailleurs sur les instances de Lupita qu'il s'était débarrassé du canapé de la chambre du haut, où il écrivait : elle lui avait assuré y distinguer encore l'empreinte du corps de l'abominable shérif adjoint.

– Je le vois encore allongé dessus, à attendre que vous vous endormiez, vous et votre papa.

Bien entendu, Danny s'était débarrassé du meuble, non pas qu'il y vît la marque du gros Cow-boy, mais depuis qu'elle le lui avait évoqué, il s'était mis à l'*imaginer*.

Lupita ne s'en était pas tenue là. Peu après l'arrivée de Héros dans leur vie, elle avait proposé un changement plus colossal. Les panneaux d'affichage, avec leur histoire de famille, les centaines de clichés qui se recouvraient les uns les autres, sans compter les centaines d'autres dans les tiroirs du bureau de Dominic, le lecteur voit d'ici ce qu'elle pouvait en penser. Ça n'avait aucun sens de les laisser dans une pièce où plus personne ne les voyait, arguait-elle.

– C'est dans votre chambre, qu'elles devraient être, ces photos, Señor Écrivain. (Un beau jour, il ne savait plus quand, elle s'était mise à l'appeler Señor Écrivain, spontanément.)

Dans ces conditions, il allait de soi qu'il fallait aussi déplacer les photos de Charlotte Turner, désormais mariée et mère de famille. (Sans un mot de résistance du Señor Écrivain, Lupita avait pris la situation en main.)

À présent, tout était rentré dans l'ordre. La chambre de feu le cuisinier servait – rarement – de chambre d'amis ; elle rendait service quand il venait un couple avec des enfants, car on avait remplacé le grand lit par des lits jumeaux. L'hommage à Charlotte dans cette pièce à l'écart, tout au bout du couloir, semblait mieux adapté à la nature actuelle de leurs relations.

De même, il était plus logique que Danny dorme entouré de ces photos du cuisinier et de sa famille proche et moins proche, parmi lesquelles des clichés de son fils mort. Danny pouvait remercier Lupita de cet arrangement, et c'était elle aussi qui entretenait les panneaux, et décidait du roulement de photos à y mettre, de celles qui veilleraient sur son sommeil. Une ou deux fois par semaine, il regardait de près celles qui étaient exposées, pour voir le choix de Lupita.

Parfois, il voyait apparaître Charlotte, discrètement et le plus souvent accompagnée de Joe. (Ces photos-là avaient passé la censure insondable du détecteur de Lupita.) Quant aux photos de Ketchum, il y en avait en veux-tu en voilà. Il en était même sorti de nouvelles, Ketchum jeune, avec la jeune mère de Danny, et son père, plus jeune encore. Ces photos archivées de longue date, celles de la cousine Rosie, Danny les avait récupérées en même temps que le chien, les armes à feu, et même la tronçonneuse de Ketchum. Elles n'avaient pas souffert d'exposition à la lumière, glissées qu'elles étaient entre les pages des livres préférés de Rosie, dont l'écrivain héritait aujourd'hui, le vieux bûcheron ne pouvant plus les lire. Il en avait accumulé, des bouquins ! Combien aurait-il pu en lire encore ?

Ce matin de décembre 2004, où Lupita surprit Danny en train d'écrire à la cuisine, il se concentrait sur deux scènes qu'il se figurait assez proches, au début de son roman ; il avait même des phrases précises en tête. Aucun doute, il approchait de son premier chapitre, mais le début, la première phrase, lui échappait encore. Il écrivait sur un simple cahier à spirale, un cahier à lignes. Lupita savait qu'il en avait un stock dans la chambre du haut, où elle était bien convaincue qu'il aurait dû travailler.

– Vous écrivez à la cuisine, lui dit-elle.

Phrase simple, à la forme affirmative, mais où il crut détecter une impatience, l'ombre d'un reproche, comme si elle lui avait dit « Vous forniquez dans l'allée du garage » (en plein jour). Il en fut quelque peu décontenancé.

– Je n'écris pas vraiment, Lupita, dit-il, je prends des notes sur ce que je vais écrire.

– Oui, en tout cas, vous travaillez dans la cuisine.

– Oui, admit-il non sans circonspection.

– Alors, je vais peut-être faire le ménage là-haut, dans votre bureau.

– Bonne idée.

Lupita soupira, comme si le monde était pour elle une vallée de larmes, et de fait, il l'avait été, Danny le savait. Il tolérait ses sautes d'humeur et son autoritarisme, il savait bien que quelqu'un qui a perdu un enfant a droit à l'indulgence, dans le métier comme dans la vie. Mais avant qu'elle ne quitte la cuisine pour attaquer les tâches du jour dans l'ordre (c'est-à-dire le désordre à ses yeux), il lui lança :

– Vous voulez bien nettoyer la porte du frigo, aujourd'hui, Lupita ? Il n'y a qu'à tout jeter.

Il était difficile de la surprendre, mais elle sursauta ; puis, se ressaisissant, elle ouvrit la porte du réfrigérateur qu'elle avait nettoyé la veille et qui était presque vide (c'était son état normal, sauf quand Danny recevait).

– Non, la porte. Nettoyez-la entièrement, s'il vous plaît, vous pouvez jeter tous les papiers.

À ce moment-là, la réprobation de Lupita fit place à l'inquiétude.

– *¿ Enfermo ?* s'enquit-elle derechef, sa main brune et potelée se posant sur le front de l'écrivain.

Sous sa touche experte, il ne se sentit pas fiévreux.

– Non, Lupita, je ne suis pas malade, j'en ai marre de me déconcentrer comme ça, c'est tout.

C'était une saison difficile pour lui qui ne rajeunissait pas, elle le savait bien. Noël, un sale moment pour ceux qui ont perdu leurs proches. Là-dessus, elle n'avait guère de doutes. Elle fit immédiatement ce qu'il lui avait demandé. D'ailleurs, elle n'était pas fâchée de l'interrompre dans son travail, puisqu'il ne travaillait pas où il aurait dû (selon elle). Elle arracha allègrement les petits papiers du frigo, elle aurait plus de mal avec ces fichues traces, elle le savait, et attaqua le scotch avec ses ongles. Il faudrait aussi qu'elle récure la porte au désinfectant, mais enfin ça pouvait attendre.

Elle était sans doute loin de se douter qu'elle jetait là le symptôme d'une obsession majeure chez Danny : l'opinion de Ketchum sur les bourdes de Bush en Irak. Peut-être l'écrivain avait-il cette arrière-pensée qu'il jetait ainsi un peu de lest dans sa colère contre son pays d'origine.

Ketchum traitait l'Amérique de nation perdue, mais Danny n'était pas certain que ce fût justifié, ou du moins que ça l'était déjà à l'époque. Ce qui comptait aux yeux de l'écrivain, c'est qu'en effet ce pays était perdu pour lui. Depuis la réélection de Bush, il en avait pris son parti. Il était bel et bien un homme à la marge, installé au Canada pour le restant de ses jours.

Tandis que Lupita s'escrimait sur la porte du frigo, il passa dans la salle de gym et téléphona au Baiser du Loup. Il laissa un message bien précis sur le répondeur, disant qu'il voulait réserver une table tous les soirs jusqu'à la fermeture pour les fêtes, connaissant l'habitude de Patrice et Silvestro en la matière. Lupita avait raison : Noël était dur pour Danny ; d'abord il avait perdu Joe et les Noëls dans le Colorado, et puis c'était son père qui s'était fait descendre. Enfin, tous les Noëls depuis le mémorable Noël 2001, il se rappelait les circonstances où il avait appris la disparition de Ketchum, qu'il ne reverrait plus non plus.

Danny n'était pas Ketchum, il n'était même pas « comme » Ketchum, quoiqu'il s'y fût parfois essayé. Ah pour ça, oui ! Mais ce n'était pas son boulot, pour reprendre la formule même du vieux bûcheron. Son boulot, c'était d'écrire, ce que Ketchum avait compris bien avant lui.

« Faut plonger le nez dedans bien profond, et pas te brider l'imagination, Danny. »

Daniel Baciagalupo s'y employait en ce moment. À défaut d'être Ketchum, il pouvait lui donner une stature héroïque. D'ailleurs, se disait-il, il n'aurait pas grand mal à en faire un héros.

« Il est bon que les romanciers sachent que c'est pas toujours commode de mourir », lui avait-il dit le jour où il lui avait fallu trois coups pour abattre son premier chevreuil.

Merde alors, j'aurais dû comprendre où il voulait en venir, se dit-il tandis que Lupita briquait autour de lui avec un zèle maniaque. (Eh oui, il aurait dû.)

17
Sauf Ketchum

Danny avait tout de même eu l'ombre d'un doute sur les intentions de Ketchum. C'était en novembre 2001, vers les fêtes de Thanksgiving. Il dînait un soir – au Baiser du Loup, comme de juste – en compagnie d'une femme qui était son médecin. Ils n'entretenaient pas de relations sexuelles, mais une grande amitié. Elle était son expert depuis plusieurs romans sur les questions médicales. Elle lui avait un jour écrit en admiratrice, c'est ainsi que leur correspondance avait commencé, longtemps avant qu'il ne s'installe au Canada. À présent, ils étaient amis intimes.

Elle s'appelait Erin Reilly, elle avait presque son âge, deux grands enfants, parents à leur tour ; son mari venait de la quitter pour sa secrétaire.

– J'aurais dû voir venir la chose, lui avait-elle dit, philosophe, ils me demandaient à tout bout de champ si j'allais bien.

Elle occupait dans sa vie au Canada la place d'Armando DeSimone quand il habitait le Vermont. Il correspondait toujours avec Armando, mais les DeSimone ne venaient plus à Toronto ; la route était trop longue en voiture, et les voyages en avion trop inconfortables pour des gens de leur âge, et de leur tempérament.

– Les débiles de la sécurité m'ont confisqué tous mes couteaux suisses, protestait Armando.

Erin Reilly était une vraie lectrice, et quand Danny lui posait une question, à titre personnel ou pour un personnage de ses romans, il appréciait ses longues réponses circonstanciées. Quant à elle, elle aimait aussi lire des romans longs et fouillés.

Ce soir-là, au Baiser du Loup, il lui avait demandé :

– J'ai un ami obsédé par l'envie de se couper la main gauche ; elle l'a trahi, pourrait-on dire. Est-ce qu'il risque de mourir d'hémorragie ?

Erin était une grande femme dégingandée, une grande sauterelle, avec des cheveux gris coupés en brosse, et des yeux noisette, à l'éclat métallique. Elle s'absorbait profondément dans son travail, et dans tous les romans qu'elle lisait. Elle n'avait qu'une faille, pour laquelle il l'adorait : elle devenait alors aveugle au monde qui l'entourait à un point tout aussi alarmant que le cuisinier, qui, avec les années, avait fini par se convaincre que le Cow-boy n'était plus à ses trousses. Erin était capable de rire en disant qu'elle aurait dû voir venir les choses, voulant parler de l'attachement de son mari pour sa secrétaire, mais ce qui aurait dû lui mettre la puce à l'oreille n'était pas tellement qu'ils lui demandent si elle allait bien, selon Danny. C'était elle qui rédigeait les ordonnances de Viagra de son mari ; elle était bien placée pour savoir qu'il en faisait une consommation impressionnante ! Voilà ce que l'écrivain aimait chez elle, sa profonde innocence, qui lui rappelait l'aveuglement de son propre père, adoré lui aussi.

– Cet… ami obsédé par l'envie de se couper la main gauche, lui avait-elle dit lentement, c'est toi, Danny, ou c'est un de tes personnages ?

– Ni l'un ni l'autre, c'est un vieil ami. Je te raconterais bien cette histoire, mais elle est trop longue, même pour toi.

Il se souvenait de ce qu'ils avaient mangé ce soir-là, des crevettes au lait de coco avec un potage au curry vert. En entrée, ils avaient tous deux pris des huîtres Malpèque, avec la mignonnette champagne-échalote de Silvestro.

– Dis-moi tout, Erin, lui demanda-t-il comme à l'accoutumée, ne m'épargne aucun détail.

Elle avait souri et bu une gorgée de vin. Elle commandait une très bonne bouteille de blanc dont elle ne buvait qu'un ou deux verres, faisant cadeau du reste à Patrice, qui le vendait alors au verre. En retour, Patrice lui offrait souvent le vin : il se faisait soigner chez elle, lui aussi.

– Eh bien voilà, Danny, lui avait-elle dit ce soir-là. Ton ami ne risque pas de mourir d'une hémorragie, à condition qu'il se sectionne la main bien proprement au poignet, avec une lame affûtée. (L'écrivain ne doutait pas que Ketchum opérerait avec un outil aiguisé, qu'il s'agisse de son Browning, d'une hache, ou même de sa vieille tronçonneuse.) Seulement il va saigner abondamment, ça va gicler des artères radiale et ulnaire, qui sont les deux grosses artères sectionnées en l'occurrence. Pourtant, ce malheureux ami aura quelques problèmes – s'il cherche à mourir, je veux dire. (Elle marqua un temps. Danny ne comprit pas pourquoi tout de suite.) Il veut mourir, ton ami, ou il veut seulement en finir avec sa main ?

– Je ne sais pas, lui répondit-il. J'ai toujours cru qu'il n'en voulait qu'à sa main.

– Alors là, il arrivera peut-être à ses fins, parce que, vois-tu, les artères, c'est très élastique. Quand on les coupe, elles se rétractent dans le bras, et les tissus qui les entourent les compriment, jusqu'à un certain point du moins. Les muscles des parois artérielles se contractent immédiatement, leur diamètre se rétrécit, et ça ralentit l'hémorragie. Le corps ne manque pas de ressources pour se maintenir en vie. Ton ami recevra l'aide d'un certain nombre de mécanismes qui se mettent en branle pour stopper une hémorragie fatale. (Elle marqua encore un temps.) Ça va pas, toi ?

Daniel Baciagalupo se demandait encore si Ketchum voulait vraiment se tuer. Depuis toutes ces années, où la question de la main gauche resurgissait de façon chronique, il ne lui était pas venu à l'esprit que les intentions de Ketchum puissent être plus funestes.

– Tu ne te sens pas bien, tu as envie de vomir ?

– Non, c'est pas ça, donc tu es en train de me dire qu'il ne risque pas de se vider de son sang ?

– Ses plaquettes le sauveront. Les plaquettes, ce sont des particules de sang infinitésimales, pas même assez grosses pour être des cellules ; ce sont des poussières de cellules qui circulent dans le sang. En temps normal, leurs parois sont lisses, non adhérentes. Mais quand ton ami se coupera la main, il va exposer l'endothélium, la paroi interne de l'artère, ce qui va causer un afflux de protéines, de collagène – ce truc que les plasticiens utilisent. Au contact du collagène à nu, les plaquettes subissent une transformation radicale, une métamorphose. Elles deviennent agglutinantes. Elles s'agrègent pour former un tampon.

– Comme un caillot ? demanda Danny sur un ton bizarre.

Il avait cessé de manger parce qu'il n'arrivait plus à déglutir. Il venait d'acquérir la certitude que Ketchum voulait se tuer. Se couper la main gauche n'était qu'un mode de suicide, pour lui. Il tenait sa main gauche pour responsable d'avoir laissé glisser Rosie. Mais enfin, Rosie était morte depuis des lustres. Le bûcheron se reprochait aussi de ne pas avoir tué Carl. Pour la mort de son ami Dominic, c'était toute sa personne qu'il incriminait, sa main gauche n'y était plus pour rien.

– Ça fait trop de détails, pour un homme à table ? demanda Erin. Je m'arrête là. Le caillot se forme un peu plus tard ; il y a une ou deux autres protéines en jeu. Disons qu'il se forme un bouchon dans l'artère, et que ce bouchon stoppe le flux de sang, et sauve la vie à ton ami. On ne meurt pas en se coupant la main.

Mais Danny sentait qu'il perdait pied, il coulait à pic. (« Il est bon que les romanciers sachent que c'est pas toujours commode de mourir. »)

– D'accord, Erin, répondit-il d'une voix qui n'était pas la sienne à son insu comme à l'insu d'Erin. Alors disons que mon ami veuille mourir, admettons qu'il se coupe la main pour parvenir à ses fins, mais que ce qu'il cherche, c'est la mort. Comment ça se passe ?

Le médecin mangeait avec un appétit féroce. Il lui fallut prendre le temps de mâcher et d'avaler ce qu'elle avait dans la bouche, Danny pendu à ses paroles.

– Facile, reprit-elle après une gorgée de vin. Il connaît l'existence de l'aspirine, ton ami ? Il lui suffit d'en prendre.

– De l'aspirine, répéta Danny, atone.

Il voyait le contenu de la boîte à gants, dans le pick-up de Ketchum, comme si elle était encore ouverte : un petit revolver, et un grand flacon d'aspirine. « Deux façons de tuer la douleur, avait dit Ketchum avec le plus parfait naturel. Plutôt crever que me retrouver sans arme ou sans aspirine. »

– L'aspirine inhibe une partie du processus d'activation des plaquettes, poursuivait le docteur Reilly. Pour le dire en termes techniques, l'aspirine empêche le sang de se coaguler ; il suffirait qu'il en ait deux comprimés dans l'organisme pour que la coagulation ne démarre pas à temps. Et s'il tenait absolument à mourir, il pourrait même faire descendre l'aspirine en buvant un coup ; par un phénomène tout à fait différent, l'alcool entrave aussi l'activation des plaquettes et leur agrégation. Les effets conjugués de l'aspirine et de la boisson réduiraient les plaquettes à l'impuissance, elles ne pourraient pas s'agglutiner ; autrement dit, le caillot ne se formant pas, ton ami à la main coupée en mourrait.

Erin finit par s'arrêter en voyant que Danny regardait son assiette au lieu de manger. En outre, il n'avait pas touché à sa bière.

– Danny ? Je ne savais pas que c'était un vrai ami, je me disais que ce devait être un personnage de roman, que tu appelais ton ami par commodité. Excuse-moi.

Danny était rentré chez lui en courant, ce soir-là. Il voulait appeler Ketchum tout de suite, mais sans témoin. La nuit de novembre était froide, à Toronto, et à cette date, il devait déjà avoir neigé plusieurs fois dans le comté de Coos, New Hampshire.

Les fax de Ketchum s'étaient faits rares, ses coups de fil aussi ; C'était bien plus souvent Danny qui appelait. Ce soir-là, le téléphone sonna dans le vide. Danny aurait bien téléphoné à Pack de Six, mais il n'avait pas son numéro, et il n'avait jamais su son nom de famille, tout comme il ignorait le prénom de Ketchum si le vieux bûcheron en avait un.

Il décida de lui envoyer un fax sous un prétexte fallacieux, disant plus ou moins qu'il aimerait bien avoir le numéro de Pam, en cas d'urgence, s'il était lui-même injoignable.

J'AI PAS BESOIN QU'ON ME SURVEILLE

avait répondu Ketchum par fax avant que Danny se lève et descende à la cuisine, le lendemain matin. Mais au bout de plusieurs fax et d'une communication téléphonique un peu embarrassée, il lui avait tout de même donné le numéro de téléphone de Pam.

Un peu plus tard, en décembre, Danny prit enfin son courage à deux mains, et il appela Pam, qui n'était pas très causante au téléphone. Oui, elle était allée une ou deux fois à l'étang de Moose Watch cet automne, en compagnie de Ketchum, pour voir danser (« grouiller ») les élans. Oui, elle était allée « camper » avec Ketchum, aussi, mais une seule fois, un soir de blizzard, et pour le cas où sa hanche l'aurait laissée dormir, les ronflements de Ketchum s'étaient chargés de l'en empêcher.

Danny n'eut pas non plus le bonheur de persuader Ketchum de venir passer Noël à Toronto. « Peut-être bien que oui, peut-être bien que non, mais plutôt non », avait-il répondu avec son indépendance coutumière.

Bien trop vite, ce fut cette époque de l'année que Daniel Baciagalupo avait appris à redouter ; quelques jours avant Noël, l'année 2001 verrait le premier anniversaire de la mort de son père. Il dînait seul au Baiser du Loup, entretenant des pensées vagabondes, lorsque Patrice, avec son onction et sa bonne grâce habituelles s'approcha de sa table.

– Il y a là une personne qui te demande, lui dit-il avec une solennité insolite. Chose curieuse, cette personne te demande aux cuisines.

– On me demande, moi ? Et aux cuisines ?

– C'est une personne de haute taille, pas une mauviette, modula Patrice comme pour sous-entendre une menace. Ça m'étonnerait qu'elle lise beaucoup, je ne pense pas que cette personne fasse partie de tes admirateurs.

– Mais pourquoi aux cuisines ?

– La dame dit qu'elle n'est pas assez bien habillée pour entrer par la salle.

– La dame ! s'écria l'écrivain, espérant de tout son cœur qu'il s'agissait de Tombe du Ciel.

– J'ai dû y regarder à deux fois, mais oui, c'est bien une femme, conclut Patrice dans un haussement d'épaules.

Dans Crown's Lane, la ruelle qui passait derrière le restaurant, Pedro le borgne avait remarqué la grande femme ; il l'avait aimablement conduite à l'entrée de service, et, se souvenant qu'il avait été Ramsay Farnham, il lui avait dit :

– Même si vous n'en voyez pas à la carte, ils ont souvent du cassoulet, à cette époque de l'année – je vous le recommande.

– Je demande pas l'aumône, répliqua Pack de Six, je cherche un gars du nom de Danny. C'est un écrivain célèbre.

– Danny ne travaille pas aux cuisines, c'était son père, lui rappela le borgne.

– Je le sais bien, mais moi je suis du genre à passer par l'entrée de service, c'est putain de rupin, ce bistrot.

L'ex-Ramsay Farnham eut un instant de dédain, il devait lui être revenu un flash de son ancienne vie.

– Pas tellement, dit-il.

Outre la dose de snobisme qui courait dans ses gènes, il avait encore sur le cœur le changement de nom de son restaurant préféré, car même si personne ne l'avait vu, pour lui, le Baiser du Loup demeurait un film pornographique.

Il y avait d'autres SDF dans la ruelle, Pack de Six les voyait, mais ils se tenaient à distance. Peut-être faut-il préciser, en toute justice, que Pedro le borgne n'était qu'à moitié SDF. Les autres se méfiaient de Pack de Six. Malgré ses hardes de femme des bois, on ne pouvait pas la confondre avec une clocharde.

Pedro le borgne lui-même ne s'y trompait pas. Il frappa à la porte de service, et Joyce, une des deux sous-chefs, lui ouvrit. Sans lui laisser le temps de l'accueillir, il poussa Pam devant lui.

– Elle cherche Danny, dit-il. Ne vous inquiétez pas, elle n'est pas des nôtres.

– Je connais Danny et il me connaît, dit aussitôt Pack de Six à Joyce. J'suis pas une admiratrice, une groupie, ces machines-là. (Elle avait dans les quatre-vingt-quatre ans, il était donc peu probable que Joyce la prenne pour une groupie, même une groupie d'écrivain.)

Kristine courut prévenir Patrice, tandis que Joyce et Silvestro faisaient les honneurs de la cuisine à la visiteuse. Le temps que Patrice amène Danny, Silvestro l'avait déjà convaincue d'essayer le duo de foie gras et le confit de canard avec une flûte de champagne. À la vue de Pack de Six, le cœur de l'écrivain sombra dans sa poitrine ; Pack de Six n'était pas Tombe du Ciel. Il devait y avoir quelque chose qui n'allait pas.

– Ketchum est avec toi ? lui demanda-t-il, tout en sachant que son ami serait passé par la salle sans états d'âme sur ses vêtements.

– Me branche pas sur le sujet tout de suite, Danny. Pas ici, et pas avant que j'aie mangé un morceau et bu un verre. Merde alors ! J'ai roulé d'une traite avec ce clebs qui fait que péter. On s'est arrêtés que pour pisser et remplir le réservoir. Ketchum a dit qu'il fallait que je prenne les côtelettes d'agneau.

Il en fut ainsi. Elle et Danny s'installèrent à la table habituelle de l'écrivain, près de la devanture. Pam prit les côtelettes, qu'elle mangea à la main, la serviette glissée dans le creux de sa chemise de flanelle, empruntée à Ketchum. Quand elle eut fini, elle s'essuya les mains sur son jean. Elle descendit deux Steam Whistle pression, ainsi qu'une bouteille de rouge, et prit le plateau de fromages en guise de dessert.

Ketchum lui avait expliqué en détail comment trouver la maison de Danny, en la prévenant que si elle arrivait vers l'heure du dîner, elle aurait des chances de le cueillir au Baiser du Loup, dont il lui avait aussi indiqué l'adresse. Mais en jetant un coup d'œil à l'intérieur – car sa haute taille lui permettait de voir plus haut que le verre opalisé côté Yonge Street –, la tenue vestimentaire de certains clients avait dû l'intimider. La clientèle de Rosedale prend parfois de grands airs. Elle avait cherché la porte de service.

– J'ai mis le coussin de Héros à la cuisine, chez toi, il a l'habitude de dormir à la cuisine. Ketchum m'a dit de faire comme chez moi, parce que tu fermes jamais. Belle maison. J'ai mis mes affaires dans la chambre au bout du couloir, celle où y a les photos de la jolie dame. Comme ça, au moins, si je fais un cauchemar, comme souvent, je te réveillerai peut-être pas.

– Héros est là ?

– Ketchum a dit qu'il te fallait un chien. J'allais pas te donner un des miens. Héros, il est pas bien copain avec les autres bestiaux en général. Sûr que mes clebs, y vont pas le regretter.

– Tu as fait toute cette route pour me donner Héros ? demanda Danny. (Il se doutait bien qu'il y avait autre chose à la clé, dans cette visite.)

– Ketchum a dit qu'il fallait que je te voie en personne. Pas de coup de fil, pas de fax, pas de lettre, c'est des machins de gonzesse. Faut croire qu'il rigolait pas, parce qu'il m'a tout écrit noir sur blanc. En plus y a d'autres merdes qu'il voulait te donner, je les ai dans le pick-up.

– Tu as amené son pick-up ?

– Il est pas pour toi, le pick-up, je vais rentrer avec. Toi, ici, en ville, t'en as pas besoin, et puis t'en voudrais pas, y pue tellement qu'on croirait qu'un ours a chié d'dans.

– Où est Ketchum ? Qu'est-ce qui se passe ?

– Je crois bien qu'y faudrait aller promener le chien…

– Tu veux dire qu'il faut qu'on parle tranquilles ?

– Nom de dieu, Danny, tu vois pas qu'on est au milieu de peuple qu'est né avec la bouche en cul-de-poule ?

Il y avait un monde fou au Baiser du Loup, ce soir-là. Depuis que l'établissement avait changé de nom et qu'il était redevenu bistrot, il ne désemplissait pas. Certains soirs, Danny trouvait les tables trop rapprochées. Comme ils se levaient, il crut que Pam frottait sa hanche malade, mais il comprit vite qu'elle voulait s'appuyer sur la table voisine de la leur, où le couple les avait dévisagés pendant tout le dîner. Du fait qu'il était célèbre, Danny avait l'habitude qu'on le regarde, et il n'y faisait plus attention, mais il fallait croire que Pam ne prenait pas la chose du bon côté. Elle renversa les verres à vin et à eau des coupables, et en faisant semblant de retrouver l'équilibre, elle donna un coup de coude dans la figure du monsieur. Comme la dame ouvrait de grands yeux, elle lui décocha :

– Il a pas arrêté de m'reluquer comme si je montrais mes nichons !

Un serveur et un commis se ruèrent à la table sinistrée pour s'excuser, tandis que Patrice, en quelques enjambées fluides, avait rejoint Danny pour le prendre dans ses bras et lui susurrer sur le seuil :

– Encore une soirée mémorable, Daniel, carrément mémorable !

– Moi, il faut toujours que je prenne la porte de service, déclara humblement Pack de Six à Patrice, maître d'hôtel et propriétaire des lieux.

Une fois dans Yonge Street, avant que le feu passe au rouge, Danny revint à la charge :

– Mais dis-moi, bon dieu ! Raconte-moi tout, je veux les détails !

– On va voir ce que devient Héros, Danny. Moi, je réfléchis encore à ce que je vais te dire. Tu te doutes bien que Ketchum m'a laissé une chiée d'instructions.

De fait, il avait mis dans sa boîte à gants une enveloppe contenant plusieurs pages d'« instructions ». Il n'avait pas refermé la boîte à gants exprès pour que Pam ne rate pas l'enveloppe, que le revolver empêchait de glisser (« Vu qu'il avait pas de presse-papiers sous la main », commenta Pam).

Danny vit le pick-up de Ketchum garé dans l'allée de la maison de Cluny Drive, comme si l'ancien convoyeur de troncs avait finalement décidé de venir pour Noël. Quant à Héros qui montait la garde devant son coussin, il les accueillit par un grognement – toujours aimable. Pam avait déjà glissé l'étui du Browning de Ketchum dans sa litière, en guise de doudou peut-être, se dit l'écrivain. Il en avait aperçu le couteau sur le plan de travail de la cuisine, et il avait promptement détourné les yeux de la longue lame. Les pets du chien avaient embaumé la cuisine, peut-être même tout le rez-de-chaussée.

– Seigneur, qu'est-ce qu'il s'est fait à l'œil ? demanda Danny.

– Il a plus de paupière, répondit Pam, je te raconterai. Essaie de pas trop le regarder, tu lui fais honte.

Danny vit qu'elle avait mis la tronçonneuse de Ketchum dans la salle de gym.

– Ketchum a dit qu'il fallait que tu l'aies, dit-elle. Et puis, peut-être pour changer de sujet : À mon avis, Héros a besoin de faire sa crotte.

Ils partirent le promener dans le parc. Les illuminations de Noël scintillaient dans tout le quartier. Ils ramenèrent le chien à la cuisine, où ils se mirent à table, la bête à distance respectueuse, l'œil sur eux. Pam venait de se servir un whisky.

– Ce que je vais te raconter, Danny, je sais que tu le sais. Ce que tu sais pas, c'est le comment de l'affaire. Pour moi, ça commence avec ta mère, tout ça, ça s'est passé parce que Ketchum baisait ta mère au lieu d'apprendre à lire, tu crois pas ? Ben en tout cas, voilà comment ça s'est terminé.

Plus tard, quand ils déchargèrent le pick-up, il fut reconnaissant à Pack de Six de ne pas lui avoir raconté l'histoire tout de suite ; il avait eu le temps de s'y préparer, et même d'imaginer certains détails – à la manière des écrivains.

Il savait que Ketchum aurait voulu voir danser les élans une dernière fois, et que cette fois il n'inviterait pas Pack de Six. Comme il avait neigé ce jour-là, et qu'il ne neigeait plus – on annonçait une nuit très froide, bien au-dessous de zéro –, il avait dit à Pack de Six que sa hanche ne lui permettrait pas de coucher sur place, mais qu'elle aurait peut-être envie de venir prendre le petit-déjeuner avec lui le lendemain matin. « Va pas faire un peu froid, pour déjeuner dehors ? » avait-elle dit.

On était tout de même à la mi-décembre, on s'acheminait vers la nuit la plus longue de l'année. Twisted River gelait rarement avant janvier, mais quelle idée, tout de même ! Pourtant, expliqua Pam à Danny, il leur était déjà arrivé de prendre le petit-déjeuner sur l'emplacement de l'ancienne cantine. Ketchum avait toujours plaisir à faire du feu. Il réservait des braises et préparait le café à sa manière, dans une poêle, avec des coquilles d'œuf, et de la neige fondue. Il mettait deux steaks de gibier à griller, trois, quatre œufs à pocher. Pack de Six avait accepté de venir le retrouver.

Pourtant il y avait du louche dans ce projet. D'abord, en jetant un coup d'œil à l'arrière du pick-up, elle n'avait vu ni tente ni sac de couchage. Dans ces conditions, si le vieux draveur campait, il se disposait à mourir de froid, à moins qu'il n'ait eu l'intention de dormir dans la cabine du pick-up, moteur en marche. En plus, il lui avait confié Héros. (« C'est pas bon, le froid », pour sa hanche, lui avait-il dit.)

– Première nouvelle, précisa-t-elle à Danny.

Quand elle était arrivée, le lendemain matin, elle avait tout de suite compris qu'il n'y avait pas de petit-déjeuner dehors au programme de Ketchum. Pas de café en train de passer, rien sur le feu : il n'y avait pas de feu. Elle aperçut Ketchum assis en appui contre les vestiges d'une cheminée de brique, comme s'il se croyait à l'intérieur de la cantine, au temps où elle était encore chaude et douillette.

Héros avait couru vers son maître, mais s'était arrêté net dans son élan sur le sol couvert de neige ; les ergots du chien étaient sortis il marchait d'un pas raide, décrivant des cercles autour du vieux bûcheron ; « Ketchum ! » avait crié Pack de Six sans obtenir de réponse. Seul Héros avait tourné la tête pour la regarder.

– J'ai pas pu m'approcher de lui. Ça m'a pris un bon bout de temps. Je voyais bien qu'il était foutu.

Comme il avait neigé la veille, puis cessé de neiger à la tombée de la nuit, elle n'avait eu aucun mal à voir comment il s'y était pris. Il y avait un filet de sang sur la neige. Elle l'avait suivi jusqu'à la berge. En contre-haut de la rivière se trouvaient de grosses souches d'arbres ; elle vit que Ketchum avait balayé la neige sur l'une d'entre elles. Le sang chaud avait imprégné le tronc, et la hache était enfoncée si profond qu'elle n'avait pas pu la retirer. La main gauche demeurait introuvable. De toute évidence, Ketchum l'avait jetée dans la rivière.

Pour avoir vu le point du bassin où il avait tiré dans le bocal de jus de pomme contenant les cendres du cuisinier, Danny imaginait sans peine l'endroit précis où Ketchum avait jeté sa main gauche. Mais le vieux bûcheron avait dû avoir du mal à remonter la berge pour regagner l'emplacement de l'ancienne cantine. À voir le sang sur la neige, Pam devinait qu'il avait dû en perdre à profusion.

– Un jour, du temps qu'on poussait encore des troncs sur le Phillips Brook, dit Pack de Six à Danny, j'ai vu Ketchum voler du bois de chauffage pour son compte. Tu vois, il prenait quelques troncs dans la pile, des grumes d'un mètre un mètre vingt de diamètre, c'était pas grand-chose. Mais je l'ai vu en tailler comme ça un demi-stère en moins d'une demi-heure pour faire de l'allume-feu. T'aurais jamais reconnu la marchandise, c'était pour le cas où on aurait arrêté son pick-up, plus tard. Il se bloquait sur le manche de sa hache, il la tenait d'une main, tu vois, comme une hachette, et il te fendait les bûches dans le sens de la longueur, et il recommençait, jusqu'à ce qu'elles soyent assez minces pour arriver à soixante centimètres de large. Je l'ai jamais vu la balancer, cette hache. Il était tellement fort, Danny, il avait le geste tellement sûr, il la tenait d'une main, comme un marteau, putain ! Les autres rigolos de la compagnie, y z'ont jamais compris où il passait, leur bois. Il disait comme ça qu'ils étaient bien trop occupés à fabriquer des toboggans dans le Maine, ces connards. C'est pour ça qu'ils transportaient presque tous leurs feuillus par camion. Ces pauvres couillons de Paris, y z'ont jamais compris où il passait, leur bois.

Oui, Ketchum était capable de fendre un tronc d'un mètre vingt d'une seule main. Danny l'avait vu tenir une hache comme on tient une hache, mais il lui arrivait aussi de la tenir à la façon d'une hachette. Et une fois sa main coupée, le vieux draveur avait encore trouvé la force de remonter la berge, et de s'adosser à ce qui restait de la cheminée de la cuisine. Pack de Six avait découvert une bouteille de whisky près de lui. Elle dit à Danny qu'il avait réussi à la descendre presque tout entière.

– Et rien d'autre ? demanda Danny. Je veux dire, par terre, à côté de lui.

– Si, un grand flacon d'aspirine. Il en restait encore plein dedans. Ketchum, c'était pas le gars à se bourrer de médicaments, mais il a dû en prendre contre la douleur. Il a dû faire descendre les cachets avec un bon coup de whisky.

Non, l'aspirine n'était pas « contre » la douleur, Danny le savait. Connaissant Ketchum, il se disait qu'il avait sans doute pris un grand plaisir à cette douleur. Le whisky non plus, n'était pas contre la douleur. L'un comme l'autre étaient destinés à accélérer l'hémorragie. Le bûcheron n'avait pas une grande indulgence pour ceux qui sabotaient leur travail. (Ketchum ne pouvait mourir que de sa propre main.)

– Il s'est jamais pardonné de pas avoir pu garder le Cuistot en vie, dit Pack de Six à l'écrivain. Et même avant ça, quand ton petit gars est mort, Danny, il a eu l'impression qu'il arrivait pas à te protéger. Tout ce qu'il arrivait à faire, c'est s'obséder sur ce que tu écrivais.

– Moi aussi, dit l'écrivain à Pack de Six, moi aussi.

Elle ne resta pas passer Noël avec lui. Après qu'ils eurent monté les armes de Ketchum dans la chambre de Danny, au premier – elle tenait absolument à ce qu'ils les rangent sous son lit parce que c'était la volonté de Ketchum –, après qu'ils eurent traîné les caisses de livres de Rosie dans le bureau du deuxième étage, elle prévint l'écrivain qu'elle était matinale.

– Matinale, à quel point ? demanda-t-il.

Le lendemain matin, à son lever, le pick-up de Ketchum et Pam Pack de Six étaient partis ; elle lui avait préparé son café et lui avait laissé une lettre manuscrite sur le papier machine de la salle de gym. Sa main était familière à Danny, depuis toutes les années où elle avait écrit les lettres de Ketchum alors analphabète. Mais il avait oublié comme elle écrivait bien, bien mieux qu'elle ne parlait. Elle avait même une orthographe correcte. (À force d'avoir lu tous ces livres à Ketchum ?)

Bien entendu, la lettre contenait des instructions pour s'occuper de Héros, mais l'essentiel en était plus personnel qu'il ne l'aurait attendu. Pam allait se faire poser une prothèse de la hanche à l'hôpital Dartmouth-Hitchcock, comme Ketchum le lui avait recommandé. Elle s'était fait des amis au joli camping bien entretenu de Saw Dust Alley, sur la Route 26 ; les attentats du 11 Septembre avaient rompu la glace avec de nombreux voisins. Henry, le vieux scieur de West Dummer amputé du pouce et de l'index, s'occuperait des chiens pendant son hospitalisation ; c'était lui qui s'en était occupé pendant qu'elle faisait l'aller-retour jusqu'à Toronto.

Elle avait aussi noué de vieilles amitiés à l'hôpital de l'Androscoggin Valley, à Berlin, où elle travaillait encore la nuit, à l'entretien. C'étaient ces amis-là qu'elle avait appelés quand elle avait découvert le corps de Ketchum sur l'emplacement de l'ancienne cantine. Elle voulait que Danny sache qu'elle était restée auprès de Ketchum toute la matinée, en tenant sa seule main, la droite – « la seule avec laquelle il m'ait jamais touchée », écrivait-elle dans sa lettre.

Elle lui disait qu'il trouverait des photos entre les pages des livres ayant appartenu à sa mère. Elle-même avait eu du mal à ne pas brûler les photos de Rosie, mais elle ne s'était pas contentée de mettre sa jalousie de côté. Elle estimait aujourd'hui que Ketchum avait aimé le cuisinier davantage encore qu'il n'avait aimé Rosie. Et ça, elle l'acceptait, malgré cette affaire de main gauche. Et puis, ajoutait-elle, Ketchum voulait que Danny ait ces photos de sa mère.

« Je sais bien que ça ne me regarde pas, disait-elle, mais si j'étais toi, je m'installerais au deuxième dans le bureau, pour travailler et puis pour dormir. C'est paisible, je trouve, c'est la plus belle pièce de la maison. Te mets pas les couilles à l'envers, mais je me dis que tu dois fréquenter plus que ta part de fantômes. Or je suppose que c'est une chose que de travailler dans un bureau hanté, et une autre de dormir dans une chambre qui l'est. Moi, je ne peux pas savoir, je n'ai pas eu d'enfant justement pour ça. J'ai toujours eu pour philosophie de me passer des choses que je n'aurais pas pu me payer le luxe de perdre – sauf Ketchum. »

Danny écrivit ces deux derniers mots sur un petit bout de papier et le scotcha sur une de ses antiques machines à écrire, une autre IBM Selectric II, celle dont il se servait en ce moment dans le bureau du deuxième, qu'il partageait avec le fantôme de Joe. La formule « Sauf Ketchum », lui plaisait ; il pourrait peut-être s'en servir.

Cela remontait à trois ans tout juste. La seule raison pour laquelle Danny n'avait pas bazardé sa relique de fax, qui se trouvait toujours dans la cuisine, sur Cluny Drive, c'est qu'il lui arrivait de communiquer ainsi avec Pack de Six. Elle devait avoir dans les quatre-vingt-huit quatre-vingt-neuf ans, l'âge de Ketchum s'il était encore vivant, et ses messages avaient perdu le piquant littéraire dont elle faisait autrefois montre dans ses lettres.

Elle était devenue plus concise, avec l'âge. Quand elle avait lu quelque chose, vu quelque chose à la télévision – un truc du genre plus crétin que de la crotte de chien –, elle envoyait un fax à Danny. Elle lui rapportait immanquablement ce que Ketchum en aurait dit, et Danny n'hésitait jamais à lui envoyer par retour sa version du parler du vieux bûcheron.

Non pas nécessairement ce qu'il aurait pensé de la guerre d'Irak, ou du bourbier du Moyen-Orient, mais ce qu'il aurait dit de tout et de rien. C'était la voix du vieux bûcheron qu'ils voulaient entendre, l'un comme l'autre.

C'est ainsi que nous maintenons nos héros en vie ; ainsi que nous nous souvenons d'eux.

Le blizzard de mi-février avait soufflé de l'ouest du pays sur le lac Huron, mais quand il avait touché les îles de Georgian Bay, le vent avait tourné au sud, du Parry Sound vers Shawanaga Bay, et il neigeait sans trêve. De sa cabane d'écrivain, Danny ne savait plus où finissait la baie, où commençait la berge. Et dans le fondu au blanc, les sapins qu'il savait être sur la terre ferme semblaient le mirage d'une forêt flottante, ou bien jaillis tout droit des glaces de la baie. Le vent soulevait des spirales de neige, semblables à de petites tornades. Parfois quand il soufflait au nord, tout le long de la baie, elles ressemblaient à celles qu'on voit dans le Midwest américain, ou dans les prairies canadiennes. (Andy Grant l'avait averti de s'en méfier.)

Infatigable avait appelé Danny sur son portable. Elle ne tenait pas à jouer les femmes de ménage insulaires aujourd'hui ; on aurait été mal inspiré de prendre le canot pneumatique avec cette absence de visibilité. Lors d'une tempête comme celle-ci, des années auparavant, expliqua-t-elle à Danny, un idiot de l'Ohio avait précipité le sien sur les rochers O'Connor, un peu au nord-ouest de Moonlight Bay. (Danny était venu par là pour chercher Infatigable à la réserve indienne.)

– Et qu'est-ce qu'il lui est arrivé, à cet idiot de l'Ohio ?

– On l'a retrouvé gelé, pauvre type, raide comme un bout de bois.

– Je viendrai vous chercher demain ou après-demain, dès que la tempête sera passée. Je vous appelle, ou vous m'appelez.

– Vous ferez un bisou à Héros de ma part.

– Je ne lui fais pas tellement de bisous, je n'en ai pas spécialement envie, à vrai dire.

– Eh bien vous devriez, il serait plus gentil à mon avis, dit la femme de la Première Nation, si vous lui en faisiez plus.

Dans la cabane, ce matin-là, Héros avait lâché des nuées de pets en contrepoint aux nuées de neige dehors. Les circonstances étaient donc mal choisies pour que l'écrivain tente un rapprochement physique avec le chasseur d'ours. « Seigneur, Héros ! » s'était-il exclamé plusieurs fois au cours de cette matinée pestilentielle, mais il faisait un temps à ne pas mettre même un walker bluetick dehors. Et malgré l'accompagnement flatulent, il avait écrit avec facilité, et s'approchait indubitablement du début de son premier chapitre.

Certaines phrases lui parvenaient à présent complètes, intactes, même la ponctuation semblait définitive. Quand il en naissait deux coup sur coup, il se sentait particulièrement accroché à sa tâche. Il avait ainsi écrit les deux premières de la matinée sur un bout de papier machine, qu'il avait punaisé aux planches de pin brut de sa cabane. Il les regardait, les relisait :

« La rivière, elle, continua de couler comme coulent les rivières. Sous les troncs, le corps du jeune Canadien allait au fil du courant, qui le bourlinguait d'une berge à l'autre, rive droite, rive gauche. »

La répétition lui plaisait ; il savait que cette substance-là irait dans le premier chapitre, mais plutôt vers la fin, on voyait bien que ce n'était pas un début. Il avait entouré les mots « sous les troncs », qui lui semblaient pouvoir faire un assez bon titre de chapitre. Pourtant, le début du roman portait surtout sur le cuisinier, et moins sur le jeune homme qui avait coulé sous les troncs.

« On ne pouvait pas prononcer les mots "passé" ni "avenir" en la présence du cuisinier sans lui faire froncer les sourcils », écrivit Daniel Baciagalupo. Il y avait d'autres phrases isolées, sur ce jeune cuisinier. C'étaient des repères, des panneaux indicateurs que Danny plaçait pour orienter son lecteur au fil du premier chapitre en gestation. Autre phrase : « Le cuisinier ne trouvait pas que la rivière méritait son nom de Twisted, "la sinueuse" : deux méandres ! » Il serait beaucoup question du cuisinier, bien sûr, les phrases affluaient : « Le cuisinier voyait bien que le convoyeur de troncs avait regagné la berge, en tenant sa perche dans sa main valide. »

Le point de vue du cuisinier serait essentiel dans ce début, ainsi que celui de son fils de douze ans. « C'était bien le jeune Canadien qui était tombé sous les troncs, et le cuisinier ne le savait que trop. » Et puis il y avait une autre phrase, encore inachevée : « Il émanait en effet du cuisinier une aura d'appréhension maîtrisée, comme s'il avait coutume de prévoir les désastres les plus improbables, et ce trait se retrouvait dans le sérieux de son fils. » Il n'était pas décidé à aller plus loin dans cette phrase ; il y reviendrait un autre jour. Pour l'instant, il suffisait de taper tout ce qui avait trait au cuisinier sur le même bout de papier qu'il punaiserait au mur.

« Dans un village comme Twisted River, seul le temps était immuable. » Ça pouvait faire la première phrase, mais il était sûr de trouver mieux. N'empêche, il fallait la garder, elle servirait ailleurs. « À présent, on était entré dans la saison de la boue, et des rivières en crue. » C'était déjà mieux comme début, mais ce n'était pas encore tout à fait ça.

Tout ce qui concernait le personnage de Ketchum était plus décousu. Rien ne venait à Danny sous forme de phrase complète, pour l'instant. Il y avait bien quelque chose dans le goût de : « Se casser le poignet, Ketchum en avait vu d'autres au cours de ses convois. » Oui, pas mal, mais il ne savait pas bien où placer ce constat. Il y avait un autre fragment sur Ketchum qui commençait ainsi : « Il n'avait plus rien à apprendre sur la traîtrise du métier. »

Il savait qu'il pourrait se servir de cette notation, et qu'il allait le faire, sans savoir où au juste, peut-être à proximité d'une phrase encore incertaine sur Ketchum, étendu sur la berge « comme un ours échoué ». Pourtant ces fragments finirent aussi punaisés au mur de la cabane au titre de repères et panneaux du premier chapitre.

À ce stade, l'écrivain voyait mieux le personnage d'Angel que celui dc Ketchum, même s'il ne faisait aucun doute pour lui que le second était plus central.

À ce moment-là, au beau milieu d'une rafale de pets canins particulièrement nauséabonds, le portable se remit à sonner.

– *Buenos días*, Señor Écrivain, dit Lupita.

– *Buenos días*, Lupita.

La femme de ménage mexicaine n'appelait que rarement. Pendant les dix semaines insulaires de Danny, elle s'occupait de la maison de Cluny Drive ; elle ouvrait le courrier et le lisait, elle écoutait les messages laissés sur le répondeur et gardait l'œil sur le fax. Une fois par semaine, elle dressait la liste des choses importantes à lui communiquer – en somme, ce qu'elle estimait ne pas pouvoir attendre son retour à Toronto. Elle faxait la liste des messages prioritaires au bureau d'Andy Grant à Pointe au Baril.

Danny lui laissait toujours deux chéquiers pour qu'elle paie les factures en son absence. Visiblement, ce qui plaisait le plus à la Mexicaine, c'était de lire le courrier et de faire le tri entre les lettres importantes et celles qui ne l'étaient pas. Cette responsabilité flattait sa fierté, lui donnait un sentiment d'autorité incommensurable, presque d'emprise sur la vie domestique du célèbre écrivain.

Danny ne doutait pas qu'elle saisirait au bond toute occasion de gérer aussi sa déplorable vie affective. Si elle avait eu des filles, elle les lui aurait présentées ; à défaut, elle avait des nièces dont elle « oubliait » sans la moindre vergogne les photos sur les plans de travail, à la cuisine. Après quoi, rentrée chez elle, elle l'appelait pour lui dire qu'elle venait d'« égarer » des photos qui lui étaient chères. Est-ce qu'il ne les aurait pas vues traîner quelque part dans la maison ?

– Elles sont sur le plan de travail, à la cuisine, Lupita, là où vous les avez laissées en évidence.

– La belle brunette en débardeur rouge, celle qui a un sourire magnifique et une peau éclatante ? C'est ma nièce chérie, vous savez, Señor Écrivain.

– Elle est jeunette, Lupita…

– Ah non, pas tant que ça…

Lupita lui avait dit un jour :

– En tout cas, n'allez pas épouser un écrivain, comme vous. Vous ferez que vous déprimer, à vous deux.

– Je ne vais épouser personne, c'est fini.

– Allez-y, percez-vous le cœur d'un coup de poignard pendant que vous y êtes. Bientôt vous irez avec les prostituées ! Je sais que vous parlez à votre chien, je vous ai entendu !

Si Lupita l'appelait à Pointe au Baril, c'est qu'elle était contrariée, à coup sûr.

– Qu'est-ce qui se passe, Lupita ? Il neige à Toronto ? Ici, c'est le blizzard. Héros et moi, nous sommes bloqués.

– Ce pauvre chien, je ne sais pas, mais vous, vous aimez bien être bloqué, Señor Écrivain. (Il était clair que ce n'était pas la météo qui la tracassait. Elle avait d'autres soucis.)

Parfois, elle se mettait en tête que des gens espionnaient la maison de Cluny Drive. Elle n'avait pas toujours tort. Des fans timides, quelques-uns tous les ans, des lecteurs gentiment obsédés, qui auraient bien voulu apercevoir leur auteur. Ou encore ces canailles de journalistes – espérant voir quoi ? Une nouvelle fusillade à deux morts ?

Un magazine canadien glauque avait publié un plan des maisons des célébrités, à Toronto ; celle de Danny y figurait. Pas souvent, une fois par mois peut-être, des collectionneurs d'autographes frappaient à la porte. Lupita les chassait comme des mendiants : « On le paie pour écrire, pas pour signer ! » disait-elle.

Un demeuré des médias avait même écrit un article sur Lupita : « La petite amie du reclus est une femme corpulente, d'origine hispanique – une femme d'un certain âge et de tempérament hyperprotecteur. » Ça n'avait pas fait rire Lupita. « D'un certain âge » et « corpulente » l'avaient violemment contrariée – quant à ses tendances protectrices, elles s'en étaient aggravées.

– Il y a quelqu'un qui vous cherche, Señor Écrivain, lui annonça-t-elle enfin. J'irais pas jusqu'à dire qu'elle vous traque, pas encore, mais elle est bien décidée à vous trouver, ça je peux vous l'assurer.

– Décidée, mais jusqu'à quel point ?

– Je l'ai pas laissée entrer, et je lui ai pas dit où vous êtes, évidemment.

– Évidemment. Qu'est-ce qu'elle voulait ?

– Elle a pas voulu me le dire. Elle est hautaine. Son regard vous transperce. Si ses yeux étaient des poignards, comme on dit… Elle a eu le culot de prétendre qu'elle savait où vous étiez. Elle aurait bien voulu me faire causer, je suis sûre, mais je suis pas tombée dans le panneau, dit Lupita fièrement.

– Comment ça, le culot ?

– Elle savait des choses on se demande comment. Elle a voulu savoir si vous étiez dans l'île où vous viviez avec une scénariste, dans le temps. Alors moi j'ai dit : « Quelle île ? » Ah si vous aviez vu comment elle m'a regardée…

– Comme si elle savait que vous faisiez l'idiote ?

– Exactement ! C'est peut-être une sorcière.

Mais tous les fans de Danny Angel savaient qu'il avait vécu avec Charlotte Turner et qu'ils passaient l'été dans Georgian Bay. On avait même écrit quelque part que l'écrivain à la réputation d'ermite passait ses hivers sur une île perdue, dans le lac Huron (« perdue » en hiver, en tout cas). Pour une lectrice de Danny Angel, ce n'était qu'une hypothèse logique ; ça ne prouvait guère de pouvoirs surnaturels.

– À quoi elle ressemblait, cette femme, Lupita ? s'enquit Danny.

Il avait presque envie de demander à la femme de ménage mexicaine si elle avait vu un balai, ou si cette femme qui possédait des informations « on se demande comment » était arrivée dans une odeur de soufre et un crépitement de flammes.

– Oh, elle faisait vraiment peur ! Des épaules larges, comme un homme ! Elle était colossale.

– Colossale ? répéta Danny. (Il se faisait penser à son père : il était bien le fils du cuisinier, qui lui avait transmis le gène de la répétition.)

– On dirait qu'elle vit dans une salle de gym. Ça donne pas envie de lui chercher la bagarre, croyez-moi.

Le mot « culturiste » vint aux lèvres de Danny, mais il ne le prononça pas. Les impressions combinées de Lupita venaient de faire surgir le fantôme de Tombe du Ciel : ne donnait-elle pas l'impression de vivre dans une salle de gym ? N'avait-elle pas un regard qui vous transperçait ? (Si ses yeux étaient des poignards, en effet.) Et n'était-elle pas colossale ? L'adjectif « hautaine », en revanche, ne s'appliquait guère à elle, mais enfin, il voyait bien pourquoi Lupita avait pu se méprendre sur ce point.

– Elle avait des tatouages ? s'enquit-il.

– Señor Écrivain ! On est en février ! s'écria Lupita. Je l'ai laissée à la porte, dans le froid ! Elle était habillée comme un explorateur au pôle Nord !

– Vous avez vu la couleur de ses cheveux ? (Des cheveux blond paille ; il n'avait jamais oublié Amy.)

– Elle portait une parka, une parka à capuche ! J'ai même pas vu la couleur de ses sourcils !

– Mais c'est une grande femme, hein ? Pas seulement carrée d'épaules ?

– Elle fait deux têtes de plus que vous, c'est une géante !

Il ne jugea pas utile de demander à Lupita si elle n'avait pas aperçu un parachute dans le sillage de la dame. Il essayait de trouver une autre question à poser. Tombe du Ciel lui avait paru plus âgée que lui au départ, puis il s'était ravisé, la jugeant du même âge.

– Elle avait quel âge, cette femme, Lupita ? Vous diriez qu'elle est dans mes âges, un peu plus vieille ?

– Plus jeune, répondit Lupita sans hésiter. Pas beaucoup plus jeune, mais plus jeune, ça c'est sûr.

– Ah bon ! dit l'écrivain, conscient que sa déception s'entendait dans sa voix.

Il était au désespoir d'avoir pensé qu'Amy puisse tomber du ciel une fois encore. Les miracles, ça n'arrive pas deux fois. D'ailleurs, elle avait avoué être un ange à temps partiel. Pourtant Lupita avait employé le mot « décidée » pour décrire la mystérieuse visiteuse ; or Tombe du Ciel était une femme décidée. (Et comme le petit Joe l'adorait !)

– En tout cas, une chose est sûre, ce n'est pas aujourd'hui que je vais la voir arriver, avec cette tempête de neige.

– Vous la verrez arriver un de ces jours. Ou alors elle reviendra ici. Ça j'en suis certaine. Vous croyez aux sorcières, Señor Écrivain ?

– Et vous, vous croyez aux anges ?

– Cette femme-là est bien trop dangereuse à voir pour être un ange.

– Je m'en vais la guetter, alors. Je dirai à Héros que c'est une ourse.

– Vous risqueriez moins à rencontrer une ourse, Señor Écrivain, répliqua Lupita.

Aussitôt après cet échange, Danny se surprit à penser que malgré toute son affection pour elle, Lupita n'était qu'une vieille Mexicaine superstitieuse. Ils croient aux sorcières, les catholiques ? se demanda-t-il. Il n'avait pas idée de ce en quoi croyaient les catholiques en général, et encore moins la catholique qu'était Lupita. Il était exaspéré d'avoir été interrompu sur sa lancée ; en outre, elle avait omis de lui dire à quand remontait la visite de la géante. À ce matin ? À la semaine dernière ? Quelques instants auparavant, il fonçait comme un bolide, il construisait son premier chapitre. Et voilà qu'un coup de fil absurde venait de le faire dérailler ; à présent, même le temps qu'il faisait dehors le distrayait.

L'inuksuk était enseveli sous la neige (« Jamais bon signe », aurait dit Infatigable). Danny ne supportait pas de regarder le pin courbé par la tempête ; cet infirme lui rappelait trop son père, aujourd'hui. Et il lui semblait réduit à toute extrémité, en souffrance, lourd de neige, dans le blizzard.

Au sud-est, vers Pentecost Island, à l'embouchure de la Shawanaga, il y avait un trou blanc. Absolument rien à voir. Plus de démarcation entre les tourbillons de ciel blanc et le rivage enneigé ; plus d'horizon. Au sud-ouest, Burnt Island était invisible, disparue corps et biens dans la tempête de neige. Plein est, il ne distinguait plus que le sommet des grands arbres de la berge, mais pas la berge elle-même. Comme l'horizon, la terre ferme avait disparu sans laisser de traces. Là où la baie se resserrait, se dressait d'ordinaire la cabane d'un pêcheur à glace ; mais la tempête l'avait peut-être balayée, ou alors elle s'était volatilisée, comme le reste du paysage.

Danny se dit qu'il serait bien avisé d'aller tirer des seaux d'eau au lac tant qu'il le voyait encore. La neige fraîche avait sans doute recouvert le dernier trou qu'il avait creusé dans la glace ; il faudrait que lui et Héros fassent attention de ne pas passer au travers de la fine pellicule déjà formée dessus. Inutile de risquer une virée au village aujourd'hui. Il n'aurait qu'à sortir quelque chose du congélateur. Il se dispenserait également de corvée de bois pour la journée.

Dehors, la neige rabattue par le vent piquait l'œil sans paupière de Héros ; il ne cessait de se passer la patte sur le museau.

– Quatre seaux, c'est tout, Héros, ça ne fait que deux allers-retours, lui dit Danny. On ne reste pas longtemps dehors.

Mais tout à coup, le vent tomba. L'averse de neige se fit verticale, en gros flocons moelleux, au moment même où Danny entamait son deuxième voyage. La visibilité n'était pas meilleure, mais on souffrait tout de même moins.

– Plus de vent, plus de bobo, Héros, qu'est-ce que tu en dis ? demanda Danny au walker bluetick.

Le moral du chien remontait en flèche. Danny le regarda pourchasser un écureuil roux pendant qu'il tirait deux autres seaux du lac – ce qui lui en faisait six au total. À présent, il avait largement assez d'eau dans l'habitation principale pour laisser passer la tempête. Et quelle importance, si elle durait ? Il n'y avait aucune urgence.

Le congélateur regorgeait de gibier. Deux steaks lui parurent beaucoup pour un seul homme ; un steak, pas tout à fait assez. Il décida d'en décongeler deux. Il lui restait abondance de poivrons et d'oignons, des champignons, aussi ; il pourrait les faire sauter à la poêle, et se tourner une petite salade verte. Il prépara une marinade pour le gibier : yaourt, jus de citron, cumin, curcuma et piment, recette qu'il avait apprise au Mao. Il alluma le poêle à bois dans l'habitation principale ; s'il laissait le gibier dans la marinade près du poêle, il serait décongelé pour le soir. Il n'était que midi.

Il donna à boire au chien et se fit un casse-croûte. La tempête le libérait de ses tâches habituelles de l'après-midi ; avec un peu de chance, il pourrait se remettre au travail dans sa cabane. Son premier chapitre l'attendait, il le sentait. Il n'y aurait plus que les pets du chien pour le distraire de sa tâche.

– Sous les troncs d'arbres, dit-il à haute voix au chien, pour tester les mots. (C'était un bon titre pour un chapitre d'ouverture.) Allez viens, Héros, dit-il au chien.

Mais ils n'étaient pas sortis de l'habitation principale que le téléphone sonna, pour la troisième fois de la matinée. En ces journées d'hiver sur l'île, le plus souvent, il restait muet.

– C'est l'ourse, Héros ! dit Danny au chien. Tu paries que l'ourse Mahousse arrive ?

Mais c'était Andy Grant.

– Je me suis dit qu'il valait mieux que je prenne de tes nouvelles. Ça va ? Vous survivez à la tempête, Héros et toi ?

– Héros et moi survivons très bien ; la cabane est même douillette. Je viens de mettre à décongeler des steaks du chevreuil qu'on a tué, toi et moi.

– Tu pensais pas aller faire des courses ?

– Je pensais ne pas bouger.

– Tant mieux, dit Andy. Vous êtes dans le blanc jusqu'au cou, par chez vous, non ?

– Dans le blanc jusqu'au cou. Je vois même pas Burnt Island. Je vois plus la terre.

– Même du débarcadère de derrière ?

– Ça, je sais pas. Héros et moi, on se la coule douce. On a eu la flemme d'aller jusque-là.

Il y eut un long silence. Au point que Danny jeta un œil sur l'écran du portable, histoire de vérifier qu'ils étaient toujours connectés.

– Ce serait pas plus mal que vous alliez y faire un tour, alors. À ta place, j'attendrais dix minutes un quart d'heure, et puis j'irais jeter un coup d'œil.

– Pour voir quoi, Andy ?

– Tu as de la visite, lui dit l'entrepreneur. Il y a une personne qui te cherche. Et elle a l'air vraiment décidée à te retrouver.

– Vraiment décidée, répéta Danny.

Elle s'était présentée au dispensaire de Pointe au Baril, pour demander la direction de Turner Island. L'infirmière l'avait envoyée chez Andy. Tous les gens du village savaient qu'il veillait sur l'intimité de l'écrivain célèbre.

La grande femme costaude n'avait pas de canot pneumatique ; elle n'avait pas de motoneige. Elle n'avait pas même apporté ses skis, se contentant des bâtons. Des après-ski étaient accrochés à son énorme sac à dos. Si elle était venue dans une voiture de location, elle l'avait déjà rendue. Peut-être avait-elle passé la nuit chez Larry's, ou dans un motel près de Parry Sound. Il était impossible qu'elle ait fait tout le chemin depuis Toronto en voiture ; pas ce matin ; pas par ce temps. Un manteau de neige recouvrait Georgian Bay, depuis Manitoulin Island jusqu'à Honey Harbour, et, d'après Andy, il allait encore neiger toute la nuit.

– Elle dit qu'elle te connaît. Mais si jamais c'est une fan cinglée, ou une désaxée qui collectionne les autographes… parce qu'il y a la place pour huit de tes bouquins, dans ce sac à dos, en broché et en poche. Il est même assez grand pour y mettre une carabine, tiens !

– Elle me connaît comment ? Elle me connaît d'où, de quand ?

– Tout ce qu'elle m'a dit c'est : « Ça remonte loin, lui et moi. » Tu n'attends pas la visite d'une ex-petite amie irascible, dis-moi ?

– Je n'attends rien.

– Elle m'a l'air puissante, comme fille.

– Elle est vraiment grande et costaude ?

– Là on est dans la catégorie des géantes. Elle a des mains comme des pattes, elle entre pas dans mes bottes. Et on tiendrait dans sa parka, toi et moi, avec encore un peu de place pour Héros.

– Elle a l'air d'un explorateur au pôle Nord, ou quoi ?

– C'est sûr qu'elle est habillée pour la circonstance, pantalon de neige, gants de motoneige, parka avec une bonne capuche à l'ancienne.

– T'as pas vu la couleur de ses cheveux, je suppose.

– Non, pas sous sa capuche. Je pourrais même pas te dire la couleur de ses yeux.

– Et tu lui donnes quel âge ? Mon âge, un peu plus ?

– Ah non ! Elle est bien plus jeune que toi. Du moins à ce que j'en ai vu. Athlétique, la fille.

– Avec tout ce qu'elle avait sur le dos, comment tu peux le savoir ?

– Elle est entrée dans mon bureau. Juste le temps de regarder le plan de la baie. Et pendant qu'elle repérait Turner Island, j'ai soupesé son sac à dos, pour voir. Dans les trente kilos, Danny, le poids de ton chien. Et elle te le balade comme un oreiller de plumes.

– Tout ça me rappelle une femme que j'ai connue, mais l'âge ne correspond pas. Si c'était celle à laquelle je pense, elle ne pourrait pas être bien plus jeune que moi, comme tu dis.

– Je peux me tromper, là-dessus. Les gens vieillissent différemment. Il y en a qui bougent pas, et puis d'autres, si tu les as pas vus depuis un moment, tu peux pas les reconnaître.

– Pour ça, ça fait un moment, ça fait presque quarante ans ! Non, ça peut pas être elle ! s'exclama Danny qui s'énervait tout seul.

Il n'osait pas espérer que ce soit Tombe du Ciel, et il se rendait compte qu'il n'espérait plus rien depuis des lustres. Il avait jadis espéré qu'il n'arriverait rien d'épouvantable à Joe ; il avait espéré que son père survive longtemps au Cow-boy ; il avait espéré que Ketchum meure paisiblement, dans son sommeil, avec ses deux mains. (Le bilan de l'espoir n'était pas globalement positif, pour Daniel Baciagalupo.)

– Danny, ça tient pas debout d'essayer d'imaginer à quoi ressemble une personne au bout de quarante ans, il y a des gens qui changent plus que d'autres, c'est tout ce que je veux dire. Écoute, pourquoi je viendrais pas faire un tour ? Je pourrais la rattraper dans ma motoneige, et la véhiculer jusque chez toi. Et là, si elle te plaît pas, ou si c'est pas la femme à laquelle tu penses, je la ramènerai à Pointe au Baril.

– Non, Héros et moi, on va s'en sortir. Je pourrai toujours t'appeler si j'ai besoin que tu m'aides à la faire partir, par exemple.

– Vous feriez mieux d'aller au débarcadère, alors. Elle est partie il y a un moment, et elle a une belle foulée, vois-tu.

– OK, on y va. Merci, Andy.

– Tu es sûr que tu veux pas que je vienne ? Je peux rien faire pour toi ?

– Je cherche la première phrase de mon premier chapitre. Tu aurais pas une première phrase à me passer ?

– Ça, c'est pas dans mes cordes. Appelle-moi si tu as un problème avec cette femme.

– Il n'y aura pas de problème.

– Danny ? Prends la vieille Remington pour aller jusqu'au débarcadère, ce sera pas plus mal. Et arrange-toi pour qu'elle la voie, d'accord ?

– D'accord.

Héros était ravi, comme toujours quand ils partaient en balade avec la vieille Remington de Ketchum.

– Ne rêve pas, Héros, lui dit Danny. À dix contre un, c'est *pas* une ourse.

Dans le chemin de la cabane de l'écrivain, on avait de la neige jusqu'aux genoux ; il y en avait un peu moins profond dans l'étroit sentier à travers bois qui menait au débarcadère.

En passant devant sa cabane, l'écrivain lança :

– Je reviens, premier chapitre, à tout à l'heure, première phrase.

Héros était parti devant à la course. Il y avait un bouquet de cèdres à l'abri du vent, où une petite horde de chevreuils avait passé la nuit. Le chien leur avait fait peur, ou alors ils s'étaient déplacés lorsque le vent était tombé. Héros reniflait partout ; il y avait sans doute des fèces de chevreuil sous le voile de neige lissé par les bêtes pour faire leur couche, blotties les unes contre les autres.

– Ils sont partis, Héros, tu les as ratés. Ils sont sur Barclay Island, ces chevreuils, à présent, peut-être même sur la terre ferme. (Le chien se roulait dans la neige, là où les bêtes avaient dormi.) Si tu te roules dans un étron, je te donne un bain, avec shampoing et tout et tout.

Héros détestait les bains, et Danny ne prenait pas grand plaisir à le laver contre son gré. À Toronto, c'était Lupita qui se chargeait de l'opération. On aurait dit qu'elle s'amusait à houspiller le chien pendant cette toilette :

– Alors, monsieur le Macho, t'es content d'avoir plus qu'un œil ? Voilà ce qu'on gagne à se bagarrer, monsieur le Macho, hein ?

Il devait bien y avoir un mètre de neige sur la cabane du Grand-Père, et si elle avait été hantée jadis, elle l'était sans doute encore davantage ; mais ni Danny ni Héros ne lui accordèrent un regard, ne tenant pas à croiser le fantôme de Ketchum. Car à supposer que le vieux bûcheron soit un revenant, il n'élirait pas domicile ailleurs que dans la cabane du braconnier.

Sur le débarcadère, les congères montaient jusqu'aux cuisses. De l'autre côté de la baie, des pans du paysage se révélaient au sein du Grand Blanc, mais l'ensemble du rivage demeurait incertain, la terre floue, les contours de la berge fugaces. Au loin, des détails surgissaient un instant, pour s'engloutir aussitôt. Impossible de repérer le point où le trajet des motoneiges en provenance de Payne's Road touchait la baie En revanche, de son promontoire, il distinguait vaguement la silhouette de la cabane du pêcheur, qui n'avait pas été balayée par la tempête, mais dont l'averse de neige têtue gommait les contours : la randonneuse en après-ski serait au milieu de la baie avant qu'il ne la voie.

Qu'est-ce qu'il avait dit, le petit Joe, le jour du méchoui ? « Avion, pas oiseau. » Et alors, comme Danny regardait Katie, au lieu de regarder le petit avion, Joe s'était écrié : « Y vole pas, y tombe ! » C'est alors seulement qu'il l'avait vue, dégringolant du ciel en chute libre, quelques secondes avant que son parachute s'ouvre. Et alors, elle avait été de plus en plus visible. D'abord, il était apparu que c'était une femme ; ensuite, qu'elle était nue. C'était seulement lorsqu'il s'était retrouvé auprès d'elle, au milieu de l'enclos, dans la boue et la merde, qu'il avait réalisé ses proportions immenses. Elle était monumentale !

À présent, il plissait les yeux en direction de l'autre rive, sous l'averse de neige, comme s'il s'attendait à voir de nouveau un petit avion apparaître à l'horizon perdu et un parachute bleu-blanc-rouge éclore.

Mais s'il savait aussi que la femme en marche ne serait pas nue, il devinait que, comme la parachutiste, elle surgirait tels les anges chus du plus haut du ciel. Il s'usait les yeux à la guetter, tout en sachant que dans le Grand Blanc de la tempête elle apparaîtrait comme par enchantement, sur le vide absolu. Il la verrait au milieu de la baie, s'approcher en longues foulées.

C'était compter sans l'instinct du chasseur d'ours. Héros avait l'ouïe et le nez fins. Le grognement naquit dans sa poitrine ; le premier aboiement fut étouffé, comme ravalé au fond de sa gorge. Il n'y avait personne, là-bas, sur la baie, et pourtant le chien comprit qu'elle arrivait. Il se mit à aboyer pour de bon quelques secondes avant que Danny la voie.

– Tais-toi, Héros, tu vas lui faire peur, dit Danny, qui savait très bien que si c'était Tombe du Ciel, elle n'avait peur de rien.

La marcheuse allait son rythme, elle courait presque, lorsqu'il l'aperçut. À cette cadence, avec un sac à dos aussi lourd, elle avait pris une bonne suée. Elle avait ouvert la fermeture éclair de sa parka et repoussé sa capuche sur ses vastes épaules. Il vit ses cheveux blond paille, un petit peu plus longs qu'autrefois, du temps qu'elle sautait en parachute. Il comprenait maintenant pourquoi Lupita et Andy pensaient qu'elle était plus jeune que lui. C'était exact, même si elle ne paraissait pas beaucoup plus jeune. Quand elle atteignit le débarcadère, Héros cessa d'aboyer.

– Tu vas quand même pas me tirer dessus, Danny ? lui demanda-t-elle.

Mais l'écrivain, qui n'était pas l'enfant chéri de l'espoir, ne put lui répondre. Il n'arrivait pas à parler, et il ne la quittait pas des yeux.

Comme il neigeait, les larmes qui lui ruisselaient sur les joues se mêlaient aux flocons. Il ne se rendait sans doute pas compte qu'il pleurait, mais Amy vit ses yeux.

– Oh, tiens bon, accroche-toi, me voilà, dit-elle, j'ai fait aussi vite que j'ai pu, tu sais.

Elle balança son sac à dos, avec ses bâtons de ski, et retira ses après-ski dès qu'elle prit pied sur le débarcadère.

– Tombe du Ciel, dit Danny.

Il ne put pas en dire plus. Il se sentait se liquéfier.

– Ouais, c'est moi, dit-elle en l'étreignant, tête contre sa poitrine. (Il tremblait de tous ses membres contre elle.) Oh là là, c'est encore plus grave que j'aurais cru. Mais je suis là, maintenant, tu es dans mes bras, ça va aller.

– Où tu étais passée ? articula-t-il.

– J'étais sur un autre projet, et même deux en fait ; finalement ça n'a rien donné. Mais je pense à toi, je pense à toi depuis des années.

Il n'était pas fâché d'être son projet actuel et se figurait bien qu'elle avait connu son lot de projets, plus de deux, sans doute. Et après ? Il allait avoir soixante-trois ans, il n'avait rien d'un cadeau, il le savait.

– Je serais venue plus tôt, espèce de salaud, si tu avais répondu à ma lettre.

– Je ne l'ai jamais vue, ta lettre, mon père l'a jetée aussitôt lue. Il t'a prise pour une stripteaseuse.

– C'était il y a longtemps, ça, avant même de sauter en parachute. Il est allé à Chicago, ton père ? J'ai plus fait de strip depuis Chicago.

Danny trouvait la chose très drôle mais avant qu'il ait pu dissiper ce malentendu, Amy s'était approchée de Héros qui reniflait ses après-ski d'un air louche, comme s'il s'apprêtait à pisser dessus.

– Dis donc, toi, lui lança Amy, si tu lèves la patte sur mes pompes, tu peux dire adieu à ta deuxième oreille, ou à ta bistouquette peut-être bien.

Héros savait qu'on s'adressait à lui ; il jeta un regard torve et fou à Amy de son œil sans paupière et s'écarta des après-ski. Le ton d'Amy avait dû lui rappeler Pack de Six ; d'ailleurs, en cet instant, elle évoquait Pack de Six à Danny. Pack de Six jeune, à l'époque lointaine où elle vivait avec Ketchum.

– Seigneur ! Vu comme tu trembles, cette carabine pourrait partir toute seule ! dit Amy à l'écrivain.

– Je t'attendais, lui dit-il. J'espérais.

Elle l'embrassa ; elle avait un chewing-gum à la menthe dans la bouche ; il s'en fichait. Elle était toute chaude, encore en sueur, mais pas hors d'haleine malgré cette marche sportive.

– On pourrait pas entrer se mettre à l'abri quelque part ? lui demanda-t-elle. (On voyait au premier coup d'œil que la cabane du Grand-Père n'était pas habitable, sauf pour Ketchum et les fantômes. Depuis ce débarcadère, on ne voyait pas les autres cabanes, même en l'absence de blizzard.)

Danny récupéra les après-ski et les bâtons, en tenant soigneusement la carabine canon pointé vers le sol. Amy remit son sac sur son dos. Héros prit les devants à la course, comme à l'aller.

Ils s'arrêtèrent à la cabane de l'écrivain pour que Danny fasse voir à Amy où il travaillait. La petite pièce embaumait encore les pets du chien, hélas, mais le feu couvait toujours ; il faisait une température de sauna. Amy retira sa parka ainsi qu'une ou deux couches de vêtements intermédiaires, et elle apparut en pantalon de neige et t-shirt. Danny lui dit qu'il l'avait crue plus âgée que lui, ou à peu près de son âge autrefois ; comment se faisait-il qu'elle lui paraisse plus jeune aujourd'hui ? Il ne voulait pas dire plus jeune qu'à la porcherie, dans l'Iowa. Mais il lui semblait qu'elle avait moins vieilli que lui depuis. Comment l'expliquait-elle ?

Elle lui dit qu'elle avait perdu son petit garçon très tôt ; elle l'avait déjà perdu quand il l'avait connue. Son fils unique était mort à l'âge de deux ans – l'âge du petit Joe lors de leur rencontre. Sa mort l'avait fait vieillir elle-même, et pour bien des années. Ce n'était pas qu'elle s'en soit remise depuis, car on ne se remet jamais d'une perte pareille, il était bien placé pour le savoir. C'était seulement que la perte était moins manifeste aux yeux d'autrui, les années passant. (La mort de Joe était plus récente, et tous ceux qui connaissaient Danny trouvaient qu'elle lui avait donné un sacré coup de vieux.)

– On est à peu près du même âge, dit-elle, j'ai passé le cap de la soixantaine il y a un an ou deux, je crois. En tout cas, c'est ce que je réponds aux types qui me le demandent.

– Tu en parais cinquante.

– Tu me dragues sec, là, non ?

Elle lut les phrases et bribes de phrases du premier chapitre, qu'il avait accrochées aux parois de pin sur leurs bouts de papier.

– C'est quoi, ça ?

– Des phrases et des bouts de phrases qui ont pris un peu d'avance sur moi. Elles attendent que je les rattrape. Elles appartiennent toutes à mon premier chapitre, mais j'en cherche encore la première phrase.

– Je peux peut-être t'aider à la trouver. J'ai pas l'intention de bouger tout de suite, j'ai pas d'autres projets.

Danny crut qu'il allait se remettre à pleurer, mais ce putain de portable sonna pour la quatrième fois de la journée. C'était Andy Grant qui venait aux nouvelles, naturellement.

– Elle est arrivée ? Qui est-ce ?

– C'est la femme que j'attendais. C'est un ange.

– À temps partiel ! lui rappela-t-elle quand il eut coupé le téléphone. Et dans le cas présent.

Qu'aurait dit le cuisinier à son fils s'il avait eu le temps de prononcer des dernières paroles opportunes avant que le Cow-boy lui tire une balle en plein cœur ? Au mieux, il aurait exprimé l'espoir que son fils solitaire « trouve quelqu'un ». Or voilà que Danny avait trouvé Amy. Ou plutôt, c'était elle qui l'avait trouvé. Charlotte, Amy, dans ce domaine de sa vie du moins, Daniel Baciagalupo avait eu de la chance. Certains n'arrivent pas à faire une seule rencontre ; il en avait fait deux.

Amy vivait dans le Minnesota depuis plusieurs années. (« Si tu trouves qu'il fait froid à Toronto, va voir à Minneapolis », lui dit-elle.) Elle avait tâté de la lutte dans un club qui s'appelait le Minnesota Storm. À l'époque, elle traînait avec une bande de lutteurs « genre ex-Gopher », précisa-t-elle, mais le concept échappait un peu à Danny.

Amy, Amy Martin de son nom de jeune fille, qu'elle avait repris des années plus tôt, était canadienne. Elle avait longtemps vécu aux États-Unis et pris la citoyenneté américaine, tout en restant canadienne de cœur. Et elle avait toujours voulu rentrer au Canada.

Pourquoi en était-elle partie, à l'origine ?

– J'ai suivi un type, expliqua-t-elle dans un haussement d'épaules. Et puis mon gosse est né là-bas, alors je me suis dit qu'il fallait que je reste.

Elle se décrivait comme « tout à fait désabusée de la politique » à présent. Elle était écœurée par l'ignorance des Américains à l'égard du reste du monde, par leur peu d'intérêt pour celui-ci. Au bout de deux mandats, l'échec de la politique de Bush laisserait sans doute le pays (et le reste du monde) dans une panade noire. Ce qu'elle voulait dire par là, c'est qu'il était grand temps qu'un héros arrive sur son cheval, et encore… ce malheureux héros sur ce malheureux cheval, qu'est-ce qu'il pourrait bien y faire ?

Il ne fallait pas attendre de grands changements, dit Tombe du Ciel. Elle avait atterri dans un pays qui ne croyait plus aux anges, et où pourtant les Brandisseurs de bible avaient pris en otages les deux grands partis politiques. (On pouvait compter sur eux pour résister au changement.) En plus, il y avait ceux qu'elle nommait « le contingent local de suce-bites », désignant ainsi les patriotes pitbulls, les plus crétins que de la crotte de chien, et ceux-là étaient trop momifiés, ou trop ignares (ou les deux) pour voir plus loin que le baratin nationaliste et va-t-en-guerre.

– Les conservateurs sont une espèce éteinte, conclut Tombe du Ciel, même s'ils sont les derniers à pas le savoir.

Lorsqu'il lui fit les honneurs de l'habitation principale – avec sa grande baignoire, sa chambre, et les steaks de gibier en train de mariner –, ils s'étaient déjà rendu compte de leurs affinités politiques (au minimum). Amy en savait plus sur Danny que lui sur elle, mais c'était seulement parce qu'elle avait lu sans en perdre un seul mot ses romans. Elle avait également lu presque toutes les « merdes » écrites sur lui. C'était le mot qu'ils employaient d'instinct pour ce qui avait trait aux médias, et là encore, ils constataient leurs affinités.

Et puis surtout, elle savait dans quelles circonstances il avait perdu son petit Joe, ainsi que le pourquoi et le comment de la mort de son père, le cuisinier. Il dut lui parler de Ketchum, dont elle ne savait rien, et si ce fut dur pour lui car Pack de Six était la seule personne avec laquelle il abordait la question, il découvrit pourtant en le lui décrivant que le vieux bûcheron avait pris vie dans le roman en gestation, dont il se mit à parler, intarissable, ainsi que du premier chapitre encore fugace.

Ils mirent les faitouts pleins d'eau du lac à frémir sur la cuisinière à gaz, et une fois qu'ils s'y plongèrent ensemble, la grande baignoire fut pleine à ras bord. Danny n'aurait jamais cru possible de la remplir, mais son imagination pourtant fertile de romancier n'avait pas prévu d'y loger une géante.

Amy lui fit l'historique de sa myriade de tatouages. Le détail du quand, du où, du pourquoi de chacun prit une bonne heure, à deux dans la chaleur de la baignoire, puis dans le lit de cette chambre à la cheminée au propane. Il ne les avait jamais regardés de près, ces tatouages, sûrement pas quand elle était éclaboussée de boue et de purin, ni par la suite, quand elle était apparue drapée dans une simple serviette. Il aurait trouvé malséant et mal venu de la regarder avec insistance.

Il la regardait à présent. Il l'absorbait tout entière. Beaucoup de ces tatouages étaient sur le thème des arts martiaux. Elle s'était essayée à la savate à Bangkok ; elle avait vécu un ou deux ans à Rio de Janeiro, où elle avait fait des tournois dans une jeune affaire intitulée « Combats suprêmes de femmes », qui avait périclité. (Il y avait des Brésiliennes de choc, des nanas plus dures à cuire que des boxeurs thaïs, lui confia-t-elle.)

Les tatouages ont leur histoire, et il les écouta toutes. Mais celui qui comptait le plus pour Amy était le nom de Bradley. C'était le prénom de son fils, et aussi celui de son père à elle. Elle nommait l'enfant Bradley ou Brad, et après sa mort elle avait fait tatouer son nom sur sa hanche droite, à la saillie du bassin, à l'endroit même où elle portait le bambin.

Pour expliquer comment elle avait supporté le fardeau de cette mort, elle précisa à Danny que les hanches étaient la partie la plus puissante de son corps puissant. Il n'en doutait pas.

Elle constata avec plaisir que, contrairement à elle, il savait faire la cuisine. Le gibier était bon, même si les rations étaient légères. Danny avait coupé des patates en tranches fines, et les avait fait revenir avec les oignons, les poivrons et les champignons pour qu'ils ne se lèvent pas de table la faim au ventre. Il servit ensuite la salade verte, car le cuisinier lui avait appris que c'est dans cet ordre qu'on la sert chez les gens civilisés – c'est-à-dire presque jamais dans les restaurants américains.

L'écrivain fut enchanté de découvrir qu'Amy était buveuse de bière.

– Je m'en suis rendu compte il y a longtemps, lui dit-elle. Je descends n'importe quel alcool à la même vitesse que la bière. Alors si je veux pas me tuer, il vaut mieux que je m'en tienne à la bière. J'en suis largement revenue, de vouloir me tuer, ajouta-t-elle.

Il en était largement revenu à titre personnel, lui dit-il à son tour. Il avait appris à apprécier la compagnie de Héros, malgré ses flatulences ; il avait deux femmes de ménage pour s'occuper de lui ; il leur ferait de la peine, en se tuant.

Amy connaissait déjà l'une des deux femmes de ménage, et, si le temps le permettait, elle ferait la connaissance d'Infatigable le lendemain ou le surlendemain. Elle déclara que Lupita était un meilleur chien de garde que Héros ; elles feraient bientôt une paire d'amies, elle n'en doutait pas.

– Je n'ai aucun droit d'être heureux, dit Danny à son ange au moment où ils s'endormaient dans les bras l'un de l'autre, ce premier soir.

– Tout le monde a le droit d'être un peu heureux, connard, lui répondit-elle.

Ketchum aurait aimé sa manière de dire « connard », se dit l'écrivain. C'était un mot qui lui allait droit au cœur ; en glissant vers le sommeil, Danny revenait au roman qu'il rêvait.

Amy Martin et Daniel Baciagalupo avaient un mois à passer sur l'île de Charlotte Turner, dans Georgian Bay. C'était leur robinsonnade pour faire connaissance avant leur vie commune à Toronto. On ne choisit pas toujours les circonstances d'une rencontre. Parfois les gens atterrissent bien proprement dans notre vie, comme tombés du ciel ou débarqués d'un vol en provenance directe du Paradis ; et puis nous perdons brutalement des gens que nous avions cru à jamais tissés dans la trame de nos jours.

Le petit Joe n'était plus là, mais il ne se passait pas de jour que son père ne se le rappelle avec amour. Le cuisinier avait été assassiné dans son lit, mais son fils avait ri le dernier du Cow-boy. La main gauche de Ketchum vivrait indéfiniment dans le courant de la Twisted River, et Pack de Six avait su recueillir le reste de son vieil ami.

Un jour de la mi-février, le blizzard venu de l'ouest se mit à souffler sur le lac Huron, recouvrant tout Georgian Bay d'un manteau de neige. Quand l'écrivain et Tombe du Ciel se réveillèrent, la tempête passée, la matinée était éblouissante.

Danny ouvrit au chien et fit le café. Lorsqu'il alla l'apporter à Amy, il vit qu'elle s'était rendormie. Elle était venue de loin, et la vie qu'elle avait menée aurait épuisé n'importe qui. Il la laissa dormir. Il donna à manger au chien et laissa un mot à Amy, lui disant qu'elle savait où le trouver. Il se proposait de déjeuner plus tard, quand elle se réveillerait de nouveau. En attendant, il emportait du café dans sa cabane, et il allait y allumer le poêle, ce qu'il avait déjà fait dans l'habitation principale.

– Viens, Héros, dit-il – et ils partirent tous deux à travers la poudreuse.

Danny constata avec soulagement que le pin courbé à l'effigie de son père avait survécu à la tempête.

Ce n'était pas le personnage de Ketchum qui devrait ouvrir le premier chapitre, songeait-il. Mieux valait le garder en réserve un moment, faire attendre cette rencontre au lecteur. Parfois, les personnages les plus importants doivent demeurer un brin cachés. Mieux valait que le roman et le chapitre s'ouvrent sur le jeune homme perdu. Le personnage d'Angel, qui n'était pas celui qu'on croyait, constituait un bon leurre. En d'autres termes, il servait à ferrer le lecteur. Ce jeune Canadien – qui n'en était pas un – fournissait bien le point de départ pour l'écrivain.

Ça vient, pensait Daniel Baciagalupo. Et dès qu'il aurait trouvé sa première phrase, il aurait quelqu'un à qui la lire, quelqu'un dans sa vie à qui il désirait ardemment la lire.

« Légalement ou pas, avec ou sans papiers, écrivit-il, Angel Pope avait passé la frontière qui sépare le Canada du New Hampshire. »

Pas mal, se dit-il, mais pas pour le début. L'idée, d'ailleurs fausse, qu'Angel Pope a passé la frontière doit venir plus tard.

« À Berlin, l'Androscoggin suivait un dénivelé de soixante-dix mètres sur cinq kilomètres ; deux usines à papier divisaient la rivière au niveau du tricage. Il n'était pas absurde d'imaginer que le corps du jeune Angel Pope, originaire de Toronto, soit en train de s'y diriger. »

Oui, oui, se dit l'écrivain, de plus en plus impatient. Mais ces deux phrases sont trop techniques pour un début. Il les punaisa au mur, à côté des autres, et puis ajouta celle-ci : « Le tapis mouvant des grumes s'était déjà refermé sur le jeune Canadien, qui ne refit jamais surface ; on n'avait même pas vu surgir de l'eau brune une de ses mains, une de ses bottes cloutées. »

J'y suis presque, se dit Daniel Baciagalupo. Aussitôt, une autre phrase émergea, comme des eaux de la Twisted : « Le crépitement des gaffes qui poussaient les troncs fut brièvement interrompu par les cris des draveurs : ils venaient de repérer celle d'Angel, à cinquante mètres au moins de l'endroit où il avait disparu. »

Bien, bien, mais il se passe trop de choses pour une phrase d'ouverture. Trop de détails qui feraient diversion.

Peut-être l'idée de diversion réussit-elle à le déconcentrer. Ses pensées firent un bond en avant, trop en avant, pour se porter sur Ketchum. Décidément, cette phrase était une parenthèse : « Ketchum ne pouvait mourir que de sa propre main. » Il fallait absolument la garder. Mais surtout pas pour le premier chapitre.

Il frissonnait dans sa cabane d'écrivain, que le feu mettait du temps à chauffer. En temps ordinaire, il allait découper un trou dans la glace pour tirer des seaux pendant que la température montait ; ce matin, il avait fait l'économie de la corvée d'eau. (Plus tard, dans la splendeur du jour, il comptait bien avoir le concours de Tombe du Ciel.)

À ce moment-là, sans même réfléchir – d'ailleurs, il venait de tendre la main pour grattouiller Héros derrière sa bonne oreille –, la première phrase lui vint. Il la sentit s'annoncer, surgie des profondeurs de la rivière ; elle fit surface comme le bocal de jus de pomme contenant les cendres de son père, avant que Ketchum l'explose d'un coup de carabine.

« Le jeune Canadien – quinze ans tout au plus – avait eu un instant d'hésitation fatal. »

Oh mon dieu, ça y est, je tiens mon début ! pensa l'écrivain.

Il avait perdu tant d'êtres chers, mais il savait que les histoires sont des merveilles qu'on ne peut endiguer. Il sentait que la grande aventure de sa vie commençait tout juste, comme son père avait dû le penser lui-même, dans les affres et les circonstances funestes de sa dernière nuit à Twisted River.

Les Rêves des autres
nouvelles, 1993
et « Points », n° P54

Un enfant de la balle
roman, 1995
et « Points », n° P319

La Petite Amie imaginaire
récit, 1996
et « Points », n° P411

Une veuve de papier
roman, 1999
et « Points », n° P763

L'Œuvre de Dieu, la Part du Diable
scénario, 2000
et « Points », n° P709

La Quatrième Main
roman, 2002
et « Points », n° P1095

Mon cinéma
récit, 2003

Je te retrouverai
roman, 2006
et « Points », n° P1754

Du même auteur

Aux mêmes éditions

Le Monde selon Garp
roman, 1980
et « Points », n° P5

L'Hôtel New Hampshire
roman, 1982
et « Points », n° P98

Un mariage poids moyen
roman, 1984
et « Points », n° P121

L'Œuvre de Dieu, la Part du Diable
roman, 1986
et « Points », n° P123

L'Épopée du buveur d'eau
roman, 1988
et « Points », n° P122

Une prière pour Owen
roman, 1989
et « Points », n° P124

Liberté pour les ours !
roman, 1991
et « Points », n° P99

VI. Pointe au Baril, Ontario, 2005 501

16. Nation Perdue 503
17. Sauf Ketchum 526

Sources 563
Remerciements 565

Table

I. Comté de Coos, New Hampshire, 1954 11

1. Sous les troncs d'arbres 13
2. Do-si-do 36
3. Un monde d'accidents 73
4. La poêle en fonte 99

II. Boston, 1967 125

5. *Nom de plume* 127
6. *In medias res* 175

III. Comté de Windham, Vermont, 1983 207

7. Benevento et Avellino 209
8. Le chien mort ; souvenirs du Mao 247
9. La fragile, l'imprévisible nature des choses 279
10. Tombe du Ciel 301
11. Un goût de miel 340

IV. Toronto, 2000 371

12. La Mustang bleue 373
13. Baisers de loup 418

V. Comté de Coos, New Hampshire, 2001 443

14. La main gauche de Ketchum 445
15. La danse des élans 471

Remerciements

Tous mes remerciements aux chefs et aux restaurateurs qui m'ont accordé leur temps et leur haute compétence : Bonnie Bruced du Up For Breakfast à Manchester ; Ray Chen et Christal Siewertsen à la Inn at the West View Farm, de Dorset, dans le Vermont ; Georges Gurnon et Steve Silvestro du Pastis Express, à Toronto ; Cheryl et Dana Markey du Mistral, à Winhall, dans le Vermont.

Toute ma reconnaissance aussi aux amis et connaissances, ainsi qu'aux divers lecteurs experts des premières versions de mon manuscrit, qui m'ont également assisté dans mes recherches : pour le New Hampshire, Bill Altenburg, Bayard Kennett, John Yount ; pour le Vermont, David Calicchio, Rick Kelley ; pour l'Ontario, James Chatto, Dean Cooken, Don Scale, Marty Schwartz et Helga Stephenson.

Et puis à Janet, ma femme, Everett, mon fils, à qui j'ai lu à haute voix mon premier jet ; à mes deux assistantes à temps plein, Alyssa Barrett et Emily Copeland, qui ont transcrit et relu toutes les versions ; à mon éditrice et relectrice, Amy Edelman, un *abbraccio*.

Sources

Barry, James, *Georgian Bay : The Sixth Great Lake*, Toronto, Clarke. Irwin & Co., Ltd., 1968.

Chatto, James, « Host Story », *Toronto Life*, janvier 2006.

Gove, Bill, *Log Drivers on the Connecticut River*, Littleton (New Hampshire), Bondcliff Books, 2003.

– , *Logging Railroads Along the Pemigewasset River*, Littleton (New Hampshire), Bondcliff Books, 2006.

Pinette, Richard, *Northwoods Heritage : Authentic Short Accounts of the Northland in Another Era*, Colebrook (New Hampshire), Liebl, 1992.

Riccio, Anthony V., *Boston's North End : Images and Recollections of an Italian-American Neighborhood*, Guilford (Connecticut), Globe Pequot Press, 1998.

Stone, Robert, *Prime Green : Remembering the Sixties*, New York, Ecco/HarperCollins, 2007.

RÉALISATION : NORD COMPO À VILLENEUVE-D'ASCQ
IMPRESSION : CPI FIRMIN-DIDOT AU MESNIL-SUR-L'ESTRÉE
DÉPÔT LÉGAL : JANVIER 2011. N° 101283 (103027)
IMPRIMÉ EN FRANCE

et

Le Bruit de quelqu'un
qui essaie de ne pas faire de bruit
(illustré par Tajana Hauptmann)
Album jeunesse, 2005